D1985846

Liebe Katharina

Vielen vielen Dank, dass Du hilfst, uns chronisch Kranken eine Stimme zu geben...

... und bitte entschuldige, dass ich im Moment nur Fehldrucke (Druckrand) zuhause habe.

Liebsten Dank
Monia

Monia Ben Larbi

Einfach Arbeiten

ein narratives Sachbuch zu Arbeiten mit chronischer Erkrankung und selbstorganisiertem Arbeiten

Verlagslabel: LLauGH

Lektorat: Alina Ben Larbi & Clara Mentzel
Umschlag: Anne Wilhelm
Foto: Ingo C. Rosche
Druck und Distribution im Auftrag der Autorin: tredition GmbH, An der Strusbek 10, 22926 Ahrensburg, Germany

ISBN: 978-3-347-88983-5

DANK …

… all den Menschen, die ich in diesem Buch erwähne, denn sie waren Gefährt:innen und Lehrer:innen auf dieser Reise. Ohne sie und all die Gelegenheiten mich auszuprobieren, die sie mir geschenkt haben, wäre ich nie so weit gekommen.

… allen voran natürlich Udo, der bei jeder meiner Reisen parallel mitgelesen hat und mich mit ehrlichem Feedback immer wieder ermutigt hat, weiterzumachen.

Kleiner Prolog

„Es stimmt fast alles, aber eben nur fast"

Dieses Buch erzählt meine Geschichte – ganz egoistisch ausschließlich aus meiner Perspektive. Die Frage danach, ob ich selbst Mila bin, kann ich demnach mit einem klaren Ja beantworten. Es ist mir nicht leichtgefallen, nur aus meiner Perspektive zu schreiben, da ich genau weiß, dass andere Menschen die Situationen, die ich beschreibe, komplett anders erlebt und bewertet haben. Normalerweise beschreibe ich gerne die Komplexität von Situationen aus mehreren Blickwinkeln. In diesem Fall habe ich mich aber dazu diszipliniert, wirklich bei meinem ganz subjektiven Erleben zu bleiben. Nach und nach haben zudem die Personen in diesem Buch ein Eigenleben entwickelt: Manchmal wurde aus zwei Personen eine, manchmal stimmt die Chronologie nicht ganz oder aus zwei Situationen wird eine. Meine Befürchtung ist, dass aufgrund meiner Geschichte andere Menschen verurteilt werden, denn ich habe so egozentrisch geschrieben, dass die Geschichten der anderen keinen Raum erhalten. So habe ich dann doch beschlossen, alle Namen zu ändern, denn ich mache hier keine Aussagen über andere, nur über mich selbst.

Mein Appell ist daher: Bitte glaubt nichts, was ich über andere schreibe. Dies ist eine Geschichte und kein Bericht. Verlassen könnt Ihr Euch aber darauf, dass ich so ehrlich und wahrhaftig über mich und mein Erleben schreibe, wie ich kann.

Kapitel 1:

„Wir haben gute Neuigkeiten für Sie. Wir sind uns einig, dass wir in Ihrem Fall eindeutig eine Verrentung empfehlen."

Ich saß im Flur vor einem Raum – neben mir drei andere sehr aufgeregte Patient:innen. Wir warteten auf das große Gespräch und hatten offenbar alle zur selben Zeit einen Termin. Für mich war es das erste Treffen dieser Art. Doch die Aufregung der schon erprobten Menschen neben mir war enorm ansteckend. Ich spürte, wie es unter meiner Haut zu kribbeln begann. Ich wusste, dass ich zu schnell reden und zu viel lachen würde und abends im Bett mich wieder einmal mit meiner Scham konfrontieren müssen würde. So war die Wahrscheinlichkeit wirklich sehr gering, dass ich diesen ruhigen, aufgeräumten, leicht erhabenen Eindruck machen würde, den ich vor meinem inneren Auge schon so klar hatte. Ich hatte mich auf dieses Gespräch wirklich gefreut. Ich war jetzt seit fünf Wochen in der Reha-Klinik und hatte bewusst die Psychosomatik und nicht die Neurologie gewählt, weil ich die Zusammenarbeit zwischen Psycholog:innen und Ärzt:innen rundum überzeugend fand.

Dies war nun endlich der Tag, an dem wir, in meiner Vorstellung, alle gemeinsam aus vielen Perspektiven auf mich blicken und gemeinsam überlegen würden, was jetzt wohl die besten nächsten Schritte sein könnten. Doch die erfahrenen Patient:innen neben mir sprachen im Rechtsjargon: Sie erwarteten ein Tribunal, ein Urteil von einem Gericht, das über ihre Zukunft entscheiden würde. Hier wurden die Entscheidungen über Leben und Tod oder doch wenigstens über die Rückkehr in ein Leben, das sich anfühlt wie Sterben, getroffen. Mir schwammen sofort die Felle weg. Ich war auf Denkpartner:innen vorbereitet, nicht auf ein Gericht.

„Das wird doch nie was!", schoss es mir durch den Kopf.

Menschen, die mich kaum kennen, finden mich immer äußerst sonderbar. Ich bin nicht gut in ersten Eindrücken – auf jeden Fall nicht in ersten durchschnittlich geistig gesunden Eindrücken. Als ich nun die Reaktionen meines Körpers spürte, wusste ich, dass ich dem nicht gewachsen war. mal wieder nicht. Wieder würde ich nicht Zen genug sein, um nicht die gesamte Maschinerie der Diagnostik anzuwerfen. Wieder einmal würde ich diesen geheimnisvollen Test nicht bestehen, der die Pforte zur Augenhöhe öffnet. Ein Teil von mir blieb jedoch – wie immer – cool und zuversichtlich. Nur weil diese Menschen es als Tribunal empfanden, musste das ja nicht stimmen. Ich habe oft eine andere Wahrnehmung auf Systeme. Vielleicht können oder wollen andere Patient:innen nicht selbst die Verantwortung übernehmen und die Therapeut:innen und Ärzt:innen können gar nicht anders, als dann Entscheidungen für sie zu treffen. Ich freute mich seit Wochen auf dieses Treffen, auf die Beratung aus vielen Perspektiven, auf den Moment des gemeinsamen Forschens und Denkens. Zwar übertrugen sich immer die Gefühle aller Anwesenden auf mich, doch da konnte ich mich ja vielleicht hindurch atmen.

Als ich an der Reihe war, zitterte ich trotz bewusstem Atem leicht. Ich betrat ein winziges Zimmer, in dem fünf Menschen saßen, von denen ich drei noch nie gesehen hatte und ich einen nur aus einem Vortrag in der Einführungswoche kannte. Sie alle saßen im Halbkreis auf Sofas und Sesseln. Quer vor ihnen stand ein Holzstuhl: für mich. Während sie scheinbar bequem gemeinsam im Wohnzimmer saßen – Kaffee und Wasser vor sich – fühlte ich mich winzig, obwohl ich theoretisch über ihnen thronte. Meine Therapeutin, die sonst reizend und herzlich war, übernahm sehr professionell und kühl die Moderation. Nichts deutete darauf hin, dass wir uns gut kannten und seit fünf Wochen intensiv zusammenarbeiteten. Sie gab den Anwesenden einen Überblick über ihre Diagnosen und ihre Einschätzung. Sie diskutierten ein wenig darüber, ob sie denn lieber die eine oder andere Diagnose in die Akte aufnehmen sollten. Von beiden Möglichkeiten hatte ich noch nie etwas gehört. Schließlich fragte mich der Mann, in dessen Richtung alle sprachen – in meiner Fantasie der Chefarzt – in perfekt artikulierten Worten nach meiner eigenen Einschätzung. Es war klar, dass sie eine Antwort in Sekunden und nicht Minuten erwarteten.

„Das kann ich noch nicht", wollte ich sagen. „Ich habe noch keine fertigen Worte. Die wollte ich mit Ihnen gemeinsam suchen."

Mein Mund brabbelte allerdings etwas ganz anderes und versuchte, der Situation zu gehorchen. Ich schien seine Meinung bestätigt zu haben. Danach durfte ich wieder gehen. Aus irgendwelchen Gründen bedankte ich mich noch und lächelte freundlich zum Abschied – ein Lächeln, das jedoch niemand erwiderte.

Vor der Tür saßen schon wieder neue Patient:innen und warteten und ich verließ schnell das Gebäude, bevor ich sie mit meiner Übererregung anstecken konnte. Schon auf dem Weg in mein Zimmer spürte ich den Anfall in mir hochsteigen. Ich schaffte es noch bis zum Klo und übergab mich so lange, bis ich auf dem Badezimmerboden einschlief. Später saß ich dann bibbernd mit dem Rücken an den knallheißen Heizkörper gelehnt und wartete, bis die Zuckungen meiner Muskeln wieder abebbten. Wie gut, dass ich mich hier so heimisch fühlte und einen eigenen Ort hatte, an dem mir das nicht peinlich sein musste.

Tatsächlich mochte ich die Reha. Meine Therapeutin war – wenn nicht gerade gefangen in einer professionellen Rolle – herzlich, mitfühlend, streng und ehrlich. Außerdem war sie hübsch, was aus irgendwelchen Gründen guttat. Sie hatte sehr schnell verstanden, was ich konnte und was nicht. Ich hatte sehr wenige Termine und nur solche, die wenig Kommunikation erforderten. Ich ging still in der Gruppe im Wald spazieren und guckte mir Blätter und Pilze an. Das Klinikgelände war riesig und im Spätherbst wunderschön. Ich malte und bastelte, nahm aber nur selten an den Auswertungen in der Gruppe teil. Zweimal in der Woche hatte ich einen Termin bei meiner Therapeutin und zweimal ging ich zu einer reizenden Physiotherapeutin, die mir tolle Dinge beibrachte, die wirklich ein wenig halfen. Ich tanzte. Das wirkliche Geschenk für mich war, dass ich dreimal am Tag ernährt wurde. Die Menschen an meinem Tisch waren meistens nett und die Essenszeiten waren genau das Maß an Kommunikation, das ich vertragen konnte, ohne Anfälle zu kriegen. So war ich nicht einsam, aber gerne allein. An den Wochenenden war meine Tochter Chloë bei mir und wir gingen schwimmen oder in die Stadt. Meine Abende verbrachte ich in der offenen Werkstatt und malte, töpferte, gestaltete und modellierte mich durch verschiedenste Techniken hindurch. Die Anerkennung, die ich für meinen einmaligen Umgang mit den Materialien erhielt, tat gut. Ich fühlte mich insgesamt gut aufgeräumt. Nur Ärzt:innen hatte ich – bis auf die Eingangsuntersuchung – noch keine getroffen. Aber die Wahrheit war, dass ich mich mit Therapeut:innen eh wohler fühlte, denn sie hatten Zeit, mich kennenzulernen. Ich verbrachte viel Zeit damit, darüber nachzudenken, was ich konnte und was nicht. Zudem versuchte ich Worte für meine Symptome zu finden, damit andere Menschen einen Zugang finden und mit mir denken könnten. Alles war gut. Sogar für meine Anfälle, die noch keinen Namen hatten, hatte ich einen sicheren Raum.

Am nächsten Tag erfuhr ich dann von meiner Therapeutin, was die Runde nach meinem Weggang ohne mich beschlossen hatte. Sie war stolz. Sie hatte dafür gekämpft, dass ich eine

Somatisierungsstörung und keine Konversionsstörung hatte, was offenbar hieß, dass meine Symptome echt und nicht erfunden oder übertrieben seien. Trotz starker Widerstände der Ärzt:innen hatte sie sich nicht beirren lassen und darauf bestanden, dass sie mich als Einzige wirklich kennen würde. Ich merkte, dass das, was sie für mich getan hatte, sehr anerkennenswert war. Ich hatte keine Ahnung, was ich jetzt davon haben sollte, sagte aber brav Danke. Sie meinten zudem, dass ich eine histrionische Persönlichkeitsstörung habe, was aber aus ihrer Sicht ganz normal sei, da ich ja tunesische Anteile habe.

„Die Deutschen reagieren auf traumatische Ereignisse in der Regel mit Angststörungen, die Südländer eher hysterisch", erklärte sie.

Nun kam die eigentlich gute Neuigkeit. Sie strahlte förmlich. Sie hatte sich durchgesetzt. Die anderen hatten ihr geglaubt, dass es mir wirklich so schlecht ging: Sie waren sich alle einig, dass ich auf keinen Fall arbeitsfähig, ja nicht einmal kontaktfähig war.

„Wir haben gute Neuigkeiten für Sie. Wir sind uns einig, dass wir in Ihrem Fall eindeutig eine Verrentung empfehlen."

Jackpot. Ich hatte den heiligen Gral der Reha geschenkt bekommen. Doch ich konnte sie jetzt leider nur enttäuschen.

Ich lächelte vorsichtig: „Das ist sehr lieb von Ihnen und ich schätze Ihr Engagement sehr, aber ich werde auf gar keinen Fall mit Anfang Dreißig in Rente gehen. Aber danke nochmals."

Sie versuchte noch eine Weile, mich zu überzeugen, den ganzen Prozess mit dem Sozialdienst loszutreten. Denn so einfach, wie direkt von der Reha aus würde es nie wieder werden; ich könne ja immer noch nein sagen; ich solle es mir bitte sehr gut überlegen. Natürlich dachte ich brav darüber nach. Ich fühlte auch einmal kurz in mich hinein, doch nicht eine einzige kleine Faser von mir wollte diese Rente haben. Hätte ich vorher schon verstanden, dass im Wesentlichen die kompletten sechs Wochen nur auf diese Entscheidung abzielten, hätte ich ihnen das auch von Anfang an sagen und ihnen viel Arbeit ersparen können. Doch ich hatte keine Ahnung. Ich dachte, es ginge um die Frage, wie ich wieder arbeiten würde, nicht ob. Ich dachte, es ginge darum, dass Menschen mit verschiedenen Expertisen mit mir gemeinsam eine Lösung suchen würden, die genau zu mir passte. Ich wusste nicht, dass ich gegen das System abgeprüft wurde.

So verließ ich die Reha mit ein paar Ergänzungen für meine lange Liste an möglichen Diagnosen, einem großen Sack selbstgebastelter Weihnachtsgeschenke, Dankbarkeit für die vielen regelmäßigen Mahlzeiten und genauso wenig Ahnung, wie es weitergehen sollte, wie vorher.

Kapitel 2:

„Sie sind viel zu gut für Hartz IV."

Mein Therapeut zu Hause blickte mir schmunzelnd entgegen. Sein ganzer Körper sagte: „Ich habe es Ihnen doch gesagt." Laut fragte er jedoch nur amüsiert, wie es denn so gewesen wäre. Er hatte es für keine gute Idee gehalten, dass ich zur Reha gefahren war. Seit einem halben Jahr lag ich zweimal in der Woche auf seinem Kanapee und er fand, dass wir jetzt endlich richtig angefangen hatten, als ich für ein paar Wochen ohne einen für ihn sichtbaren Mehrwert seine Therapie unterbrach. Doch obwohl er damals mit mir geschimpft hatte – denn so empfand ich es immer, wenn er etwas nicht gut fand – hatte ich mich trotzdem dafür entschieden. Wie immer, wenn ich einmal klar war, war er sehr unterstützend und versprach mir, nicht eifersüchtig auf die Therapeut:innen vor Ort zu sein. Nach all den Monaten hatte ich noch immer keine Ahnung, wann er etwas ernst oder lustig meinte. Diese ganze Logik der Analyse entzog sich mir vollkommen, was mir unendlich guttat. Ich konnte nicht wissen, was die „richtige" Antwort war und sie so auch nicht geben. Also konnte ich genauso gut ehrlich sein. Ich war inzwischen bei diesem alten Mann angekommen, der immer eine Zigarre rauchte und niemals in Rente gehen würde. In unserer Kleinstadt war er eine Sagenfigur. Jede:r kannte ihn oder jemanden, der bei ihm in Behandlung gewesen war. Viele Anekdoten ragten um seine unkonventionellen Methoden, wie er beispielsweise aus dem Schrank sprang, um seine Patienten zu erschrecken. In der Realität hielt er sich zwar an keine Regeln, war aber weit weniger effekthaschend in seiner Herangehensweise. Er besaß nicht einmal einen Schrank. Er saß einfach hinter seinem Schreibtisch oder auf einem Stuhl neben dem Kanapee, schrieb oder auch nicht und hörte zu. Manchmal fing er selbst an zu erzählen und sprach von Mythen, an die ich ihn erinnerte. Manchmal schlief er auch ein und ich lag mucksmäuschenstill auf meiner Liege und wartete darauf, dass er wieder aufwachte. In diesen Zeiten sortierte ich meine Gedanken sehr sorgfältig, denn ich wollte ihm ja alle Vorgänge in mir genau erklären, wenn er wieder wach war. Er selbst nannte das nicht schlafen, sondern „mit dem Unterbewusstsein zuhören". Doch egal was er tat, er war immer wahnsinnig liebevoll mit der kleinen Mila. Er stand immer auf Seiten der Mila, die ich einmal gewesen war und gab mir so ganz untheoretisch Zugang zu einer wahren Liebe zu meinem früheren Ich.

Bei meinem ersten Termin nach der Reha legte ich mich also auf meinen geliebten Platz, machte die Augen zu und fühlte tief in meinen Körper, um herauszufinden, wie es mir wirklich ging. Zunächst war ich unendlich dankbar, wieder hier zu sein. Sogar der alles überdeckende Zigarrengeruch machte mich glücklich. Ich fühlte große Dankbarkeit, die Augen schließen zu können, bei mir sein zu dürfen und mich nicht mit Diagnosen oder Bewertungen rumschlagen zu müssen.

„Das mit der Reha hat mir dann wohl doch nichts gebracht", sagte ich schließlich.

Trotz geschlossener Augen konnte ich sein Lächeln wahrnehmen. Dann sprachen wir nie wieder darüber und arbeiteten weiter.

Das Thema Arbeit trieb mich immer mehr an. Im letzten halben Jahr hatten wir hauptsächlich über meine Krankheit, meinen Alltag und meine Kindheit gesprochen. Das aktive Ablehnen einer Rente hatte jedoch das Thema ins Zentrum gerückt: Was denn dann? Was könnte ich denn in diesem Zustand leisten?

„Sie sind auch viel zu intelligent und kreativ für Hartz IV", sagte mein Therapeut und mir schossen sofort die Tränen in die Augen.

Was dachte er denn? Dass das mein Leben war? Dass es für mich kein Alptraum war, dass ich nun so krank war, dass ich den Staat brauchte? Und dann wurde mir abrupt klar: Er dachte, dass das auch schon mein Leben vor der Krankheit gewesen war. Er dachte, dass ich eine von den vielen reizenden Menschen im Oderbruch war, die mal einen Traum vom autarken Leben gehabt hatten und dann für ihre scheinbare Freiheit einen sehr hohen Preis zahlten. Die meisten erhielten Hartz IV und hatten ihren Anspruch auf Selbstversorgertum schon lange aufgegeben. Die Gemeinschaften waren zerbrochen. Und er dachte, ich wäre eine von ihnen. Er kannte mein arbeitendes Ich noch gar nicht.

Während den nächsten Sitzungen erzählte ich viel. Ich erzählte davon, wie ich mit sechsundzwanzig Jahren eine Organisation mit einhundertfünfundsiebzig ehrenamtlichen Mediator:innen aufbaute und leitete. Ich erzählte, wie ich mit selbstorganisierten Arbeitsformen experimentierte. Ich erzählte, wie ich eine Reform mit hunderten von Menschen moderierte, an der ich aus Übermut fast zerbrochen wäre. Ich erzählte von meinen Lieblingsmomenten, in denen ich dabei sein durfte, wenn Menschen zum ersten Mal verstanden, dass es Lösungen gab – für fast alles. Ich erzählte von meiner Prozessexpertise: Dass ich inzwischen so tief in Prozesslogik angekommen war, dass ich zu eigentlich allem auf Anhieb Methoden entwickeln konnte. Ich erzählte davon, dass ich Meisterin der Kommunikation war. Schon als Kind war ich inspiriert von der Figur der Momo, von der ich immer dachte, dass ich die Vorlage für sie gewesen war – so sehr erkannte ich mich in ihr wieder, sogar optisch. Ich spazierte durch die thematischen Tiefen des letzten Studiengangs, den ich entwickelt hatte und an dessen Aufbau ich immer noch mitwirkte, so gut ich eben konnte.

Als ich endlich aufhörte zu erzählen, hatte ich uns beide überzeugt: Arbeiten war mir nicht nur enorm wichtig, ich war darin auch richtig gut. Doch ich, die immer an Lösungen glaubte, war komplett ratlos: Nichts von meiner ehemaligen Arbeit konnte ich umsetzen, solange mein Körper derart heftig reagierte und meine Zeit außerhalb des Bettes ein paar Stunden nicht überschreiten konnte. Musste ich wirklich etwas komplett Neues lernen?

Kapitel 3:

„Am besten arbeiten Sie dann in der Werbung."

In Deutschland wird man unglaublich verwöhnt. Ich hatte nicht nur einen Therapeuten und eine Reha-Infrastruktur, sondern auch einen zuständigen Berater bei der Rentenversicherung. Er war ein junger, sensibler, mitfühlender Mensch, der sich wirklich die größte Mühe gab, zu verstehen. Seine Existenz empfand ich als Luxus: Ein Mensch, dessen Bestreben es war, dass ich wieder arbeitsfähig wurde. Wir hatten dasselbe Ziel. Er verstand nicht ganz, warum ich die Rente abgelehnt hatte, fand es aber irgendwie gut. Gemeinsam überlegten wir also, was die nächsten Schritte sein könnten. Obwohl er sich alle Mühe gab, eine entspannte Atmosphäre zu schaffen, saß ich immer etwas beschämt in seinem Büro. Ich hatte nicht wirklich das Gefühl, Anspruch auf dieses Verwöhnprogramm zu haben. Ich war selbstständig und hatte nie in die Rentenkasse eingezahlt. Zwar konnte ich von ihr keine finanziellen Zuwendungen erhalten, sie war aber doch irgendwie zuständig, hatte meine Krankenkasse beschlossen. Das war mir unangenehm. Gerade weil meine Krankenkasse enorm viel Geld von mir erhielt, hielt ich es für unangemessen. Ich wurde in meinem Stuhl vor diesem Schreibtisch nie das Gefühl los, eine Schmarotzerin zu sein.

Er dachte so gar nicht. Er verstand, dass es mir ein großes Anliegen war, herauszufinden, was ich konnte und was nicht. Meine innere Prozessdesignerin hatte ihre Arbeit aufgenommen. Ich stellte mir vor, dass ich, wenn ich meine Grenzen und Fähigkeiten klar definieren konnte, ein Auswahlraster von Möglichkeiten haben würde. Im Moment war das alles noch zu diffus. Ich hatte in meinen Symptomen bisher nur wenige Muster erkannt und noch immer keine Sprache gefunden. Ich brauchte einen Rahmen, in dem ich hier Klarheiten erhalten konnte und wünschte mir so sehr so etwas wie eine vorgefertigte Checkliste oder ähnliche Instrumente. Als er das Wort „Feststellungsmaßnahme“ sagte, verliebte ich mich sofort. Genau das brauchte ich: eine Möglichkeit, festzustellen und ein paar verlässliche Pfähle in den Boden zu bringen, die das Feld markieren. Er war sichtlich erfreut, dass ich mich so freute. Zum ersten Mal hatte ich nicht mehr das Gefühl, eine Schmarotzerin zu sein, sondern konnte das Geschenk dankend annehmen.

Die Feststellungsmaßnahme zog sich über mehrere Wochen und war zu meiner Überraschung als volle Fünf-Tage-Woche angelegt. Natürlich war das viel zu viel für mich. Ich konnte ja noch nicht einmal wieder selbst Auto fahren. Aber ich war hoch motiviert und hatte großes Vertrauen, dass sie den Tagesablauf so gestalten würden, dass es für kranke Menschen passend sein würde. Mein mich ewig unterstützender Mann war außerdem bereit, mich täglich dort hinzufahren und abzuholen.

Erstaunlicherweise befand sich besagte Maßnahme in einer Blechbarracke, die aus drei Zimmern bestand: einem Büro, einem kleinen Seminarraum und einem Computerkabinett. Wir waren drei Teilnehmende und wurden von zwei Personen betreut: einer Sozialpädagogin, die uns unterrichtete und einer Therapeutin. Ich war berührt von diesem Betreuungsschlüssel. Sie würden mich so gut kennenlernen und so viel Zeit haben, mit mir zu forschen und „festzustellen“. Die beiden anderen waren weniger begeistert als ich. Er war LKW-Fahrer und sollte nun aufgrund von Rückenschmerzen irgendetwas anderes machen. Sie war Kosmetikerin und in derselben Situation. Ich gewann sie beide sofort lieb, obwohl er lautstark davon genervt war, dass er in diese Maßnahme gezwungen wurde. Sie waren so gerne LKW-Fahrer und Kosmetikerin. Ich mag Menschen, die ihre Berufung leben. Ich war sehr froh, dass sie nun in einer Situation waren, in der man mit ihnen herausarbeiten konnte, was genau sie daran so liebten. So konnten sie vielleicht einen neuen Beruf finden, der genauso gut zu ihnen passte. Sicher gab es viele Berufe, in denen sie ihre Expertise einfließen lassen könnten. Ich war sehr gespannt auf die Methoden, mit denen wir zusammenarbeiten würden.

Im Verlauf der nächsten Wochen lernten wir dann Groß- und Kleinschreibung, machten ein wenig einfache Mathematik und lernten die Grundlagen von Excel. Da ich etwa zehnmal so schnell war wie die beiden anderen, verbrachte ich viel Zeit auf dem Boden im hinteren Teil des Seminarraumes. Ich hatte mir mein komplettes Bettzeug mitgebracht, um den Tag zu überleben. Die Therapeutin sahen wir so gut wie nie. Wir hatten erst einmal nur einfachen Unterricht. Ich konnte die Methodik noch nicht ganz erkennen, ging aber davon aus, dass dies eine Beobachtungsanordnung war. So konnten sie uns im Umgang mit einfachen Aufgaben und miteinander beobachten und sich ein erstes Bild machen.

Für meine Familie war diese Zeit ein Alptraum. Ich kam abends komplett erschöpft nach Hause – ein einziger Haufen absurdester Symptome. Ich zitterte vor Kälte, einzelne Muskeln fielen aus, während andere krampften. Ich verbrachte viel Zeit kauernd vor dem Klo. Meine Geräuschempfindlichkeit war höher denn je. Es reichte schon, dass die Kinder durchs Haus rannten und ich lag schreiend vor Schmerzen auf dem Boden und konnte nicht mehr aufhören zu weinen. Mein Mann verstand nicht, warum ich die Maßnahme machte.

„Du verausgabst Dich komplett damit, dass Du in einem hässlichen Raum Aufgaben aus der zweiten Klasse löst. Wozu das Ganze?“ fragte er.

Trotzdem brachte er mich liebevoll morgens hin und holte mich auch wieder ab, obwohl er oftmals derjenige war, an dem sich meine Überforderung entlud. Die fünf Tage schaffte ich in all den Wochen nicht. Doch vier Tage war ich meistens verlässlich da, fest entschlossen, alles mitzumachen, damit sie genug Material für ihre „Feststellung“ hatten.

In der letzten Woche erhielten wir dann ein Abschlussprojekt in der Gruppe. Wir sollten gemeinsam aus einem leeren Türrahmen ein Regal bauen und anschließen eine Abschlusspräsentation über den Prozess und das Ergebnis halten. An diesen Tagen ging ich gerne hin. Der LKW-Fahrer war handwerklich sehr geschickt und wir bauten ein wunderschönes, bemaltes, symbolbeladenes Regal. Wir standen stolz wie Oskar davor als ich die Abschlusspräsentation hielt, die wir gemeinsam entwickelt hatten. Die beiden Damen waren nur mäßig begeistert und bemängelten, dass ja nur ich gesprochen hätte. Alles Leben verschwand wieder aus dem frustrierten LKW-Fahrer.

Der letzte Tag schließlich war der Tag der Verkündung. Eigentlich hatte ich ja erwartet, dass ich selbst an meiner eigenen Feststellung aktiv mitarbeiten würde. Ich hatte mir Forschungsgespräche vorgestellt, die nie stattgefunden hatten. Umso gespannter war ich jetzt auf das, was sie im Laufe der Wochen so festgestellt hatten. Ich würde endlich ein ganz individuelles Feedback erhalten. Ich war in so freudiger Erwartung, dass ich in der Nacht vorher kaum schlafen konnte. Welche Kategorien hatten sie wohl zugrunde gelegt? Sie hatten sehr verdeckt gearbeitet. Obwohl ich mich mit Prozessen gut auskannte, war es mir nicht gelungen, Muster in dem zu finden, was sie mit uns machten.

Als wir ankamen, fragten sie uns freundlich, ob wir unsere Ergebnisse lieber einzeln oder gemeinsam erhalten wollten. Wir wollten auf jeden Fall zusammenbleiben. Wir hatten inzwischen ein großes Interesse an der Zukunft der anderen und waren auf deren Ergebnisse fast genauso gespannt wie auf die eigenen. Wir

FESTSTELLUNGSMAẞNAHMEN

Feststellungsmaßnahmen (FSM) bzw. "Berufsfindung & Arbeitserprobung" werden von verschiedenen freien Unternehmen angeboten, die von den „Leistungsträgern", üblicherweise der Rentenversicherung, beauftragt werden.

Sie beschreiben in ihrem Angebot eine Vielzahl an möglichen Vorgehensweisen. Unter psychologische und berufspädagogische Testungen fallen beispielsweise die Erfassung von fachbezogenen wie persönlichen Kompetenzen, der Konzentrationsfähigkeit, persönlichen Interessen sowie der Eignung für weitere Maßnahmen.

Hierzu beschreiben die Anbieter:innen Methoden wie

- die Analyse von Dokumenten;
- Gespräche zu Biografie und Selbstbild sowie Blockaden und Ressourcen;
- verschiedene standardisierte Tests wie Intelligenz, Interessen o.ä.;
- Sozialübungen in der Gruppe;
- und individualisierte Möglichkeiten, sich in berufsbezogenen Settings auszuprobieren.

Das Produkt, das sie verkaufen, ist eine ausführliche Stellungnahme für den Leistungsträger.

hatten in den letzten Wochen viel übereinander gelernt – über das, was uns glücklich machte, was wir gut konnten und nicht konnten oder darüber, wie wir im Team arbeiteten. Auch wenn dies nie offiziell reflektiert wurde, sprachen wir ja in den Pausen oder während der Wartezeiten auf die nächste Aufgabe über diese Dinge. Der LKW-Fahrer war als erster dran. Ich war ganz sicher, dass er in der Fischerei landen würde, vielleicht auch im Forstamt. Er strahlte dann, wenn er entweder von seinen Fahrten oder von Aktivitäten in der Natur sprach. Er war leidenschaftlicher Angler und organisierte Fahrten seines Angelvereins auf hoher See in viele Länder. Ich war auch gespannt, ob sie ihn auf seine mangelnde Teamfähigkeit ansprechen würden. Doch es ging ganz schnell.

„Wir haben in Ihr Gutachten geschrieben, dass Sie Hausmeister werden sollen." Fertig.

Er wurde blass. Dann fing er sofort an zu schimpfen.

„Ich bin doch keine Putzfrau. Sie können mich nicht zwingen, den Dreck anderer Leute wegzumachen", zeterte er.

Die beiden Frauen sahen sich an. Sie hatten erwartet, dass dieser schwierige Teilnehmer sich danebenbenehmen würde und sich auch eine Strategie zurechtgelegt. Sie blieben unerbittlich.

„Das ist unsere Empfehlung an die Rentenversicherung und Sie können sich ja überlegen, ob Sie weiterhin deren Unterstützung in Anspruch nehmen möchten oder nicht."

Ich fing beinahe an zu weinen. Er hatte so viele Stärken. Warum spielte das keine Rolle? Warum musste er nun unglücklich werden, verdammt dazu, einen Job zu machen, den er jetzt schon hasste? Wieder fiel mir die Reha ein. War auch dieses ein weiteres System, das gar nicht uns diente, sondern unserer Kategorisierung? Ging es gar nicht darum, festzustellen, was wir konnten, sondern darum, festzustellen, welcher Ziffer wir am besten zugeordnet werden könnten? Während ich meinen eigenen Gedanken nachhing, bemerkte ich, wie neben mir die Kosmetikerin große Mühe hatte, ihre Tränen zurückzuhalten. Ich hatte nicht genau zugehört, doch es war etwas mit Büro. Wochenlang hatte sie uns erzählt, wie sehr sie es liebte, dass sie als Kosmetikerin nicht am PC arbeiten musste und so viel Kontakt zu verschiedensten Menschen hatte. Hatten sie denn nie unseren Pausengesprächen zugehört? Ebenso gut hätte sie auch am ersten Tag ein beliebiges Los aus einer Kiste ziehen können. Dieses Urteil hatte überhaupt nichts mit ihr zu tun.

Nun war ich an der Reihe. Ich war überfordert. Ich wusste nicht, wie ich gucken sollte. Meine Hoffnung, dass mir das jetzt etwas bringen würde, war verflogen. Doch ich wusste auch, dass diese beiden Frauen ihren Job sehr ernst nahmen und ihr Bestes gaben. Ich konnte sie ja nicht dafür bestrafen, dass ich einmal wieder das System falsch verstanden hatte. Ich versuchte also, sie anzulächeln und einen Raum in mir zu finden, von dem aus ich vorurteilsfrei zuhören könnte.

„Zunächst einmal, Frau Ben Ayari, sind wir uns einig, dass Sie nicht arbeitsfähig sind und es wahrscheinlich noch eine lange Zeit nicht sein werden. Das ist das Ergebnis unserer Feststellung, die wir so an die Rentenversicherung übertragen werden."

Dann lächelte sie und sagte: „Abseits jedoch von den formalen Begebenheiten sind wir sehr angetan von Ihrer Kreativität und empfehlen Ihnen dann später einen Job in der Werbebranche."

Nun war mein Lächeln ehrlich. In meinem Kopf explodierte lautes Gelächter, das ich gerade noch so in ein Lächeln umleiten konnte.

„Danke", gluckste ich mehr, als dass ich es noch deutlich aussprechen konnte.

Ich beruhigte mich so halbwegs, um den abschließenden Fragebogen auszufüllen. Ich konnte ihnen fast überall Bestnoten geben, denn ich wurde nur gefragt, ob die beiden Frauen das gegebene System gut umgesetzt hatten. Ich glaubte, das hatten sie. Ob das System passte, fragte keiner. Sie würden sich freuen und es war auch als Lob gemeint. Ich schrieb jedoch vorsichtig darunter, dass ich dachte, dass das System doch sehr stark auf feststehende Ausbildungsberufe festgelegt war und es doch noch eine Menge Alternativen gab, die vielleicht Lösungen sein könnten. Dann verließ ich erleichtert den Ort.

Erst abends musste ich dann weinen. Ich war über jede meiner Grenzen gegangen auf der Suche nach differenzierten Antworten. Nun lösten sich nach und nach alle aufgebauten Spannungen und es fiel mir unendlich schwer, herauszufinden, welche Erkenntnisse ich denn nun so teuer bezahlt hatte.

„Ich werde ab jetzt ein Leben innerhalb meiner Grenzen leben", versprach ich Kai und mein unterstützender Mann versuchte, so zu tun, als würde er mir glauben.

KAPITEL 4:

„ICH BIN SELBST ERKRANKT UND WERDE AUS DEM KUNDENKONTAKT ABGEZOGEN."

In den Tagen bis zu meinem nächsten Gespräch bei der Rentenversicherung musste ich immer wieder schmunzeln. In der Werbung. Ha! In der Werbung. Ausgerecht in der Werbung. Ich, die als Arbeit nur das definierte, was einen gesellschaftlichen Nutzen hatte. Ich, bei der Kommunikation eine ganze Kettenreaktion körperlicher Symptome auslöste. Ich, die maximal zwei bis drei Stunden am Tag arbeiten konnte. Immer wieder fiel mir eine neues „Ich, die ..." ein und ich musste kichern. Wie gut, dass mein Umfeld es gewöhnt war, dass sie nicht immer wussten, warum ich gerade lachte. Trotzdem war da etwas dran. Ich hatte schon bei der Reha meinen Frieden in der Kreativwerkstatt gefunden und auch bei der Feststellung war ich erst wach geworden, als es um die Gestaltung des Regals ging. Ich würde wohl von meinem sehr kommunikativen beruflichen Vorleben auf ein kreatives gestalterisches Arbeiten umsteigen müssen. Das beruhigte mein Nervensystem, statt es zu überfordern. Ein Studium würde ich auch mit einer Arbeitszeit von wenigen Stunden am Tag schaffen. Dort musste ich keine kompletten Tage in einer Gruppe verbringen. Endlich hatte ich einen Plan und zudem die reizende Rentenversicherung, von der ich inzwischen Geschenke annehmen konnte.

Mein entzückender Berater hörte sich meinen Plan aufmerksam an und musste mich jedoch enttäuschen: Studienberufe wurden von der Rentenversicherung nicht unterstützt, nur Ausbildungsberufe. Das gab sein System leider nicht her. Gerne könne er mich aber an eine Vollzeitausbildung für Mediengestalter:innen oder ähnliches vermitteln. Wir wussten jedoch beide, dass ich das nie durchstehen würde. Doch Ideen gingen mir ja nie aus.

„Wie wäre es mit einem Fernkurs?" fragte ich.

Er lächelte. „Normalerweise machen wir das nicht, aber ich denke, in Ihrem Fall probieren wir eine Ausnahme. Wenn Sie dieses Formular ausfüllen, beantragen Sie eine Kostenübernahme für einen Online-Kurs in HTML und Grafikdesigner."

Ich war dankbar. Er hatte verstanden. Wir wussten beide, dass dies unser Abschied voneinander war. Er hatte den kompletten Rahmen seiner Befugnisse für mich ausgeschöpft.

„Frau Ben Ayari, das ist unser letztes Gespräch", sagte er da auch schon.

Was er danach sagte, hatte ich nicht erwartet.

„Ich bin selbst psychisch erkrankt und wurde daher aus dem Kundenkontakt abgezogen. Heute ist mein letzter Arbeitstag an diesem Platz."

Wir schwiegen lange – plötzlich Verbündete. Nun wurde klar, warum er seine Arbeit so mitfühlend und gutherzig machen konnte. Er verstand wirklich. Doch auch er, der das System so gut kannte, hatte sich keine Unterstützung organisieren und keine Alternativen entwickeln können. Auch er musste den Job verlassen, den er so liebte und so gut machte. Genau in diesem Moment wurde mir klar, dass ich es hier nicht nur mit einem individuellen Problem zu tun hatte, sondern unser Verständnis von Arbeit in eine gesamtgesellschaftliche Schieflage geraten war. Und dass die Rentenversicherung versehentlich eben das System unterstützte, das alle krank machte. Ich würde die nächsten Schritte allein gehen und keine weiteren Geschenke mehr annehmen. Wieder verließ ich einen Ort, nach dem ich keine Sehnsucht haben würde. Doch in diesem Moment hatte ich mehr Mitgefühl mit den Menschen, die hier arbeiteten als mit mir. So viele von ihnen gaben wirklich ihr Bestes, Menschen zu helfen. Wie furchtbar musste es sein, wenn man ehrlich helfen wollte und doch die erlaubten Instrumente so wenig griffen, es teilweise sogar noch schlimmer machten und man es wahrscheinlich vor lauter Systemblindheit noch nicht einmal sehen konnte.

Kapitel 5:

„Schlechte Noten sind normal, wenn Sie etwas Neues anfangen."

Meine zwei Fortbildungen genoss ich. Der HTML-Kurs wurde zu einem gemeinsamen Hobby von Kai und mir. Es tat uns gut, ein gemeinsames Projekt zu haben. Fröhlich programmierten wir anhand des Lernmaterials an einer Webseite herum und lernten gemeinsam eine neue Sprache und Logik. Wir fühlten uns so selbstsicher, dass wir sogar die Programmierung der Webseite der Schule unserer Kinder übernahmen. Ich fand es toll, etwas tiefer zu verstehen, was sich hinter den Webseiten verbarg und erste kleine Einblicke in das Potenzial des Internets zu erhalten.

Der zweite Kurs war umfassender und sollte zu einem Abschluss in Grafikdesign führen. Ständig kam neues Lernmaterial an, gepaart mit Aufgaben, die ich einreichen sollte. Die Aufgaben machten mir Freude, auch wenn ich sie teilweise als Zeitverschwendung empfand. Warum sollte ich ausgedachte Aufgaben bearbeiten, statt wie bei HTML direkt an eigenen Projekten zu arbeiten? Ich reichte zum ersten Heft meine Aufgaben ein und erhielt nach ein paar Wochen eine sehr persönliche, handgeschriebene Rückmeldung per Post. Doch so wertschätzend und freundlich erklärend die Worte auch waren, die Drei, die darunter prangte, brachte mich komplett durcheinander. Eine Drei? Ich? Noch nie hatte ich eine schlechtere Note als eine Zwei gehabt und auch das war nur die Ausnahme. Ich ärgerte mich darüber, dass ich dieser kleinen Zahl eine solche Macht schenkte, da sie ja keinerlei Konsequenzen für mein Leben hatte. Doch es ließ mich nicht los: eine Drei?! Meine Motivation schwand. Für die Bearbeitung des nächsten Lehrheftes brauchte ich dreimal so lang, immer noch mit Aufgaben befasst, die im Anschluss einfach in den Müll konnten. Zu den Aufgaben legte ich einen kleinen Brief, in dem ich erklärte, wie sehr mich die Note getroffen hatte, auch wenn ich die Erklärung vollständig verstanden hatte. Ich erhielt sofort eine liebevolle E-Mail. Ich sollte mir keine Gedanken machen.

„Es ist ganz normal, wenn wir uns als Erwachsene in ein ganz neues Lernfeld begeben, dass wir erst einmal schlechter abschneiden." Ich solle durchhalten, es würde besser werden.

Aber durch diese Worte wurde mir klar: Ich wollte gar nicht mit Mitte Dreißig einen neuen Beruf erlernen. Ich war so gut in dem, was ich tat. Ich konnte auf so hohem Niveau wirksam sein. Meine Expertise war doch nicht weg, nur weil ich krank war. Ich wollte keine Anfängerin sein und die nächsten fünfzehn Jahre investieren müssen, um ein ähnliches Maß an Wissen und Können zu erreichen. Ich wollte arbeiten, ja, aber ich wollte gut in dem sein, was ich tat.

Kapitel 6:

„Merkst Du überhaupt, wieviel besser es Dir geht?"

Ich saß mit Dana am Küchentisch. Vor ihr lagen einige Papiere und eine Liste von Fragen. Als ich ausfiel, war unser Studiengang gerade von beiden Universitäten durch alle Gremien gegangen und wir hatten mit der Umsetzung begonnen. Ich hatte das Konzept geschrieben und war so leider die einzige, die didaktisch tief genug in der Materie steckte, dass sie den Qualitätsanspruch aus dem Konzept nun in die alltägliche Ebene der Macher:innen übersetzen konnte. Dana hatte die Rolle übernommen, mich immer wieder auf meinem Dorf zu besuchen – mit allen Fragen, die sich im Laufe der letzten Wochen aufgetan hatten.

Plötzlich hielt sie mitten im Satz inne und strahlte mich an: „Mila, wir sitzen am Tisch. Merkst Du überhaupt, wieviel besser es Dir geht? Bisher lagst Du immer im Bett, wenn ich hier war."

Ich hatte an die Zeit nach der OP nur sehr vage Erinnerungen, daher freute es mich immer sehr, wenn andere Menschen mir meine Geschichte hinterhertrugen.

„Am Anfang konntest Du noch gar nicht richtig reden. Du

hast alles verstanden und konntest auch alles sagen, aber es waren kurze Sätze. Du hast Dich oft verrannt, musstest wieder von vorne anfangen, bist oft verzweifelt an dem Gefühl, Dich nicht ausdrücken zu können. Und ich konnte nie länger als eine halbe Stunde bleiben, bevor Du Deine Erschöpfung nicht mehr verbergen konntest. Weißt Du noch?"

Sie erinnerte sich weiter für uns beide: „Du hast mir Nachrichten geschrieben, bei denen der Satzanfang und das Satzende gar nicht zusammenpassten. Und wenn das Telefon klingelte, bist Du sofort ängstlich zusammengezuckt."

Sie hatte recht. Wir saßen am Küchentisch. Meine Sprache war flüssig. Sie war schon seit einer halben Stunde da und ich hatte keinerlei Sehnsucht danach, dass sie wieder ging – im Gegenteil. Das mit dem Telefon war jedoch sogar noch stärker geworden. Die Türklingel war noch schlimmer. Ich hatte wahnsinnige Angst davor, dass Menschen mir Kontakt aufzwingen würden, in Momenten, in denen mein Körper daran kaputt gehen würde: Todesangst. Es half gar nicht, dass ich mir immer wieder vorpredigte, dass man nicht daran sterben konnte, wenn jemand mit einem sprach. Wenn es in einem Moment geschah, in dem meine Reiztoleranz des Tages schon ausgeschöpft war, wurde es zu einer körperlichen und emotionalen Nahtoderfahrung. Ich, die immer vertrauensvoll mit der Welt verbunden gewesen war, wurde gerade zur Angstexpertin.

Langsam fand ich jedoch heraus, dass es nicht nur eine Frage der Quantität war, sondern auch der Qualität. Ich reagierte enorm auf Menschen, die etwas anderes sagten, als sie fühlten. Unempathische Menschen taten mir nicht nur körperlich weh, sondern machten mir Angst, denn sie verletzten ja, ohne es zu merken. Starke Gefühle anderer Menschen, für die sie noch keine Worte hatten, nahmen mir schier den Atem. Dana jedoch war für mich die personifizierte Sicherheit. Sie hörte wirklich zu, wenn ich erklärte, was ich schon konnte und was nicht und hielt sich stets an meine Grenzen, noch weit, bevor ich etwas gesagt hatte. Sie sah mich genau an und nahm dankbar, was ich geben konnte, ohne je Ansprüche an mehr zu stellen. Wir arbeiteten schnell und ohne Umwege, strukturiert, tief und auf den Punkt, kein unnötiges Wort. Vor allem aber mochte ich sie von ganzem Herzen. Ihre Besuche sorgten dafür, dass ich nicht wahnsinnig wurde. Ich hatte die ganze Zeit etwas Konzeptionelles zu denken, schließlich setzten wir gerade nicht nur einen Studiengang, sondern ein komplettes Institut für gesellschaftliche Entwicklung auf. Dadurch, dass sie mich auf dem Laufenden hielt, konnte ich die ganze Zeit – wenigstens in mir – weiterarbeiten. Ab und an kam sie vorbei, erntete meine Gedanken und sorgte dafür, dass sie in die Umsetzung flossen.

„Mila, ich weiß nicht, ob es zu früh ist. Lass uns gemeinsam darüber nachdenken. Aber wir stellen jetzt Mitarbeitende ein. Mindestens eine Geschäftsführung und dann bald sicher auch eine Studiengangsleitung. Ich fände es sehr wichtig, dass sie Dich kennenlernen, dass sie verstehen, dass Du das verkörperst, was wir hier aufbauen wollen. Dass sie das Konzept so tief nachvollziehen können wie Du. Dass sie Dich auch nutzen können, wenn sie konzeptionelle Fragen haben. Sie würden natürlich zu Dir kommen und ich erkläre ihnen vorher ganz genau, was Dir guttut und was nicht. Kannst Du Dir das vorstellen?"

Ganz kurz blitzte mein Versprechen durch meinen Kopf, dass ich jetzt innerhalb meiner Grenzen bleiben würde, doch ich schob es schnell zur Seite. Natürlich! Natürlich würde ich alles tun, was ich konnte, damit unsere Vision, an der wir lange gearbeitet hatten, Wirklichkeit wurde: mit echten Menschen. Ganz sicher würden das ja auch sehr nette Menschen sein. Puh! Neue Menschen. Würde ich schaffen. Irgendwie. Würde schon werden.

„Ok", sagte ich vorsichtig. Und dann lauter: „Natürlich. Gerne."

Sie hatte noch etwas auf dem Herzen: „Sollten wir dann nicht langsam auch anfangen, Dich für Deine Arbeit wieder zu bezahlen?"

Mit diesen Worten landete ich kopfüber in einem riesigen See an Schuldgefühlen: Ich war eine Belastung für meine Umwelt geworden – in erster Linie natürlich für meine Familie. Wäre ich früher auf den Gedanken gekommen, ein Bild von einem kranken Ich zu entwerfen, hätte dieses so in etwa dem der Klara aus Heidi entsprochen: Ich hätte im Rollstuhl gesessen, wäre sanft und freundlich gewesen, dankbar und weise. Die Realität von Krankheit war jedoch eine andere. Durch die kontinuierliche Überforderung traten Persönlichkeitsaspekte an den Tag, die ich vorher nicht kannte. Ich war zickig, teilweise bissig und verletzte meine Liebsten, wenn sie mir zu nahekamen. Natürlich entschuldigte ich mich dann, sobald ich wieder in den Kontakt gehen konnte, doch das änderte ja nichts daran, dass sie sich durch viele unangebrachte Reaktionen arbeiten mussten. Ich wiederum war oftmals lahm gelegt von der Scham, die mein Verhalten in mir erzeugte. Ich schämte mich so sehr, dass mein Körper davon zuckte und ich teilweise meine Scham in die Toilette erbrechen musste, da ich sie schier nicht in mir halten konnte. So wollte ich einfach nicht sein. Da konnten mir die Leute noch so viel erklären, dass das natürlich nur ein Teil von mir war. Ich war diesem Teil noch nie begegnet und er war mir zuwider. Er widersprach allen Werten, an die ich glaubte und an dessen gesellschaftlicher Verbreitung ich so intensiv arbeitete. Wenn ich schon meinem Anspruch als Mutter und Frau nicht genügen konnte, wie konnte ich dann so etwas wie Professionalität an den Tag legen?

Zum hundertsten Mal erklärte mir Dana: „Mila, ich mache das nicht, um Dir zu helfen. Das ist kein soziales, altruistisches Verhalten. Wir brauchen Dich wirklich. Dein Input und Deine Gedanken sind ein ganz zentrales Element unserer Arbeit. Ich weiß, Du fühlst Dich wie ein Sozialfall, aber das bist Du wirklich nicht. Du arbeitest hier. Das ist keine Beschäftigungstherapie."

Durch einen dicken Nebel aus Schuld und Scham hindurch erreichten mich ihre Worte durchaus. Ich versuchte, mich an ihnen festzuhalten. Ich fühlte mich geliebt und getröstet, doch das gab mir nur noch mehr Anlass zu Dankbarkeit und schlechtem Gewissen, dass sie so viel für mich auf sich nahm und ich nichts hatte, um das wieder aufwiegen zu können. Ich hatte sie im Stich gelassen und nun war all dieses tiefe Wissen in mir und sie hatten gar keine andere Wahl, als es sich zu holen. Mein professionelles Selbstbild definierte sich darüber, dass ich freundlich, unkompliziert, belastbar und hilfreich war. Wie sollte ich arbeiten, wenn ich nichts davon versprechen konnte?

Irgendwann merkte ich, dass ich ihr noch immer eine Antwort schuldig war auf die Frage, ob sie mich wieder bezahlen sollten. Ich öffnete den Mund und versuchte sie in all die Gedanken und Gefühle einzuweihen, die mich alle gleichzeitig durchliefen. Am Ende meines Wortschwalls war jedoch lediglich klar, dass ich noch keine Antwort hatte.

Kapitel 7:

„Das muss eine große Organisation auffangen können."

„Wie geht es Dir denn? Was beschäftigt Dich denn im Moment?", fragte Emilia bei einem ihrer regelmäßigen Besuche.

Sie kam allein, ohne Mann und Kinder und ich war gerührt davon, dass sie mich im Gegensatz zu vielen anderen nie in die Verlegenheit brachte, auszusprechen, dass ich den Lärm von spielenden Kindern nicht aushielt. Ich hielt kurz inne und überlegte: Was ging mir denn im Moment viel durch den Kopf?

„Geld", sagte ich, „und meine Abhängigkeit vom Staat."

Kai verdiente genug für sich und seine Jungs, aber nicht für uns alle.

„Hartz IV ist eine große Hilfe, doch das Geld geht im Wesentlichen für meine verschiedenen Behandlungsversuche drauf. Vor allem aber halte ich die Abhängigkeit nur sehr schwer aus."

Nein, ich würde jetzt nicht weinen. Ich würde analysieren und nicht schon wieder in der Scham versacken.

„Ich bin so dankbar, in einem Land zu leben, in dem man aufgefangen wird, in dem es eine Mindestsicherung gibt. Ich kann sicher sein, dass meine kleine Chloë und ich weder erfrieren noch verhungern werden. Sie haben sogar Chloës Klassenfahrt bezahlt. Ist das nicht unglaublich?"

Emilia war darüber nicht ganz so überrascht. Sie war viel politischer als ich und machte sich sehr viele Gedanken um Chancengleichheit.

„Ich habe ein solches Glück, dass ich in Deutschland krank bin", fuhr ich fort, „aber Hartz IV ist nur ein Auffangnetz, das man nur in Anspruch nimmt, wenn es nicht anders geht, um dann so schnell wie möglich die Ressourcen wieder freizumachen für andere, die es jetzt zum Überleben brauchten. Meine Zeit ist abgelaufen, das spüre ich einfach."

Hier musste sie kichern. Sie musste es nicht einmal aussprechen. Sie konnte nicht einmal ihre Kinder mitbringen, aber ich war nicht mehr bedürftig: schon klar! Ich war jetzt aber im Sprechdenken angekommen und konnte nicht mehr aufhören. Ich hatte vor kurzem gelernt, dass das Logorrhoe hieß: Sprechdurchfall – eventuell auch ein Symptom für irgendwas.

„Außerdem hält mich Hartz IV in der Ärztemühle", fuhr ich fort, „da ich kontinuierlich Atteste benötige und ich mich so immer und immer wieder mit meiner Unfähigkeit konfrontieren muss, mich so zu erklären, dass Ärzte helfen können. Das ist beknackt. Ich muss aus dieser Schuldnummer raus und bei jedem Arztbesuch lande ich wieder tiefer in der Schamspirale. Ich brauche Tage, um mich wieder aufzubauen."

An dieser Stelle holte Emilia Luft und wollte einsteigen, doch jetzt war ich in Fahrt und ließ sie gar nicht zu Wort kommen.

„Ich werde auch das diffuse Gefühl nicht los, dass ich mich, solange ich in dem System bin, als bedürftig und nicht als eigenverantwortlich definieren werde. Aber ich kann auf keinen Fall schon genug Stunden arbeiten, um wieder freiberuflich zu überleben. Was soll ich auch tun, wenn ich weder mehr als ein paar Stunden kommunizieren noch reisen kann?"

Ich merkte richtig, wie Emilia in den Berufsmodus überwechselte. Diese große, wildgelockte Frau mit Blümchenspangen und Glitzerhosen war nämlich Vize-

Präsidentin an der Uni, an der die meisten meiner Projekte stattfanden und die auch eine der Trägerunis des neuen Studiengangs war.

„Mila, Du bist nicht die Einzige. Wir haben viele Mitarbeiter, die krank werden und es nicht richtig wieder zurückschaffen. Sie fallen immer und immer wieder aus. Ich finde, das muss eine so große Organisation auffangen können. Das ist unsere Verantwortung als Arbeitgeberin. Wir sind auch in Deinem Fall moralisch nicht raus aus der sozialen Verantwortung, nur weil Du freiberufliche Mitarbeiterin warst."

Sie hatte einen Plan: „An der Uni entwickeln sich gerade immer mehr kleine Projekte zum Thema Konfliktmanagement. Es wird immer deutlicher, dass sich das Thema zu einem ernst zu nehmenden Schwerpunkt der Uni entwickelt. Allerdings machen die ganzen Projekte nur wenig miteinander. Ich würde gerne ein deutsch-polnisches Netzwerk aufmachen, das einerseits Akteure aus beiden Ländern verbindet, andererseits aber auch die Uni-Projekte untereinander und mit der Außenwelt. Ich stelle mir das so vor: Wir schreiben einen Antrag, Du übernimmst die Leitung, Konzeption und inhaltliche Expertise und neben Dir brauchen wir eben ein polnisches Kommunikationstalent, dass Dir so viele menschliche Kontakte wie möglich abnimmt."

Ehrlich? Ich sollte ein Projekt übernehmen? Verführerisch, ja, aber wie um Himmels willen?

„Wir können Dich hier nutzen, um nach Lösungen zu suchen. Du bist nebenbei quasi ein Experiment, um zu gucken, wie es gehen könnte."

Mit einer festen Stelle würde ich außerdem das Jobcenter verlassen können, später Anspruch auf Arbeitslosengeld haben und könnte mich zwischendurch immer einmal wieder krankschreiben lassen, wenn es nicht mehr ging. Sie hatte das alles durchdacht.

Meine Bedenken, dass wir ja dann quasi mir einen Krankheitssitz erschlichen, warf sie beiseite: „Hör auf! Du bist die beste Person auf diesem Gebiet in unserer Region und das weißt Du. Wir machen kein Projekt, damit Du einen Job hast. Wir machen ein wichtiges und notwendiges Projekt, das in unsere Kernstrategie passt und die beste Person für diesen Job hat eben Einschränkungen. Mach Dich nicht kleiner als Du bist. Du bist vielleicht die Einzige, die das Vertrauen und den professionellen Respekt aller Beteiligten hat."

Da war sie wieder: Diese riesige Kluft zwischen der Wahrnehmung der anderen und meiner eigenen. Sie sahen, dass meine besondere Expertise gebraucht wurde und sie waren bereit, kreative Lösungen zu entwickeln. Ich sah, dass ich ein Sozialfall war und meine Freund:innen und Kolleg:innen versuchten, mich zu retten. Ich stand noch immer auf allen Ausbilder:innenlisten, überall wurde mein Platz freigehalten, bis ich wieder kommen konnte. So dankbar ich auch war: Solange sich das System nicht ohne mich neu organisierte, war ich auch eine Belastung und verursachte viel Mehrarbeit. Wie konnte ich das je in meinem Leben wieder gutmachen? Ich könnte nicht einmal für sie dasselbe tun, denn ich hatte ja gar nichts mehr, womit ich hätte helfen können.

Abends lag ich im Bett und eine so riesige Welle von Scham hatte mich im Griff, dass ich irgendetwas tun musste, egal was, Hauptsache aktiv werden. Ich schrieb eine große Reihe von E-Mails und SMS, in denen ich mich bedankte und entschuldigte, dass ich sie so im Stich ließ. Als die liebevollen Antworten eintrudelten, brach ich heulend zusammen. Ich machte ihnen nicht nur Mehrarbeit und brachte viele Systeme durcheinander, sondern zwang sie auch noch zusätzlich, mich zu trösten. Das konnte ich nicht tun, das war ja quasi eine verschrobene Variante von *fishing for compliments* für Kranke. Ja, ich würde Emilias Angebot annehmen. Ich würde versuchen, es so gut und ehrlich wie möglich zu machen und aufhören, die Welt mit meinem Selbstmitleid zu belasten. Ich würde eine gute Kranke werden und Heidis Klara ernstzunehmende Konkurrenz machen.

Kapitel 8:

„Du bist lustig und gut in dem, was Du tust."

Meine Pupillen weiteten sich wie immer ein wenig, als Iveta den Raum betrat. Sie wirbelte umher, erzählte innerhalb einer halben Minute von fünf unverbundenen Themen ihres Lebens, umarmte mich fest und dann verschwanden ihre roten Haare schon wieder im anderen Raum. Ich hatte mich sofort in sie verliebt, obwohl ich auch ein wenig Angst vor ihrem großherzigen Überschwang hatte. Ihre Kommunikation war eigentlich genau das, was ich nicht verkraften konnte: wahnsinnig viel, wahnsinnig schnell und nur selten auf den Punkt, eher in alle Richtungen gleichzeitig. Trotzdem kam ich zurecht, weil darin so viel Liebe, Großzügigkeit und Lernbereitschaft lagen, dass sich nach dem anfänglichen Schreck mein Nervensystem immer beruhigen und in einem amüsierten und warmherzigen Beobachten zurücklehnen konnte. Ich musste gar nicht hinterherkommen, alles verarbeiten und auf alles antworten. Iveta war eher ein Gesamterlebnis, das man mehr emotional als kognitiv genießen konnte.

Emilia hatte tatsächlich das polnische Kommunikationstalent

gefunden, das sie sich vorgestellt hatte. Natürlich hatten wir unterschätzt, dass Kommunikationsjunkies eben viel kommunizieren – auch mit mir. Das Besondere an Iveta jedoch waren ihre enorme Güte und Sensibilität. Sie stellte viele Fragen, bis sie meine Auslöser so gut verstanden hatte, dass sie daraus für sich selbst Handlungsfolgerungen schließen konnte. Ab dann tat sie alles, damit es mir so gut wie möglich ging und sie meine begrenzte Kommunikationszeit eben dort einsetzen konnte, wo sie mich tatsächlich brauchte. Warum offiziell ich die Leitung hatte, war rätselhaft.

„Bist Du bereit für Polen?" lachte sie.

Heute würde ich es wagen. Wir fuhren nach Breslau, damit auch ich einmal die polnischen Netzwerkmitglieder kennenlernen und ihre Interessen in meine Konzepte und Inhalte mit einarbeiten konnte. Für mich bedeutete das, dass ich nicht nur weit mehr Stunden als sonst mit Menschen zusammen sein würde, sondern auch abends nicht tot in mein Bett und die Arme meines Mannes fallen können würde. Doch obwohl ich wusste, dass Iveta mich auch überfordern würde, gab sie mir Sicherheit, denn sie passte tatsächlich auf mich auf.

Sie fuhr genauso Auto wie sie redete. Als wir in Breslau ankamen, war ich komplett erschöpft. Ich hatte unsere Gastgeberin vor vielen Jahren ausgebildet und sehr lange nicht gesehen, trotzdem konnte ich nach einer kurzen Begrüßung erst einmal nur ins Bett. Während ich dort lag und versuchte, mein Nervensystem zur Ruhe kommen zu lassen, merkte ich, wie nach und nach meine Muskeln ausfielen. Erst konnte ich mein linkes Bein nicht mehr heben, dann den Kopf und den oberen Rücken nicht mehr halten. Schließlich brach auch meine Blasenmuskulatur zusammen, was vorher noch nie passiert war. Ich lag in einem fremden Kinderzimmer und hatte tatsächlich wie ein Kleinkind ins Bett gemacht. Mir fiel nichts ein, wie ich das hätte vertuschen können. Scham und Aktivismus bekriegten sich in mir. Ich musste um Hilfe bitten. Doch wie sagt man so etwas? Zuerst musste ich mich um mich selbst kümmern. Ich hatte nur wenige Wechselsachen dabei. Wir wollten ja nur eine Nacht bleiben. Ich wusch meine Hose und versuchte, sie zu föhnen. Immer wieder huschte ich heimlich ins Bad, in der Hoffnung, dass mich die beiden lachenden Frauen in der Küche nicht hören würden. Schließlich bemerkte mich Iveta und lächelte mich – glücklich darüber, dass ich wieder wach war – an. Mir traten sofort die Tränen in die Augen. Wenn ich nichts sagte, war ja vielleicht alles getrocknet, wenn wir wiederkamen? Doch wie konnte ich das dem Kind antun, in dessen Bett ich lag? Ich fing an, irgendetwas vor mich hinzustottern und beide reagierten ohne viele Worte. Schnell machten sie das Bett neu und wir sprachen nie wieder darüber. Ich war so dankbar über diese erfahrenen Mütter, die auf solche Situationen komplett pragmatisch und undramatisch reagierten.

Wir machten uns gemeinsam auf den Weg in die Uni, ohne dass ich eine Minute wirklich zur Ruhe gekommen war. Alles war chaotisch. Wir mussten ewig warten, dann war die richtige Person nicht da und später drehte sich das Gespräch um alles nur nicht um unseren Arbeitskontext. Ich wurde immer panischer. War Polen zu viel für mich? Konnte ich nur in der strukturierten, überprofessionellen Welt der Deutschen arbeiten, in denen sich Menschen an Termine und Themen hielten? Würde mir die Kraft komplett ausgehen, bevor wir überhaupt zum Thema kamen und ich dran war? Ich konnte vor Unsicherheit kaum noch zuhören. Ich lächelte und folgte den beiden Frauen, die mir Sicherheit gaben, wie ein kleines Hündchen. Als ich schon dachte, es könnte kaum schlimmer werden, wurde mir klar, dass wir auch noch alle gemeinsam essen gehen und noch mehr Menschen zu uns stoßen würden. Ich konnte nicht mehr und hatte keine Ahnung, wie ich das ausdrücken könnte, ohne dass die gesamte Reise umsonst war. Wir hatten schließlich noch keine einzige Minute über die Mitarbeit im Netzwerk gesprochen.

In der Weinbar gab ich einfach auf. Ich überließ mich vollständig der Führung der vielen polnischen Frauen und genoss es, nicht alles verstehen zu müssen. Ab und zu sagte ich auch mal etwas und erntete viel Anerkennung.

„Du bist so lustig", freuten sie sich, „und Du kennst Dich so gut mit Mediation aus."

Ich trank genauso viel Rotwein wie alle anderen, lachte teilweise, bis mir die Tränen liefen und ließ alles los, was irgendetwas mit Arbeit zu tun gehabt hätte. Das hier hatte nichts mit Arbeit zu tun, sondern mit Beziehung. Tatsächlich wurde von mir nicht mehr erwartet, als ab und an Fragen zu beantworten und mit meinen zwanzig Worten Polnisch zu punkten. Es interessierte niemanden, ob ich für irgendetwas genügte. Ich war ein guter Mensch umgeben von guten Menschen.

Betrunken und zufrieden landete ich irgendwann wieder im frisch bezogenen Bett im Kinderzimmer. Professionell waren wir keinen Schritt weitergekommen, doch menschlich schon. Ich hatte meine erste Dienstreise halbwegs gut gemeistert und wieder einmal festgestellt, dass ich umgeben von Fröhlichkeit und persönlicher Lebendigkeit mit viel mehr klarkam, als ich dachte. Ich war körperlich am Ende meiner Kräfte und wusste, dass ich eine sehr harte Woche voller unvorhersehbarer Symptome vor mir hatte. Gleichzeitig hatte ich zum ersten Mal das Gefühl, dass es sich gelohnt hatte, so über meine Grenzen zu gehen.

Kapitel 9:

„Das musste doch auch bei ihm irgendwelche Reaktionen auslösen."

Ich wachte gegen vier Uhr früh auf und meine gesamte linke Seite zuckte. Mir liefen Tränen über die Wangen und ich fror so sehr, dass sich jeder Muskel in meinem Körper verkrampfte. Doch schlimmer als die körperlichen Symptome war die Scham. Sie war so groß, dass ich ernsthaft nach einer Möglichkeit suchte, irgendwohin zu gehen, wo ich nicht war. Es musste doch möglich sein, ab und an mal eine Pause von mir selbst zu bekommen. Ich nahm mein eigenes Wimmern erst wahr, als Kai neben mir aufwachte. Ich spürte seinen Widerwillen, den Schlaf zu verlassen, doch wie immer siegte seine Fürsorge und er hielt meine zuckenden Körperteile fest. Ich versuchte, mich auf meinen Atem zu konzentrieren, doch immer wieder zuckte ich abrupt. Ich merkte, wie ich mir einen Muskel zerrte. Die Scham und der Anfall hatten sich verhakt. Die Scham befeuerte das Zucken und das Zucken regte meine Scham an, da ich wieder einmal Kai vom Schlafen abhielt. Ich wurde wütend auf Kai. Warum musste er immer der Gute sein? Wie sollte ich neben so jemandem jemals meine Scham loswerden? Und warum sagte er schon wieder nichts? Konnte er nicht mal genervt oder wütend sein? Neben mir war Kai jedoch bereits wieder eingeschlafen und schnarchte leise. Ich überlegte kurz, ob ich ihn wecken und einen Streit anfangen sollte, um meinen Gefühlsaufruhr loszuwerden. Er machte mich mit seinem Schweigen wahnsinnig. Das musste doch auch bei ihm irgendwelche Reaktionen auslösen. Ich wusste jedoch, dass ich meinen Frust schon oft genug an ihm ausließ. Stattdessen verband ich mich mit seinem Atemrhythmus und genoss seine warme Regelmäßigkeit. Gerade als auch ich langsam wieder ruhig wurde, musste ich aufspringen und ins Bad rennen. Die nächste Stunde würde ich wohl wieder einmal vor dem Klo verbringen. Ich spuckte meine gesamte Scham aus und humpelte schließlich die Treppe hoch. Oben angekommen lag ich hellwach neben Kai und ließ meine Gedanken endlich das tun, was mir am besten tat. Mein Kopf durfte arbeiten. Er durfte ein Konzept für das E-Learning für den Studiengang entwickeln. Immer mehr Schichten an Komplexität zeigten sich und es wurde immer deutlicher, wie ein System aussehen konnte, in dem alles zusammenpasste, in dem die Inhalte des Studiengangs sich auch in der Art des Unterrichts und dem Aufbau der Organisation widerspiegelten. Vor meinem inneren Auge entstand etwas, das die Scham vertrieb. Es dachte sich quasi selbst und beim Zusehen merkte ich, dass es gut und hilfreich war. Ich überlegte noch kurz, ob ich sofort aufstehen und schreiben sollte, doch ich wusste, dass ich nichts von dem vergessen würde, das so natürlich geboren war. Endlich schlief ich ein.

Kapitel 10:

„Ich weiss gar nicht, was Du hast. Du bist doch total verlässlich.“

Nachdem mich nun mehr Menschen kannten, wollten auch mehr Menschen mit mir sprechen. Der tolle Plan, dass ich mich hinter Iveta verstecken konnte, ging leider nicht ganz auf. Vor allem die Professor:innen wollten immer mit der Leitung sprechen. Ich gab mir die größte Mühe, den Anforderungen gerecht zu werden. Allerdings ging es hier – im Gegensatz zu meinem polnischen Abenteuer – weniger um Beziehungen und Lebendigkeit, sondern mehr um den Anschein von Expertise und Professionalität. Ich wusste immer weniger, was das bedeutete. Das diffuse Gefühl, komplett zu versagen, wurde immer größer.

Ich saß im Büro eines Professors, der ein wenig genötigt wurde, sich unserem Netzwerk anzuschließen. Während ich auf seinem Sofa sitzend auf ihn wartete, fiel die Muskulatur meines oberen Rückens aus. Die breite Lehne des Sofas gab mir Halt, wenn ich beide Arme weit ausbreitete und mich dort verkeilte. Als er hereinkam, blieb ich genauso sitzen und begrüßte ihn nur verbal. Er war sichtlich irritiert. Ich spürte die Ergebnisse meiner

Körpersprache: Ich begann, mich überheblich zu fühlen und empfand gleichzeitig den Drang, mich zu erklären und zu entschuldigen. Meine Machtpose wirkte auf ihn und auf mich. Der Gesprächsinhalt war komplett überschattet. Ich wusste genug über Kommunikation, um mitzukriegen, dass ich gerade überhaupt nicht kongruent war. Mein Körper sagte etwas vollständig Anderes als mein Tonfall und meine Worte.

„Wir würden uns wirklich sehr freuen, wenn Sie sich anschließen könnten", sagte ich. „Natürlich bin ich sicher, dass wir alle sehr viel von Ihnen lernen können. Ich denke auch, dass Sie davon profitieren würden."

Mein Körper wiederum sagte: „Du kleiner Depp! Ich bin so viel besser als Du und habe keine Ahnung, was ich von jemandem wie Dir schon lernen könnte."

Ich hatte keine Ahnung, wie ich mit der Situation umgehen sollte. Ich tat also so, als wäre nichts. Er tat ja auch so, als wäre nichts. Sein Interesse hatte ich definitiv geweckt. Irgendwas an meinem skurrilen Auftritt machte ihn neugierig. Als er schließlich höflich seine Teilnahme zusagte, wussten wir jedoch beide, dass wir uns nie wieder sehen würden – und wir waren beide erleichtert.

Die Terminanfragen häuften sich. An guten Tagen sagte ich alles zu, an schlechten Tagen alles wieder ab. Iveta telefonierte unermüdlich und organisierte alles um. Mein schlechtes Gewissen wuchs kontinuierlich und peinigte mich in die Zusage weiterer Termine, die zu noch mehr Absagen führten. Immer und immer wieder entschuldigte ich mich überschwänglich bei Iveta, bis es ihr schließlich zu viel wurde.

„Mila, Du bist überhaupt nicht unzuverlässig", versuchte sie, mir zu erklären. „Unzuverlässige Menschen sagen einfach ab. Du aber findest immer Alternativen, organisierst Ersatz wo es möglich ist oder stattest mich schriftlich mit allem aus, was ich brauche, um handlungsfähig zu sein. Hör auf damit, Dich selbst zu beschimpfen."

Wieder wuchs mein schlechtes Gewissen. Nun glich sie nicht nur alles aus, was ich anrichtete, sondern musste mich auch noch trösten. Auch diese Gedanken waren mir peinlich. Warum hatte ich das noch nicht gelernt? Warum belastete ich immer wieder mein Umfeld mit dem Auftrag, mein schlechtes Gewissen zu erleichtern?

Kapitel 11:

„Drück doch Deine Gefühle mal deutlich aus."

Ein Mitglied unseres Netzwerkes war der Besitzer eines Pferdestalls, der Kommunikationskurse und Konfliktlösung mit Pferden anbot. Da wir uns nur bedingt etwas darunter vorstellen konnten, folgten wir der Einladung, es doch einfach einmal auszuprobieren. Als wir ankamen, saßen wir draußen auf einer Bank und ich war damit beschäftigt, meine Ängste im Zaum zu halten. Ich musste mich noch immer sehr disziplinieren, um mich nicht mit Selbstvorwürfen zu überschütten. Ich war eine solche Memme geworden. In neuen Situationen, in denen ich mich nicht auskannte, stieg sofort die Angst in mir hoch. Vielleicht würde ich in Kommunikationssituationen landen, die mein Hirn nicht verarbeiten konnte. Bisher hatte ich noch keinen Anfall in der Öffentlichkeit gehabt. Gerade im Arbeitskontext, in dem ich eh immer das Gefühl hatte, nicht zu genügen, war das mein größter Albtraum.

Wir waren eine kleine Gruppe von Frauen, die schließlich hinüber zum Paddock gingen – alle ziemlich aufgeregt und komplett planlos, was jetzt passieren würde. Der Trainer

PFERDEGESTÜTZTES COACHING

Beim pferdegestützten Coaching erhalten Menschen die Möglichkeit, sich mit Pferden zu erleben und dieses im Anschluss zu reflektieren und die Erkenntnisse auf den Alltag zu übertragen.

Pferdegestütztes Coaching gehört zur Erlebnispädagogik, in der Natur genutzt wird, um soziale Kompetenzen zu entwickeln. Im beruflichen Kontext wird es besonders in der Entwicklung von Führungskräften eingesetzt.

Besonders an tiergestütztem Coaching allgemein ist, dass Tiere nicht strategisch agieren und uns so mit ehrlichen Reaktionen konfrontieren. Pferde als Herdentiere sind darauf gepolt, direkt und unmittelbar zu reagieren. Gleichzeitig sind Pferde Menschen in ihrem Sozialverhalten am ähnlichsten und können menschliches Verhalten mit großer Empathie deuten. So können sie für uns die direkten Konsequenzen unseres unbewussten und nonverbalen Verhaltens erlebbar machen.

erzählte uns ein paar Minuten lang etwas über Pferde. Primär, dass sie Beziehungs- und Fluchtwesen waren und sie daher ideal waren, um zu sehen, welche Wirkung wir auf andere hatten. Unsere Aufgabe war schlicht: Jede von uns sollte sich in die Mitte des Paddocks stellen, ein Seil in der Hand, und mit drei Pferden hintereinander arbeiten. Wir sollten jedes Pferd ein paar Mal im Kreis laufen lassen und es dann überzeugen, zu uns zu kommen und neben uns stehen zu bleiben. Ich hatte riesigen Respekt vor Pferden. Chloës Vater hatte Pferde gehabt, ein richtiger Pferdeflüsterer, der seine Stute mit einem Bindfaden um den Hals reiten konnte. Diese übermäßige Sensibilität von Pferden hatte bei mir nur dafür gesorgt, konstant das Gefühl zu haben, etwas falsch machen zu können. Als ich schwanger wurde, hatten die Pferde mich dann gar nicht mehr ernstgenommen. Ich mochte sie und ich respektierte sie, aber viel lieber aus der Ferne.

Gott sei Dank war ich nicht die Erste. Eine ältere Dame wollte beginnen. Sie begann, auf das Pferd einzureden und es mit vielen Worten zu überzeugen, das zu tun, was sie sich wünschte. Sie hatte sehr viele Argumente. Das Pferd schlief ein. Neben mir brach ein großes Gelächter aus. Ich verstand, dass es sich um ein Team handelte und die Chefin gerade mit dem Pferd arbeitete.

„Genauso macht sie es auch mit uns“, lachten sie. „Sie redet so lange freundlich auf uns ein, bis wir alle müde werden und gar nichts mehr verstehen.“

Ich begann zu verstehen, wie die Arbeit mit Pferden funktionierte. Wir wurden hier direkt mit unseren Kommunikationsmustern konfrontiert – und das öffentlich. Meine Lust schwand. Die Trainer waren Menschen, die an meine hohe Kommunikationskompetenz glauben mussten, warum sonst sollten sie sich dem Netzwerk anschließen? Nun wurden mir sämtliche Show-Möglichkeiten entzogen. Es würde auffliegen, dass ich mich nur in Erinnerung an alte Zeiten durch diesen Job mogelte.

Dann war ich dran. Das erste Pferd war sehr scheu. Es war leicht, es im Kreis laufen zu lassen und es kam auch freundlich zu mir. Das nächste Pferd war sehr neugierig. Es kam sofort zu mir und untersuchte mich und wollte gar nicht rumrennen, doch auch hier fiel es mir leicht, auszudrücken, was ich wollte. Mein Selbstbewusstsein stieg. Vielleicht konnte ich ja immer noch gut in Beziehung gehen und kommunizieren. Das dritte Pferd, das auch bei der Teamleitung eingeschlafen war, machte mit mir dasselbe. Es stand da, knickte ein Bein ein und verweigerte einfach den Kontakt. Ich war ratlos. Ich probierte mich durch mein gesamtes Repertoire, doch nichts funktionierte. Irgendwann begann ich Dinge wiederholt zu probieren – in aller Klarheit, dass das Quatsch war. Warum sollte eine schlechte Strategie besser werden, wenn man sie wiederholte? Doch irgendwas musste ich ja tun.

Schließlich reagierte der Trainer auf meine flehenden Blicke und stellte sich neben mich: „Was empfindest Du?"

Ich stammelte ein wenig vor mich hin: „Ich bin ein wenig frustriert und traurig, dass ich das nicht schaffe. Ich weiß auch nicht. Er mag mich einfach nicht. Ach, ich weiß nicht."

Er sah mich nur ironisch ungläubig an und wartete darauf, dass ich mich frei redete. Plötzlich fiel mir mein Therapeut ein, wie er immer einmal wieder wiederholte: „Männer verwechseln ihre Trauer mit Wut und Frauen ihre Wut mit Trauer."

Ich sah das doofe Pferd an, das mich nur ignorierte und den doofen Trainer, der mich mit so viel Überheblichkeit behandelte, dass mir leicht schlecht wurde.

„Wut", sagte ich klar und deutlich, „ich bin unglaublich wütend."

„Dann zeig es ihm", sagte er nur und verließ den Paddock wieder.

Ich sammelte meine gesamte Wut in mir und schrie das Pferd an, wie bekloppt und gemein es war, jemanden so dermaßen auflaufen zu lassen; dass man so mit Menschen nicht umgehen könne. Es wachte sofort auf, machte total willig und zutraulich genau das, was ich von ihm wollte und blieb aufmerksam neben mir stehen. Wir waren Freunde geworden. Ich spürte die Lebendigkeit jeder Zelle in meinem Körper.

Wir verließen die Pferde und setzten uns in einen kleinen

Seminarraum über der Reithalle. Die Trainerin, die sich bisher zurückgehalten hatte, wertete nun mit den einzelnen Teilnehmerinnen ihre Erfahrung mit den Pferden aus und half ihnen, diese auf ihr Alltagsleben zu übertragen. Die Aha-Erlebnisse prasselten nur so herunter und das kleine Team verstand vieles über ihr Zusammenspiel. Ich hatte schon wieder Angst. Die Trainerin war streng mit ihnen. Sie strahlte große Klarheit, aber keinerlei Güte aus. Ich wollte nicht auch „rangenommen" werden. Die Übertragung meiner Arbeit mit den Pferden auf mein Leben war sofort klar gewesen, ich brauchte keine öffentliche Auswertung oder jemanden, der mich knacken wollte. Ich malte mir tausend Strategien aus, wie ich mich der Situation entziehen konnte, doch ich kannte mich selbst gut genug, um zu wissen, dass ich im Zweifel gehorchen würde. Überraschenderweise sprach sie mich nicht an. Sie arbeitete nur mit dem Team und leitete dann in die Abschlussrunde über. Ich war dankbar.

Ich wusste nicht genau, was in mir passiert war, aber ich wusste, dass es etwas Wichtiges war. Irgendein kleiner Teil in mir hatte verstanden, dass ich ein Recht auf Gefühle hatte. Mein schlechtes Gewissen darüber, dass meine Krankheit anstrengende Auswirkungen auf Viele hatte, ließ mich mit einer Dauerschonhaltung anderen gegenüber in der Arbeitswelt stehen. Ich war bereit, alles zu tun, damit ich anderen so wenig zur Last fiel wie möglich. Doch das hatte nichts mit authentischer Kommunikation und Beziehung zu tun. Ich stand ihnen gar nicht zur Verfügung. Wie konnte ich mich Expertin für Kommunikation und Konflikte schimpfen, wenn ich mich dem nicht als ganze Person stellte? Wann hatte sich mein Verständnis von Professionalität von Authentizität in „so wenig stören wie möglich" verwandelt?

Gleichzeitig merkte ich jedoch auch, dass ich noch nicht in der Lage war, mich angstfrei der Kommunikation mit Vielen zu stellen. Kommunikation war Liebling und Bedrohung zugleich, immer begleitet von demselben Bild: Ich, zappelnd, heulend und schreiend, auf dem kalten Badezimmerboden.

Kapitel 12:

„Aber so ist das Angestelltenleben.“

Emilia war gespannt. „Wie läuft es?“

Puh. Ja, keine Ahnung. Ich hatte keine klare Antwort. Es war alles gleichzeitig da. Immer. Die Dankbarkeit darüber, einen Arbeitsauftrag zu haben und die Überforderung damit, ihm nicht zu genügen. Die Freude darüber, mit anderen Menschen zu arbeiten und die Anfälle, die dieses Ausmaß an Kommunikation bei mir auslöste. Das Gefühl der Wirksamkeit, vor allem auf polnischer Projektseite und die Überzeugung, Projektgelder zu verschwenden. Zudem so viel schlechtes Gewissen: dass ich Iveta das Leben so schwer machte; dass ich den Ansprüchen der deutschen Partner:innen nicht genügte; dass ich so viele Termine absagte; dass ich immer noch nicht gelernt hatte, meine Kräfte realistisch einzuschätzen; dass immer Kai und Chloë den Schaden zuhause ausbaden mussten; dass ich an der Uni besondere Rechte gekriegt hatte. Außerdem so viel Scham: dass ich anders roch als vorher; dass ich so viel zugenommen hatte, dass mich teilweise Leute nicht erkannten; dass ich mich kaum an Namen aus der Zeit vor der OP erinnern konnte; dass ich gerade gar nicht mediierte und mich gar nicht mehr als Expertin empfand.

„Ach, ich weiß auch nicht", antwortete ich. „Es ist sehr anstrengend. Und ich schaffe die 20 Stunden in der Woche so gut wie nie. Ich habe einen riesigen Berg Zeitschulden. Aber weniger Stunden kann ich mir finanziell einfach nicht leisten."

Emilia lachte. „Aber Du bist doch krank, wenn Du nicht zur Uni gehst. So ist das übrigens im Angestelltenleben. Man arbeitet nicht und kriegt trotzdem Geld."

Ich lachte auch. „In meiner Welt ergibt das keinen Sinn. Wieso kriege ich im Urlaub oder wenn ich krankgeschrieben bin genauso viel Geld wie in Wochen, in denen ich mich total überanstrenge?"

„So ist das System", lachte sie weiter, „Das war einer der Gründe, weshalb wir überhaupt den Test gestartet haben: dass Dir eine Organisation die Möglichkeit gibt, auch einmal auszufallen."

Ich verstand zwar systemtheoretisch, was sie mir sagte, aber das war nicht die Realität. Die Realität war, dass Iveta alles ausbaden musste. Egal wie groß oder klein eine Organisation, es sind die direkten Kolleg:innen, die retten und ausgleichen. Iveta hatte keine Wahl. Sie musste gesund sein; sie musste flexibel sein. Alles Recht auf Schwäche in unserem kleinen Team verbrauchte ich allein.

„Emilia, ich glaube, ich halte das nicht aus. Ich habe die ganze Zeit das Gefühl, jemandem etwas schuldig zu sein. Und ich bin einfach nicht mehr gut genug, dass es so viele Ausnahmen rechtfertigt."

In dem Moment war es klar. Ich musste sowohl Iveta als auch mich erlösen. Ich musste aus der Spirale der Schuldgefühle über meine Schuldgefühle heraustreten.

„Emilia, wir müssen einen Ersatz für mich finden", erklärte ich daher.

Ich hatte Angst, dass sie mich undankbar finden würde, doch sie nickte nur und meinte: „Wir haben es versucht."

Und wieder breitete sich in mir eine große Dankbarkeit für all die undramatischen und unzickigen Frauen in meinem Leben aus.

Kapitel 13:

„Ich habe grossen Respekt vor Ihrer Herangehensweise an Ihr berufliches Leben."

Auf meinem Kanapee in der Therapie arbeitete ich Woche für Woche all meine Erlebnisse auf. Ich suchte nach Auslösern für meine Schuldgefühle und für meine hohen Ansprüche an mich selbst. Diese Themen zogen sich als roter Faden durch mein Leben, wie ich bald bemerkte. Ich empfand großes Mitgefühl mit der kleinen Mila, die so perfekt und glücklich sein musste. Die große Mila jedoch ging mir zunehmend auf die Nerven. Es war jetzt bereits mehr als ein Jahr her. Wieso konnte ich das alles noch nicht?

Zu meiner Überraschung sagte mein Therapeut plötzlich: „Ich habe großen Respekt vor Ihrer Herangehensweise an Ihr berufliches Leben."

Was? Wie? Ich war gerade total gescheitert. Wovor konnte man da schon Respekt haben? Aber mehr sagte er nicht und ich traute mich nicht, nachzufragen. Seine Antwort kannte ich bereits: „Was denken Sie denn?". Dann würde ich mich selbst in so ein tolles „Ich bin ja so fehlerfreundlich und lernwillig"-Licht rücken müssen, an das ich keine Sekunde glaubte. Dennoch gingen mir seine Worte nicht aus dem Kopf. Ich hatte großen Respekt vor ihm und er verschenkte seine Wertschätzung nie. Irgendwas an dem, was ich tat, musste gut sein.

Meine Mutter war da anderer Meinung. Sie verzweifelte an mir. Sie merkte inzwischen sogar an meiner Atmung und meiner Sprechgeschwindigkeit, wenn ich mich auf dem absteigenden Ast befand.

„Warum machst Du denn dann immer weiter? Wir wissen doch, dass es Dir dann immer schlechter geht."

Jedes Mal, wenn ich wieder zusammenbrach, wertete sie mit mir aus, woran es dieses Mal gelegen hatte. Sie wollte, dass ich lernte. So sehr ich mir genau so eine Lernbegleitung gewünscht hatte, hörte ich nur Vorwürfe. Ich hatte ganz klar Schuld an meiner Krankheit. Wenn ich nur alles richtig machen würde, müsste niemand meinetwegen leiden.

Das kannte ich schon. Fast jede:r hatte eine:n Heiler:in oder eine überzeugende Therapie für mich. Ich erhielt ohne Ende geheime Telefonnummern, Geschichten von Wunderheilungen und Bücher. Bei der nächsten Begegnung fragten sie dann, wie die Therapie denn angeschlagen hätte. Wenn ich zugab, dass ich es gar nicht probiert hatte, wandten sie sich ab. Aus ihrer Sicht verdiente ich kein Mitgefühl mehr, wenn es offensichtlich war, dass ich gar nicht gesund werden wollte.

Doch von meiner Mutter traf es mich am meisten.

„Mein Therapeut hat gesagt, er hat Respekt vor meiner Vorgehensweise", trumpfte ich.

Davor hatte sie wiederum Respekt. Eine Therapie ist immer sehr aufregend für Eltern. Meine Mutter war sehr bereit, mit mir zu lernen und mit mir einen neuen Blick auf meine Kindheit und unsere Beziehung zu werfen. Ich war beeindruckt von ihrer Bereitschaft zu lernen. Sie war nie defensiv, immer nur nachdenklich. Sie versuchte, sich an alles zu erinnern und befasste sich dann allein weiter damit. Ich konnte mit all meinen Fragen über meine Kindheit zu ihr kommen. Ich selbst verhielt mich bei Chloës Therapie, die sie inzwischen begonnen hatte, nicht so gut. Ich fühlte mich bei jedem Elterngespräch angegriffen und brauchte lange, um alles zu sortieren. Meine Mutter war hingegen bereit, indirekt von meinem Therapeuten zu lernen. Sie kannte ihn nicht, vertraute ihm aber sehr. Wenn er es gut fand, wie ich an das Arbeitsthema heranging, war sie bereit, nochmal darüber nachzudenken.

Manchmal nutzte ich diese Situation sogar aus. Ich legte meinem Therapeuten Erkenntnisse in den Mund, die ich dort selbst gehabt hatte, damit sie sie besser annehmen konnte. Doch in diesem Fall saßen wir uns beide ehrlich verwundert am Tisch gegenüber. Was konnte gut daran sein, mir selbst immer wieder die Nase blutig zu schlagen und andere zu enttäuschen und zu belasten?

Kapitel 14:

„Könntest Du nicht noch einen Workshop machen?"

Der Studiengang am Institut begann. Es war ein tolles Gefühl, dass etwas, das zu großen Teilen in meinem Kopf entstanden war, nun Realität werden würde.

Es war weit über ein Jahr her, dass ich zweimal in der Woche nach Berlin gefahren war. Damals saßen wir in dem riesigen, leeren, schicken Haus ganz unten in einem kleinen Raum und bereiteten alles vor. Ich schrieb am Konzept während Dana mit einem Kollegen die Infrastruktur aufsetzte. Neben uns wurde parallel am Aufbau einer Spendenplattform gearbeitet. Zudem gab es noch den Hausmeister. Das war's. Fünf Menschen, die Visionen umsetzten in einem riesigen Haus, das auf Leben wartete. Bilder schossen mir durch den Kopf: Wie es mir immer schlechter ging; wie ich eingewickelt in Kais Auto saß, weil ich nicht mehr allein Zug fahren konnte; wie ich am Schreibtisch in meine Decke eingemummelt arbeitete, um weniger zu zittern und noch tippen zu können. Aus heutiger Sicht erscheint es mir absurd, dass niemand gesagt hatte, ich solle einfach zuhause bleiben. Aber wir waren wohl alle blind. Ich erinnerte mich an den Tag, an dem ich ankam und in einem leeren Büro saß. Die anderen Vier waren ausgezogen, weil sie mein kontinuierliches Summen nicht aushielten. Ich hatte keine Ahnung, dass ich summte. Das tue ich heute noch, wenn es mir schlecht ging. Offenbar half es mir, mich ein wenig von der Außenwelt abzuschotten. Doch nun huschte das Gefühl der Einsamkeit und des Ausgeschlossenseins durch mich, dass ich damals empfunden hatte. Warum waren sie nur lieber umgezogen als mit mir zu sprechen? Das war das letzte Mal, dass ich dort gewesen war. Den Aufwand zu betreiben, nur um dort allein zu sein, war dann doch eine Grenze, die ich nicht mehr überschreiten wollte.

Nun kehrte ich zurück in ein Haus, das bis auf das letzte Zimmer besetzt war und in dem es vor gesellschaftlicher Aktivität nur so surrte. Viele Menschen hatten sich eingefunden, um in verschiedenen Projekten an einem neuen Verständnis von Politik zu arbeiten. Ich war ziemlich eingeschüchtert, kannte ich doch nur Sylvie, die Koordinatorin des Studiengangs und Sabine, die Geschäftsführerin. Beide waren in den letzten Monaten immer wieder zu mir gekommen, um das Konzept des Studiengangs und teilweise das Institut als Ganzes weiter in den Alltag zu übersetzen. Sie waren von Dana gut eingewiesen worden und hielten sich strikt an das gesetzte Maximum von drei Stunden. Zur Eröffnung jedoch hatten sie einen Wunsch: Ich sollte gemeinsam mit Georg, dem Dekan, den Eröffnungsworkshop gestalten. Sie fanden, dass niemand den Studiengang so verkörpern konnte wie wir beide und waren ganz bereit, die ersten Präsenztage so zu gestalten, dass ich nur drei Stunden arbeiten musste. Es war also so weit. Ich würde wieder vor einer Gruppe sitzen – der Kontext, der einmal mein berufliches Zuhause gewesen war. Damals waren Gruppen mein sicherer Ort. Ich nannte es „auf der Gruppendynamik surfen". Darin war ich Expertin. Jetzt machten Menschen mir Angst und Gruppen überforderten mein Nervensystem radikal.

Mit Georg hatte ich bereits die Mediationsstelle aufgebaut. Wir kannten uns seit zehn Jahren. Er hatte mich dazu geholt, als der Studiengang entwickelt werden sollte und wir hatten gemeinsam die Inhalte entwickelt. Er war offiziell Jura-Professor, tatsächlich aber ein serieller Sozialunternehmer, der immer neue Projekte an den Stellen entwickelte, an denen er einen gesellschaftlichen Mangel entdeckte. Andere Menschen investierten ihr gesamtes Geld in teure Autos, er in den gesellschaftlichen Wandel. An dem Aufbau des Instituts arbeitete er schon seit vielen Jahren und für ihn war es ein großer Moment, dass die Theorie nun mit einer bunten Schar Studierenden belebt werden würde. Georg war in meinem Leben aber mehr als nur ein Kollege. Er war auch die Person, die Bekannte in der Charité angerufen hatte, als die Symptome so schlimm wurden, dass ich Angst entwickelte. Er hatte mich nach der Tumor-Diagnose nach München zu seiner Ärztin vermittelt, um mir bei der OP-Entscheidung zu helfen. Er hatte mir Dana, seine Assistentin, geschickt, um mich weiterhin im Projekt zu halten. Zudem hatte er nie einen Moment aufgehört, mich als natürlichen Teil des Teams des Instituts zu betrachten. Wenn es jemanden gab, dem ich viel schuldig war und für den es sich lohnte, all meine Grenzen in den Wind zu schreiben, dann war es Georg. Natürlich musste ich ihm zur Seite stehen.

Wir waren beide aufgeregt, als wir den majestätischen Seminarraum betraten.

„Ich möchte Dich an meiner rechten Seite", wiederholte er mehrmals.

Wir hatten tatsächlich in all den Jahren noch nie einen gemeinsamen Workshop gemacht. Ich hatte an einigen seiner Veranstaltungen teilgenommen, um das Handwerk der Mediationstrainerin vor meiner ersten Phase als Ausbilderin zu lernen. Doch gemeinsam hatten wir bisher nur konzeptionell und organisatorisch gearbeitet. Unser Plan war einfach: Ich hatte den Ablauf konzipiert und würde den großen Bogen in der Hand halten, während er am meisten reden und mir Zeit geben würde, mich immer wieder zu sammeln.

Es war wundervoll. Die Studierenden waren genauso, wie wir sie uns gewünscht hatten. Viele Generationen waren vertreten und die Projekte, an denen sie arbeiteten, bildeten die gesamte Bandbreite an politischem und gesellschaftlichem Engagement ab. Sie waren hochmotiviert – Pionier:innen eben. Es waren immer besondere Menschen, die sich in den ersten Durchlauf eines Studiengangs trauten. Sie zogen mich sofort in ihren Bann. Meine innere Lehrerin erwachte aus ihrem Schlummer. Diese Menschen wollte ich unbedingt begleiten.

Nachts auf dem Badezimmerboden war ich dann schon weniger motiviert, doch diesen Teil meines Lebens kriegte niemand mit. Ich hatte zwar inzwischen angefangen, offener darüber zu sprechen, doch es war für alle unvorstellbar.

Kai erklärte es mir immer und immer wieder: „Du siehst aus wie das blühende Leben. Du bist sofort das energetische Zentrum in jedem Raum – voller Lebendigkeit, Humor und Präsenz. Wie sollen Menschen denn verstehen, dass Du krank bist? Selbst ich schaffe das oft nicht, obwohl ich Dich auch in Deinen schlimmsten Momenten erlebe."

So wurde ich zur begehrten Wunderwaffe des Instituts. Eines hatte ich inzwischen verstanden: Wenn ich mich rarmachte, wollten mich die Leute noch mehr. Es entstand ein gewisser Mythos um mich und die Leute fühlten sich geehrt, wenn ich tatsächlich einmal die Mühe auf mich nahm, mein Dorf zu verlassen. Der Preis, den ich zuhause zahlte, war hoch, aber wenn ich mich gerade nicht in einem akuten Anfall befand, fand ich, dass es das wert war. Ich genoss die viele Wertschätzung, die ich erhielt. Doch zudem spürte ich in mir auch die Vergänglichkeit dieser besonderen Situation. Ich wusste, dass niemand lange eine Ausnahmerolle spielen durfte und dass Menschen auf einem Sockel ganz schnell gestürzt wurden. Trotzdem fühlte ich mich seit langem wieder sinnvoll und genoss jede Minute.

Den größten Teil meiner Zeit zuhause nutzte ich, um an den Online-Kursen zu arbeiten. Es waren insgesamt über zwanzig Module, die ich teilweise selbst schrieb, teilweise nur die Autor:innen darauf vorbereitete und die Texte lektorierte. Auch hier war ich euphorisch. Ich lernte so viel. Es waren genau die

Themen, die ich selbst in das Curriculum geschrieben hatte, weil ich sie sinnvoll fand. Ich hatte mir sozusagen meinen eigenen maßgeschneiderten Kurs gebaut. Ich konnte an den Tagen arbeiten, an denen es mir gut ging und an den anderen schlechte Serien gucken. Ich musste nur die Deadlines einhalten. Vor allem durfte ich lernen, lernen, lernen. Mein Hirn erhielt endlich einmal wieder echte Nahrung. Es war außerdem genug Arbeit, um davon leben zu können. Ich war endlich wieder in meiner Freiberuflichkeit angekommen und konnte mich dankbar und erleichtert von den hilfreichen Behörden verabschieden.

Sylvie war unglaublich froh, dass es mich gab. Sie war als Praktikantin ins Institut gekommen und alle hatten sich sofort in sie verliebt. Nun war sie mit einem Studiengang betraut, den zwar offiziell Georg leitete, mit dem sie aber genau genommen in der Umsetzung allein gelassen war. Meine Rolle war im Wesentlichen die Übersetzung zwischen dem Konzept und Georgs Prioritäten in die direkte Umsetzung, damit Sylvie arbeitsfähig war. Hieraus entstanden sehr viele kleine Konzepte, denn alles musste neu erfunden werden. Ich kriegte meistens eine Frage oder ein Problem, hatte ein paar Tage Zeit, darüber nachzudenken und schickte ein kleines handhabbares Konzept zurück. Wir waren alle glücklich und in Aufbruchsstimmung. Mein Kopf war mit Sinnvollem beschäftigt und ich hatte tatsächlich das Gefühl, einen hilfreichen Beitrag zu leisten. Ich war kein soziales Projekt mehr. Dieses Institut für gesellschaftliche Entwicklung hatte unser aller gesamtes Herz.

Kapitel 15:

„Vielleicht bist Du ja einfach nur hochsensibel."

Ich saß in einem Sessel im Rehazentrum und trank nach dem Training einen Eiweißshake. Dieser Ort war in den letzten Jahren für mich zu einem zweiten Zuhause geworden. Sowohl mein Trainer als auch mein Physiotherapeut kannten inzwischen meinen Körper fast so gut wie ich selbst und gemeinsam erforschten wir, welche Übungen mir halfen und welche meine Symptome auslösten. Die Begleitung, die ich mir immer von Ärzt:innen oder Maßnahmen gewünscht hatte, kriegte ich wenigstens teilweise hier. Ich wusste dadurch inzwischen genau, welche Muskeln ausfielen und hatte die Gegenspieler so weit trainiert, dass ich mich in schwierigen Situationen retten konnte. Wir trainierten mein Gleichgewicht und machten vor dem Spiegel Übungen, die meine beiden Körperhälften wieder in den Gleichklang bringen sollten. Ich lernte nach und nach, die ausgefallenen Muskeln dann bewusst anzusteuern und mit aktiver Willenskraft zu bewegen, wenn sie es nicht mehr automatisch machen wollten. Ich hatte noch immer keine Sprache gefunden, mit der ich Ärzt:innen meine Symptome mitteilen konnte, ohne dass sie mich in die Psychiatrie schicken wollten. Doch im Rehazentrum kamen wir der Komplexität näher und ich fühlte mich dort geborgen und umsorgt.

Nun saß ich in meinem Sessel, zufrieden mit meiner Trainingsstunde, und las eine Gesundheitszeitschrift quer. Mein Blick blieb an einem Artikel über Hochsensibilität hängen. Während ich den sehr oberflächlich geschriebenen Artikel las, liefen mir Tränen über die Wangen.

„Mila, was ist los?", fragte die Frau am Tresen.

Ich lächelte sie an. „Es gibt andere", sagte ich.

Ich konnte es kaum fassen. Es gab eine ganze Welt von Menschen da draußen, die es komplett normal fanden, ihre Kommunikationszeit auf ein Minimum herunterzufahren … und die sich als gesund definierten.

Natürlich bestellte ich sofort das Buch von Elaine Aron und beim Lesen war ich mehr und mehr verbunden. Sie beschrieb zum Beispiel, dass sie niemals einen Charterflug buchte, weil sie nicht wusste, wie es ihr dort gehen würde und sie die Möglichkeit brauchte, jederzeit nach Hause zu kommen. Das Tollste jedoch: Sie beschrieb das alles komplett ohne Scham. Im Gegenteil, in ihren Studien hatte sie herausgefunden, dass ein gewisser Prozentsatz der Bevölkerung hochsensibel ist. Das waren die Menschen, die sofort spürten, was in einem Raum stattfand, noch bevor jemand ein Wort gesprochen hatte; die Menschen, die mit fast jedem und allem empathisch waren; aber eben auch die Menschen, die, weil sie viel mehr wahrnahmen als alle anderen, auch schnell überfordert waren. Sie konnten nicht mitspielen in der Welt des „schneller, höher, weiter, härter", doch sie waren wichtige Elemente einer menschlichen Gesellschaft. Wow. Doppel Wow. Was wäre wohl, wenn es mir gelänge, meine Scham abzubauen und nicht nur dazu zu stehen, sondern sogar die Vorteile zu nutzen? Vielleicht war ich wirklich nicht defekt, sondern genau so perfekt, um in der Welt zu wirken? Ich konnte viele meiner Symptome in die Persönlichkeit der Hochsensiblen einreihen. Langer emotionaler Nachklang des Erlebten? Check.

HOCHSENSIBILITÄT

Hochsensibilität wird in der Regel u.a. mit folgenden Merkmalen in Verbindung gebracht:

- Menschen nehmen Reize sehr stark wahr und sind dadurch auch teilweise durch sie überfordert;
- sie bekommen die Feinheiten in ihrer Umgebung mit;
- die Launen anderer Menschen beeinflussen sie stark;
- sie sind schmerzempfindlich;
- sie haben regelmäßig Bedarf nach Rückzug, um Reize zu verarbeiten;
- sie haben ein sehr reiches und buntes Innenleben;
- Kunst berührt sie tief;
- sie erschrecken leicht;
- sie wissen intuitiv, was andere Menschen benötigen;
- sie ertragen Gewalt auch in Filmen oder Büchern nur schwer;
- sie benötigen Zeit, um Veränderungen zu integrieren;
- sie machen Dinge lieber nacheinander als gleichzeitig;
- als Kinder wirkten sie oft schüchtern;
- sie sind sehr fantasievoll und kreativ;
- sie sind sehr eigenverantwortlich und benötigen viel Unabhängigkeit;
- sie denken intuitiv und multiperspektisch;
- Emotionen und Erlebtes klingen lange in ihren nach;
- sie haben eine sehr komplexe und stabile Persönlichkeit;
- sie haben eine starke Werteorientierung.

Doch was mich wirklich berührte, war die Frage, ob nicht vielleicht der Hirn-Tumor meine vorhandene Hochsensibilität so verstärkt hatte, dass ich nicht mehr umhinkam, mich damit zu befassen. Vielleicht war ich gar nicht krank?!

Es gab einen Teil von mir, der sehr an dem Hirntumor hing. Ich war mir nicht ganz sicher, ob meine Symptome damit wirklich in Zusammenhang standen. Verschiedene Ärzt:innen sagten verschiedene Dinge und vor der Diagnose fühlte sich die Psychiatrie durchaus zu mir hingezogen (andersrum nicht, weshalb ich immer in der Psychosomatik blieb). So viele Menschen um mich herum suggerierten mir immer wieder, dass meine Symptome meine eigene Schuld waren und ein Teil von mir zweifelte daher immer. Doch was ich sicher wusste, war, dass mir das Wort Hirntumor viel mehr Macht gab als etwas diffus Krankes. Menschen zum Beispiel mit *Chronic Fatigue* trugen ja schon in ihrer Diagnose den Untertitel „Memme". Ich nicht. Ich konnte mit dem Wort Hirntumor einen ganzen Saal in beklemmendes Schweigen hüllen und mir das Tabu durchaus zugute machen. Doch wenn ich es nutzte, kam ich mir auch immer wie eine Betrügerin vor. Aus Sicht der Neurochirurgie war ich schließlich jetzt tumorfrei und sollte mich nicht so anstellen. Hochsensibel trug zwar auch den Untertitel „Memme", doch die Forschung war überzeugend: Es war eine Charaktereigenschaft und keine Krankheit. Ich war plötzlich Teil eines Wir, das gemeinsam die Welt überzeugen konnte, dass wir hohen gesellschaftlichen Mehrwert hatten.

In Gesprächen musste ich dann jedoch feststellen, dass mein Gegenüber immer in eine von zwei Kategorien passte. Die Reaktion war entweder: „So ein Unsinn, wenn Menschen schwach sind, sollten sie sich bemühen, stärker zu werden und nicht ihre Schwäche zelebrieren." Oder: „Oh, das überzeugt mich. Ich bin auch hochsensibel." Laut der Forschung waren 15 bis 20 % der Menschen hochsensibel. In meinem Umfeld eher 70 bis 80 %. Darunter waren viele Menschen, von denen ich das Gefühl hatte, dass sie gar nichts von ihrer Umwelt mitkriegten, sondern komplett auf sich selbst bezogen waren. Die Beispiele, die sie als Beleg aufführten, waren jedoch immer aus dem Arbeitskontext. Dort hatten eigentlich alle das Gefühl, mehr als andere unter der schlechten Stimmung zu leiden. Dort fanden offenbar alle, dass ihnen der Sinn des Vorhabens mehr am Herzen lag als allen anderen. Sie waren der festen Überzeugung, dass nur sie überarbeitet und überfordert waren und alle anderen nicht. So kam in mir nach und nach die Überzeugung auf, dass es nicht die Menschen waren, die hochsensibel waren, sondern die Arbeitswelt, die unsensibel war – so unsensibel, dass es eigentlich niemandem gut damit ging und alle dachten, dass es an ihnen selbst lag. Ich war gar nicht die Einzige, die im professionellen Kontext dauernd an ihre Grenzen stieß und dann von Scham geplagt wurde. Der Begriff der Hochsensibilität hatte mir eine Verbindung zu anderen Menschen geschenkt, die das Wort Hirntumor nie vermocht hatte.

Kapitel 16:

„Sie haben gar keine psychische Störung, die eine medikamentöse Behandlung benötigen würde."

In mir drehte sich alles. Oft konnte ich es aushalten, dass ich nicht ganz sicher war, was ich hatte. Im Moment jedoch hatte ich immer das Gefühl, zu lügen. Egal was ich sagte, es fühlte sich einfach nicht richtig an. Ich lag auf dem Kanapee, eingehüllt von Zigarrenrauch und mein Therapeut saß auf einem Stuhl neben mir und sagte gar nichts. Ich wühlte mich durch tausend Optionen – gefangen zwischen Hirntumoren, Hochsensibilität, psychiatrischen Diagnosen und einfach nur Dummheit – kombinierte sie wild miteinander und entfernte mich immer mehr von dem, was sich wie meine Wahrheit anfühlte. Ich spulte zurück zu meinem ersten diagnostischen Aufenthalt in der Charité. Eine von vielen Visiten wurde von einer jungen Psychiaterin durchgeführt, die sich zehn Minuten lang mit mir unterhielt. Ein wenig über mein Leben, dann ließ sie mich ein paar Sätze beenden.

„Der Apfel fällt nicht weit vom …" eröffnete sie.

„Stamm. Doch der ist auch aus einem Apfel gewachsen. Also

eigentlich von sich selbst oder von seinem zukünftigen möglichen Selbst", antwortete ich amüsiert.

Sie fand das nicht sehr lustig und nickte nur. Als ich mit meiner Akte zu einer Untersuchung ging, las ich ihre Diagnose. Sie hatte mich klar als bipolar, also manisch-depressiv, eingestuft und empfahl eine sofortige Einstellung mit Lithium in der psychiatrischen Abteilung. Als Beweis führte sie eine Feier an, von der ich ihr erzählt hatte. Wir hatten zu acht ein großes Fest in meinem Garten veranstaltet. Sie hatte es dokumentiert mit „lädt in manischen Phasen das ganze Dorf ein". Beim Apfel-Stamm-Test war ich offenbar auch mit Pauken und Trompeten durchgefallen.

Nachmittags hatte ich dann ein Gespräch mit der Oberärztin der Psychosomatik. Sie erzählte mir so sensibel wie möglich, dass sie jetzt endlich eine Diagnose für mich hätten und mich gerne auf die Psychiatrie verlegen wollten. Ich war Gott sei Dank vorbereitet und fiel nicht aus allen Wolken. Ich erklärte ihr so gefasst, wie ich konnte, meinen vorbereiteten kleinen Vortrag, der im Wesentlichen sagte: „Unsinn, aber selbst, wenn nicht, lasse ich mich nicht mal eben so mit Medikamenten vollstopfen."

Sie blieb sehr zugewandt.

„Das Problem ist", sagte sie, „dass Teil ihrer Diagnose die Unfähigkeit ist, die Realität zu erkennen. Sie können gerade gar nicht beurteilen, ob diese Diagnose stimmt oder nicht. Ich kann Ihnen nur empfehlen, uns an dieser Stelle zu vertrauen und uns helfen zu lassen, Ihren Realitätssinn wiederherzustellen."

Meine Welt wackelte sofort. Ich sollte eine Entscheidung treffen, die ich vielleicht gar nicht treffen konnte? Meine innere Stimme könnte eine Krankheit sein, die Intuition, der ich so vertrauensvoll folgte, nur ein eingebildeter Freund?

„Egal, was Sie sagen", antwortete ich, „ich werde diese Entscheidung nicht so schnell treffen. Ich werde nicht in die Psychiatrie gehen, sondern meinen Aufenthalt auf Ihrer Station beenden. Ich brauche Zeit und viel mehr Gewissheit, dass das auch stimmt, bevor ich jemandem erlaube, auf mein Bewusstsein

ZYKLOTHYMIA

ICD-10-GM-2018 F34.0

Hierbei handelt es sich um eine andauernde Instabilität der Stimmung mit zahlreichen Perioden von Depression und leicht gehobener Stimmung (Hypomanie), von denen aber keine ausreichend schwer und anhaltend genug ist, um die Kriterien für eine bipolare affektive Störung (F31.-) oder rezidivierende depressive Störung (F33.-) zu erfüllen.

Die zugrunde gelegten Kriterien sind nach DSM-5 u.a.:

- mehrere Phasen von leichter Depression und Stimmungshochs über mindestens 2 Jahre, die während mindestens der Hälfte der Zeit bestehen;
- stabile Phasen von unter 2 Monaten;
- und eine starke soziale Beeinflussung durch diese Symptome.

Die Mayo-Klinik z.B. empfiehlt zur Diagnostik

- die Erfassung der Stimmungsgeschichte über mind. 2 Jahre;
- einen Fragebogen;
- wenn möglich, Gespräche mit Verwandten;
- und das Führen eines täglichen Stimmungstagebuchs über längere Zeit.

Einfluss zu nehmen."

Sie nickte freundlich und wir einigten uns schließlich auf einen Plan. Ich würde die vorbereitenden Untersuchungen für die Lithium-Einstellungen gleich durchführen, vorrangig ein CT. Dann würde ich mir zuhause eine:n Psychiater:in suchen und mit der die Folgeschritte beschließen. Sie würden mir erlauben, auf der Psychosomatik bis zum Ablauf der drei Wochen zu bleiben, doch keine weiteren Untersuchungen anberaumen, da die Diagnostik aus ihrer Sicht ja stattgefunden hatte.

Am Abend kam der Pfleger zu mir.

Er war sehr eindringlich: „Sie dürfen sich auf keinen Fall mit dieser Diagnose entlassen lassen. Ich kenne bipolare Menschen und Sie gehören definitiv nicht dazu. Wenn Sie aber damit entlassen werden, werden Sie ab jetzt immer auf der Psychiatrie landen, egal, was Sie haben. Das ist ein Kampf, den Sie jetzt führen müssen."

Doch so sehr mich sein Bemühen rührte, das sicher nicht ganz konform mit seiner Jobbeschreibung war, wusste ich, dass ich die Kraft für diesen Kampf nicht hatte.

Bei dem CT entdeckten sie dann den Tumor. Die Oberärztin sprach sofort mit der Psychiaterin, doch diese bestätigte ihre Diagnose und ihre Überzeugung, dass meine Symptome nicht mit meinem Tumor in Zusammenhang standen, sondern mit der Bipolarität. Mit mir sprach sie nie wieder. So wurde ich entlassen. Ich musste eine Entscheidung für oder gegen eine Hirn-OP treffen in der absoluten Unsicherheit, ob ich überhaupt genug in der Realität verhaftet war, um Entscheidungen treffen zu können. Auf meinen Entlassungspapieren stand als Hauptdiagnose die Zyklothymia (bipolar III) und als Nebendiagnose der Hirntumor. Mein Psychiater zuhause basierte seine Arbeit darauf und verbrachte viel Zeit damit, mich zu überzeugen, diese Diagnose anzunehmen und mich medikamentös einstellen zu lassen.

Seit Jahren versuchte ich nun, meinen Therapeuten, der Psychiater und Psychoanalytiker war, dazu zu überreden, mir eine Diagnose zu stellen. Nun lag ich wieder auf der Liege, nach all den Jahren immer noch unsicher, ob ich nicht eine bipolare Störung verdrängte.

Wieder fragte er mich: „Was denken Sie denn?"

Dieses Mal hatte ich den Mut, klar und deutlich zu sagen: „Ich denke nicht, nein." Der Satz fühlte sich nicht ganz wahr an, aber viel wahrer als eine Zustimmung.

Zu meiner Überraschung sagte er: „Haben Sie auch nicht. Sie haben gar keine psychische Störung, die eine medikamentöse Behandlung benötigen würde. Sie hatten einen Eingriff im Hirn und eine Kindheit, die der kleinen sensiblen Mila nicht gerecht war. Aber sie haben definitiv keine bipolare Störung."

Er beruhigte mich weiter: „Das ist keine Diagnose, die man in ein paar Minuten stellen kann. Um sicher zu gehen, bedarf es monatelanger Diagnostik. Ich kenne sie aber nun seit Jahren und traue mir jetzt eine Diagnose zu."

Ich war sprachlos. Hätte er mir das nicht schon mal vorher sagen können? Gründlichkeit hin oder her, das wusste er ja sicher schon eine Weile. Warum hatte er mich durch all diese Unsicherheiten kämpfen lassen, bis ich meiner inneren Stimme wenigstens ein kleines bisschen mehr traute als meinen Zweifeln? Meine Wut konnte ich nach wie vor ihm gegenüber nicht ausdrücken. Meine Dankbarkeit schon – und ich war sehr dankbar.

Als ich das nächste Mal zu ihm kam, saß er blass an seinem Schreibtisch. Er deutete mir an, auf dem Stuhl vor ihm Platz zu nehmen, was alle paar Monate einmal passierte, wenn wir Papiere ausfüllen mussten oder Ähnliches. Doch er war aufgewühlt, rauchte und schwieg.

Schließlich sagte er: „Ich habe heute nach einer Vorsorgeuntersuchung eine Diagnose gekriegt. Ich habe Krebs."

Dann schwiegen wir beide. Ich war ganz bei ihm. Ich hatte diesen alten Mann lieben gelernt, der in meinem Leben die erste verlässliche männliche Bezugsperson darstellte. Er hielt seit Jahren den Raum für mich. Jetzt konnte ich das für ihn tun. Wir schwiegen weiter, immer im Kontakt. Als die Stunde um war, sagte er, dass er beschlossen hatte, sich operieren zu lassen und die Chemo durchzuziehen. Dann würde er wieder für uns da sein.

„Doch Sie wissen, dass Sie mich nicht mehr wirklich brauchen. Sie haben es zurück ins Leben geschafft und an sich gearbeitet. Sie können stolz auf sich sein."

Wenige Wochen später war er tot. Nach der ersten Chemo hatte er beschlossen, dass es dieses Leid nicht wert war. Er hatte dies abends seinen Kindern und Enkelkindern mitgeteilt, sich verabschiedet und war nachts gestorben. Und zwei Dutzend Menschen in Frankfurt (Oder) mussten über Nacht erwachsen werden.

Kapitel 17:

„Sieh Dir doch mal Dein Leben an!"

Kai und Chloë waren sauer und wenn sie sich zusammentaten, hatte das sehr große Wirkung auf mich. Sie hatten die Nase voll davon, dass ich mich im Außen komplett verausgabte. Auch meine Mutter versuchte mir immer wieder klarzumachen, dass die Art und Weise, wie ich mit mir umging, katastrophal und nicht bewundernswert war. Ich war es gewöhnt, dass meine Tochter und meine Mutter aus unterschiedlichen Gründen wütend wurden, wenn es mir schlecht ging – doch Kai?

Für seine Verhältnisse war er wortreich und deutlich in seinen Aussagen: „Es reicht, Mila. Es ist ja schön, dass Du so ein großes Gefühl von Wirksamkeit hast und Dich das Institut so glücklich macht. Doch sieh Dir doch mal Dein Leben an – auch einmal durch meine Augen. Du brauchst nach jedem Workshoptag mindestens eine Woche, um das Bett wieder zu verlassen. Ich sehe Dich eigentlich nur im Schlafanzug. Wenn Du Dich anziehst, verlässt Du das Haus und verschenkst all Deine Energie im Außen. Dann kommst Du völlig fertig wieder und wir dürfen Dich wieder zusammensetzen. Nicht nur die Welt und das Institut haben Bedürfnisse, wir auch. Ich kann nicht Dein Pfleger sein."

Natürlich nahm er im nächsten Satz fast alles wieder zurück, beruhigte mich und versicherte mir, dass das nicht schlimm war und dass wir immer noch eine wunderbare Beziehung führten, von der auch er stark profitierte. Ich musste mir jedoch eingestehen, dass er recht hatte.

Nächtelang weinte ich und entschuldigte mich. Dann griff ich ihn wieder an, dass er ruhig mal den Mund aufmachen könnte und besser für sich sorgen müsse. Ich hasste es, dass er recht hatte. Meine Kraft zuhause reichte gerade für Chloë. Mit meiner Mutterrolle war ich in Frieden. Hier gab ich alles, engagierte mich sogar in der Schule, um die Welten zu verbinden, in denen sie sich täglich bewegte. Doch Kai... Ich hatte mich in einem Leben eingerichtet, in dem ich im Außen über meine Grenzen ging, um sie zu erweitern und zuhause meine Wunden leckte, beziehungsweise sie lecken ließ. Ich wollte unbedingt arbeiten, aber um welchen Preis? Meine Arbeitswelt war erfreut darüber, dass ich über meine Grenzen ging. Schließlich taten sie das selbst ja auch alle. Für sie war klar: Wenn ich den einen Workshop machen konnte, könnte ich den anderen ja auch noch durchführen. Wenn ich einen halben Tag schaffte, würde ja sicher ein ganzer Tag auch gehen. Mit Georg spielten wir uns so gut in unserer Aufteilung „ich Prozess, er Inhalt" ein, dass wir sogar wieder tageweise in Mediationsausbildungen unterrichteten. Dass ich jedes Mal eine Woche aus meinem Kalender streichen musste, kam nicht wirklich bei den Menschen an – die strahlende Mila doch nicht. So sahen kranke Menschen definitiv nicht aus. Die Mila hingegen, die Kai sah, war geschwollen und schwach, verbrachte viel Zeit auf dem Badezimmerboden und brauchte manchmal Hilfe, um die Treppe zum Schlafzimmer hochzugehen. Die berufliche Mila war voller kreativer Ansätze und Ideen. Kai war auch mit dieser Mila zusammen, aber eben auch mit einer Mila voller Selbstzweifel, Scham, Schuld und Verzweiflung – eine Mila, die Casting-Shows guckte, mittags aus dem Bett kroch und nach spätestens sechs Stunden wieder in die Horizontale musste.

„Ich kann nicht mehr“ war tatsächlich einer meiner häufigsten Gedanken. Wie ein Mantra wiederholte sich der Satz manchmal stundenlang in meinem Kopf. Doch ich hatte es gerade wieder geschafft, finanziell für Chloë und mich zu sorgen. Von weniger Geld konnte ich nicht leben. Außerdem musste ich dringend über etwas anderes nachdenken als über Krankheit und Kindererziehung. Lernen um des Lernens willen war jedoch nie meins gewesen. Ich lernte beim Tun und mein Gelerntes wollte ich in der Welt wirksam nutzen. Ich brauchte die Arbeit, um nicht in einer kleinen Fernsehwelt wahnsinnig zu werden. Was dachten die Menschen eigentlich, was kranke Menschen den ganzen Tag machten? Ich hatte keine Grippe, sondern richtete mich offenbar in einem Zustand ein, der chronisch war. Nach und nach hatte ich die Hoffnung auf eine vollständige Genesung aufgegeben. Die zwei Jahre waren um, die laut meinem Therapeuten so ein Eingriff in der Regel kostet. Manchmal hatte ich noch das Gefühl, Fortschritte zu machen, manchmal nicht mehr. Das war der Rest meines Lebens, für den ich hier gerade kämpfte. Ein Leben ohne Arbeit erschien mir stumpf und sinnlos. Gäbe es einen Weg, würde ich das auch ehrenamtlich machen. Doch als ich mich gegen die Rente entschieden hatte, hatte ich mich auch gegen Hilfe entschieden, denn es war ein Ganz-oder-gar-nicht-Deal, Mischformen bot das System leider nicht. Sogar das Geld für unsere Krankenversicherung musste ich irgendwie verdienen. Welche Alternative hatte ich denn zu einem bunten Leben in Überforderung? Ein Leben als Rentnerin auf dem Sofa mit minimalem Budget?

Kapitel 18: „Natürlich wenden wir selbst das an, was wir lehren!“

Parallel zum ersten Jahrgang entwickelten sich die Lerninhalte online. Oft war es wirklich absolute *Just-in-time*-Arbeit, die Kurse wurden am Abend vor ihrer terminierten Veröffentlichung fertig. Sylvie und ich verschlangen alle Inhalte und sie saß in jeder Präsenzveranstaltung und erntete das Wissen der Dozent:innen. Es war eine unglaublich intensive Lernzeit für uns beide und wir waren uns total einig: Natürlich würden wir alle das, was wir lehrten, auch selbst anwenden.

„Das ist unsere Definition von Professionalität“, sagte sie. „So helfen wir ihnen, auch ein Praxisgefühl dafür zu kriegen. Vor allem glaube ich aber wirklich, dass das, was wir hier lehren, viel besser funktioniert und nachhaltiger ist.“

Unsere Rollenteilung war klar. Ich übertrug alles, was wir den Studierenden über Handlungskompetenz im politischen Raum lehrten, auf uns. Mein konzeptionelles Hirn arbeitete auf Hochtouren. Sylvie wiederum hatte die weit anspruchsvollere Aufgabe, das alles in die Realität umzusetzen – was sie mit Intelligenz, Humor und unerschöpflichem Elan tat. Wieder eine tolle Frau an meiner Seite, mit der es eine Freude war, die Welt zu bewegen. Wenn die Studierenden über Autopoiese lernten, verbrachte ich viel Zeit damit, unser System anzusehen und zu überlegen, an welchen Stellen das System vielleicht mehr um seines Selbsterhaltes als um der Erreichung unserer gesellschaftlichen Ziele willen agierte. Meine Konzepte wurden immer konkreter und alltagstauglicher und meine Übersetzungen präziser. Ich merkte, dass die wenigen Begegnungen mit Sylvie und den Studierenden genügten, um eine innere Verbundenheit aufrechtzuerhalten. Ich konnte spüren, was sie brauchten und wir hatten ein innovatives theoretisches Fundament, auf das ich für Lösungen zurückgreifen konnte. Ich war voller Hoffnung, nicht nur für mich, sondern für die Wirksamkeit unserer kleinen Keimzelle für eine bessere Welt. Auf keinen Fall würde ich sie verlassen.

AUTOPOIESE

Autopoietische Systeme erzeugen sich selbst.

Lebewesen sind autopoietisch, da sie aus ihren eigenen Mitteln heraus sich selbst kontinuierlich neu erschaffen.

Man kann sie an einigen Merkmalen erkennen:

- sie sind selbstreferentiell, werden also von innen gesteuert;
- sie sind operativ geschlossen, was bedeutet, dass sie sich nur selbst wahrnehmen. Sie nehmen demnach nicht die Umwelt wahr, sondern nur die Wirkungen der Umwelt auf sie;
- und sie haben eine strukturelle Kopplung zur Umwelt, was bedeutet, dass sie ihre Außenkontakte zur Sicherung der Auto-poiese selbst auswählen.

Insgesamt ist alles auf Überleben ausgerichtet.

Auch Organisationen verhalten sich als Systeme nach diesem Muster und sehr schnell werden, ohne bewusste systemische Interruption, die Ressourcen für den Selbsterhalt und nicht für die Zielerreichung ein-gesetzt.

Kapitel 19:

„Es entwickelt sich eine neue Form von Intelligenz."

„Es ist, als wäre ein Teil meiner Intelligenz in meinen Körper gerutscht", versuchte ich es Kai zu erklären.

Wie immer hörte er mir so lange aufmerksam zu, bis ich mich sortiert hatte. Ich weiß gar nicht, warum er noch immer jeden Morgen ein paar Stunden wartete, bis ich wach war, um mit mir zu frühstücken. Entweder sprechdachte ich mich durch meine Themen oder ich brach einen Streit vom Zaun. Heute wollte ich reden und innerlich erforschen.

„Bei der Reha war ich noch so verzweifelt, weil ich bei den ganzen neuropsychologischen Testungen so unglaubliche Schwierigkeiten mit meinem Gedächtnis und meiner Wortfindung hatte. Sie haben das alle gar nicht verstanden, weil meine Werte alle im Vergleich zum Durchschnitt sehr gut waren. Aber nicht im Vergleich zu mir."

Ich aß mit offenem Mund, weil ich nicht aufhören konnte, zu reden. Gute Manieren am eigenen Tisch waren aus meiner Sicht eine Krafteinsparung, die sich Menschen erlauben durften.

„Wenn ich jetzt so darüber nachdenke, war das vielleicht eine der wenigen Situationen in den letzten Jahren, in der mich die

NEUROPSYCHOLOGISCHE TESTS

Neuropsychologische Tests sind Verfahren, die kognitive und emotionale Fähigkeiten untersuchen, insbesondere um herauszufinden, wie weit ein Gehirn geschädigt ist.

Hierzu wird in der Regel ein beispielhafter Vorgang für eine Kompetenz identifiziert und die Patienten führen diesen mehrfach, oftmals am Computer, aus. So beinhaltet das Testverfahren für das Leistungsprüfsystem Aufgaben wie das Erkennen von Recht-schreibfehlern oder von inkongruenten Elementen in einer Reihe von Symbolen. Zur Aufmerksamkeitstestung müssen beispielsweise visuelle und akustische Aufgaben gleichzeitig bearbeitet werden können. In Untersuchungen des Gedächtnisses können Wieder-erkennung und Interferenzanfälligkeit getestet werden.

Im Wesentlichen sitzt man die meiste Zeit vor einem Computer und klickt auf Zahlen oder Symbole, die nach verschiedenen Logiken auszuwählen sind. Andere Aufgaben sind mit haptischem Material oder im Kontakt zu anderen Menschen zu lösen.

Meinung von Ärzten nicht durcheinandergebracht hat. Mir war sofort klar, dass diese auf den Durchschnitt geeichten Tests nicht für Menschen greifen, die genau dort ihr Spezialgebiet haben."

Ich verlor meinen Faden. Über dieses Thema konnte ich auch ewig sinnieren. Warum wurde ich dauernd mit dem Durchschnitt verglichen und nicht mit mir selbst?

„Wie meinst Du das mit der Intelligenz in Deinem Körper?", fragte Kai überraschenderweise.

Es war sehr selten, dass er an einem Thema dranblieb. Meistens hörte er einfach nur zu und amüsierte sich darüber, wohin meine Gedanken so reisten und wie ich die Welt betrachtete.

„Ich bin so dankbar für Dich", brach es aus mir raus. „Weißt Du, als ich mir einen Partner gewünscht habe, war `Er hört mich gerne sprechdenken´ eins meiner fünf Kriterien."

„Ach ja? Und was waren die anderen?", fragte er weiterhin amüsiert. Hatte er heute eine Quizshow gefrühstückt?

„Absolute Selbstständigkeit und Eigenverantwortung", erwiderte ich, „und Humor. Und Intelligenz. Und das letzte weiß ich nicht mehr."

Ich musste lachen. Das war mir mal sehr wichtig gewesen und ich hatte sehr lange und sorgfältig an dieser Liste gearbeitet.

„Apropos Intelligenz!"

Ich hatte mein Thema wieder gefunden. Mal sehen, ob ich Worte finden würde.

„Teil meiner Intelligenz war meine sehr präzise Wortwahl, die sich auf ein sehr gutes Gedächtnis gestützt hat. Ich konnte mir merken, was die anderen Leute gesagt haben und es dann neu strukturiert und auf den Punkt gebracht wieder zurückgeben. Das war dann ein Qualitätsdurchbruch für alle. Ein Übersetzungsprozess in meinem Hirn, den ich anderen zur Verfügung stellen konnte. Ich kann das heute nicht mehr. Ich kann das noch gut, sicher auch besser als viele andere, aber ich habe nicht mehr die Exzellenz, die diesen magischen Qualitätssprung ermöglicht."

Ja, das alles stimmte, doch das beschrieb ja nicht wirklich, was sich jetzt verändert hatte.

„Nein, ich muss woanders anfangen", merkte ich und wieder trat dieses liebevolle Amüsement in Kais Augen.

„Als ich nach der OP keinen Zugang zu Worten hatte. Ich hatte keine Angst, denn der Chirurg hatte mich vorgewarnt und gesagt, dass wenn ich alles verstehe und 'Ja' und 'Nein' sagen kann, nichts kaputt ist und ich eben warten muss, bis alles abschwillt. Weißt Du noch?"

Nein, er wusste es nicht mehr. Eigentlich wusste ich das. Meine Geschichte war nicht seine Geschichte. Während ich in meiner Zauberwelt lebte, hatte er einfach nur Angst um mich gehabt. Todesangst. Dafür hatte er nie wirklich Raum bekommen oder genommen.

„Ich hatte keine Worte und konnte alles verstehen. Es war ein ganz tiefes, konzeptionelles Wissen. Es war, als hätte ich Zugang zu einer intelligenten Quelle, die man nur ohne Worte erreichen kann. So etwas Ähnliches passiert gerade in mir. In der Light-Version."

Für mich war jetzt alles glasklar, für Kai wahrscheinlich nicht, aber er hatte seine Frage-Energie des Tages verbraucht. Ich hatte tatsächlich aufgehört, zu versuchen, nur mit dem Kopf zu arbeiten. Es waren nicht andere Bereiche meines Hirns, die den Mangel ausglichen. Nein, es war mein ganzer Körper. Mein konzeptioneller Zugang kam aus einer Quelle in meinem Körper, die aus innerer Verbundenheit mit Menschen und Themen gespeist wurde. Deshalb musste ich mir auch nichts mehr notieren. Es war, als wären die Konzepte ganze Einheiten. Wenn sie einmal in meinem Inneren geboren waren, konnte ich sie alles fragen und so passte automatisch alles perfekt zusammen.

„Ganzkörperkonzepte", lachte ich. „Endlich weiß ich, was ich auf meine Visitenkarte schreiben kann."

Noch ein Gedanke kam mir: Georg hatte einmal erzählt, wie er mit Freunden überlegt hatte, warum Konzepte nicht als Kunst galten. Ach, wie viel einfacher wäre mein Leben, wenn ich mit meiner Tätigkeit in die Künstlersozialkasse dürfte.

Kapitel 20:

„Ich weiss gar nicht, warum Du mit mir zusammen bist."

Abends im Bett war ich dann wieder verzweifelt und voller Entschuldigungen.

„Ich weiß gar nicht, warum Du mit mir zusammen bist. Ich habe so viel von Dir und Du gar nichts von mir", jammerte ich, obwohl mir irgendwie klar war, dass es ja auch jetzt schon wieder nur um mich ging.

Kai hatte sein Leben wirklich so eingerichtet, dass Begegnung mit mir möglich war. Er stand zwei bis drei Stunden vor mir auf und wartete, damit wir den Tag gemeinsam beginnen konnten. So fand ein Großteil unserer Beziehung beim Frühstück statt. Wir waren uns des großen Luxus bewusst, dass wir beide so arbeiteten, dass wir oft stundenlang frühstücken konnten. Meine Rolle war es, alle Beziehungsthemen anzusprechen und ihn zu einer Reaktion zu zwingen. Er war dafür tatsächlich dankbar, doch ich musste mich oft so in die Themen hineinsteigern, damit bei ihm Emotion und Handlungsdruck entstanden, dass beim Frühstück die Tränen liefen und ich den Rest des Tages im Bett verbrachte. Ich an seiner Stelle hätte schon lange nicht mehr mit mir gefrühstückt.

Die meiste Zeit jedoch beschäftigte mich am Frühstückstisch Arbeit. Kai wusste inzwischen wahrscheinlich genau so viel wie ich. Ich probierte an ihm Worte für meine Konzepte aus, ob und wie das, was in mir so glasklar war, auch im Außen verständlich war. Oft ging es aber gar nicht um die Inhalte der Arbeit, sondern um eine große Vielfalt an Dilemmata in meinem Verhalten und meinen Erwartungen an mich selbst. Oftmals konnte ich mindestens zwei Bewertungsmöglichkeiten gleichzeitig sehen und wusste nicht, für welche ich mich entscheiden sollte. Konnte ich eine Rücksichtnahme anderer auf meine Situation erwarten? Ich fand ja, denn aus meiner Sicht funktionierte Gesellschaft genauso, dass Menschen das beitrugen, was sie konnten und eben nicht, was sie nicht konnten. War es meine Krankheit und damit meine alleinige Verantwortung, damit umzugehen? Ich fand ja, denn aus meiner Sicht funktionierte Gesellschaft genauso, dass die Menschen die Verantwortung für ihr eigenes Leben übernahmen und nicht andere damit beauftragten. Und nun?

„Du hörst mir die ganze Zeit zu, Du umsorgst mich, Du passt Dein Leben an meine Einschränkungen an, Du hältst meine Anfälle aus, Du liebst mich sogar mit meiner Zickigkeit. Und ich? Was tue ich für Dich?", jammerte ich weiter.

Ich wartete. Er war dran. Er musste mich jetzt überzeugen, dass ich eine gute Partnerin war. Während ich wartete, wusste ich, wie unfair das von mir war, doch ich war so unendlich bedürftig danach, zu wissen, dass ich irgendeine positive Wirkung hatte. Er sagte nichts. Ich wartete. Er brauchte manchmal eine Weile, um seine Gedanken zu sortieren und ich hatte gelernt, geduldig zu sein. Langsam liefen mir die Tränen über die Wangen und ich hoffte, dass er es in der Dunkelheit nicht merken würde. Obwohl ich eigentlich wollte, dass er es mitkriegte. Aber eben auch nicht. Dieses Mal würde ich nicht wieder die Erste sein, die sprach. Er war ganz klar dran. Da hörte ich ihn leise schnarchen und ich sprang auf, rannte ins Bad und übergab mich. Als ich wiederkam, saß er wach im Bett und wartete auf mich. Endlich konnte ich ihn mit meinen Vorwürfen über seine Insensibilität überschütten und einen Teil des Druckes in mir in der Dunkelheit abgeben.

Kapitel 21: „Mila, für Dich ist das einfach."

Am Institut gab es diese Mila nicht. Dort war ich fröhlich, motiviert, glücklich, wirksam. Dort erlebte ich Wertschätzung für das, was ich tat. Doch langsam veränderte sich dort die Stimmung. Ein zweiter Jahrgang hatte angefangen und sie waren nicht so lern- und experimentierfreudig wie unser geliebter Pionierjahrgang. Die Akkreditierung war abgeschlossen. Der Aufbau des Studiengangs war vorbei. Es gab inzwischen so viele Projekte, dass der Studiengang und die Studierenden nicht mehr das zentrale Geschehen waren. Es gab sehr viele neue Mitarbeiter:innen, die ich noch nie gesehen hatte und die nicht von mir eingearbeitet worden oder wenigstens kulturell geprägt waren.

Ich wurde noch immer aufs Herzlichste willkommen geheißen, doch hinter mir wurden schnell die Türen geschlossen, wenn ich meine Runde durch die Büros drehte. Die offene Atmosphäre wich in kleinen, aber deutlichen Schritten einer Stimmung der Überlastung und der gegenseitigen Vorwürfe. Das Institut hatte sich finanziell übernommen und konstante Unsicherheit veränderte den fehlerfreundlichen Blick aufeinander. Eine informelle Hierarchie hatte Einzug gehalten, die hauptsächlich darauf zurückzuführen war, wann die Menschen zum Team gestoßen waren. Die erste Generation, zu der auch Sylvie gehörte, verdiente gut und hatte größtenteils inzwischen auch offiziell Leitungsfunktionen übernommen. Die jüngste Generation jedoch blieb teilweise auf Traineegehältern hängen und hatte dementsprechend auch weniger zu sagen.

Die Entscheidung, die Inhalte des Masterstudiengangs auch selbst zu leben, stand zwar offiziell noch, doch Sylvie erklärte: „Mila, für Dich ist das leicht. Du stehst außerhalb des Systems. Doch wir im Alltag müssen eben Kompromisse machen. Es geht einfach auch nicht, wenn die anderen nicht mitziehen."

Ich sah das anders, denn aus meiner Sicht brauchte es mehr des Guten, wenn es einem schlecht ging, und nicht weniger. Doch ich hatte keine Sprache. Ich war die Hilfreiche – diejenige, die Probleme löst, aber nicht diejenige, die sie penetrant anspricht.

Ich reagierte in meinem gewohnten Modus. Ich machte mir in Ruhe über all das Gedanken, was ich wahrnahm und schickte kleine Konzepte, wie auf diesen Herausforderungen im kompromisslosen Einklang mit den angestrebten Werten reagiert werden könnte. Ich ließ mir die Pläne des Gebäudes geben, lernte viel über neue Arbeitsmodelle und entwickelte ein Raum- und Arbeitskonzept, das auf Begegnung, Austausch und Augenhöhe ausgerichtet war und dieses Verbarrikadieren hinter geschlossenen Bürotüren auflösen würde. Diese Konzepte landeten aber nicht wie früher direkt in der Umsetzung, sondern blieben im Posteingang liegen. Niemand sagte es, doch es wurde deutlich, dass ich eben fürs E-Learning zuständig war und dort auch bleiben sollte. Die Aufbauarbeit war geleistet und nun hieß es, den Alltag zu meistern und nicht mehr anzupassen und dazulernen. Die Zeit der Idealist:innen war vorbei. Jetzt ging es um Realität und Kompromisse und dazu war ich nicht geeignet. Immer deutlicher wurde zwischen den Zeilen, dass sie sich eigentlich den Luxus einer Mila nicht mehr leisten konnten. Jemand, der nicht half, die viele anliegende Arbeit wegzuschaufeln und auch noch krankheitsbedingte Ausnahmen brauchte, war leider nicht tragbar. Sie versuchten, fair zu sein, mir eine Chance zu geben und mich ins Team zu holen. Ich erhielt immer mehr Einladungen zu Teamsitzungen, aber längst keine liebevoll verständnisvollen Antworten mehr, wenn ich absagte. Auch wenn die Herzlichkeit blieb, hatten sie immer weniger Zeit für mich, wenn ich kam und immer weniger Anliegen. Sie brauchten keine Lösungen mehr, sondern nur Menschen, die im schnellen Tempo und am besten für wenig Geld ganz viel leisteten. So traurig sie auch über den Stimmungswechsel waren, so war es eben. Das passierte, wenn man sich professionalisierte. Das war der Preis der Realität.

Kapitel 22:

„Es ist an der Zeit, dass Sie Ihren Kontrollzwang konfrontieren."

Das alles verwirrte mich so, dass immer klarer wurde, dass ich dringend Hilfe dabei brauchte, meine Gedanken zu sortieren – weit mehr, als ich Kai zumuten wollte. Ich brauchte eine:n neue:n Therapeut:in. Ich konnte mir das noch nicht richtig vorstellen. Mein geliebter Zigarre-rauchender Therapeut hatte nach drei Jahren alle Menschen gekannt, die in meinem Leben je wichtig gewesen waren, inklusive aller Beziehungsgeflechte. Er hatte zweimal in der Woche fast live meine ganzen Entwicklungen mitgemacht. Wie sollte ich überhaupt mit jemand neuem anfangen? Wie in die Tiefe gehen, wenn die Grundlagen nicht existierten?

Doch meine Freund:innen bestärkten mich: „Vielleicht tut das ja gut, einen ganz neuen Blick zu kriegen. Und man braucht keine komplette Lebensgeschichte, um beim Sortieren zu helfen. Das wird schon."

Also saß ich in einem sehr engen, wenn auch durchdesignten Sessel einer sehr hübschen und gepflegten Frau gegenüber. Sie passte in ihren Sessel mühelos und ihre Beine waren perfekt übereinandergeschlagen. Sofort fühlte ich mich dick und unsicher. Im Vergleich zu ihr war ich ein Berg, aber wabbliger – vielleicht ein Quallenberg.

Dick sein hatte seltsame Nachteile, über die ich früher nie nachgedacht hatte. Für viele Menschen war klar: Wer dick war, musste psychische Probleme haben, sonst wäre sie ja schlank. Ich trug quasi den Beweis meiner Bedürftigkeit vor mir her. Da ich zudem ein extrem fröhlicher Mensch bin, lag auch der nächste Schluss auf der Hand. Natürlich war es klar, dass ich meine ganzen so deutlichen Probleme auch noch mit Lachen überspielte. Ein erstes Urteil über mich war gefällt, bevor ich den Mund aufmachte.

„Also", versuchte ich zu erklären, „ich habe in den letzten Jahren schon viel über das herausgefunden, was ich kann und was nicht. Ich kriege das alles halbwegs hin, wenn ich an den meisten Tagen meine Kommunikationszeit auf drei Stunden beschränke, fünfzehn Stunden liege und davon mindestens zehn schlafe, meine Mahlzeiten so oft wie möglich warm sind, ich darauf achte, dass all meine engen Beziehungen sehr aufgeräumt und klar sind, ich genug intellektuelle Herausforderungen habe, viel barfuß laufe …"

Ich pausierte einen Moment. Es gab noch so viel mehr. Wie viele Informationen brauchte sie denn?

„Ich markiere vieles dafür in meinem Kalender, damit ich das hinkriege. Nach einem Workshoptag beispielsweise streiche ich die nächsten drei Tage aus meinem Kalender, denn da muss ich mich total zurückziehen. In den Wochen, in denen Kais Jungs da sind, kann ich nicht gleichzeitig auch noch Partys oder so zusagen, da meine mögliche Kontaktzeit komplett mit Familie ausgeschöpft ist."

Ich fand es anstrengend, mit der neuen Therapeutin im Kontakt sein zu müssen. Sie saß mir gegenüber, verzog keine Miene und beobachtete mich. Ich konnte sehen, wie sie mir einerseits zuhörte, andererseits aber schon über das nachdachte, was ich sagte. Die Mediatorin in mir sträubte sich. Wenn sie mich wirklich verstehen wollte, musste sie erst einmal in meine Welt eintreten, bevor sie sie beurteilte. Ich wollte so gerne wieder auf eine Couch und die Augen schließen. Dort konnte ich bei mir sein und musste mich nicht mit den Reaktionen anderer Menschen auseinandersetzen. Mir war aber auch klar, dass ich das nicht ansprechen konnte. Dann würde sie mir erklären, dass sie all das gar nicht so empfand und mit mir auf die Suche gehen, warum ich das denn annahm. Natürlich hatte all das nichts mit ihr zu tun. Sie hatte ja keine Gedanken, Wertungen und Gefühle, die ich wahrnehmen konnte, sie doch nicht. Ich versuchte mich wieder auf das zu konzentrieren, was ich eigentlich wollte.

„Also, ich habe eine Forschungsreise begonnen und schon viel gelernt, aber da sich die Situation immer verändert, brauche ich auf diesem Weg weiter Begleitung."

Endlich lehnte sie sich zu mir vor und sah mich richtig an.

„Frau Ben Ayari", begann sie fast freundlich, „ich habe Ihnen jetzt eine ganze Weile zugehört und das Einzige, das ich ganz klar wahrnehmen kann, ist, dass Sie alles kontrollieren wollen. Auch Dinge, die man gar nicht kontrollieren kann."

Dazu hatte ich ein klares Jein. Ja, ich wollte viel kontrollieren, damit Dinge funktionierten. Ich fand aber wohl, dass ich darauf Einfluss hatte. Das war ja ein Leben, das ich schon lebte.

„Ich denke, wir sollten daran arbeiten, dass Sie diese Kontrolle aufgeben und so ein vollständiges Leben leben können."

Was? Sie wollte mir die Sicherheit nehmen, die ich mir mühevoll aufgebaut hatte? War sie denn wahnsinnig geworden?

Auf dem Heimweg begann ich jedoch nachzudenken: Was, wenn sie recht hatte? Was, wenn ich mich tatsächlich weit mehr eingrenzte, als es nötig war? Gewöhnte ich Chaotin mir gerade eine Zwangsneurose an? Auf irgendeine Art erschien mir das vorstellbar. Vielleicht hatte ich deshalb nie das Gefühl, die Wahrheit zu sagen, wenn ich über meine Krankheit sprach. Vielleicht hatte ich diese Symptome ja gar nicht, weil ich nicht richtig auf mich aufgepasst hatte, sondern weil ich zu viel auf mich aufpasste. Vielleicht war es ja hauptsächlich Angst und ich versteckte mich nur hinter der Tumordiagnose. Vielleicht musste ich mutiger sein und mehr mit dem Fluss mitgehen, der sich eben zeigte.

Beim nächsten Termin war ich bereit, mich auf ihren Weg einzulassen. Ich musste herausfinden, ob etwas an ihrer Theorie dran war. Wir erarbeiteten gemeinsam Wege, wie ich das anstellen konnte. Im Wesentlichen einigten wir uns darauf, dass immer dann, wenn ich etwas präventiv nicht tat, ich es trotzdem tun würde. Also beispielsweise nur erholen, wenn ich wirklich erschöpft war und nicht, weil ich wusste, dass der nächste Tag anstrengend werden würde. Ich würde mich meiner Angst stellen, statt zu gehorchen. Es war einen Versuch wert.

Kapitel 23:

„Ich glaube, es hat niemand was gemerkt."

Das Institut war der perfekte Übungsort. Natürlich wusste ein Teil von mir, dass ich dort gar nicht mehr gebraucht oder gewollt war. Ich war jedoch von Anfang an dabei und ein nicht wegzudenkender Teil für Georg, so dass ich heilig und unantastbar wirkte. Nun war ich aber bereit, mich mehr einzulassen. Ich sagte Ja, als ich gebeten wurde, in einer sehr schwierigen Gruppe eine Klärung herbeizuführen. Ich hatte unendliche Angst, aber mir selbst versprochen, dass es sowas wie ein präventives Nein nicht mehr geben würde. Ein kompletter Tag Workshop? Klar. Übernachten in Berlin, um am nächsten Tag auch nochmal kommen zu können? Natürlich.

Ein Traum wiederholte sich in meinen Nächten: Ich saß in der Uni in einem Raum voller Studierender und konnte die Augen nicht mehr öffnen. Die ganze Zeit hoffte ich, dass es niemand merken würde. Je länger es dauerte, desto klarer war mir natürlich, dass ich es nicht verbergen können würde. Ich tat die ganze Zeit aber so, als wäre nichts und alle machten mit. Manchmal gelang es mir im Traum dann, irgendwann die Augen zu öffnen, manchmal nicht. Das Schlimmste aber war die Sprachlosigkeit, die ich empfand – die Klarheit, dass ich nichts sagen durfte und dass etwas ganz Schreckliches passieren würde, wenn ich zeigte, dass ich der Situation gerade nicht gewachsen war.

In der echten Welt aber überlebte ich all die Tage. Ich brach im Nachhinein zusammen, zuckte, weinte und stritt, dann trat ich wieder an. Irgendwann saß ich wieder in unserem gruppendynamisch anstrengenden zweiten Jahrgang und merkte, dass mein Körper anfing zu zucken. Durch meinen Nacken und oberen Rücken gingen feine Erschütterungen, die kurz anschwollen und dann wieder zur Ruhe kamen. Ich guckte in die Gruppe, doch niemand schien es zu bemerken. Vielleicht sah man es ja auch im Außen nicht. Georg neben mir hielt das anstrengende Gespräch aufrecht und es gab endlich eine konstruktive Grundstimmung. Jeder Vorwurf an den Studiengang, der aus der Gruppe kam, traf mich und nahm mir noch mehr Stabilität. Sie hatten bei sehr vielem recht. Ich fand auch nicht jede Entscheidung gut, die in den letzten Monaten gefallen war. Jedoch war ich die Entwicklerin des Studiengangs und Mitglied des Teams: Ich stand für alles gerade, was andere entschieden hatten. Meine Rolle war klar. Ich war loyal mit dem verbunden, was hier stattfand. Obwohl ich nach wie vor nicht verstand, warum wir etwas anderes taten als wir lehrten, warum dieses Qualitätsmerkmal anfechtbar war, während es für mich eigentlich sowas wie die Verfassung darstellte. So verlor ich meine Stabilität – innerlich wie äußerlich – und mein Körper spielte nicht mehr mit. Ich konnte mich nicht mehr konzentrieren. Ich spürte die Übelkeit in mir hochsteigen und merkte, dass mein Mund schon ganz wässrig war – ein Vorzeichen, dass ich bald würde brechen müssen. Meine Gedanken drehten sich mehr um die Frage, ob ich lieber jetzt den Raum verlassen sollte und damit den Gruppenprozess stören oder auf die Pause warten sollte und somit das Risiko eingehen, dass mich jemand würgen hörte. Dann wieder gingen feine Zuckungen durch meinen Körper und ich blickte in die Runde.

Merkte es wirklich niemand? War das alles nur mein Gefühl und nichts davon real? Konnte mich mein Körpergefühl so trügen? Nun gut, dann würde ich das Spiel mitspielen. Ich atmete ein paar Mal mit gestrecktem Hals durch den Mund ein und trocknete so meine Schleimhäute. Dann nahm ich Georg die Gesprächsführung wieder ab und gab meiner professionellen Mila die Bühne. Das Gespräch fand auf hohem Niveau und mit großer Ehrlichkeit statt. Ich spürte den Moment, in dem sich mein Kopf von meinem Körper trennte. Es gab eine Mila, deren Körper immer mehr rebellierte und es gab eine Mila, die topfit und total klar in der Situation blieb und sich davon nicht beirren ließ. Ein paar wenige Menschen blickten auf, wenn wieder eine Zuckung durch meinen Körper lief. Doch da ich nicht darauf reagierte, taten sie es schnell als nervösen Tick ab und widmeten sich wieder dem Inhalt. Die meisten merkten es gar nicht.

In der Pause rief ich tränenüberströmt Kai an. Er fuhr sofort los, um mich abzuholen und so konnte ich mich Minuten nach der Abschlussrunde in eine Decke gehüllt ins Auto fallen lassen und war in Sicherheit, als die Anfälle meinen Körper richtig in Beschlag nahmen.

„Ich glaube, es hat niemand was gemerkt", sagte ich zu Kai, unsicher, ob ich mich darüber freuen oder sorgen sollte.

An den heftigen körperlichen Reaktionen, die sich durch meinen Körper arbeiteten, blieb ich seltsam unbeteiligt.

Kapitel 24:

„Das nicht auszuhalten ist kein Zeichen deiner Krankheit."

Die nächsten Wochen war ich nicht mehr arbeitsfähig – egal wie sehr sich mein Kopf dagegen sträubte, sich darauf einzulassen. Ich sagte alle Termine im Institut ab und bewies damit, dass ich eben nicht den benötigten Einsatz brachte. Niemand wollte etwas von mir. Ich konnte getrost abtauchen. Allerdings brauchte ich das Geld. Ich verdiente nicht genug für eine solche Auszeit.

Meine Gedanken drehten sich im Kreis. Was sollte ich tun, wenn das Institut sich von mir verabschiedete? Wie bewarb sich jemand wie ich um eine Stelle oder um Aufträge? Wie konnte ich fremde Menschen mit meiner langen Liste an Einschränkungen konfrontieren und ihnen trotzdem die Sicherheit geben, dass ich die vielen Ausnahmen wert war? Ich hatte einfach Glück gehabt. Das Fundament für das, was ich jetzt tat, hatte ich noch vor der Krankheit gebaut. Sie hatten mich wirklich gebraucht. Es war nur eine beschränkt freiwillige Handlung gewesen, sich meiner Situation anzupassen. Selbst diese Menschen, die mich wirklich aus vollem Herzen mochten, sahen sich nicht mehr in der Lage, das aufrecht zu erhalten. Wieso sollten es dann Fremde tun? Wie konnte man überhaupt Kund:innen finden, ohne zu kommunizieren?

Auf der Suche nach Inspirationen durchforstete ich das Netz. Ich fand viele Stellen, bei denen ich sehr gut sein konnte. Meine Expertise zu Bildungskonzepten, E-Learning und Organisationsaufbau war immens gewachsen. Ich hatte den Luxus, dass ich genauso viel Zeit in Reflexion wie in Aktion steckte und so immer mehr Worte für das Übersehene entwickelte. Dennoch hatte jede Stellenbeschreibung immer Elemente, die es für mich unmöglich machten, eine Bewerbung auch nur in Betracht zu ziehen. Teilweise waren vierzig Stunden vorgegeben, oftmals auch eine Anwesenheitspflicht in der Stadt. Auch inhaltlich waren die Stellen meistens so zusammengesetzt, dass sie mich ausschlossen: Ausarbeitung von Seminaren und Vorbereitung der Trainer:innen? Klar, war ich sehr geeignet. Verantwortung für Koordination und Vernetzung und Repräsentation in internen Gremien? Undenkbar.

Während ich so in meiner digitalen Welt Möglichkeiten sondierte, begannen sich in meinem Kopf Konzepte zusammen zu schieben, die nichts mit dem Institut zu tun hatten. Ich überlegte, wie eine Plattform aussehen könnte, bei der sich nicht Menschen an Stellenbeschreibungen anpassen mussten, sondern Stellenbeschreibungen an Menschen. Ich konnte vor meinem inneren Auge das komplette Backend sehen und jeden Button für die Nutzer:innen. Die Webseite war in mir klarer als jede existierende Seite, die ich kannte. Ich sah dabei zu, wie sich kleine Tutorials ins Bild schoben und Tools, die Stellenbeschreibungen in drei Schritten an reale Menschen anpassten, was sich automatisch auf die Zusammensetzung aller anderen möglichen Stellenbeschreibungen auswirkte. Wäre mein Leben ein Film, dann wäre den Zuschauer:innen spätestens an dieser Stelle klar gewesen, dass es sich um eine Geschichte der Auswirkungen von genialem Wahnsinn handelte. Doch ich hatte gar keinen Bedarf, meine Ganzkörperkonzepte mitzuteilen. Worte waren mir zu langsam. Ich sah lieber als Zuschauerin dabei zu, wie diese Welten in mir entstanden.

Emilia allerdings war sehr interessiert an meinen Überlegungen. An ihrer Uni wurde der Krankenstand immer höher und immer mehr Menschen fielen aufgrund chronischer Erkrankungen wiederholt aus. Sie wollte nicht die Projekte ernten, die sich nachts in meinem Körper entfalteten, wohl aber die Dimension des Themas verstehen, mit dem wir es hier zu tun hatten. Wir begannen uns immer mehr zu fragen, ob das alles wirklich nötig war, was im Arbeitsleben so unantastbar erschien.

„Ich kann nicht jede Woche zu einer Teamsitzung gehen", versuchte ich zu erklären. „Das ist einfach zu viel. Zum einen, weil es Kommunikation ist und ich dafür anreisen muss und zum anderen auch, weil der größte Teil der Themen für mich gar keine Handlungsrelevanz hat. Ich überanstrenge mich, ohne dass wirklich ein Produkt oder eine Erkenntnis dabei herauskommen würde. Und obwohl ich gar nicht bei ihnen im Büro arbeite und nur selten Kontakt habe, weiß ich fast alles schon, was da erzählt wird. Zudem schlägt mir die Stimmung total aufs Gemüt, weil niemand das ausspricht, was wirklich dringend wäre, sondern alle ganz vernünftig und sachlich bleiben. Das wirklich Relevante besprechen sie später in kleinen Gruppen, dann bin ich schon wieder weg."

Beim Sprechen wurde ich wehmütig. Natürlich waren Teamsitzungen total wichtig: Wie sonst sollten sich denn alle als Team empfinden und auf Basis eines gemeinsamen Informationsstandes arbeiten. Ich schämte mich sehr, dass ich mir die Sonderstellung herausnahm, daran nicht teilzunehmen. Ich blieb auch dabei – so sehr ich auch mitkriegte, dass sie es unfair fanden.

Zu meiner Überraschung lachte Emilia: „Das beschreibt tatsächlich fast jede Teamsitzung, bei der ich je war. Das nicht auszuhalten ist kein Zeichen Deiner Krankheit. Wir gehen alle müde und diffus unzufrieden aus regelmäßigen Teamsitzungen und setzen für die eigentlich spannenden Themen dann eh Sondersitzungen in kleineren Konstellationen an. Da gibt es echtes Miteinander und konkrete Ergebnisse."

„Du meinst, ich reagiere gar nicht seltsamer als andere, nur stärker?"

„Ich habe noch nie einen Deiner Auslöser als irrational oder seltsam empfunden. Du reagierst nur eben stark körperlich an Stellen, an denen wir anderen einfach nur erschöpft über unsere Grenzen gehen."

Meine Gedanken explodierten. Wie? Das würde ja bedeuten, dass meine Symptome unglaublich hilfreich sein konnten. An den Stellen, an denen ich umfiel, gab es eine Störung für Viele. Ich war ein wandelnder Seismograf für Arbeitskulturen. Ich konnte total nützlich sein. Ich war plötzlich hellwach und ganz klar. Das wäre auch eine Lösung für das ganze schlechte Gewissen. Wenn ich ein System finden könnte, in dem Arbeiten für alle gut war, würde es auch für mich gut sein. Oder andersrum: Wenn ich ein System finden konnte, das gut für mich war, konnte es auch gut für alle sein. Es war das erste Mal, dass meine Krankheit keine Störung meiner Arbeitswelt war, sondern sich die Möglichkeit auftat, sie gewinnbringend einzubringen. Ich merkte, wie sich meine Schultern entspannten. Ganz tief in meinem Inneren verwandelte sich meine Sehnsucht in eine Hoffnung. Ich konnte nützlich sein. Dennoch hatte ich, Mrs. Konzept, nicht die geringste Ahnung, wie ich das angehen sollte. Ich spürte aber deutlich, dass ein wichtiger Samen in mir gepflanzt worden war und sich seine Form beim Wachsen schon zeigen würde.

Kapitel 25:

„Wie, Du steckst da immer noch fest?“

Wieder einmal saß ich vor dem PC und versuchte, das zu googeln, was ich brauchte. Würde ich doch nur den richtigen Suchbegriff finden, würde mir sicher etwas helfen. Immer wieder tippte ich das Wort Liebe in vielen Sprachen ein, denn irgendwie wusste ich, dass nur eine so große Dimension wie Liebe gegen meine Scham und mein Leid ankommen konnte. Schon lange haderte ich mehr mit meiner Scham als mit meinen körperlichen Symptomen. Letzteres ging irgendwann vorbei, dann schlief ich viel und es durfte wieder von vorne losgehen. Es waren Minuten der Verzweiflung, von denen ich wusste, dass ich sie überstehen konnte. Meine Gefühle allerdings wurden nur immer verwirrender und peinigender.

„Hilf mir, Google, bitte!“

Es passierte tatsächlich immer öfter, dass ich nicht nur mit den Tieren, sondern auch mit den Geräten sprach. Wohl eine Nebenerscheinung, wenn ein hochkommunikativer Mensch nicht genug Leute treffen darf.

„Du weißt doch alles.“

„Love is …", tippte ich.

„… pain. in the air. a shield. all around. all you need", schlug Google vor.

Aber so richtig traf es das nicht, was ich wollte. Wenn ich auf Suchen klickte, kamen tausend Partnervermittlungen. Diese Liebe hatte ich ja Gott sei Dank in meinem Leben. Natürlich hatte ich es in den diversen Foren versucht, doch niemand schien mein Anliegen zu verstehen. Wie auch, wenn mir nicht einmal die Worte einfielen, um es recherchieren zu können. Hier wurden Behandlungsversuche besprochen und auf Ärzt:innen und Therapeut:innen geschimpft. Das war sicher wichtig, doch ich suchte nach einem diffusen, inneren Schlüssel. Wenn ich „Krankheit" und „Haltung" eingab, dann füllte Google automatisch das Wort „gebückt" ein oder es ging um Tierkrankheiten, die durch schlechte Haltung ausgelöst wurden. Wie konnte ich Hilfe dafür erhalten, eine geeignete innere Haltung zu entwickeln?

Im Gespräch erzählte ich einem Freund: „Weißt Du, eine geeignete Haltung finden, durch die Krankheit navigieren und ein gutes Leben damit bauen ist die wahrscheinlich größte Leistung in meinem Leben, und das sieht keiner, dafür gibt es wirklich gar keine Wertschätzung. Das ist so absurd."

Er sah mich etwas verächtlich an: „Echt, Mila? Das hast Du schon vor einem Jahr gesagt. Bist Du da immer noch nicht drüber hinweg?"

Das saß. Ich war sofort stumm und wechselte schnell das Thema. Doch es beschäftigte mich. Hatte ich wirklich kein Recht auf Wertschätzung – nicht einmal auf den Wunsch nach Wertschätzung? Ich sprach weniger und weniger über meine Krankheit, hauptsächlich weil es nichts Neues zu berichten gab. Es war absurd. Es war einer der Faktoren, die mein Leben am meisten bestimmten, doch es war auch uninteressant, denn eigentlich steckte ich in einer Dauerschleife fest. Alles wiederholte sich. Wer wollte schon eine Geschichte in Dauerschleife hören? Ich sehnte mich nach Wertschätzung dafür, dass ich das alles aushielt, doch wer und warum sollte mir das schon geben? Ich sehnte mich nach meinem Therapeuten. Ich hatte gehört, dass einige seiner Patient:innen an seinem Grab weiterhin ihre Therapiestunden einhielten. Das erschien mir etwas übergriffig. Ich fühlte mich eher manchmal von ihm beobachtet, was mir meistens gar nicht so angenehm war.

„Ok, Google", sagte ich laut, obwohl diese Funktion gar nicht aktiviert war. „Wertschätzung ist …"

„Das beste Personalmarketing. Der einzige Weg. Zugleich ein Grundbedürfnis des Menschen," schlug Google brav vor. Dann schließlich: „Liebe ist Wertschätzung".

Der Kreis hatte sich geschlossen und doch war ich keinen Schritt weitergekommen.

Kapitel 26:

„Sie sagen, dass sie Dich nicht mehr zahlen können."

Angesichts der Situation im Institut war ich nur mäßig überrascht, als Georg mich anrief.

„Hör zu", begann er. „Sie sagen, dass wir uns Dich nicht mehr leisten können. Du bringst Dich nicht im Team ein, machst weniger Workshops als früher und verdienst trotzdem mehr pro Stunde als alle anderen. Ich möchte Dich auf keinen Fall verlieren, aber ich brauche Argumente. Und ich denke, wir müssen Dein Honorar kürzen."

Georgs Stimme sagte mir, dass er es einerseits eilig hatte und es andererseits doof fand, dass er sich damit überhaupt befassen musste. Es passierte mir so oft, dass Menschen kurze klare Antworten haben wollten und ich eher ein Komplexitätsfeld beschreiben konnte.

„Nein", sagte ich, „ich kann mit meinem Honorar nicht runtergehen. Ich muss in einer sehr geringen Anzahl von Stunden das Geld verdienen, das wir zum Leben brauchen. Weiter runter kann ich wirklich nicht gehen."

Ich versuchte mich kurz zu halten und ging nicht auf den

Vergleich zu den anderen ein.

„Allerdings stelle ich nur die Stunden in Rechnung, in denen ich tatsächlich etwas mache. Die viele Zeit, in der ich über das Institut und Konzepte nachdenke, zahlt niemand. Und das ist genau genommen die eigentliche Arbeit. Ich arbeite also weit mehr Stunden als ich in Rechnung stelle."

Puh, ich war ganz überrascht über mein Selbstbewusstsein. Könnte ich es mir nur annähernd leisten, weniger zu verdienen, würde ich das tun. Doch mein momentanes Gehalt war bereits mein unterstes Limit.

„Außerdem verdiene ich im Monat nicht viel, weil es ja wenige Stunden sind. Ich habe ein monatliches Maximum an Stunden, die ich in Rechnung stellen darf. Da komme ich in letzter Zeit gar nicht hin, weil es wenig für mich zu tun gibt."

Ich merkte, dass er ungeduldig wurde.

„Ok, dann sage ich ihnen, dass es so bleibt und Du versprichst, mehr zu arbeiten, als Du in Rechnung stellst", sagte er und verabschiedete sich freundlich, aber bestimmt. Ich saß sprachlos mit dem Hörer in der Hand da. Die eigentlich wichtige Frage hatten wir nicht eine Minute besprochen. Wurde ich wirklich nicht mehr gebraucht? War ich, die sich gerade vor kurzem noch so wirksam und hilfreich gefühlt hatte, nun doch ein Sozialfall geworden, den sich eine Organisation angesichts von Sparmaßnahmen einfach nicht mehr leisten konnte? Sie hatten ja recht. Die Kluft zwischen uns war gewachsen. Bei ihnen stapelte sich immer mehr Arbeit, der Stress nahm immens zu, die Beziehungen wurden angespannter und sie konnten vor der Menge an Arbeit kaum noch atmen. Sylvie hatte ein kleines schwarzes Buch, in das sie alles schrieb, worüber sie nochmal nachdenken und es gegebenenfalls anpassen wollte. Es füllte sich kontinuierlich, doch sie kam nie dazu, sich dem zu widmen. Ich auf der anderen Seite hatte sehr viel Zeit, darüber nachzudenken und mir Lösungen auszudenken, für deren Umsetzung nur leider niemand Kapazitäten hatte. In diesen finanziell knappen Zeiten zahlten sie jemanden für einen Außenblick, der in der Realität eher lästig war und nur naiv wirkte.

Ich wurde sehr, sehr traurig. Ich saß ganz still da und spürte, wie die Trauer meinen ganzen Körper ausfüllte und meine Augen riesig wurden. Das Kind in mir fühlte sich verlassen. Das war meine Gang. Das war die kleine Gruppe von Menschen, die mir das Gefühl gegeben hatte, gleichwertiges Teammitglied zu sein – trotz aller Einschränkungen. Das waren die Menschen, mit denen ich die Welt verändern wollte. Doch nun, nach ein paar Jahren, hatte sich die Organisationskultur verfestigt und mich versehentlich ausgeschlossen. Ich wusste, dass sie mich wirklich mochten. Ich wusste, dass unsere Verbundenheit echt und nicht gespielt war. Aus ihrer Sicht war es wohl bloß nicht mehr tragbar, dass alle in einem wahnsinnigen Tempo durch die Arbeit rannten und ich dabei nicht mitmachte. Sie waren sich wohl auch nicht mehr ganz sicher, ob ich nicht konnte oder nicht wollte.

„Beides", versuchte ich mal wieder, Kai zum Sprechdenken zu nutzen, um meine Gedanken klar zu kriegen. „Ich kann es wirklich nicht. Wenn ich jede Woche nach Berlin fahren würde, könnte ich gar nicht arbeiten, weil ich dann nur damit befasst wäre, mich davon zu erholen. Doch die Wahrheit ist: Ich will auch nicht Teil eines Teams sein, das nur noch rennt und Reflexion und persönliche und gemeinsame Entwicklung als Luxus empfindet. Das ergibt keinen Sinn. Natürlich ist ein gutes Miteinander kein Garant für Erfolg, aber ein schlechtes Miteinander ist ein Garant für Misserfolg."

Trotzdem brauchte ich das Geld. Ich hasste es. Ich kriegte Geld für etwas, das niemand nutzte und musste dabei zusehen, wie eine Organisation, die ich liebte und mit aufgebaut hatte, immer mehr in Richtung Abgrund rannte. Der Versuch, mich rauszuschmeißen, zog mir so den Boden unter den Füßen weg, dass ich mich auch nicht mehr als vollständiges Teammitglied und somit berechtigt fühlte, hierzu einmal ein radikaleres Feedback zu geben. Ich unternahm ein paar verzagte, liebevolle Versuche, das Thema dorthin zu lenken.

Die Antwort war jedoch bei allen gleich: „Du hast ja recht,

Mila, aber wir haben dafür gerade wirklich keine Zeit."

Einige Minuten später hatten sie meinen Gesprächsversuch auch schon wieder vergessen. Über den Versuch, mich loszuwerden, sprachen wir nie – auch wenn ich wusste, dass Sylvie es wusste und Sylvie wusste, dass ich wusste, dass sie es wusste.

In mir fanden jedoch lange Gespräche mit ihnen statt. In zwanzig Szenarien suchte ich nach einer Sprache, in der ich mich verständlich machen konnte. In meinem Versuch, die richtige Sprache zu finden, entwickelten sich in meinem Kopf ganze Landschaften von Konzepten darüber, wie Menschen zusammenarbeiten konnten. Zentrale Triebkraft für mich war die Frage, wie Menschen im Innen und im Miteinander das widerspiegeln konnten, was sie gesellschaftlich erreichen wollten. Ich war der festen Überzeugung, dass innere Achtsamkeit und äußere Wirksamkeit sich keine Konkurrenz machten, sondern sich gegenseitig beförderten, ja sogar für nachhaltiges Wirken unerlässlich waren. Doch den Mut, mir den Raum zu erkämpfen, all das einmal zurückzuspiegeln, entwickelte ich nie. Ich beschimpfte mich selbst für meine Feigheit, doch nach außen versuchte ich nur herauszufinden, an welchen Stellen in ihrem System ich überhaupt noch unterstützend sein konnte.

Kapitel 27:

„Ich habe schon lange nicht mehr alles im Griff."

Und dann brach Dana zusammen – Unsere Dana, die ihre Arbeit so liebte. Unsere Dana, die immer alles im Griff hatte und Georgs Welten zusammenhielt. Dana, die mir durch die ganze Anfangszeit so viel Halt gegeben hatte. Es war das erste Mal, dass jemand aus meinem nahen Umfeld ein Burnout hatte. Ich verbrachte einen Abend auf ihrem Sofa. Sie war unruhig, redete sehr viel und sehr schnell und sprang immer wieder auf, um mir eines ihrer vielen Bücher in die Hand zu drücken. Das Gespräch raste zwischen spannenden Artikeln und Theorien und ihrer Situation hin und her.

„Ich habe schon lange nicht mehr alles im Griff", gestand sie. „Ich bin mir nicht einmal sicher, ob mir Dinge durch die Lappen gegangen sind, die Georg wirklich in seinen Projekten schaden könnten. Ich habe komplett den Überblick verloren und nie Zeit, es wieder zu sortieren. Seit Monaten warte ich in konstanter Angst darauf, dass irgendwas richtig schief geht."

Sie hatte gerade erst eine Assistentin gekriegt, da klar war, dass sie zu viel auf ihrem Tisch hatte. In Danas Fall war das allerdings keine Lösung gewesen, denn nichts war mehr geordnet genug, um es gut an jemand anderen übergeben zu können. Neben all ihren Tätigkeiten musste sie nun auch noch jemanden einarbeiten.

„Meine Familie hasst Georg", sagte sie. „Sie geben ihm an allem die Schuld. Dabei bin doch ich diejenige, die sich immer wieder charismatischen, männlichen Chefs verschreibt und nur noch arbeitet. Ich habe gar keine Freunde, Mila. Nur Arbeit. Und ich vermisse sie so."

Ich war vollkommen verblüfft. Wie hatte sie es so schnell geschafft, so ehrlich zu sein?

Sie lachte: „Aber Mila, das geht doch schon lange. Ich habe es lange verdrängt und stattdessen angefangen, zu trinken. Dass ich das so klar sehen und sagen kann, ist ein großer Fortschritt. Das hat lange gedauert. Und niemand hat es mitgekriegt."

Auch sie erlebte es also, dass Krankheit unsichtbar war. Merken die Menschen es wirklich nicht? War Krankheit ein Zaubertrick, der vor den Augen aller stattfand und doch unsichtbar war? Oder trauten sich die Leute nur nicht zu zeigen, dass sie es merkten?

Danas Büro war im Institut. Zwar arbeitete sie in Georgs gesamten Projekten mit und nicht nur fürs Institut, doch sie sah das Team jeden Tag und sie repräsentierte Georg in den meisten internen Meetings. Wie konnte es passieren, dass es niemand mitgekriegt hatte?

„Das stimmt nicht", betonten die anderen, als ich sie darauf ansprach. „Natürlich haben wir mitgekriegt, dass sie nicht mehr so gut und verlässlich war und manchmal haben wir auch den Alkohol gerochen. Doch wie sagt man jemandem, dass man sie im Verdacht hat, Alkoholikerin zu sein?"

Schließlich hatte dann doch einer von Georgs Mitarbeitern die Reißleine gezogen und einerseits Dana konfrontiert und andererseits Georg informiert. Der vereinbarte sofort einen Termin bei einer befreundeten ganzheitlichen Ärztin, die sie direkt aus dem Verkehr zog. Dana begann sowohl eine körperliche als auch psychische Therapie und stellte ziemlich problemlos das Trinken ein. Erstaunlicherweise konnte sie, jetzt da Georg Bescheid wusste, das alles zulassen.

Für Georg begann ein Albtraum. Dana hatte sein Leben geregelt. Nun musste er alles selbst lernen, von der Vereinbarung von Terminen bis hin zur Teilnahme an Treffen, um einen Überblick über seine diversen Projekte zu behalten. Er schaffte sich ein Smartphone an und beantwortete seine eigenen E-Mails. Ich habe nie gehört, dass er Dana einen Vorwurf machte, doch seine Laune nahm deutlich ab. In den wenigen ruhigen Momenten gab er zu, dass es ihm eigentlich ganz guttat, wieder die Kontrolle über sein eigenes Leben zu gewinnen. Doch insgesamt hatte das Rennen nun auch ihn gefressen. Er, der es weit mehr liebte, Dinge zu entwickeln als sie umzusetzen, wurde vom Alltag verschlungen. Er setzte Prioritäten. Wir sahen uns nur noch selten bei gemeinsamen Workshops im Institut, während denen er jedoch jede mögliche Minute an seinem Handy verbrachte. Auch wir beide sprachen darüber nicht. Ich konzentrierte mich weiter auf mein Vorhaben, in jedem Moment so viel Mehrwert für andere zu erschaffen wie möglich, doch alles, was uns verband, wurde von der Liste gelöscht: Wir entwickelten keine neuen Konzepte mehr, blickten nicht mehr gemeinsam auf die Notwendigkeiten der Organisationsentwicklung und hielten nie wieder einen Mediationsworkshop zusammen ab. Ich hatte immer gewusst, dass die Familie von Krankheit stark betroffen ist und natürlich auch, dass dies für Kolleg:innen eine Mehrbelastung ist. Jetzt hatte ich zum ersten Mal die Möglichkeit, von außen zu betrachten, wie groß die Ringe sind, die der Ausfall einer zentralen Person auslöste.

Dana faszinierte mich. Es gab nun endlich jemanden in meinem Leben, der aus eigener Erfahrung wusste, wie es war, wenn Grenzen wirklich nicht überschritten werden konnten und es keine Frage des Willens war. Sie war, ohne es zu wollen, zu meiner Verbündeten geworden. Auch sie liebte es, zu arbeiten und konnte es nicht mehr. Wir taten einander gut, auch wenn wir uns nicht oft sahen. Als sie langsam und vorsichtig wieder begann, einzelne Aufgaben zu übernehmen, stellte sich schnell heraus, dass ihre Stressauslöser komplett anders waren als meine. Während ich gerne lange an einzelnen Vorhaben arbeitete, um mich mit meiner Zeiteinteilung gut an meine Kraft anpassen zu können, belastete sie alles, was sie abends nicht abgeschlossen hatte. Was ihr gut tat, waren kurze Listen von Dingen, die ohne Zeitnot alle abends abgehakt werden konnten. Während ich Kommunikation aus dem Weg ging, machte sie das eher stolz und es gab ihr Kraft. Es lag so offensichtlich vor uns. Wir glichen unsere Schwächen perfekt aus. Wenn man die richtigen Menschen fand, konnten vielleicht eingeschränkte Menschen doch überall mitarbeiten, ohne eine Störung zu sein. Ich freute mich darauf, mit Dana zu arbeiten, wenn sie wieder so weit war. Ich wusste nicht genau, was wir tun würden, doch es war so deutlich, dass wir zusammengehörten. Gemeinsam hatten wir tatsächlich die Chance, wieder echte Selbstständigkeit zu leben. Wir würden auch nie vergessen, dass die andere eingeschränkt war, nur weil sie gerade fit aussah. In mir öffnete sich die Möglichkeit einer Organisation, in der Menschen mit gesundheitlichen Einschränkungen sich und der Welt bewiesen, wie wertvoll und gleichberechtigt ihr Beitrag war.

Kapitel 28:

„Da muss schnell Geld rausspringen."

Wenn ein Non-Profit-Unternehmen in finanzielle Schwierigkeiten gerät, gibt es immer den Moment, in dem eine Akademie gegründet wird. Die Idee ist logisch. Wir lassen die reichen Unternehmen viel Geld dafür zahlen, dass wir unseren wertvollen Wissensschatz mit ihren Mitarbeiter:innen teilen. Daher war natürlich der Gedanke naheliegend, dass ich das tun sollte, schließlich hatte ich ja keine zentrale Aufgabe mehr und verdiente noch immer Geld. Natürlich gab es auch kein Geld für eine:n weitere:n Mitarbeiter:in, aber mir wurde eine Praktikantin zur Seite gestellt, die ich auch selbst aussuchen konnte.

Ich war sehr skeptisch. Noch nie hatte ich erlebt, dass dieses Konzept wirklich aufgegangen war. Es gab Fortbildungsanbieter:innen ohne Ende auf dem Markt. Wir würden so kämpfen müssen, nur um bekannt zu werden. Zudem hatten wir keinerlei humane Ressourcen, um die Messen und Konferenzen abzuklappern. Ich konnte das gesundheitlich nicht und eine junge Praktikantin hatte nicht genug Expertise, um in Gesprächen wirklich überzeugen zu können. Georg war noch immer komplett unter Wasser. Dennoch machte mir genau diese Herausforderung wirklich Spaß. Wie konnten wir etwas antreten, das eigentlich unmöglich war? Ich hatte endlich ein echtes Rätsel zu knacken und auch wieder eine Aufgabe, die fürs Institut wichtig war. Wirklich an den Erfolg dieses Vorhabens glaubte ich zwar nicht, doch ich wollte es unbedingt versuchen.

Auf der Suche nach Inspiration wagte ich einen enormen Schritt: Ich besuchte die Online-Educa, eine riesige dreitägige Konferenz zu Lerntechnologien. Ich traute mich mutig ins Getümmel, setzte mich in viele Vorträge und studierte Anbietermaterial an den Ständen. Ich lernte in den Tagen so viel, dass ich direkt zwölf Seiten mit Zusammenfassungen und Empfehlungen schrieb, denn noch glaubte ich daran, dass das vielleicht doch mal jemand lesen würde. Es war nicht schwer zu erkennen, dass eine Online-Akademie weit vielversprechender war. Wir hatten ja auch bereits viel Online-Lernmaterial, das wir nur umarbeiten mussten. Georgs technischer Mitarbeiter gesellte sich zu mir und wir überlegten, wie wir eine solche Plattform aufsetzen könnten. Ich hatte außerdem tolle Menschen entdeckt, die uns beim Aufbau helfen konnten, sowie Plattformen, die mich in ihrer didaktisch durchdachten Schlichtheit überzeugten. Doch dann kam die Klarheit: Budget = Null. Doch alle rannten weiter. Ich versuchte zufrieden zu sein, dass ich so extrem viel über Online-Lehre gelernt hatte und verabschiedete mich von einer digitalen Lösung. Wieder etwas, das in der Schublade liegen bleiben würde. Ich fand einfach nicht den Ansatz, der es für alle sinnvoll machte, mich zu zahlen. Alles, was sie brauchten, waren Super-Kommunikator:innen, die mitrannten. Alles, was ich nicht konnte, war rennen und kommunizieren.

Meine Schuldgefühle kamen in Wellen, vor allem abends. Manchmal wachte ich auch nachts von meinem eigenen Schuldwimmern auf. Alle Anfragen, die ich erhielt, waren unmöglich.

„Mila, kannst Du Dir bitte etwas einfallen lassen, dass wir für ein Jahr eine Gastprofessur kriegen, ohne dass uns das Geld kostet?“

„Mila, wir brauchen mehr Stipendien, machst Du bitte dafür mal ein Konzept?"

Ich gab mir ehrlich Mühe, das Unmögliche zu denken, doch die Antwort war immer dieselbe: Wir haben keine Kapazitäten, es umzusetzen und kein Geld, das wir investieren können. Ich verzweifelte zunehmend. Gleichzeitig war ich nach wie vor entschlossen, das Akademie-Konzept zu knacken.

Schließlich hatte ich dann endlich einen Geistesblitz. Wir waren nicht vorrangig eine Akademie, die angetreten war, Geld mit Fortbildungen für die Wirtschaft zu verdienen. Wir waren zusammengekommen, um gesellschaftliche Probleme zu lösen. Eines dieser gesellschaftlichen Probleme war Bildung, vor allem auch lebenslanges Lernen. Wir wussten inzwischen, dass Workshops nicht wirklich funktionierten. So sehr die Menschen die Trainingstage genossen und so enthusiastisch die Evaluation ausfiel, der Transfer blieb in 80 % der Fälle aus. Die Menschen setzten das Erlernte nicht um. Das war für uns gesellschaftlich fatal, da die Lücke zwischen dem, was wir als Menschheit wussten und dem, was wir als Menschheit taten, immer weiter auseinander driftete. Es gab Berufe, die darunter sehr leider mussten – beispielsweise die Personalentwickler:innen. Eine Spezies, die immer unter mangelnder Achtung in ihren Unternehmen litt, kooperativer war als andere und dafür zuständig gemacht wurde, wenn Know-how einfach nicht im Arbeitsalltag ankam. Meine Idee war einfach: Wir würden Personalentwickler:innen einladen und mit ihnen gemeinsam ein Konzept erarbeiten, wie transferzentrierte Fortbildungen aussehen mussten. Dann würden wir genau in diesem Format Fortbildungen anbieten, in der Sicherheit, dass sie uns ihre Mitarbeiter:innen dann schon schicken würden. Meine Praktikantin recherchierte Berliner Firmen, die groß genug waren, um eine aktive Personalentwicklung zu haben und lud umfassend ein. Ich überzeugte den sehr widerwilligen Georg, dass ich einen Tag seiner Zeit brauchte und bat unsere Präsidentin, mit uns zu Mittag zu essen. Ich ging davon aus, dass es zog, wenn das Thema so wichtig war, dass sich Präsidentin und Dekan Zeit dafür nahmen. Und im Anschluss könnte ich dann passgenau Fortbildungen konzipieren und die Praktikantin würde die Treffen organisieren. Es war vielleicht doch in dieser Minimalbesetzung ohne Budget möglich.

Es meldeten sich tatsächlich Personalentwickler:innen aus vielen Unternehmen an – dankbar, ins politische Viertel geladen zu werden und neugierig aufeinander. Die Idee, unternehmensübergreifend an Innovationen zu arbeiten, gefiel ihnen sehr. Georg kam wie immer in letzter Minute, unsicher wozu wir eigentlich angetreten waren. Ich bat ihn einfach nur, mitzudenken, die Moderation der Plenen zu übernehmen und immer einmal wieder zusammenzufassen, was im Raum stand. Ich verließ mich darauf, dass seine Kreativität irgendwann wach werden würde, denn die Entwicklung von zukunftsweisenden Konzepten war die Essenz seiner Seele, auch wenn er dafür kaum Zeit hatte. Ich hatte ein Konzept vorbereitet, in das wir hineinarbeiten konnten und stand am Flipchart, während sich nach und nach tatsächlich eine überzeugende Herangehensweise entwickelte. Die Stimmung war enthusiastisch und kreativ. Mittags aßen wir dann mit unserer Präsidentin. Sie hatte keine Ahnung, wer diese Menschen waren. Sie stellte ihnen auch keine Fragen, sondern begann sofort mit einer umfassenden Einführung in das Institut und einer Selbstdarstellung. Ihr Plan war ein anderer: Sie wollte die Runde nutzen, um Spenden zu akquirieren. Sie hatte nur „Wirtschaft" verstanden. Ich versuchte immer wieder, das Gespräch zurück zum Thema zu lenken, wenigstens zu lebenslangem Lernen, doch sie war eine starke Frau. Wenn sie sich etwas in den Kopf gesetzt hatte, war sie nicht aufzuhalten. Das Fremdschämen, das in mir aufkam, riss mich genauso mit wie sonst meine Scham über mein eigenes Verhalten. Ich merkte, wie die Kraft aus meinem Rücken schwand, ich konnte mich kaum noch gerade halten. Am Nachmittag musste ich mehrmals abrupt den Raum verlassen, um mich zu übergeben. Ich hatte immer mehr Schwierigkeiten, mich zu konzentrieren und entwickelte Wortfindungsprobleme. Georg merkte Gott sei Dank schnell, dass ich den Rahmen nicht mehr halten konnte und übernahm. Ich stand am Flipchart und versuchte, die anschließende Diskussion noch grob mit einzuarbeiten. Gott sei Dank hatten wir am Vormittag schon alles entwickelt, was wir brauchten. Ich war mir trotzdem sicher, dass unsere Teilnehmenden nie wieder etwas mit uns zu tun haben wollen würden.

Zu meiner Überraschung war die Abschlussrunde sehr positiv. Sie waren stolz auf unser Ergebnis und verabredeten sich auch untereinander. Ich versprach, aus den Gedanken ein fertiges Konzept zu erstellen. Dann wollten wir uns auf die ersten Themen einigen. Sie wünschten sich zudem irgendeine Form von Vernetzungs- und Diskussionsmöglichkeit online.

Als ich mich von allen verabschiedet hatte, war Georg schon wieder weg. Ich hatte zum Glück ein Hotel gebucht und keine Heimreise geplant, so dass ich mich schnell in sicheres Territorium zurückziehen und meinen Symptomen freien Lauf lassen konnte.

Unsere Praktikantin hatte den Workshop richtig genossen und wusste im Anschluss endlich, mit wem sie kommunizieren musste. Sie begann, ohne jegliche Arbeitserfahrung, eine Struktur aufzubauen. Sie wusste, dass sie mich nur im äußersten Notfall anrufen konnte, da es mir sehr schlecht ging. Um sich herum kriegte sie jedoch kaum Unterstützung. Eher waren die Menschen genervt, dass sie so vieles nicht wusste. Ich hatte es geschafft, das Konzept zu schreiben. Sie hatte es verschickt und wollte nun an der Vernetzung dranbleiben. Doch ohne Hilfe und Erfahrung verzweifelte sie immer mehr. Immer weniger traute sie sich, nachzufragen. Nach und nach verlief sich das gesamte Vorhaben im Sande und sie verließ uns schließlich. Ich versackte komplett in einem Nebel aus Verzweiflung und Scham. Ich hatte es nicht nur nicht geschafft, eine Akademie aufzubauen, ich hatte zudem das Leben einer sehr jungen Frau monatelang zur Hölle gemacht und mein Versprechen vielen Unternehmen gegenüber nicht eingehalten. Mein Versuch, etwas zu entwickeln, das ich für unmöglich hielt, hatte viele Menschen mit in den Ruin gezogen und weit mehr geschadet als gefruchtet. Zudem hatte

Georg sein Vertrauen in mich verloren. Er liebte die Zusammenarbeit mit mir, weil ich ihm eine Bühne gab und verlässlich den Prozess in der Hand hielt. Ich hatte ihn im Stich gelassen und in eine Situation gebracht, die er retten musste und auf die er nicht vorbereitet war. Zu meiner persönlichen Scham kam zudem die institutionelle Scham. Wollte ich wirklich noch so verbunden sein mit einer Organisation, für die Zeit- und Geldnot Grund genug war, unachtsam mit anderen umzugehen? Wollte ich wirklich für eine Organisation arbeiten, die an vielen Stellen ihre eigenen Interessen vor die Interessen anderer setzte? Gleichzeitig konnte ich aber auch nicht gehen. Ich fühlte mich verpflichtet, bis zum Ende zu bleiben und nicht als Erste das sinkende Schiff zu verlassen. Für mich stellte sich die Frage nicht mehr, ob das Institut enden würde, nur noch wann. Ich musste meine finanzielle Abhängigkeit lösen. Ich würde den Menschen, die ich so mochte, einfach als Mila zur Seite stehen, soweit sie es sich wünschten. Ich würde innerlich bei ihnen bleiben, weiterhin „wir" denken und sagen und zu allem stehen, was sie taten, auch wenn es mir oft nicht gefiel. Ich würde aber keine unsinnigen Aufträge mehr umsetzen. Ich musste mir selbst im Spiegel und den Menschen im Institut in die Augen blicken können. Ich hatte schon seit längerer Zeit immer ein unangenehmes Grummeln im Bauch, wenn ich das Gebäude betrat. Mein Kampf um die Arbeit war kein Kampf ums Geldverdienen, sondern ein Kampf für den Dienst an der Gesellschaft. Das tat ich schon eine ganze Weile nicht mehr.

Das Praktische war, dass ich nicht einmal kündigen musste. Sie fragten nicht mehr und ich machte einfach nichts mehr von mir aus, das sie eh nur widerwillig gezahlt hätten. Unsere Zusammenarbeit schlief einfach ein, ein Ende ohne Abschied.

KAPITEL 29:

„WIR HABEN MIT ODER OHNE KRANKHEIT KEINEN JOB FÜR SIE."

Mein wunderbarer Mann war wie immer auf meiner Seite.

„Auf keinen Fall solltest Du da arbeiten, wenn Du so leidest und sich das nicht einmal lohnt", wiederholte er. „Ich schaffe es schon, für uns zu sorgen."

Ich wusste, dass das nicht stimmte. Wir waren beide selbstständig und unsere Einnahmen fluktuierten stark. Wir brauchten einander, um das auszugleichen. Doch ich liebte ihn dafür, dass er immer bereit war, alles zu geben – nicht nur seiner Familie. Kai war der Mann, an den sich alle alten Frauen der Region wandten, wenn sie Hilfe mit Handwerk oder Technik brauchten. Eines Tages kam er nach Hause und druckste seltsam herum. Er wollte mir etwas erzählen, aber wusste nicht so richtig wie. Ich wurde richtig nervös. Das letzte Mal in meinem Leben, als jemand sich so verhalten hatte, markierte das Ende einer Beziehung. Das konnte ich mir bei uns aber nicht vorstellen. Was hatte er denn nur?

„Ich habe was gemacht und Du wirst schimpfen", sagte er.

Ich wurde ein wenig ruhiger. Das konnte ja nichts Schlimmes

sein, wenn die größte Gefahr war, dass ich zickig werden würde.

„Na komm, sag es einfach", ermunterte ich ihn.

„An der Tankstelle war ein Mann mit zwei Kindern. Er hatte Geld für Benzin vergessen und brauchte dringend Hilfe, um mit den Kindern nach Hause fahren zu können. Er bot mir als Garantie seinen gesamten Goldschmuck an. Er würde mir das Geld dann überweisen und meinte, ich könne ja dann den Schmuck zurückschicken."

Er traute sich kaum, mich anzusehen.

„Mila, ich habe es ihm gegeben. Natürlich weiß ich, dass die Wahrscheinlichkeit sehr gering ist, dass seine Geschichte stimmt. Aber was, wenn doch und keiner hilft den Kindern? Es ist so kalt."

Noch immer blickte er mir nicht in die Augen. Ich umarmte und küsste ihn. Er war so wunderbar. Ich liebte es an ihm, dass er in Zeiten, in denen unser Geld wirklich knapp war, sich lieber reinlegen ließ, als die Gefahr einzugehen, dass Kinder leiden würden. Er war verblüfft. Er hatte nicht erwartet, dafür Anerkennung zu bekommen. Gemeinsam blickten wir auf den vielen Schmuck aus billigem Goldimitat und freuten uns über uns. Für mich war klar: Genau das war es. Das war die Welt, in der ich leben wollte. Eine Welt, in der Menschen ihre Großzügigkeit und ihre Güte behielten, besonders in knappen Zeiten. Eine Welt, in der Kinder die Verantwortung aller waren. Eine Welt, in der Menschen wie Kai regierten, die weit besser zuhören als sich selbst darstellen konnten. Im Arbeitsleben wurden mir gute Menschen oft als schwach und naiv verkauft. Kais Verhalten war für mich jedoch keine Schwäche, sondern bewies unendliche Stärke. Ich hatte noch niemals erlebt, dass er neidisch war, jemandem etwas nicht gönnte oder Gegenleistungen erwartete für etwas, das er für andere tat. Ich hasste ihn manchmal dafür, denn obwohl ich mich auch als eher guten Menschen empfand, fühlte ich mich neben ihm wie ein egoistisches, selbstbezogenes Gör. Er wirkte im Kleinen, lokal und individuell – jeden Tag und so gut er konnte. Ich hingegen hatte den egozentrischen Anspruch, die Gesellschaft mitzugestalten. Ich war dankbar für diesen Mann und das hässliche Katzengold.

Da ich aber trotz seiner Beteuerungen wusste, dass er nicht für uns alle sorgen konnte, meldete ich mich arbeitslos. Ich hatte seit meiner kurzen Angestelltenzeit in der Uni brav in die freiwillige Versicherung eingezahlt und nutzte diesen Joker jetzt. Es stimmte ja auch. Die Aufträge, die ich ohne Institut noch hatte, zahlten gerade die Krankenkasse.

Ziemlich überfordert saß ich über den Formularen des Arbeitsamtes. Ich wollte so ehrlich sein wie möglich, doch meine reale Situation passte nicht in den Bogen. Bei Arbeitsfähigkeit schrieb ich „fünfzehn Stunden", was bei der Sachbearbeiterin offenbar Sorge auslöste.

„Ich fordere Sie explizit nicht zu einer Veränderung auf", erklärte sie mir.

Ich konnte sehen, wie sie nach den richtigen Worten rang.

„Ich möchte sie aber über das Gesetz aufklären. Bei fünfzehn Stunden erhalten Sie kein Arbeitslosengeld, sondern Krankengeld."

Oh Gott, erschrak ich. Dafür hatte ich mich nicht selbstständig versichert. Darauf hatte ich keinen Anspruch.

„Wenn Sie zwanzig Stunden eintragen, stehen Sie dem Arbeitsmarkt nur zur Hälfte zur Verfügung und erhalten auch nur die Hälfte des Geldes."

Das ging auch nicht. Ich konnte schon so von der Summe kaum leben, doch die Hälfte stellte alles in Frage: Das Haus, Chloës Schule und viele andere Dinge, die die Stabilität unseres Lebens ausmachten. Vorsichtig, ohne mich anzusehen, schob sie mir ein leeres Formular hin und ich trug, ebenfalls ohne sie anzusehen, die Zahl 40 ein. Keine Ahnung, was ich mir jetzt eingebrockt hatte. Niemals war ich in der Lage, jeden Tag acht Stunden zu arbeiten. Doch es brachte mir ein wenig Zeit und es gab kein aktuelles ärztliches Gutachten, das dem widersprach. Bis ich tatsächlich ein Stellenangebot ablehnte und wieder aus dem System fiel, war ich ja vielleicht wieder unabhängiger.

Es beschäftigte mich, dass ich nur ins System passte, wenn ich log. Lügen fiel mir nicht nur schwer, sondern wandelte sich auch körperlich sofort in Verspannungen um. Dennoch schienen, ähnlich wie bei der Rentenversicherung, die Mitarbeiter:innen selbst verstanden zu haben, dass es nur einen Weg gab: Wenn das System so starr war, dass es sich nicht an die Menschen anpassen konnte, musste man eben die Wahrheit der Menschen ein wenig ändern, damit sie in das System passte. Es machte die Arbeit tatsächlich für alle leichter, wenn der Vorgang so weit wie möglich auf eingefahrenen Wegen abgearbeitet werden konnte. Wieder einmal war ich gerührt von diesen Menschen hinter den Schreibtischen, die sich immer ernsthaft bemühten, mir im Rahmen ihrer Möglichkeiten zur Seite zu stehen und die ihr Systemwissen in meinen Dienst stellten.

Meine Beraterin und ich hatten ziemlich viel Spaß mit dem Versuch, meine Tätigkeiten und Abschlüsse in die Datenbank der Agentur für Arbeit einzugeben. Wir probierten eine große Anzahl an Begriffen aus, die alle nicht in der Datenbank vertreten waren. Schließlich einigten wir uns auf „Mediatorin" und „Innovationsmanagerin" und waren ziemlich zufrieden mit unserem Ergebnis.

„Aber Frau Ben Ayari", meinte sie und wurde ernst, „wir sind hier in Ost-Brandenburg. Ganz egal wie wir Sie bezeichnen, hier gibt es für Sie keine Jobs – egal ob mit oder ohne Krankheit."

Etwas ratlos saßen wir eine Weile da und guckten uns an.

„Aus meiner Sicht ist die Selbstständigkeit ihre einzige Option und ich kann Ihnen ein halbes Jahr Gründungsgeld geben, damit Sie einen guten Start haben."

Was für eine wunderbare Frau, die, wie so viele andere in den Behörden, schnell die Situation verstand und ihr Know-how für die beste in ihrem System mögliche Lösung einsetzte. Nach einem Tag Arbeitslosigkeit war die Entscheidung klar: an der Selbstständigkeit dranbleiben. Ich hatte ein halbes Jahr Zeit, um mir zu überlegen, wie das trotz meiner kommunikativen Einschränkungen gehen konnte. Ich hatte zwar hier und da kleinere Aufträge, doch bei weitem nicht genug, um davon leben zu können.

Kapitel 30: „Mila, das geht hier nicht ohne Dich."

Mein Telefon klingelte. Noch immer erschrak ich jedes Mal, wenn mein Arbeitstelefon klingelte, aber nicht mehr so stark wie früher. Bevor ich ranging, atme ich noch ein paar Mal tief durch, um meine Angst in den Griff zu bekommen.

„Ich muss dringend den Klingelton ändern", dachte ich. „Vielleicht liegt es ja am Geräusch, dass ich sofort Panik kriege."

Irgendwie hatte ich immer das Gefühl, am Telefon wehrloser zu sein als in anderen Kontexten. Über das Telefon konnten Menschen in mein Zuhause eindringen, mit denen ich nicht befreundet war. Gott sei Dank war es nur Georg. Ein wenig unsicher ging ich ran. Bei Georg wusste man nie, ob es ein gestresster „Ich sag Dir jetzt mal schnell, was Du bis gestern tun sollst"-Anruf war oder ein kreativer, lockerer „Ich habe hier mal ein paar coole Ideen, die ich gerne mit Dir besprechen würde"-Anruf.

„Mila", strahlte seine Stimme durch das Telefon. „Ich brauche Dich. Das hier geht nicht ohne Dich."

Ich hatte keine Ahnung, wovon er sprach. In der Regel

bewegte er sich in mindestens zwanzig Projekten gleichzeitig und ich kannte nur einen Bruchteil.

„Wo denn? Was denn? Wie denn?"

„Du weißt doch, dass ich den Zukunftsdialog der Bundeskanzlerin aufgesetzt habe und eine Gruppe auch selbst leite ..."

Sollte ich ihn unterbrechen und sagen, dass ich das nicht wusste? Ich schwieg. Ich kannte Georg gut genug, um sehr schnell verstehen zu können, wenn ich ihn einfach weiterreden ließ. „... und da haben wir jetzt mit den Experten eine Initiative für neue Bildung gestartet, weil die Bundespolitik da ja gar nicht eingreifen kann. Also machen wir es selbst."

Ich lächelte. Genau das war Georg. Es gibt ein Problem, keiner macht was, also gründet er. Er hatte schon gute Leute zusammengetrommelt und sie hatten ein wenig angefangen. Jetzt wollten sie einen Studiengang entwickeln und er hatte festgestellt, dass die anderen das gar nicht konnten.

„Komm, Mila! Bitte, bitte komm zu unserer nächsten Sitzung."

Wie konnte ich sowas abschlagen? Er sagte mir noch Zeit und Ort und mir wurde ein wenig flau. Es war im Institut.

„Wir werden das Projekt erst einmal im Institut aufhängen, bis wir uns richtig gegründet haben."

Schade. Einen kurzen Moment hatte ich gedacht, es könnte ein langfristiger Auftrag sein, doch ich konnte nun wirklich nicht durch die Hintertür ins Institut zurückkehren. Ich würde zu einem Treffen gehen, ein Konzept schreiben und mich respektvoll wieder zurückziehen.

Als ich den Raum betrat, kannte ich außer Georg nur Thea. Sie hatte am Institut studiert und ein Projekt zu neuer Lernkultur gemacht. Ihre Arbeit würde die theoretische Grundlage für das neue Projekt bieten. Ich setzte mich neben eine blonde junge Frau und sobald ich neben ihr Platz genommen hatte, zuckte ein Blitz durch meine komplette linke Seite. Irgendetwas Großes und Schönes war zwischen uns passiert, das ich so noch nie erlebt hatte. Wir lächelten uns schüchtern an. Georg sprühte vor Enthusiasmus. Er moderierte und kritzelte Flipcharts voll – wie immer in einer Schrift, die man nur lesen konnte, wenn man bei der Entstehung dabei war – und ich freute mich. So hatte ich ihn schon lange nicht mehr erlebt. Seine Kraft reichte eindeutig für eine Gründung und nicht nur für ein Strohfeuer. Er übernahm wirklich Verantwortung für das gesamte Projekt und delegierte nicht nur. Ich hatte in Ruhe Zeit, mir die Runde anzusehen. Ich hatte im Anschluss einen Termin mit einem Mann namens Helmut, um den Studiengang inhaltlich zu besprechen. In dieser Runde hier wurde mein Beitrag nicht wirklich gebraucht. Ich schloss also kurz die Augen, um mich ganz auf meine Empfindungen zu konzentrieren. Es gab eine seltsame Spannung im Raum. Eine positive Spannung – der Aufbruch war fast körperlich greifbar – doch auch eine unterdrückte Stimmung, die hauptsächlich von den eher stillen Personen ausging. Ich öffnete die Augen wieder, guckte aber lieber woanders hin und versuchte, meinen Körper vor der lautlosen Aggressivität zu schützen. Nach dem Treffen zog ich mich mit Helmut in die Bibliothek zurück und er erzählte mir in groben Zügen, wie er sich diesen Studiengang vorstellte. Ich verstand sofort, wovon er sprach. Es ging um Selbstermächtigung, Lernen statt Lehren, Möglichkeiten der Individualisierung, doch eingefasst in eine starke Gemeinschaft. Ich hatte sehr schnell das Material, das ich brauchte, um einen Studiengang zu erstellen.

Danach stand ich vor der Treppe und überlegte, ob ich nach Hause gehen oder vorher meine Institutsfreund:innen besuchen sollte. Mein Körper wollte diesen Ort verlassen, an dem ich mich noch immer nicht gewollt fühlte. Ich konnte aber nicht einfach so wieder verschwinden. Ich ging also nach oben und klopfte an einige Türen, umarmte Leute und landete schließlich in Sabines Büro, der Geschäftsführerin des Institutes, die mich in den letzten Monaten so widerwillig bezahlt hatte.

Es ging uns beiden gleich. Wir freuten uns, uns zu sehen, die Umarmung und das Lächeln waren echt. Dennoch lagen, von beiden Seiten ausgehend, schlechtes Gewissen und unausgesprochene Vorwürfe in der Luft. Was wir sagten, entsprach der Wahrheit und doch wirkte das Ganze wie eine aufgesetzte Lüge, da wir innerlich ganz woanders waren als bei den Worten, die wir aussprachen. Ein wenig melancholisch verließ ich das Institut, diesmal ja wahrscheinlich wirklich zum letzten Mal.

Kapitel 31:

„Es ist Teil meiner spirituellen Ausbildung."

Das Telefon klingelte. Ich bekam eine Mini-Panikattacke. Ich betrachtete das Display: Georg. Ich atmete zweimal meine Angst weg. Same procedure as ganz schön oft.

„Helmut ist begeistert von Deiner Arbeit", schwärmte er. „Die Frau ist ja geil, hat er wortwörtlich gesagt. Den Studiengang hast Du fast in einem Schwung runtergeschrieben, oder?"

Ja, das hatte ich allerdings. Schon auf dem Rückweg im Zug hatte der Studiengang in meinem Körper Form angenommen und ich hatte ihn komplett mit allen Anlagen innerhalb von einer Woche so inspiriert geschrieben, dass ich gegen die Langsamkeit meiner tippenden Finger ankämpfen musste.

„‚Download' nennt das mein spiritueller Lehrer", sagte zu meiner Überraschung Georg.

„Du hast einen spirituellen Lehrer?"

„Ja, er ist einer der drei besten spirituellen Lehrer der Welt."

Ich lächelte. Bei Georg waren immer alle die Besten. Mich stellte er regelmäßig als die beste Mediatorin Deutschlands vor. Im Moment war ich wohl die beste Studiengangsentwicklerin des Planeten. Irgendwann musste ich ihn mal fragen, wer die anderen besten spirituellen Lehrer waren, dachte ich, doch ich war gar nicht sicher, dass er darauf eine Antwort hatte.

„Weißt Du, in dieser Ausbildung geht es im ersten Jahr nur um Schattenarbeit und im zweiten Jahr machen wir ein Projekt. Eigentlich sollte mein Projekt sein, ein Jahr lang kein Projekt zu machen, doch es war klar, dass das nicht sehr realistisch ist. Maya und ich haben uns also dieses Projekt ausgesucht. Sie ist unglaublich. Sie kann richtig hellsehen. Sie saß neben Dir beim letzten Treffen."

Ja, da war tatsächlich etwas Unglaubliches passiert, doch im Moment war ich zu verblüfft, um über Maya nachzudenken. Georg und ich hatten noch nie über Spiritualität gesprochen. Wir sprachen über Projekte, niemals mehr als das – außer, wenn es gerade eine ganz akute Krise gab. Irgendwie passte das auch noch nicht ganz in mein Bild von ihm. Er sprudelte, erzählte von begleiteten Drogentrips bei einer Heilpraktikerin und anderen Erfahrungen, die wenig zu meinem Bild von ihm passten. Tatsächlich hatte ich ihn in Gesundheitsdingen immer eher körperlich zwanghaft erlebt. Sein Teewasser brachte er immer selbst mit, bei Meetings brachte jemand Wasser, das nur er trank und er kriegte wirklich Panik, wenn er versehentlich Schwein aß. Nun erzählte er von Meditationsretreats in den tibetischen Bergen.

„Doch warum ich eigentlich anrufe", fiel ihm dann ein, „ich brauche Dich nochmal. Ein paar Leute haben die Aufgabe übernommen, eine Anleitung für Transformation in der Bildung zu schreiben und sie ist wirklich grottenschlecht geworden. Du musst übernehmen."

Wie immer konnte ich ihm nichts ausschlagen, auch wenn das bedeutete, dass ich tatsächlich wieder vom Institut bezahlt werden würde. Auf diese Scham würde ich mich aber nicht einlassen, nahm ich mir entschlossen vor. Ich konnte nichts dafür. Ich hatte mich nicht wieder reingeschlichen und kriegte auch kein Geld für Dinge, die keiner brauchte. Doch kaum war ich an diesem Abend eingeschlafen, schreckte ich vor Scham wieder hoch. Es war mir so unendlich peinlich, wieder vor der Tür zu stehen.

Kapitel 32: „Irgendwann habe ich Gott vergessen."

Ich rief meinen Freund Norbi an und bat ihn um einen gemeinsamen Abend. Früher hatten wir nächtelang getrunken, gekifft und unser Leben unter spirituellen Gesichtspunkten betrachtet. Er war mein Partner im Projekt „Radikale Anwendung von spirituellen Prinzipien im Alltag" gewesen. Seit ich krank geworden war, hatten wir das eingestellt. Ich hatte in den letzten Jahren gesehen, wie er nach und nach den Zugang zu dieser inneren Dimension verloren hatte. Während in den Büchern die Menschen immer zu Gott fanden, wenn sie erkrankten, war diese Verbindung in mir eher auf Eis gelegt. Gott wohnte in mir an einem ähnlichen Ort wie meine Todesangst: Einem Raum in meinem Inneren, den ich nicht betreten wollte. Immer wieder hatte ich Anläufe gemacht, mich wieder zu verbinden. Ich hatte meine alten Bücher wieder gelesen, die mich aber seltsam kalt ließen und immer wieder auch mit meinem Therapeuten darüber gesprochen, dass dies ein wirklich wesentlicher Teil meiner Persönlichkeit war, den ich da vermisste.

Seine Antwort war stets dieselbe: „Jetzt kümmern Sie sich erstmal um sich, bevor Sie sich um Gott kümmern." Ich hatte, wie immer, brav gehorcht und meine körperlichen und psychischen Prozesse in den Vordergrund gestellt. Ich wusste die ganze Zeit, dass in diesem Zugang für mich ein großer Teil der Lösung lag. Ich hatte mir immer vorgenommen, den „Kurs in Wundern" durchzuarbeiten und fand Krankheit einen guten Moment dafür. Die radikale Ablehnung meiner christlichen Mutter reichte jedoch schon wieder aus, um mich abzuwenden.

Am Tag der Diagnose war ich im Krankenhaus nach unten in die Seelsorge gegangen und hatte sofort nach Rat gefragt, wie ich im Sinne des Glaubens damit umgehen könnte. Sie hatten keine Antwort und nur irgendwas von „Zeit vergehen lassen" gestammelt. Wahrscheinlich war ich auch wirklich ziemlich aufgelöst und sie hatten recht gehabt.

In all der Zeit hatte ich gewusst, dass ich einen Teil von mir stark vernachlässigte und nun antwortete ausgerechnet mit Georg die Arbeitswelt auf meine unterdrückte Sehnsucht.

Kai war als junger Mann sehr christlich engagiert gewesen und hatte die Kirche dann verlassen.

„Kai?", fragte ich beim Frühstück.

Er guckte mich neugierig amüsiert an. Womit beschäftigte ich mich wohl jetzt schon wieder?

„Hast Du jemals Zweifel, dass es Gott gibt? Also nicht Kirche und so. Gott?"

„Nein", sagte er schlicht und spiegelte damit auch meine Sicherheit. Ich hatte keinerlei Zweifel und haderte nicht, doch ich konnte es nicht mehr in jedem Moment spüren. Ich hatte meine Verbundenheit und mein Grundvertrauen ins Universum verloren und keine wirkliche Ahnung, wie ich sie wiedergewinnen sollte. Alles, was mir früher einen Zugang geschaffen hatte, funktionierte nicht mehr. Ich musste neue Wege finden und dachte, Norbi könnte vielleicht wieder mein Begleiter sein.

Nun saßen wir also zusammen und tranken zusammen zwei Flaschen Rotwein aus, was ich genoss, obwohl ich genau wusste,

EIN KURS IN WUNDERN

Der Kurs in Wundern ist ein Lehrbuch, das nach einem „theoretischen“ Teil 365 kleine, aufeinander aufbauende Tagesaufgaben vorstellt. Es ist demnach ein Arbeitsbuch für (mindestens) ein Jahr, das innere Wahrnehmung und Entwicklung zum Inhalt hat.

Einige wesentliche Erkenntnisse, zu denen die Aufgaben führen, sind:

- Nichts im Außen kann uns retten, Frieden geben oder verletzen. Das können wir nur selbst.
- Wir sind von einer höheren Macht beschützt und brauchen daher wirklich keine Angst zu haben.
- Vergebung ist eine der mächtigsten Werkzeuge für den inneren Frieden.

Zusammenfassend könnte man sagen, dass das Buch den Unterschied zwischen Erkenntnis/Wirklichkeit und Wahrnehmung/ Illusion unterrichtet.

Obwohl das Buch stark mit der Verbindung mit Jesus arbeitet, ist es kein klassisch christliches Lernbuch (tatsächlich sogar sehr stark umstritten) und wird von Menschen verschiedenster Glaubensrichtungen genutzt.

dass ich die nächsten Tage komplett zugeschwollen und verschleimt verbringen würde. Alkohol war insgesamt ein Problem – Rotwein besonders und Sekt ging gar nicht. Rotwein war allerdings schon früher unser philosophisches Getränk gewesen und ich spürte die Freude über unsere alten Rituale. Kiffen würde ich nicht mehr. Dieses Experiment war mir körperlich zu gewagt.

Norbi war Emilias Mann und wir drei waren eine Familie. Wir hatten lange zu dritt zusammengewohnt und unsere Kinder gemeinsam großgezogen, bevor Kai in mein Leben getreten war. Wir feierten aber noch immer Ostern und Weihnachten zusammen und waren immer die ersten Personen, die wir anriefen, wenn wir innere oder äußere Hilfe brauchten. Seit wir nicht mehr zusammen wohnten, waren aber die Norbi-Mila-Abende eingeschlafen, die wir schon lange vor unseren jeweiligen Beziehungen intensiv gepflegt hatten. Ich hatte nicht das Gefühl, dass es nur an mir lag und daran, dass ich eigentlich nach 18 Uhr nicht mehr ansprechbar war. Auch sein Leben hatte sich stark verändert. Heute machte ich auf jeden Fall im vollen Wissen um die Konsequenzen alle Ausnahmen.

„Ich habe meine Verbindung im Alltag nicht mehr", versuchte ich zu erklären. „In meinen Überzeugungen hat sich nichts geändert, aber ich kann es nicht mehr spüren. Wie ist es bei Dir?"

„Ich verschlinge immer noch ab und an ein Buch und bin unendlich inspiriert, aber wirklich alltagsentscheidend ist das auch alles nicht mehr", antwortete er. „Ich schätze, ich bin ein Hobby-Spiritueller geworden."

Er musste lachen. Im nächsten Satz erzählte er mir von seinen Problemen mit seinem Team.

„Warte mal bitte, bleib mal beim Thema."

Norbi war der einzige meiner Freunde, bei dem ich nie überlegen musste, ob ich etwas sagen durfte. Wir waren liebevoll, jedoch radikal ehrlich zueinander.

„Nehmen wir doch mal Dein Team", versuchte ich eine Brücke zu bauen. „Vergiss mal, wie sie sich verhalten. Wie müsstest Du Dich denn verhalten, um im Einklang mit Deinen spirituellen Prinzipien zu sein?“

„Wertschätzender“, überlegte er, „und gelassener. Du hast recht, ich sollte das probieren.“

Ich war ganz aufgeregt. Wir verabredeten uns dazu, in den nächsten Wochen wieder ganz konsequent darauf zu achten, dass das, was wir taten, mit dem, woran wir glaubten, zusammenpasste. Er hielt mir gleich einen kleinen Vortrag über Kongruenz im NLP. Das war sein theoretisches Zuhause und obwohl ich das alles schon einmal gehört hatte, lehnte ich mich zurück und beobachtete seinen Enthusiasmus. Er brauchte dringend Menschen, mit denen er über so etwas sprechen konnte. Wie waren wir nur so massiv von den scheinbar objektiven Ansprüchen des Alltags verschlungen worden? Ich schloss mich ihm an und erklärte die Kongruenz zu meinem neuen Mantra, das ist mir immer und immer wieder wiederholen würde. Statt nach neuen Theorien zu suchen, würde ich meine inneren Überzeugungen wieder bewusster und aktiver in meinen Alltag integrieren. Das neue Projekt war dazu eine gute Gelegenheit, da Georg und Maya offenbar einen ähnlichen Weg planten. Ein Projekt, das gleichzeitig eine spirituelle Meisterprüfung war, gefiel mir ausgesprochen gut.

KONGRUENZ IM NLP

NLP steht für Neuro-Linguistisches Programmieren und ist eine interdisziplinäre Sammlung von Methoden, die mit Hilfe von Sprache und systemischer Handlung Vorgänge im Gehirn ändern können. Die Gründer selbst bezeichneten ihre Arbeit als ein Studium der Struktur subjektiver Erfahrung.

Eine von vielen Herangehensweisen im NLP ist die Arbeit mit mangelnder Kongruenz. Im Wesentlichen bedeutet das, dass Dinge nicht zusammen passen, beispielsweise das Gesagte mit der körperlich und stimmlich vermittelten Emotion. Es können jedoch auch Ziele, Wünsche oder Haltungen sein, die nicht harmonisieren und sich gar widersprechen. Wenn sich Ziele nicht mit dem inneren oder äußeren System vereinbaren lassen, stellt dies eine Ökologieverletzung dar, die aufgelöst werden sollte.

Kongruenz bedeutet demnach, dass die verschiedenen inneren und äußeren Aspekte unseres Lebens im Einklang miteinander sind.

Kapitel 33:

„Du bist eine Geburtshelferin für meine Genialität."

„Ich konnte Nadine für das Projekt gewinnen. Sie ist eine geniale Texterin", freute sich Georg wie ein Kleinkind.

„Wie, sie war nicht die beste der Welt?" dachte ich amüsiert.

„Sie hat punktuell für meinen spirituellen Lehrer gearbeitet und hatte auch dort ein Stellenangebot, aber sie hat sich für uns entschieden."

Er war richtig stolz.

„Ich werde mit ihr an unserem Grundverständnis arbeiten und Du kannst mit ihr die ganzen Webseiten-Texte aufsetzen und vor allem den Transformationsprozess detailliert beschreiben."

Nun war es wohl offiziell. Ich würde eine lange Zeit in diesem Projekt bleiben. Meine Angst vor den Schamgefühlen im Institut ging sofort an. Eigentlich ging es mir ja darum, gesellschaftlich wirksam zu sein. Nun wurde mir das auf dem Silbertablett präsentiert, zu gleich zwei Themen, mit denen ich mich richtig gut auskannte: Lernen und Transformationsprozesse in Organisationen. In dem Projekt sollten Bildungsorganisationen nicht nur mehr über neue Bildung erfahren können, sondern vor allem auch Unterstützung bei der Transformation zu einem ganz anderen Lernort erhalten. Ich konnte einen echten Beitrag leisten und wurde gebraucht. Ich würde mich nicht davon abhalten lassen, dass mir die organisationale Verortung unangenehm war. Das Projekt hatte auch unabhängige Mittel, ich nahm niemandem etwas weg. Ich wurde nicht gefragt, ob ich mitmachen wollte. Georg ging einfach davon aus. Das war die Entscheidungssituation. Wenn ich mich jetzt nicht wehrte, war ich mittendrin. Ich wehrte mich nicht und lächelte mir stattdessen selbst Mut zu.

Nadine besuchte mich ein paar Tage später. Sie war eine sehr kluge, ruhige, bedachte Person, die sich tatsächlich alle paar Minuten für einen Moment kaum von außen wahrnehmbar mit ihrem Inneren verband. Sie lebte genau das, was ich mir vorgenommen hatte. Ich fühlte mich sofort unglaublich laut und wie ein Elefant im Porzellanladen. Ob ich auch einmal so bewusst werden würde? Sie war gekommen, um meinen Inhalt zu ernten und gab mir die Möglichkeit, erst einmal kreuz und quer alles zu sagen, was vielleicht relevant werden konnte. Sie hatte eine Art zuzuhören, bei der meine Gedanken ebenso natürlich an ihren richtigen Ort fielen, wie in meinen inneren Konzeptgeburten. Zwischendurch teilte sie mir ruhig und strahlend immer mit, wenn sie gerade etwas lernte und eine Erkenntnis hatte oder berührt war. Sie nutzte das Wort Resonanz oft und es war klar, dass es das war, was sie immer wieder in ihrem Inneren überprüfte. Ich war beflügelt. Ich kannte mich selbst nicht in dieser reinen Qualität.

„Nadine, Du bist irgendwie eine Geburtshelferin für meine Genialität. So klug auf allen Ebenen fand ich mich schon lange nicht mehr", lachte ich. „Es ist so, als würde durch Dein Zuhören alles in mir wach, was ich je verstanden habe und sich fast wie von selbst in Worten wiederfinden."

Sie war eine Momo, stellte ich beseelt fest. Ich erzählte den ganzen Tag – mal auf meiner Terrasse, mal am See – und obwohl ich so weit über all meine gesetzten Grenzen hinausging, war ich

RESONANZ

Ganz vereinfacht ausgedrückt ist Resonanz ein physikalisches Gesetz, das besagt, dass alles Energie ist, Energie Schwingungen erzeugt und diese es ermöglichen, sich mit Anderem zu verbinden oder Anderes zu verstärken, Energie ins Außen abzugeben.

Wenn im Beziehungskontext über Resonanz gesprochen wird, gilt dasselbe Prinzip. Inwieweit erzeugt die Energie, die mir begegnet eine Verbindung und was verstärkt es in mir? Das Wort wird meistens in positiven Kontexten eingesetzt, Momente demnach, in dem wir im Einklang mit dem sind, was uns im außen begegnet (was jedoch weder als ganzheitliche Harmonie noch als Verschmelzung verstanden werden soll).

Resonanz ist demnach kein individueller Zustand, sondern immer eine Aussage über unsere Beziehung: zu anderen Menschen, der Natur, Themen...

Ganz schlicht jedoch bedeutet die Arbeit mit Resonanz einfach nur eine kontinuierliche Antwort auf die Fragen `spricht das etwas in mir an?´, `Bringt es einen Teil von mir zum Klingen?´, welche als prozesshafte Entscheidungsgrundlage dienen.

abends zwar sehr müde, aber nicht von Anfällen geplagt. Es gab offenbar eine Form der Kommunikation, mit der auch ich länger umgehen konnte.

„Wahrscheinlich bin ich einfach nur mega egozentrisch“, amüsierte ich mich beim Nachsinnieren mit Kai. „Es ging den ganzen Tag nur um meine Inhalte. Sie wollen nicht die Verantwortung für meine Hirntumor-Symptome übernehmen? Dann sollte sich unser Gespräch wirklich nur um mich drehen. Cool, ich habe die ultimative Form der Manipulation entdeckt.“

Wir schwiegen einen Moment. Ich war richtig stolz darauf, dass ich von Kai gelernt hatte, manchmal zu denken, bevor ich sprach.

„Ich glaube, sie hat sich mit einer tieferen Ebene von mir verbunden, von der aus ich dann auch geantwortet habe. Auf dieser Ebene gibt es sowas wie Krankheit gar nicht.“

Welch unglaubliches Glück ich hatte, dass ich für diese Zeit sogar noch bezahlt wurde. Ich liebte arbeiten.

Kapitel 34: „Das ist einfach nur Epilepsie."

Ich lag im MRT und versuchte, mir den Text von Lady Gagas „Poker Face" zu vergegenwärtigen. Po-po-po-pokerface, po-po-po-pokerface. Wenn ich mich auf das Lied konzentrierte, wurden die Geräusche der riesigen Maschine, die sich viel zu eng anfühlte, zu Musik. Ich hatte trotzdem Angst. Irgendwann würde das Kontrastmittel in meinen Arm fließen und dann würde mir für einen Moment lang sehr schlecht werden und meine Schilddrüse würde sich zu einem dicken Knoten verdichten. Mein Widerwille gegen diese Kontrolluntersuchungen wurde immer stärker. Ich fand während der Prozedur keinen genügenden Grund, mich in einen riesigen Magneten zu legen und mir Gift in die Blutbahn spritzen zu lassen. Nach ein paar Tagen vergaß ich allerdings bereits meinen Entschluss, diese Absurdität nicht wieder über mich ergehen zu lassen. Mir war klar, ich würde auch in einem Jahr wieder brav meinen Termin beim Neurologen wahrnehmen und wieder hier landen. Da erwischte mich die Welle der Übelkeit und ich probierte eine neue Strategie: Ich würde dieses Mal nicht versuchen, mich innerlich zu versperren und stattdessen den

Vorgang innerlich untersuchen. Ich konzentrierte mich: Wo genau war mir eigentlich schlecht? Welche Frequenz hatte meine Übelkeit? Bewegte sie sich? Irgendwie hatte ich das Gefühl, diese Empfindung wiederzuerkennen. Nicht so stark normalerweise, aber … Da fiel es mir ein. Es war dasselbe Gefühl, das ich hatte, wenn ich mit meinem Neurologen sprach. Dabei war mir nur leicht übel und der Kloß in meinem Hals nur ein klitzekleiner, aber es ging eindeutig in dieselbe Richtung. Ich war noch immer bei dem Neurologen, der mich hatte überzeugen wollen, dass ich bipolar war und Medikamente brauchte. Unsere Begegnungen waren kurz und auf unglaublich überhebliche Art fröhlich. Ich hatte die Rolle des unvernünftigen Teenagers und er die des großzügigen Lehrers, der mir das durchgehen ließ. Ich ging hin und erzählte nach ein paar Worten, wie es mir ging.

„Gut, wirklich viel besser", sagte ich jedes Mal, weil ich schon lange keine Lust mehr auf die Gespräche hatte.

Dann nahm ich meine Überweisung zum MRT mit und verließ mich darauf, dass er mich schon anrufen würde, wenn es etwas Wichtiges zu wissen gab. In der Radiologie sprachen sie eh nicht mit mir – es könnte sonst ja der Verdacht aufkommen, dass es um meinen Körper ging und nicht mein Arzt die eigentliche Hauptperson war.

Als er damals mit großer Verspätung endlich die Aufnahmen aus der Charité erhalten hatte, hatte er mich sofort angerufen, um mich nun doch zu einer Operation zu überreden. Kein Wort der Entschuldigung, dass er selbst die ganze Zeit versucht hatte, mich zu überzeugen, mich auf Lithium einstellen zu lassen und den Tumor zu ignorieren. Ich hatte zu diesem Zeitpunkt aber schon längst ohne ihn einen Termin vereinbart und lachte am Telefon über die Absurdität der Situation, was ihn sichtlich irritierte. Vielleicht ging es ihm ja seitdem genauso verknotet wie mir. Schließlich hatte er sich geirrt und wir hatten das nie besprochen.

„Po-po-po-pokerface" machte ein Teil meines Bewusstseins. Ein anderer Teil beschloss, eine:n neue:n Neurolog:in auszuprobieren und doch noch einmal eine Ärzt:innenrunde zu drehen.

In einer hellen Praxis wurde ich von einer sehr freundlichen und angenehm erwachsenen Frau begrüßt und aufgenommen. Sie machte mit mir ein EEG – das erste seit dem Klinikaufenthalt. Dabei erzählte sie mir von ihrer beeindruckenden Arbeit als „Agnes-Schwester“: eine Neuauflage der Dorfkrankenschwester, inspiriert durch den offenbar bekannten DDR-Film über Schwester Agnes auf der Schwalbe. Nach ein paar Minuten im Wartezimmer kam ein ruhiger Mann direkt zu mir, um mich abzuholen und guckte mir gerade, gütig und neugierig in die Augen. Er hörte sich meine diffusen Symptombeschreibungen an und gab mir zu keinem Zeitpunkt das Gefühl, bereits geurteilt zu haben oder mit mir über meine Psyche sprechen zu wollen. Er nahm sich Zeit, um die MRT-Bilder zu betrachten und fragte mich dann, ob ich Antiepileptika nähme.

„Äh? Nein. Ich habe doch keine Epilepsie?!“

„Ich denke doch“, meinte er. „Sehen Sie hier? Das ist Narbengewebe. Der Hirnhautersatz hat sich gut integriert, doch in Ihrem Hirn ist nach der Operation eine sehr dicke Narbe entstanden.“

Das konnte ich mir sehr gut vorstellen. Das machte meine Haut im Außen auch.

„Aber Epileptiker zucken und schäumen doch und verlieren das Bewusstsein“, teilte ich meine filmbasierten Vorstellungen mit ihm.

Er lächelte: „Es gibt verschiedene Formen der Epilepsie. Was Sie beschreiben, ist eine generalisierte Form. In Ihrem Fall bin ich mir ziemlich sicher, dass es sich um eine fokale Epilepsie handelt.“

Ich war verwirrt. „Ich bin mir ziemlich sicher“ war aus meiner Sicht keine sehr klare Diagnose.

„Um diese Diagnose zu 100 % bestätigen zu können, müsste ich Sie für ein paar Tage in ein Epilepsiezentrum zur Intensivdiagnostik schicken. Sie hatten ja jetzt im EEG keinen Anfall. Doch aus meiner Sicht wäre das übertrieben. Ich würde

EINFACHE FOKALE EPILEPSIE

Einfache fokale epileptische Anfälle

- betreffen nur einen Teil des Gehirns,
- betreffen immer nur eine Hirnhälfte
- und finden ohne Bewusstseinsverlust statt.

Fokale Anfälle können fünf verschiedene Systeme betreffen:

- die Muskulatur (motorische Anfälle) mit Zuckungen oder Schwäche bis hin zu Gefühlen der Lähmung einzelner Muskeln;
- die Körperempfindung (sensible Anfälle) mit Kribbel-, Taubheits- oder Wärmegefühlen;
- die Wahrnehmung durch die Sinnesorgane (sensorische Anfälle), mit Lichtblitzen, Geräuschen, Geschmäckern oder Schwindel;
- das unwillkürliche Nervensystem (vegetative Anfälle) mit Erröten, Gänsehaut oder Herzrhythmusstörungen;
- und Anfälle mit psychischen Symptomen wie Denkstörungen, Stimmungsschwankungen oder Angstgefühlen.

Zudem gibt es auch epigastrische Auren mit Bauchschmerzen, Übelkeit oder Erbrechen.

eher vorschlagen, dass Sie eine leichte Dosierung Antiepileptika ausprobieren. Dann können Sie selbst feststellen, ob die Diagnose stimmt."

Ich war immer verwirrter. Ich selbst sollte etwas feststellen? Ein Arzt, der meinem Körpergefühl traute? Er suchte in seinem Computer noch eine Weile nach der einen Sorte, die man in 25 µg Viertel teilen konnte, damit ich auch mit der Dosierung experimentieren konnte. Eigentlich war ich total aufgeregt und überfordert mit den neuen Informationen, aber seine Ruhe und Zuwendung wirkten so stark auf mich, dass ich ganz zufrieden mit einer Packung Tabletten nach Hause fuhr.

Als ich den Beipackzettel las, kamen mir die Tränen. Das Mittel wirkte nicht nur gegen Epilepsie, sondern ausgerechnet auch gegen bipolare Störungen. Von allen möglichen Anwendungsbereichen ausgerecht die Krankheit, die mich am meisten verunsicherte.

„Sie können das gar nicht entscheiden. Durch die bipolare Störung haben Sie hierzu nicht genug Bezug zur Realität", hörte ich die Oberärztin in der Charité wieder in meinem Kopf.

„Ich bin mir sicher, dass Sie keine bipolare Störung haben", antwortete mein Therapeut.

„Sie müssen einsehen, dass Sie eine bipolare Störung haben, damit wir Sie behandeln können", erwiderte mein alter Neurologe.

„Wenn ich die nehme und es geht mir besser, dann beweise ich doch irgendwie, dass ich doch manisch-depressiv bin", jammerte ich, im vollen Wissen, dass diese Logik nicht so ganz überzeugend war.

„Warum wäre das denn schlimm, wenn es Dir besser geht?" fragte Kai verwundert.

Er konnte leicht reden. Er hatte an eine manisch-depressive Mila nie geglaubt.

„Ich verbringe so viel Zeit mit Dir. Das würde ich doch wohl merken", hatte er immer beteuert.

Doch ich hatte Angst. Wenn dieses Medikament wirkte, das sowohl bei Epilepsie als auch bei manischer Depression verschrieben wurde, könnte es daran liegen, dass ich doch bipolar war. Dann hätte ich wirklich selbst Schuld an allem. Dann hätte ich so vielen Leuten so viel Belastung ersparen können, wenn ich die Diagnose von Anfang an angenommen hätte.

Ich konnte diese Tabletten nicht nehmen – nicht, wenn ich mehr Angst vor einer Besserung als vor einer Nicht-Besserung hatte. Nicht-Besserung war ich nach den vielen Therapieversuchen gewöhnt, aber in diesem Falle wusste ich nicht, ob ich mit mir umgehen können würde, wenn es half. Egal wie rum ich es drehte, irgendwie stand ich am Schluss immer als die Dumme und die Schuldige da.

Ich ließ mir einen neuen Termin geben und ging erneut zu ihm in die Praxis.

„Ich habe sie noch nicht genommen", versuchte ich sachlich zu erklären, obwohl man mir sicher ansehen konnte, wie sehr ich litt. Ich wollte ihm nicht von meinen Befürchtungen mit der bipolaren Störung erzählen. Er war der einzige Arzt in den letzten Jahren, der mir nicht nach wenigen Minuten einen psychischen Stempel aufgedrückt hatte. Ich wollte ihn lieber nicht dazu verführen.

Er lächelte und sagte: „Soll ich es Ihnen erklären?"

Das war es. Perfekte Idee. Ich brauchte mehr Informationen, um eine Entscheidung treffen zu können.

„Ich versuche es mal eher bildhaft, ok?"

Ich nickte.

„Wenn Sie eine gewisse Region Ihres Hirns nutzen, findet dort besonders viel elektrische Aktivität statt. Nun sitzt mitten in Ihrem Kommunikationszentrum aber eine große Narbe, die eine Barriere bildet. Der Strom kann dort nicht hindurch und sammelt sich, bis es zu einem Blitz kommt. Ähnlich wie bei einem Sicherungskasten stellen sich dann sicherheitshalber die umliegenden Areale auch aus, was Ihre diversen Ausfälle erklärt."

Ich freute mich schon darauf, das Kai zu erklären. Das war eine Sprache, die er als Maschinenbauer verstehen würde und wir könnten gemeinsam das Bild etwas weiterspinnen. Jetzt wollte ich nämlich ganz viel über Elektrizität lernen.

„Antiepileptika verringern die erhöhte Erregbarkeit der Nervenzellen", fuhr er fort.

Ich musste sofort an Hochsensible denken, das erschien mir hier dasselbe Muster.

„Sie hemmen den Natriumeinstrom, der für die Weiterleitung von Erregungen wichtig ist. Dadurch verhindern sie entweder die Entstehung der Entladung oder wenigstens die Ausbreitung."

Ich bedankte mich überschwänglich. Alles, was er erklärte, stimmte mit meinen körperlichen Empfindungen überein. Es erschien mir tatsächlich wie eine Erklärung für fast alles. Außerdem klang nichts von dem, was er sagte, nur im Entferntesten nach „Aber eigentlich sind Sie bipolar".

Als ich die erste Tablette nahm, war ich etwas melancholisch. Ich hatte meine Krankheit auf eine seltsame Art liebgewonnen. Ich hatte so lange daran gearbeitet, sie zu integrieren, dass sie zu einem Teil von mir geworden war. Nun versuchte ich, ihr die Lebensgrundlage zu entziehen.

„Reiß Dich zusammen, Mila und sei ehrlich zu Dir. Warum willst Du nicht gesund werden?"

Ich wurde richtig streng mit mir. Die Antwort kam schnell und deutlich. Ich fand das Leben so unendlich anstrengend, dass ich den Schutz dieser Ausrede brauchte, um zu überleben. Sie war ein Schutzschild für mich geworden.

„Das geht nicht, Mila", blieb ich streng mit mir. „Es ist an der Zeit, dazu zu stehen, wenn Du etwas nicht willst oder kannst. Ohne Ausreden. Und vor allem ohne andere Menschen emotional mit dem Wort Hirntumor zu erpressen. Nimm die Verantwortung für Deine Entscheidungen endlich voll an!"

Ich schluckte die erste Tablette.

Kapitel 35:
„Du bist ein richtiger Filmstar."

So klug und schnell Nadine auch war, es wurde früh klar, dass ich den Prozessleitfaden selbst schreiben musste. Ihr alles haarklein zu erzählen war zu zeitintensiv. Ich musste den Inhalt liefern. Sie würde daraus schöne Texte machen. In meiner universitären Mediationswelt hatte ich immer viel Spott für die Art erhalten, wie ich schrieb. Genau genommen schrieb ich einfach genauso, wie ich sprach. Alle Dokumente erhielt ich mit 70 % Überarbeitungen zurück und es war Allgemeinwissen, dass Mila eben nicht schreiben konnte (dafür aber ganz toll kommunizieren). Bei jedem Wort, das ich niederschrieb, saß mir der Spott im Nacken. Ich war unendlich froh, zu wissen, dass Nadine daraus etwas Schönes machen würde. Irgendwann setzte dann tatsächlich ein Schreibflow ein.

Dennoch war ich nach wie vor sehr angetan von der Dynamik zwischen uns und von dem, was ihre Expertise in Aufmerksamkeit und Verbindung mit mir machte.

„Wollt Ihr nicht auch noch ein paar Videos machen?", fragte Georg. „Nur Text im Internet lesen die Leute eh nicht. Und Isabelle arbeitet ja ihre Studiengebühren mit Videos ab."

Isabelle war Danas Cousine – eine Schauspielerin und Kabarettistin, die auf der anderen Seite der Kamera genauso glücklich war. Sie sollte eigentlich kleine Imagefilme fürs Institut drehen, doch dort hatte niemand wirklich zeitliche Ressourcen, sich damit zu befassen. Wir hatten im ersten Studiengang für einen Online-Kurs eine Videoreihe gemacht, in der ich alle Dozent:innen dazu befragt hatte, wie eine gesamte Gesellschaft lernen konnte. Es war eine schöne Zusammenarbeit. Isabelle hatte ein großes Talent dafür, sich und die Kamera unsichtbar werden zu lassen und strahlte ein fröhliches, unzickiges Naturell aus. Wir mieteten uns also zu dritt in einer Pension in Polen ein. Ich wollte mein Vorhaben, meine Krankheit nicht mehr als Entschuldigung zu nutzen, sofort in die Realität umsetzen und war unsicher, was genau mein Versprechen an mich selbst eigentlich bedeutete. Ich konnte ja nicht so tun, als wäre nichts. Das würde ich keine fünf Tage durchhalten. Das war eh schon die längste Reise, die ich bisher zugesagt hatte. Ich probierte vor dem Spiegel verschiedene Sätze aus und beobachtete, wie es mir damit ging.

„Wir werden nicht mehr als vier Stunden am Tag arbeiten und auch das gestaffelt", sagte ich in bestimmtem Ton. Ich musste lachen, so wenig passte das zu mir.

„Es tut mir wirklich sehr leid. Ich werde das nicht schaffen. Ich werde alles tun, damit es so wenig wie möglich stört, aber ein wenig werdet Ihr Euch nach mir richten müssen." Bäh. Genau das war es, was ich ablegen musste. Das gab mir ein Gefühl ganz klein zu sein und den anderen den Auftrag, mich zu retten. Es war ok, wenn ich das nachts in Scham-Attacken so fühlte, aber das war nicht die Art von Beziehung, die ich im Arbeitskontext installieren wollte.

„Vielleicht machen wir es so, dass wir uns morgens zu einem eher späten Frühstück treffen und dann immer in kleinen Dosierungen drehen. Zwischendurch können wir uns immer zurückziehen, wenn wir wollen. Was denkt Ihr?" Ja. Das war es. Das war ich. Einerseits ein Prozessvorschlag – eine methodische Herangehensweise – und andererseits das Einräumen von

Freiheiten, die für alle und nicht nur für mich galten. Vor allem war dies als Vorschlag formuliert und nicht als einseitige Entscheidung.

Sie fanden es gut – Nadine, weil auch sie zwischendurch den Rückzug genoss und Isabelle, weil sie dann gleich vor Ort den Rohschnitt machen und direkt sagen konnte, wenn wir etwas nachdrehen mussten. Es war eine schöne Zeit. Ohne es zu wissen, hatten wir uns einen Ort ausgesucht, an dem jährlich ein internationales Filmfestival stattfand. Die Leute fanden es normal, dass im Garten eine große Kamera aufgebaut wurde und sie hielten mich für einen Filmstar. Dieses Gefühl gaben mir auch Nadine und Isabelle immer wieder. Nadine saß mir gegenüber und hörte mir auf die Art zu, in der ich mich klug fühlte und Isabelle freute sich so oft über die tollen Aufnahmen, dass ich immer selbstbewusster wurde. Zwischendurch zog ich mich ohne Entschuldigung freundlich nach oben zurück, ohne schlechtes Gewissen oder die Erwartung, dass ich mich unbedingt überfordern musste, um zu genügen. Offenbar konnte ich mit viel Natur und viel freier Zeiteinteilung durchaus Teil eines Teams sein und endlich wieder diesen Qualitätszuwachs erfahren, der nur durch gemeinsames Erschaffen möglich war. All das schien so viel einfacher, weil wir einfach nur drei selbstständige Frauen waren, die ein tolles Produkt gestalten wollten und kein Team mit tausend Agenden und einer anspruchsvollen Organisation im Rücken.

Kapitel 36:

„Wir müssen schon auch einmal arbeiten."

Ich freute mich wahnsinnig darüber, nun endlich in einem Kontext arbeiten zu dürfen, in dem das Wort Spiritualität laut ausgesprochen werden durfte und dennoch niemand esoterisch war. Ich hatte großes Vertrauen in das Dreieck aus Georg, Maya und Nadine. Sie waren alle Teil derselben spirituellen Ausbildung und teilten so ein theoretisches Fundament. Sie würden sich sicher gegenseitig ermuntern, dranzubleiben und diese Rolle wurde nicht wieder mir zuteil. Diese Entwicklung gab mir ein Gefühl von Sicherheit, da ich davon ausging, dass sie ihre inneren Konflikte mit sich selbst ausmachen würden, statt sie an anderen auszulassen. Diese konstante Angst vor irrationalen Entladungen nannte ich meine Sozialphobie. Ich kannte sie schon aus meiner Kindheit, doch sie war jetzt nochmal akuter geworden. Für mich kamen Angriffe von Menschen aufeinander immer aus dem Nichts. Irgendwie gab es nichts in mir, das wirklich verstehen konnte, dass andere Menschen geopfert wurden, um selbst unschuldig zu sein. Ich konnte nachvollziehen, dass es den Impuls dazu gab – den hatte jede:r –

doch nicht, dass es ihnen später nicht selbst auffiel und sie sich dafür nicht entschuldigten. Noch schwerer als selbst angegriffen zu werden (das passierte ziemlich selten) war es, dabei zuzusehen, wie sich andere unnötigerweise gegenseitig verletzten. Meine Angst bezog sich auf diese Mischung aus Mitfühlen und Hilflosigkeit, aus der ich noch keinen Ausweg gefunden hatte. Der Gedanke, eine Organisation zu gründen, in der die Unversehrtheit anderer Menschen als Grundprinzip galt und alle die Verantwortung für die eigenen Gefühle und Taten übernahmen, formte sich in meiner Vorstellung.

Ich hatte während den Dreharbeiten Nadine nur einmal genervt erlebt. Sie nutzte sofort die Rückzugszeit, um die Unruhe in sich zu ordnen und nach kurzer Zeit war alles wieder gut. Dieses aufgeräumte Miteinander, das nicht nur durch äußere, sondern vor allem durch innere Klärung entstand, erschien mir als eine reale Möglichkeit für mich, mit anderen zu arbeiten.

„Und welch unglaubliche gesellschaftliche Entwicklung es ist, dass Spiritualität langsam im Arbeitskontext überhaupt laut ausgesprochen werden kann. Es ist noch nicht so lange her, da wurde den Menschen dafür in den meisten Kontexten die Professionalität abgesprochen", teilte ich beim Frühstück meine Freude mit Kai, der versuchte, sich vorzustellen, wie seine Messebau-Kollegen miteinander meditierten.

Fest verankert auf menschlichen Grundwerten boomte das neue Bildungsprojekt. Da in der Ferienzeit den Medien immer ein wenig Content fehlt, war es im Sommerloch so stark durch die Presse gegangen, dass Verstärkung gebraucht wurde. Anja, eine ehemalige Studentin, gesellte sich dazu. Georg war erleichtert, jemanden mit ihrer Kompetenz zu haben und bot ihr sofort die Teamleitung an. Das war auch für die Menschen eine Erleichterung, die nicht Teil von Georgs spiritueller Ausbildung waren, denn sie fühlten sich teilweise ein wenig ausgeschlossen. Anja nahm auch sofort die Zusammenarbeit mit mir auf, da wir uns sehr mochten und schätzten. Mir gefiel die Verteilung des Teams. Es gab zwei Frauen, die sich eher mit dem Innen und der

Haltung verbunden fühlten und zwei Frauen, die eher das Außen im Blick hatten und das Handeln sicherten. Sie entwickelten für sich ein Format, in dem beides vorkommen durfte und einigten sich auf wunderschöne, menschliche Grundprinzipien. Für mich war es eine Teamgröße, die ich handhabbar fand und ich schätzte sie alle vier sehr. Doch so schön wie in meiner Vorstellung war der Alltag miteinander nicht.

Von außen kriegte ich zunehmend mit, wie schnell dieses Paradies zu bröckeln begann. Die einen waren sehr unzufrieden mit dem wenigen Output der anderen. Die anderen fühlten sich überrannt von einer durchstrukturierten Arbeitsflut, die keinen Platz für Innenschau und Reflexion ließ. Ich wurde von einer tiefen Traurigkeit durchströmt. Diese Frauen waren alle wunderbar. Sie teilten dieselben Überzeugungen und sie wollten alle eine Organisation bauen, die auf einem soliden inneren Fundament viel im Außen bewegt. Warum gelang es ihnen nicht? Warum waren die Anrufe, die mich erreichten, zunehmend voller Beschwerden übereinander?

Schließlich kamen sie gemeinsam zu mir und wir arbeiteten genau an diesen Fragen. Ich durfte meine Wahrnehmung auch teilen, doch es änderte nichts. Im Arbeitsalltag gab es eben die, die mitziehen konnten und die, denen das nicht gelang. Schließlich beendete Anja in Abstimmung mit Georg die Arbeitsverhältnisse der beiden spirituellen Frauen. Ich weinte vor Hilflosigkeit darüber, dass schon wieder Menschen verletzt worden waren und schon wieder Leute, die ich so mochte, nicht genug an ihre Prinzipien glaubten, um bedingungslos für sie einzutreten. Georg wurde wieder hart. Er hatte wohl für sich festgestellt, dass Projektarbeit eben bedeutete zu rennen. Er zog sich zurück und überließ Anja die ganze Arbeit. Manchmal tauchte er auf, hörte wenig zu und verkündete ein paar Entscheidungen, bevor er wieder abtauchte. In nur wenigen Monaten hatte das neue Projekt die genaue Grundstruktur des Institutes übernommen: stark auf Geldsuche, immer in Zeitnot, tolle Frauen, die alles zusammenhielten und ein ungeduldiger

Georg, der immer wieder einen Richtungswechsel beschloss, ohne wirklich den Alltag zu kennen. Ich verstand, dass meine Reserviertheit gegenüber der Anbindung des Projektes am Institut nicht nur persönliche Ursachen gehabt hatte. Das System hatte sich schnell übertragen, wie das eben ohne bewusste und disziplinierte Interventionen passierte.

Gott sei Dank reagierte das Projekt, wenn auch aus anderen Gründen. Eine dritte fröhliche und starke Frau kam dazu, die Initiator:innen gründeten eine gemeinnützige GmbH und sie zogen in eigene Räume, raus aus dem Institut. Zeit für einen systemischen Bruch und einen Neuanfang. Und ich hatte den bekannten Prozess des Institutes im Schnelldurchlauf im Bildungsprojekt wieder erlebt: ein euphorischer Neuanfang mit hohem Fokus auf Werte, dann Desillusionierung und menschliche Entfremdung – und der wiederholte Versuch eines Neuanfangs.

Kapitel 37:
„Wir sind eine Familie."

Es ging mir tatsächlich mit den Medikamenten besser. Ich hatte sie Woche für Woche ein wenig gesteigert, bis ich das Gefühl hatte, dass meine Feinsinnigkeit dumpfer wurde. Dann ging ich wieder einen kleinen Schritt zurück. Ich hatte mich auf einer niedrigen Dosis eingepegelt, bei der ich noch totalen Zugang zu meinem Körperbewusstsein und meiner Intuition hatte und gleichzeitig das Akuteste der Anfälle deutlich zurückgegangen war. Ich reagierte noch immer an denselben Stellen mit denselben Symptomen, aber ihre Heftigkeit war spürbar gemindert. Nächtliche Anfälle, bei denen Kai mich körperlich festhalten musste, hatte ich nur noch in sehr seltenen Fällen. Langsam begann ich auch wieder, mehr Vertrauen in die Welt zu entwickeln, beziehungsweise in meine Fähigkeit, mit der Welt umgehen zu können.

Mir fiel schon seit einer Weile auf, dass sich die Sprache unserer Kinder verändert hatte. Chloë sprach über Kais Söhne als ihre Brüder. Nico beschrieb mich in der Schule als seine Stiefmutter. Wir nannten unsere Reisen zu fünft Familienausflüge. So war ich nicht überrascht, als bei einem gemeinsamen Abendbrot Nico fragte, ob es nicht endlich an der Zeit wäre, zusammenzuziehen. Die Jungs wechselten im Wochenrhythmus zwischen ihren Eltern hin und her und Kai somit im Wochenrhythmus zwischen seinem und unserem Haus. Das war aus vielen Gründen ein regelmäßiges Streitthema zwischen uns. In der Regel gingen die Gespräche in etwa so:

„Ich will nicht, dass die Jungs in ihrem Bewegungsdrang eingeschränkt werden", erklärte Kai zum tausendsten Mal. „Ihre Kindheit soll nicht durch Krankheit eingefärbt werden."

Mir schossen dann sofort Tränen in die Augen.

„Du findest, ich bin eine Zumutung für Deine Kinder, nicht gut für sie?"

„Nein", versuchte er es immer und immer wieder ganz ruhig, „ich finde, Du bist ein Geschenk für meine Kinder und ihre Mutter sieht das auch so. Du bringst Dinge in ihr Leben, die sie von uns nie gekriegt hätten. Du erweiterst ihren Horizont und hilfst ihnen in so vielem."

Ungeduldig wartete ich dann auf das Aber.

„Aber Du erträgst es nicht, wenn sie laut sind und brauchst es eben, dass Menschen auf Dich Rücksicht nehmen. Ich will das nicht für sie."

„Du zwingst mich damit, so zu tun, als ginge es mir gut, wenn wir zusammen sind", schrie ich dann manchmal schon fast. „Weißt Du, wie anstrengend das für mich ist? Warum dürfen sie nicht mehr über meine Krankheit wissen? Warum ist das ein Teil Deiner Welt, zu der sie keinen Zugang haben dürfen?"

Meistens endeten diese Gespräche damit, dass Kai mein Leid wahrnahm und sofort etwas verändern wollte, doch es dann nie tat. Spätestens am nächsten Tag fiel auch mir dann wieder ein, dass das etwas war, was ich an ihm liebte. Er tat am Schluss immer das, was er wollte. Er war nicht manipulierbar – ohne Trotz und Diskussion, aber unbeirrbar.

„Würdet Ihr denn zusammenleben wollen?", fragte ich alle drei Kinder.

„Klar", meinte Nico als der Älteste, „wir tun es ja eh schon oft und ehrlich gesagt wären mir zwei Häuser lieber als drei."

Natürlich hatten die Jungs bei uns bereits ein Zimmer und Chloë eins in Kais Haus, das sie aber durchweg hasste.

„Klar", meinte Chloë, „wir sind doch eine Familie."

Vorsichtig sah sie die Jungs an. Sie war sich unsicher, ob diese das auch so empfanden. Sie strahlte sofort, als sie Nico nicken sah.

„Ist mir egal", meinte Liam, der Jüngste, und ich glaubte ihm. Für ihn war hauptsächlich wichtig, dass Nico in der Nähe war und es genug Technik gab, die er umprogrammieren konnte. Mein Herz wurde weich. Liam brauchte eigentlich einen festen Ort. Er vergaß stets alles und fuhr regelmäßig ins falsche Haus. Er lebte in seinem Kopf mit seinen Theorien und hatte einfach keine Ressourcen für Organisatorisches. Meistens kriegte er auch unsere Gespräche nicht wirklich mit und beschwerte sich dann, dass ihn keiner informiert hatte. Selbst wenn wir zu viert beteuerten, dass er dabei gewesen war, glaubte er uns nicht. Nico wiederum war überall zuhause, wo er einen Schlafplatz kriegte und er gab Liam viel Stabilität, obwohl er natürlich mit seinen 15 Jahren immer häufiger weg war. Chloë liebte ihr Zimmer und war sehr dankbar, dass sie ein konstantes Zuhause hatte. Ich liebte die Unterschiedlichkeit unserer Kinder. Sie machte mich stolz, da sie mir das Gefühl gab, dass sie sowohl bei uns als auch in ihrer Schule wirklich sie selbst sein durften.

Ich war froh, als das Gespräch schnell eine andere Richtung einnahm. Das war deutlich ein Thema für den Frühstückstisch mit Kai. Ich wollte so gerne Familie und hatte gleichzeitig so viel Angst vor einem Alltag mit so vielen Menschen – vor allem Menschen, die keinerlei tiefere Information darüber hatten, wie es mir ging und was ich brauchte. Unser Haus war meine Tankstelle, mein Refugium. Hier brauchte ich Ruhe und Empathie. Doch wie konnte ich meiner Arbeit mehr Kraft geben als meiner Familie? Ich liebte die Jungs, auch wenn diese aufgezwungene Schonhaltung eine Distanz zwischen uns schaffte.

„Sie sind ja jetzt nicht mehr laut", meinte Kai am nächsten Tag. „Liam ist 13. Die Zeit, in der die Kinder morgens um sechs rennend durchs Haus toben und sich über jeden Knaller freuen, den sie finden, ist vorbei."

„Kai, wirklich, ich will das", beteuerte ich und wieder einmal traten mir Tränen in die Augen, „aber ich weiß nicht, ob ich das alles ohne einen sicheren Rückzugsort überlebe."

Ich wusste, dass das letzte Wort riesig war und doch fühlte es sich genauso an. Es war Todesangst, der ich jetzt begegnete. Erinnerungen an die Zeiten, in denen ich schreiend auf dem Badezimmerboden gelegen hatte, kamen in mir wieder hoch.

„Ich könnte oben ausbauen", schlug Kai vor. „Wir richten unser Schlafzimmer und Dein Büro oben ein. Das kann dann Dein sicheres Reich sein. Unten ist die Familienwelt. Und die Kinder sind alt genug, dass Du Dich jederzeit zurückziehen kannst."

Das war eine wirklich gute Idee. Ich wusste zwar, dass ich das mit dem rechtzeitigen Zurückziehen noch nicht konnte, aber dann würde ich es eben lernen müssen. Meine Liebe für die Jungs war auf jeden Fall groß genug, es versuchen zu wollen. Bis die Umbauarbeiten fertig waren, hatte ich ja noch etwas Zeit.

Als die Jungs kamen, veränderte sich die Energie im Haus. Es roch sogar anders. Die Männer hatten nun die Mehrheit, was man deutlich merkte. Die Lebendigkeit, die mit ihnen einzog, tat gut. Es gab jedoch kaum einen Tag, an dem ich nicht flüchten wollte.

„Ich fahre einfach zu meiner Mutter", erklärte ich Kai.

„Auf keinen Fall. Wenn hier jemand geht, dann wir. Wir können ja wieder in unser Haus zurück."

Sein Ton klang ganz schön schmollend, so sehr er auch versuchte, es zu verstecken.

„Bist Du wahnsinnig? Das hier ist ihr Zuhause. Das ist nicht verhandelbar!"

Die Stabilität unserer Kinder hatte Vorrang. Es gab einfach Dinge, über die man aus meiner Sicht gar nicht reden musste. Ich blieb dann meistens, weil Kai mein Gehen so kategorisch ablehnte. Ich versuchte, mich irgendwie zusammenzureißen bis der nächste Montag kam und die Jungs wieder zu ihrer Mutter zogen. Ich hatte mich dann meistens gerade in unsere Fünfsamkeit eingefunden und vermisste sie. Sobald ich mich wieder daran gewöhnt hatte, waren sie schon wieder da. Es gab nun vier verschiedene Zuhause-Konstellationen und ich brauchte vier verschiedene Überlebensstrukturen. Es gab nach wie vor die Zeiten mit Kai und Chloë oder mit Chloë allein, da Kai viel in der Schweiz arbeitete, an die ich bereits gewöhnt war. Nun gab es Zeiten zu fünft, die mir zwar Rückzugsmöglichkeiten boten und mich dennoch sehr anstrengten. Es gab auch Zeiten zu viert, in denen ich mit den Kindern wochenlang allein war. In diesen Wochen erhielten die Kinder meine komplette Kraft. Ich ruhte mich aus, während sie in der Schule waren und weinte am Wochenende aus Überforderung allein in meinem ersten Stockwerk.

Ich versuchte, die Antiepileptika zu erhöhen. Familie zu überleben war mir wichtiger als der Erhalt meiner Sensitivität. Leider brachte das auch nichts, ich hatte offenbar das maximale erreicht, das die Medikamente mir schenken konnten. Ich verbrachte jede kinderfreie Minute damit, mich zu erholen. Lange schon hatte ich keine konzeptuellen Erleuchtungen mehr und an Arbeiten war nicht mehr zu denken. Ich fühlte mich in einem Teufelskreis gefangen. Wenn Kai mehr arbeitete, um unseren Bedarf zu decken, war ich noch häufiger mit drei Teenagern allein, von denen zwei von den Konsequenzen meiner Krankheit verschont bleiben mussten. Dann ging es mir noch schlechter und Kai musste noch mehr arbeiten. Wir stritten viel – meistens abends im Bett, wenn die Kinder schliefen.

„Es ist doch wirklich nicht zu viel verlangt, dass wir wissen, wann sie nach Hause kommen. Ich brauche die Sicherheit, zu wissen, wann sie nicht da sind, damit ich wirklich in die Erholung abtauchen kann. Das kriege ich im Wartemodus nicht hin."

Doch Kai erinnerte sich zu gerne an den Genuss seiner Freiheit in seiner Kindheit – unterwegs mit dem Moped und ohne Plan. Noch immer war das seine Definition von Freiheit: nicht planen müssen, weder wissen, welcher Tag noch wieviel Uhr es ist.

„Mein Gott, wir leben in Handyzeiten. Es ist eine SMS zwischendurch. Das ist keine Freiheitsberaubung. Warum zählen denn meine Bedürfnisse überhaupt gar nicht?“

Sofort vernebelte eine riesige Welle von Schuldgefühlen meinen Kopf. Ich arbeitete die ganze Zeit gegen seine väterlichen Instinkte an. Ich würde auch alles tun, um Chloë zu schützen. Ich hatte nur eine andere Definition von Schutz.

„Kai, diese Ballerspiele und dauernden Geräusche halte ich einfach nicht aus. Sie landen ungedämpft in meinem Nervensystem.“

Kai suchte Lösungen. Der Fernseher verschwand aus der Wohnküche und erhielt ein eigenes Zimmer, für das Kai seinen einen Rückzugsraum aufgab. Dort konnten die Kinder die Tür schließen und es müsste mich nicht stören.

„Merkst Du denn nicht, dass all Deine Lösungen uns immer weiter voneinander trennen?“, schrie ich dann abends im Bett, teilweise heftig schluchzend. „Was genau willst Du ihnen denn beibringen? Findest Du denn Rücksichtnahme wirklich so fatal?“

Wieder merkte ich, dass ich den Vater in ihm angriff und versuchte, mich zurückzuhalten – was mir immer weniger gelang.

In den Wochen allein mit den Kindern wurde es allerdings immer besser. In diesen Zeiten galten meine Regeln und niemand zählte darauf, dass Kai das schon alles zuließ. Stattdessen saß ich allein mit den Kindern beim Abendessen und hörte ihnen zu, während sie über Quantenphysik stritten und war mir ganz sicher, dass sie das alles wert waren.

Die Entscheidung war unumgänglich. Die Familie hatte Vortritt und die Arbeit musste eben zurückstecken. Ich wusste noch nicht genau, wie es funktionieren würde, kehrte aber erst einmal zurück zur Arbeitsagentur, meiner einzigen Sicherheitsstruktur. Ich war inzwischen so erschöpft, dass ich nicht einmal mehr ein schlechtes Gewissen hatte, dass ich diese Struktur als Krankengeld missbrauchte. Wieder bot mir die Beraterin sofort Übergangsgeld in die Selbstständigkeit an und wieder nahm ich die Chance auf ein halbes Jahr Pause gerne an.

Ich wusste aber, dass ich jetzt nur noch einen Joker hatte, denn die freiwillige Versicherung erlaubte maximal drei Phasen der Arbeitslosigkeit. Den dritten Joker musste ich mir sehr gut aufheben.

Kapitel 38:

„Du triffst genau die Fragen auf den Kopf, die uns beschäftigen."

Es dauerte nicht lange, bis Anja aus dem Bildungsprojekt vorsichtig anrief.

„Mila, wir schaffen das hier nicht ohne Dich. Wir sind so massiv durch die Presse gegangen und haben so viele Anfragen, dass wir gar nicht wissen, wie wir das alles hinkriegen sollen. Kannst Du bitte ein wenig mit uns denken? Du musst auch gar nicht so viel tun. Wäre das ok?"

Wie konnte ich da „Nein" sagen? Mit „Wir brauchen Dich" konnte man mich immer kriegen, denn genau darin lag ja der Kern meiner Sehnsucht.

„Wir kommen auch zu Dir. Du musst nicht reisen."

Ach, wie gut sie mich doch kannte.

„Gerne", sagte ich – und meinte es tatsächlich auch so.

Sie versuchten, mir die Gesamtsituation auf den Tisch zu legen, die wirklich ziemlich komplex war. Einerseits gab es einen größeren Auftrag, der die Tätigkeiten für eine ganze Weile finanzieren würde. Andererseits gab es tatsächlich tausende von E-Mails, die nicht beantwortet worden waren, beziehungsweise die nur eine kurze Entschuldigung und Vertröstung erhalten hatten. Sie standen vor der Herausforderung, individuell arbeiten zu wollen und doch irgendwie automatisieren zu müssen, schließlich waren sie nur zu dritt. Genau genommen brauchten sie mich gar nicht. Während sie mir die Situation erklärten, verstanden sie ihre Situation in großer Klarheit und lösten auch gleich viele Probleme. Als sie wieder fuhren, waren sie voller Tatendrang und Dank – und ich war gedanklich wieder eingefangen. Meine Konzeptmaschinerie war im vollen Gang. Eine gedankliche Herausforderung. Endlich! Ich ließ ein paar Tage meinen Gedanken freien Lauf. Es würde schon aufhören, dachte ich. Ich wollte ja gerade gar nicht arbeiten. Doch mein Hirn stürzte sich auf die kreative Gelegenheit. Ich wartete, bis es sich wieder beruhigte, doch es hörte nicht auf. Ich schrieb alles auf, in der Hoffnung, mich leer schreiben zu können. Mein Hirn arbeitete weiter. Ich saß mit den Kindern beim Essen und alles, was sie erzählten, erschien mir eine Komponente für das Projekt Bildung 4.0 zu beinhalten. Ich ging spazieren und der Wind in den Bäumen ergänzte nur meine konzeptionellen Gedanken. Ich versuchte mich mit internationalen Casting-Shows abzulenken und ertappte mich dabei, wie ich mir ihren Auswahlprozess genauestens ansah. Schließlich gab ich auf und schickte alles, was ich geschrieben hatte, an Anja.

Sie antwortete sofort: „Du triffst genau die Fragen auf den Kopf, die uns beschäftigen. Wir finden auch, wir brauchen einen Pool aus Menschen, die wir den Schulen empfehlen können und wir wissen nicht, wie wir herausfinden sollen, wer wohl von all den Menschen, die uns angeschrieben haben, gut ist. Deine Casting-Idee ist perfekt. Lass uns das machen."

Sie fragte gar nicht, ob ich dabei sein würde. Sie hatte mich als Dozentin am Institut gehabt und für sie war klar, dass ich kommen und die Castings mitmachen würde. Meine Versuche, mich nur auf die konzeptionelle Ebene zurückzuziehen, überhörte sie tatsächlich, da sie bereits in die Planung und Umsetzung eingetaucht war. Wieder einmal wehrte ich mich nicht, da das Gefühl, gebraucht zu werden, einfach zu schön war.

Ich fuhr drei Tage in die Stadt. Wir hatten offen Menschen eingeladen, die Bildungseinrichtungen auf ihrem Weg zu neuem Lernen begleiten wollten und es hatten sich sehr viele gemeldet. Wir wussten, dass ihre Webseiten oder ihr persönliches Auftreten nichts darüber aussagten, wie gut sie als Prozessbegleiter:innen waren. Also verteilten wir Themen und Lose und die potenziellen Schulbegleiter:innen zeigten uns eine kurze Sequenz ihrer Arbeitsweise. Wir hatten jeweils eine weitere Person dazu genommen, um nach dem Sechs-Augen-Prinzip zu entscheiden. Wir fanden ein paar tolle Menschen. Es waren nur wenige, doch für den Anfang würde es reichen müssen.

Natürlich erhielten wir auch Spott, dass wir, die für Potenzialentfaltung standen, ein Assessment-Center leiteten. Doch ich stand hinter unserer Vorgehensweise. Für mich bedeutete Potenzialentfaltung nicht Beliebigkeit. Nur weil jemand das Potenzial zu etwas hatte, bedeutete das ja noch lange nicht, dass die Kompetenzen schon entwickelt waren. Wir wollten den Bildungseinrichtungen nicht Menschen zur Seite stellen, die das Potenzial für eine gute Begleitung hatten, sondern die es heute schon konnten.

Anja tat sich schwer damit, Absagen zu erteilen. Besonders eine Frau reagierte so heftig, dass Anja sie in der Gruppe der Begleiter:innen ließ. Diejenigen, die sie während ihres Castings erlebt hatten, wunderten sich, gingen aber schließlich davon aus, dass sie eben jemand war, den wir persönlich kannten und wir offenbar Bekannte bevorzugten. Wir versprachen ihnen ein System des Austausches, das ich zwar auch entwickelte, das aber nicht umgesetzt wurde. Wir versprachen ihnen Aufträge in Bildungseinrichtungen, die nie stattfanden. Sie trafen sich ein paar Mal auf eigene Faust und immer wieder wurden sie vertröstet. In mir sammelte sich immer mehr Scham. Ich hatte persönlich bei den Begegnungen Dinge versprochen, die ich allein jedoch nicht einhalten konnte. Wieder befand ich mich in einer Situation, in der ich zu einem „Wir" stehen musste, das unachtsam mit den Ressourcen anderer Menschen umging. Ich wachte nachts davon auf, dass ich zuckte und jammerte. Ich schämte mich ganz fürchterlich dafür, eine solche Mimose zu sein. Es passierte schließlich immer wieder, dass Menschen unzuverlässig waren. Das war doch eigentlich total undramatisch. Nun traf es allerdings Menschen, die ich sehr schätzte und die ich selbst ausgewählt und eingeladen hatte. Sie hatten sich auf mich verlassen und wurden nun enttäuscht und es gab nichts, was ich tun konnte. Sobald ich auch nur an sie dachte, wurde ich komplett instabil, manchmal schwankte ich richtig die Treppe hoch.

„Wegen nichts", wiederholte ich immer wieder. „Wirklich wegen gar nichts. Es ist gar nichts Schlimmes passiert. Warum kann ich das nicht loslassen?"

Ich weinte lange und still vor mich hin. Die Scham über Dinge, die ich selbst zu verantworteten hatte, war schon zu groß für meinen Körper. Ich wurde immer dicker und doch reichte es nie, um für all die Scham einen Platz zu finden. Ich konnte die Scham über Dinge, die andere verantworteten, nicht auch noch tragen. Doch das gehörte wohl dazu, wenn man Teil eines Teams war. In vielerlei Hinsicht war Fremdschämen sogar noch schlimmer, weil ich nicht einmal die Macht hatte, mich zu entschuldigen oder etwas zu verändern. Ich fühlte mich illoyal und einsam.

Anders als bei meinen überforderten Zusammenbrüchen, verlor ich jedoch in dieser stillen Traurigkeit meinen Bezug zur Wahrheit nicht. Ich verschwand nicht in wirbelnden Emotionen, behielt einen klaren Blick auf die Realität. Ich wusste, dass meine Überforderung irrational und möglicherweise krankhaft war – aber sie war da. So konnte ich nicht leben. Mir liefen weiterhin die Tränen, während ich aufgab.

„Ich bin für Euch da, aber nicht für die Öffentlichkeit", schrieb ich dem Team – und wurde unsichtbar.

Kapitel 39:
„Im Schutz der Unsichtbarkeit."

Ich saß in einem Turm mitten im Winter auf einem tschechischen Berg. Ich hatte die Kinder gerade ins Tal zur Skipiste gefahren und saß nun in unserem Hotel. Drei Konzepte hatte ich mir für diese Woche vorgenommen, auf die das Team wartete. Die Bandbreite der Themen, über die ich nachdachte, war fast perfekt. Sie berührten alle einander und doch benötigte jedes für sich einzigartige Lösungen. Immer wieder guckte ich raus in die Wolken. Das Tal war vor Nebel und Schnee nicht zu sehen. Ich saß in diesem kalten und wunderschönen Himmel und war unendlich dankbar. Ich hatte es geschafft. Ich hatte eine perfekte Balance aus Familie und Arbeit gefunden. Ich war unsichtbar und konnte dadurch überall sein. Ich war unsichtbar und musste nie Angst haben, dass mein Telefon klingelte. Ich war unsichtbar und wenn ich etwas tat, das anderen nicht gefiel, konnte es mir niemand mitteilen. Ich war unsichtbar und geschützt vor Vorurteilen, Respektlosigkeiten und unausgesprochenen Erwartungen. Ich war unsichtbar und schaffte in wenigen Stunden wahnsinnig viel Arbeit, da mich niemand unterbrechen konnte.

Es war nicht so, wie ich es mir einmal vorgestellt hatte, denn in meinen Arbeitsfantasien kassierte ich selbstverständlich auch Anerkennung für meine gesellschaftlichen Beiträge. Natürlich zwickte es auch manchmal leicht, beispielsweise als das Buch von Bildung 4.0 erschien, dessen Grundstruktur ich angelegt und an dem ich wochenlang gearbeitet hatte, ohne dass mein Name auch nur in den Danksagungen auftauchte. Doch wie klein war dieser Preis meines Egos für die Freiheit, ohne kontinuierliche Überforderung arbeiten zu dürfen? Nur für Georg und Anja wurde ich ab und an sichtbar, für kleine Augenblicke. Sie waren meine Brücken in die „echte Welt".

Mein Handy klingelte. Für einen kurzen Moment durchlief mich die bekannte Panik, doch eigentlich kannte niemand aus dem Arbeitskontext diese Nummer. Es war Chloë.

„Du musst kommen, Liam ist gestürzt. Es ist nicht sehr schlimm, aber er will ins Bett."

Auf dem Weg ins Tal ergänzte sich die Liste der Vorteile der Unsichtbarkeit: Ich war unsichtbar und niemand konnte mir je vorwerfen, wenn ich meiner Familie den Vortritt gab.

Kapitel 40:

„Du hast es verdient, dass man Dich unterstützt."

In meinem Posteingang lag eine E-Mail von Jason. Sofort schoss eine riesige Welle von Gefühlen durch mich und mir blieb fast die Luft weg. Ich traute mich kaum, die E-Mail zu öffnen, konnte sie ja aber auch nicht einfach löschen. Manchmal brachen doch erstaunliche Menschen durch den Tarnumhang, der mich unsichtbar machte.

Jason war ein erfolgreicher Berater, der Bildung 4.0 in der Anfangszeit seine Unterstützung ehrenamtlich angeboten hatte. Er hatte mit uns einen Visioning-Prozess begonnen. Im Wesentlichen erklärte er uns, dass wenn es uns gelingen würde, einen beliebigen Tag in fünf Jahren so genau zu beschreiben, dass wir ihn sehen, fühlen, tasten und schmecken konnten, dann konnte das Leben gar nicht anders, als uns diese Vision zu erfüllen. Er nannte das ein Starkstromkabel, das wir heute in der Hand hielten und wir in der Zukunft festmachten. Ich fand seine Herangehensweise absolut überzeugend. Wenn wir uns heute einig waren, wie ein Tag in fünf Jahren aussehen sollte, dann würden wir alle unsere Entscheidungen und Taten in diese

Richtung auslegen und immer verbunden bleiben, auch wenn wir einmal nicht redeten. Er hatte damals mit uns eine längere Schreibübung gemacht, in der jede:r von uns eine halbe Stunde allein schrieb. Ich hatte ein unglaubliches Flow-Erlebnis gehabt und einen halben Roman verfasst, für den ich dann großen Applaus erntete. Ich hatte den Moment geliebt – so wie alle Momente, in denen ich wirklich das Gefühl hatte, dass mir etwas Größeres als ich selbst etwas diktierte, das den Nerv der Gemeinschaft traf. Damals hatte ich im Auftrag des Teams alles mitgenommen, was alle geschrieben hatten. In der Vielfalt der Ansätze lag eine solche Vollständigkeit, dass ich alles als eine große Vision zusammenfügen konnte, die Nadine nochmal lektorierte. Viel Arbeit war in diesen Prozess geflossen, doch außer Nadine, Jason und mir hatte es wohl niemand gelesen. Das nächste Treffen mit Jason wurde abgesagt und er erhielt eigentlich nie wieder Aufmerksamkeit – wieder jemand, mit dessen Zeit und Engagement unachtsam umgegangen worden war und viel sinnvolle Arbeit, die im Alltag untergegangen war. Und nun meldete sich jemand aus den Top Ten meiner organisationellen Schlechtes-Gewissen-Liste direkt bei mir. Mist.

Mutig öffnete ich die E-Mail. Er wollte telefonieren. Schlimmer konnte es mich eigentlich nicht treffen. Aber ich wusste, dass ich Jason an niemanden weiterreichen konnte. Niemand würde sich bei ihm melden. Ich nahm also meinen gesamten Mut zusammen und rief ihn an.

„Ich wollte nur einmal hören, was aus Deiner schönen Vision geworden ist?", fragte er freundlich.

Gott sei Dank, er war freundlich und schien gar nicht verärgert.

„Nichts, befürchte ich", antwortete ich wahrheitsgetreu. „Ich glaube, es hat leider außer uns nie jemand gelesen."

Er lachte ein wenig enttäuscht. Mir kam eine Erkenntnis.

„Ich glaube, sie empfinden es in einem vollen Arbeitsalltag als Luxus, von der Zukunft zu träumen. Es ist immer dasselbe, wie mit der Reflexion. Natürlich brauchen wir Zeit zu denken und zu visionieren – darin sind sich alle einig – aber es hat eben niemand Zeit dazu."

Ich musste fast lachen, weil mir plötzlich klar wurde, dass ich mich in einer Zeitschleife befand. Dasselbe Thema hatten wir ja bereits am Institut gehabt. Meine Meinung hatte sich nicht geändert. Ich fand, je enger etwas ist, je wichtiger ist es, es zu weiten. Ich verstand das Entweder-oder überhaupt nicht. Für mich waren das alles wesentliche Bausteine des Erfolges. Allerdings war ich jetzt noch unsichtbarer als im Institut und hatte so noch weniger Einfluss auf das Geschehen. Das war der Preis, den ich beschlossen hatte, zu zahlen.

Jason schwieg einen Moment. Dann atmete er tief aus.

„Nun gut", sagte er, „dann lasse ich los. Erzähl mir von Dir: Was beschäftigt Dich?"

Oh, das hatte mich schon lange niemand mehr gefragt. Ja, was beschäftigte mich eigentlich?

„Nun ja, ich schreibe immer noch Konzepte für Bildung 4.0, die sie auch meistens umsetzen", fing ich an.

„Nein, ich meine nicht Bildung 4.0", unterbrach er mich, „ich meine Dich, Mila."

Verdutzt schwieg ich einen Moment. Dann öffnete sich in mir eine Schleuse und ich konnte nicht mehr aufhören, zu reden.

„Was mich wirklich beschäftigt, ist die Frage, was passieren muss, damit kranke Menschen arbeiten können. Das ist doch alles albern. Die Unternehmen sagen, dass sie dringend Fachkräfte brauchen und lassen dann aber gute Menschen gehen, nur weil sie in einem veralteten System nicht mehr mitspielen können. Man wird doch nicht dumm, wenn man krank wird. Und die kranken Menschen selbst: Wie um Himmels willen sollen sie denn gesund werden, wenn sie den ganzen Tag nur Fernsehen gucken? Sie können ja nicht mal raus oder sich ehrenamtlich einbringen, weil alle, die sie sehen, dann denken, dass sie nur simulieren. Die Menschen stellen sich chronisch Kranke genauso vor wie akut Kranke: im Bett. Aber da gehören wir überhaupt nicht hin. Und dann verliert die Gesellschaft tolle Leute. Also alle verlieren. Hier stimmt etwas nicht."

„Du möchtest Firmen zum Thema Gesundheitsmanagement

beraten?", fragte er.

„Äh, nein", stotterte ich vor mich hin. Welch albtraumhafter Gedanke: Ich als Unternehmensberaterin. Ich würde mit vielen Menschen sprechen müssen. Außerdem fand ich beraten doof. Ich wollte selbst etwas tun. Unsichtbar beraten konnte ich ja schon. Ich wollte mein eigenes Vorhaben. Ich wurde plötzlich hellwach. Ja, das stimmte. Ich wollte mein eigenes Vorhaben zum Thema Arbeiten mit Krankheit. Keine Ahnung, was das bedeutete, aber genau das wollte ich.

„Nein, Jason, ich möchte keine Beraterin sein, aber ich würde sehr gerne irgendwie in dem Bereich etwas tun."

„Ich verstehe überhaupt nicht, was Du mir erzählst. Ich kann mir darunter nichts vorstellen. Aber weißt Du was? Ich wollte pro bono Bildung 4.0 unterstützen, aber wenn sie das nicht wollen, dann unterstütze ich jetzt eben Dich. Was hältst Du davon?"

„Mich? Also mich Mila, ganz einfach ich, privat, ohne konkrete Idee? Aber …"

„Mila, ich habe Dich arbeiten sehen. Du hast ein großes Talent, das herauszufiltern, was gerade gesellschaftlich richtig ist und kannst vielschichtig denken. Wenn das Dein Thema ist, dann unterstütze ich Dich wirklich sehr gerne. Und wie man eine Vision schreibt, weißt Du ja schon."

Er lachte. Ich hätte ihn am liebsten durchs Telefon umarmt.

„Jason, danke, dass Du so an mich glaubst. Ich weiß gar nicht, wie ich das verdient habe. Ich weiß gar nicht …"

„Hör auf, Mila. Erklär mir und der Welt, was Du machst und beschreib mir einen Tag in fünf Jahren. Ich bin schon ganz gespannt. Und glaub mir, es ist auch für mich schön, wenn sich etwas entwickelt und ich dabei zusehen darf."

Nachdem wir aufgelegt hatten, saß ich noch lange still am Tisch und starrte auf das Telefon. Als erstes veränderte ich den Klingelton. Ich hatte einen Warnton eingestellt, damit ich wusste, dass es Arbeit war und ich nicht versehentlich in schwachen Momenten antwortete. Doch jetzt brauchte ich diesen Schutz nicht mehr. Mein Telefon war wieder mein Freund. Dann blickte ich aus dem Fenster, in eine Ferne, die etwa fünf Jahre weit weg war. Ich stellte mir die Starkstromleitung vor, die ich spannen würde. Auch wenn ich noch keine Ahnung hatte, was genau ich eigentlich tun wollte, erfüllte mich ein fast unendliches Gefühl von Sinnhaftigkeit. Was ich hier gerade durchlebte, würde anderen Menschen helfen. Ich, genauso wie ich war, war nicht fehlerhaft, sondern ein Forschungsprojekt für andere, die noch verzweifelter waren als ich. Mein Leid konnte tatsächlich einen höheren Sinn haben. Alles, was ich in den letzten Jahren gelernt hatte, konnte vielleicht anderen nützlich sein. Nun musste sich in mir nur noch das richtige Konzept dazu formen.

Kapitel 41:

„Es ist eine Frage der Balance."

Natürlich wusste ich, wie man eine gesellschaftlich relevante Organisation aufsetzt. Ich hatte allerdings keine Ahnung, wie ich das mit so starken Kommunikationseinschränkungen tun sollte. Tatsächlich ist der Hauptauftrag am Anfang immer reden, reden, reden … aber ich war ja nicht allein. Ich hatte ja Georg, mit dem ich Projekte umsetzte. Wir waren so perfekt eingespielt in der Rollenaufteilung „er an der Front, ich im Innen", die konnten wir ja einfach auf ein weiteres Thema übertragen.

Ich rief ihn so selten an, dass er mich schon Minuten nach meiner Nachricht zurückrief.

„Es ist toll, dass wir zusammen am Thema Bildung arbeiten – auch das Institut war toll – aber all das waren Deine Initiativen. Könnten wir mal ein Thema von mir in den Mittelpunkt rücken?", eröffnete ich das Gespräch.

Es wurde kurz still.

„Was ist denn Dein Thema?", fragte er dann.

Was war mein Thema? Wieso wusste er das nicht? Gab es überhaupt eine Person in meinem näheren Umfeld, die das nicht wusste?

„Mein Gesundheitsthema", half ich ihm auf die Spur.

Er hatte keine Ahnung, wovon ich sprach.

„Na, Du weißt schon: Die Frage, wie man gesund arbeiten kann, also auf eine so gesunde Art und Weise, dass auch Kranke mitspielen können."

„Ach so, ja, na klar, wenn Du willst", kam sofort von ihm.

Doch mir war klar, dass er es in zwei Minuten wieder vergessen würde. Es war einfach nicht sein Thema und er konnte nur gut an der Front sein, wenn er dafür auch selbst Leidenschaft hatte.

„Sollte ich jetzt sauer sein?", fragte ich Kai. „Immerhin unterstütze ich ihn so stark bei seinen Themen."

Er lachte: „Du willst sauer sein, wenn Du es gar nicht bist?"

„Natürlich bin ich nicht sauer. Er hat mir ein Arbeitszuhause gegeben und ich habe ja nicht ehrenamtlich an seinen Projekten gearbeitet", lachte ich auch. „Aber ich weiß jetzt nicht weiter", gab ich schließlich enttäuscht zu. „Ich brauche Menschen, denen dieses Thema ein Anliegen ist. Wie soll ich sie denn finden? Es ist ja nicht so, als gäbe es Foren oder Selbsthilfegruppen für kranke Menschen, die trotzdem arbeiten oder wenigstens arbeiten wollen."

„Dann fang doch dort an, wo Jason es empfiehlt. Vergiss im Moment die Umsetzung und fang bei der Vision an, bei einem Tag in fünf Jahren."

Gute Idee.

Ich ging raus in den Garten, um nachzudenken und fiel in ein Loch. Also genau genommen war es nur ein kleines Löchlein – eine Kuhle im Rasen, in die man gar nicht fallen konnte. Trotzdem knickte ich so sehr um, dass ich weinte und fluchte und überhaupt nicht auftreten konnte. Kai war etwas ratlos, wie er mich wieder die Treppe hinauf ins Haus kriegen sollte und kam schließlich mit einem Bürostuhl auf Rollen zu mir.

Zwei Tage später fuhren meine Mutter, Chloë und ich an die Warthe. Wir hatten für ein paar Tage ein Boot gemietet. Ich konnte noch immer nicht auftreten, aber wir hatten uns überlegt, dass ich ja Füße nicht zum Bootfahren brauchte und meine

Mutter und Chloë alles andere machen würden. Wir wollten nicht absagen. Bei der Übergabe lernte ich also in einer halben Stunde Boot fahren und dann ging es zu dritt los – ich extrem aufgeregt, ob ich das auch wirklich schaffen würde. Abends legten wir irgendwo am Ufer an. Als wir am nächsten Morgen aufwachten, stand das ganze Ufer voll mit Kühen, die uns interessiert ansahen. Keine von uns traute sich, auszusteigen, um das Boot loszumachen, also verbrachten wir den Vormittag an Deck in intensiver Kommunikation mit den Kühen. Irgendwann überwand dann Chloë ihre Angst und wir legten ab und fuhren mit etwa 10 km/h den Fluss hinunter. Ich saß allein hinter dem Steuer und betrachtete Stunde um Stunde, Tag um Tag die unberührte Natur. Wir begegneten in all den Tagen nur wenigen Booten und Menschen. Meine Gedanken waren ganz langsam und ganz leicht. Ich konnte sie in Ruhe betrachten, wie einen Roman, den man im eigenen Rhythmus lesen konnte.

Einige Gedanken kehrten immer wieder:

„Ich will mit anderen Menschen mit Einschränkungen arbeiten."

„Ich möchte, dass Inhalt und Form dasselbe sind. Ich möchte, dass Menschen mit Einschränkungen gemeinsam daran arbeiten, wie Menschen mit Einschränkungen gut gemeinsam arbeiten können."

„Es kann nicht um Beratung gehen. Es muss noch andere Möglichkeiten geben."

Nach und nach entwickelte sich der perfekte Tag in fünf Jahren. Alles zu dem, wie und wo wir arbeiten würden, war schnell glasklar. Auf jeden Fall arbeiteten wir in einem Haus mit Garten, denn Natur ist extrem wichtig für die Regeneration. Wasser musste in der Nähe sein (vielleicht nah an der Oder). Wir würden verschiedene Räume haben, so dass immer klar war, ob wir gerade ansprechbar waren oder nicht. Es würde auch Schlafzimmer geben. Das Angebot würde stetig wechseln, je nach Expertise der Anwesenden. Zum übergeordneten Thema würden wir jeweils das tun, was wir am besten konnten. Doch was um Himmels willen konnte das sein? Über welche

Produktpalette sprach ich hier eigentlich? Womit würden wir unser Geld verdienen?

Dann wieder sah ich einige Stunden einfach nur dem Wasser zu oder ließ Chloë am Rettungsring durch die Strömung treiben.

„Was hast Du eigentlich durch meine Krankheit gelernt?", fragte ich abends meine Mutter.

In dem Moment merkte ich, dass ich noch immer ein Kleinkind war. Ich hatte mich nur sehr oberflächlich dafür interessiert, wie es meiner Mutter ging, obwohl ich selbst Mutter war und wusste, dass es für sie wahrscheinlich mit am schlimmsten gewesen war. Sie lächelte. Ich war gespannt, was jetzt kommen würde, denn meine Mutter beantwortete nur selten direkt eine Frage. Sie teilte in der Regel nur das erste Bild, das ihr vor Augen kam. „Ich bin ganz viel spazieren gegangen und habe laut Gott angeschrien", amüsierte sie sich, in ihre Erinnerung vertieft. „Ich hatte mehrere Wege, weißt Du – die alte Eiche zum Beispiel, die Du auch so magst."

Ich hatte sofort ein Bild vor Augen. Meine Mutter läuft sehr schnell und ihre Beziehung zu Gott, besonders Jesus, ist sehr persönlich. Ich freute mich, dass sie dort ihren Frust loslassen konnte.

„Wer hat Dir denn durch die Zeit geholfen?", fragte ich sie und war nur wenig überrascht, als sie sagte: „Du! Und Jesus."

Genau das gelang meiner Mutter immer gut. Sie schaffte eine Balance zwischen Alltag und Glauben wie kaum jemand, den ich kannte. Sie hatte sehr viel Zeit damit verbracht, alle Behördengänge für mich zu machen. Ich musste mich um nichts kümmern. Diese pragmatische Hilfestellung hatte uns beiden geholfen. Gleichzeitig hatte sie sich sehr zurückgezogen und sehr ehrliche Gespräche mit Gott geführt.

„Du hast Dir eine Balance zwischen inneren und äußeren Aktivitäten geschaffen?", fragte ich nach. Doch sie war schon wieder ganz woanders.

„Weißt Du, ich habe jetzt wirklich verstanden, dass so Vieles von dem, was ich für Dich wollte – finanzieller Erfolg und tolles Aussehen und so – total unwichtig ist", beantwortete sie jetzt doch meine Eingangsfrage. Ich betrachtete sie stolz. Das stimmte. Ich spürte diesen Druck überhaupt nicht mehr, Dingen genügen zu sollen, gegen die ich mich aktiv entschieden hatte. Sie hatte aus meiner Krankheit mindestens genauso viel gelernt wie ich.

Doch was hatte ich eigentlich gelernt? Manchmal zu essen, was gesund war und manchmal zu essen, worauf ich Lust hatte, war seltsamerweise das Erste, das mir einfiel. Manchmal meine Grenzen einzuhalten und manchmal gegen sie anzutreten. Manchmal sehr auf mich zu achten und mich manchmal mehr um das Wohl anderer zu kümmern. Manchmal auf Ärzt:innen zu hören und manchmal nur auf meine innere Stimme. Manchmal …

Plötzlich durchzuckte mich ein Blitz. So fühlte sich Erkenntnis an. Genau das hatte ich die ganze Zeit verzweifelt im Netz gesucht, wenn ich nach der richtigen Haltung suchte. Es war eine Frage der Balance. Das war es für alle Menschen, doch für uns Kranke war es existentieller, wenn wir aus der Balance gerieten. Während langsam das Ufer an mir vorbei zog und die Wellen um uns plätscherten, fielen mir immer mehr Aspekte ein, zu denen Balance relevant für ein gutes Leben trotz Krankheit war. Das konnte mein erster Beitrag sein. Ich würde ein Kartenset entwickeln zu vierzig bis fünfzig Themen und jeweils beide Extrempositionen beschreiben – mit einem schönen individuellen Bild auf der Rückseite, damit man mit ihnen auch intuitiv arbeiten konnte. Dann konnten Menschen immer an einem für sie relevanten Thema arbeiten. Zudem gaben die Karten die Möglichkeit, auch mit anderen Menschen ins Gespräch zu kommen. Sie könnten in Wartezimmern ausliegen, wo kranke Menschen viel Zeit verbringen. Ein erstes Produkt war geboren, eine erste Ahnung, was meine zukünftige Organisation so herstellen konnte. Es gab nicht nur Beratung, wusste ich es doch.

Inzwischen war meine Mutter vom Boot gesprungen und hatte sich die Achillessehne gerissen und Chloë war so stark mit dem Kopf gegen eine Luke gerannt, dass sie eine leichte

Gehirnerschütterung hatte. Nach fünf Tagen humpelten und schwankten wir erstaunlich zufrieden und entschleunigt vom Boot, alle drei erfüllt von den Entwicklungen, die in unserem Innen stattgefunden hatten, während wir langsam und immobilisiert auf das wechselnde Wasser gestarrt hatten.

Kapitel 42:

„Dann brauchen Sie viel weniger Schlaf und können mehr arbeiten."

Ich fühlte mich mutig – so mutig, dass ich mich in intensive Menschenmassen stürzen würde und das, ohne Geld dafür zu bekommen (im Gegenteil, ich würde sogar etwas dafür ausgeben). Ich hatte beschlossen, nach Stuttgart zur Corporate Health Messe zu fahren. Ich brauchte dringend tiefere Einblicke in das, was zum Thema Gesundheit in Organisationen stattfand. Als ich vor der Messehalle aus dem Bus stieg, verließ mich jedoch der Mut sofort. War ich denn wahnsinnig geworden? Tausende von Menschen strömten gleichzeitig in die riesigen Hallen, wohl auch schon gefüllt mit Menschen über Menschen. Verzweifelt blieb ich stehen.

„Du musst da nicht rein", sprach ich mir gut zu. „Erinnere Dich an das Buch zu Hochsensibilität. Die Autorin ist nie Charter geflogen, damit sie jederzeit gehen konnte, falls sie merkt, es geht nicht. Wenn Du merkst, es geht nicht, fahr einfach wieder nach Hause."

In der benachbarten Messehalle wurden Pflanzen ausgestellt. Ich gesellte mich zu ihnen und betrachtete das viele Grün in der

Betonlandschaft, während ich versuchte, eine Entscheidung zu treffen. Ich war von der langen Zugfahrt schon total erschöpft. Wie sollte ich das schaffen?

„Schritt für Schritt", beschloss ich schließlich. Ich ging rein, meldete mich an und kam sofort wieder raus mit einem Plan in der Hand, wann und wo was stattfinden würde. Ich kreuzte mir die Vorträge an, die mir am wichtigsten waren. Dann machte ich eine vorsichtige Runde durch die Hallen. Die kleineren Hallen waren ruhiger. Hier würde ich anfangen. Es gab viele Aussteller:innen mit Entspannungsangeboten. Ich würde diese alle ausprobieren und mir so Auszeiten verschaffen. Ich würde bleiben – erst einmal – und dann abends sehen, wie es mir ging, bevor ich entschied, ob ich tatsächlich einen zweiten Tag dranhängen würde. Meine Atmung wurde langsam ruhiger und es drückten keine Tränen mehr hinter meinen Augen. Ich würde das schon schaffen. Im allergrößten Zweifel musste ich mir eben ein Taxi zum Hotel nehmen. Heute ging Überleben vor Finanzen.

Ich begann in der kleinen Halle, in der die Gesundheitsprodukte ausgestellt waren. Hier konnte man viel ausprobieren und ich war berührt davon, wie viel Geld Unternehmen gewillt waren, in das Wohlbefinden ihrer Mitarbeiter:innen zu investieren. Ich verbrachte mehrmals Zeit in einem hawaiianisch eingerichteten kleinen Raum, in dem die Palmen rauschten, ich von Bambus und Pflanzen umgeben war und das Licht wechselte. Es war warm, freundlich und irgendwie geräuschdicht. Dann probierte ich verschiedene Stühle aus, bis ich einen gefunden hatte, auf dem ich auch gerne übernachtet hätte. Wie schade, dass der Stuhl so viel kostete wie zwei Monatseinkommen. Es war aber schön, zu wissen, was mir guttat. Ich wurde tatsächlich etwas ruhiger, fühlte mich mit den vielen Wohlfühlereien verwöhnt und langsam bereit, die Haupthalle zu betreten. Vorher wollte ich aber unbedingt noch an den Stand, vor dem die Leute Schlange standen.

„20 Minuten in diesem Gerät ersparen Ihnen 2 Stunden Schlaf", war der Slogan, der alle Menschen anzog. Ich erschrak zutiefst. Ich war auf einer Gesundheitsmesse. Schlaf ist die

Grundlage von Gesundheit. Was war hier los? In gemütlichen Sesseln lagen Menschen mit Kopfhörern auf den Ohren und Virtual-Reality-Brillen auf der Nase und „träumten". Die Bilder und Geräusche waren so nah wie möglich an dem dran, was wir über Wahrnehmungen im Tiefschlaf wissen. 20 Minuten lang tauchten die Menschen in künstlichen Schlaf und ... ja, und was? Sie konnten zwei Stunden mehr arbeiten. Ging es auf der ganzen Messe in erster Linie darum, wie man Menschen darin bestärken konnte, krankmachende Bedingungen länger auszuhalten? Ich lief wie ein Tiger im Käfig immer im Kreis, immer und immer wieder an den Liegen vorbei, immer schneller, bis mir auffiel, dass ich fast im Kreis rannte. Ich sah mich um. Bemerkte jemand mein seltsames Verhalten? Ich wollte eigentlich gerne auch einmal diese 20 Minuten ausprobieren, traute mich jetzt aber nicht mehr in die Nähe des Standes. Ich floh in die große Halle und war erleichtert, all diese Überbrückungsmaschinerie nicht mehr sehen zu müssen. Ich setzte mich auf eine Stufe mit Blick über die gesamte Anlage und las in meinem Programm. Es gab mehrere Bühnen und auf einer lief ein kontinuierliches Burnout-Programm. Wenn es hier einen thematischen Schwerpunkt gab, dann war es dieser. Ich wusste über Burnout so gut wie gar nichts, außer dass es den Begriff medizinisch gar nicht gab und es eigentlich um erschöpfungsbedingte Depressionen ging. Der Vortrag, den ich nun sah, war exzellent. In schnellem Tempo erzählte eine sehr resolute Frau ziemlich genau, wie die Abwärtsspirale in verschiedenen Phasen stattfindet.

Ihr Hauptappell war: „Bitte, bitte sprecht die Leute an, wenn Ihr merkt, dass es ihnen immer schlechter geht. Wenn Ihr merkt, dass sie nicht mehr so zuverlässig sind, dass sie mürrisch werden, dass sie trinken."

Ich dachte an Dana. Sie hätte es nie geschafft, hätte nicht ihr Freund und Kollege die Notleine gerissen. Seit der Uni hatte ich bei Vorträgen nicht so viel in mein Notizbuch geschrieben. Wie gut, dass wir schon so viel über Burnout wussten und welch ein Geschenk auch an die Organisationen diese Informationen waren. Wenn Menschen mit Burnout ausfielen, also aufgrund von Krankheitsauslösern, die klar aus dem organisationellen Umfeld stammten und dann nach Monaten oder Jahren an Therapie wiederkamen, wussten sie doch alles, was man besser machen konnte. Ich blieb noch für ein paar weitere Vorträge vor der Burnout-Bühne sitzen, auch weil ich mich in den kleinen abgetrennten Vortragsecken sicher vor der Menschenmenge fühlte.

Die nächsten Vortragenden sagten im Wesentlichen alle dasselbe: „Das sind die Erkennungsmerkmale in den verschiedenen Phasen. Sprecht die Leute darauf an."

Doch alle Fragen aus dem Publikum bezogen sich eigentlich nur auf eins: Wie konnten die Leute so reintegriert werden, dass sie so wenig wie möglich störten? Offenbar gab es ein neues Gesetz, das sie dazu verpflichtete und vor dem sie alle Panik hatten. Ich begann, mich zu langweilen und zog weiter zur nächsten kleinen Bühne.

Hier lag der Schwerpunkt auf Gesundheitsmanagementsystemen. Nach zehn Minuten musste ich laut auflachen. Sofort machte ich mich – peinlich berührt von meiner Lautstärke – ganz klein und kritzelte in mein Notizbuch, ohne aufzusehen. Ich hatte wirklich sehr laut gelacht, denn diese Farce war eins zu eins derselbe Ansatz, der vor zehn Jahren zum Thema Konfliktmanagement verbreitet wurde – zu der Zeit, in der ich noch als Mediationsexpertin galt. Offenbar war Menschen in Unternehmen das Ansprechen von Krankheit genauso unangenehm wie das Ansprechen von Konflikten und sie suchten verzweifelt nach einem Verwaltungssystem, das damit halb-automatisiert umgehen würde. Wie damals gab es Menschen, die ihnen das versprachen. Was hier als Innovation galt, war einfach nur eine scheinbare Blaupause für Prozessbeschreibungen, die hoffentlich den schwierigen menschlichen Kontakt wegrationalisieren konnten. Ich wurde immer amüsierter. Ich hörte noch eine Weile zu und riet immer im Vorfeld, welche weiteren Elemente des Systems sie wohl vorstellen würden. Meine Trefferrate war bei etwa 90 %, was mir sehr gute Laune machte. Dann ging ich erschöpft nach Hause.

STUFEN DES BURNOUT-SYNDROMS

Bereits 1992 beschrieben Freudenberger & North 12 Stufen, die auf dem Weg zum vollständigen Burnout durchlaufen werden. Es beginnt mit

(1) dem Zwang, uns zu beweisen und erhöhten Erwartungen an uns selbst;

(2) daraus entsteht ein besonderer Einsatz, bis hin zu

(3) der Vernachlässigung eigener Bedürfnisse.

Schließlich werden

(4) Konflikte verdrängt, die aus ersten Unachtsamkeiten entstehen und

(5) Werte umgedeutet, was vor allem auch in dem Meiden privater Kontakte deutlich wird.

Immer mehr werden

(6) auftretende Probleme verleugnet und nach außen projiziert, die Klagen über andere steigen.

(7) Der Rückzug beginnt und erste somatische Störungen treten auf, die innere Leere wirkt sich auf die Arbeitsleitung aus bis sie

(8) zu deutlichen Verhaltensveränderungen führt, Irritationen sich häufen und die Leistung deutlich abnimmt.

(9) Das Gefühl für die eigene Persönlichkeit beginnt zu schwinden, wir funktionieren automatisch, bis

10) die innere Leere so stark wird, dass wir Panik vor Menschen entwickeln und uns in Ersatzbefriedigungen ausleben.

In Stufe (11) wird die Verzweiflung existentiell, wir wollen nur noch schlafen bis

(12) die Erschöpfung lebensgefährlich wird und oftmals das Immun-system zusammenbricht.

Schon im Bus auf dem Weg zurück ins Hotel begann mein Nervensystem Alarm zu schlagen. Meine Gedanken und mein Körper putschten sich gegenseitig stetig hoch. Mir war gar nicht mehr nach Lachen zumute. Fast apokalyptische Gedanken plagten mich, in denen alle Menschen, die sich nicht in Roboter verwandeln konnten, von der Weltoberfläche fielen. Das Mitgefühl für Menschen in solchen Unternehmen traf mich so tief, dass mein Körper zu zittern begann, um die Emotion ableiten zu können. Den Abend verbrachte ich einmal wieder auf dem Badezimmerboden mit der Hoteltoilette schön in der Nähe. Irgendwie fand ich diesen Ort passend für das Thema und den Tag. Ich würde morgen abfahren. Das war doch absoluter Wahnsinn. Ich musste hier weg.

Am nächsten Morgen aber wachte ich hochmotiviert auf. Ich hatte auf der Messe nicht eine einzige betroffene Person gesehen. Falls ich wirklich die einzige oder eine von wenigen war, dann hatte ich die Verantwortung, unsere Perspektive mit ins Spiel zu bringen. Ich würde mich heute nicht passiv in Vortragsecken verstecken, sondern mich mitten ins Getümmel schmeißen und an den Messeständen ins Gespräch gehen. Außerdem gab es auch die Möglichkeit, Workshops selbst und spontan zu organisieren. Ich würde also etwas anbieten und zu allem hingehen, wo ich einen Beitrag leisten konnte. Ich musste wenigstens den Versuch unternehmen, dass sie mit und nicht nur über Kranke sprachen. Ich musste beweisen, dass wir kein Problem waren, sondern genauso klug und fachlich belastbar wie vor der Krankheit auch. Sie sprachen nur über die Leute, die ihre Krankheit als Vorwand für Faulheit nutzten, nicht über die Leute, die alles gaben, um trotzdem einen Beitrag zu leisten. Die Kämpferin in mir war erwacht. Ich würde alles geben und dann wirklich ein Taxi zurück ins Hotel nehmen.

Ich begann damit, das selbstbewusste Laufen zu üben. Mein Naturell wich anderen Menschen aus. Wenn Menschen auf mich zukamen oder mich überholen wollten, machte ich Platz. Also übte ich zunächst das gerade und entschlossene Laufen. Sollten doch die anderen einmal zur Abwechslung Platz machen. Als ich mich aufrecht und sicher genug fühlte, begann ich meine Tour bei den Angeboten der großen digitalen Jobbörsen. Bei der ersten klaute ich einen Klapphocker, den ich erst abends zurückbringen würde. Ich hatte nicht die Kraft, den ganzen Tag zu stehen, wollte mich aber davon nicht abhalten lassen. Am dritten Stand traf ich endlich auf eine Person, die tatsächlich nicht nur Waffeln verkaufte, sondern auch ein gewisses Maß an Visions- und Entscheidungskraft hatte. Gemeinsam begannen wir, an einem Konzept zu spinnen, bei dem super Fachkräfte ihre Einschränkungen transparent machen und sich Firmen bei ihnen bewerben können. Der Mitarbeiter der Jobbörse war tatsächlich sehr interessiert an der Möglichkeit, einen ganz neuen Markt an möglichem Personal zu erschließen, denn „Fachkräftemangel" stand gleich nach „Burnout" und „Betrieblichem Wiedereingliederungsmanagement" auf Platz drei der häufigsten Buzzwords der Messe. Auch in mir begannen sich weitere Gedanken hierzu breit zu machen. Wenn die Firmen gute Leute brauchten und gute Leute Arbeit brauchten, dann müsste es doch Millionen Möglichkeiten des Matchmakings geben. Ich ging zu jedem Workshop und nutzte all meine Trumpfkarten. Die Top-Trumpfkarte war das Wort Hirntumor – damit kriegte man noch jeden Raum still. Ich nutzte das Wort so inflationär in verschiedenen Settings, dass ich schon nicht mehr wusste, ob es überhaupt wahr war. Nachmittags waren meine Kräfte schon fast aufgebraucht und immer häufiger stellte ich meinen kleinen Hocker einfach irgendwo auf und beobachtete. Was die Leute von mir dachten, interessierte mich erstaunlicherweise einmal für ein paar Stunden nicht.

Dann bemerkte ich eine Mini-Bühne ganz hinten in der Ecke, die mir noch nicht aufgefallen war. Ich stellte meinen Hocker hinter das Publikum. Ich wollte mir nur eine kleine Pause gönnen und kam dann aber aus dem Staunen nicht mehr heraus. Hier ging es um Meditation, um spirituelle Sinnsuche, um tiefe Verbundenheit, integrale Theorie und Wahrheitssuche. Ich war auf eine ganze Szene gestoßen, von der ich nicht wusste, dass es sie gab: Die spirituellen Unternehmensberatungen. Es gelang ihnen fast allen, tiefe Spiritualität in den Arbeitsalltag einzubringen, ohne jemals esoterisch zu wirken oder in jedem dritten Satz das Wort Energie zu nutzen. Ich hing ihnen an den Lippen. Hier waren Menschen, die Worte für das hatten, was mir seit Jahren nicht gelungen war, auszudrücken. Ich hörte noch eine ganze Weile zu und fuhr dann ganz ruhig mit dem Bus ins Hotel und fiel sofort in einen Tiefschlaf. Hatte ich am unwahrscheinlichsten Ort meinen Stamm gefunden?

Kapitel 43:
„Wenn ich dazu komme, bin ich aber wirklich da."

Während das Institut seinen – von mir erwarteten – Konkurs abwickelte, war Bildung 4.0 zu einem kleinen Institut geworden. Unglaublich tolle und engagierte Frauen arbeiteten in irrem Tempo und viel zu viel. Es waren weitere starke, kluge Frauen eingestellt worden, die aber wesentlich weniger verdienten und so hatte eine informelle Hierarchie Einzug gehalten. Natürlich gab es inzwischen auch eine Akademie, die versuchte, der aufkommenden Geldnot mit Fortbildungsprogrammen entgegenzutreten. Ab und an kamen Georg oder immer häufiger auch Christa, eine weitere der drei Gründer:innen, vorbei und warfen Entscheidungen in die Runde, die das Team als „Bomben" titulierte und mit denen sie irgendwie auch noch umgingen. Ich verbrachte einen großen Teil meiner Zeit damit, mir sehr gute Fortbildungsprogramme auszudenken, von denen ich jedoch nicht wirklich glaubte, dass sie jemals das Licht der Welt erblicken würden. Was mich mehr beschäftigte, war Georgs großer Wunsch, einen MOOC für Schulen aufzusetzen, also einen digitalen Kurs, den Tausende von Lehrenden gleichzeitig

MOOC

Massive Open Online Courses (riesige offene Online-Kurse) sind Angebote - in der Regel von Hochschulen - die wissenschaftliche Informationen kostenfrei der Allgemeinheit zur Verfügung stellen. MOOCs haben damit den Wissenschaftstransfer revolutioniert, da Menschen weltweit auf das Wissen von Professor:innen zurückgreifen konnten, das bis dahin nur einer Elite an Studierenden zur Verfügung stand.

Viele Hochschulen haben ihre eigenen Plattformen - besonders die Plattformen Coursera, Udacity und EdX haben sich durchgesetzt.

In der Regel kombinieren MOOCs Videos, Texte und Quizfragen; immer mehr kommen auch Lernjournale dazu.

Die Entwicklungen gehen jedoch wieder weg von MOOCs, da das kostenfreie Angebot nur schwer aufrecht zu halten ist. Jetzt sind oftmals zwar die Kursinhalte kostenfrei, die Zertifikate jedoch kosten Geld. Alternativ bezahlen die Hochschulen die Plattformen dafür, dass ihre Inhalte den Teilnehmenden kostenfrei zur Verfügung stehen.

besuchen könnten. Er hatte eine Plattform organisiert, die uns einen Kurs anbieten ließ, obwohl wir keine Hochschule waren, und ich wandelte die gemeinsame Arbeit mit Nadine aus der Anfangszeit nach und nach in einen Kurs um. Das Problem war nur, dass das Team das nicht wollte. Sie hatten keine Ressourcen für Neues, das Georg sich ausdachte. Sie schafften ja so ihre Arbeit schon nicht.

Ich erhielt eine E-Mail von Karla, einer neuen Mitarbeiterin im Team, die ich noch nicht kannte. Sie wollte mich gerne treffen. Im Café saß ich dann einer extrem interessanten Frau gegenüber. Sie hatte einerseits etwas sehr Weiches, Sanftes und Liebevolles, andererseits aber eine so ausgeprägte Eigenständigkeit, dass sie in all ihrer Verletzlichkeit unendlich stark wirkte.

„Ich will das mit dem MOOC“, sagte sie. „Ich habe dafür auch Ressourcen. Anja findet, sie muss mich schonen, damit ich nicht auch so überarbeitet werde wie sie. So lebt sie ihre Verantwortung als Teamleiterin aus. Aber ich will nicht geschont werden. Ich will den MOOC.“

Sie lächelte milde und freute sich über ihren Schokokuchen.

„Wir besprechen zwar Dinge im Team, aber wir entscheiden nicht dort. Ich weiß nicht, wer was wie entscheidet – ich glaube Anja mit Alices Beratung und das heißt dann „Das Team“. Ich wollte nur, dass Du weißt, dass die Entscheidung gegen den MOOC nicht von uns allen kommt. Ich will das.“

Dabei blickte sie mich ganz klar und offen an. Hier saß niemand, die sich heimlich mit mir traf. Hier saß jemand, dic darauf achtete, dass ihre Stimme gehört wurde und dass keine Missverständnisse aufkamen. Nichts an der Art, wie sie sprach, hatte etwas Hinterhältiges oder Angreifendes. Ihr gelang das, was mir nie gelungen war: sich wirklich Gehör zu verschaffen, ohne illoyal zu sein.

„Nun gut“, lachte ich, „dann machen wir beide wohl zusammen einen Kurs.“

Auch die Mitarbeiterin, die die Akademie aufbauen sollte, war unzufrieden mit dem Team. Als die Stelle für ein weiteres organisatorisches Teammitglied ausgeschrieben wurde, beschlossen sie, eine Supervision zu machen, bevor die kleinen Unzufriedenheiten auf einer menschlichen Ebene ankommen konnten.

Zu meiner Überraschung bewarb sich Leah um den Job: eine sehr gute Paarberaterin, die ich fünfzehn Jahre vorher als Mediatorin ausgebildet hatte und die damals als Studentin in meinem Team mitgearbeitet hatte. Sie hatte Lust, neben der Coachingtätigkeit ein wenig geregelte organisatorische Aufgaben zu erledigen. Es war schön, sie wiederzutreffen. An ihrem ersten Arbeitstag war auch das erste Supervisionstreffen – für sie ein etwas seltsamer Einstieg. Aber in ihrer offenen Art war sie auch gleich die Erste, die auf die Aufforderung der Supervisorin reagierte.

„Erzählt etwas über Euch, das die anderen nicht wissen."

Leah erzählte der Runde von Unbekannten davon, dass sie total verknallt war in jemanden, der nicht ihr Mann war. Diese Eröffnung der Runde führte zu den tiefsten Geständnissen, die in diesem Team vielleicht je stattgefunden hatten. Sogar die Supervisorin erzählte von sehr privaten Geheimnissen. Nach dem Treffen war klar, dass wir sowohl mit Leah als auch mit dieser Supervisorin arbeiten wollten und wir machten uns für einen längeren Prozess bereit.

Ich erhielt jede Menge E-Mails aus dem Team, die alle im Wesentlichen dasselbe sagten: „Bitte mach bei der Supervision mit."

Ich wollte das nicht. Ich genoss meine unsichtbare Rolle. Doch sie blieben alle hartnäckig.

„Du gehörst zum Team. Du hast mit jeder von uns Kontakt, unterstützt uns inzwischen alle. Du gehörst dazu. Du bist wichtig."

Ich lächelte. Noch vor ein paar Monaten hätten sie mich damit vielleicht gekriegt, doch heute konnte ich das etwas besser aushalten – bis Georg anrief.

„Dana hat es wieder erwischt. Sie ist wieder im Entzug in der Klinik. Mila, ich dachte echt, wir haben das im Griff."

Er war verzweifelt.

„Kannst Du bitte zu der Supervision gehen? Ich kann nicht und brauche aber jemanden, der dort als Verlängerung von mir teilnimmt. Das sollte eigentlich Dana sein, aber jetzt ... ach, ich weiß auch nicht."

So kannte ich Georg gar nicht. Ich hatte keine Erinnerung daran, dass er schon einmal ratlos war.

„Natürlich", sagte ich im Affekt, ohne darüber nachzudenken.

Meine Gedanken waren bei Dana. Ich rief sie sofort an, doch sie war schon in der kontaktfreien Zeit in der Klinik. Ihre Cousine hielt mich ein wenig auf dem Laufenden. Erst später wurde mir klar, dass ich die Supervision zugesagt hatte. Aber noch konnte ich ja vielleicht raus?

Ich schrieb dem Team: „Hört zu, wenn ich komme, bin ich aber auch da. Jetzt bin ich nur die hilfreiche Mila, die Euch das zuarbeitet, was Ihr Euch wünscht. Aber wenn ich als Teammitglied dazu stoße, dann habe ich auch Meinungen. Seid Ihr wirklich sicher, dass Ihr das wollt?"

Sie waren sich alle einig: „Ja. Unbedingt. Bitte. Dringend."

So beschloss ich, den Mut zu haben und meinen bequemen Tarnumhang abzulegen und an Georgs Seite zu treten, um die Lücke zu füllen, die Dana hinterlassen hatte.

Kapitel 44:

„Diese Bettdecke bedeutet nichts."

Andere mussten sich Mut antrinken, ich musste ihn mir antrainieren. Ich hatte es einmal wieder getan – etwas zugesagt, was eigentlich ein paar Nummern zu groß für mich war. Ich hatte mich ohne großes Nachdenken aus einer Situation katapultiert, die so halbwegs funktionierte. Mir war klar, dass ich diesen Mut nur aus einem festen spirituellen Fundament ziehen konnte, das ich aber nicht mehr hatte. Norbi und ich hatten unser Versprechen nicht gehalten. Wir hatten uns nie wieder getroffen, um unseren Plan der radikalen Anwendung unserer Werte im Alltag umzusetzen. Doch ich hatte auf der Messe verstanden, dass Spiritualität und Arbeiten nicht nur unverbunden nebeneinander, sondern tief verwoben bestehen konnten. Es war an der Zeit, meinen uralten Plan endlich umzusetzen: Ich würde den Kurs in Wundern absolvieren.

Ich ging also durchs Leben und sagte immer wieder leise zu mir selbst: „Dieser Zug bedeutet nichts. Diese Tür bedeutet nichts. Diese Werbung bedeutet nichts. Diese Bettdecke bedeutet nichts. Dieser Leberfleck bedeutet nichts."

Ich arbeitete mich munter zu „Dieser Gedanke bedeutet nichts“ hoch. Zu meiner Überraschung merkte ich schnell die paradoxe Wirkung dieser kleinen Übungen. Ich war viel aufmerksamer, was sowohl die Außen- als auch meine Gedankenwelt anging. Dadurch, dass ich Dinge benennen musste, blieb ich mit meiner Aufmerksamkeit einen kleinen Moment länger bei ihnen. Dann aber negierte ich sofort ihre Bedeutung und ließ sie damit sofort wieder los. Ich spazierte durch die Welt und bemerkte Dinge, die aber unverbunden blieben und mir nicht nachhafteten. Nach und nach erschien mir wirklich alles bedeutungslos und gleichzeitig begann in mir eine Ahnung heranzuwachsen, dass es durchaus Bedeutungsvolles gab. Es war nur nicht unbedingt das, was ich als erstes sah oder dachte.

Ich hatte kurz vorher etwas über Micro-Learning gelesen und war begeistert von der Idee. Im Wesentlichen ging es darum, sehr kleine Lerneinheiten herzustellen, die genau dann zum Einsatz kamen, wenn man sie brauchte – statt ewiger Vorlesungen eben nur ein Gedanke auf einmal. Dieser Kurs in Wundern basierte auf Micro-Learning, auch wenn das sicher keine:r seiner Autor:innen so genannt hätte. Ich war extrem inspiriert, mir auch für den MOOC Aufgaben auszudenken, die so klein und leicht im Alltag wirken durften. Doch zunächst einmal bearbeitete ich meine sich täglich ändernden Aufgaben mit großer Disziplin und war überrascht, wie gut mein Gedächtnis war, wenn ich mich wirklich dem Verständnis und nicht dem Merken hingab. Ich schaffte es tatsächlich, mir jeden Tag einen neuen inneren Auftrag zu merken und das, obwohl sie sich nur in kleinen Nuancen veränderten. Meine Aufträge des Tages gaben mir Halt. Sie wurden wichtiger als das, was ich wirklich durchlebte. Sie schenkten mir das, was ich seit Jahren nicht mehr kannte: eine Distanz, aus der heraus ich mich handlungsfähig fühlte.

MICRO-LEARNING

Mikrolernen beschreibt Lerneinheiten, die sowohl zeitlich als auch inhaltlich kurz und auf den Punkt gebracht sind. So kann einerseits Lernen in den Alltag integriert werden, ohne an langwierigen Fortbildungen teilnehmen zu müssen; andererseits steht das Mikrowissen dann zur Verfügung, wenn man es akut braucht.

Mikrolereinheiten oder auch *learning nuggets* können beispielsweise kurze Videos oder Karteikarten sein, aber auch Bildschirmschoner, SMS mit Quizfragen, tägliche Emails mit dem Wort oder Satz des Tages, spielerische Apps, o.ä.

Mikrolernen resultiert unter anderem aus der immer kürzer werdenden Aufmerksamkeitsspanne der Menschen (inzwischen niedriger als die von Goldfischen, laut einer Microsoft Canada Studie in 2015), der erhöhten Nutzung von Smartphones, den zunehmenden Unter-brechungen von außen im Arbeitsleben und der immer kürzer werdenden Haltbarkeit von Wissen, auch aufgrund kürzerer Innovationszyklen.

Kapitel 45:

„Es ist an der Zeit, zurückzugeben."

In der Supervision im Bildung-4.0-Team wurde vieles sichtbar, unter anderem auch eine große Sehnsucht nach Leitung. Offiziell leitete Georg die Initiative, doch er tauchte nur selten auf und wenn, hüpfte er nur mit Entscheidungen vorbei, die noch mehr Arbeit auf den Tisch warfen.

Anja leitete das Team, doch sie war im Gespräch extrem deutlich: „Wenn ich hier auch noch Leadership machen soll, bin ich raus."

Von den drei Frauen, die länger dabei waren, hatte Thea sich inzwischen mehr oder weniger aus dem Projektalltag rausgezogen und arbeitete stattdessen mit einem kleinen Team von Freiberufler:innen an den laufenden Aufträgen. Eigentlich wollten wir ja ein Team sein, das gemeinsam entschied, doch niemand hatte das Gefühl, wirklich etwas zu sagen zu haben. Klar wurde eigentlich nur, dass sich alle mochten und schätzten und trotzdem ganz schön einsam waren. Zudem machte sich ein diffuses Gefühl der Unzufriedenheit damit breit, dass trotz der vielen Arbeit verhältnismäßig wenig dabei herauskam.

Ein paar Tage später klingelte mein Telefon. Es war Leah.

„Mila, ich arbeite mich gerade in die Zahlen rein und das ist ein reines Chaos. Für Geld sind wohl Dana und Georg zuständig, aber Dana ist nicht zu erreichen. Schaust Du das mal bitte mit mir an?“

Sie kam zu mir und wir breiteten alles vor uns aus. Sie hatte alle Informationen, die sie gefunden hatte, in einer Excel-Datei zusammengeführt und wir betrachteten geschockt das Desaster. Das Geld war ausgegangen. Es gab noch eine Menge Geld auf dem Konto, das aber zu einem Projekt gehörte, das noch abgeschlossen werden musste. Da es nur eine Liquiditätsrechnung gab, fiel das niemandem auf. Wenn wir aber jetzt nicht die Reißleine zögen, würden wir den Auftrag nicht abarbeiten können. Dana hatte mir bei ihrem ersten Zusammenbruch erzählt, dass sie nicht mehr alle Projekte im Griff hatte und eigentlich nur wartete, dass irgendetwas richtig schief ging. Ich hatte das ja gerade über Burnout gelernt, dass der Kontrollverlust so heimlich wie möglich geschah. In diesem Fall gab es aber wohl so viele Menschen, die irgendwie leiteten, dass alle das Geld vergessen hatten. Ich war verblüfft davon, wie stark das System des Institutes hier übernommen worden war. Es wurden Menschen eingestellt, weil sie gebraucht wurden, nicht weil das Geld für sie da war. Georg rannte dann die ganze Zeit durch die Welt und sammelte Geld ein, das eigentlich schon ausgegeben war. Er machte seine Arbeit sehr gut, wodurch sich niemand bedroht fühlte.

„Was machen wir denn jetzt, Mila?“, fragte Leah mich etwas überfordert.

Ich spürte, wie ich in den Notfallmodus wechselte. Ein Teil von mir liebte Krisen und ich genoss es, nicht mehr unsichtbar zu sein, sondern im Zentrum eines Dramas zu stehen. Welch absurder Charakterzug meinerseits. Ich war sogar schon zweimal enttäuscht gewesen, als eine Naturkatastrophe nicht eintraf. Einmal eine Flutwelle in Hawaii und eine weitere Flut im Oderbruch. Natürlich war mir meine Krisenliebe peinlich und ich würde sie nie zugeben, aber ich fühlte mich richtig belebt.

„Tja, ich schätze, wir werden dann wohl einmal lernen, wie man sowas richtig macht", freute ich mich.

Leah sah mich verblüfft an, dann sah ich, wie auch sie die Schaffens- und Aufräumfreude packte. Wir waren die dicken Superheldinnen inmitten von Zahlen.

„Meinst Du, wir müssen etwas lernen?", fragte sie, noch einmal von einem kurzen Moment der Unsicherheit geplagt.

„Wir sind beide seit Jahrzehnten selbstständig. So anders kann das hier auch nicht sein. Es ist ja kein Millionenkonzern. Vielleicht ist es ja ganz gut, dass wir da mal mit sauberer Hausfrauenlogik dran gehen und nicht mit irgendwelchen Tricks, die das Drama vertuschen."

„Warst Du auch gut in Mathe?"

Noch immer war sie amüsiert von uns.

„Ja, ich liebe es immer noch. So schön aufgeräumt."

Wir lachten. Nun gut, dann würden wir eben als Anfängerinnen eine Organisation aufräumen, wenn es sonst niemand tat.

„Weißt Du eigentlich, dass wir einen Geschäftsführer haben?", fragte mich Leah weiterhin mit einem Lächeln im Gesicht.

„Ja, das habe ich auf dem Briefkopf gelesen, aber er ist nur pro Forma da, oder?"

„Bei uns schon, aber er ist wirklich ein Geschäftsführer, sogar ein sehr guter in einer anderen Organisation. Sicher hilft er uns, wenn wir Fragen haben. Es ist ja wirklich in seinem Interesse, dass das hier sauber ist."

Wir schwiegen einen weiteren Moment. Noch mehr Leitung.

Als Leah abfuhr, rief ich Georg an und erzählte ihm vom Drama. Er wurde erst einmal still.

„Mila, ich habe gerade kein heißes Eisen im Feuer, das weitere Finanzierung verspricht. Ich vertiefe aber meine Suche sofort. Müssen wir Menschen entlassen?"

Oh weh, soweit hatte ich noch gar nicht gedacht. Sofort brach meine gesamte Lösungsenergie zusammen und mir stiegen Tränen in die Augen.

Als ich nichts sagte, kam er mir entgegen: „Ich gucke mal in meinen anderen Projekten, wo Leute gebraucht werden. Wenn wir wirklich jemanden gehen lassen müssen, dann müssen wir uns für sie etwas einfallen lassen."

Ich war wieder einmal berührt von Georg. Er war für viele so anstrengend in der Zusammenarbeit, weil er abtauchte und vor sich hin entschied, ohne die geringste Ahnung von Umsetzung zu haben. Aber immer dann, wenn es menschlich wichtig wurde, waren seine Prioritäten glasklar. Das hatte er mir schon oft bewiesen, bewies es gerade wieder bei Dana und nun auch in Bezug auf das Team. Keiner von uns machte jemals Dana einen Vorwurf. Wir hatten sie im Stich gelassen. Im Nachhinein hätten wir das alles wissen müssen. Wir hatten jedoch ein zweites Mal weggeguckt und sie wieder allein ihren Ängsten überlassen.

Nachts konnte ich nicht schlafen. Von meiner positiven Rettungsenergie war nichts übrig. Kai hielt mich fest, während sich der Anfall durch meinen Körper arbeitete. Danach musste ich ein paar Tage im Bett bleiben.

„Sie brauchen wirklich meine Hilfe", jammerte ich Kai voll. „Ich kann sie doch jetzt nicht im Stich lassen und so tun, als wäre alles wie immer und in meiner komfortablen unsichtbaren Position bleiben."

Er sah mich besorgt an. Nach nur einem Tag in der Retterinnenrolle war ich schon total erschöpft gewesen.

„Ist das arrogant von mir, dass ich denke, sie schaffen das nicht ohne mich?", fragte ich ihn.

Ich war gefangen im Dilemma. Meine Gedanken drehten sich nur im Kreis. Ich musste wahnsinnig aufpassen, dass ich keinen Streit mit Kai anfing, um etwas Entladung zu schaffen.

„Ich kann auf keinen Fall Georg im Stich lassen. Der Ausfall von Dana ist ja nicht nur in diesem Projekt für ihn schwierig und er ist wirklich mitgenommen. So etwas sollte man nicht allein durchstehen müssen. Aber mische ich mich in etwas ein, das eigentlich Anjas Rolle ist? Nehme ich mich hier zu wichtig?"

„Was ist mit Dir?", fragte Kai vorsichtig. Doch daran konnte ich gerade nicht denken.

„Darum geht es jetzt nicht", unterbrach ich ihn wirsch. „Ich hatte jetzt alle Luxuszeit der Welt, es ist an der Zeit, etwas zurückzugeben."

Er war skeptisch, sagte aber nichts.

Ich kämpfte um sein Verständnis: „Es ist ok, mal über Grenzen zu gehen. Nur so erweitern sie sich. Wirklich!"

Er nickte. Ja, diese Erfahrung hatten wir tatsächlich in den letzten Jahren gemacht. Also war es wohl einmal wieder Zeit für eine überforderte Phase der Grenzerweiterung.

Kapitel 46:

„Siehst Du, so geht das wirklich."

Wir standen in der Kreativ-Etage einer Unternehmensberatung und waren ganz gespannt auf den Prozess. Georg hatte diese Organisation gefunden, die nicht nur mit uns an einem Geschäftsmodell arbeiten, sondern dann auch die Investor:innen dafür finden wollte. Alle anwesenden Männer nutzten große Worte, sprachen von Millionen und riesigem Impact, während an den Wänden Schilder hingen, die darum baten, Krawatten und Egos draußen zu lassen. Ich musste lächeln. Es war so süß, dass die Leute mit dem größten Ego immer dachten, dass sie keins hätten. Natürlich lag das in der Natur der Sache. Wenn kein Ego haben die höchste Stufe war, dann mussten Menschen mit großem Hierarchiebedürfnis natürlich kein Ego haben – sonst wären sie ja nicht mehr oben. Nun also gut, wir würden uns etwas überlegen, was auf der Millionenebene arbeitete und sie waren sicher, dafür auch Investor:innen finden zu können.

Es war das erste Mal, dass wirklich alle da waren: Das komplette Team, Georg und Christa als Gesellschafter:innen und Theas freie Partner der Produktentwicklung. Von Seiten der

Unternehmensberatung waren weitere vier Leute dabei und auch der Besitzer kam immer wieder vorbei. Uns allen war bewusst, dass es hier ums Überleben ging. Es war ein ganz oder gar nicht Prozess, auf den sich hier alle einließen. Es war klar, dass unter den gegebenen Umständen die Verträge nicht verlängert werden konnten, sobald ihre Befristung auslief. Die Akademie war schon geschlossen und Georg half der ehemaligen Mitarbeiterin beim Aufbau ihres Herzensprojektes in Afrika. Thea hatte sich für die Selbstständigkeit entschieden und wir hatten in mühevoller Arbeit ein klares Projektvolumen für die Produktentwicklung aufgesetzt, sodass sie mit ihrem kleinen Team ganz selbstständig agieren konnte. Die nächsten Verträge, die ausliefen und die am meisten Geld kosteten, waren Anja und Alice. Karla und Leah hatten längere Verträge, aber nur halbe Stellen und wurden wesentlich schlechter bezahlt. Das existenzielle Gefühl war real. Anja und Alice verbrachten viel Zeit mit Fundraisingaktivitäten, waren bisher aber komplett erfolglos. Georg und ich hatten mehrere Förderanträge gestellt, auf deren Bescheide wir noch warteten. Doch auch diese Anträge waren eher auf Produktentwicklung bezogen und würden nicht die Basisarbeit finanzieren. Wir hatten nur noch für sehr wenige Monate Geld. Deshalb gaben in diesem Prozess alle alles.

Ich erlebte das erste Mal Christa live. Bisher wusste ich von ihr immer nur, dass das Team sehr in Aufruhr war, wenn sie einmal wieder kurz durchgelaufen war und alles schlecht fand. Ich fand sie süß. In ihren bunten Klamotten, dem schönen Schmuck und den Birkenstock-Latschen versprühte sie Engagement und Kreativität. Aus ihren Bemerkungen war klar, wieviel sie über Bildung und Schulen wusste und wie nah sie – oft als Einzige im Raum – den Kindern war. Sie brachte eine Dimension mit, die in den letzten Monaten vor lauter Selbstbeschäftigung gefehlt hatte: die Schüler:innen, um die es eigentlich ging. Immer wieder vertrat sie ihre Interessen und räumte mit Vorurteilen über Jugendliche auf. Sie passte gut in diese Männerrunde der Beratungswelt, da sie keinerlei Zweifel daran hatte, dass sie die eigentliche Chefin war. Ich war amüsiert.

In einer Pause kam sie zu mir, lächelte mich an und sagte: „Siehst Du, so geht das wirklich an Schulen. Lernen ist eben nicht so, wie Ihr Euch das alle vorstellt. Es geht ganz anders."

Ich war sprachlos. Sie dachte wirklich, dass wir alle keine Ahnung hatten. Ich hörte kaum zu, während sie mir einen Vortrag übers Lernen hielt, der an Menschen gerichtet war, die sich damit noch nie befasst hatten.

„Christa, ich weiß. Ich mache das schon eine Weile", sagte ich schließlich etwas schüchtern.

Sie drehte sich um und ging.

„Ich kann der Welt, die ich sehe, entrinnen, indem ich Angriffsgedanken aufgebe", betete ich mir meinen Spruch des Tages aus dem Kurs in Wundern leise runter. Es war der einzige Weg heraus aus der Angst, versprach der Kurs und ich wurde von einer ganzen Kavallerie von Ängsten überfallen. Wie sollte ich mich hier einbringen, wenn eine der Besitzer:innen mich für komplett ahnungslos hielt – schlimmer noch: das komplette Team? Wie sollte es funktionieren, wenn der kleinste Versuch einer Antwort zu einem sofortigen Abgang führte? Sie wirkte nicht wütend oder beleidigt, sie hatte einfach nur gesagt, was sie sagen wollte und war fertig. Ich war nicht mehr unsichtbar, dafür aber hatte ich meine Stimme verloren. Noch nie war mir Expertise abgesprochen worden. Auf dieser bisher unangefochtenen Expertise beruhte die Rechtfertigung aller Ausnahmen, die für mich gemacht wurden. Ich war der klassische Beta-Typ: die Expertin, die loyal zur Gruppe und zum Alpha steht. Nun gab es aber ein neues Alpha-Weibchen, das nicht nur mich als Beta nicht anerkannte, sondern der Gruppe als Ganzes nicht einmal zutraute, das Ziel zu verstehen. Gut, dass wir schnell mit der Entwicklung des neuen Geschäftsmodells weitermachten und ich nicht darüber nachdenken musste.

Nach einem sehr kreativen Tag teilten wir uns in Kleingruppen auf und erhielten intensive Hausaufgaben, die wir in sogenannten Sprints, also ununterbrochenen intensiven Arbeitszeiten, bis zum nächsten Treffen abarbeiten sollten.

SPRINTS IM SCRUM

Sprints sind ein Prozesselement des Scrum. Scrum ist eine von mehreren Formen von agilen Prozessen, die aus der Programmierung stammen und zunehmend auf Projektmanagement allgemein übertragen werden.

Im Scrum gibt es den *Product Owner*, der fachliche Anforderungen stellt, den *Scrum Master*, der den Prozess managt und das Team, das das Projekt umsetzt.

Die Anforderungen an das Produkt werden kontinuierlich in einem *Project Backlog* definiert und aktualisiert und in Arbeitspakete, *Increments*, übersetzt, die dann in Sprints abgearbeitet werden.

Die Sprints selbst finden in kleineren Teams statt, die die *Increments* in *Tasks* runterbrechen, für die dann einzelne Personen die Verantwortung übernehmen.

Das Besondere an den Sprints ist, dass das Team in der Zeit (oftmals 30 Tage, doch auch kürzere Sprints sind möglich) konzentriert und ohne Störung von außen arbeitet. Während des Sprints wird das Team nicht durch veränderte Anforderungen unterbrochen.

Zudem wird in den Sprints an *Increments of Potentially Shippable Functionality*, das heißt an nutzbaren Produkten statt vieler Textseiten, gearbeitet.

RANGDYNAMISCHE POSITIONEN

Das Rangdynamik-Modell von Raoul Schindler beschreibt die Positionen in einer Gruppe, die sich herauskristallisieren und Basis der Macht- und Rollenverteilung für die Zusammenarbeit bilden. Hierbei gibt es vier Ränge und ein „G": die Gruppenaufgabe oder alternativ der Gegner, der die Gruppe zusammenhält.

- Alpha führt die Gruppe mit (positiver) Autorität an und ist maßgeblich an der Definition von „G" beteiligt.
- Beta hat hohe Expertise und unterstützt so Alpha beratend. Beta ist sehr loyal, kann jedoch am ehesten die Alpha-Rolle übernehmen, wenn „G" gefährdet ist.
- Gammas sind Gruppenmitglieder, die sich gerne von Alpha führen lassen und ihren Beitrag für „G" leisten.
- Omega ist der Gegenspieler zu Alpha und betrachtet alles kritisch. Omega bedroht die Position des Alpha und ist fordernd, warnt jedoch am schnellsten vor Problemen.

Auf dem Weg ins Hotel holte ich mir Lasagne, Wein und Schokolade – nur Dinge, die ich nicht vertrug und die ich deshalb mit Luxus assoziierte – und schaltete sofort den Fernseher an. Ich konnte und wollte darüber nicht nachdenken, was ich heute erlebt hatte. Ich konnte nicht schlafen, weil der Fernseher lief und ich konnte den Fernseher nicht ausschalten, weil mich sonst die Gedanken und Gefühle überwältigen würden. Ich wollte mir die Konsequenzen dessen nicht ansehen, dass wir zwei Alphas hatten, die einander nicht respektierten. Wieder war die Situation des Instituts gespiegelt, wo Georg schließlich der starken Präsidentin das Territorium überlassen hatte. Georg, Leah und ich waren in einer so intensiven Aufräumphase. Was, wenn wir hierzu gar nicht wirklich ermächtigt waren? Nein, ich konnte und wollte nicht darüber nachdenken. Ich würde auf der Spur bleiben, weiter die Finanzen ordnen und Georg unterstützen. Das war nicht mein Kampf. Mist, schon wieder hatten sich meine Gedanken vor das Geschehen der Krimiserie gestellt. Wer war noch mal tot? Und warum? Ich verlängerte den Timer des Fernsehers um weitere dreißig Minuten. Das Gefühl der existentiellen Bedrohung meiner aufkommenden Emotionen war zu groß, um mich ihnen stellen zu können. Ich wusste nicht, was es war, wollte es aber auch nicht herausfinden. Sind das überhaupt noch dieselben Kommissare? Hatte ich die Auflösung verpasst? Worum ging es nochmal? Irgendwann schlief ich schließlich ein.

Kapitel 47:

„Mein Gott, sie haben befristete Verträge."

Georg rief nicht an. Er wollte sich gleich nach dem Gespräch mit Anja melden. Es war sein dritter Anlauf, ihr mitzuteilen, dass er ihre Stelle nicht verlängern würde. Wenn er sich nicht meldete, hatte er es wohl wieder nicht geschafft.

Seit Monaten lebte ich nun schon in zwei Parallelwelten. Es war ihm inzwischen gelungen, Alice mitzuteilen, dass er ihren Vertrag nicht verlängern würde. Ich dachte da anders: Für mich war das eine Kündigung, denn Verträge waren nie wichtig gewesen für unsere Definition als Team. Alice war schon schwer zu entlassen gewesen, doch Anja war eine ganz andere Nummer.

Vor Wochen hatte er mich angerufen: „Mila, wen müssen wir behalten?"

„Leah", sagte ich sofort. „Sie ist die einzige Person im Team, die sich wirklich mit Geld befasst und hier Ordnung reinzubringen ist aus meiner Sicht gerade oberste Priorität. Ich wüsste nicht, dass noch irgendjemand sich inzwischen Mal die Zahlen angesehen hätte."

„Ok, wer noch?"

Was passierte hier gerade? Sollte ich etwa entscheiden, wer gehen sollte? Doch woher sollte er auch sonst seine Informationen kriegen? Er wusste gar nicht, wer den ganzen Tag was machte. Ganz genau wusste ich das allerdings auch nicht, wenn auch etwas mehr als er.

„Ich weiß nicht, ob wir uns Anja leisten können. Sie sagt klar, dass sie nicht für weniger arbeiten kann."

Mein Magen krampfte sich zusammen. Was tat ich hier gerade? Die Person köpfen, die mir am liebsten war? Genauso musste es den Leuten im Institut gegangen sein, als sie sich gegen mich entschieden hatten. Ich konnte nicht mehr weiterreden. Georg tat das, was er immer tat, wenn es emotional wurde: Er wurde hart und traf schnelle Entscheidungen.

„Ok, dann lassen wir Alice gehen. Ich bin schon länger nicht zufrieden mit dem, was sie tut. Sie setzt keine meiner Aufträge um."

Nun ja, darin lag durchaus auch eine große Kraft, sich nicht immer von ihm unterbrechen zu lassen. Alice war gut darin, auf ihrer Spur zu bleiben und ihren und Anjas Prioritäten zu folgen. Anja und sie waren ein super eingespieltes Team. Doch ich schwieg. Würde ich mich noch im Spiegel ansehen können?

„Und wie findest Du Karla?"

„Ich kenne sie noch nicht so gut, aber ich finde sie sehr spannend. Sie ist sehr autark, was mir gut gefällt und sie traut sich an vieles ran. Sie fühlt sich eher eingeschränkt von dem engen Aufgabenbereich, den sie bearbeiten soll. Ich denke, da ist Kraft drin, wenn sie von der Leine gelassen wird. Ihr Motto ist „einfach machen" und ich denke, das können wir sehr gut gebrauchen – nicht viel reden und nachdenken, sondern einfach machen."

„Gut, dann behalten wir Leah und Karla und verlängern alle anderen Verträge nicht mehr."

Hatte er das gerade komplett auf Basis meiner Beratung entschieden? Nachdem wir aufgelegt hatten, rannte ich ins Bad, um mich zu übergeben. Wieso hatte ich diese Macht plötzlich? War das richtig? Ich hatte ja gar keine Zeit gehabt, zu überlegen.

Wie sollte ich Alice und Anja jemals wieder in die Augen sehen?

Seit der Entscheidung waren Wochen vergangen, in denen wir in diesem Schwebezustand lebten, da es Georg einfach nicht gelang, Anja mitzuteilen, dass die Zusammenarbeit vorbei war. Jedes Mal, wenn sie sich trafen, wollte er unbedingt, dass wir zusammenblieben. Christa verlängerte die Situation um zwei Monate, indem sie eigene Mittel für Anjas Bezahlung ins Projekt gab, als deren Vertrag auslief. Während Georg, Leah und ich (immer öfter auch Karla) eine neue, kleinere Organisation aufbauten, suchte Anja klug und loyal wie immer ihre neue Rolle ohne Alice, in der sie wirken konnte. Sie hatte mit Georg ausgemacht, dass sie noch an zwei Konzepten arbeiten würde. Ich konnte sie kaum ansehen, so schuldig fühlte ich mich, dass ich etwas wusste, das sie nicht wusste und es auch noch versehentlich mitentschieden hatte. Ich wollte weniger denn je nach Berlin fahren. Ich spürte bei jeder Begegnung, wie sehr ich sie mochte und doch fühlte sich mein Lächeln immer irgendwie falsch an, als hätte ich nicht mehr das Recht auf die Herzlichkeit, die ich empfand.

Leah war da pragmatischer als ich: „Mein Gott, sie hatten befristete Verträge und die sind ausgelaufen. Ich weiß gar nicht, warum Ihr immer von Kündigung sprecht. Sie hat das Team geleitet und es steht vor einem Scherbenhaufen."

Leahs Pragmatismus tat mir gut, denn es hielt mich arbeitsfähig. Ok, auch hier, wegschauen; Finanzen wälzen; mit der Unternehmensberatung Zahlen schieben, denn irgendwie war auch diese Aufgabe bei mir gelandet; Anja vermissen und sie nicht sehen wollen; meine Ehrlichkeit vermissen; Georg anflehen, endlich mit ihr ehrlich zu sein; Georg bemitleiden, dass er es wieder nicht geschafft hatte; Finanzpläne inklusive Anja schreiben und Finanzpläne exklusive Anja schreiben; zwischendurch schnell aufs Klo und alles auskotzen; mehr Anfälle aushalten; sogar während der Anfälle an die Rettung der Initiative denken; Angst, Schuld, Scham und immer mehr daran arbeiten, wegzugucken und an der Zukunft eines sehr kleinen Teams zu bauen.

Kapitel 48:

„Das ist genau das, was wir brauchen!"

Leah, Karla und ich waren uns nicht ganz sicher, wie wir arbeiten wollten und auch nicht, wie wir nun mit anderthalb Stellen die Arbeit von sechs Leuten schaffen sollten. Anja war inzwischen zu einer anderen Bildungsorganisation gewechselt – ein Abschied mit vielen unausgesprochenen Magenschmerzen. Doch nun war klar, dass wir nur in Mini-Besatzung weitermachen würden, wenigstens so lange, bis sich neue Investor:innen gefunden hätten und auch dann nur noch achtsamer wachsen würden. Wir beschlossen daher, den *Reset*-Knopf zu drücken und zunächst einmal alles abzuschaffen. Wir nannten das „Kontakt statt Konzept". Wir würden eine Zeitlang genau das tun, was sich unsere Schulen wünschten, statt uns selbst für sie Angebote auszudenken. Außerdem würden wir all das auf uns übertragen, was wir den Schulen empfahlen. Wieder einmal hatte ich die Hoffnung, nun endlich doch meiner Überzeugung nachgehen zu können, dass man radikal das vorleben musste, was man anderen empfahl.

Leah hatte hier auch gleich ein Beispiel: „Wir haben vor

kurzem ein Aufstellungsseminar mit Lehrenden angeboten."

Karla schnaufte ein wenig. Ich sah sie verwundert an.

„Ich fand das furchtbar, Mila, diesen ganzen Hokuspokus. Das ist wirklich nicht meins. Ist mir auch echt nicht gradlinig genug."

Wir lachten. Karla würde niemals versuchen, etwas zu „verbieten", nur weil sie es nicht gut fand. Sie würde aber auch niemals so tun, als fände sie es toll.

Ich lächelte Leah zu und sagte: „Weiter bitte."

„Besonders erstaunlich war, dass in fast allen Aufstellungen die Lehrenden keinerlei Blickkontakt zu den Schülern hatten. Dazwischen standen Schulleitungen, Eltern, Kollegen, Behörden. Sie mussten sich wahnsinnig anstrengen, um den Kontakt zu halten."

„Oh Gott, die Armen", sagte ich sofort. Ich hasste es, dass das System in den Schulen es engagierten Lehrenden viel schwerer machte als nötig – wieder ein System, in dem die besten Menschen ihre Wirksamkeit einbüßten.

„Ich finde, bei uns ist es genauso", fuhr Leah fort.

Karla und ich blickten sie neugierig an.

„Was meinst Du? Wir sehen die Schüler nicht?"

„Nein, wir sehen die Schulen nicht. Dazwischen stehen unsere eigenen Strukturen, Geldgeber, Kooperationspartner, unsere Gesellschafter, das Team. So viel steht zwischen uns und den Schulen."

Ich hätte sie am liebsten geküsst. Sie hatte wirklich verstanden, was ich mit Vorleben meinte. Es ging nicht um eine 1:1-Übertragung – die funktionierte nicht – aber wir konnten die Muster betrachten und auf uns übertragen.

„Ok, dann dienen wir ab jetzt nur und radikal den Schulen", freute sich Karla, die kaum etwas mehr liebte als gradliniges Wirken.

„Schulen sind unsere VIPs", fasste Leah es zusammen, „und erst einmal die Einzigen, um die wir uns kümmern."

„Ja", ergänzte ich, „und um alle anderen sorgen wir uns nur, wenn sie einen ganz deutlichen Mehrwert für unsere Schulen

AUFSTELLUNGSARBEIT

Im Rahmen von Aufstellungen werden die Personen oder Prinzipien eines Systems (eine Familie, ein Team, eine Organisation, ein gesellschaftliches Thema o.ä.) im Raum platziert und in Bezug zueinander gesetzt werden. Die Aufstellungsleitung arbeitet dann so lange mit den aufgestellten Personen, bis das System eine harmonische Ordnung findet.

Über die Arbeit in dem systemischen Feld werden Dinge sichtbar und somit bearbeitbar, die bisher nicht in der bewussten Betrachtung des Systems vorhanden waren. Aufstellungen zeigen immer eine Ergänzung zur bewussten Wahrheit auf.

Aufstellungen können mit Menschen als Stellvertreter:innen arbeiten, es gibt aber auch die Möglichkeit, mit Figuren oder Fußstapfen zu arbeiten. Für die meisten Personen, die das erste Mal als Stellvertreter:in aufgestellt werden, ist die Arbeit in dem Feld sehr überraschend, da der Körper und die Emotionen sehr deutlich reagieren, was sich aber sofort einstellt, wenn man die Position wieder verlässt.

bringen."

Wir stellten alle Imagepflege beiseite, wenn dabei kein unmittelbarer Nutzen für die Schulen herauskam. Das funktionierte ganz gut und wir bekamen einen weit besseren Eindruck davon, welcher Bedarf der Schulen nicht durch andere Organisationen bereits gestillt wurde.

Auch in der Form der Zusammenarbeit drückten wir auf die Reset-Taste. Wir schafften alle Teamstrukturen ab, trafen uns bei Bedarf und nicht weil es im Kalender stand und segelten unter Karlas „Einfach machen"-Flagge. Natürlich war uns bewusst, dass wir irgendwann wieder Strukturen einziehen würden müssen, doch im Moment konnten wir noch nicht sehen, was organisch zu uns passte. Wir kommunizierten alle drei sehr gerne digital und die Nachrichten genügten uns als Kommunikationsgrundlage. Wir sahen uns selten und schafften viel.

Bevor wir in der echten Welt zusammen in die Unternehmensberatung gingen, trafen wir uns zu dritt im Café. Es war ein aufregender Tag, weil die Firma uns heute das Businessmodell vorstellen wollte, das sie auf Basis unserer Zuarbeiten erstellt hatte. Zudem würde der Besitzer vorbeikommen und gleich vor Ort die Entscheidung darüber treffen, ob er die notwendigen Gelder selbst investieren würde. Ich betrat das Café, spürte, wie sehr ich strahlte und knallte das Buch *Reinventing Organizations* auf den Tisch.

„Das ist es", freute ich mich. „Genauso werden wir arbeiten."

Die beiden sahen einander an und brachen in lautes Lachen aus.

„Georg hat mir letzte Woche gesagt, dass ich unbedingt dieses Buch lesen muss", erklärte ich. „Ich habe es bestellt und hatte zunächst keine Lust, es zu lesen, weil keine Bilder drin sind."

Das verstand besonders Karla sehr gut. Sie hasste längere Fachtexte.

„Aber er hat insistiert und ich bin absolut und total begeistert. Das letzte Mal, das etwas in mir so viel Sinn gemacht hat, war Mediation."

INTERESSENBASIERTE ENTSCHEIDUNGEN

Konflikte basieren auf nicht oder schlecht getroffenen Entscheidungen. Mediation ist daher ein Entscheidungsverfahren, das ganz sauber und strukturiert vorgeht. Zunächst wird der Konflikt sortiert, bis alle Themen klar sind. Dann wird jedoch nicht direkt an möglichen Lösungen gearbeitet, sondern vorher an den Interessen, als Bewertungsgrundlage für die Entscheidung.

Interessen müssen vier Merkmalen genügen, damit sie zu nachhaltigen Entscheidungen führen können:

- Sie basieren auf emotionale Resonanz, das heißt es sind Dinge, die den Menschen wirklich wichtig sind;
- Sie sind positiv formuliert, beschreiben das, was wir wollen;
- Sie sind konkreter als Bedürfnisse, damit wir sie besser als Bewertungskriterium nutzen können; und
- Sie lassen mehrere Lösungen zu, sind demnach nicht so konkret, dass nur eine einzige Entscheidung sie befriedigen könnte (das sind Positionen).

REINVENTING ORGANIZATIONS

„Reinventing organizations" ist ein Buch von Frederic Laloux, das 2014 erschien und sehr viele Menschen, die sich mit neuen Arbeitsweisen befassen, zusammengeführt hat. Der Autor untersucht zwölf Organisationen verschiedener Sektoren, Größen und Ländern, die es anders machen. Als theoretisches Gerüst der Einordnung nutzt er die Spiral Dynamics aus der integralen Theorie, beschreibt bestehende Organisationstypen und versucht, die Organisationsstufe im second tier (integrale Stufe) zu beschreiben, die teal organization (petrolfarbene Organisation).

Diese Organisationen haben drei Aspekte gemeinsam:

- sie alle arbeiten entlang der kollegialen Selbstorganisation, die die Organisation steuert.
- Sie alle betrachten die Menschen ganzheitlich, alle Mitarbeiter:innen können sich mit allem, was sie ausmacht, einbringen und müssen keine professionelle Personas annehmen.
- Und sie alle haben einen evolutionären Blick auf die Organisation. Statt vorgefertigte Pläne abzuarbeiten, stehen konstantes Zuhören und organische Entwicklung im Mittelpunkt.

Jetzt wurde Leah sehr aufmerksam. Auch für sie hatte Mediation und die interessenbasierte Art der Entscheidungsfindung ihre Arbeit und ihr Leben sehr geprägt.

„Wollt Ihr mehr davon hören?"

Das war eine vollkommen überflüssige Frage, da wir alle wussten, dass man mich jetzt erst einmal nicht vom Reden abhalten können würde. Ich musste es loswerden.

„Er hat ein integrales Entwicklungsmodell genommen." Und ich fügte schnell hinzu: „Ist jetzt nicht so wichtig, erkläre ich Euch später."

Wie sollte ich nur anfangen? Wir hatten nur eine halbe Stunde.

„Also, es sind Fallstudien. Der Autor hat geschaut, wie Organisationen weltweit aus verschiedenen Sektoren arbeiten, die weder mit Hierarchie noch mit Konsens agieren."

Grob stimmte das, das musste jetzt erst einmal reichen.

„Er hat festgestellt, dass, obwohl sie sich nicht kennen, sie alle sehr ähnliche Grundstrukturen haben." Ich blätterte in dem Buch. Ich hatte alles gelb markiert, was für uns relevant war. „Zum Beispiel gibt es keine Trennung zwischen Menschen, die entscheiden und Menschen, die machen. Jeder ist im Rahmen seiner eigenen Rolle vollständig verantwortlich, muss aber die Beratung der anderen einholen, um eine gute Entscheidung treffen zu können."

Karla begann augenblicklich zu strahlen. Sie würde nie wieder auf eine Entscheidung warten müssen? Sie konnte das tun, worin sie den meisten Sinn sah? Sie durfte „einfach machen"? Sie war überzeugt. Ich hätte gar nicht weiterreden müssen.

„Meetings gibt es nur, wenn jemand den Bedarf danach verspürt und auch nur mit den Menschen, die direkt betroffen sind."

Hier strahlte ich innerlich. In so einem Team konnte ich mitspielen. Wenn mir das Anliegen wirklich wichtig war, lohnte sich auch die Reise nach Berlin. Aber so viel Anstrengung auf mich zu nehmen, ohne einen Mehrwert zu schaffen, wollte und konnte ich nicht.

„In der Konsequenz heißt das, dass jede von uns arbeitet, wann, wo und wie sie will, solange sie zuverlässig ist."

Jetzt strahlte Leah. Sie litt sehr darunter, dass sie Anwesenheitspflicht hatte, da sie ja noch ein weiteres Büro hatte und somit drei Arbeitsplätze, wenn man ihren Schreibtisch zuhause miteinschloss. Ich blieb einen Moment still und genoss die Situation. Schon nach drei Sätzen fühlten wir uns alle drei frei und arbeitsfähig. Alles, was uns einengte und vom Arbeiten abhielt, war bereits ausgeschlossen worden.

„Er betrachtet Organisationen eher als Wesen und es ist unsere Aufgabe, sie zu pflegen. Es geht nicht darum, die zwanzigste Strategie zu entwerfen, sondern jeden Tag zu fragen ‚Was brauchst Du, liebe Bildung 4.0?' und ‚Wie kann ich mich mit meinem Potenzial am besten einbringen?' Ebenso wie eine Karotte nicht schneller wächst, wenn man an ihr zieht, sondern man ihr nur die besten Wachstumsbedingungen verschaffen und ihr vertrauen kann, dass sie ihr Bestes gibt."

Leah und Karla sahen sich an. Karla sprach offensichtlich für beide: „Mila, ich habe keine Ahnung, wie das geht, aber ich bin dabei. Das passt zu uns und zu dem, was wir den Schulen erzählen."

Das begeisterte Leah fast am meisten: „Ja, dann haben wir selbst Transformationserfahrung hin zu Selbstorganisation und Potenzialentfaltung und kriegen eine echte Augenhöhe mit den Schulen hin."

Wir gingen sehr gut gelaunt zu unserem Termin in der Unternehmensberatung. Sie hatten einen sehr spannenden Ansatz ausgetüftelt, auf den wir uns nach ein paar Anpassungen gut einigen konnten. Am Ende des Tages verkündete der Besitzer: „Ja, hier werden wir investieren." Und ich sprang spontan von meinem Stuhl auf und umarmte ihn. Er war sichtlich verblüfft, aber auch sehr gerührt und wir alle freuten uns auf die lange Zusammenarbeit, die uns erwartete. An nur einem Tag hatten wir herausgefunden, wie, was und womit wir in Zukunft arbeiten würden.

Kapitel 49:

„Ich bin jetzt stark genug für meine Todesangst."

„Heute will ich über nichts urteilen, das geschieht. Ich lasse die Schöpfung frei, sie selbst zu sein."

Das war meine Tagesaufgabe. So langsam gewöhnte ich mich an die seltsame Sprache des Kurses im Wundern und mein Gedächtnis wurde immer besser. Je tiefer ich mich mit der Aufgabe verband und sie wirklich in mein Herz ließ, desto verlässlicher blieb sie in meinem Bewusstsein. So ähnlich ging es mir mit meinen Konzepten ja auch. Nicht nur mein Körper, sondern auch mein Herz unterstützte mein Gehirn. Es war schön, diese Momente von Ganzheit zu erleben, denn noch immer flüchtete ich manchmal vor meinen körperlichen Symptomen oder emotionalen Überlastungen einfach in meinen Kopf. Die absolute Ausrichtung auf Frieden, Vergebung und Liebe half mir, diese turbulente Zeit durchzustehen. Auch „Geben und Empfangen sind in Wahrheit eins.", „Niemand kann scheitern, der die Wahrheit zu erreichen sucht." oder „Ich vertraue meinen Brüdern. Sie sind eins mit mir." gaben mir wirklich Orientierung. Natürlich konnte ich das kaum jemandem erzählen, klang es doch auf der Oberfläche so pathetisch, dass ich es lieber für mich behielt. „Kartoffelig" nannte es Kai und inzwischen verstand ich ein wenig, wie seine inneren Assoziationen arbeiteten. Pathetisch – Potato – Kartoffel. Ich lächelte – wie jedes Mal, wenn ich an das Wort pathetisch dachte. Bei dem Kurs jedenfalls ging es immer nur darum, sich täglich für ein bis zwei Minuten mit einem Gedanken zu verbinden, doch nach einigen Wochen tauchten meine Tageslektionen fast kontinuierlich auf und nicht nur in der anvisierten Minute. Langsam fand ich wieder einen Zugang zu dem Teil in mir, der mit allem verbunden und in Frieden war.

Christa war mein häufigstes Trainingsobjekt, da ihre durchaus freundliche, aber herablassende Art mir am schnellsten den Boden unter den Füßen wegzog. Noch schlimmer war es für mich, wenn sie das mit den anderen machte. Immer häufiger schickte sie uns ihren Assistenten, um auf uns aufzupassen und das Schlimmste zu verhindern. Meine Vermutung, dass sie uns gar nichts zutraute, schien zu stimmen. Doch sie war nicht die Einzige, die mich aus meiner Mitte katapultierte. Fast täglich wirbelte mich etwas einmal durch. Ich kam aber schneller zu mir zurück und meine Prioritäten bezogen sich eher auf die Innen- als die Außenwelt. Auch Kai war sichtlich erleichtert, dass es mir zwar oft schlecht ging, aber nicht wesentlich schlechter als vorher, obwohl ich mindestens das Dreifache leistete.

Im Team hatten wir den Begriff „Kommunikationsexil" eingeführt: Phasen, in denen ich zwar arbeitete, aber allein. So konnte ich mein Nervensystem wieder zur Ruhe kommen lassen. Doch diese tägliche spirituelle Praxis war tatsächlich bisher das effektivste Medikament, das ich ausprobiert hatte – und ich hatte sehr viele Heilmethoden getestet. Ich hatte für die Wirkung genauso wenig Sprache wie für meine Symptome, aber ich hatte ein Zuhause in mir selbst gefunden, in dem ich schneller regenerieren konnte und in dem ich sicher war.

So traute ich mir schon ein paar weitere Begegnungen zu als nur im Arbeitskontext.

Jetzt waren meine Malfrauen zu Besuch. Wir trafen uns seit Jahren etwa alle sechs Wochen zum Malen, weil wir es allein einfach nie machten und es uns allen so guttat. Ich erzählte ein wenig von meinen Fortschritten mit dem Kurs in Wundern. Sie verstanden nichts, freuten sich aber für mich. Iveta, die ganz am Anfang meiner Arbeitsexperimente mit mir an der Hochschule gearbeitet hatte, erzählte auf ihre quirlige Art von dem letzten Lehrgang in ihrer Tantra-Ausbildung. Ich betrachtete sie, während sie sprach. Seit zwei Jahren widmete sie sich nun intensiv den tantrischen Lehren und sie hatte sich wirklich sehr verändert. Sie war so stark geworden. Sie hatte keinerlei Tendenzen mehr, das kleine Mädchen zu spielen. Sie war immer noch genauso lebendig und umsorgend, doch sie traute sich in ihre komplette Größe und die Frau, die einmal wie ein Girlie gewirkt hatte, changierte scheinbar zwischen den Geschlechtern. Sie war manchmal ganz Frau und manchmal ganz Mann – in beidem sicher und präsent. Während wir malten, dachte ich über ihre Entwicklung nach. Es war viel Zeit vergangen, seit sie mein erstes gescheitertes Arbeitsexperiment an der Uni begleitet hatte. Ihre Kraft schien jede Zelle ihres Körpers füllen zu dürfen. Ich wiederum traute mich nie in meine ganze Größe oder nur sehr selten. Vor Jahren, noch lange vor der Erkrankung, hatte ich in einem Seminarhaus in einer Pause einmal eine kleine gestalttherapeutische Sitzung erhalten, als Veranschaulichung der Methode. Das Bild, das in mir entstanden war, war aus „Was Sie schon immer über Sex wissen wollten" von Woody Allen. Ich war eine riesige Monstertitte, die den Berg runterrollte und die entweder Menschen platt machte oder sie mit ihrer Milch abschoss. So fühlte ich mich tatsächlich sehr oft. Ich hatte so viel weibliche Energie in mir, dass ich ehrlich Angst hatte, anderen damit die Luft zum Atmen zu nehmen, wenn ich diese Macht nicht kontrollierte. Dennoch überzeugte mich Ivetas Wandlung, denn nichts an ihrer Kraft war bedrohlich – ganz im Gegenteil. Ob es auch für mich an der Zeit war, das auszuprobieren und meine Angst vor meiner eigenen Größe aufzugeben?

„Kai, ich glaube ich bin soweit", erklärte ich beim Frühstück.

GESTALTTHERAPIE

Gestalttherapie wurde von Frederick und Lore Perls sowie Paul Goodman entwickelt und geht davon aus, dass eine ganzheitliche „Gestalt" nur existiert, wenn alle Aspekte verbunden sind: das Zwischenmenschliche, Emotionale, Körperliche und Intellektuelle.

Die Gestalttherapie bildet dabei einen Experimentierrahmen, in dem geredet, aber auch Gedanken, Gefühle, Bewegungen oder Haltungen ausprobiert werden.

Die Gestalttherapeut:in versteht sich dabei mehr als Mitforschende:r, um gemeinsam herauszufinden, was die nächsten Schritte sind.

Der andere Fokus liegt auf Sicherheit und Mut, um die beängstigenden aber bereichernden Entwicklungsprozesse auch umzusetzen.

Dann wartete ich. Sollte er mich doch mal fragen, was ich meinte. Er gewann allerdings die Schweigewettbewerbe fast immer, obwohl er von seiner Teilnahme gar nichts wusste.

„Ich glaube, ich bin jetzt stark genug, mich mit meiner Todesangst auseinanderzusetzen. Ich möchte dieses Leben in konstanter Angst vor heftiger Überforderung nicht mehr führen. Ich muss an die Wurzel zurück."

Ich sah an seinem Blick, dass er das zwar überzeugend fand, aber keine Ahnung hatte, wie man sowas machte.

„Willst Du wieder in Therapie?" fragte er und ich freute mich, dass ich doch mal einen Schweigewettbewerb gewonnen hatte.

„Nein, ich habe mir Ivetas Tantralehrer angeguckt. Alles, was ich in den letzten Jahren über sie gehört habe, überzeugt mich absolut. Sie arbeiten auch schamanisch und haben ein Seminar zu Tod und Wiedergeburt. Es ist auf Polnisch mit französischen Übersetzungen. Zehn Tage sind sehr viel, aber ich glaube, ich kriege das hin, da ich ja mit den Leuten gar nicht so viel reden kann. Es ist ja mehr körperlich als verbal. Außerdem ist es auf einem polnischen Berg mitten im Nichts. Ich habe also genug Natur. Ich möchte das probieren."

„Du willst Dich überfordern, um weniger überfordert zu sein?", fragte er sicherheitshalber nochmal nach.

Klar, warum nicht. Gleiches mit Gleichem heilen war doch auch in der Homöopathie das Grundprinzip.

Plötzlich verband sich mein Körper wieder mit dem Rest von mir und mir kamen sofort die Tränen.

„Kai, ich kann nicht mehr. Ich habe seltsame Mechanismen gefunden, wie ich meine Symptome emotional von mir fernhalte. Aber das ist kein Leben – immer abgesplittet zu sein und immer Angst zu haben, dass irgendetwas meinen Körper so triggert, dass die ganze Welle aufgestauter Symptome auf mich einstürmt. Ich weiß, das stimmt wahrscheinlich nicht, aber es fühlt sich wirklich oft so an, als könnte ich daran sterben. Das ist schon das Maximum, das ich aushalten kann. Mehr geht einfach nicht. Und es ist wahrscheinlich nur ein kleiner Tropfen, der noch fehlt, bevor … Ja weiß ich auch nicht, aber etwas wirklich

Schlimmes passiert."

Puh, das war jetzt aber aus einer unerwarteten Tiefe heraufgekommen. Schnell koppelte ich meinen Körper wieder ab. Ich würde mich diesen Gefühlen stellen, aber nicht hier, sondern mit Hilfe polnischer Schaman:innen.

Kapitel 50:

„Der Tod ist mein Freund."

Ich wälzte mich auf den Bodendielen irgendwo auf einem polnischen Berg. Die erste Übung wies uns an, mit so vielen Teilen unseres Körpers Bodenkontakt zu haben wie möglich und jedes Mal, wenn wir unsere Gedanken bemerkten, unseren Scheitel auf den Boden zu drücken. Ich war sehr konzentriert. Die Übung dauerte so lange, dass ich komplett in mich abtauchte und richtig Zeit hatte, meine Mechanismen der Körperflucht zu betrachten. Als die Zeit um war, wachte ich wie aus einer Trance auf, sah mich um und … die Hälfte aller Leute im Raum war nackt. Nach einer Mini-Schocksequenz gelang es mir, mein „Alles ist ok und ganz normal"-Gesicht aufzusetzen. Die meisten Menschen mit intensiven interkulturellen Erfahrungen haben so ein Gesicht und meins funktionierte immer so gut, dass es auch nach innen wirkte. Ich wurde ruhiger und beschloss meinen Fluchtinstinkt in der Pause anzusehen. Es war mir peinlich, dass ich jetzt schon wegwollte. Ich kam allein gar nicht von diesem Berg runter. Ich würde mich erklären müssen. Doch in dieser Welt war sicher mein mangelnder Wille mit Nacktheit von Fremden umzugehen nicht sonderlich gut angesehen. Na gut, ich würde es versuchen. Es hatte ja schließlich keinerlei Aufforderung dazu gegeben. Die Leute taten es freiwillig. Solange niemand von mir forderte, mich auszuziehen, würde ich sicher damit klarkommen. Plötzlich musste ich laut lachen: Sie waren so sonderbar, dass eigentlich nichts, was ich tun konnte, peinlich sein musste. Ich hatte Narrenfreiheit. Während sie also nackt tanzten und schrien und ihre Wildheit in vollen Zügen auslebten, konnte ich wunderbar in mich abtauchen. Dass ich kaum etwas verstand, war zudem genauso hilfreich, wie ich es erhofft hatte. Ich fühlte mich frei und sicher. Ich sah, wie die Lehrer:innen und Assistent:innen hochprofessionell alles auffingen. Sie würden mich auch mühelos emotional auffangen, falls ich es brauchte. Ich war quasi auf Anfänger:innen-Niveau.

Zu meiner Überraschung mochte ich den Tod – sehr sogar. Während in den Meditationen zur Begegnung mit dem Tod die Leute neben mir zusammenbrachen, heulten und sich teilweise erbrachen, fühlte es sich für mich eher an, als würde ich Zeit mit einem alten Freund verbringen. Ich wäre sofort mit ihm gegangen, hätte er es gewollt. Das unendliche Maß meiner Erschöpfung wurde deutlich. Alles, das mir eine echte Pause versprach, war verlockend. Der Tod erschien mir die perfekte Pause – eine Pause ganz nach meinem Geschmack: Im Kontakt mit dem Tod war alles klar, alles wahr. Meine ganzen Selbstzweifel verschwanden und die Unsicherheit darüber, wann etwas stimmte und wann ich mir etwas vormachte. Ich genoss den Berg und die Zeit mit der echten Mila und ihrem Kumpel Tod in vollen Zügen.

Nach sieben Tagen war der Tag des Sterbens gekommen. Schon den ganzen Tag waren stündlich Leute mit einem Gong herumgegangen und hatten „Noch 7 Stunden bis zum Sterben" und später „Noch 6 Stunden bis zum Sterben" gerufen. Wir saßen nun in Abendkleidung um ein Gala-Bankett – das letzte Mahl vor dem Tod. Ich fühlte mich schrecklich unwohl. Ich hatte Angst. Ich hatte nur eine vage Ahnung von der Methode, mit der wir sterben würden und war sehr unsicher, ob mein Nervensystem das überstehen würde. Ich spürte, wie sich eine alte Unsicherheit in mir ausbreitete. Ich war wieder die uncoole Jugendliche, umgeben von glücklichen und lauten Partygänger:innen, die einfach nicht dazugehören konnte. Ich wollte weg. Ich wollte nicht lachen und feiern. Ich wollte schlafen. Ich stand vorsichtig auf und spürte den Anfall in mir aufsteigen. Ich hatte gerade noch die Zeit, mich auf den Boden neben dem Tisch zu legen, als es losging. Irgendwann entdeckte mich auch jemand. Sie alle waren so in ihrer eigenen überfeierten Angst verloren, dass sie nichts wahrnehmen konnten. Sofort war Gaya, die Lehrerin, neben mir. Ganz ruhig drückte sie Akupunkturpunkte, was tatsächlich half und sprach leise mit mir. Sie hatte keinerlei Sorge oder Berührungsängste. Es war wunderbar, dieses Gefühl der Normalität, das sie mir vermittelte. Sonst musste ich immer die anderen trösten, wenn es mir schlecht ging. Eine andere Frau legte sich neben mich und spiegelte meine Zuckungen, was ich sehr seltsam fand, mich aber irgendwie auch beruhigte. Der klare Teil von mir wusste, dass dies mein Sterben gewesen war. Ich hatte in der Öffentlichkeit einen Anfall gehabt. Das, was ich seit Jahren zu verhindern versuchte. Und diese beiden Frauen blieben bei mir und schafften es tatsächlich, mich sicher aufzufangen.

Nach dem Anfall kam die Scham. Ich war mir außerdem ganz sicher, dass ich nicht nochmal sterben wollte, wusste aber nicht, wie ich das sagen sollte. Ich verfiel in die Strategien meiner Kindheit zurück und übertrieb meine sichtbaren Symptome. Ich hatte früh gelernt, dass meine diffusen Symptome nicht verständlich waren, noch lange vor der Tumordiagnose. Was die Leute verstanden, war aber beispielsweise Humpeln. Tatsächlich hatte ich mit meinem Trainer jahrelang geübt, die Muskelausfälle in meinen Beinen zu kompensieren. Ich konnte mit Konzentration und Bewusstsein eigentlich fast alles. Doch jetzt kroch ich, gut sichtbar humpelnd und gestützt auf einen anderen Teilnehmer, die Treppe hoch und bemerkte dabei den Blick des Lehrers auf mir. Ich spürte, wie mein Ertapptsein für einen Moment durch meine Augen huschte. Ich wusste, dass er es gesehen hatte. Wieder einmal hatte ich es geschafft, dass mir jemand nicht glaubte. Nun konnte ich beim besten Willen den Raum nicht verlassen, denn für ihn war klar, dass ich mich nur drücken wollte. Gaya hatte dafür gesorgt, dass ich nicht mitmachen musste, doch ich würde wenigstens anwesend sein. Während Leute neben mir hechelten und von Trommeln immer mehr angepeitscht wurden, hielt ich es irgendwie aus, dass mein Nervensystem direkt nach einem Anfall komplett mit Gefühlen und Geräuschen überanspruchts wurde. Dieses Mal verließ ich jedoch bei den Symptomen meinen Körper nicht, sondern tauchte tief ein. Zum ersten Mal lernte ich, dass es die Verbindung mit meinen Symptomen war, die mir die Kraft gab, sie aufzulösen. Es gab kein Wegrennen. Ich musste sie spüren, sie zulassen, sie durchleben.

Am nächsten Morgen weckte Gaya mich in meinem Zimmer mit einem süßen Trank des neuen Lebens und ich rannte sofort ins Bad, um mich zu übergeben. Ich schloss nicht einmal mehr die Tür, so groß war mein Vertrauen in sie geworden.

„Ich habe keinen Mut mehr", weinte ich in ihren Armen.

Sie streichelte mich.

„Es ist ok", versicherte sie mir immer wieder. „Finde das, was für Dich richtig ist."

So ging ich raus und lief los, immer den Berg hinauf. Ich wollte raus aus diesem Kraftfeld des Wahnsinns. Ich wollte so weit weg, dass ich sie nicht mehr spüren konnte. Ich rannte fast, so wütend war ich auf diese Menschen, die scheinbar grenzenlose Kraft für Irrsinn hatten. Irgendwann war es dann endlich so weit. Ich hatte den Raum verlassen, in dem das Seminar noch Bedeutung hatte. Ich verließ den Weg und ging mit geschlossenen Augen barfuß durch ein Distelfeld. Ich wusste, dass die Natur mir nicht wehtun würde. Ich hatte ein Vertrauen in die Natur, das ich so noch nie gespürt hatte. Ich lag stundenlang nackt im Gras und sah dabei zu, wie kleine Käfer über meinen Bauch krabbelten. Ganz langsam und wenig bekleidet ging ich über die Wiesen zurück, barfuß durch Matsch und Bäche. Das war es. Es war die Natur. Nicht das Betrachten der Natur, sondern der direkte Kontakt. Wenn ich nicht auf der

Natur sondern in ihr war, weiteten sich meine Symptome aus. Sie verteilten sich auf das Umfeld und ich musste sie nicht allein in meinem Körper beinhalten. Ich konnte etwas abgeben.

Als ich zurückkam, saß Gaya auf den Stufen vor dem Haus und strahlte mich an.

„Ja, die Kommunion mit der Natur ist wirklich Deins."

Erst am letzten Tag ging ich wieder in die Gruppe zurück, bis dahin wohnte ich in Feldern und Wäldern. Zum Abschied gab es den Tanz der Derwische und zu meiner Überraschung drehte ich mich problemlos eine halbe Stunde im Kreis. Als eine der wenigen hielt ich bis zum Ende durch. Als ich dann auf dem Bauch lag und meinen Schwindel durchziehen ließ, wusste ich, dass ich tatsächlich wiedergeboren war. Ja, ich freute mich jetzt auf mein Leben, denn in der Natur hatte ich eine Verbündete gefunden, von der ich nicht gewusst hatte, dass es sie gab. So folgte ich auch den Empfehlungen, zuhause nicht gleich ins Haus zu gehen, sondern zunächst noch am Feuer den Übergang bewusst zu gestalten. Kai und Chloë saßen die halbe Nacht mit mir am Feuer, hörten meinen Geschichten zu und sahen mich fasziniert an.

„Mama, da hat sich wirklich etwas verändert", sagte schließlich mein weises Kind. „Ich bin gespannt, wie sich das im Alltag zeigen wird."

Kapitel 51:

„Werden Sie mich online zerreissen?"

Ich kam aus Berlin zurück, zog sofort die Schuhe aus und legte mich flach auf den Bauch auf meine Wiese. Warum mussten nur alle Projekte immer in den Städten stattfinden? Ich war doch sicher nicht die Einzige auf der Welt, der die Natur guttat? Ich hatte vor kurzem gelesen, dass es jetzt Seminare mit dem Namen „Earthing" gab. Im Wesentlichen zahlten Menschen dafür, dass sie barfuß über Wiesen gingen. Warum konnten wir das nicht einfach während der Arbeitszeit tun?

Wochenlang war ich der Unternehmensberatung hinterhergelaufen, um herauszufinden, wie es jetzt weiterging. Sie hatten meine E-Mails und Anrufe nicht beantwortet und dann war endlich eine E-Mail gekommen.

„Wir haben alles noch einmal geprüft und sind zu dem Schluss gekommen, dass sich eine Investition in diesem Bereich nicht lohnt", schrieben sie.

Keine Entschuldigung, keine Gesprächseinladung, kein freundlicher Abschluss. Es war vorbei. Seltsamerweise war ein Teil von mir erleichtert gewesen. Mir war das alles zu groß. Wir lebten jetzt schon mit den Konsequenzen des zu schnellen Wachstums. Ich dachte, dass es für die Initiative besser war, langsam und gesund zu wachsen als Millionen auszugeben und am Ende einen Riesenbetrieb gegen die Wand zu fahren. Es war ja auch nicht so, als würden uns die Schulen die Bude einrennen. Wozu dann die Millionen? Ich reagierte auf diesen Größenwahn mit immer stärkerer Müdigkeit. Bei Äußerungen wie „Wir müssen alle Schulen in Deutschland erreichen" konnte ich kaum meinen Kopf aufrecht halten, geschweige denn mein Interesse und meinen Enthusiasmus vorheucheln. Es ergab für mich einfach keinen Sinn, dass Menschen fanden, dass sie das Recht hatten, das „Beste" für alle zu bestimmen. Wir sprachen über Potenzialentfaltung und wollten doch für alle dasselbe, das auch noch wir festlegten?

Später schaltete ich nochmal meinen Computer an. Morgen würde unser erster MOOC anfangen und ich wollte mich noch einmal vergewissern, dass wirklich alles bereit war. Irgendwie hatte dieser MOOC vieles ins Rollen gebracht: Karla und ich hatten uns durch ihren Wunsch, daran teilzuhaben, kennengelernt. Die Unzufriedenheit mit der Entscheidungsfindung im Team hatte sich daran aufgehängt. Georgs Unzufriedenheit damit, dass seine Wünsche nicht umgesetzt wurden, war hier noch einmal sehr sichtbar geworden. Meine Rolle hatte sich verändert, da ich zum ersten Mal nicht nur hilfreich zur Seite stand, sondern auch ein eigenes Produkt durchsetzen wollte. Nun ging der Online-Kurs tatsächlich los und so viel hatte sich verändert: Wir waren nur noch ein sehr kleines Team. Die Entscheidungsfindung war ganz einfach geworden. Ich war inzwischen sogar offiziell Leitung an Georgs Seite – was auch immer das bedeutete. Nur an der Art, wie Christa und Helmut mit mir umgingen, war noch immer deutlich, dass sie mich weiterhin nur als eine Verlängerung von Georg sahen, als seine Assistentin, die netter war als er.

Der Start des MOOC symbolisierte fast den Anfang einer neuen Ära. Ich öffnete also die Kursplattform und mir wurde schlecht: Es gab fast 5.000 Anmeldungen. Ursprünglich hatten wir entschieden, dass wir den Kurs ab 100 Teilnehmenden stattfinden lassen würden. Wie war das passiert?

Karla antwortete sofort auf meine Frage: „Wir haben es auf Helmuts Facebook-Seite geteilt. Da er als ‚Star' auch dabei ist, haben sich viele seiner Fans angemeldet."

Ich saß ganz still. Heute um Mitternacht würde ein Kurs freigeschaltet, in dem 5.000 Personen Videos von mir sehen würden – im Internet, einem der gemeinsten Pflaster dieser Welt. Die ganze Zeit hatte ich mich auf die Erstellung der Inhalte konzentriert und überhaupt nicht darüber nachgedacht, dass ich es war, die sichtbar wurde. Nun liefen vor meinem Auge die Kommentare der teilnehmenden Lehrer:innen ab, wie sie meine Inhalte, meine Rechtschreibung und meinen Zugang zu Bildung zerrissen. Würde es mir gelingen, das nicht persönlich zu nehmen? Ich rannte zum Klo und erbrach mich. Das war eindeutig nach einem Tag in der Stadt zu viel. Ich ging ins Bett und versteckte mich hinter drei Folgen irgendeiner Serie, die mich gerade genug interessierte, um meine Aufmerksamkeit zu halten.

Kapitel 52:

„Unfassbar: Ich unterrichte wieder!“

Ich saß nun glücklich vor meinem Rechner und las alle neuen Kommentare im MOOC. Ein paar neue Teilnehmer:innen waren dazu gekommen und regten sich wie die anderen vor ihnen über die roten Smileys auf. Es war so süß, wie sehr es die Lehrer:innen verwirrte, wenn sie nicht auf Anhieb die richtigen Antworten bei den Quizfragen gaben. Es war aus vielerlei Hinsicht amüsant: Einmal, weil es um gar nichts ging. Sie konnten es so oft versuchen, wie sie wollten und es hatte keinerlei Auswirkungen auf Teilnahmebestätigungen oder ähnliches. Zum anderen nutzte ich die Quizfunktion mehr als Witz. Die falschen Antworten waren in der Regel einfach nur Schwachsinn, der mich amüsierte. So war doppelt klar, dass die Quizfragen nicht wichtig waren. Dennoch nutzten viele ihre kostbare Zeit, um sich darüber aufzuregen, dass eine neue Lernkultur Menschen nicht mit roten unglücklichen Smileys bestrafen dürfe.

„Es tut mir leid, dass Dich das irritiert“, schrieb ich zum hundertsten Mal. „Spannend aber, dass es eine solche Wirkung hat, wenn man bedenkt, dass Du selbst oftmals in der Position bist, Noten zu vergeben, die durchaus Einfluss haben. Was denkst Du, woran liegt es, dass Dir das so an die Nieren geht?"

Ich war mutiger geworden. Ich traute mich immer öfter in den echten Dialog und war ehrlich. Ich las die Kommentare der Leute, die mit mir in der aktuellen Kurswoche arbeiteten.

„Wow, danke", schrieb ich. „Über diesen Aspekt habe ich noch nie nachgedacht."

Ich lernte so viel aus dem Schulalltag, das später unseren Schulen zugutekommen würde. Wie blind wir wohlmeinende, selbsternannte Schulhelfer:innen doch oft waren. Christa hatte schon teilweise recht mit ihrer Kritik an unserer Unerfahrenheit.

„Ich freue mich riesig für Dich. Das ist ja ein Riesenschritt vorwärts für Eure Schule", feierte ich den Erfolg einer Teilnehmerin mit, die zum ersten Mal eine Schulversammlung zu neuen Formen des Lernens moderiert hatte.

Nichts Schlimmes war online passiert. Ein paar Mal wurde meine Rechtschreibung korrigiert, aber das hatte ich erwartet und jetzt wusste ich wenigstens, dass man Reflexion mit x schrieb. Ansonsten waren alle sehr freundlich zueinander und auch zu mir. Sie freuten sich, dass ich wirklich da war, sie wahrnahm und so gut ich konnte, unterstützte. Drei Monate arbeiteten wir zusammen. Das war eine lange Entwicklungszeit für Mensch und Schule. Wenn sich jemand auch nur ein wenig im Ton vergriff, kümmerte sich sofort jemand respektvoll und bestimmt darum. Ich musste gar nichts tun und fühlte mich fast geborgen in dieser lernenden Gemeinschaft. So war meine Sicherheit kontinuierlich gewachsen. Ich zeigte mich immer mehr online und wurde in meinen Rückmeldungen immer ehrlicher. Erstaunlicherweise konnte ich in dieser großen Gruppe tatsächlich in Beziehung treten, was ich so nie erwartet hatte.

Chloë zeigte seit einiger Zeit ehrliches Interesse an meiner Arbeit und daran, wie ich es trotz Einschränkungen schaffte. Sie war älter geworden, die Pubertät war fast vorbei und sie wurde nicht mehr jedes Mal trotzig und wütend, wenn es mir schlecht ging.

„Ich hätte nie gedacht, dass ich wirklich mal wieder unterrichten würde", erzählte ich ihr.

Ich war so gerührt und glücklich, dass uns beiden die Tränen kamen. Ich empfand einen gelegentlichen Tag Workshop nicht als Lehre. Für mich hatte Lehre mit langfristiger Begleitung zu tun und ich dachte nicht, dass ich das jemals wieder schaffen würde. Ich hatte auch nicht erwartet, dass so etwas im Internet möglich war. Für mich war E-Learning bisher so etwas wie eine Ablage von Texten und Videos gewesen. Ich erlebte zum ersten Mal eine echte Community.

„Ich beginne, sie zu kennenzulernen. Es zeigen sich nicht alle 5.000 Menschen. Tatsächlich sind es etwa 150, die wirklich ihre Erfahrungen in den Aufgaben teilen, wovon alle profitieren. Ich lerne nach und nach ihre Geschichten kennen und sie öffnen sich immer mehr mit ihren Fragen und auch schlechten Erfahrungen. Es macht gar nichts, wenn ich mal zwei Tage nicht vorbeikomme, denn sie unterstützen sich gegenseitig."

Jetzt liefen mir die Tränen über die Wangen. Es war das erste Mal seit langem, dass ich wirklich das Gefühl hatte, Menschen bei etwas Realem, Nachhaltigem zu unterstützen.

„Georg hatte recht mit seinen Annahmen über das Netz. Wir haben das Rätsel geknackt, das wir uns am Institut selbst aufgegeben haben. Hier funktioniert der Transfer, weil sie direkt im Kurs umsetzen und nicht erst später. Chloë, hier passiert etwas. Hier verändern sich gerade wirklich Schulen und bieten Kindern echte Entfaltungsmöglichkeiten."

Chloë war wie immer ein wenig neidisch. Sie hatte stark mit dem Thema Langeweile in der Schule zu tun und wollte so gerne auch neue Lernformen ausprobieren.

„Das, was Du hier tust, ist wirklich wichtig. Ich bin stolz darauf, eine Mutter zu haben, die sich für das Gute engagiert." Jetzt war es vorbei. Die Tränen der Rührung flossen in Strömen. Ich war glücklich und unendlich dankbar. Ich fühlte mich gar nicht wie eine Person mit Behinderung, der andere einen Gefallen taten und sie mitarbeiten ließen. Ich fühlte mich wie jemand, der wirklich einen Beitrag leistete – überhaupt nicht eingeschränkt durch nicht planbare Symptome.

Als ich einen Artikel zu asynchroner Kommunikation las, fand ich Worte für meine Glückseligkeit. Die Asynchronität war der Schlüssel. Ich musste nicht am Tag X um Uhrzeit Y fit sein. Ich konnte mich an schlechten Tagen einfach nicht einloggen. Niemand erwartete, dass ich immer da war. Ich musste mich dafür nicht entschuldigen. Das war einfach der normale Modus des Online-Mediums. Meine Einschränkungen spielten in der Asynchronität tatsächlich keinerlei Rolle. Ohne das schlechte Gewissen und den Wunsch in schwierigen Bedingungen durchzuhalten, musste ich mich auch nicht überfordern. Arbeiten hatte wieder Leichtigkeit.

Ich begann zu recherchieren, welche Erkenntnisse es bereits gab zur Erleichterung vom (Arbeits-)Alltag kranker Menschen durch asynchrone Kommunikation. Doch wie immer ging es bei Gesundheit und Krankheit nicht um den Alltag, sondern nur um die Krankheit. Aus Sicht der Forschung war asynchrone Kommunikation ein Geschenk für kranke Menschen, weil es die Kommunikation der Ärzt:innen untereinander unterstützte. Außerdem konnten vielbeschäftigte Ärzt:innen dank E-Mails und Foren Zeit sparen und auf die Fragen der Menschen eingehen. Offenbar war es eine sehr verbreitete Idee, dass kranke Menschen keine anderen Aufgaben im Leben hatten, als sich mit ihrer Krankheit zu befassen. Ärzt:innen wurden dadurch zu den eigentlichen Hauptpersonen, denn sie waren die Retter:innen, die uns aus der Krankheit erlösen würden. Ich fühlte mich aber gar nicht als Prinzessin in Not und erlebte Ärzt:innen auch nicht als Menschen, die den Drachen erlegen wollten. Ich schrieb das Thema „Asynchronität als Lösung für Kranke“ daher auf meine innere Liste von Beiträgen, die ich irgendwann wohl selbst schreiben würde, wenn ich denn einen Ort für ihre Veröffentlichung finden würde.

KAPITEL 53:

„WAS IST DENN BLOSS EINE ROLLE?"

Karla, Leah und ich saßen auf dem Fußboden in unserem Büro, umgeben von vollgekritzelten Flipchartblättern. Ich hatte die wichtigsten Aspekte von Reinventing Organizations, dem Buch, das mich so begeistert hatte, in fünf Seiten Organisationsmodell übersetzt. Dort stand, dass wir mit verteilten Rollen arbeiten würden und jede in ihrer Rolle alles entscheiden durfte und auch musste, nachdem sie Beratung von Betroffenen und gegebenenfalls Expert:innen erhalten hatte. Das erschien uns extrem einleuchtend und wir gingen davon aus, dass es schnell gehen würde, unsere Rollen zu definieren.

Nach zehn Minuten hatten wir alle Bereiche aufgeschrieben, für die wir uns zuständig fühlten. Wir waren verwirrt, denn tatsächlich waren wir nie allein zuständig, sondern immer mindestens zu zweit. Das konnte also keine Rolle sein. Wir begannen alternativ alles aufzuschreiben, was wir so taten. Nun hatten wir etwa zweihundert Aufgaben auf dem Papier, mit Farben und Pfeilen und Verknüpfungen und wurden langsam ungeduldig.

„Mila, Du hast Dich doch damit befasst. Was ist denn nun um Himmels willen eine Rolle?", fragte Karla bemüht freundlich. „Das kann es doch auch nicht sein. Das ist doch viel zu viel!" Sie hatte recht. Ich war mindestens ebenso verwirrt.

Ich hatte im Vorfeld viel gelesen und viele Videos gesehen. Zum Thema Rollen ging der Autor Frederic Laloux in seinem Buch vorrangig auf Organisationen ein, die mit einer Arbeitsweise namens „Holokratie" arbeiteten. Ich hatte mich also damit beschäftigt und beim Lesen und Zuhören durchaus das Gefühl gehabt, das alles zu verstehen. Aber in der Übertragung merkte ich schnell, dass ich keine Ahnung hatte.

„Tja", lachte ich, „wenn wir die Theorie nicht verstehen, müssen wir uns selbst etwas ausdenken."

Leah und Karla sahen sich einen Moment verwirrt an und ich konnte sehen, wie sie ihre To-do-Listen des Tages innerlich in die Schublade legten. Nun gut, das würde dauern, aber wir waren alle bereit, den Preis der Freiheit zu zahlen. Wir mussten dieses Rätsel knacken.

„Fang doch mal damit an, dass Du uns erzählst, was Du verstanden hast", schlug Leah vor.

„Ok", stimmte ich zu, „aber darf ich bitte sprechdenken? Ich bin nicht mal sicher, ob einige der Dinge, die ich dann erzähle, wirklich zum Thema Rolle relevant sind."

Sie lachten mich ein wenig aus, weil ich mich noch immer so unter Druck setzte, so effizient und hilfreich wie möglich zu sein.

„Mach einfach", sagte Karla und nun schmunzelte ich. Ihr Leitspruch „Einfach machen" passte wirklich immer.

„Also, der Typ – der Erfinder der Holokratie oder Holakratie, das schreibt irgendwie jeder anders – ist geflogen, so selbst als Hobby-Pilot und irgendeine Lampe ist angegangen. Er hat dann die anderen Lämpchen überprüft und beschlossen, dass bei etwas Schlimmem ja wohl die anderen auch angehen würden. Dann ist er fast abgestürzt. Im Nachhinein ist ihm aufgefallen, dass das in seinem Unternehmen auch so ist. Ein Einzelner hatte keinerlei Möglichkeit, die Katastrophe aufzuhalten, selbst wenn er sie mit klarem Auge erkennen konnte. Also hat er lange über die Ermächtigung des Einzelnen nachgedacht und sich etwas überlegt. Im Wesentlichen ist es organisierte Selbstorganisation."

Ich konnte an Karlas Blick sehen, dass ihr das schon wieder zu

HOLOKRATIE

Die Holokratie (oder Holakratie) beschreibt ein von Brian J. Robertson erdachtes Organisationsmodell, das statt mit Hierarchien mit Rollen und Kreisen agiert. Jeder Teil der Organisation arbeitet selbstständig und trägt seinen Teil zum großen Ganzen bei (holos=das Ganze und kratia =die Herrschaft).

Der Grundgedanke ist, dass sich jede:r Mitarbeiter:in selbst eine oder mehrere Rollen wählt, die sich nicht mit der Rolle einer anderen Person überschneiden darf. Kommen mehrere Rollen zusammen, entsteht ein Kreis. Im Gegensatz zur klassischen Aufbauorganisation müssen Mitarbeiter:innen jedoch nicht einem festen Kreis zugeordnet sein, sondern können mehrere Rollen in verschiedenen Kreisen einnehmen.

Konflikte, als Spannungen bezeichnet, sind wichtiger Entwicklungs-motor in der Holokratie. Sie sind essentielle Hinweise darauf, dass Rollen nicht sauber voneinander abgetrennt sind. Jeder Konflikt führt daher in eine Rollenklärung, die die Organisation als Ganzes effizienter macht.

Die Holokratie lebt von der disziplinierten Einhaltung ihrer Regeln und von Abstimmungen in Meetings: *Tacticals* für die Ziele der Woche, *Issue-Specific Meetings* für konkrete Themen und *Governance Meetings* über die Grenzen der Kreise hinweg.

viel Info war. Was genau machte man denn damit? Leah hatte eher Freude an den eingewebten Widersprüchen, also mutete ich Karla noch ein wenig Grundsätzliches zu.

„Er stellt das klassische System des Planens und Kontrollierens komplett in Frage. Also Strategie und Ziele und Controlling und all das. Er sagt, es ist, als würde man versuchen, mit geschlossenen Augen auf gerader Linie Fahrrad zu fahren. Tatsächlich haben wir ja keine Ahnung, was im Laufe der Zeit passieren wird und worauf wir reagieren müssen."

Super, die Grundsätze hatte ich glaube ich tatsächlich verstanden. Sie entsprachen aber eben auch einfach meiner Denkweise.

„Er nimmt auch das Streben nach Perfektion aus dem System. Es ist wichtiger, so schnell wie möglich eine machbare Entscheidung zu treffen, als ewig auf eine perfekte zu warten."

Jetzt war Karla hellwach.

„Einfach machen!", rief sie.

„Einfach machen", lachten Leah und ich.

„Das ist wie bei Watzlawick mit der Patendlösung, die es nicht gibt – also die eine Entscheidung, die dann das Problem ein für alle Mal löst", erinnerte sich Leah.

„Genau", nahm ich den Faden wieder auf, „es geht also einerseits darum, dem Einzelnen die Möglichkeit zu geben, das Beste für die Organisation zu tun und andererseits darum, schnell Entscheidungen zu treffen, die ins Handeln führen. Dabei schaut man immer wieder, ob der Weg noch der richtige ist."

„Und die Rollen?", erinnerte mich Karla sicherheitshalber an das eigentliche Thema.

„Warte, jetzt beginnt das, was ich nicht so verstehe", merkte ich, als ich ansetzen wollte. „Also es gibt Kreise statt Hierarchien und in jedem Kreis gibt es jemanden, der für die Verzahnung mit dem anderen Kreis zuständig ist."

„So groß sind wir ja nicht. Im Moment arbeiten ja nur wir", stellte Leah fest und verstand, warum es für uns vielleicht nicht relevant war. „Innerhalb der Kreise ist es wiederum wichtig,

PATENDLÖSUNGEN

In seinem Buch „Vom Schlechten des Guten" führt Paul Watzlawick den Begriff der Patendlösung ein.

Im Wesentlichen sagt er, dass Menschen dazu neigen, ihre Wahrnehmung für die Wahrheit zu halten und daher selbstverständlich finden, dass sich andere nach ebendieser scheinbaren Wahrheit zu verhalten haben. Da es nur eine Wahrheit gibt, gibt es auch Patendlösungen, also Lösungen, die einzig richtig und vernünftig sind. So rennen die Menschen dadurch, dass sie ihre Meinungen für allgemeingültige Wahrheiten halten, ins Verderben. Denn so einfach ist die Welt nicht, dass es wirklich Patendlösungen geben würde.

In Geschichten beschreibt er verschiedene Muster, die uns zu Patendlösungen verführen: beispielsweise

- das Verlassen auf einseitige Informationen;
- die Suche nach Gewissheit,
- der Wunsch nach „mehr vom Guten";
- die Einschränkung auf Gut-Böse oder Ja-Nein;
- oder das Gefühl als Besitzer:in der Wahrheit zu allem ermächtigt zu sein.

dass die Steuerung gemeinsam gemacht wird. Aber im Operativen gibt es klare Zuständigkeiten – die Rollen – damit die Leute einfach selbst Entscheidungen treffen können. Das spart allen Zeit und Energie. Aber Ihr habt schon recht. Ich habe das nicht genau verstanden."

Wir waren still. Waren wir jetzt weiter?

„Ich hab's!", rief ich schließlich. „Lasst uns doch das ‚Allein entscheiden' als Kriterium nehmen. Wenn wir sagen, dass es keine Trennung zwischen Machern und Entscheidern gibt, definieren wir einfach Rollen selbst. Für uns ist eine Rolle das, was ich selbst tue und was ich selbst nach Beratung entscheide. Allein."

„Ok?"

Das Fragezeichen in ihren Stimmen war hörbar, doch so ganz langsam dämmerte es den beiden, worauf ich hinauswollte.

„Das heißt dann, wenn wir sagen, dass wir für etwas gemeinsam zuständig sind, müssen wir es so weit herunterbrechen, dass für die Einzelteile nur noch eine zuständig ist."

Ich merkte, wie sich in mir die Multidimensionalität des Themas aufmachte. Verschiedene konzeptuelle Ebenen tauchten auf. Die Implikationen wurden für mich deutlich. Jetzt musste ich weniger sagen. Aus Erfahrung wusste ich, dass ich das alles nicht sofort vermitteln konnte. Dass Konzepte in mir Platz nahmen, verstand niemand wirklich, doch dieses Körpergefühl kannte ich – ich hatte verstanden.

„Also Du und ich sind für die Finanzen zuständig", sagte Leah, „und ich möchte dafür auf keinen Fall allein zuständig sein."

Wir waren beide noch immer stark am Rechnen und Retten und so dankbar für die gemeinsame Arbeit.

„Das sage ich ja auch gar nicht. Aber wenn wir genau hingucken, dann arbeite ich eigentlich nur an der Budgetierung mit. Den Rest machst Du allein. Also gib mir die Rolle ‚Budgets' und Dir ‚Abrechnung' oder so."

„Mein Gott, jetzt hat sie's", sang es in meinem Kopf. Wie

wurde man einen My Fair Lady Ohrwurm wieder los?

„Wir müssen einfach nur an den Stellen, an denen wir uns gemeinsam verantwortlich fühlen, genauer hingucken."

Karla war schon in die Aktivität gegangen. Sie holte Post-its und malte unsere Namen auf eine Pinnwand. Neben meinen Namen kam direkt ein Post-it mit „Budget". Wir guckten die Aufgabensammlung auf dem Boden an.

„Genaugenommen ist alles, was mit der Webseite passiert, meins, oder? Da brauche ich gar nicht so tausend Unterpunkte", bemerkte Karla.

„Der Blog ist meiner", merkte ich an. Sofort kriegte ich ein neues Post-it.

„Aber so sagt ja die Anzahl der Post-its gar nichts über den Umfang der Aufgabe aus", bemängelte Leah. „Du brauchst für die Blogs nur einen Bruchteil der Zeit als Karla für alles andere."

„Na und?", fragte ich uns alle. „Wer sagt denn, dass eine Rolle eine Maßeinheit ist. Es ist einfach nur das, wofür ich verantwortlich bin, was ich entscheide und umsetze."

Es gefiel uns. Nach und nach füllte sich die Wand mit Post-its und es war viel einfacher, als wir dachten. Wir bildeten nur die Realität ab.

„Was ist mit den anderen?", fragte Karla. „Also Georg, Christa, Thea und so?"

„Sie kriegen auch Spalten und können ihre Rollen definieren. Doch niemand sollte eine Rolle zugeschoben kriegen. Die kann man sich nur selbst nehmen."

Ich sprach, als hätte ich das lange durchdacht und als wäre es nicht erst vor Minuten in mir klar geworden. Ich hatte tatsächlich etwas verstanden, auch wenn es wahrscheinlich nicht Holokratie war, sondern eben unser eigenes Modell.

„Und was machen wir mit den ganzen Aufgaben von Anja und Alice, die wir nicht unterkriegen?", fragte Karla. „Es ist nicht realistisch, alles auf uns zu verteilen. Wir können das nicht alles machen – nur das Wichtigste."

„Und wer entscheidet, was das Wichtigste ist?", fügte Leah hinzu.

Das war für mich glasklar: „Jede für sich muss immer entscheiden, was gerade das Wichtigste ist, also wofür die eigenen Ressourcen eingesetzt werden sollten, um der Organisation am meisten zu dienen."

„Und all das, was wir nicht machen, das machen wir einfach nicht?"

„Schreib doch einfach unter unsere Namen noch ein Fragezeichen", bat ich Karla. „Da kleben wir alles hin, was gerade niemand macht. Es ist doch auch wichtig, das zu wissen. Dort können wir dann auch immer die Dinge hinhängen, die wir nicht mehr machen, weil aus unserer Sicht anderes wichtiger ist. Dann kann sich das jemand nehmen, der nicht einverstanden ist."

„Wow", begriff Leah, „dann müssen wir ja dauernd entscheiden, was gerade wichtig ist und was weniger."

Wir schwiegen. War das realistisch? Aber was sprach dagegen, es zu versuchen?

„Damit nehmen wir den Zwang zu Überstunden komplett aus dem System", freute sich plötzlich Leah. „Ich kann zu viel arbeiten oder bessere Prioritäten setzen. Das ist meine Entscheidung. Keiner kann mir etwas auf den Tisch legen, das ich sinnlos finde."

Still betrachteten wir unsere Wand und zerrissen die tausend Aufgaben, die auf dem Boden lagen. Ja, das, was da stand, war wichtig und machbar. Es war Zeit, um anzustoßen!

Im Zug auf dem Heimweg lächelte ich die ganze Zeit vor mich hin. Wir hatten es gefunden. Wir hatten ein Format entdeckt, in dem ich nie wieder etwas tun musste, das ich nicht selbst wichtig fand. Zudem war das ein System, in dem ich meinen Aufgabenbereich groß- und kleinfahren konnte, je nach gesundheitlichen Möglichkeiten. So paradox es am Anfang klang, aber wir hatten tatsächlich die Selbstorganisation organisiert und einen Weg gefunden, bei dem alle Menschen – auch kranke – gleichberechtigt im Rahmen ihrer Möglichkeiten mitspielen konnten. Endlich, endlich war es dasselbe System für alle. Ich brauchte keine wohlmeinenden Ausnahmen mehr.

KAPITEL 54: „IST DAS PRÄVENTION?"

Ich saß auf dem Sofa, den Rechner auf dem Schoß und frönte meines neuen Hobbys: Ich guckte mir online Stiftungen an. Unter allen Stichworten, die mir einfielen, suchte ich nach Menschen und Förderer:innen: Gesundheit, Krankheit, neues Arbeiten, inklusives Arbeiten. Es gab wirklich tausende von Stiftungen, die sich mit diesen Themen befassten. Ich klickte mich durch Webseiten, die sich auf die Forschung zu einer besonderen Krankheit konzentriert hatten. Die Förderung von Sport tauchte oft unter dem Begriff Gesundheit auf. Arbeitsbezogen ging es meistens um die Integration von Menschen mit schweren Behinderungen in klassische Arbeitsprozesse. Inklusion bezog sich hauptsächlich auf Kinder und Jugendliche. Es gab ein wenig Naturheilwesen, ein wenig Pflege von langfristig Kranken, etwas Hospizarbeit und immer wieder Verbesserung des öffentlichen Gesundheitswesens. Doch egal wie lange ich suchte, ich fand niemanden, der chronisch kranken Menschen das Leben erleichtern und nicht nur ihre Krankheit aus dem Weg schaffen wollte. Schließlich beschloss ich, bei verschiedenen Stiftungen anzurufen, die wenigstens die

Begleitung von Kranken in ihrem Stiftungszweck vermerkten. Es fiel mir unendlich schwer, da ich noch immer starke Angst vor dem Telefon hatte. Es war, als würde dort mein Kommunikationskonto doppelt belastet. Normalerweise schaffte ich etwa drei Stunden Kommunikation am Tag. Telefonieren brachte jedoch meine Planung komplett durcheinander. Da konnten schon zehn Minuten die Erschöpfung einer Stunde hervorrufen.

Mit ein wenig Herzklopfen griff ich also zum Hörer.

„Grüß Gott", meldete sich eine nette weibliche Stimme.

Ich musste sofort lächeln. Als ich ins Oderbruch gezogen war, hatte ich die Bäckersfrau mit „Grüß Gott" begrüßt und sie hatte „Kenne ich nicht" geantwortet. Diese Erinnerung half mir gerade.

„Hallo. Ich würde gerne ein Projekt machen, in dem es mehr um die Gestaltung des Alltags für Kranke geht als um ihre Heilung und Pflege. Können Sie mir dabei vielleicht helfen?"

„Also ein Präventionsprojekt?", fragte sie freundlich nach. „Prävention fördern wir nicht, aber ich kann ihnen gerne die Namen einiger befreundeter Stiftungen geben."

Sie war wirklich sehr hilfsbereit.

„Nein, auch nicht Prävention. Es geht mir um Menschen, die schon krank sind und es wahrscheinlich auch bleiben werden."

„Also über Pflegeprojekte können wir gerne sprechen."

„Nein, es geht auch nicht um Pflege. Es geht um Menschen wie mich."

Sie atmete hörbar aus, was mich durcheinanderbrachte. War sie genervt? Hatte sie oft Anrufe von kranken Menschen, die irgendwie gerettet werden wollten? War es zu viel Information?

„Was ich meine ist, dass ich nicht pflegebedürftig bin. Ich komme im Alltag gut allein klar", stotterte ich.

„Wozu brauchen Sie denn dann Förderung?"

Sie wurde tatsächlich etwas ungeduldig.

Ich nahm noch einen Anlauf: „Es geht um Menschen, die offiziell nicht arbeitsfähig sind, also weniger als 15 Stunden arbeiten können, aber die trotzdem arbeiten wollen – also auch müssen, denn was sollen sie denn sonst den Rest ihres Lebens tun? Es geht um die Frage, wie für diese Menschen ein Alltag gestaltet werden kann, in dem sie sich einbringen können."

Sie schwieg. Sie hatte offensichtlich keine Ahnung, wovon ich sprach. „Es tut mir sehr leid, Frau Ben Ayari …"

Sie hatte sich meinen Namen gemerkt und ihn sogar richtig ausgesprochen. Wie professionell.

„… Menschen, die allein klarkommen und nicht vom Tode bedroht sind, sind wahrscheinlich einfach nicht förderfähig. Ich weiß nicht, wie ich Ihnen helfen kann."

Ich legte erschöpft auf. Hatte sie recht? Irgendwie fand ich die Antwort überzeugend. Warum sollten Menschen wie ich förderfähig sein? Es gab Menschen, die im Sterben lagen – Menschen, die nicht mehr allein klarkamen. Sie brauchten die Ressourcen, die wir als Gesellschaft zur Verfügung hatten. Das sah ich ein. Natürlich war auch mir eine Heilmethode für MS oder Krebs wichtiger als Unterstützung bei meinem unbedingten Wunsch zu arbeiten. Trotzdem ging es hier um mehr als mich. Es gab uns als Gruppe nicht und ich spürte die Hunderttausend andere Menschen, die sich allein Wege suchten oder aufgegeben hatten – in einem System, das keinen Platz für sie hatte. Immerhin waren etwa 40 % der Bevölkerung chronisch krank und alle mussten irgendeinen Umgang damit finden. Wie konnte ich uns helfen? Wie konnte ich überhaupt die anderen finden – diejenigen, die es genauso zur Arbeit trieb wie mich?

Kapitel 55:

„Wozu braucht es nochmal eine Leitung?"

Ich hatte die Hosenbeine hochgekrempelt und lief mit den Hunden durch den Schlamm am Rande eines ungenutzten Sees. Zwischendurch kletterte ich auf umgefallene Baumstämme und übte meine Balance. Ich machte das gerne und übte es auch mit meinem Trainer in allen Formen: rückwärts oder mit geschlossenen Augen. Doch heute konnte ich nicht balancieren. Immer wieder stolperte ich und fiel wieder auf der Seite runter. Irgendwann hatte ich mich selbst in eine Situation gebracht, in der ich auf einem Stamm nur noch sitzen und nicht mehr vor oder zurück konnte. Ich war so sehr in meinem Kopf, dass auch das härteste „Naturprogramm" nicht half, mich wieder in meinen Körper zu bringen. Ohne Körpergefühl war ich so tollpatschig wie ein kleiner dicker Welpe. Und ich war zu hochgeklettert, um mich fallen zu lassen. Ich sah nach unten auf die Hunde. Sie waren schwarz von dem Matsch, durch den sie glücklich wateten. Sie würden mir nicht helfen.

„Ganz ruhig Mila", redete ich mir laut zu. Ich liebte es, in einer Region zu wohnen, in der ich das konnte, in absoluter Sicherheit, dass mich wirklich niemand hören würde. Schlimmstenfalls musste ich eben auf dem Po nach vorne robben, auch wenn ich mir an den vielen kleinen Astgabeln sicher ziemlich wehtun würde. Ich dachte kurz darüber nach, Kai anzurufen, doch erstens hatte ich keinen Empfang und zweitens: Was sollte er schon tun? Doch eigentlich hatte Kai immer rettende Ideen, auf die ich nie kam. Vielleicht würde er eine Leiter mitbringen oder sein Gerüst aufbauen. Ich träumte eine Weile von meinem Retter auf einem weißen Pferd, das hier im Matsch aber ganz schnell schwarz werden würde.

„Gut, Mila, ab in den Körper mit Deiner Aufmerksamkeit. Ab ins Vertrauen." Doch selbst in dieser beknackten Situation konnte ich nicht raus aus meinem Kopf oder die Arbeitsgedanken abschalten.

Bei der letzten Gesellschafter:innenversammlung wurde unsere Arbeitsweise nun auch offiziell beschlossen und ich als alleinige Leitung eingesetzt. Seitdem wollte ich nicht nur die Initiative als Ganzes retten, was im Moment ganz gut aussah, sondern auch Verantwortung für das Wohlergehen aller Menschen übernehmen. Ich hatte keine Ahnung, was Leitung bedeutete, wenn es um neue Arbeitsformen ging. Ich wusste nur, dass ich – wie immer – mit Überverantwortung reagierte.

Leah amüsierte sich darüber und kam mir, mit einem Lächeln in der Stimme, immer wieder mit Aussagen wie: „Das ist eine Leitungsentscheidung."

Irgendwie war schon klar, dass es in unserem Organisationsmodell keine entscheidende Leitung gab. Eigentlich verstand ich gar nicht, wozu sie überhaupt gut war. Allerdings gab es in allen Fallstudien in Frederic Lalouxs Buch eine Leitung. Sie musste also irgendwie relevant sein.

Ich ertappte mich dabei, wie ich auf meinem Ast über dem Schlamm saß und mich etwas schelmisch freute. Ich war Leitung. Ich. Ich hatte nicht nur einen Weg gefunden, wie ich wieder lehren konnte, sondern jetzt auch noch eine Form, in der ich wieder leiten konnte.

„Oder eben auch nicht. Woher willst Du wissen, ob Du es

kannst, wenn Du gar nicht weißt, was es beinhaltet?", trübte mein Teufelchen meine Freude. Ok, eins nach dem anderen. Jetzt musste ich erst einmal hier irgendwie runterkommen.

Verschrammt, total dreckig und diffus stolz kam ich zuhause an. Auf dem Heimweg war mir eingefallen, dass es ja Menschen gab, die ich fragen konnte. Es gab offenbar viele Organisationen, die so arbeiteten. Noch bevor ich duschte, setzte ich mich an den Rechner und schrieb Frederic Laloux eine E-Mail.

„Ich brauche die anderen", erklärte ich ihm. „Es gibt doch sicher viele Menschen, die sich neu auf den Weg gemacht haben oder schon länger so arbeiten. Ich brauche ein Netzwerk an Menschen, die ich um Hilfe bitten kann und mit denen ich natürlich auch gerne unsere Erfahrungen teile. Ich bin auch bereit, mich dafür zu engagieren, dass es das gibt."

Seine Antwort kam sehr schnell: „Gute Idee", schrieb er. „Lass uns skypen."

Ein paar Tage später saß ich etwas aufgeregt vor dem Computer. Ich war ein wenig *starstruck* (übrigens übersetzt das Internet *starstruck* mit sternengetränkt – wie wunderschön): aufgeregt, mit einer solch berühmten Person zu sprechen. Doch dieses Gefühl hielt nicht lange an, denn vor mir saß ein bescheidener, introvertierter und überlegter Mann, den ich sofort ins Herz schloss. Es war so schön, dass wir in einer Zeit lebten, in der auch solche Menschen an Macht kamen – die Macht, die Welt zu verändern. Er hatte seine Rolle sehr klar.

„Ich kann da nur bedingt helfen", sagte er. „Ich habe ein Buch geschrieben und arbeite als Coach. Ich habe nicht die Alltagserfahrung, die Du suchst. Aber wenn Du Dich wirklich engagierst, lass uns doch gemeinsam ein Forum aufmachen und ich empfehle es dann allen Menschen, die sich bei mir melden. Im nächsten Buch könnte ich sogar den Link veröffentlichen, dann finden uns die Leute von allein."

Wenig später war die Plattform online und ich nutzte sie für jede Frage und Schwierigkeit, der wir begegneten. Ich hatte viele hilfreiche Hinweise gekriegt und viel mentale Unterstützung erhalten. Heute aber war ich genervt. Immer mehr Coaches tauchten auf und so reizend sie auch waren, sie sagten immer dasselbe: „Du musst vertrauen." Natürlich musste ich vertrauen, aber konnte wirklich meine Rolle als Leitung nur absolutes und totales Vertrauen sein – in die anderen und in die Organisation? Ich scrollte weiter runter. Noch mehr wohlmeinende Coaches, die sich für mich freuten, dass ich mich mit dem Vertrauen so entwickeln würde und es an der Zeit war, mein Kontrollbedürfnis aufzugeben. Vielleicht. Aber womit sollte ich es ersetzen?

Schließlich las ich „Es geht um radikales Vorleben" und endlich verstand ich. Ich, die seit Jahren eigentlich nichts anderes predigte, war nicht auf den Gedanken gekommen. „Ich Dummerchen", schimpfte ich mich. Es war doch eigentlich offensichtlich. Es brauchte tatsächlich eine Person, die radikale Prozessdisziplin vorlebte und es brauchte jemanden, der ermächtigt war, an unserer Arbeitsweise festzuhalten, wenn andere sie verwässern wollten. Vorleben also. Perfekt.

„Das ist besser als jedes Selbsthilfebuch. Wenn ich es vorleben muss, werde ich so viel lernen", schwärmte ich Kai vor.

Kurz hatte ich das Gefühl, dass sich sein Gesicht teilte. Seine liebevolle Belustigung war sichtbar, aber auch etwas, das ich als Sorge erkannte – Sorge, dass ich mir schon wieder viel zu viel zumutete und zu tief in die Verantwortung ging. Ich guckte lieber weg. Wenn ich es nicht sah, existierte es auch nicht. Ich hatte zu große Lust auf die Radikalität dieser Arbeitsweise, vor allem aber auf die Chance, lehren und leiten wieder als Teil meines Lebens zu fühlen.

Mein kluges Kind schaltete sich ein: „Warum ist Dir denn leiten so wichtig?"

Ich hielt in meiner Bewegung inne. Meine „soziale Phobie" floss in riesiger Geschwindigkeit durch meinen ganzen Körper.

„Weil ich sonst Angst habe", sagte ich vorsichtig.

Chloë und Kai sahen mich an. Konnte nicht irgendjemand mehr reden als ich? Sie waren beide absolute Virtuos:innen des Schweigens, des Wartens, bis ich mich um den Verstand redete.

„Ich glaube, es geht um Macht", erwiderte ich schließlich. „Ich habe letztens einen Vortrag gesehen, in dem eine Machtforscherin erzählte, dass Empathie und Macht gegenläufig sind. Je mehr Macht ein Mensch hat, je weniger kriegt er mit, wie es anderen geht. Und wenn diese ihn bei seinen Zielen nicht unterstützen, ist es ihm sogar egal. Das klingt nun eigentlich einsam, doch sie merken es gar nicht und haben sogar das Gefühl, Freunde zu haben. Es gibt aber auch einen gewissen Prozentsatz an Menschen, die durch Macht noch empathischer werden, nämlich diejenigen, die schon vor dem Machterhalt überdurchschnittlich empathisch sind. Das wird jetzt arroganter klingen, als ich es meine: Ich bin nicht so leicht verführbar zu Machtmissbrauch und wie wir wissen eher übermäßig empathisch – vielleicht mehr, als für alle gut ist. Vielleicht bin ich auch einfach nur hochsensibel. Wer weiß schon. Für mich ist jedenfalls Macht eher etwas, das mich achtsamer macht, eben aus Angst, sie zu missbrauchen. Das geht nicht allen Menschen so. Ich habe schon so viele Verletzungen gesehen durch Menschen, die mit ihrer Macht nicht achtsam umgehen. Ich habe Angst, dass ich das nicht aushalte, wenn andere Macht über mich haben. Aber die allergrößte Angst habe ich vor meiner eigenen Machtlosigkeit, wenn ich dabei zusehen muss, wie andere verletzt werden."

„Ist das dieselbe Angst, aus der heraus Du keine Kriegsfilme gucken kannst und Du es nicht einmal gut aushältst, wenn wir es tun?" fragte Chloë. Sie war schon als Kind seltsam weise gewesen, aber jetzt hatte sie mehr Worte dafür. Puh, welch Wechselbad der Gefühle. Sonst war ich emotional ziemlich stabil, wenn mich gerade nicht die Verzweiflung eines Anfalls im Griff hatte. Heute aber war ich wirklich innerlich überall gewesen.

„Ja", antwortete ich leise – und ging ins Bett.

Kapitel 56:

„Was genau passiert denn jetzt in Dir?"

„Sag mal, habe ich mich heute sehr daneben benommen?"

Meine WhatsApp-Nachricht an Leah wurde sofort gelesen.

„Heute? Nein. Du hast heute total viel geschafft und das sehr gut gemacht."

Heute war ein seltsamer Tag gewesen. Drei Gruppen waren gleichzeitig bei uns gewesen und alle brauchten mich. Ich wechselte also von Raum zu Raum – immer wirrer, immer mehr im Autopilotin-Modus. Ich konnte nichts mehr denken oder planen, ich musste mich darauf verlassen, dass das, was ich tat, schon das Richtige war.

„Ich weiß nicht. Ich war gar nicht richtig da. Muss ich mich für irgendwas bei irgendjemandem entschuldigen?"

Leah war nur in einem Raum dabei gewesen – aber immerhin. Dort saß eine Gruppe von Coaches. Die Idee war, mit ihnen zu kooperieren, sodass wir alle Coachingaktivitäten nach außen geben konnten. Wenn sie auch die Qualitätssicherung übernahmen, hatten wir viel Zeit für anderes zur Verfügung. Ich hatte eigentlich das Gefühl gehabt, dass es ziemlich gut gelaufen war. Ich hatte einen kleinen Moment der Verunsicherung erlebt, weil Leah sehr offensichtlich den anwesenden Hund doof fand und nicht sehr freundlich war. Ich wusste von ihr, dass sie das nicht spürte. Sie merkte nicht, wie schnell ihr Widerwillen sich in ihrer Haltung, ihrem Gesichtsausdruck und ihrer Stimme widerspiegelte. Ich kannte sie und wusste, dass sie sich schnell beruhigen würde und übernahm so lange die Freundlichkeit. Mein Kontakt zur Gruppe war gut und sie schienen tatsächlich auch Aha-Momente zu haben, zu den Dingen, die uns für die Schulen wichtig war.

Im Anschluss hatte mich allerdings der Leiter des Netzwerkes zur Verabschiedung eng in den Arm genommen und, ohne mich loszulassen, gefragt: „Soll ich Dir mal Feedback geben?"

Er wartete gar nicht auf meine Antwort. Zehn Zentimeter vor meinem Gesicht sagte er: „Du lachst zu viel. Du hast vieles zu sagen und bist so inspirierend, doch dann baust Du die Spannung zu schnell ab, indem Du lachst."

Jetzt war ich verunsichert. Hatte ich mich doch daneben genommen?

„Ich war da, Mila. Alles gut. Wirklich."

Ich liebte WhatsApp. Sogar im Chat hatte ich das wunderbare Gefühl der Asynchronität. Wenn ich nicht sofort antwortete, war das ok.

„Aber ich war zu viel Zeit von den Polen weg."

Ich jammerte noch ein wenig. Wie unfair war es, von Leah jetzt Sicherheit zu erhoffen? Ihr Tag war ja genauso voll gewesen wie meiner. Wir hatten mehrere kleinere Projektförderungen erhalten. Während Leah und Karla den Alltag der Initiative gestalteten, arbeitete ich die Projekte so effektiv ich konnte ab, damit so viel Geld wie möglich in die Zentrale laufen könnte. Ein Projekt war der Aufbau einer Organisation in Polen und das Team war ein paar Tage in Deutschland. Ich hatte ihnen immer wieder längere Aufgaben gegeben, wenn ich ins Nebenzimmer musste.

„Mila, es ist alles gut, wirklich."

„Aber sie haben sich gestritten und ich habe Schuld. Ich habe ihnen von unserem Arbeitsmodell erzählt und einige fanden das so toll, dass sie eigentlich die Leitung entmachtet haben."

„Sie machen das schon. Das ist nicht Deine Verantwortung."

Das war eine von Leahs Hauptstärken. Während ich für alles Verantwortung übernahm, war ihr sehr klar, was die Menschen wirklich selbst machen mussten und wo sie sich nicht rausreden oder Schuld verteilen konnten.

„Und beim Ministerinnen-Workshop habe ich richtig verkackt."

Eine ganze Weile kam keine Antwort. Vielleicht mochte ich asynchrone Kommunikation doch nicht. Christa hatte einige Leute aus dem Bildungsministerium zu Gast und ich hatte Bildung 4.0 kurz vorgestellt und ihnen einen Einblick in selbstorganisiertes Lernen für Lehrer:innen gegeben. Ich war zu dem Zeitpunkt schon ziemlich überreizt und verunsichert. Ich fühlte mich dick und falsch angezogen. Ich hielt meinen kleinen Vortrag – wahrscheinlich nicht sonderlich gut – und beantwortete dann ihre Fragen.

„Die letzten Jahre wurden wir über eine kleine Stiftung finanziert …"

Christa unterbrach mich: „Die Stiftung ist gar nicht klein."

Es war bereits das vierte Mal, dass sie mich verbessert hatte. Offenbar machte ich das nicht so, wie sie es sich vorgestellt hatte. Es war erstaunlich, wie schlecht ich wurde, wenn Leute erwarteten, dass ich schlecht war. Inzwischen suchten immer mehr Menschen aus der Ministerinnenrunde den mitleidigen Blickkontakt mit mir. Ich schenkte ihnen ein strahlendes Lächeln.

„Es ist ok", signalisierte ich ihnen und glaubte es auch selbst in dem Moment. Sie lehnten sich wieder zurück. Als die Ministerin nach der Übungszeit den Inhalt kritisierte, knickte ich sofort ein.

„Leah, ich habe sie nicht als Lernende gesehen. Es war

Unsinn, was sie gesagt hat und als Lehrende wäre es mein Job gewesen, ihr freundlich den Spiegel vorzuhalten."

Immer noch keine Reaktion von Leah. Meine Gedanken drehten sich. Die drei Runden vermischten sich zu einem riesigen Knäuel aus Scham und schlechtem Gewissen und dem klaren Gefühl, versagt zu haben – bis mir endlich einfiel, dass genau dieser Gefühlsmix meistens einen Anfall ankündigte.

„Leah, ich kriege glaube ich gleich einen Anfall. Ich fühle mich dazu gerade überhaupt nicht stark genug."

... als würde ich jemals einen Anfall kriegen, wenn ich mit ihm gut umgehen konnte.

Leah war wunderbar. Sie war eine der sehr wenigen Menschen, die sich tatsächlich für meine Krankheit interessierten. Sie wollte genau wissen, welche Symptome ich hatte und wie sie ausgelöst wurden. Sie war es auch gewesen, die mich heute nach Hause geschickt hatte. Ich hätte noch aufgeräumt und das Abendprogramm mitgemacht. Sie konnte sehen, wenn ich nicht mehr konnte und nur noch dank reiner Willenskraft reagierte. Sie hatte mich auch schon am Bahnhof eingesammelt und mich mit zu ihr nach Hause genommen, als ein Zug ausfiel und ich den Anfall heranrollen spürte.

„Du hast die Kraft, Mila. Ich bleibe in der Leitung."

Ein Anfall über WhatsApp? Es war einen Versuch wert.

„Was genau passiert denn jetzt in Dir?"

„Es fühlt sich an, als würden alle Zellen in meinem Körper in zehnfacher Geschwindigkeit im Kreis rennen. Überall. Der Rest ist Scham."

Ich wimmerte leise. Die Scham war so groß.

„Und jetzt?"

Es war seltsam, mich selbst live zu kommentieren. Sie gab mir aber viel Halt. Sofort überrollte mich die nächste Schamrunde.

„Du musst das nicht machen, Leah. Ich komme schon klar."

„Ich weiß, aber ich möchte."

Ich lächelte. Sie hatte einen ganz spezifischen Gesichtsausdruck, wenn sie über Verantwortung sprach. In diesem Fall sagte sie in Leah-Sprache, dass ich die Verantwortung für diese Entscheidung doch einfach bei ihr lassen sollte – dass sie schon groß war.

„Ich glaube, ich werde seekrank."

„Weil sich alles in Dir so schnell dreht?"

Klar, sie hatte recht. Das konnte wirklich eine Erklärung für das häufige Erbrechen sein. Ich ging ruhig runter ins Bad. Ich hatte inzwischen ein ganz gutes Gefühl dafür entwickelt, wieviel Zeit ich noch hatte, bis ich es nicht mehr zurückhalten könnte. Leah hatte mir zum Geburtstag KKKs geschenkt: Kotzkuschelkissen. Genau genommen waren es einfach nur kuschelige Badvorleger, aber die Erklärung hatte sie so besonders gemacht. Leah bewies, dass sie wirklich meine Realität ernst nahm und das tat so unendlich gut. Seitdem dachte ich allerdings immer an sie, wenn ich mich auf das KKK kniete. Als ich wieder hochlief, rannten mir die Tränen über das Gesicht, ohne dass es mich interessierte. Es war etwas besser.

„Besser?" stand da schon auf meinem Handy.

„Ja, etwas, danke."

Nach zehn Minuten fragte sie nochmal nach.

„Und jetzt?"

„Jetzt gehen Wellen durch meine linke Seite. Gleich wird es zucken."

„Hast Du Angst?"

„Jaaaaa."

„Was kann Dir helfen?"

Scheiß-Coachin. Immer dieselben Fragen. Na, keine Ahnung, sonst würde ich es ja tun.

„Kai, der mein Bein festhält."

„Er ist aber nicht da, oder?"

Natürlich war er nicht da. Mein Bein begann zu zucken, immer stärker, bis es richtig ausschlug. Ich hielt das Handy fest. Leah war da. Das tat gut. Ich konnte dabei sogar tippen.

„Ich glaube, ich habe mir den Oberschenkel gezerrt. Die letzte Bewegung war zu heftig."

„Du Arme!"

Oh, danke. Danke, danke, danke! Solche Gedanken hatte ich selbst gar nicht. In mir hieß es nur „Ich Doofe". Welch bekloppter Gedanke, drei Veranstaltungen an einem Tag zu jonglieren. Welch bekloppter Gedanke, überhaupt Workshops zu machen und das auch noch in der Stadt, wenn ich wusste, wie es mir danach ging.

„Danke."

Ich probierte den Satz „Ich Arme" in meinem Kopf aus, während immer mehr Tränen über mein Gesicht strömten. Ich wusste nie, ob ich weinte oder es einfach nur eine körperliche Reaktion war, die Teil des Anfalls war. Der Satz fühlte sich falsch an. Ich hatte es ja selbst verschuldet.

„Ach, Mila, ich umarme Dich."

Das tat tatsächlich gut. Sie malte ein (((((Mila))))) und ich fühlte mich überraschenderweise von den Klammern tatsächlich stark gedrückt.

„Digitale Anfallsbegleitung", dachte ich. Ob man das verkaufen konnte? Ich musste lachen. Sofort musste ich an Kai denken, der immer so fasziniert davon war, dass ich gleichzeitig verzweifelt und belustigt sein konnte. Ich musste wieder lachen. Dann begann mein Rücken zu zucken und ich konnte nicht mehr tippen. Doch irgendwie ging mich das kaum etwas an. Ich war die Person, die das beobachtete und nicht die Person, die dem ausgesetzt war.

„Das hilft, Leah."

„Jederzeit gerne. Schlaf gut."

Und ich schaffte es zu meiner Überraschung, die Symptome halbwegs ruhig so lange auszuhalten, bis ich einschlief.

Kapitel 57:

„Sense & Respond"

Es war vier Uhr morgens und ich lag wach im Bett. Neben mir schnarchte Kai leicht auf diese so rhythmische Art, die mich beruhigte. Ich legte eine Hand an seinen Rücken und spürte nun auch seine Atmung. Ich nahm seine Regelmäßigkeit und Ruhe in mich auf und ließ meinen Gedanken freien Lauf.

Nach und nach wurden die Herausforderungen des selbstorganisierten Arbeitens deutlich. Es war gar nicht so leicht, immer wieder herauszufinden, was gerade am wichtigsten für Bildung 4.0 war. Es war eine vielschichtige Frage, für die der Verstand allein nicht genügte. „Sense and Respond", also Spüren und Reagieren, war die Antwort der Literatur – nicht analysieren, sondern spüren. In meinem Verständnis beinhaltete dies alles: Beobachten, Denken, Fühlen. Aber wie konnte man Spüren in einer Organisation installieren? Es war nicht fassbar, nicht messbar, kaum erklärbar. Immer wieder merkte ich an der Absurdität meiner Gedanken, dass ich in den Schlaf geglitten war und kam wieder zurück. Frederic Laloux schrieb, dass neue Organisationen sich selbst als lebendige Wesen betrachteten und nicht als Ansammlung von Prozessen, auch nicht als Familie der

Teammitglieder, sondern als etwas Eigenständiges, Lebendiges. Wenn es also ein flauschiges graues Zotteltier war, dann sollte ich mit meiner lilafarbenen Harpune eine Verbindung herstellen können. Moment Mal, das ergab keinen Sinn. Ich war wieder eingeschlafen.

Zurück: Wenn es ein Wesen war, konnte ich mich damit verbinden. Einen anderen Menschen, ein Tier oder eine Pflanze konnte ich tatsächlich spüren. Allerdings war das wesentlich einfacher, wenn ich es sehen konnte. Wir brauchten also etwas, das wir angucken, vielleicht sogar anfassen konnten. Ein Symbol für die Organisation, mit dem wir sprechen konnten, das wir befragen konnten. Wenn sich der Transformer öffnen würde und Blumen ausspucken könnte, müsste das klappen. Konnte das jemand programmieren? Mist, schon wieder eingeschlafen.

Doch reichte das? Ich konnte mich nicht immer mit Wesen verbinden. Es gab Stunden, Tage, manchmal Wochen, in denen dieser Kanal einfach nicht offen war. Wir konnten doch dann nicht aufhören zu arbeiten. Es wäre so gut, auch etwas für den Verstand zu haben, an das wir uns in diesen Zeiten festhalten könnten. Dann würden wir alle in Unternehmensberatungen arbeiten und mit Millionen um uns werfen, während hunderte von Krawatten an den Wänden hingen. Da wurde ich hellwach. Wir hatten tatsächlich etwas in der anstrengenden Zeit mit der Unternehmensberatung geschenkt bekommen: Sie hatten mit uns an unserem Meaning, also Sinn oder Zweck gearbeitet, an einem Satz, der uns leitete – die Überschrift aller Angebote, die wir entwickelten. Wir hatten viel Zeit und Geduld in die exakte Formulierung gesteckt. Wir hatten bereits etwas zum Festhalten, wir arbeiteten damit nur nicht. Konnte ich mich noch erinnern? Nur grob, aber ich wusste, wo ich es gespeichert hatte. Das war es. Eine Organisation zum Ansprechen und ein Satz als kognitive Orientierung. Das sollte reichen, das Rollenmodell in den richtigen Fluss zu bringen.

Kurz überlegte ich, ob ich meine Erkenntnisse aufschreiben sollte. Inzwischen wusste ich aber, dass alles, was am nächsten Tag nicht noch in mir wohnte und auch bei Tageslicht noch Sinn ergab, nicht wichtig oder richtig war. Jetzt durfte ich einschlafen. Kai neben mir drehte sich im Schlaf und nahm meine Hand.

„Gute Nacht Schatz", sagte ich ihm in meinen Gedanken und lächelte ihn im Dunklen an.

Kapitel 58:

„Ein Stuhl? Das ist doch albern."

„Nein, ich male nicht mehr. Das grüne Zeug mache ich echt nicht mehr“, lehnte Georg kategorisch meinen Methodenvorschlag ab.

Meine Idee war eigentlich ganz schlicht gewesen. Es gab eine Methode, die ich schon in vielen Teams verwendet hatte: Die Aufgabe war es, die Organisation zu malen. Es gab ein großes weißes Blatt, viele Stifte und alle konnten malen, was sie wollten, mussten aber immer zu zweit einen Stift oder Pinsel halten. Dadurch waren sie kontinuierlich in schweigender Abstimmung und arbeiteten in verschiedenen Teams zusammen. So konnte tatsächlich etwas entstehen, das aus echter Verbundenheit herauskam und von niemandem planbar war. In meiner Vorstellung konnten wir so das Wesen Bildung 4.0 malen, es an die Wand hängen und immer befragen. Doch Georg war radikal dagegen und eine Methodendiskussion wäre jetzt auch vollkommen unangebracht.

„Deine grünen Schatten solltest Du Dir echt mal angucken“, lächelte ich ihn an und er nickte verschmitzt.

Mir war sehr bewusst, wie absurd das klang. Ich hatte auch einige Zeit gebraucht, um seine Farbsymbole zu verstehen. Am Anfang dachte ich oft, er meinte mit „Grün“ etwas Pflanzliches, Parteiliches oder Ökologisches. Inzwischen hatte ich verstanden, dass die Theorie der Spiral Dynamics so stark Teil seines Denkens geworden war, dass sich eine eigene Sprache daraus entwickelt hatte.

„Vielleicht fängst Du genau damit an und erklärst uns Spiral Dynamics, damit wir alle verstehen, wo sich unsere Organisationsentwicklung einordnet“, forderte ich ihn auf.

Wir hatten das gesamte Team zusammengetrommelt, also inklusive Thea und ihrer Produktgruppe und Christas Assistenten Felix, um die erste Fortbildung zum neuen Arbeitsmodell selbst zu gestalten.

Georg war plötzlich etwas aufgeregt. Er hatte oft gesagt, dass er es mir bei Gelegenheit mal in ein paar Minuten erzählen würde, aber jetzt schien ihn mein Ansinnen vor mehreren Menschen etwas zu überfordern. Trotzdem fing er an und malte zwei Spalten an das Flipchart: Eine betitelte er „individuell“ und eine „kollektiv“.

„Entwicklung, egal ob von Menschen oder Gesellschaften, findet immer im Wechselspiel von Individualität und Kollektivität statt“, erklärte er, und ich war gespannt. Das kannte ich noch nicht.

„Wenn wir stark in der Gemeinschaft eingebunden sind, wollen wir allein und egoistisch handeln. Wenn wir allein sind, wünschen wir uns Kontakt und Gemeinschaft. Wir entwickeln uns aber nicht hin und her, sondern über diesen Motor immer weiter.“

Jetzt war seine Unsicherheit verschwunden und wir alle lauschten neugierig. Wenn Georg etwas liebte, schwappte das Charisma nur so aus ihm heraus. Er schrieb unten links „Beige“.

„In dieser Entwicklungsstufe geht es ganz individuell um mein Überleben“, erklärte er. „Diese Entwicklungsstufe ist fast ausgestorben. Nur etwa 0,1 % der Weltbevölkerung bewegt sich hier.“

SPIRAL DYNAMICS
à la Georg

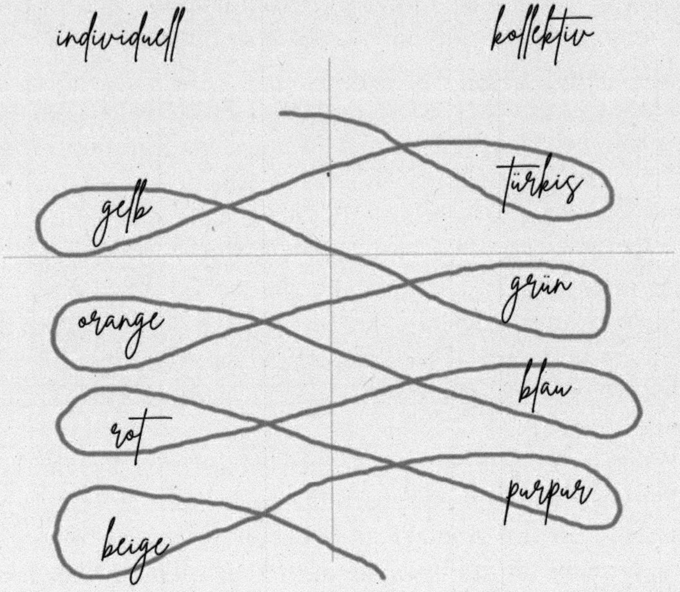

Dann schrieb er „Purpur" auf die rechte, kollektive Seite. „In dieser magischen Entwicklungsstufe halten uns Ahnen und Geister zusammen und geben uns in Stämmen Sicherheit. Circa 10 % der Weltbevölkerung befinden sich in diesem Mem, sie haben allerdings auf globaler Skala keinerlei Macht."

Jetzt schrieb er links „Rot".

„Doch jetzt kommen Einzelne daher, die Macht und Ruhm wollen und bereit sind, sich über die anderen zu stellen. Der Wunsch nach Kraft und Freiheit kommt ins Spiel. Das haben wir noch immer. Wenn wir uns durchsetzen wollen und das im Zweifel auch gegen andere tun, ist das rotes Handeln. Das ist nicht immer schlecht. Es gibt auch Situationen, in denen das sogar überlebensnotwendig ist. Etwa 20 % der momentanen Weltbevölkerung orientiert sich an diesen Maximen. Teilweise gibt es hier auch schon globale Einflussnahme."

Jetzt schrieb er rechts „Blau".

„Doch das ist natürlich nicht gerecht, wenn einer alle Macht hat. In Blau kommt eine Dimension der Gerechtigkeit und der Regelung. Eine Ordnung, die für alle gilt, wird wichtiger als der einzelne Mensch. Dies ist beispielsweise die Logik der Verwaltungen, bei denen wir alle dieselben Formulare ausfüllen – egal wie unterschiedlich wir als Menschen auch sein mögen. Das bringt eine Form von genormter Gerechtigkeit. Das ist immer noch die Glaubensmaxime der Mehrheit der Menschen auf Erden: etwa 40 %. Und diese 40 % sind auch globale Influencer."

Jetzt ging sein Stift wieder auf die linke Seite und er schrieb „Orange". Ich überlegte, ob ich irgendwo Farben hatte, damit er die Farben nicht schreiben musste, sondern sie malen konnte. Egal. Ich musste mich hier nicht einmischen. Weiter ging es.

„In Orange kommt ein Streben nach Erfolg und nach Innovation dazu, denn in Blau haben Kreativität und Wachstum kaum Raum. In Orange glauben wir an Wissenschaft, an Analyse und Planung und an persönliche Leistung und finanziellen Gewinn. Obwohl es weniger Menschen auf der Welt gibt, die in diesem Mem leben, ist hier die höchste Machtverteilung. Circa

50 % der globalen Einflussnahme erfolgt aus dieser Weltanschauung heraus."

Jetzt schrieb er rechts „Grün" an und ich musste lächeln. Na, jetzt war ich ja gespannt, wie er das als Fortschritt verpacken wollte, obwohl er es so wenig leiden konnte.

„Orange ist egoistisch und gefährlich, weil das Umfeld und die Umwelt nicht mitgedacht werden. Im grünen Mem geht es jetzt um Gemeinschaft, Harmonie, liebevolles Sorgen für die Erde, Vielfalt. Das Problem ist nur: Die Leute hier kriegen echt wenig auf die Reihe, weil sie so viel reden und alles im Konsens machen wollen."

Ah, da war also seine grüne Allergie.

„Grün ist ganz spannend, weil obwohl nur etwa 10 % der Weltbevölkerung sich dort verorten lassen, sind es in den so genannten ‚entwickelten' westlichen Ländern wahrscheinlich eher 20 bis 25 %. Allerdings hat grün bisher sehr wenig Macht. Sie werden von den momentanen Machtinhabern noch stark als naive Hippies angesehen."

Er sagte nicht, dass es ihm auch oft so ging. Ich war stolz auf ihn. Im Gegenteil, er fügte sogar hinzu: „Grüne Organisationen sind wunderbar. Alle sind furchtbar nett zueinander."

Doch dann wiederholte er sicherheitshalber nochmal: „Nur sie schaffen halt nicht so viel."

Dann malte er über „Grün" einen Strich quer übers ganze Blatt.

„Die bisherigen Meme befinden sich im first tier, im ersten Rangbewusstsein. Das heißt, dass sie alle absolut überzeugt sind, dass ihre Wahrheit die einzige Wahrheit ist. Mit dem Sprung ins *second tier* jedoch können wir zum ersten Mal die Bedeutung aller Entwicklungsebenen nachvollziehen und uns situationsangemessen bedienen. Das geht, weil eine magische Ingredienz hinzukommt: der übergeordnete Sinn. Das kann eine gesellschaftliche Komponente sein oder, häufiger als gedacht, eine spirituelle. Auf jeden Fall können wir jetzt Komplexität und Verbindung sehen und uns organisch und vertrauensvoll entwickeln."

GRAVES-MODELL ZU ENTWICKLUNGSSTUFEN

Claire W. Graves verbrachte über zwanzig Jahre mit der Erforschung des „wie“ Menschen etwas dachten und taten (statt des „was“ sie dachten und taten). Hierbei entwickelte er ein System, das aus acht Stufen bestand, die aufeinander aufbauten.

- Aus dem „Existierender-System“
- entwickelt sich aus dem Wunsch der Sicherheit heraus ein „Stammesmensch-System.“
- Der Wunsch nach Entwicklung bildet den Übergang zum „Einzelkämpfer-System“,
- das durch den Motor der Stabilität ins „Loyalisten-System“ übergeht.
- Der Wunsch nach Leistung führt ins „Erfolgsucher-System“,
- das wiederum Synergie-Sehnsucht erweckt und zum „Team-Menschen-System“ wird.
- Der aufkommende Wunsch nach Flexibilität ermöglicht den Sprung ins „Möglichkeiten-Sucher-System“,
- das integriert werden möchte und so ins „Globalisten-System“ führt.

Er legte damit das Fundament der Spiral Dynamics und vieler integralen Theorien.

Er schrieb „Gelb“ auf die linke Seite über dem Strich.

„Hier ist Selbstorganisation angesiedelt. Wir tun nicht mehr so, als könnten wir strategisch planen wie in Orange oder als würde schon alles gut, wenn wir alles zusammen entscheiden wie in Grün, sondern springen ins Prozessvertrauen.“

Rechts schrieb er „Türkis“.

„Und dann kommt ein globales Bewusstsein, eine vernetzte Spiritualität und ein Eintauchen ins kollektive Wissen, das noch kaum jemand hat.“

Ich sah die anderen an. Das verschreckte nun doch etwa die Hälfte. Da wollten sie nicht hin. Aber so ins Gelb springen, das schien alle zu interessieren.

„Spannend ist vielleicht noch, dass zwar auf der Welt bisher nur circa 1 % der Menschen gelb sind. Also es sind wenig Menschen, aber proportional liegt da viel Macht, mit etwa 5 % des globalen Einflusses. In diesem Sprung ins *second tier* passiert tatsächlich etwas Nachhaltiges mit globaler Einflussnahme.“

„Ja, das war ja jetzt ganz nett. Hat mir gefallen, danke. Aber was hat das mit uns zu tun?“, fragte Felix. Er war Christas Assistent und ging gerade mehr und mehr in den Alltag des Teams mit rein, was endlich ein paar Brücken baute – auch wenn er seinen informellen Kontrollauftrag nur schwer verstecken konnte.

„Nun ja“, beantwortete ich die Frage, „wir helfen unseren Schulen in Richtung Gelb und sollten daher auch selber Gelb arbeiten und darauf achten, nicht immer wieder in alte Muster wie Hierarchie, Strategie oder Konsens zu verfallen.“

Georg freute sich. Felix war sehr skeptisch.

„Du willst eine Organisation ohne Strategie hochziehen?“

„Genau, denn wir wissen heute noch nicht einmal, was wir nächstes Jahr nicht wissen. Wie sollen wir dann heute realistisch festlegen, was nächstes Jahr der beste Weg ist? Wenn wir allerdings auf die Strategie verzichten, müssen wir stark mit Bildung 4.0 verbunden sein, damit wir immer wieder gucken können, ob wir auf dem richtigen Weg sind.“

Mist. Ich merkte, dass die Aufmerksamkeit der Teamsitzung

eigentlich aufgebraucht war. Sollte ich jetzt weitermachen und Widerstand aufbauen oder aufhören und für einen Monat ohne Verbundenheit weiterarbeiten? Ich entschied mich, weiterzumachen.

„Deshalb steht hier dieser gelbe Stuhl. Er steht symbolisch für Bildung 4.0, weil Ihr ja nicht malen wolltet. Er gibt uns die Möglichkeit, Bildung 4.0 anzusprechen und einen Platz im Team zu geben. Ihr könnt Euch auch draufsetzen, wenn Euch das hilft."

„Ein Stuhl? Das ist doch albern", sagten fast alle Gesichtsausdrücke. Georg setzte sich wieder – direkt auf den gelben Stuhl. Ich dachte erst, er wollte etwas vormachen, doch es war nur ein Versehen gewesen. Ich verscheuchte ihn. Leah reagierte schnell, stand auf und klebte einen Bildung-4.0-Aufkleber auf den Stuhl. Ich wusste, dass sie die Rolle der „Stuhlhüterin" in dem Moment übernahm. Ab jetzt würde der Stuhl verlässlich bei jeder Teamsitzung dabei sein – es war ja niemand gezwungen, ihn zu nutzen.

„Vor allem aber habe ich das Meaning aus der Unternehmensberatung wieder hervorgeholt und ich denke, es passt immer noch perfekt. Wollen wir das als klare Orientierung für unsere Entwicklung nutzen?"

Erleichterung ging durch die Runden. Das war etwas Handfestes. Und ja, wir waren alle immer noch begeistert.

Karla stand auf und schrieb das Meaning als Überschrift über unsere Rollenwand: „So wissen wir immer, woran wir unsere Prioritäten messen können."

Dann gingen wir auseinander. Niemand war wirklich zufrieden, aber wir waren uns einig, dass wir einen Schritt weitergekommen waren. Ich war sehr unsicher, ob es eine gute Idee gewesen war, ein so wichtiges Thema nur schnell mit ein paar Worten abzufertigen, ohne gemeinsame Erfahrung des echten Spürens unserer Organisation. Außerdem war Christa als einzige nicht da gewesen. Ich hoffte sehr darauf, dass Felix ihr das richtige Feeling weitergeben konnte, zweifelte daran aber.

Ich stellte mir kurz vor, was alle Leute im Forum von

Reinventing Organizations zu mir sagen würden: „Du musst vertrauen."

Ich lachte laut. Na gut. Dann würde ich das jetzt loslassen und gucken, was passierte.

Kapitel 59:

„So schön, dass Ihr unser Geld nehmt."

Ich saß im Zug und mir war schlecht. Es fühlte sich an, als könnte ich jedes Gefühl jedes Menschen im Großraumabteil in mir spüren. Ich atmete so intensiv ich konnte, um diese „emotionale Kakophonie" einfach durch meinen Körper laufen zu lassen, aber sie schlug mir inzwischen ganz schön auf den Magen. Mein Fuß begann ein wenig zu zucken, doch ich wusste, dass nichts Großes im Anmarsch war. Es konnte nur eventuell sein, dass ich brechen musste und das wollte ich auf keinen Fall im Zug. Ich machte ein Hörbuch an und versuchte mich zu konzentrieren. Ich hörte „The Secret", was mich einerseits irgendwie ruhig machte und mit meiner inneren Wahrheit verband, andererseits aber auch irritierte, weil Erfolg immer sehr einseitig mit Reichtum und/oder Berühmtheit in Verbindung gesetzt wurde. Ich war beides nicht, fand mich aber nicht erfolglos. Ich fand sogar, dass ich mein Leben, angesichts meiner Umstände, sehr erfolgreich meisterte. Ich versuchte also, mich nicht an den Beispielen, sondern nur an den Prinzipien festzuhalten, was mir meist ganz gut gelang. Doch immer wieder

DAS GESETZ DER ANZIEHUNG

Das Buch *The Secret* von Rhonda Byrne erklärt das Gesetz der Anziehung und spricht mit vielen Menschen, die dadurch erfolgreich geworden sind.

Das Gesetz der Anziehung versteht sich als Naturgesetz wie das Gesetz der Schwerkraft und besagt im Wesentlichen, dass das, was wir denken, Wirklichkeit wird.

Das Gesetz der Anziehung hat zwei Komponenten.

- Einerseits ziehen wir nur Menschen und Dinge an, die ähnlich schwingen wie wir selbst.
- Andererseits nehmen wir auch nur das wahr, das so schwingt wie wir.

In der Konsequenz heißt das, dass die Vorstellungen in unserem Innen im Außen entstehen. Wenn wir uns viel mit dem befassen, was wir nicht wollen, ziehen wir genau das an, weil wir uns damit befassen. Wenn wir uns intensiv vorstellen, was wir wollen, schwingen wir auf dieser Frequenz und ziehen es an.

Dieser Prozess verstärkt sich, wenn zu den Gedanken auch Gefühle hinzukommen.

Da das Gesetz wirkt, ob wir wollen oder nicht, lohnt es sich, Bewusstsein in unsere Gedanken und Gefühle zu bringen.

kam Trotz in mir hoch. Ich glaubte gleichzeitig an das Gesetz der Anziehung und lehnte es ab. Wenn es stimmte, hatte ich mir meinen Tumor selbst gebaut. Außerdem war ich offenbar zu dumm, mir den zweiten Tumor, der noch in meinem Hirn wohnte, ordentlich weg zu denken.

Chloës Papa hatte, als er von meinem Tumor gehört hatte, nur gesagt: „Kein Wunder, Du bist immer so verkopft."

Krank sein – und in meinem Fall inzwischen auch noch dick sein – brachte so viel Überheblichkeit bei anderen zum Vorschein. Manchmal konnte ich richtig sehen, wie das Urteil über mich durch die Gesichter zog. Ich war so etwas wie ein lebender Beweis dafür, dass sie viel entwickelter waren als ich. Ich hoffte dann immer sehr, dass sie weder ihre Gesundheit noch ihre Figur verlieren würden, wenn sie darin so viel spirituelle Reife vermuteten. Dennoch traf es mich, denn diese Zweifel plagten natürlich auch mich immer und immer wieder.

Nach einer Weile zog ich mir die Kopfhörer aus den Ohren. Ich wollte keine gesunde Version von mir visualisieren. Ich hatte mich gerade erst mit meiner Krankheit halbwegs angefreundet. Ich wollte nicht vorrangig Heilung, sondern Leben hinterherrennen. Zufrieden stellte ich fest, dass der Trotz fast die Übelkeit vertrieben hatte.

Ich war auf dem Weg nach Darmstadt. Ein Verein, dessen Vorsitzende eine Freundin von Georgs Frau war, musste schließen und sie wollten überprüfen, ob sie uns ihr Restgeld vererben konnten. Es war genug, um uns etwa ein Jahr über Wasser zu halten und ich musste mich sehr bemühen, nicht zu viel Hoffnung zu haben. Obwohl Finanzierung eigentlich Georgs Rolle war, konnte er nicht fahren, also machte ich mich auf den Weg quer durch die Republik. Anke holte mich vom Bahnhof ab. Sie war wahnsinnig nett. Wir hatten schon ein paar Mal telefoniert und es war schön, sie jetzt auch live kennenzulernen. Wir fuhren zu ihr nach Hause, wo ich auch übernachten würde. Das verunsicherte mich natürlich etwas. Hotels gaben mir einen sicheren Ort, wenn ich unterwegs war. Doch ihr Angebot war so lieb, dass ich es nicht ablehnen wollte. Als wir bei ihr ankamen, versorgte sie zunächst ihre Kinder. Später kam ihr Mann nach Hause und die Spannung zwischen ihnen ging mir sofort an meine bereits wunden Nerven. Ich verstand den Plan nicht. Ich hatte gedacht, ich komme, um die Vereinsmitglieder kennenzulernen.

„Wir treffen die anderen um acht im Restaurant. Es ist auch unser Abschiedsessen."

Mir wurde ganz flau. Um acht. Das war für mich unglaublich spät. Ich hielt eigentlich nie länger als bis neun aus, bis ich ins Bett oder wenigstens in die Horizontale musste.

Als wir dann Viertel vor acht losgingen, liefen wir einen Berg hinunter. Mich ergriff die Panik. Das bedeutete, dass ich später diesen Berg auch wieder hochlaufen müsste – wenn ich wahrscheinlich so durch war, dass ein Teil meiner Beinmuskulatur nicht mehr funktionieren würde. Ich merkte, dass mir die Tränen kamen, doch in der Dunkelheit bemerkte Anke es Gott sei Dank nicht. Als wir im Restaurant ankamen, begrüßten sich alle überschwänglich. Es war für sie ein sehr besonderer Tag. Sie beerdigten heute ihre jahrelange Arbeit mit Kindern und Jugendlichen. Immer wieder machte ich mir klar, dass es hier heute wirklich nicht um mich ging. Mein Geschenk an sie konnte nur sein, dass ihr Abend so besonders wie möglich und nicht von mir gestört würde. Um neun hatten wir bereits mehrmals angestoßen und der Anwalt hatte die Satzungsänderungen und Abschlussprotokolle vorgelesen. Das Essen begann jetzt erst und die offenbar befreundeten Restaurantbesitzer:innen kündigten mehrere Gänge des Festessens an.

„Ich werde durchhalten", drehte sich die Dauerschleife in meinem Kopf. „Ich kriege das hin."

Wenn doch nur morgen nicht eine lange Heimreise und ein Notartermin auf mich warteten.

„Ich werde durchhalten. Bis zuhause."

Dann fiel mir das Hörbuch wieder ein. Ich stellte mir also vor, wie ich ganz entspannt im Zug auf dem Heimweg saß. Wie ich gemütlich den Berg hochging. Wie ich ruhig schlief.

Irgendwann zwischen dem dritten und dem vierten Gang, was sich wie mitten in der Nacht anfühlte, übergab Anke das Wort an mich.

„Ihr habt ja gehört, dass ich gerne noch eine Satzungsänderung vornehmen würde, die unser Restgeld an Bildung 4.0 überträgt. Mila ist extra gekommen, um uns zu erzählen, was für schöne Dinge unser Geld dann machen wird."

Sie sah mich an.

„Wieviel wollt Ihr denn wissen", fragte ich lächelnd. „Eher fünf Minuten, zehn, zwanzig?"

„Erzähl es uns genau. Wir geben den Staffelstab an Euch weiter, lass uns teilhaben."

Alle nickten. Also erzählte ich ihnen, was wir taten, vor allem aber, was die Schulen taten und wie wir ihnen halfen und wie lange wir von dem Geld weitermachen konnten. Ich malte ein Bild von Schulen, die sich auf die Kinder ausrichteten, statt die Kinder in ein vorgegebenes System zu zwängen. Ich erzählte ihnen von anderen Formaten und Möglichkeiten im Gesetz. Ein wenig berichtete ich auch von Produkten, an denen wir gerade arbeiteten und was wir fertig machen können würden.

Wir beflügelten uns gegenseitig. Sie waren so glücklich über die Wirksamkeit, die ihr Geld entfalten würde, dass ich ihnen immer mehr Freude darüber geben wollte. Gleichzeitig merkte ich beim Sprechen, dass wir wirklich toll geworden waren. Wir hatten uns gut entwickelt, selbst in einem so kleinen Team. Im Anschluss klatschten sie und unterschrieben die Satzungsänderung, die der Anwalt strahlend entgegennahm. Ich lehnte mich glücklich zurück. Das war das schönste Geld, das ich jemals gesehen hatte. Plötzlich war ich sicher, dass das alles funktionieren würde, auch wenn Notar und Stadt das noch gegenzeichnen mussten. Dieses Geld gehörte zu uns und ich würde darauf achten, dass es mit Liebe und Vorsicht wirken durfte. Zum Abschied bedankten sich alle bei mir, dass wir ihr Geld nahmen und umarmten mich. Die Freude – und vielleicht auch der Alkohol – halfen mir auch, die Schmerzen des Heimweges halbwegs gut auszuhalten. Der Notartermin am nächsten Tag brachte neben einer Unterschrift nur noch die Erkenntnis mit sich, dass es nichts mehr zu tun gab, außer zu warten. Auch den Heimweg schaffte ich und die nächsten vier Tage blieb ich im Bett – erschöpft aber mit dem schönen Ausblick, für eine Weile keine Geldsorgen zu haben.

Kapitel 60:

„Es ist nicht ganz gerecht, wieviel Du verdienst."

Leah und ich standen allein in einem Haus mit vier Schlafzimmern in Polen. Wir hatten eine Teamklausur geplant, in kleiner Runde. Thea und ihr freier Kollege hatten sich inzwischen komplett losgelöst und eine eigene Organisation gegründet. Georg und Christa konnten sich keine zwei Tage frei nehmen. Wir hatten demnach geplant, zu viert die Themen vertieft durchzuarbeiten, die zu neuen Produkten und Angeboten für die Schulen führen sollten. Dann hatte Karla abgesagt, weil sie Migräne bekam. Später rief auch Felix an, um Bescheid zu geben, dass er krank geworden war. Wir hatten beschlossen, trotzdem zu fahren, denn wir wollten wirklich zu diesen Themen vorwärtskommen.

Wir bauten unser mitgebrachtes Material auf und verwandelten das Haus in eine Arbeitsumgebung. Gleich nahmen wir uns die Theorien über das Lernen im 21. Jahrhundert vor und übersetzten sie Stück für Stück in ein Selbstevaluationstool für die Schulen. Wir blieben konzentriert dran, auch und besonders an den Stellen, an denen wir uns seit

UNESCO
SÄULEN DES LERNENS

Unter dem Vorsitz von Jacques Delors hatte eine Kommission Ende des Jahrtausends einen Bericht namens „Lernfähigkeit: unser verborgener Reichtum. UNESCO-Bericht zur Bildung für das 21. Jahrhundert“ erstellt.

Hierin wurden vier Säulen beschrieben, die zentral für alle Bildungsangebote galten.

- Unter „Lernen, Wissen zu erwerben“ wird der Schwerpunkt darauf gelegt, dass es nicht mehr darum geht, Wissen zu vermitteln, sondern Lernen zu lernen.
- „Lernen, zu handeln“ strebt es an, dass Lernen nicht nur für den Kopf ist, sondern umgesetzt werden muss.
- „Lernen, zusammenzuleben“ legt Wert auf das Erlernen von Kooperationsfähigkeit.
- „Lernen zu sein*“ setzt die Persönlichkeitsentwicklung in den Mittelpunkt.

**im Englischen „Learning to be“ wird erstaunlicherweise im Deutschen mit „Für das Leben Lernen“ übersetzt.*

Jahren gedrückt hatten, weil die Antworten nicht einfach waren. Und immer wieder schickte mich Leah zum Ausruhen in mein Zimmer oder sie ging spazieren und ließ mich allein.

„Leah, ich bin so dankbar dafür, wie Du mit mir umgehst. Es ist so einfach, wenn jemand mitdenkt. Es gibt niemanden außer Dir, der das tut", versuchte ich beim Mittagessen meiner Dankbarkeit Luft zu machen.

Sie blickte weiter auf ihren Teller und reagierte kaum.

„Was ist los?", fragte ich verblüfft.

„Ich fühle mich von Deiner Krankheit manchmal erpresst", antwortete sie, ohne mich anzusehen. „Du hast diese Einschränkungen und Karla kriegt immer Migräne, wenn es anstrengend wird. Ich bin die einzige Gesunde und habe gar keinen Raum für Schwäche."

Sofort umarmte ich sie und sagte: „Du bist wunderbar. Danke so sehr, dass Du das sagst. Es ist genau diese tabulose Ehrlichkeit, die unsere Zusammenarbeit so gut macht."

Sie wirkte erleichtert und schaute endlich von ihrem Teller auf.

Ich sah ihr direkt in die Augen: „Leah, Du musst das nicht ausgleichen – ehrlich nicht. Genauso wie wir, musst Du die Dinge machen, die Du zugesagt hast. Aber Du musst nicht alles zusagen, was wir nicht machen können oder wollen. Nur wenn eine Rolle beim Fragezeichen landet, wissen wir überhaupt, dass wir als Team ein Problem haben."

Sie war immer so stark und tat mir dafür gerade fast leid. Was luden wir alles bei ihr ab, nur weil sie immer stark war?

„Ich bin froh, dass ich das sagen darf", sagte sie leise. „Es gibt aber noch mehr."

„Raus damit. Was ist los?"

„Ich finde es unfair, dass Du mehr verdienst, nur weil Du krank bist. Ich weiß, dass Du in weniger Stunden Dein Geld verdienen musst, weil Du einfach nicht mehr arbeiten kannst – aber wir haben dieses Recht nicht. Ich muss immer noch mehr und noch mehr und noch mehr arbeiten."

Ihr kamen die Tränen. Die starke Leah war die Hauptverdienerin in ihrer Familie. Bildung 4.0 war eigentlich ihr Zweitjob neben ihrer selbstständigen Arbeit als Paarberaterin und Trainerin und sie arbeitete wirklich unheimlich viel. Oft hatte sie Angst, die Kindheit ihrer Jungs zu verpassen, auch wenn sie wusste, dass sie in den Händen ihres Mannes sicher waren.

„Was fändest Du denn fair?", fragte ich vorsichtig.

Natürlich hatte sie recht. Wir konnten nicht einerseits ein Organisationsmodell der selbstorganisierten Gleichheit einführen und eine Person verdiente mehr, weil es sich einfach so ergeben hatte. Gleichzeitig war ich am untersten Limit von der Summe, die ich brauchte, um zu leben.

„Ich finde es ok, dass Du mehr verdienst als wir. Du hast tatsächlich ja eine Leitungsrolle und wenn Du jetzt die Geschäftsführung übernimmst, haftest Du ja auch. Aber nur ein bisschen mehr eben."

Ich konnte sehen, wie sie ihren Mut zusammennahm: „Ich finde es auch nicht gut, dass Karla und ich dasselbe verdienen. Ich habe so lange studiert und so viele Fortbildungen gemacht, das müsste sich doch irgendwie auszahlen."

„Das verstehe ich", antwortete ich.

Wie immer, wenn es nicht um mich ging, war ich bestimmt: „Aber da bist Du im falschen Business. Wir können nicht Vielfalt und Gleichberechtigung predigen und dann klassische Bildungswege mehr belohnen als Lernen im Leben."

„Ja, da hast Du recht."

Das war typisch Leah. Sie hörte sehr genau zu und wenn sie ein Argument überzeugte, übertrug sich die Einsicht sofort auf ihre Gefühle. Ich wusste, dass dieses Thema wirklich innerlich wie äußerlich vom Tisch war – aber nicht der Konflikt, dass ich wegen meiner Krankheit mehr verdiente.

„Ich verdiene im Monat gar nicht mehr als ihr. Das weißt Du, oder?" versuchte ich es.

Natürlich wusste sie es. Sie überwies ja meine Rechnungen.

„Aber dein Stundenlohn ist schon wesentlich höher und du arbeitest weniger."

Sie hatte recht. Wir holten die Zahlen auf den Tisch und rechneten einmal wieder. Wir suchten die Gehälter von Start-Ups in Berlin und erhöhten Karla und sie auf das Niveau. Dann kürzten wir mein Honorar um 25 %, so dass sich die Distanz fair anfühlte. Gerechtigkeitsgefühle waren komische Dinge. Leah hatte ja eigentlich nichts davon, dass ich weniger verdiente – aber offenbar fühlte es sich trotzdem besser an. Wir einigten uns zudem auf ein System, in dem ich auch auf weniger Zeit runterging, damit das Geld aus Darmstadt länger reichte. Dafür würde ich mein Honorar und meine Arbeitszeit mit laufenden Projekten aufstocken, wenn es welche gab. Felix wurde Gott sei Dank noch aus einer Spende finanziert und wir mussten uns erst nächstes Jahr damit befassen. Wir guckten uns das Ergebnis unseres Systems an. Im Wesentlichen übernahm ich persönlich das Risiko der finanziellen Fluktuation. Leah versuchte, mir davon abzuraten.

„Mila, das war nicht das Ziel. Du brauchst auch finanzielle Sicherheit. Ich verstehe eh immer noch nicht, warum Du nicht angestellt bleiben wolltest. Da konntest Du Dich krankmelden und alles."

Wir hatten es Anfang des Jahres für ein halbes Jahr probiert und ich hatte gelitten. Angestelltsein ergab für mich persönlich keinen Sinn. Ich hätte genauso viel verdient, wenn ich im Urlaub war, als wenn ich wahnsinnig viel arbeitete. Um mich krankschreiben zu lassen, hätte ich zum Arzt gemusst und gerade wenn es mir sehr schlecht ging, war das das Letzte, was ich konnte. Wenn ich dann also krank zu Hause geblieben wäre, sammelten sich nur Stundenschulden an, die mich total unter Druck setzten.

„Das war furchtbar für mich, einer festgeschriebenen Zahl genügen zu sollen. Als Selbstständige arbeite ich einfach mehr, wenn es mir gut geht und weniger, wenn es mir schlecht geht. Ich kann es selbst hoch- und runterfahren, wie ich es brauche. Ich gehe lieber mit der finanziellen Unsicherheit um als mit dem Druck der Gleichmacherei. Vielleicht finden wir ja mal ein anderes Maß, um Arbeit zu kompensieren als Zeit. So richtig

Sinn ergeben tut das ja nicht."

Sie nickte. Sie versuchte wirklich, mich zu verstehen. Schließlich nickte sie meine Entscheidung, weniger zu arbeiten, ab.

„Ein wenig fühle ich mich verlassen, als wolltest Du Dich rausschleichen", sagte sie noch, bevor wir uns wieder dem Inhalt unserer Arbeit zuwandten. Ich ging darauf nicht mehr ein. Offenbar konnte ich es ihr ja nicht wirklich recht machen.

„Tja, ich schätze, ich habe mich jetzt in den Ruin verhandelt", lachte ich Kai entgegen, als ich nach Hause kam. „Ich werde ab jetzt weniger Geld pro Stunde verdienen und dafür weniger Stunden arbeiten."

„Wir kriegen das schon hin", sagte er wie immer. „Ich bin ja auch noch da."

Obwohl ich wusste, dass er Chloë und mich nicht mitfinanzieren konnte, war ich seltsam ruhig und fast erleichtert. Ich wusste zwar nicht mehr wirklich, wie ich mein Geld verdienen sollte, aber ich hatte auch nicht mehr das Gefühl, ganz und gar Bildung 4.0 zu gehören. Die Erleichterung, nur noch zehn Stunden dort arbeiten zu müssen, war größer als das finanzielle Fragezeichen. Es würde schon irgendwas passieren zum Thema Geld. Ich hatte jetzt aber ein paar Ressourcen, um mich um das zu kümmern, was mich wirklich interessierte: Wie konnten kranke Menschen arbeiten?

Kapitel 61:

„Es geht hier gar nicht um mich. Gott sei Dank!"

Ich saß auf dem Boden in Christas Büro und malte ein Bild unserer Essenz. Christa saß neben mir auf einem Holzstamm und kommentierte. Wir waren beide komplett abgetaucht ins Wesentliche und genossen die gemeinsame Entwicklungsarbeit. Als sie herausgerufen wurde, sah ich mich in ihrem Büro um. An der Wand hingen Preise, von denen sie mehrere auch für Bildung 4.0 erhalten hatte. Ich dachte daran, wie ausgeschlossen sich am Anfang die Teammitglieder gefühlt hatten, dass sie diese Preise als Auszeichnung für sich und nicht für alle behandelte. Das Thema Wertschätzung beschäftigte mich. So viel wurde als fehlende Wertschätzung interpretiert und kaum etwas verletzte mehr. Der Vorwurf selbst aber drehte sich im Kreis: Wie konnte ich jemandem fehlende Wertschätzung vorwerfen, ohne zu merken, dass ich damit auch fehlende Wertschätzung vorlebte? Wie gerne wäre ich unabhängig von Wertschätzung gewesen, doch ich musste eingestehen, dass man mich mit wenig anderem so stark erpressen konnte. Der Pawlow-Effekt wirkte bei mir sofort. Wenn ich für etwas gelobt wurde, wollte ich sofort alles tun, um den anderen weiterhin zufrieden zu stellen.

In Christas Büro hatte jedoch nur weniges mit ihr direkt zu tun. Alles drehte sich um Bildung. Artikel und Bücher stapelten sich überall und ich wusste, dass sie diese nicht nur las, sondern sofort in ihre Vorträge einbaute und sofern möglich schnellstens in die Umsetzung lenkte. Sie lebte für die Innovation von Bildung. Es ging hier nicht um sie. Sie sah sich als Medium für etwas, das sie unbedingt vor ihrem Tod erreichen wollte: Ein System, das Kindern Freiheit und Wirksamkeit schenkte und sie auf ein Leben in Eigenverantwortung und gesellschaftlicher Mitgestaltung vorbereitete. Alles hier sprach von einer Frau, die ihr Leben einem Thema gewidmet hatte – mit aller Kraft.

Als sie zurückkam machten wir weiter, bis wir nach kurzer Zeit das Gefühl hatten, genau das getroffen zu haben, was uns ausmachte. Wir strahlten beide. Es war unsere erste Erfahrung in inhaltlicher Zusammenarbeit und wir hatten endlich den Beweis, dass wir wirklich vom selben sprachen. Ich spürte zum ersten Mal die Anerkennung meiner Expertise, was uns beide überraschte.

„Es ist schön so", sprach sie es aus. „Du wirkst mit Deinen Fähigkeiten und ich mit meinen für ein gemeinsames Ziel."

Ich spürte den kleinkindlichen Stolz in mir. Mama hatte mich gelobt. Ich musste lächeln. Schöne Erfahrung, sehr schöne Erfahrung – aber ich würde darauf achten müssen, dass ich weiterhin den Schulen diente und meinen Fokus nicht auf „Mama stolz machen" verlagerte.

„Es ist das erste Mal, dass wir allein sind", überlegte ich laut.

Wir schwiegen beide. War das das Problem? Dass es immer eine Team- oder Gesellschafter:innenperspektive gab, die uns von der inhaltlichen Arbeit abhielt, was wir offenbar gemeinsam gut konnten?

„Mila, ich weiß, dass ich mich nicht wirklich am Organisationsmodell beteilige und dass Du das von mir brauchst. Ich verspreche Dir, wenn ich in ein paar Monaten in Rente bin, steige ich voll ein und lerne auch das ganze Onlinezeug."

Ich merkte, wie sich meine Schultern sofort entspannten. Ja, ein paar Monate würden wir es problemlos noch aushalten, dass ein Teil des Teams in mehreren Organisationen gleichzeitig unterwegs war. Da die Arbeitsweisen so unterschiedlich waren, erwartete ich von ihnen nicht dieselbe Radikalität im Einhalten unseres Modells.

„Du verstehst unsere Arbeitsweise noch nicht richtig, oder?", fragte ich vorsichtig. „Soll ich bei der nächsten Teamsitzung nochmal eine Einführung geben?"

„Ja, vielleicht wäre das gut. Aber ich weiß eigentlich alles. Felix hält mich auf dem Laufenden."

„Dann lass ich Dich mal weiterarbeiten. Danke, es war sehr schön", verabschiedete ich mich.

„Ja. Tschüss", antwortete sie abgelenkt. Sie war innerlich bereits zum nächsten Tagesordnungspunkt übergegangen.

Auf dem Heimweg spürte ich, wie meine Gefühle des Miteinanders und der Hoffnung langsam verpufften. Ein diffuses Gefühl von Bedrohung machte sich stattdessen in mir breit. Ich atmete tief durch. Sicher war es nur meine Scham, die das Anrollen eines Anfalls ankündigte. Aber irgendwie fühlte es sich anders an. Es hatte mit dem Termin heute zu tun. Ich machte die Augen zu und versuchte, zu entspannen. Plötzlich schreckte ich hoch: Sie dachte wirklich, dass sie alles wusste, weil Felix sie auf dem Laufenden hielt – und ich hatte nicht widersprochen. Warum hatte ich nichts gesagt? Warum gelang es mir in solchen Situationen nie, etwas zu sagen? Felix konnte sie gar nicht auf dem Laufenden halten, weil er zwischen all ihren Organisationen umher hüpfte und selbst viel zu wenig wusste. Deshalb war auch Felix nie komplett in das Organisationsmodell eingestiegen. Der Informant ihres Vertrauens war die eine Person, die keinerlei eigenes Erleben mit unserer Arbeitsweise hatte, selbst nicht konsequent unsere Tools nutzte und kaum wusste, woran wir arbeiteten. Er war die denkbar schlechteste Informationsquelle, die man haben konnte – zudem die kritischste. Er hatte ständig das Gefühl, dass wir nichts taten und dass eine Arbeitsweise ohne Strategie und Drei-Jahres-Plan keinerlei Erfolg ermöglichte. Ich traute mich gar nicht, mir vorzustellen, wie die Gespräche zwischen den beiden abliefen.

„Es ist etwas besser geworden, nachdem ich mich einmal richtig durchgesetzt habe", würde er berichten, „aber sie sind immer noch auf dem seltsamen Kurs."

„Felix, Du musst einen Businessplan schreiben, dann suche ich uns dafür Finanzierung und dann können wir die Organisation vielleicht noch retten, indem wir die Richtung wechseln." Mein Kopfkino war angegangen. Ich spürte, wie sie in einer alternativen Realität alles taten, um Bildung 4.0 zu retten, ohne zu aggressiv vorzugehen. Ich sah vor meinem inneren Auge die vielen Stunden, die sie sich Strategien für die Kommunikation und Vorgehensweise überlegten. Ich kannte diese Energie von uns. Auch wir hatten einmal das Gefühl, die Initiative retten zu müssen. Auch wir hatten mehr über andere als mit ihnen gesprochen. Auch wir hatten wenig Ahnung vom Alltag gehabt und doch Entscheidungen und Bewertungen darüber getroffen. Irgendwie war es gerecht, dass es jetzt uns traf. Oder war das alles nur Produkt meiner eigenen Fantasie?

Als ich zuhause ankam, müde und aufgelöst, konfrontierte ich sofort Kai mit meinem Dilemma.

„Wie um Himmels willen erkennt man, ob etwas Intuition oder Kopfkino ist?", fragte ich verzweifelt.

„In diesem Zustand wohl gar nicht", lachte er.

Er hatte recht. Ich musste erst einmal den Stadttag verarbeiten und meine Mitte wiederfinden.

„Aber Mila, ich kenne kaum jemanden mit weniger Kopfkino als Du. Du betrachtest eigentlich immer alles aus so vielen Blickwinkeln, dass sich diese Einseitigkeit in Dir nicht festsetzen kann. Außerdem habe ich gelernt, dass Du viel mehr siehst als ich. Ich weiß gar nicht, ob es Intuition ist. Du kriegst einfach viel mit."

Ich ging ins Bett, dankbar für diesen Mann und besorgt um unsere Organisation. So viel zu meiner Hoffnung, dass mit weniger Stunden Bildung 4.0 weniger Raum in mir einnehmen würde. Das hatte wohl weniger mit Quantität zu tun.

Stundenlang versuchte ich die Gedanken mit Serien zu betäuben, bis ich endlich einschlief.

Pünktlich um vier schreckte ich auf und lag verspannt neben Kai. Ich konnte mich vor Entsetzen nicht bewegen. Wieder einmal hatte ich meine Sprache verloren. Warum passierte es mir immer wieder? Bilder von der Intensivstation blitzten in mir auf, als ich nach der OP tatsächlich, wie angekündigt, nicht mehr sprechen konnte. Die vielen Geräte und der kleine Schwarz-Weiß-Fernseher, den mir eine Schwester ans Bett geschoben hatte. Der Arzt, der lächelnd und überenergetisch ins Zimmer kam: „Was gucken Sie denn so erschreckt. Es gibt doch keinen Grund, Angst zu haben.“ Mein Versuch, zu antworten, unfähig, die Worte auszusprechen und aneinander zu reihen. Die steigende Furcht, die ich zu verstecken suchte, weil ich ja keine Angst haben sollte. Das Wissen, dass niemand versuchen würde, mich zu verstehen, denn wie es mir ging und wie es weiterging war längst ohne mich beschlossen worden. Genauso fühlte ich mich wieder: ängstlich, sprachlos, machtlos – aber hatte ich Grund dazu? Ich hatte tatsächlich keinerlei Hoffnung, dass meine Perspektive bei Christa und Felix Gehör finden würde. Die Bewertungen hatten bereits stattgefunden, das spürte ich. Ich wusste nicht, wie man gegen bereits beschlossene Bewertungen ankämpfte. In meiner Erfahrung gab es einen Punkt, an dem alles nur die vorgefasste Meinung bestätigte. Das Thema kannte ich mein Leben lang mit meinem Lachen. Die Leute unterstellten mir, dass die Häufigkeit meines Lachens ein Verdrängungsmechanismus war. Wenn ich dann lachte, bewies ich damit, dass es stimmte. Wenn ich nicht mehr lachte, bewies es das allerdings auch, denn sonst hätte ich ja nicht aufgehört zu lachen. Auch jetzt war die Bewertung längst passiert. Ich hatte es nur nicht gemerkt. In wirren Gedanken über meine Sprachlosigkeit und meine Hoffnungslosigkeit darüber, mit klarem Blick gesehen zu werden, schlief ich wieder ein.

Ich wachte spät auf und nahm meine gesamte Willenskraft zusammen, um mich nicht für den Rest des Tages unter der Bettdecke zu verstecken. Stattdessen fuhr ich ins Fitnessstudio, legte eine Mantra-CD ein und tanzte und sang mich durch den Trainingsraum. Ich rollte über den Boden, machte Kerze, hüpfte rum, sang schräge zweite Stimmen und wurde langsam wieder freier. Ich liebte diesen Ort, an dem ich schon so lange war, dass ich den Raum außerhalb der Kurszeiten nutzen durfte. Obwohl mir sonst fast alles peinlich war, genoss ich hier sogar die neugierigen Blicke der Leute, wenn ich den Kursraum wieder verließ.

Zuhause musste Kai wieder herhalten.

„Woher weiß ich, ob meine Unfähigkeit zu reden richtig ist oder falsch?"

Er sah mich verwirrt an. Was hatte ich denn wohl gesagt?

„Ach so, Du meinst, eine Unfähigkeit kann gar nicht richtig oder falsch sein."

Kai beobachtete amüsiert mein Selbstgespräch. Er nickte nicht einmal.

„Es könnte sein, dass meine Unfähigkeit zu sprechen intelligent ist, weil es eh nichts bringen würde. Vielleicht spüre ich einfach glasklar, dass das nicht der richtige Weg ist."

Ich dachte weiter nach.

„Es könnte aber auch sein, dass ich einfach nur total konfliktscheu bin."

Oder beides, überlegte ich.

„Oder beides", ergänzte ich.

„Worum geht es eigentlich?", fragte er schließlich. „Was kannst Du denn nicht sagen?"

„Wie kannst Du das nicht verstehen", fuhr ich ihn an. „Hörst Du mir denn gar nicht zu?"

Kai zuckte kurz zusammen.

„Oh, es tut mir leid", ruderte ich sofort zurück. „Immer sage ich Dir, Du sollst auch fragen und Deine Meinung sagen, und wenn Du es dann tust … Es tut mir so leid."

Ich würde mich jetzt nicht der Scham hingeben, dass ich immer wieder so zickig war. Ich musste das aushalten. Ich versuchte also, seine Frage zu beantworten.

„Ich glaube nicht, dass ich Christa und Felix erklären kann, dass das, was wir tun, sinnvoll ist. Wie soll ich erklären, dass wir wissen, was wir tun und es auch ziemlich guttun?"

Sofort ging es mir besser. Meine Schultern strafften sich, ich saß wieder aufrecht und ich merkte, wie das Strahlen in meine Augen zurückkehrte. Ich glaubte überhaupt nicht daran, dass man Menschen erklären konnte, dass man gut war. Ich glaubte nicht daran, dass Initiativen viel Energie dafür aufbringen sollten, anderen zu beweisen, dass sie toll waren. Ich glaubte an die Beständigkeit von Qualität, die irgendwann sichtbar wurde – gar nicht anders konnte, als sich schließlich als Qualität zu entpuppen. Ich war auf dem richtigen Weg. Ich würde weiter mein Bestes geben und das tun, was ich mit meinen Fähigkeiten und Einschränkungen den Schulen schenken konnte. Wenn es jemand merkte: schön. Wenn nicht, war das auch ok. Ich war nicht angetreten, um toll gefunden zu werden. Kai sah verwundert zu, wie ich anfing zu schmunzeln.

„Es geht hier gar nicht um mich", lachte ich. „Gott sei Dank!"

Ein Gedanke huschte durch meinen Kopf: Wenn die anderen Teammitglieder Verständnis und Anerkennung brauchten, könnten sie sich ja selbst kümmern. Schnell verscheuchte ich diesen Gedanken, denn natürlich fühlte ich mich zuständig. Aber ich verstand und schätzte sie ja. Das würde genügen müssen.

Kapitel 62:
„Sieben Regeln müssen reichen."

Chloë und ich saßen zusammengekuschelt auf der Couch und guckten Harry Potter. Ich hatte keine Ahnung, wie oft ich diese Filme schon gesehen hatte, aber etwa einmal im Jahr kündigte Chloë an, dass es an der Zeit war, mal wieder alle Filme zu schauen – und jedes Mal sagte ich gerne Ja. Das bedeutete nämlich viel Kuscheln und viele Kindheitserinnerungen. Harry Potter war ganz eng mit Chloë verbunden. Als Kind hatte ich ihr einen Zaubermantel mit einer Tasche für einen Essstäbchen-Zauberstab genäht, den sie selten auszog. Hermine war Vorbild durch alle Altersgruppen hindurch. Chloës Bewunderung hatte begonnen, als sie vier war und wenn ich sie heute betrachtete, konnte ich tatsächlich viele Parallelen erkennen. Sie war ehrgeizig und mutig und die beste Freundin, die man sich wünschen konnte. Ich sah dabei zu, wie Professor Umbridge Professor Trelawney mit Fragen aus der Heptomologie testete. Heptomologie? Das hatte ich bei den letzten zehn Mal nicht gehört. Gab es das wirklich? Beim Googeln lernte ich, dass es eine Wissenschaft zwischen der Hellseherei und der Arithmetik war, die auf der Zahl sieben beruhte. Sie existierte nur bei Harry

Potter, aber für uns war das nahe an der Wirklichkeit. Offenbar war die Zahl sieben bei Harry Potter so wichtig, dass sie eine eigene Wissenschaft verdiente. Aber auch sonst war alles sieben: sieben Bücher, sieben Schuljahre, sieben Horkruxe, sieben Quidditchspieler:innen, sieben Begegnungen mit Voldemort, sieben Attacken des Basilisken ... Ich legte das Handy wieder zur Seite, sah weiter dem Film zu und nahm Chloë nochmal fester in den Arm. In meinem Kopf drehte sich die Zahl sieben. Es hieß doch sogar, dass die Gedächtnisspanne unseres Kurzzeitgedächtnisses in etwa sieben Informationen entsprach, plus/minus zwei. Wir konnten uns also nur sieben Dinge mit allen Gedächtnisspeichern merken. Während also Harry Potter eine lange Treppe runterrannte, wusste ich, was ich als nächstes tun sollte: Ich würde unser Organisationsmodell in sieben Prinzipien übersetzen. Das würden sich alle merken können. Ich war sicher, dass außer Leah nie jemand wirklich aufmerksam den Text über unsere Arbeitsweise gelesen hatte. Was ich aber wirklich tun könnte, wäre sieben Leitsätze auf eine Seite zu bringen und diese konsequent einzuhalten. Warum mussten nur Harry Potter Filme so lang sein? Das würde ich wohl heute nicht mehr schaffen.

Am nächsten Tag stand ich in meinem Büro vor dem Flipchart und malte sieben Bereiche. Was wusste ich jetzt schon? „Orientierung am Meaning" schrieb ich in das erste Kästchen. Das war doch etwas, worin wir uns alle einig waren – das Geschenk aus der Unternehmensberatung. Damit arbeiteten wir auch wirklich gut. Immer, wenn wir unsicher waren, ob wir etwas tun sollten oder nicht, prüften wir es anhand des Meanings und sofort war alles glasklar. Was war sonst noch sicher? „Klare Rollen" schrieb ich in das zweite Kästchen. Unsere Erfahrung damit in Kombination mit dem Meaning waren wirklich wunderbar. Dadurch, dass unsere Aufgabenverteilung dynamisch und voneinander abhängig war, wurden ohne viele Gesprächsrunden die gemeinsamen Prioritäten deutlich. Erst vor kurzem hatte Karla uns vorgewarnt, dass sie die Regionalgruppen nicht mehr bearbeiten wollte. Das war etwa die Hälfte ihrer Zeit und betraf etwa 300 Personen. Wir wurden panisch. Sie wollte das nicht mehr tun? So viele unzufriedene Menschen würden uns das Haus einrennen.

„Ich verbringe die Hälfte der Zeit mit etwas, das nicht zielführend ist und nicht wirklich unserem Meaning entspricht. Ich werde das bald nicht mehr tun."

Wir alle überprüften hektisch unsere Rollen. Was konnten wir rausnehmen, um selbst zu übernehmen? Doch egal wie sehr wir die Regionalgruppen aus Angst auch erhalten wollten, all unsere Rollen entsprachen weit mehr dem übergeordneten Meaning. Wir hofften einfach darauf, dass Karla unsere Ängste ernst nehmen oder es sich vielleicht selbst auch nicht trauen würde, aufzuhören. Doch irgendwann tat sie es tatsächlich. Sie nahm das Post-it „Regionalgruppen-Betreuung" und hängte es zum Fragezeichen. Wir hielten die Luft an. Wir überlegten noch einmal, es selbst zu tun, doch entschieden uns – orientiert am Meaning – immer wieder dagegen. Und … es passierte nichts. Es gab zwei leicht unzufriedene E-Mails und alle machten selbstorganisiert weiter. Karla machte eine Moderationsausbildung und hatte endlich Zeit, sich direkt den Schulen zu widmen.

Seit dieser ersten Konfrontation mit unserer Panik waren wir sicher: Diese Arbeit mit den Rollen, die wir uns ausgedacht hatten, funktionierte – im Sinne der Menschen und im Sinne der Organisation.

Ok, drittes Kästchen? Auch klar: „Beratene Entscheidung" schrieb ich sicher. Die ersten drei Elemente waren untrennbar miteinander verwoben. Das Prinzip der beratenen Entscheidung war uns am Anfang revolutionär vorgekommen. Wir würden allein entscheiden, auch in eine andere Richtung als die erhaltene Beratung? Wir würden die Entscheidungen der anderen unterstützen, auch wenn sie gegen unsere Beratung ausfielen? Wir erwarteten Widerstände und Konflikte, doch nichts dergleichen passierte. Tatsächlich war es einfach nur erleichternd, zu wissen, wer für was zuständig war und nicht alles gleichzeitig im Kopf haben zu müssen. Ich liebte das: Ich wurde gefragt, dachte drüber nach, gab meine Meinung mit in den Ring und konnte es direkt wieder loslassen und mich meinen eigenen Dingen widmen. Wenn jemand mehr meiner Zeit brauchte, um gemeinsam konzeptuell zu entwickeln, lud sie mich ein und ich konnte Ja oder Nein sagen. Wenn ich von mir aus etwas sagen wollte, konnte ich natürlich auch uneingeladen beraten oder meine nächtlichen Ideen einbringen. Ich durfte alles aussprechen und durfte es dann auch wieder loslassen. Und wenn mir eine Entscheidung wirklich nicht gefiel und es mich nicht loslassen wollte, konnte ich das Thema ja ein paar Wochen später nochmal eröffnen. Durch diese kontinuierliche punktuelle Beratung blieben wir informiert und vernetzt, ohne uns dauernd in langweiligen Meetings aufhalten zu müssen, schläfrig von all den Themen, die uns gar nicht betrafen. Außerdem wurde ich nie vom Arbeiten abgehalten. Ich konnte um Beratung bis zu einem bestimmten Termin bitten. Wenn sich jemand nicht meldete, konnte ich davon ausgehen, dass ich in meiner Entscheidung frei war und die Person mich unterstützen würde. Ich fühlte mich frei, einfach zu arbeiten.

Ich sah zufrieden meinen Dreiklang an: Meaning – Rollen – beratene Entscheidung. Es war so schlicht und doch so wirkungsvoll. Es hatte mir die Freiheit geschenkt, wieder gleichberechtigt in einem Team zu arbeiten. Mir kamen die Tränen. Wie viele Menschen gab es da draußen, die sich arbeitsunfähig fühlten, nicht weil sie selbst unfähig waren, sondern weil die Arbeitsstruktur unfähig war, ihnen Raum zu geben? Da aber Rentenkassen und andere Träger:innen Arbeit wie in der Verwaltung definierten – mit vierzig Stunden in Anwesenheit an einem Schreibtisch mit vorgegebenen Aufgaben und Hierarchie – „blau" im Sinne der Spiral Dynamics – konnten sie auch niemanden durch Beratung zu Freiheit verhelfen. Es ging nicht darum, was eine Organisation machte, sondern wie. Das entschied darüber, ob ich dort arbeiten konnte oder nicht. Genau diese Basis einer Lösung wurde jedoch nirgends mitgedacht. Stattdessen wurden Menschen umgeschult, um in derselben absurden Struktur woanders wieder den Stempel

„unfähig" zu erhalten. Ich verließ meinen Platz vor dem Flipchart und schrieb E-Mails des Dankes an alle, die mir das ermöglicht hatten. Allen voran Georg, der mir immer wieder den Raum gegeben hatte, die Strukturen anzupassen, bis wir wirklich zu einer Lösung gekommen waren – einer Lösung, die nicht für mich, sondern für alle und für die Organisation selbst gut war.

Um die anderen vier Prinzipien würde ich mich später kümmern. Jetzt genoss ich erst einmal den Dreiklang und den Raum der tausend Möglichkeiten, der sich für unglücklich arbeitende Menschen auftat.

Kapitel 63:

„Wie startet man eine Bewegung ohne viel Kommunikation?"

Das Ergebnis der Bundestagswahl stand fest. Ich las die Namen der Abgeordneten, die meinen Landkreis und die der Umgebung im Bundestag repräsentieren würden und mein Blick fiel auf Hans Schwerter. Ich lächelte und mir wurde ganz warm ums Herz. Hans und Georg waren die ersten Menschen gewesen, mit denen ich nach dem Studium eng zusammengearbeitet hatte. Nachdem ich aus Hawaii ins Oderbruch gezogen war, hatte ich eine Weile Sprachunterricht gegeben, bis der Drang in mir, etwas für Toleranz in meiner Region zu tun, zu groß für langweiliges Geldverdienen wurde. Ich rannte also mit Mitte zwanzig in Georgs Büro und erklärte dem unbekannten Mann, dass auch ich Mediatorin war und dass, wenn wir nicht gleich etwas tun würden, ich nach Neuseeland auswandern würde.

Er hatte sich das alles sehr amüsiert angehört und dann ruhig gesagt: „Jetzt stillst Du erst einmal in Ruhe ab und dann kommst Du mit zum Mediationskongress nach Berlin. Da haben wir in den Pausen Zeit, uns etwas auszudenken."

Vor dem Kongressgebäude im Park auf einer Wiese hatten wir dann einen Ansatz von Gemeinwesenmediation angedacht. Als klar wurde, dass wir die Stadt als Partnerin brauchten, hatte ich Hans kennengelernt. Er war damals Sozialdezernent, später Oberbürgermeister und er erklärte mir schon in unserem ersten Gespräch, dass aus seiner Sicht wir als Gesellschaft empathiekrank waren. Er war absolut bereit, ein Projekt zu unterstützen, das wieder ein wenig Empathie in seine Stadt brachte. In all den Jahren der Mediationsstelle hatten wir sehr gerne zusammengearbeitet, nicht oft, dafür aber immer herzlich. Und nun war er im Bundestag? Ich schrieb ihm sofort eine E-Mail und gratulierte ihm.

„Sicher erhältst Du gerade viele E-Mails und Anrufe von Menschen, die ihre Themen bei Dir platzieren wollen", fügte ich dann hinzu. „Ich würde mich hier gerne einreihen. Ich mache mir viele Gedanken über Arbeit und Krankheit und würde gerne einmal Deine Überlegungen und Kontaktideen dazu hören, wenn Du Zeit hast."

Als ich die E-Mail abgeschickt hatte, durchflutete mich wieder eine Welle von Scham. Wie konnte ich nur? Er würde jetzt so viel Arbeit haben und von so vielen Menschen belagert werden. Wie konnte ich ihn da noch mehr belasten? Die Antwort kam jedoch schnell und gewohnt herzlich: Er lud mich zum Essen ein.

Sobald wir uns gegenübersaßen, fühlte ich mich wieder wie zwanzig. Kurz war ich damit beschäftigt, dass ich mich dafür entschuldigen wollte, dass ich so viel dicker war als früher. Mir war klar, dass ich damit niemandem etwas antat, was eine Entschuldigung wert war, aber es dauerte einen Moment, bis ich diese Unsicherheit ablegen konnte. Dann war ich einfach nur noch unsicher, wie eben junge Berufsanfängerinnen unsicher sind, wenn sie sich mit ihren älteren, in der Hierarchie erfolgreichen Kollegen treffen. Ich atmete einmal tief ein und fragte erst einmal nach dem Bundestag. Ich brauchte Zeit, um mich mit meinem heutigen Selbst zu verbinden und dazu brauchte ich auch ihn in seinem heutigen Leben.

Er erzählte ein wenig von seinen ersten Schritten in dieser

neuen Welt und sah mich dann ganz direkt an: „Was kann ich für Dich tun, Mila?"

Oh Mist, das wusste ich gar nicht so genau.

„Ich weiß es noch nicht, Hans. Es gibt viele Dinge, die sich in mir bewegen und ich kann noch nicht ganz einschätzen, was das bedeutet."

Ich sah ihm seine Müdigkeit plötzlich deutlich an. Er hatte auf einen konkreten Plan gehofft, nicht auf jemanden, der Orientierung suchte.

„Ich versuche jetzt schon so lange zu arbeiten, obwohl ich krank bin und mit großen Einschränkungen zu tun habe. Ich habe vieles probiert und beginne, ein paar Lösungen zu finden, die für mich funktionieren. Ich habe allerdings gemerkt, dass das gesamte System so ausgelegt ist, dass es diese Lösungen verhindert, statt sie zu befördern."

„Vielleicht solltest Du Dich mit Herrn Schmidt treffen, von der Rentenversicherung?"

Oh, er war schon im Lösungsmodus? Hatte er wirklich schon verstanden? Ich hatte doch noch gar nichts Konkretes gesagt.

„Ja, vielleicht, aber was genau sollte ich ihm sagen?"

Er wurde noch müder. Er fing an, mir leid zu tun. Er hatte sicher so viel zu tun und überhaupt keinen Nerv für mein konfuses Gerede. Sollte ich zurückrudern? Ich startete noch einen Versuch.

„Irgendwie haben wir uns als Gesellschaft damit abgefunden, dass ein großer Teil der Bevölkerung eben im Bett rumliegt und nicht mitspielen soll. Menschen mit Behinderung haben inzwischen eine ganz gute Lobby, aber Menschen mit chronischer Erkrankung, die gerne ihren Beitrag leisten möchten, gibt es im Diskurs nicht." Ich konnte sehen, dass er sich wirklich Mühe gab, aber keine Ressourcen hatte. Ich ließ ihn also reden. Er gab mir noch zwei weitere Namen von Menschen, die vielleicht interessant sein könnten. Mir wurde schlecht. Genau das konnte ich nicht. Natürlich wusste ich, dass ich nur genügend Menschen ansprechen musste, damit sich etwas entwickeln konnte. Allerdings war genau das der Kern meiner

Behinderung: Viel Kommunikation löste die Symptome aus und ich war schon am absoluten Kommunikationslimit angestoßen.

„Sag es", versuchte ich mir innerlich gut zuzureden. „Hör auf, aus Respekt älteren Menschen gegenüber so höflich sein zu wollen, dass Du Deine Stimme verlierst."

Stattdessen hörte ich mich selbst sagen: „Ich will Dich gar nicht lange aufhalten. Du hast heute noch viel zu tun, oder?"

Er umarmte mich zum Abschied und wünschte mir viel Glück. Ich saß noch eine Weile still da und starrte die Namen auf meinem Zettel an: Menschen, die mir vielleicht helfen könnten. Es war unwahrscheinlich, dass ich mich trauen würde, dieser Spur zu folgen. Der Weg war immer derselbe: Ich würde mit ihnen sprechen, sie würden mir andere Namen geben, diese wieder andere und irgendwann würde ich bei den richtigen Personen landen. Ich kannte aus Zeiten der Mediationsstelle die Wege und Strategien und wusste, dass sie funktionierten. Aber ich würde das nicht tun können und neben mir interessierte sich scheinbar niemand dafür, dass kranke Menschen arbeiten konnten.

„Du musst es selbst tun, Mila. Du schaffst es", sprach ich mir wieder gut zu und beobachtete atemlos, wie sich die Todesangst in mir ausbreitete.

Die Botschaft meines Körpers war extrem: „Das würdest Du nicht überleben. Das kannst Du nicht tun."

Schnell verließ ich das Restaurant und schaffte es bis zum Auto, bis ich anfing lautstark zu weinen.

Auf dem Heimweg wiederholte sich der immer gleiche Satz in meinem Kopf: „Es muss eine Lösung geben. Es gibt immer eine Lösung. Es muss eine Lösung geben. Es gibt immer eine Lösung …"

Sobald ich zuhause ankam, schrieb ich eine E-Mail an die Bewegungsstiftung.

„Ihr Lieben", begann ich, „es ist an der Zeit, eine Bewegung aufzubauen – eine Bewegung von chronisch kranken Menschen, die arbeiten wollen. Leider ist das auch eine Bewegung von Menschen, die nicht massiv kommunizieren können. Alle

Theorien zum Aufbau von Bewegungen basieren fast ausschließlich auf Kommunikation. Welche Ideen habt Ihr, wenn es um den Aufbau einer Bewegung geht, ohne so viel kommunizieren zu können beziehungsweise zu müssen."

Die Antwort kam schnell.

„Liebe Mila", schrieben sie. „Das ist wirklich ein Dilemma. Ich nehme es mal mit in unsere Teamsitzung, ob anderen dazu mehr einfällt als mir. Bis dahin schreib doch mal eine E-Mail an Professor Weder. Er befasst sich mit dem Thema Bewegungen und vielleicht hat er ja Studierende, die sich dieses Themas annehmen möchten."

Welch gute Idee. Selbst wenn die Studis keine Lösung finden würden, könnte ich anhand ihrer Gedanken sicher mein Sichtfeld weiten und alternative Wege entdecken, die sich mir jetzt einfach nicht zeigen wollten. Ich spürte die Einsamkeit und Verzweiflung noch immer in mir, doch ein wenig Hoffnung hatte ich mir wieder erkämpft. Die nächste Generation würde freier denken können. Sie waren vielleicht wirklich die Lösung. Hoffentlich würde der Prof mir antworten.

Kapitel 64:

„Auf keinen Fall ein Wettbewerb von ‚Wer ist der Krankeste?'"

Morgens um vier wachte ich auf und in meinem Kopf geisterte Kais inzwischen leerstehendes Haus: In meiner Fantasie war es fertig eingerichtet als Co-Working für Menschen mit gesundheitlichen Einschränkungen. Das Wohnzimmer erhielt einen langen Tisch, an dem Leute sich mit ihrem Laptop einrichten können. Auch in der Küche war ein Tisch: ein klarer Ort der Begegnung. Das Schlafzimmer unten würde ein kreativer Raum für gemeinsames Denken werden, mit beschreibbaren Wänden und Kuschelecke. Das Durchgangszimmer sah ich klar vor mir als Telefonraum – abseits vom Hauptgeschehen, damit Kommunikation mit der Außenwelt die anderen nicht nervte. Und die Kinderzimmer oben? Schlafzimmer, fiel mir sofort ein. Wir brauchten die Möglichkeit des Rückzugs, Räume ohne Arbeit, nur zur Ruhe. Vielleicht eins mit TV und eins ohne (manche Menschen brauchten ja die Ablenkung, um nicht mehr über Arbeit nachdenken zu müssen). Auch den Garten hatte ich innerlich schon fertig designt: mit kleinen Arbeitsecken und einer Terrasse der Begegnung. Dann stellte ich mir ein paar Leute vor, die dort arbeiteten und meine Brust zog sich sofort zusammen. Bilder von Menschen, die auf der Terrasse saßen und sich gegenseitig von ihren Krankheiten erzählten, ermüdeten mich sofort. Ich suchte nicht nach einer Selbsthilfegruppe, auch nach keinem Wettbewerb von „Wer ist der Krankeste?". Ich wollte einfach nur einen Ort, an dem Menschen in Ruhe arbeiten konnten, weder allein noch von Kontakten überfordert. Inzwischen war es fünf und ich lag immer noch still im Dunkeln. Ich hatte gedanklich schon alle logistischen Fragen wie Schlüsselübergabe und Webseite geklärt. Was jedoch noch in mir arbeitete, war die Abgrenzung zur Jammerversammlung. Es brauchte eine Reihe von Regeln für das Miteinander, die in den unterschiedlichen Räumen auch gerne unterschiedlich sein durften. Wenn jeder Raum ein Arbeitskonzept hatte, durfte es auch Orte geben, an denen wir über unsere Krankheiten sprechen konnten. Sie waren Teil von uns und zentral für das Arbeitsexperiment und sollten auf keinen Fall ausgeschlossen werden.

„Aber nicht mehr als sieben Regeln", dachte ich und schlief fast ein.

„Sieben Regeln!" Ich setzte mich so abrupt auf, dass sogar Kai kurz wach wurde und mir über den Rücken streichelte.

„Alles gut", flüsterte ich. „Es geht mir gut."

Schon hörte ich sein leises Schnarchen. Gut, dass er einen so einfachen Zugang zu Schlaf hatte. Verwundert legte ich mich wieder hin. Ich hatte tatsächlich vergessen, dass ich diese Woche noch unsere sieben Prinzipien bei der Teamsitzung vorstellen wollte. Ich hatte mich so viel mit dem Thema Arbeiten mit Krankheit befasst, dass ich ein paar Tage lang nicht an Bildung 4.0 gedacht hatte.

„Morgen", dachte ich ruhig, bevor ich zufrieden einschlief.

Premiere: Es war das erste Mal, dass ich das Gefühl hatte, einen kleinen Moment des Abstands genossen zu haben. Vielleicht war ja doch ein wenig meiner Energie für eigene Projekte übrig.

Kapitel 65:

„Einfach nur einfach arbeiten."

Ich betrachtete das Flipchart: Meaning als Orientierung – Klare Rollen – Beratene Entscheidung. Reichte das schon? Es wirkte so mechanisch. Frederic Laloux sprach in seinem Buch von „Sense and Respond" – Spüren und Reagieren. Das war in dem Dreiklang nicht enthalten. In unserem Papier hatte ich es „die Organisation hören" genannt, entlang dem Verständnis, dass sie ein eigenes Wesen war, mit dem wir in Kontakt gehen konnten. Es war eine Einladung an die Intuition des Einzelnen.

„Jedes Teammitglied ist hierfür ein ernst zu nehmender Sensor", stand da.

Immer wieder war ich überrascht, was ich so schrieb und woran ich mich später gar nicht mehr erinnerte. Brauchte es für so etwas Subjektives eine eigene Regel? Ich blickte auf den Dreiklang, der bisher auf dem Flipchart stand und wusste, dass auf jeden Fall ein innerer Aspekt fehlte. So konnte das alles rein kognitiv erfüllt werden, es ging aber um mehr. Ich schloss die Augen und spürte in meinen Körper hinein. Was war das Mehr? Ich spürte, wie sich auf Ebene meines Solarplexus mein Körper mit Bildung 4.0 verband. Ein kleiner Kanal öffnete sich und ich konnte das Wesen spüren. Ich öffnete die Augen und schrieb „Verbundenheit" in das vierte Kästchen. Natürlich war das etwas sehr Persönliches und nichts, das man kontrollieren konnte, aber es gab uns die Berechtigung, einander darauf anzusprechen. Auch forderte es uns auf, die Organisation als Ganzes immer wieder in den Blick zu nehmen und nicht nur aus Sicht der eigenen Rollen zu handeln. Wenn wir immer Entscheidungen im Sinne der Organisation treffen sollten, mussten wir sie spüren und brauchten mehr Informationen als nur das rein Kognitive. Natürlich würden und sollten wir nicht immer voll verbunden sein. Es gab Zeiten, da ging es nicht vorrangig um Arbeit und das sollte unbedingt so sein. Nur sollten wir dann in diesen Zeiten auch keine konsequenzreichen Entscheidungen für die Organisation treffen. Ich betrachtete wieder das Flipchart. Ja, die Verbundenheit half. Sie gab der Struktur eine Weichheit und ein Innenleben und unsere individuellen Zugänge wurden noch mehr gewürdigt. Ich ging runter und machte mir erstmal einen Kaffee.

Was noch? Wir brauchten auf jeden Fall eine Selbstverpflichtung, zu kommunizieren und mit Konflikten umzugehen. Eine Entscheidung für Selbstorganisation war eine Entscheidung für viel direkte Kommunikation. Durch die vernetzte Verteilung der Rollen und die viele Beratung war sie im Alltag gegeben. Doch es ging um mehr: Es ging um die aktive Verantwortungsübernahme für meine eigene Arbeitsfähigkeit und das beinhaltete auch die Klärung von Irritationen. In der Holokratie wurden Konflikte immer als Indikatoren von unklaren Rollen definiert, was sehr hilfreich war. Es änderte das Gespräch von „Du bist doof" zu „Unsere Rollen sind nicht trennscharf genug voneinander definiert". Ich fand aber, dass es mehr Kommunikationsanlässe gab. Wir hatten vereinbart, dass wir im Zweifel vierschrittig vorgehen würden: Wir würden immer zuerst versuchen, die Dinge innerlich mit uns selbst zu klären. Statt unüberlegte Gespräche zu führen, sollte immer erst ein Moment der Reflexion stattfinden, wozu wir uns auch Unterstützung holen konnten. Sollte das nicht funktionieren, stand ein Gespräch mit den Betroffenen an und zwar ausschließlich mit den Betroffenen. Wir wollten keine Teamsitzungen, in denen Dinge die Zeit aller raubten, weil zwei Menschen ihre Unstimmigkeiten in die große Runde trugen. Sollte die Klärung zu zweit nicht funktionieren, konnten wir eine vermittelnde Person dazu nehmen und schließlich eine Person aussuchen, die für uns entschied. Seitdem wir uns die Erlaubnis – sogar die Verpflichtung – zu Konfliktklärung gegeben hatten, war mir Felix ganz nah ans Herz gewachsen. Er nahm das sehr ernst und meldete sich immer direkt, wenn er sich über mich ärgerte. Meistens waren das Dinge, die ich gesagt hatte, die für ihn grenzverletzend waren. Von Klärung zu Klärung kamen wir uns näher und ich erlebte wieder einmal, wie verbindend gemeinsam durchlebte Konflikte waren. Dadurch konnten wir auch nach und nach unsere Konfliktscheu ablegen, denn wir erlebten, dass diese uns eher verbanden als trennten. Auch Leah sprach all ihre Irritationen mit mir an. Sie wählte aber den schriftlichen Weg. Wir lernten, dass Konfliktklärung per WhatsApp, wenn getragen von grundsätzlichem Wohlwollen, durchaus möglich war. Karla und ich klärten unsere emotionalen Betroffenheiten in der Regel eher in uns selbst, berichteten dann aber manchmal von den Ergebnissen unserer Gedanken. Trotzdem war dieser Bereich eindeutig der Aspekt, in dem wir noch viel mutiger werden mussten, denn gegenüber den Gesellschafter:innen waren alle hauptsächlich höflich. Leah, Karla und ich kommunizierten alle drei gerne asynchron schriftlich. Dutzende E-Mails und Nachrichten gingen jeden Tag hin und her. Wie sollte ich nur diesen Bereich nennen? Es war so vielschichtig. Ich entschied mich zunächst für „Verantwortung für direkte Kommunikation" und begann von einer Organisation zu träumen, in der Menschen nur miteinander und nie übereinander sprachen.

Ich hatte noch zwei freie Plätze auf meiner Seite. Ich las nochmal in unserem Organisationsmodell.

„Wir arbeiten, wann und wo wir wollen, mit den Tools unserer Wahl", stand da.

Nun ja, das ergab sich ja ein wenig von selbst. Wenn wir sagten, dass es nur sieben Regeln gab und das darin nicht geregelt war, waren wir frei. Mir wurde plötzlich klar, dass dies ein echter Befreiungsprozess war. Wir merkten lange nicht, an welchen Stellen wir uns selbst unnötig eingrenzten, einfach weil wir uns daran gewöhnt hatten, dass es zu Arbeit gehörte.

Meine Hand ging zum Flipchart und schrieb, scheinbar ohne mit meinem Kopf verbunden zu sein: „Organische Entwicklung". Sofort war ich entspannt und glücklich. Ja, hierzu brauchten wir eine klare Positionierung. Wir würden die Organisation in Ruhe wachsen lassen und nicht an ihr rumzerren.

„Mila, was ist denn Eure Strategie, um in den nächsten drei Jahren 30.000 Schulen zu erreichen?", hatte Christa bei der letzten Gesellschafter:innenversammlung gefragt.

Dazu fiel mir gar nichts ein. So etwas gab es gar nicht. Was sollte ich darauf denn antworten?

„Keine", antwortete ich wahrheitsgemäß. „Weißt Du Christa, ich glaube an organische Entwicklung."

„Ich auch", hatte sie geantwortet.

Das hatte mir wieder einmal die Sprache verschlagen. Wieder dachte ich an das Bild der Karotte, die nicht schneller wuchs, wenn man an ihr zog. Organische Entwicklung bedeutete, dass wir der Organisation keine Vorgaben machten, sondern ihr folgten. Wir hatten Jahre mit wenig Resonanz von den Schulen hinter uns. Jetzt kamen sie immer schneller, immer mehr. Wir gingen mit beidem um, passten das an, was wir taten und ließen die Organisation in ihrem Rhythmus wachsen, immer bemüht, ihr den Boden für Entwicklung zu bereiten. Felix machte das nervös. Er konnte sich kein Vorankommen ohne Strategie und Zeitplanung vorstellen. Immer wieder predigte ich, dass er das ja für sich und seine Aktivitäten tun könnte, nur eben uns nicht seine Arbeitsweise aufzwingen durfte. Als Frederic zu Besuch bei uns auf der Bühne von der Abwesenheit von Strategie sprach, blickte ich kurz zu Felix rüber. Er sah mich an, nickte kurz und zwinkerte und wieder wurde mein Herz für ihn ganz weit. Doch ich hatte gelernt, dass ein radikal organischer Ansatz so sehr den

Entrepreneurship-Prinzipien widersprach, dass wir bedroht waren, in Krisenzeiten in die alten Arbeitsweisen zurückzufallen. Wir brauchten hier eine Regel, um uns dazu zu verpflichten.

Der letzte Platz war ganz einfach, denn jede Organisation brauchte Klarheit über Information. Wenn alle entschieden, brauchten alle Zugang zu allen Informationen, sonst konnten sie keine guten Entscheidungen treffen. Zudem arbeiteten wir online und hatten uns dazu verpflichtet, mindestens unsere Termine und To-do-Listen im Online-Tool zu führen. Das gab allen anderen die Möglichkeiten, auch kleinteiliger zu sehen, was wir so taten und so konnten wir proaktiv beraten, wenn uns etwas am Herzen lag. Wenn wir diese Transparenz nicht lebten, verloren wir den Kontakt zum Ganzen. Außerdem konnten wir spielerisch signalisieren, dass uns etwas wichtig war, indem wir die To-dos auf den Listen der anderen einfach nach oben schoben. Das war der pragmatische Teil unseres Arbeitsalltages.

Ich dachte an Karla mit ihrem Mantra „einfach machen" und nannte das Ganze ihr zuliebe „Einfach Arbeiten". Es war eine einfache Struktur, die uns ohne viel Reden immer arbeitsfähig sein ließ und immer in der Lage, sich an uns und an das Außen anzupassen.

EINFACH ARBEITEN 7 PRINZIPIEN SCHLICHTER SELBSTORGANISATION

Das Organisationsmodell „Einfach Arbeiten“ beruht auf der Annahme, dass Selbstorganisation einer verlässlichen Struktur bedarf, die den Freiraum definiert. Diese Struktur sollte nicht mehr als sieben Aspekte haben, da unbedingte Verlässlichkeit nur mit einer überschaubaren Anzahl an Punkten möglich ist.

Die 7 Prinzipien sind:

1. Orientierung an einem Meaning, einem Sinnsatz;
2. Klare Rollen, die sich die Menschen selbst aussuchen und die sich stetig verändern und anpassen;
3. Beratene Entscheidungen, die in die schnelle Umsetzung führen und ein Netzwerk aus Entscheidungen erschaffen;
4. Innere Verbundenheit zur Organisation, um auch Intuition in der Entscheidungsfindung nutzen zu können;
5. Verantwortung für direkte Kommunikation, sobald die eigene Arbeitsfähigkeit betroffen ist;
6. Selbstverpflichtung zu organischer Entwicklung, demnach einer kontinuierlichen Pflege der Organisation; und
7. Verfügbarkeit aller Information, um gut entscheiden und proaktiv beraten zu können.

Kapitel 66:

„Wir haben es so unendlich gut."

„Ich brauche Kontakt", schrieb Leah.

„Heute unterwegs. Morgen um 10 im Büro?" antwortete sofort Karla.

„Danke. Mila, hast Du heute Zeit? Darf ich vorbeikommen?"

„Klar, gerne."

„Bin in einer Stunde da."

Schön, ich freute mich auf Leah. Ich kuschelte mich noch eine Stunde ein, um etwas fitter zu sein. Für Leah musste ich aber gar nicht so fit sein. Sie konnte mich gut sehen und würde fahren, wenn sie meine Überreizung spürte.

„Ach, das ist schön", stöhnte sie, als sie sich auf das Sofa fallen ließ.

Ich machte uns schnell noch einen Tee und gesellte mich zu ihr.

„Es ist manchmal ganz schön schwer, sich alles zu organisieren", meinte sie.

„Du meinst Kontakt?"

„Nun ja, wissen, was ich brauche. Manchmal habe ich fast

Sehnsucht nach weniger Freiheit ..."

Sie hielt kurz inne.

„... aber nur so als Fantasie, wirklich gar nicht in der Realität."

Wir lachten. So ging es mir auch. Das Gemeine an New Work war, dass es kein Zurück mehr gab. Inzwischen erschien es uns absurd, wie schwer andere sich das Arbeitsleben machten.

„Gestern hat mir jemand erzählt, dass sie jeden Tag zwei Stunden in vollen Bussen zur Arbeit fährt, um dort allein in einem Büro zu sitzen."

Wenn ich sowas hörte, wusste ich, dass ich tatsächlich arbeitsunfähig war. Ich würde nicht einmal die täglichen Fahrten hinkriegen.

„Und ich? Ich darf einfach mitten in der Woche zu Dir fahren, um mich wieder gut verbunden zu fühlen."

Leah genoss kurz still ihre Dankbarkeit.

„Wollen wir nachher ein wenig nebeneinander arbeiten oder möchtest Du gerne etwas zusammenarbeiten? Ich habe beides dabei."

„Nebeneinander", antwortete ich, „aber lass uns noch etwas Tee trinken und erzählen."

„Gerne", freute sie sich. „Weißt Du, seit wir die sieben Prinzipien auf einem Blatt haben, läuft alles viel besser. Ich fühle mich viel sicherer in dem, was ich einhalten muss. Ich habe nicht mehr so viele diffuse Erwartungen, die auf mir lasten. Außerdem hat es sehr gutgetan, das Gefühl, dass alle verstehen und alle vom Selben sprechen."

„Ja, ich bin auch sehr froh. Meinst Du, ich sollte das jetzt alles noch ausformulieren, so als kleines Organisationsbuch?"

„Wozu?", fragte sie überrascht. „Es liest doch eh keiner und der Diskurs unter den Mitgliedern von Bildung 4.0 ist doch jetzt eröffnet."

Ich war fast ein wenig enttäuscht. Ich war gerade so gut im Thema, aber natürlich hatte sie recht.

„Weißt Du, was ich am meisten genieße?" hob ich an. „Den Arbeitsalltag. Früher waren es in anderen Jobs oft die Highlights, aber mit unserer Arbeitsform liebe ich den Alltag am meisten und die Highlights fallen eher in die Rubrik „anstrengend“. Obwohl ich hier bin, fühle ich mich beim Arbeiten immer im Kontakt. Ich verbringe am Anfang ein bis zwei Minuten damit, online nachzusehen, was Ihr so macht. Erst danach lege ich los. In der Regel nicht nach Plan, sondern nach dem, was so in mir schon vorgearbeitet hat. Es gibt auch in mir eine organische Entwicklung.“ Ich grinste.

„Apropos Online-To-dos“, warf Leah ein, „du musst bitte mal wieder mit mir sortieren. Das können wir aber am Telefon machen.“

Ab und an wuchs ihr ihre To-do-Liste über den Kopf und dann sprach sie sich frei und ich schob auf der Plattform ihre Sachen rum, bis sie sich wieder gut orientiert fühlte. Wir liebten es beide. Es war eine Reflexion direkt am Produkt.

„Total gerne“, freute ich mich daher schon drauf.

Ich fand es toll, wie unterschiedlich unsere Arbeitsstile waren: Leah mochte Struktur, Listen und Klarheit. Ich mochte es, dass ich die Dinge bearbeiten konnte, die sich in mir nach oben geschoben hatten.

„Wenn ich Leuten erzähle, dass wir an dem arbeiten, was wir am wichtigsten finden, verstehen die Leute oft, dass wir nur tun, worauf wir Lust haben“, erzählte Leah. „Was wir hier machen, scheint unvorstellbar.“

„Das erlebe ich auch. Wenn ich dann aber klarstelle, dass wir uns nicht aussuchen, was wir am liebsten tun wollen, sondern was die Organisation von uns am meisten braucht, hebt sich das schnell auf. Ich erzähle dann immer von Dir und den E-Mails.“

Leah lachte. Die E-Mails von Bildung 4.0 kamen bei ihr an und sie haderte damit sehr, da sie überhaupt keine Lust hatte, die Zentrale zu sein. Immer wieder drohte sie damit, die Aufgabe zum Fragezeichen zu hängen oder jammerte, um unseren Retter:inneninstinkt anzuregen. Aber niemand anderes war bereit, ihr die Rolle abzunehmen. Irgendwann hatte sie sich dann auf den Bildung-4.0-Stuhl gesetzt und sich vorgestellt, dass sie das einfach nicht mehr machen würde. Sie hatte sofort körperlich gespürt, wie instabil die Organisation wurde und wie wichtig es war, dass sie in dieser zentralen Rolle blieb – nicht irgendjemand, sondern sie. Es war eine Aufgabe, die sie von uns allen mit ihren Fähigkeiten wirklich am besten konnte. Damals hatte sie aufgestöhnt, aber auch Frieden mit ihrer Rolle geschlossen. Wir anderen waren so dankbar, dass sie etwas tat, worauf sie keine Lust hatte, dass wir uns bemühten, ihr andere unliebsame Aufgaben abzunehmen.

„Das war irre, Mila, das zu erleben", bestätigte Leah, „und Karlas Gesicht dabei war der Hammer."

Wir lachten. Karla mochte den Stuhl im Kreis als Erinnerung, dass es um die Organisation ging, gerne. Dieses Zeug mit dem Draufsetzen und Spüren und mit einem Stuhl reden fand sie allerdings absolut grenzwertig und nur akzeptabel, wenn sie das nicht selbst tun musste.

„Das genieße ich so", schloss ich an. „Jede von uns darf die Tools nutzen, die für sie Sinn ergeben. Es gibt so viele Werkzeuge da draußen, die mir total Spaß machen, wenn ich nicht andere damit überrumpeln muss und es nicht immer dasselbe ist."

Leah lachte: „Weißt Du noch, wie verblüfft Georg war, als er verstanden hat, dass das tatsächlich dazu führt, dass man mehr Zeit hat, zu arbeiten."

„Als ich letztens unsere Arbeitsweise bei einem Wirtschaftskongress vorgestellt habe, war ich total überrascht."

Ich hatte ihr davon ja noch gar nicht berichtet.

„Sie hatten mich eigentlich nur als eine Art Hofnarr eingeladen", erzählte ich ihr. „Sie wollten gerne, dass die ganzen Manager aus den Großkonzernen sich mal über etwas ganz anderes unterhalten, mal kurz erschüttert werden. Aber es passierte etwas ganz anderes. Die erste Frage aus dem Publikum war gleich: „Ich hätte dann also Zeit, zu arbeiten?", und alle anderen nickten hoffnungsfroh. Ich hatte versucht, ihnen zu erklären, dass sie dann natürlich Zeit hatten, zu arbeiten, aber eben auch keine Führungsposition mehr innehatten. Erstaunlicherweise fand mehr als die Hälfte des Hörsaals das echt eine Überlegung wert: Status und Reichtum gegen die Freiheit, selbst zu arbeiten und sich nicht immer um den Mist der anderen kümmern zu müssen."

„Ja, diese Sehnsucht, arbeiten zu dürfen, kenne ich auch aus den Konsensorganisationen", erwiderte Leah. „Sie sind so müde vom vielen Reden und davon, dass ihre Ideen immer irgendwie so lange verwässert werden, bis sie für alle verdaulich sind."

Wieder genossen wir den Moment gemeinsamer Dankbarkeit. Arbeiten dürfen war so schön. Es war paradox, dass man bei der Arbeit so viel Sehnsucht nach Arbeit hatte.

„Es gibt eine kleine Studie der Unternehmenspsychologie, eine detaillierte Beobachtung von dreißig Leuten über mehrere Tage. Was dabei rauskommt, ist, dass die Menschen 11 Minuten an ihren Projekten arbeiten, dann unterbrochen werden und dann etwa 25 Minuten brauchen, um die Unterbrechung zu bearbeiten und wieder in ihre Konzentration zu kommen, um dann für weitere 11 Minuten zu arbeiten. Wenn Du jetzt da noch die vielen Sitzungen, in denen man selbst gar keinen Beitrag hat, dazu zählt, bleibt echt nicht viel Arbeitszeit übrig. Es gibt inzwischen sogar eine Unterbrechungswissenschaft", erzählte ich belustigt.

Ja, ungestört dem eigenen Wesen entsprechend arbeiten dürfen, war echt zum Privileg geworden.

„Mila, war das, was Du beschrieben hast, Dein erster Vortrag seit Du krank bist? Wie war's für Dich?"

Ich hätte sie umarmen können: Nie vergaß sie, dass es einen Menschen hinter der Handlung gab, ein Innen hinter dem Außen.

„Ich war vorher mega aufgeregt, habe mich dann aber getraut, vorher minutenlang eine Powerpose einzunehmen."

Ich stemmte meine Hände in die Taille und zeigte ihr meine Superwoman-Imitation.

„Ich war extrem gut vorbereitet, hatte Folien mit der Hand gemalt und im Zug mindestens dreimal innerlich meinen Vortrag gesprochen und getimed. Im Anschluss kam Oscar auf mich zu, mit dem ich schon sehr lange nicht mehr gearbeitet hatte, und meinte: ‚Mila ist wieder da.' Ich war echt gut. Das hat

POWER-POSEN

Unsere Körpersprache spiegelt unsere innere Sicherheit oder Unsicherheit wieder. Die Frage ist jedoch, ob diese Kausalität in beide Richtungen funktioniert, ob die körperliche Darstellung von Sicherheit sich auch im Innen widerspiegelt.

In ihrem Ted-Talk berichtete Amy Cuddy von ihrer Forschung, die sogar noch einen Schritt weitergeht: die Körperposen verändern den Hormonspiegel, erhöhen den Testosteron-Wert und bringen die Cortisol-Werte (Stresshormon) runter – so stellt sich tatsächlich ein Gefühl von Selbstvertrauen ein. Obwohl die Forschungsergebnisse auf hormoneller Ebene wissenschaftlich angezweifelt werden, hat sich die Wirkung von Power-Posen auf der emotionalen Ebene durchaus bewährt.

Die am häufigsten genutzten Posen sind „Superman" (breitbeinig mit den Händen in den Hüften, der Blick zum Horizont) und die Siegerhaltung, bei der die Arme nach oben ausgestreckt werden. Auch entspannte Posen mit den Füßen auf dem Schreibtisch wirken, wichtig ist lediglich, dass die Körperhaltung geöffnet wird und so der unsicheren geschlossenen Haltung entgegenwirkt.

sehr gutgetan."

„Und wie lange hast Du gebraucht, um Dich davon wieder zu erholen?"

Sie kannte mich echt gut.

„Da es in Hamburg war, etwa drei Tage. Aber ich kann das mit der Erholung immer besser. Ich hatte die Tage gleich vorher schon im Kalender gestrichen."

„Das mit dem weniger bei Bildung 4.0 arbeiten, hat aber nicht wirklich funktioniert, oder?", feixte sie.

Tatsächlich waren kurz nach meiner Entscheidung, in den Stunden runterzugehen, verschiedene Anträge bewilligt worden. Das Konzept von „Aufstocken in Projekten" hatte sofort gegriffen und ich konnte eh nicht mehr als zehn Stunden Arbeitsalltag leisten, da die Projekte meine Arbeitskraft vereinnahmten. Die meisten Projekte waren Gott sei Dank Produktentwicklungen, die ich in großen Teilen von zuhause aus bearbeiten konnte.

„Weißt Du, es zieht mich schon stark zum Thema „Arbeiten mit Krankheit", einfach weil sich niemand sonst darum kümmert. Aber wir haben uns hier auch etwas echt Gutes geschaffen und manchmal denke ich, ich sollte mich einfach komplett einlassen. Ich bin dauernd unzufrieden, weil ich mit meinen eigenen Vorhaben keinen Schritt weiterkomme."

Sie sah mich verwundert an. Sonst war es immer sie, die mit der Aufteilung ihrer verschiedenen Arbeitswelten haderte.

„Musst Du das entscheiden?", fragte sie weise.

„Irgendwann sicher, aber nicht heute", schmunzelte ich. „Jetzt gerade ist es so schön. Das hat einen großen Wert. Wir haben lange daran gearbeitet, dass wir alle Ressourcen freisetzen, um nur für die Schulen zu arbeiten. Jetzt haben wir es echt geschafft. Bessere Arbeitsgrundlagen gehen eigentlich kaum. Zudem interessieren sich immer mehr Leute für unsere Arbeitsweise, weil wir nicht nur davon reden, sondern es auch wirklich machen."

„Ja, wir sind schon cool", lachte Leah und setzte sich mit ihrem PC an den Küchentisch. Ich holte mir ein Buch über lernende Schulen, setzte mich dazu und begann alles zu markieren, was für unsere Schulen relevant war und was ich für sie im Blog aufbereiten konnte.

Das Gespräch mit Leah ging mir nochmal durch den Kopf. Konnte es wirklich so einfach sein? Hatten wir wirklich ein Modell gefunden und nun war das Happy End eingetreten? Irgendwie konnte ich mir das nicht vorstellen, aber es war schön, das Gefühl eine Weile zu genießen.

Kapitel 67:

„Das geht so nicht. Zusammen arbeiten heißt eben auch, sich täglich sehen."

Ein paar Wochen später saß ich im Zug auf dem Rückweg aus Berlin. Endlich hatte ich einen Platz ergattert und lehnte mich zurück. Die Rückfahrt aus Berlin war heute wieder einmal besonders schlimm. Ausgefallene Züge und besonders unzufriedene Mitreisende. Ich spürte den Anfall anrollen und sah auf die Uhr. Noch eine Stunde bis Zuhause. Das würde ich schaffen. Ich hatte noch ein wenig Puffer. Ich schloss mein leeres Handy an die Steckdose der Regionalbahn an. Es passierte nichts. Ich drückte auf den Knopf und überprüfte Kabel und Handy. Nichts. Ich hatte schon lieber ein aufgeladenes Telefon bei mir – vor allem in diesem Zustand. Die Vorstellung aber, heute noch mit einer fremden Person kommunizieren zu müssen, überhaupt noch mit irgendjemandem, erschien mir schlimmer. Ich musste jetzt auch sehr achtsam mit meiner Zeit umgehen und konnte keine weiteren Reize riskieren. Ich schloss die Augen und spürte in mich hinein und eine Welle von Wut und Verzweiflung schoss mir entgegen. Ich war total am Ende.

Dieser eine Tag in Berlin würde mich mindestens eine Woche Erholung kosten, wenn ich das richtig einschätzte. Und wozu? Wem hatte denn dieser Tag nun irgendetwas gebracht? Ich war ganz bereit, über alle Grenzen zu gehen, wenn der hohe Preis, den ich zahlte, sich lohnte. Aber für sowas? Wir hatten uns im Team getroffen und es war nicht eine einzige Information über den Tisch gegangen, die ich nicht schon kannte. Jede:r, die sich auch nur eine Minute am Tag nahm, um einmal in unserem Online-Tool die anderen Mitarbeiter:innen in den Blick zu nehmen, wusste das alles. Aber da einige Menschen es in ihrem oh so vollen Alltag einfach nicht schafften, sich regelmäßig fünf Minuten Zeit zu nehmen, mussten die Zeitressourcen aller Teammitglieder eben herhalten, um sie zu informieren und reinzuholen. Wie respektlos war das im Umgang mit der Zeit anderer?! So viele Menschen hatten wirklich das Gefühl, dass ihre eigene Zeit viel kostbarer war als die aller anderen. Was war die Logik dahinter? Wer sich selbst den vollsten Kalender gebaut hatte, kriegte das Recht, über die Zeit der anderen zu verfügen? Ich hörte, wie ich vor Wut schnaubte und sah mich schnell im Zug um. Ich hoffte, dass das niemand bemerkt hatte. Aber im Feierabendzug sahen die Menschen einander in der Regel eh nicht. Das Wüten in mir ging weiter. Es war ja nicht einmal so, dass sie sich dafür entschuldigten. Im Gegenteil: Sie beschwerten sich lautstark darüber, dass sie Dinge nicht wussten oder nicht gefragt wurden. Sie beschwerten sich auch, dass ihre Aktivitäten nicht in Berichten erschienen, weil ich darüber keine Information hatte.

Wenn ich dann dieses Thema anschnitt, kam die immer selbe Antwort: „Das geht eben so nicht, Mila. Wenn man in einem Team arbeitet, muss man sich halt auch täglich sehen."

Willkommen im digitalen Zeitalter. Wir sprechen hier von fünf Minuten in der Woche, weniger als die YouTube-Videos, die sie gerne lachend anderen zeigen. All das sagte ich aber natürlich nie, da ich wie immer sprachlos sein musste. Was für ein Feigling war ich denn?

Ich spürte, wie meine Gedanken sich immer und immer

schneller drehten. Ich musste mich irgendwie wieder in Ruhe bringen, sonst würde der Anfall noch schneller kommen als gedacht. Wenn sie sich so gerne trafen, warum taten sie es nicht einfach? Sie waren alle in Berlin. Warum brauchten sie mich dazu? Warum konnten sich die Menschen nicht einfach um ihre eigenen Bedürfnisse kümmern? Es kostete auch nicht mehr Zeit, als anderen Druck zu machen und war wesentlich erfolgreicher und respektvoller. Und wenn ich mir noch einmal anhören musste, dass es unmöglich war, dass wir keine Pressearbeit machten, würde ich kotzen.

„Ruhig, Mila, ruhig, das bringt nichts. Du kannst Dich morgen aufregen, nicht heute," versuchte ich mich selbst zu beruhigen.

„Verdammt, wenn Ihr Pressearbeit wollt, macht es doch selbst", wirbelte die Wut weiter durch meine Gedanken.

Acht Leute fühlten sich als Teil des Teams, drei übernahmen fast alle Arbeiten und die anderen fanden dann, dass sie auch noch Aufgaben austeilen konnten, statt sich zu bedanken. Was für ein Menschenverständnis versteckte sich denn dahinter?

„Es reicht jetzt wirklich, Mila", wurde ich streng mit mir.

Hatte ich das laut gesagt? Die Wut verschwand aber schon und überließ der Verzweiflung das Feld. Sie hatten alle keine Ahnung, was sie mir damit antaten. Ich musste bei jedem Telefonat mit Christa lächeln, weil sie immer freundlich fragte: „Wie geht es Dir?", ich immer versuchte, so wahrheitsgemäß wie möglich zu antworten und sie jedes Mal wortwörtlich ganz liebevoll feststellte: „Stimmt, Du musst ja mehr auf Dich achten. Das vergesse ich immer."

Genau, sie vergaß es eben wirklich immer.

Die anderen ärgerten sich gar nicht so stark wie ich über die verschwendete Zeit. Sie investierten sie eben, damit wir als Gesamtteam nicht auseinanderfielen. Im Anschluss baten sie mich dann aber, die anderen noch tiefer in unsere Arbeitsweise reinzuholen, statt es selbst zu machen. Und natürlich gehorchte ich wieder, sprach sie wieder und wieder darauf an. In den Gesprächen folgten immer große Versprechen und dann passierte rein gar nichts. Das Paradoxe war, dass ich durch mein kontinuierliches und doch freundlich bleibendes Bitten langsam den Respekt verlor, da ich mich ja offensichtlich nicht durchsetzen konnte. Das konnte ich wirklich nicht – noch schlimmer: Ich wollte es nicht. Aus meiner Sicht war es Gewalt, Leute zu etwas zu zwingen, das sie nicht wollten oder konnten. Vielleicht war ich damit wirklich eine katastrophale Leitung. Die Verständnisse von Arbeit prallten aufeinander: Eine Leitung, die sich durchsetzt gegen eine Leitung, die sich für den Prozess verantwortlich fühlt; ein Arbeitsalltag der täglichen Begegnung gegen die Nutzung von Digitalität als Tor zur Freiheit; die Erteilung von Aufträgen an andere gegen die Übernahme von Verantwortung für das, was einem wichtig war. Persönlich hatte ich hier keine Wahl: Letzteres bedeutete, dass ich weiterhin mitarbeiten konnte und ersteres, dass das einfach nicht ging. Vielleicht war ich ja wirklich nicht zumutbar? Ich konnte auch nicht von den anderen verlangen, auf meine Einschränkungen Rücksicht zu nehmen. Ich konnte nur dankbar sein, wenn Leah und Karla es taten und es als Berechtigung empfanden, auch auf sich selbst mehr Rücksicht zu nehmen.

Als wir am Bahnhof ankamen, war ich wieder ruhig, aber der Anfall stand vor der Tür. Ich brauchte noch zwanzig Minuten nach Hause. Das war ok, aber sehr viel mehr Puffer hatte ich wirklich nicht mehr. Ich setzte mich ins Auto und es sprang nicht an. Es passierte gar nichts. Es machte nicht einmal mehr Klick. Ich versuchte mein Handy anzumachen, um Kai anzurufen. Manchmal war ja noch ein kleiner Rest-Akku vorhanden. Es ging auch kurz an, aber schon während ich im Adressbuch blätterte, stürzte es ab. Ich hatte ein Ladekabel im Auto, aber das half nicht, wenn das Auto nicht ansprang. Ich stellte meine Lehne zurück und machte mich auf den Anfall bereit. Doch was dann? Ich musste ja irgendwie nach Hause kommen. Ich hatte noch etwa zehn Minuten, das spürte ich klar. Ich griff mein Handy und mein Ladekabel und ging rüber zu den Wohnungen neben dem Parkplatz. Ich klingelte.

„Ja?“, klang eine Stimme durch die Sprechanlage.

„Bitte entschuldigen Sie, mein Handy ist leer und mein Auto

springt nicht an. Dürfte ich bitte mal telefonieren?"

„Nein", sagte die Frau und legte auf.

Ich klingelte bei weiteren Menschen. Inzwischen rannten mir die Tränen über die Wangen. Ich sah, wie Gardinen zur Seite gezogen wurden und wie ich angesehen wurde, aber niemand sprach mit mir. Ich wechselte die Straßenseite, doch dort geschah ebenfalls nichts. Die Lichter waren an, aber niemand war bereit, mit mir zu sprechen. Ich schaffte es nicht einmal zurück zu meinem Auto. Ich setzte mich auf den Grasrand des Parkplatzes, gerade rechtzeitig. Während der Anfall meinen Körper schüttelte, war ein Teil von mir ganz klar. Ich spürte, wie die Menschen mich hinter den Fenstern beobachteten. Morgen würden sie sich auf der Straße über mich unterhalten.

„Hat die Frau bei Dir auch geklingelt? Ich habe sowas im Fernsehen gesehen, dass sie so alte Frauen ausrauben, aber dass das schon bei uns auf dem Dorf auftaucht."

„Sie war total betrunken", sagte die andere. „Oder Drogen. Habt Ihr gesehen, wie sie einfach auf dem Parkplatz dalag und dann nicht einmal mehr aufstehen konnte?"

Nach dem Anfall setze ich mich auf. Mehr konnte ich noch nicht. Ich wusste nicht weiter. Mein Auto ging nicht, ich konnte nicht um Unterstützung rufen und hier wollte mir keiner helfen. Ich saß auf dem Bordstein direkt an der Straße und sah dabei zu, wie Auto um Auto an mir vorbeifuhr. Manchmal, wenn die Schranke sich schloss, standen die Autos direkt neben mir und ihre Fahrer:innen sahen verkrampft in die andere Richtung. Ich konnte nicht mehr aufsehen. Ich konnte keine weitere Ablehnung vertragen. Ich konnte keinen Kontakt mehr aufnehmen. Ich konnte nur noch sitzen, meine Haare als Schutz vor mein Gesicht ziehen, auf den Boden gucken und weinen, weinen, weinen.

Aus den Augenwinkeln sah ich, wie ein kleiner weißer Transporter langsamer wurde und Hoffnung keimte in mir auf. Er würde halten. Als er dann doch weiterfuhr, ergab ich mich meinem Schicksal. Ich würde hier übernachten. War es schon kalt genug, um zu erfrieren? Ich hatte jedenfalls keine Kraft mehr, mir Hilfe zu besorgen. So war das also. Ich hatte nie wirklich verstanden, warum Menschen aufgaben. Aber nach genug Abweisung war irgendwann einfach die Hoffnung aufgebraucht.

In dem Moment bog der kleine weiße Transporter auf den Parkplatz und blieb neben mir stehen. Ein junger Mann stieg aus.

„Kann ich Ihnen helfen? Geht es Ihnen gut?"

Meine Antwort war kaum verständlich, weil ich lauter und schneller schluchzte, als ich sprechen konnte.

„Ich hatte einen Anfall. Mein Auto geht nicht. Mein Handy ist leer. Keiner hilft mir. Haben Sie eine Anschlussfähigkeit für mein Ladekabel im Auto?"

„Ein Anschluss?", fragte er überrascht. „Ich kann Ihnen mein Handy geben."

Ich konnte Kais Handynummer nicht auswendig und hoffte inständig, dass jemand zuhause war. Chloë nahm ab.

„Anfall. Parkplatz Jacobsdorf. Abholen bitte."

Viel mehr brachte ich nicht raus.

„Mama? Alles wird gut. Wir kommen Dich holen. Ich werde Kai finden, sonst komme ich allein. Alles gut, Mama, wir kommen."

Sofort wurde ich ganz ruhig und meine Tränen versiegten.

„Danke", gab ich dem Mann sein Handy zurück. „Vielen, vielen Dank. Ich sitze hier schon sehr lange und niemand hat angehalten."

„Ich bin auch erst vorbeigefahren", entschuldigte er sich, „aber es ging mir nicht aus dem Kopf, dass Sie vielleicht Hilfe brauchen."

„Vielen herzlichen Dank, wirklich. Sie müssen hier nicht mit mir warten. Es dauert noch ein wenig, bis sie hier sind."

„Sind Sie sicher?", fragte er unsicher.

„Absolut, vielen Dank. Ich werde mich jetzt in mein Auto setzen und bin dort sicher. Vielen, vielen Dank."

Ich humpelte in mein Auto und legte mich hinein. Ich war ganz ruhig und eine Welle von Dankbarkeit stieg in mir hoch.

Vor einiger Zeit hatte Chloë ihren Rückflug aus England

verpasst. Sie hatte eingecheckt, aber die Schlange an der Security war so lang gewesen, dass sie zu spät ans Gate kam. Dort brach sie heulend zusammen. Es war der letzte Flug des Tages und sie wusste nicht weiter. Ich konnte sie auch am Telefon nicht beruhigen, buchte ihr schließlich einen neuen Flug für den nächsten Tag und war gerade dabei, ihr ein Hotelzimmer zu besorgen, als sie wieder anrief.

„Wendy hat gesagt, ich darf mit zu ihr. Sie möchte gerne mit Dir sprechen", erzählte sie atemlos.

Wendy war eine der Security-Beamtinnen und hatte selbst eine Tochter in Chloës Alter.

„Ich hoffe, wenn meine Tochter Hilfe in der Welt braucht, eine andere Mutter für sie da ist", sagte sie.

Chloë erzählte mir später, dass diese Situation ganz viele ihrer Ängste hatte verblassen lassen. Sie hatte erlebt, dass es immer weiter ging und dass, wenn man es wirklich brauchte, ein Engel auftauchte. Mein Engel war ein junger Bauarbeiter in einem weißen Kleintransporter.

Kapitel 68:

„Wie gut, dass wir alle genau so sein dürfen."

Ich war immer wieder verblüfft, wie schnell alles wieder normal wurde. In Anfallssituationen fühlte es sich so an, als wäre alles zu Ende und nichts würde je wieder gut werden. Schon wenige Tage später saß ich wieder am PC – emotional und körperlich noch ein wenig wackelig, aber voller Tatendrang. Als ich meine E-Mails öffnete, hatte ich fast ein schlechtes Gewissen. Stimmen von Familie und Freunden tauchten in mir auf, die auf mich einredeten, dass ich mir doch mehr Zeit nehmen sollte, bevor ich wieder arbeitete. Aber mir war langweilig und Arbeit war für mich die angenehmste Beschäftigung. Ich fragte mich zum tausendsten Mal, ob die anderen Menschen das nur nicht verstanden, weil sie nicht gerne arbeiteten oder ob ich wirklich seltsam war, dass ich es so gerne tat.

Ich überblickte einmal die Betreffe der neuen E-Mails – wie immer ein wenig ängstlich, dass Dinge dabei sein würden, die mir emotionale Kraft abverlangen würden. Dazwischen fand ich eine E-Mail von Karla ohne Betreff. Sehr untypisch. Ich öffnete sie sofort: „Mila, ich möchte im Moment nicht sprechen. Ich hoffe, Du hast Verständnis, dass ich erst einmal eine Weile nur schreiben möchte."

Huch, was war denn da los?

„Mein Mann hat mir gestern erzählt, dass er eine andere Frau hat. Ich muss mich jetzt erst einmal sortieren. Ich möchte aber gerne weiter arbeiten, das tut mir gut. Nur vielleicht nicht so viel wie sonst und vielleicht geht auch nicht alles."

Mir fiel der Unterkiefer runter. Sie zogen heute um. Er hatte monatelang auf sie eingeredet, mit ihr aufs Land zu ziehen und an dem Tag, bevor der Umzugswagen kam, als alles gekündigt war, da eröffnete er ihr, dass er sie betrog? Ich war fassungslos. Wieviel sollte Karla denn noch aushalten? Sie war seit Monaten nur halb arbeitsfähig. Sie hatten sich getrennt und waren wieder zusammengekommen. Vor allem jedoch hatte sie mit den Kindern sehr viele Sorgen und zu allem Überfluss war ihre Tante gestorben und sie war die Einzige, die jetzt alles sortierte und ausräumte, obwohl diese sie aus einer Laune heraus ein paar Wochen vor ihrem Tod noch enterbt hatte. Nun zog sie mit drei Kindern und ohne Führerschein aufs Dorf in ein Haus, das noch lange nicht saniert sein würde. Wie sollte das gehen?

„Natürlich, Du Liebe! Leah und ich kriegen das hier hin. Du sagst uns, was Du brauchst", tippte ich schnell und versuchte immer noch, meinen Mund wieder zu schließen.

„Aber ...", begannen die Gedanken immer wieder in meinem Kopf, ohne weiterzugehen. „Aber ..."

Ich rief Leah an. Sie wusste es ja sicher schon, denn die beiden waren sich viel näher als Karla und ich.

„Weißt Du, Mila, ich bin so dankbar, dass wir arbeiten, wie wir arbeiten. Wir haben ein System, wie wir schnell und effektiv mit solchen Situationen umgehen können. Es ist für Karla eine riesige Erleichterung, das zu wissen. Aber auch für uns. Wir wissen, wir müssen nicht zu zweit die Arbeit von Dreien machen. Wir werden jetzt unsere Rollen so lange schieben, bis alles Wichtige abgedeckt ist und der Rest muss eben warten."

Beim Auflegen spürte ich die Dankbarkeit. Sie hatte recht: Wir sprachen nicht nur von Potenzialentfaltung und davon, dass alle als ganze Menschen da sein durften. Wir lebten das auch wirklich. Das war nicht nur für mich von großem Vorteil, sondern für uns alle. Paradoxerweise nahm mir das ein wenig von meinen Schuldgefühlen ab, die ich immer noch gerne mit mir herumtrug. Karla würde ein wenig Zeit brauchen, sich zu sortieren und würde dann die Rollen abgeben, zu denen sie sich gerade nicht in der Lage fühlte. Leah und ich würden dann jede für uns schauen, welche ihrer abgelegten Rollen wir wichtig genug fanden, dass wir sie übernehmen wollten. Dann würden wir natürlich einige von unseren Rollen abgeben, um wieder auf ein gesundes und realistisches Maß Arbeit zu kommen. Genau in solchen Situationen zeigte sich die Macht hinter unserer Arbeitsweise, denn wir konnten zugleich schnell, effektiv und menschlich reagieren und immer im Sinne der Organisation handeln.

Ich dachte an meinen Freund Robert, der gefangen war in einer Domino-Burnout-Situation. Sein Kollege war seit über einem Jahr krankgeschrieben. Um aber weiter Krankengeld zu bekommen, wechselte er ab und an die Diagnose und konnte so nicht ersetzt werden. Sein Burnout steckte nun Robert an, weil er die Arbeit von zwei Personen machen musste, ohne zu wissen, wie lange noch. Ich konnte dabei zusehen, wie ihn seine Kraft und Lebendigkeit verließen und sich sein Mitgefühl für seinen Kollegen in Wut verwandelte. Ich verstand, dass Menschen sauer auf andere wurden, wenn diese krank wurden, obwohl es sinnlos und unempathisch war. Es musste einfach in anderen Arbeitsweisen direkt von den Kolleg:innen ausgebadet werden und dann dauerte es nicht lange, bis ein:e Schuldige:r herhalten musste. Ich verstand auch Karlas Wunsch, weiterzuarbeiten. So ging es mir auch. Arbeit tat gut. Es war auch Ablenkung von dem Anstrengenden und die Möglichkeit, in schweren Phasen wenigstens ein paar Erfolge zu zelebrieren. Vor allem blieb sie mit uns verbunden. Doch in einem System, in dem man entweder krank oder gesund war und Mischformen nicht erlaubt waren, mussten dann die Schwachen raus und die Starken so lange übernehmen, bis auch sie schwach wurden.

Erstaunlich, wie klar ich das alles sehen konnte, wenn es nicht um mich ging und meine Schuldgefühle nicht meinen Blick trübten. So leid mir Karla tat, so glücklich war ich mit uns. Ich freute mich auf die gemeinsame Zukunft. Bald würde Christa in Rente gehen und dann konnten sich Felix und sie endlich, wie versprochen, ganz unserem Organisationsmodell anschließen. Ich spürte innerlich die Weite, die sich in mir auftat, wenn ich an das Ende dieses anstrengenden Reibungsverlustes dachte.

Dann stand ich auf. Heute war kein Tag, um zu arbeiten. Ich war noch zu dünnhäutig für E-Mails und mein Hirn noch nicht frei genug für konzeptionelles Denken. Ich liebte es, dass ich das einfach durfte. Als ich mich aufs Sofa vor den Fernseher setzte, bemerkte ich das Mantra in meinem Hirn: „Menschlichkeit und Effizienz, Menschlichkeit und Effizienz“. Ich lächelte und genoss die Dankbarkeit und Vorfreude in mir, während ich innerlich eine Umarmung an Karla schickte.

Kapitel 69:
„An Gefühlen stirbt man nicht."

„Man, dann erklär es mir doch einfach", meckerte ich Georg am Telefon an.

Immer wieder sprach er von Dingen, die er bei seinem Lehrer Thomas Hübl lernte, ohne dass ich wirklich verstand, was er damit meinte. Jahrelang hatte er von Spiral Dynamics gesprochen und ich musste eine Teamfortbildung organisieren, damit ich endlich in den Genuss seiner Erklärung kam. Nun sprach er die ganze Zeit von transparenter Kommunikation.

„Das geht nicht so schnell. Es ist nicht so einfach", redete er sich schon wieder raus. „Du musst ihn einfach kennenlernen, Mila."

Ich hatte inzwischen mehrere Menschen aus dem Umfeld von Thomas Hübl kennengelernt und mochte sie alle. Ich sah auch sehr gerne dabei zu, wie sich Georg nach und nach veränderte. Wie er immer weicher und ehrlicher wurde, irgendwie verbundener mit uns in seinem Umfeld. Es war mir auch wirklich wichtig, Georg zu verstehen. Er war mein Entwicklungspartner in so vielem und je tiefer ich ihn verstand, desto besser konnte ich ihn mitdenken.

Ich schickte eine Nachricht an meinen Freund Norbi: „Wir wollten doch unsere Spiritualität wieder beleben. Zehn Tage spirituelles Festival mit Georgs Lehrer?“

„Vielleicht“, war die sehr überzeugende Antwort.

Nun gut, ich würde mich anmelden – zur Not auch ohne Norbi. Es war mal wieder Zeit für ein spirituelles Abenteuer und nichts konnte noch aufregender sein als das Sterbeseminar mit einer Bande Verrückter auf einem polnischen Berg. Ich würde das Festival überstehen.

Was mich sehr beschäftigte, war die Schlafsituation: Zehn Tage im Zelt ohne wirkliche Rückzugsmöglichkeit bei Überreizung.

„Ich tu's“, kam da endlich die entschlossene Nachricht von Norbi. „Und wir nehmen unseren Wohnwagen mit.“

Sicherheitshalber packte ich noch ein Zelt ein, falls ich Zeit allein brauchte und wir machten uns ziemlich aufgeregt auf den Weg.

Etwas verwirrt lief ich über das Gelände. Alle Menschen waren sehr freundlich, doch sie verbrachten sehr viel Zeit damit, sich ganz lange und ganz tief in die Augen zu starren. Dabei waren sie todernst. Es schien gar verpönt, in solchen Momenten auch nur die geringste Regung zu zeigen. Ich wurde etwas panisch – wie so oft, wenn ich wusste, dass ich in eine Kultur nicht passen würde. Mein Gesicht regte sich immer. Es gab kein Gefühl und keinen Gedanken, die man nicht sofort ablesen konnte. Zudem brachte mich so vieles zum Lachen. Ich war sehr dankbar, dass es tausend Menschen waren, die sich im Saal versammelten. Vielleicht wurde ich ja vom ernsten Anstarren dank der Masse verschont.

Der Aufbau war schlicht, was mir gefiel, denn es gab mir Orientierung. Thomas Hübl erzählte ein wenig und forderte uns dann auf, in Dreiergruppen eine Frage zu beantworten. Hierbei nutzten wir die geheimnisvolle transparente Kommunikation. Ich verstand Georg nicht. Das hätte er mir wirklich in fünf Minuten erklären können. Im Wesentlichen konzentrierten wir uns jeweils auf eine Person und hörten, wie Thomas es formulierte, mit einer Intensität zu, als hätten wir überall am Körper ganz viele Augen und Ohren. Es ging darum, ganz bewusst darüber zu sein, dass wir drei Systeme haben: Das Denken, das Fühlen und den Körper. Ich genoss die Dreierübungen sehr, dieses tiefe Eintauchen in uns selbst und in die anderen. Vorher schwiegen wir und im Anschluss schwiegen wir und die gemeinsame Stille von tausend Menschen beruhigte mein Nervensystem in Sekundenschnelle. Für mich war das keine transparente Kommunikation, sondern sowas wie abgeschlossene Kommunikation. Es war tief, achtsam und so langsam, dass Begegnung und Thema wirklich fertig waren, wenn wir auseinander gingen. Es klang nichts nach, das ich später hätte nach-denken müssen und so entstand auch in mir keine Kakophonie aller Begegnungen des Tages. Hier und so würde ich zehn Tage gut durchstehen. Welche Erleichterung! Wenn sie sich doch nur nicht dauernd so ernst mit Pokerface anstarren würden. In jeder Dreierrunde brauchte ich einen Moment, um mich daran zu gewöhnen, dass mir zwei Menschen ohne Mimik tief in die Augen starrten, während ich erzählte oder zuhörte. Ich verstand ja, dass sie ganz konzentriert waren, aber warum musste das so verbissen wirken? Teilweise traute ich mich kaum noch etwas zu fühlen, aus Angst, dass ich die Pokerface-Runde durchbrechen würde.

Ich guckte zu Norbi rüber und sah, wie frei er sich bewegte. Er bewertete schön vor sich hin und hielt sich nicht an die impliziten Regeln, sondern beriet und besserwisserte fröhlich vor sich hin. Einen Moment beneidete ich ihn fast um seine Leichtigkeit, doch insgesamt war ich hier, um zu lernen und nicht um meine alten Verhaltensweisen zu wiederholen. Während ich mich also immer tiefer einließ, begannen irgendwann die Tränen zu fließen und hörten nicht mehr auf. Unter der genauen Betrachtung meines Körpers und meiner Gefühle erhielt ich eine kleine Ahnung dessen, wie riesig meine Überforderung und meine Verzweiflung waren, wie abgetrennt von mir aber auch durch konzeptionelle Gedanken und den absoluten Willen, mir ein gutes Leben zu gestalten. Ich weinte nicht. Ich war ganz ruhig. Nur die Tränen liefen und liefen.

Da tauchte überraschend Georg auf, der dann doch spontan ins Flugzeug gestiegen war und sich zu uns gesellte. Er stellte sich hinter mich und legte mir die Hand auf die Schulter. Ich lächelte unter Tränen.

„Es ist zu viel", sagte ich und er starrte mir tief in die Augen. Oh nein, nicht er auch noch. Doch in seinen Augen sah ich Mitgefühl und auch Stolz, dass sein Lehrer so schnell bei mir wirkte. Sein Gesicht war kein Pokerface, sondern war ehrlich an mir interessiert. Er sah mir in die Augen, weil er alles an mir aufnehmen und nichts verpassen wollte. Er war bereit, sich auf mich einzulassen. So also war das gemeint!

Ab diesem Moment hörte ich auf, mich darum zu sorgen, wie ich aussah. Auch ich begann, in den Dreierrunden den Erzählenden tief in die Augen zu blicken. Ich war ganz bei ihnen und musste keine ablenkende Angst mehr haben, dass ich dieses Spiel falsch spielte.

Vor mir weinte eine junge Frau und berichtete von ihrer Einsamkeit und ihrem Wissen, dass sie immer alle Menschen vergraulte – auch hier. Als sie sich jedoch die Tränen wegwischte und schnell wieder ganz stark wurde, sagte sie etwas, das mich ganz tief traf: „Aber es sind ja nur Gefühle. An Gefühlen kann man nicht sterben."

Ich konnte mich nicht mehr bewegen, saß auch noch auf meinem Stuhl mit dem Rücken zur Bühne, als Thomas zum nächsten Vortrag ansetzte. Sie hatte recht. Es waren einfach nur Gefühle. Ich hatte Todesangst vor Gefühlen. Wie absurd.

Ich hörte Thomas gerne zu. Das meiste war sehr unaufregend und vieles hatte mir Georg auch schon erzählt, aber er war fröhlich und bescheiden und nutzte Sprache mit einer so großen Präzision, dass sich nach und nach eine Landkarte unseres Innenlebens auftat. Ich genoss es sehr, in Georgs Welt einzutauchen und wusste, dass unsere Zusammenarbeit sich gerade um mindestens eine Ebene vertiefte.

Thomas auf der Bühne kicherte.

„Wir haben Amnesty Emotions gegründet", erzählte er und

ich wusste nicht, ob er das ernst meinte oder gerade einen Witz machte.

„Es ist an der Zeit, dass wir aufhören, unsere Gefühle als unsere Feinde zu betrachten. Dadurch machen wir uns das Leben unendlich schwer. Gefühle wollen nur zu Ende gefühlt werden, dann verwandeln sie sich in Lebensenergie. Doch wir wollen sie nicht haben und unterbrechen sie dauernd. Wir denken uns tausend Strategien aus, um diesen paar Minuten Gefühl aus dem Weg zu gehen. So bleiben sie unvollendet in uns stecken und beginnen, Traumata zu bilden."

Er malte einen Zen-Kreis ans Flipchart: „Das Gefühl will vollendet werden, um uns Kraft zu geben."

Vollendet. Genau. Nicht abgeschlossene Kommunikation, sondern vollendete Kommunikation, vollendete Emotion. Das, was mir so zusetzte, war das Unvollendete: dass immer alles zu schnell ging, als dass ich es vollenden konnte. Ich lief außerdem wirklich vor meinen Gefühlen weg. Hier hatte ich den Raum, meine Gefühle und meine Gespräche zu vollenden. Ich nutzte dieses Geschenk, so gut ich konnte. Ich verbrachte viel Zeit in der Meditationshütte. Ich saß und ließ es fühlen, denken, körperlich reagieren. Ich ging zu Thomas' Vorträgen, ließ aber die Workshops der anderen Trainer:innen immer häufiger ausfallen und ging abends ins Bett, wenn die anderen tanzten. Norbi und ich frühstückten zusammen und erzählten uns von unseren inneren Welten, verbrachten aber den Rest des Tages getrennt, da unsere Themen wenig Überschneidung hatten.

Kapitel 70: „Warum tun die alle nichts?"

Nach ein paar Tagen tauchte ich aus meinen Innenwelten wieder auf. Der zweite Teil hatte begonnen: vom „ich" zum „wir", also zu Beziehungen. Während ich mir all die Beziehungsdramen und Geschichten von Einsamkeit anhörte, merkte ich, wie aufgeräumt ich in diesem Bereich war. Hier gab es keine unvollendeten Gefühle. Kai und ich waren gut zusammen. Meine Liebe war glasklar und nichts zwischen uns war unausgesprochen oder nicht akzeptiert. So begann ich mich wieder für die anderen zu interessieren. Ich sah tausend Personen dabei zu, wie sie sich ganz einbrachten, mutig mit ihren Widerständen kämpften und sich einander zuwandten.

Thomas Hübl war kein Lehrer für Arme. Seine Ausbildungen waren teuer und fanden an unterschiedlichsten Orten der Welt statt. Die Menschen, die hier waren, waren *High-Professionals.* Sie flogen, ohne mit der Wimper zu zucken, mal nach Tibet, mal in die USA, mal nach Israel und dann wieder auf einen deutschen Bauernhof. Das Potenzial an Know-how und Ressourcen auf diesem Hof mitten im Nichts war immens. Das energetische Feld war so stark, dass ich das Gefühl hatte, mich quer über den

Planeten auszubreiten. Warum ging von hier mit all den persönlichen und finanziellen Ressourcen so wenig Weltveränderung aus? Georg sah mich am Rande des Raumes sitzen, kam rüber und setzte sich auf meinen Schoß.

„Was ist los?“, fragte er amüsiert.

„Warum tun die alle nichts?“, fragte ich ihn.

„Aber die tun doch was. Das ist schwere Arbeit. Vielleicht sieht man das nur von außen nicht. Wenn Du Dich aber richtig verbindest und mit allen drei Systemen wahrnimmst, dann ...“

Ich unterbrach ihn: „Jaja, ich weiß. Ich meine nicht jetzt und hier. Warum sind die keine Bewegung, die in der Welt ganz viel verändert? Es ist alles da: Energie, Geld, Know-How. Warum wirkt das nicht in der Welt?“

„Ja, das ist ein Schatten dieses Feldes“, sagte Georg.

Lustig, genau das hatte eine Freundin gesagt, als ich mich hier angemeldet hatte. Wenn sie eine gemeinsame Sprache hatten, hatten sie offenbar ja ein Bewusstsein dafür.

„Was denkst Du, woran das liegt?“ fragte ich Georg.

„Ich weiß es nicht. Thomas bewegt sehr viel und innerhalb des Feldes ist sehr viel Aktivität, wie die Organisation dieses Festivals und das unglaubliche Pocket Project. Außerhalb des Feldes direkt um Thomas passiert allerdings wenig.“

Ich hatte inzwischen fast eine Woche Zeit gehabt, um Thomas zu beobachten. Obwohl er mir seltsam fern vorkam, war nichts an ihm, das „Guru“ schrie. Im Gegenteil: Alles, was er sagte, führte zu Ehrlichkeit mit sich selbst und einem Wirken für das Kollektive. Er stand für den Dreischritt, dem auch das Festival folgte: Ich, Beziehung, Gesellschaft. Er sagte und verkörperte gesellschaftliches Engagement. An ihm lag es aus meiner Sicht nicht.

Ich ging zum Wohnwagen.

„Norbi, ich muss hier mal raus. Lass uns mal dieses Feld verlassen.“

Ich kicherte. Ich meinte das sowohl irdisch als energetisch. Ein paar Stunden ohne Gummistiefel und ohne tiefe Innenschau würden mir guttun. Norbi war auch bereit. Nach einer Woche

POCKET PROJECT

Das Pocket Project ist eine Initiative rund um Thomas Hübl, das sich für die gesunde Integration von kollektivem und intergenerationellem Trauma einsetzt.

Sie gehen davon aus, dass kollektive Traumata wie beispielsweise der Holocaust starke Effekte auf unsere globale Kultur haben und ihre Heilung einen nachhaltigen Beitrag für unser friedliches und gesundes Zusammenleben darstellt.

Hierzu werden Menschen ausgebildet, um nicht nur individuelle sondern auch kollektive Schattenarbeit zu leisten.

In Gruppen stellen sich Menschen zur Verfügung, um Bewusstsein in das Feld zu bringen. „Pockets" steht für diese kleinen Orte von Licht und Klarheit, die dadurch im Trauma entstehen und wirken dürfen. Praktisch geht es darum, in tiefer Meditation sich auf die Systeme des Traumas einzulassen und sie in genauer Spiegelung der Heilansätze für Individuen aufzulösen.

sehnten wir uns nach einer Verbindung zur „echten Welt".

Alle paar Kilometer im Auto fragte er mich: „Jetzt?"

„Nein, noch weiter."

„Jetzt?"

„Nein noch weiter."

„Jetzt aber?"

„Nein ..."

Das Feld nahm kein Ende, es war so stark, dass ich es körperlich glasklar fühlen konnte. Ich erinnerte mich an meinen polnischen Berg, auf dem ich auch irgendwann das dringende Bedürfnis hatte, das Feld zu verlassen und ewig den Berg fast hochgerannt war. Am ehesten konnte ich mein Körpergefühl vielleicht mit Dichte beschreiben, vielleicht war es auch eine Frequenz. Ich musste unbedingt mal Kai nach den physikalischen Grundlagen von Energie befragen.

Ich betrachtete die Häuser links und rechts der Straße und fragte mich, was es wohl mit ihnen machte, wenn sie unfreiwillig ein paar Mal im Jahr in einem solchen Energiefeld landeten.

„Jetzt", sagte ich endlich nach 22 Kilometern. Ich atmete tief ein. Belanglosigkeit. Wie schön. Wir gingen ein Eis essen und sprachen nur Oberflächliches – ein wahrer Genuss.

Zurück auf dem Festival, hörte ich weiterhin Menschen zu, die über ihre Sehnsucht nach der Mitgestaltung der Gesellschaft sprachen. Warum war hier kaum jemand, der das außerhalb des Hübl-Umfeldes auch wirklich tat? Ich spürte in mir, wie sich Welten zusammenschlossen. Ich hatte Flashbacks zum Institut, in dem ich Menschen bei der Entwicklung ihrer gesellschaftlichen Projekte begleiten durfte. Ich dachte an die Mediationsstelle, in der Menschen mit Engagement statt mit Geld ihre Ausbildung zahlten. Nach und nach stellte sich in mir die Klarheit ein, dass das ein Teil meines Auftrages war: Menschen bei der Umsetzung ihrer gesellschaftlichen Visionen helfen. Das bedeutete ganz klar, dass ich mich nicht in diesem Feld niederlassen durfte. Ich würde hier eine Gästin bleiben, die sich wohl fühlte. Wenn Georg und ich gemeinsam etwas erreichen wollten, musste ich die Brücke nach außen bleiben.

Eine Antwort auf meine Frage, warum die Menschen hier so wenig im Außen umsetzten, fand ich nicht, aber einen kleinen Teil der Antwort darauf, was meine Rolle in dieser Welt sein konnte.

Beim letzten Frühstück begann ich plötzlich laut zu lachen.

„Was ist los?" fragte Norbi ein wenig verwirrt.

„Ich bin so ein Depp, echt, immer wieder", lachte ich. „Jetzt mache ich mir seit Tagen Gedanken darum, warum die anderen nichts umsetzen. Und ich? Seit Monaten sage ich, dass mein Thema Krankheit und Arbeiten ist, gründe einen Verein, nehme Rückschläge bei Bildung 4.0 in Kauf. Und dann? Nichts. Ich mache einfach weiter wie bisher."

Nun musste auch er lachen: „Es beruhigt mich sehr, dass Du genauso blind bist wie wir anderen."

Wir wurden still.

„Zurück in die Welt? Bereit?", fragte ich ihn.

Er schwieg erst und sagte dann entschlossen: „Ja. Ich weiß, was ich zu tun habe, um mich nicht wieder zu verlaufen. Ja, ich bin bereit."

„Und ich?", fragte ich mich still. Das würde sich zeigen – aber ich würde auf jeden Fall mehr darauf achten, meine eigenen gesellschaftlichen Themen nicht immer wieder aus den Augen zu verlieren. Ich würde das Thema Arbeiten mit Krankheit besser vorantreiben.

Kapitel 71:

„Wir übergeben an eine Generation, die in Verwaltungs-strukturen denkt."

Eine E-Mail lud mich dazu ein, bei einem Psychiatrie-Kongress zum Thema Arbeiten mit Krankheit einen Vortrag zu halten. Wie war denn das passiert? Mir wurde fast ein wenig schlecht vor Aufregung: vor Psychiater:innen – der Gattung Mensch, die mich so gerne mit Diagnosen bombardierte. Aber ich hatte es mir gewünscht. Hier war es und nun konnte ich nur laut „Ja!" schreien. Die nette Veranstalterin war sehr aufgeschlossen und angetan und erzählte mir, dass Christa mich empfohlen hätte. Ich war verblüfft. Mir war nicht klar, dass sie mir jemals genug Aufmerksamkeit geschenkt hatte, um meine Interessen zu kennen. Bei der letzten Teamsitzung hatte ich das Thema „Gesundheit" auf die Tagesordnung geschrieben, um über mich zu sprechen und ihre Enttäuschung war so offensichtlich, dass es nur um mich ging und nicht um einen Auftakt einer neuen Veranstaltungsreihe oder ähnliches. Umso überraschter und dankbarer war ich jetzt.

Ich verbrachte viel Zeit mit meiner Präsentation. Ich wusste, dass ich Sicherheit nur in guter Vorbereitung finden würde. Ich bereitete ein paar Bildchen vor, die die Fragen des Systems und meine Fragen gegenüberstellten. Ich wollte ihnen wirklich meine Geschichte erzählen und war bereit, dies auch sehr emotional zu tun.

Als ich meine erste Folie öffnete, explodierte der Raum vor Lachen. Ich verstand die Welt nicht mehr. Es war eine Sammlung aller Diagnosen, die ich in den ersten Jahren erhalten hatte – als es mich noch interessierte. Offenbar hatte ich versehentlich einen grandiosen Psychiater:innenwitz gerissen – vielleicht weil sie sich alle widersprachen. Nun konnte ich nur hoffen, dass meine Präsentation auch eher lustig funktionieren würde, als wie geplant ein wenig dramatisch.

Ich nahm sie mit durch all meine Experimente, blickte zurück auf den Versuch an der Uni, die Zeit am Institut und schließlich zu meinen Erkenntnissen aus Reinventing Organizations und der Arbeitsweise, in der ich meine Lösung gefunden hatte und mit der ich sogar wieder leiten konnte. Sie lachten an vielen Stellen freundlich über die Beulen, die ich auf dem Weg in Kauf genommen hatte. Insgesamt jedoch waren sie ganz bei mir und mein Workshop am Nachmittag war so voll, dass die Menschen stehen mussten, weil die Stühle im Raum nicht annähernd genügten. Viele kamen im Anschluss auf mich zu und erzählten von ihren eigenen Einschränkungen. Ich war eingeladen worden, um gegebenenfalls Lösungen für ihre Patient:innen zu inspirieren, doch davon sprach niemand. Sie hatten etwas entdeckt, das das Potenzial hatte, ihnen selbst zu helfen. Sie begaben sich in kluge und ehrliche Diskussionen darüber, wie Psychiatrie und Selbstorganisation Hand in Hand gehen konnten und sprachen von ihren eigenen Grenzen und Bedenken.

Ich bemerkte das Wohlwollen der älteren Generation. Sie hielten sich zurück, beobachteten jedoch alles sehr genau. In der Pause traute ich mich dann, nachzufragen.

„Wissen Sie", erklärte mir ein selbstsicherer Mann Ende sechzig, der mich ein wenig einschüchterte, „wir gehen jetzt in

Rente und sind besorgt. Wir kommen aus einer Zeit, in der wir die Medikamente selbst ausprobiert haben, bevor wir sie verschrieben haben, damit wir achtsam mit den Drogen umgehen konnten. Jetzt gehört die gedankenlose Verschreibung zum Alltag. Es ist nicht mehr erlaubt, aber es würde auch niemand mehr an sich selbst probieren wollen. Wir haben hart dafür gekämpft, dass die ‚Anstalten' aufgelöst wurden, die Gitter von den Fenstern genommen wurden und vermeintlich Kranke ins Leben integriert wurden. Wir haben darüber diskutiert, dass wir vielleicht gar nicht die Gesunden sind und uns auch mit unserem eigenen Wahnsinn auseinandersetzen müssen. Doch nun übergeben wir den Staffelstab an eine Generation, die fast nur in Verwaltungsstrukturen und allgemeingültigen Regeln denkt. Es ist schwer, so zu gehen. Hier hat sich aber heute gezeigt, dass sie tatsächlich Sehnsucht nach etwas anderem haben und das macht uns Hoffnung."

Auf dem Weg zum Bahnhof fragte ich mich, ob es in anderen Berufen den „Alt-68ern" auch so ging. Hatte das, was Helmut den „Geist der Verwaltung" nannte, über Menschlichkeit gewonnen? Es berührte mich. Viele Menschen hatten so für Gleichberechtigung, Frieden und Demokratie gekämpft. Wir, die mit den Ergebnissen ihrer Arbeit aufgewachsen waren, optimierten sie jetzt weg? Doch dann blickte ich auf den Tag zurück und lächelte. Nie wieder würde ich Angst vor Psychiater:innen haben. Ich war jetzt Fan.

Kapitel 72:

„Wir haben einen gemeinsamen Impact von 60.000 Schulen."

Karla war noch immer nur sehr wechselnd arbeitsfähig. Sie war gut auf ihrem Dorf angekommen und hatte schnell Freund:innen gefunden. Doch sie schaffte es noch nicht, einer Arbeitsroutine zu folgen. Ich hatte angenommen, dass sie bald zu einer Einschätzung ihrer Ressourcen kommen würde, da sie eine sehr schnelle Lernerin war. Entgegen meinen Erwartungen übernahm sie sich jedoch konstant, ließ Themen nicht los und wurde sehr unzuverlässig – leider nicht nur uns, sondern auch den Schulen gegenüber, die sie begleitete. Es wurde schnell deutlich, dass unser Modell nur funktionierte, wenn die Regeln auch eingehalten wurden. Immer und immer wieder sprach ich sie darauf an, dann verbesserte die Situation sich für ein paar Tage, sie kriegte das Gefühl, wieder Fahrt aufzunehmen und brach schließlich wieder zusammen. Aus eigener Erfahrung wusste ich, dass Arbeiten mit Einschränkungen ein längerer Trial-and-Error Lernweg war. Doch was jetzt?

Leider hatten sich auch Christa und Felix nicht wie versprochen uns und unserer Arbeitsweise angeschlossen. Ganz im Gegenteil: Sie waren zunehmend der sicheren Auffassung, dass man so, ohne Zeitpläne und Strategien, keine Organisation leiten konnte. Ich beobachtete ihre stillen Strategien. Christa hatte die Rolle der Strengen. Felix versuchte immer wieder im Team einen Konsens über Strategien und Projektpläne zu bewirken. Inhaltlich hatten sie sich zu einhundert Prozent den Global Goals verschrieben, was mich sehr freute. Trotzdem war ich zu ihrem Unmut nicht bereit, auch unsere Arbeit ausschließlich in diese Richtung zu gestalten. Die Schulen, mit denen wir arbeiteten, waren zum Thema Potenzialentfaltung zu uns gekommen und ich fand nicht, dass es uns zustand, die Richtung zu wechseln. Wir nahmen die Global Goals mit in alle Arbeiten auf und gaben allen die Möglichkeit, sich zusätzlich daran zu orientieren – ein Angebot, das viele annahmen. Felix und Christa gaben schließlich frustriert auf und gründeten eine eigene Organisation rund um die Global Goals. Irgendwas jedoch war in unserem eh zerbrechlichen Gleichgewicht kaputt gegangen. Nachdem meine Aufmerksamkeit für meine Gefühle nun noch mehr geschärft war, spürte ich die tiefe Müdigkeit, die mich jedes Mal überrollte, wenn mir Christa wieder einmal von ihren großen Ideen und Geschichten erzählte. Ich wusste, es war mein Job, ihre Begeisterung genug zu teilen, doch ich schaffte es kaum noch.

Leah und ich hielten das Gleichgewicht der Organisation gut aufrecht. Alles entwickelte sich langsam, aber stetig. Unsere Arbeit stand im krassen Gegensatz zu dem Motto des „schneller, größer, besser" um uns herum. Immer wieder wurde ich mit der Frage konfrontiert, warum ich keine Strategie dafür hatte, in wenigen Jahren 35.000 Schulen zu transformieren – und immer wieder schlief ich bei dieser Zahl fast ein und hatte Mühe, meinen Kopf gerade zu halten. Leah berichtete von einem neuen Verband von Bildungsinitiativen, bei denen sie ihren gemeinsamen Impact errechnet hatten. Wenn sie alle gut zusammenarbeiteten, erreichten sie 60.000 Schulen, meinte der Verband. Wussten sie denn alle nicht, dass es in Deutschland nur 33.000 Schulen gab, Tendenz leicht fallend? Selbst wenn sie die

GLOBAL GOALS

Die Global Goals stehen für die 17 Nachhaltigkeitsziele und 169 Zielvorgaben, auf die sich die UNO-Mitgliedsstaaten 2015 geeinigt haben und die 2030 weltweit erreicht werden sollen. Da kein Land diese Ziele bereits erfüllt, sind alle Länder als Entwicklungsländer zu betrachten.

Die Themen der Agenda2030 basieren für ihre Erreichung auf den 5P: People, Planet, Prosperity, Peace und Partnership.

Die Ziele sind:

- Extreme Armut (unter 1,25$ / Tag) beenden;
- Hunger beenden;
- Gesundes Leben;
- Inklusive und gleichberechtigte Bildung;
- Geschlechtergleichstellung;
- Verfügbarkeit von Wasser und Sanitärversorgung;
- Zugang zu verlässlicher und nachhaltiger Energie;
- Menschenwürdige Arbeit;
- widerstandsfähige Infrastruktur und Industrie;
- Ungleichheiten zwischen Ländern verringern;
- Nachhaltige Städte und Gemeinden;
- Verantwortungsvoller Konsum;
- Bekämpfung des Klimawandels;
- Ozeane schützen;
- Landökosysteme schützen;
- Globale Partnerschaften zur Umsetzung.

fast 9.000 Berufsschulen dazu zählten, kamen wir noch immer nicht bei diesen Zahlen an. Fanden sie zudem wirklich, dass sie das Recht hatten, über diese zu verfügen? Wer waren wir, dass wir dachten, die Richtung vorgeben zu dürfen?

„Mila, es geht um die Schulen. Lass sie alle den großen Impact suchen, vielleicht finden sie ihn ja sogar. Wir dienen den Schulen, so pragmatisch wir können. Das haben wir uns selbst versprochen. Lass Dich nicht ablenken."

Leah blieb Gott sei Dank auf Kurs und schaffte es immer wieder, meine Zweifel verfliegen zu lassen. Das, was wir taten, ergab für mich Sinn. Wir nahmen es ernst, dass Transformation langsam ging. Wir nahmen es ernst, dass Haltungsänderungen Zeit brauchten. Wir überlegten uns Formate, in denen die Lehrenden das erleben konnten, was sie bei den Schüler:innen begleiten sollten. Wir arbeiteten so gut wir konnten die Innovationen unserer Schulen auf, um sie anderen zugänglich zu machen. Trotzdem wurde ich immer müder. Die konstante Konfrontation mit Erwartungen an mich, die ich weder erfüllen wollte noch konnte, zehrte langsam, aber beständig an mir.

Auf dem Sofa an einem Ruhetag las ich einen Post auf Facebook, der mich sofort hellwach aufblicken ließ.

„Du willst es Dir abgewöhnen, schlecht über andere zu sprechen? Wickel Dir ein Bändchen ums Handgelenk. Jedes Mal, wenn Du schlecht über jemanden sprichst, wechselt das Band das Handgelenk. Mach es, bis das Bändchen drei Wochen lang an einem Arm bleibt."

Genial. Ich rief sofort Karla an. Sie liebte einfache Dinge zur Veränderung von Haltung. Wie erwartet war sie Feuer und Flamme. Wir machten gleich eine Liste von Haltungsthemen, die für die Lehrenden wichtig waren. Ich schrieb kleine Gebrauchsanweisungen, da Wertschätzung entwickeln oder Neugierde aufrecht erhalten natürlich nicht ganz so gradlinig waren wie Meckern abgewöhnen. Wir suchten eine Schmuckmacherin, die uns Armbänder mit Begriffen herstellte. Karla programmierte nachts einen Shop für unsere Webseite. Diese kleine Aktion hatte uns wieder wach gemacht. Die

Menschen, die es nutzten, berichteten davon, dass es ihnen tatsächlich im Alltag half. Ich war zufrieden. Das verstand ich als meinen Job: Dinge entwickeln, die Menschen halfen, sich selbst und ihre Wirkkreise zu transformieren. In meiner Freude konnte ich sogar wegstecken, dass Karla natürlich nicht drangeblieben war. Am Schluss befasste ich mich allein mit der Schmuckmacherin, wartete lange auf die Verbreitung und akzeptierte etwas widerwillig, dass Karla die Anleitungen nicht veröffentlichte, sondern nur verschickte. Aber der Versand war bei ihr zuhause und es war ihre Rolle und damit auch ihre Entscheidung. Noch wussten wir jedoch nicht, dass diese kleinen Armbänder das Ende sein würden von Bildung 4.0, wie wir es kannten.

Kapitel 73:
„Wir haben versprochen, zu tun, was der Organisation dient."

„Lass es uns mal von allen Seiten betrachten. Hier stimmt irgendwas nicht und ich weiß nicht, wie wir den Knoten lösen können", sagte ich zu Georg am Telefon.

Ich war ihm gerade ins Wort gefallen, denn er hatte eigentlich aus einem anderen Grund angerufen. Mein Kommunikationsverhalten ihm gegenüber wurde immer schlechter. Es tat mir auch wirklich leid, doch ich wusste nicht, wie ich sonst meine eigenen Themen platzieren sollte, denn meistens hatte er keine Zeit mehr, wenn er mit seinen Anliegen durch war. Er wurde aufmerksam.

„Du bist ehrlich besorgt? Wegen des Geldes?"

„Ich glaube, Geld ist nur ein Teil unseres Problems, vielleicht sogar nur ein Symptom. Du hast ja Christa bei der letzten Gesellschafterversammlung gehört. Sie hat klar gesagt, dass sie mit dem Businessplan, der Arbeitsweise und der Webseite kein Fundraising betreiben wird."

„Mila, es tut mir leid. Ich weiß, das ist meine Rolle. Manchmal denke ich, ich kann das doch nicht so gut, wie ich dachte."

„Ach Georg, ich weiß schon, dass Du jede Gelegenheit nutzt, die sich Dir bietet. Es waren immer fast zufällige Begegnungen, die uns weitergebracht haben. Du bist das nie strategisch angegangen."

Wir schwiegen einen Moment.

Dann fügte ich hinzu: „Bei den letzten Treffen haben Du und Christa ein paar Entscheidungen zum Fundraising getroffen und sie beide nicht eingehalten. Da bist Du nicht allein. Es ist, als könntet Ihr zwei gerade nicht mit gutem Gefühl in der Welt hinter uns stehen."

„Erinner mich", sagte er, „was wollte Christa denn tun?"

„Sie wollte Dich immer sofort dazu holen, wenn sie bei ihren Reden mögliche Geldgeber trifft. Sie wollte nach jedem Talk zu Spenden aufrufen. Karla hat ihr eine SMS-Spendennummer eingerichtet, damit sie direkt den Enthusiasmus vor Ort nutzen kann. Sie hat sie nicht ein einziges Mal angezeigt. Sie wollte ihre Honorare nach ihrer Rente bei uns einfließen lassen, es ist nie ein Euro angekommen. Insgesamt kommt in letzter Zeit schon mehr von Dir. Du hast unser Erbe vermittelt, von dem wir schon lange leben und jetzt auch eine Spende für die Fertigstellung des Bildungsreports eingesammelt. Was Du tatsächlich aber nicht tust, ist uns als selbstverdienende Organisation aufstellen."

Wieder schwiegen wir.

„Aber Du meinst, es ist nicht nur Geld?", eröffnete er wieder das Gespräch.

„Ich glaube, dass Christa und Helmut sehr unzufrieden mit uns sind, wenn auch aus sehr unterschiedlichen Gründen. Helmut ist genervt von dem dauernden Geldthema und hätte schon längst Bildung 4.0 und uns verlassen, wenn das nicht durch die Presse gehen würde. Er hat ein anderes Lieblingsprojekt, das ihm am Herzen liegt. Und aus Christas Sicht machen wir nur Mist."

„Aber Du hast das Gefühl, wir sind auf einem guten Weg?"

„Ja, das habe ich. Unsere Bemühungen der letzten Jahre beginnen aufzugehen. Allerdings ist das, was Du und ich als guten Weg empfinden – glaube ich – inzwischen etwas radikal anderes als das, was Christa als Zweck von Bildung 4.0 empfindet."

„Also muss ich nochmal mit ihr reden und ihr klarmachen, dass die Richtung stimmt?"

In seiner Stimme lagen dieselbe Müdigkeit und Resignation, die ich in letzter Zeit oft spürte: „Ich weiß es nicht. Wir reden alle immer wieder aufeinander ein. Ich habe erst vor einer Woche nochmal einen Anlauf genommen, ihr unser Organisationsmodell zu erzählen. Alle Argumente, die sie dagegen anführt, stimmen einfach nicht, weil sie sich nie damit befasst hat und es nie versucht hat. Ich dachte, ich versuche, es ihr zu erklären. Da klingelte ihr Telefon und sie verließ mal wieder mitten im Satz den Raum. Ihre Kollegin aus der Global-Goals-Organisation war dabei und versuchte, mich nach meinem zweiten unterbrochenen Versuch zu beruhigen. Ich glaube nur leider, dass sich Christa mit ihren Anliegen genauso ungehört fühlt wie ich mit meinen. Sie hadert außerdem sehr damit, als Gesellschafterin keinerlei Macht zu haben. Sie will einen Richtungswechsel und einen Wechsel in der Arbeitsweise."

„Wollen wir das?" fragte Georg, der immer noch versuchte, einen Ausweg zu finden.

„Was die Arbeitsweise angeht, gibt es aus meiner Sicht kein Zurück. Ein Team, das einmal Freiheit und sinn-geleitetes Arbeiten erfahren hat, kann sich nicht mehr unterordnen. Ich würde auf jeden Fall gehen, aber das wäre ja vielleicht nicht das Schlimmste."

Georg schnappte nach Luft: „Mila, ohne Dich halte ich das nicht aus."

„Wir haben ein Prinzip in unserem Arbeitsmodell, das die Basis von allem bildet. Wir handeln im besten Interesse der Organisation. Die Frage hier ist, was braucht Bildung 4.0?"

Wieder Schweigen. Diese Gedanken waren sehr anstrengend. Seit Jahren kämpften wir mit allen Kräften für diese Organisation und nun stellte sich die Frage, ob wir ihr damit überhaupt guttaten. Ich versuchte weiter, ehrlich zu mir selbst zu sein.

„Helmut und Christa sind sich bei einer Sache einig: Sie sind es, die in der Öffentlichkeit stehen. Ich weiß noch, wie sehr es mich getroffen hatte, als sie meinten, dass ja sie die Namen hätten, als hätten wir keine. Aber irgendwie haben sie ja recht. Wir sind vier Gesellschafter: zwei sichtbar, zwei unsichtbar. Die Unsichtbaren machen das Tagesgeschäft – den kompletten organisationellen Aufbau und die individuelle Begleitung der Schulen. Die Sichtbaren stehen auf den Bühnen und inspirieren die Welt. Diese zwei Welten trennen sich immer weiter. Dabei kann es doch der Organisation nicht gut gehen."

Georg sprach es aus: „Du meinst, wir sollten aufgeben und die Organisation freigeben, damit sie eine Richtung hat?"

Um Himmels willen. Nein, das meinte ich nicht. Oder doch?

„Georg, das können wir nicht machen, oder? Es geht hier auch um ein Team und um ein Versprechen, das wir den Schulen gegeben haben."

„Lass uns drüber nachdenken", lenkte Georg ein. „Lass uns gucken, ob wir loslassen können oder wollen. Lass uns nachspüren, ob das besser für Bildung 4.0 wäre. Glaubst Du, Christa kann das, eine Organisation führen?"

„Ja, natürlich. Es wäre ein anderes Bildung 4.0, eher eine Christa-Show. Aber die Christa-Show ist ja sehr gut. Bildung 4.0 würde auf jeden Fall überleben und wäre stabil – nur eben ohne uns, wahrscheinlich ohne uns alle. Christa würde Karla auf keinen Fall behalten, nachdem sie mit der Webseite so unzufrieden ist und sich damit nicht ernst genommen fühlt. Leah würde sie vielleicht weiterhin anstellen, aber ich glaube nicht, dass Leah einen solchen Umschwung in der Arbeitskultur hinkriegen würde. Sie hätte Probleme damit, nur noch Christas Ideen umzusetzen."

„Oh Mila, ich will keine Leute mehr entlassen müssen. Ich kann das einfach nicht mehr."

Das kam aus tiefster Seele. Ich war ganz gerührt. Ich wusste, dass er darunter in seinen Projekten sehr litt, aber es war doch selten, dass er sich so verletzlich zeigte. Das Thomas-Hübl-Festival hatte uns gutgetan und eine neue Gesprächsebene eingezogen.

„Hast Du das mit den Armbändern mitgekriegt? Ich glaube, seitdem haben wir jeglichen Respekt verloren."

„Nein", sagte Georg, „was denn für Armbänder?"

Ich erklärte ihm kurz das Konzept und dass das für uns nur eine klitzekleine Nebenbaustelle war.

„Und dann kam eine E-Mail von einem von Christas Mitstreitern – ohne Anrede oder Abschiedsgruß und stinkwütend. ‚Wenn Ihr jetzt auch noch Kettchen verkauft, bin ich raus', hat er geschrieben. Dass das ja wohl die totale Diskreditierung von allem sei. Christa dachte ernsthaft, dass das unsere Finanzierungsstrategie war und klärte mich darüber auf, dass man so keine Zukunft sicherte."

Georg zögerte.

„War ja vielleicht auch kein Geniestreich, oder?", fragte er.

„Auf jeden Fall ist das nicht wichtig genug für diese riesige Aufregung."

Was hatten sie nur alle mit diesen Bändchen? Wo war denn nur das Problem damit, dass ein paar Lehrer:innen sich im Alltag an ihre Prinzipien erinnerten und eine kleine Methode dafür hatten? Ich ließ es gut sein. Die Armbänder kriegten eh schon mehr Aufmerksamkeit, als sie verdienten.

„Und das muss ich jetzt verteidigen?", fragte Georg. Er war wieder hart geworden.

„Nein, musst Du nicht. Vergiss die Armbänder."

Sie hatten zwar Wirkung, aber unser Versuch, ein wenig Wertschätzung, Achtsamkeit und Vertrauen zu verankern, schlug gerade ins Gegenteil um.

Kapitel 74:

„Willst Du das nicht mal auf dem Dorf vorstellen?“

„Ich nehme mir immer und immer wieder vor, mich anderen Themen zu widmen und immer wieder geht all meine Energie zu Bildung 4.0. Es ist so wenig bezahlte Zeit und so viel innerer Raum, der beansprucht wird. Das passt überhaupt nicht zusammen.“

Ich jammerte mal wieder beim Frühstück Kai voll.

„Warum bin ich so doof? Warum schaffe ich es nicht, an meinen eigenen Themen dranzubleiben?“

„Hast Du nicht heute einen Termin, der nichts mit Bildung 4.0 zu tun hat? Das wird Dir ja vielleicht guttun.“

„Ja, aber das ist schon wieder nicht mein Thema. Es geht um Dörfer. Mag ich. Da wohne ich. Aber ich will mich mit meinem eigenen Thema weiter befassen.“

Kais Gesicht sagte deutlich „Hör auf zu jammern“, aber er schmierte sich nur ein Honigbrot.

„Möchtest Du noch eine Scheibe Toast?“, fragte er mich reizend.

Manchmal wünschte ich mir ein besseres Gegenüber für mein

Selbstmitleid.

Später saßen Rainer und Laura auf meinem Sofa und erzählten davon, wie sie sich kennen und lieben gelernt hatten. Ich hatte schon sehr viel von ihnen gehört und wusste, dass Georg schon viele Jahre mit ihnen zusammen Blue-Economy-Projekte umsetzte, aber ich kannte sie noch nicht persönlich. Es machte unglaublich Spaß mit ihnen im Gespräch zu sein, sie sprühten vor Intelligenz und Schaffenskraft.

Sie hatten ein Dorf dabei begleitet, sich finanziell selbstständig zu machen und da über diesen Erfolg eine Doku gedreht worden war, wandten sich jetzt ganz viele Dörfer an sie. Die Idee war, nach dem Vorbild von Bildung 4.0 eine Organisation aufzubauen, die Dörfer dabei unterstützte, sich selbst zu transformieren. Wir hatten gerade zwei Stunden intensiv gearbeitet und ich merkte beim Sprechen, wieviel ich in den letzten Jahren gelernt hatte. Vor allem aber merkte ich, dass unser Konzept total schlüssig war. Das tat gut, denn es war ja in letzter Zeit stark in Frage gestellt worden. Wir übertrugen alle Gedanken und Überlegungen und sie waren begeistert. Das konnte wirklich funktionieren.

„Wisst Ihr", warf ich ein, „das Konzept ist durchaus umstritten. Es könnte zu langsam, zu langfristig gedacht sein."

„Hey, Nachhaltigkeit ist unser Geschäft", sagte Rainer. „Lasst es uns richtig machen. Bist Du dabei?"

„Klar", sagte ich, ohne darüber nachzudenken. Es war so verlockend, die Möglichkeit zu haben, das alles ohne so viel Widerstand machen zu dürfen. Dann ruderte ich ein wenig zurück.

„Natürlich mit einem geringen Anteil meiner Ressourcen, aber ich helfe Euch, das aufzubauen."

„Wunderbar, dann machen wir das!"

Ich glaubte ihnen jedes Wort.

„Hat Georg Euch von meinen Einschränkungen erzählt?", fragte ich noch.

Ich hatte mir angewöhnt, allen potentiellen Arbeitspartner:innen eine kleine Mini-Einführung in Mila zu geben.

BLUE ECONOMY

Blue Economy sucht nach Geschäftsmodellen, die für alle Aspekte von Nachhaltigkeit (Ökologie, Soziales, Ökonomie) gut sind.

Hierbei wird besonders auf Ressourcen gebaut, die als Abfall gelten, um diese als Rohstoffe für Geschäftsmodelle zu nutzen. Im Rahmen von kaskadierenden Systemen wird immer der Abfall aus einem Geschäft als Ressource für das nächste genutzt, um idealerweise zu geschlossenen Kreisläufen zu führen. So stehen die Wertschöpfungs-ketten nicht nebeneinander, sondern greifen auf Basis ungenutzter Potenziale und brachliegender Ressourcen ineinander.

Blue (Meer, Himmel, Planet) möchte so einen Schritt weiter gehen als grün und setzt weniger auf Verzicht und mehr auf Innovation.

„Nein."

Sie guckten mich verwirrt an. Schade. Ich wusste, dass die Menschen das auch aus Respekt und Loyalität nicht erzählten, aber mir würde es helfen, wenn ich schon vorher mit einem Beipackzettel versehen wäre. Ich skizzierte einen Menschen von der Seite und malte eine diffuse Form hinein.

„Das ist mein Hirn", kommentierte ich. „Dort im Kommunikationszentrum saß ein Tumor und dort ist jetzt eine dicke Narbe."

Ich malte einen dicken Strich.

„Wenn ich viel kommuniziere, kommt dort viel Elektrizität an, die nicht weiterkann."

Ich lächelte, mein Bild sah jetzt ein wenig aus wie Spermien, die nicht ins Ei kamen.

„Und dann entlädt sie sich irgendwann."

Ich malte einen Blitz.

„Dann schalten sich sicherheitshalber die Areale drum rum auch aus. Diese Anfälle können ganz verschieden sein, von Muskelausfällen bis zu epileptischen Anfällen."

Sie waren ein wenig steif geworden.

„Es ist ok. Ich lebe damit jetzt seit vielen Jahren. Das Drama ist raus."

Sie entspannten sich wieder.

„Ihr müsst das nur wissen. Ihr könnt Euch stark auf mich verlassen, was alles anbelangt, was ich allein zuhause machen kann. Zuviel Kommunikation funktioniert für mich allerdings nicht."

„Aber wie machst Du das denn als Teamleiterin? Das besteht doch fast nur aus Kommunikation", fragte Laura verwirrt.

„Ihr habt doch auch Reinventing Organizations gelesen, oder?"

Sie nickten.

„Wir haben das direkt umgesetzt und das bedeutet, dass alle Kommunikation nur dann stattfindet, wenn sie gebraucht wird.

Sobald außerdem diese ganzen Meetings wegfallen, in denen man eigentlich gar nichts zu suchen hat, fällt echt viel weg."

„Wie arbeitet Ihr denn?", fragte jetzt Rainer ganz aufmerksam. „Wir brauchen im Dorf dringend eine Möglichkeit der Zusammenarbeit, die weniger Meetings erfordert. Sie reden sich tot und zu viel Kraft geht bei Treffen drauf. Könntest Du Dir vorstellen, mal mit mir dorthin zu fahren und es uns zu erklären? Einfach, damit sie mal erfahren, dass es auch anders geht."

„Sehr, sehr gerne", sagte ich wahrheitsgemäß.

Ich freute mich sehr, dass es ein wenig Aufmerksamkeit für unser Einfach-Arbeiten-Modell gab und nach der Erfahrung mit den Psychiater:innenn war ich total gespannt auf die Reaktion von engagierten Dorfbewohner:innen.

Als Rainer und Laura nach Hause gegangen waren, dachte ich darüber nach, ob ich mir vielleicht schon wieder zu viel aufhalste.

Ich fragte vorsichtshalber Kai: „Bin ich hyperaktiv?"

Er lachte, weil er glaubte, dass ich einen Witz gemacht hatte.

„Ich meine, mache ich zu viel?"

„Mila, ich sehe Dich die meiste Zeit im Bett oder auf dem Sofa. Vielleicht wirkt das von außen so, aber doch nicht aus meiner Sicht."

Paradoxerweise fühlte sich das gut an und ich legte mich aufs Sofa, machte den Fernseher an und guckte mich kreuz und quer durch amerikanische Casting-Shows. Vielleicht war das ja auch eine Möglichkeit für den Übergang von Auftragsarbeiten zu eigenen Schwerpunkten: Statt mich zu ärgern, dass ich mich nicht genug den eigenen Themen widmete, konnte ich auch ein paar andere Aufträge annehmen, um mich aus meiner systemischen Verhedderung mit Bildung 4.0 ein wenig zu lösen.

Kapitel 75:

„Ich wäre bereit, die Geschäftsführung zu übernehmen."

Wie immer aber, wenn ich mich ein wenig von Bildung 4.0 lösen wollte, passierte etwas, das mich emotional mit dieser Organisation voll ausfüllte.

„Natürlich können wir niemanden von außen aufnehmen", schrieb Christa. „Ich denke, wir sollten Bildung 4.0 ehrenamtlich aufsetzen. Ich wäre auch bereit, ehrenamtlich die Geschäftsführung zu übernehmen."

Ich starrte noch etwas benommen auf den Bildschirm, als schon Helmuts Antwort kam: „Wir sollten Christas freundliches Angebot annehmen. Es ist an der Zeit, nicht mehr über Geld zu sprechen."

Was war das denn? Das klang so freundlich und vernünftig, dass ich zunächst gar nicht verstand, dass es um meine Rolle ging. Ich sollte also die Geschäftsführung niederlegen und dem Team sollte offenbar gekündigt werden. War das ein Putsch? Nein, es fühlte sich nicht so an, als hätten die beiden sich abgesprochen. Christa hatte einfach nur das getroffen, wonach sich Helmut sehnte: nie wieder über Finanzierung nachdenken müssen. Außerdem glaubte er an Ehrenamt und baute auch seine eigene Organisation darauf. Jetzt waren sie auf einer Spur. Und ich? Was wollte ich? Georg und ich konnten alles aufhalten. Wir waren zu viert und jede Veränderung brauchte eine Mehrheit. Solange wir nicht Ja sagten, würde sich gar nichts verändern. Aber genau das wollten wir ja eigentlich nicht: eine Organisation gefangen zwischen zwei Lagern.

Ich wusste, dass ich die Vorlage für diese Entwicklungen geliefert hatte. Wolfgang, unser letzter Sponsor, hatte angeboten, die Kosten für Bildung 4.0 zu übernehmen, wenn er als Gesellschafter aufgenommen wurde. Ich hatte ihm sofort gesagt, dass sie das nie annehmen würden. Es war schon schlimm genug, dass wir „Namenlosen" mit dabei waren. Doch er hatte mich daran erinnert, dass es meine Pflicht als geschäftsführende Gesellschafterin war, solche Angebote den anderen vorzulegen. Ich hatte das also brav getan – und damit eine Brücke zu einer ganz anderen Zukunft gebaut.

Das Telefon klingelte und ich wusste bereits beim ersten Ton, dass es Georg war.

„Und nun?", fragte er auch gleich.

„Keine Ahnung."

„Christa traut es sich zu und Du traust es ihr zu, ohne uns weiterzumachen?"

„Ja", sagte ich. „Sie hat sehr erfolgreiche Schulen geleitet. Klar kann sie das."

„Was sagt das Team?", fragte er weiter.

„Nun ja, sie wissen alles, was wir wissen. Christa meinte, ich sollte sie vielleicht informieren, dass das Geld knapp wird. Daran war mal wieder deutlich, dass sie unsere Arbeitsweise nicht versteht. Natürlich wissen sie das. Sie wissen auch von Christas Unzufriedenheit. Es ist ihnen durchaus bewusst, dass es bald zu Ende sein könnte. Aber sie wollen das natürlich nicht."

Ich dachte an Karla, die weiterhin nur langsam wieder auf die Füße kam: nach Beziehung und Zuhause nun auch noch der Job weg?

„Ich glaube, wir müssen Christa übernehmen lassen", dachte Georg laut nach. „Es geht uns darum, an den Schulen des Landes etwas zu verbessern. Wenn das besser ohne uns geht, dann müssen wir raus – so weh das auch tut."

Er hatte recht. Ich wusste, dass er recht hatte. Ich hatte ihm ja diese Flausen auch in den Kopf gesetzt.

„Und Leah und Karla?", fragte ich.

Natürlich war mir klar, dass ich keine Organisation am Laufen halten konnte, nur weil ich gegenüber zwei Personen loyal war, aber: „Was ist mit ihnen?"

„Ich weiß es nicht, Mila, aber ich werde mir Mühe geben, sie zu unterstützen."

Ich atmete tief ein. Oh Gott, ehrlich? Einfach abspringen? Gab es keinen schöneren Übergang oder eine Möglichkeit, es für alle gut zu machen? Mir fiel nichts mehr ein. Wir hatten aus meiner Sicht alles probiert, das weder der Organisation schadete noch gegen meine Werte verstieß. Ich würde mich auf keinen Fall auf Machtkämpfe einlassen und auch nicht aufhören, nett zu sein – egal wie sehr das von anderen als Schwäche angesehen wurde.

„Ok, dann trete ich zurück: als Geschäftsführerin und von der Entscheidung. Dann können Christa und Helmut Dich überstimmen."

„Ok", sagte er.

Einen Moment waren wir traurig, dann wurde er sachlich: „Was soll ich verhandeln? Möchten wir irgendwas im Gegenzug?"

Hui, war er schnell. So schnell konnte ich gar nicht denken.

Ich sagte das erste, das mir einfiel: „Ich möchte gerne an ein paar unserer Projekte gegebenenfalls weiterarbeiten dürfen, also dass klar ist, dass Bildung 4.0 nicht die alleinigen Rechte hat. Der Bildungsreport zum Beispiel ist ein Auftakt für eine Sammlung und noch nichts Abgeschlossenes. Sie werden es nicht weiterführen. Ich würde es gerne dürfen. Auch für das Selbstlernmaterial für Lehrer:innen hätte ich gerne die Rechte. Da bin ich etwas wirklich Gutem auf der Spur. Also insgesamt möchte ich die Rechte für meine Texte. Das ist vertraglich nicht so ganz klar."

„Gut, noch etwas?"

„Verständnis und Anerkennung für Leah und Karla!"

„Ach Mila, das kann ich doch nicht aushandeln."

„Ich muss erst einmal mit ihnen sprechen. Wenn sie Wünsche haben, verhandeln wir das nach. Christa ist ja ein großzügiger Mensch. Ich denke nicht, dass das Probleme gibt."

Nachdem wir aufgelegt hatten, atmete ich tief durch und rief erst Leah, dann Karla an. Sie reagierten beide gefasst. Nur Karla hatte viele Ideen, wie sie vielleicht in anderen Rollen noch bei Bildung 4.0 weiterarbeiten konnte. Leah verstand schneller, dass es zu Ende war. Dann schrieb ich eine E-Mail an die Gesellschafter:innen und kündigte meinen Rückzug aus der Entscheidung und meinen Rücktritt als Geschäftsführerin an. Dafür bekam ich von Christa großen Dank.

Nachts schrak ich hoch. Was hatte ich da nur getan? Ich rannte aufs Klo und übergab mich, wobei ein Teil meiner Schuldgefühle aus mir herausbrachen, die sich aber sofort wieder aufbauten. Was war in mich gefahren? Ich war als Repräsentantin des Teams Gesellschafterin und ich hatte die beiden nicht einmal gefragt. Wie konnte ich nur? Warum waren sie nicht sauer auf mich? Ich hatte sie gerade ihre Jobs gekostet. Was war nur mit der beratenen Entscheidung? Bei etwas so Wichtigem hatte ich ihren Rat gar nicht eingeholt.

Leah war am nächsten Tag genervt von meinen Schuldgefühlen: „Das kommt doch nicht aus dem Nichts, Mila. Wir haben darüber tausend Mal gesprochen. Hör auf damit."

Ich hielt den Mund, da ich ihnen nicht auch noch die Last aufbürden wollte, mich trösten zu müssen. Aber wie hatte ich das nur zulassen können?

Wir beschlossen, die Klausur bei Karla, die wir schon lange geplant hatten, für die Planung unseres Ausstiegs zu nutzen. Das gab mir noch zwei Wochen, um wieder arbeitsfähig zu werden. Ich verschlang alte Folgen von Grey's Anatomy und Gilmore Girls in derselben Menge wie Schokolade und versuchte, irgendwie meine Schuldgefühle und meine körperlichen Reaktionen damit zu beruhigen. Ab und an fuhr ich den PC hoch und wollte Kündigungen schreiben: Den zwölften Mai hatte

Leah ausgerechnet. Wir wollten früh genug aufhören, damit die Organisation noch genug Mittel für den Übergang zur Verfügung hatte. Abzüglich Urlaubstage und in Anbetracht der Kündigungsfrist gab es nun einen Tag: den zwölften Mai.

„Zwölfter Mai, zwölfter Mai, zwölfter Mai …" tobte das Mantra durch meinen Kopf. Was würden Leah und Karla dann nur machen? Ich suchte Online-Vorlagen für betriebsbedingte Kündigungen, kopierte sie und passte sie an die beiden an, doch ich konnte sie weder speichern noch drucken. Jeden Tag spielte ich dieses Spiel mehrmals, doch es ging einfach nicht. Meine Hand verweigerte schlichtweg den Befehl meines Hirns. Ich schlich zurück aufs Sofa. Wie gemein von mir. Nicht einmal das konnte ich ihnen abnehmen. Jetzt würden wir das auch noch gemeinsam im Team machen müssen. Ich war ein Weichei.

„Zwölfter Mai, zwölfter Mai, zwölfter Mai …"

Ich wollte flüchten, mein Amt sofort niederlegen und einfach weg da. Leah und Karla hatten mich jedoch angefleht, so lange zu bleiben, bis auch sie gingen. Sie wollten auf keinen Fall noch ein paar Monate für Christa arbeiten. Wenigstens das war ich ihnen schuldig.

„Zwölfter Mai, zwölfter Mai, zwölfter Mai …"

Danach würde ich frei sein. Ich erschrak so sehr über diesen Gedanken. War das meine Art, endlich eine Organisation loszuwerden, die mich so anstrengte? Profitierte ich hiervon auf Kosten der beiden? Schnell spulte ich vor zu den dramatischsten Operationen bei Grey's Anatomy. Irgendetwas musste doch meine Gedanken ablenken können. Fast wünschte ich mir einen Anfall.

„Zwölfter Mai, zwölfter Mai, zwölfter Mai …"

Es sollte noch eine ganze Weile dauern, bis mir in all den Schuldgefühlen auffiel, dass ja auch ich mal wieder keine Ahnung hatte, wie es finanziell weitergehen sollte – denn im Gegensatz zu den anderen konnte ich mich ja nicht einfach irgendwo bewerben. Ich hatte das Thema Arbeiten mit Krankheit vollständig vergessen, sogar bei mir selbst.

KAPITEL 76:

„DAS BIN ICH."

Meine Verdrängungsmechanismen funktionierten nicht. Ich spürte, wie die unterschiedlichsten Gefühle und Symptome in mir brodelten, wollte mich ihnen aber auf keinen Fall widmen. „Amnesty Emotions" fiel mir wieder ein: die energetisierende Kraft von Gefühlen, wenn sie zu Ende gefühlt werden durften – die Kraft von körperlichen Symptomen, wenn sie Aufmerksamkeit kriegten. Ich wusste eigentlich, dass ich mich dem widmen musste, aber ich wollte nicht.

„Man kann an Gefühlen nicht sterben", erinnerte ich mich.

Bullshit. Sie fühlten sich so bedrohlich an. Natürlich konnte man daran sterben. Die Botschaft meiner Gefühle war klar: „Wir sind allmächtig und machen Dich platt, Du Winzling!"

Darüber musste ich dann doch lachen. Mein Gott, es gab Menschen, die sich freiwillig in die Gefühle des dritten Reichs begaben, um für uns als Menschheit Heilung zu erlangen. Ich stellte mich hier so an wegen ein bisschen Richtungswechsel einer Organisation.

„Reiß Dich zusammen, Mila und setz Dich hin. In diesem Zustand kannst Du niemandem helfen."

Wie alle Menschen, die zu einem spirituellen Happening gegangen waren, hatte ich mir eine Meditationsecke eingerichtet und sie die ersten Tage auch regelmäßig genutzt. Danach wurde es seltener und nun begann ich, sie ein wenig zu fürchten. Ich hatte für mich gelernt, dass Sitzen mit den Fußsohlen auf dem Boden für mich wichtig war. Alles andere durfte bequem sein. In meiner Meditationsecke lag kein Yogakissen, sondern dort stand ein Sessel mit Kissen und Decke. Zudem hatte ich von dort aus Blick über die Welt, falls ich doch mal die Augen aufmachte. Ich ging also hoch und ergab mich meinem Schicksal. Ich wusste auch nicht ganz genau, warum mein Widerstand so groß war, ich wusste ja aus Erfahrung, dass es überhaupt nicht schlimm war. Aber alles in mir schrie: „Ich will nicht!"

„Was denkst Du Mila?"

Fünfzig Dinge auf einmal, mindestens. Hatte ich der Katze Wasser gegeben? Sollte ich das noch schnell machen? War Kai enttäuscht, dass ich nie mit ihm Fahrrad fuhr? Wie ging es wohl der starken Karla wirklich? Autsch. Das fuhr direkt in meinen Körper.

„Wo genau, Mila? Sei präzise!"

Unten in meinem Bauch, links. Es war ein schimmernder, dunkler Bereich, doch ich spürte seine Ausdehnungskraft. Noch hielt er sich zusammen.

„Was fühlst Du?"

Verzweiflung, unendliche Verzweiflung. Aber jetzt sollte ich wirklich mit den Hunden spazieren gehen. Ich war gestern schon nicht. Ich war echt eine schlechte Hundemutter. Und wie wollte ich eigentlich den Bildungsreport aufsetzen? Eher nach Themen oder Fallstudien sortiert?

„Was denkst Du, Mila?"

Oh, stimmt, ich denke. Spannend, dass ich dauernd denke. Meine Mutter hat mal mein Tagebuch gefunden und dachte, ich sei wahnsinnig, weil ich darin beschrieb, dass es immer denkt. Es war sicher nicht leicht für meine Mutter mit mir. Obwohl doch, eigentlich schon. Brav war ich ja schon immer. Jetzt würde ich ganz brav Bildung 4.0 übergeben und niemandem Ärger machen. Wie immer.

„Was passiert in Deinem Körper, Mila?"

Eine goldene Kugel tauchte über meiner linken Schulter auf und ich merkte, wie ich eine Bewusstseinsebene tiefer rutschte. Mit der Kugel an meiner Seite war alles gut. Dieses Gefühl kannte ich schon ganz lange. Es begleitete mich seit meiner Kindheit. Jetzt konnte ich die Kugel fast anfassen, auf jeden Fall sehr genau beschreiben. Was ist das? Die Antwort kam sofort: Das bin ich. Mein echtes Ich – das Ich, mit dem ich immer sprechen konnte, das mir immer Führung gegeben hatte und das mit allem verbunden war: meine Seele, eins mit allem Göttlichen.

„Was passiert in Deinem Körper?"

Die schwarze Verzweiflung war noch da. Sie machte mir nur keine Angst mehr. Ich konnte sie mit Liebe und Mitgefühl betrachten und ihr dabei zusehen, wie sie sich langsam ausdehnte. Im Gegensatz zu dem, was ich erwartet hatte, war das nicht schlimm, sondern wohltuend. Die Kugel wurde durchsichtiger und löste sich schließlich auf.

„Was denkst Du, Mila?"

Hä? Wie?

„Was fühlst Du, Mila?"

Eine ganz gütige Kraft in mir. Meine Güte breitete sich überall in meinem Körper aus und belebte alle Bereiche. Ich konnte nachhelfen, indem ich sie dorthin lenkte, wo es in meinem Körper verknorpelte Bereiche gab.

Stille.

Jetzt würde ich nachsehen, ob die Katzen Wasser hatten.

Kapitel 77: „Pillepalle!"

Ich wählte Christas Nummer, wie immer mit ein wenig Herzrasen. Ich hatte wirklich gar keine Lust auf dieses Telefonat.

„Hallo Christa", eröffnete ich, als sie ranging, „ich habe noch ein paar Fragen."

Ich lief im Flur unseres Teamklausur-Hauses auf und ab. „Hallo Mila, schön von Dir zu hören! Geht es Dir gut?"

Ich ignorierte unhöflich ihre Frage: „Wir bereiten hier gerade alles für die Übergabe vor und ich würde gerne ein paar Dinge mit Dir besprechen – Dinge, die ich nicht unabhängig von Dir entscheiden möchte. Als erstes einmal: Wir haben alle gebrauchte PCs in unserer Zeit im Projekt bekommen. Können wir die behalten?"

Ich hasste diese Frage. Ich hätte meinen PC lieber dagelassen, aber ich arbeitete brav die Wünsche ab, die Leah und Karla geäußert hatten.

„Natürlich", antwortete sie sofort. „Keine Frage."

„Wunderbar, danke. Dann haben wir eine Praktikantin. Du kennst sie. Ihr Vertrag läuft noch etwa ein Jahr. Wir zahlen sie, aber es ist mehr als genug Geld da, um das abzudecken. Soll ich ihr auch kündigen oder möchtest Du sie behalten?"

„Oh, sie kann sehr gerne bleiben. Sie hat ein super Auftreten."

Mein Magen krampfte sich zusammen, als hätte mir jemand in den Bauch geschlagen. Die Art und Weise wie Christa „sie" betont hatte, machte sehr klar, dass sie das über uns andere nicht dachte. Ich wusste, dass sie das nicht merkte. Es tat trotzdem weh – für uns alle und vor allem für das riesige Engagement, dass alle Frauen in diesem Projekt gegeben hatten. Ich hatte ihnen allen eine Dankes-E-Mail geschickt, denn ein Teil von mir fand es fair, dass uns jetzt passierte, was vorher schon mehrere Generationen Frauen durchlebt hatten. Erst waren Maya und Nadine gegangen, da sie zu spirituell waren – dann Alice und Anja und schließlich auch Thea, weil sie zu teuer waren. Jetzt wir, weil wir zu selbstorganisiert waren. Es war systemisch irgendwie logisch. Ich versuchte, keine Pause entstehen zu lassen, musste mich aber deutlich zusammenreißen.

„Ich würde gerne Leah und Karla eine Abfindung auszahlen. Die Differenz zwischen ihrem Gehalt und dem Arbeitslosengeld für sechs Monate, damit sie Zeit haben, sich neu zu orientieren."

Sie zögerte.

Ich sprach weiter: „Es ist wirklich genug Geld da, Christa. Wir hinterlassen Dir einen sehr aufgeräumten und gesunden Laden. Du wirst es nicht merken."

„Dann natürlich gerne", erwiderte sie.

„Dann danke ich Dir. Ich arbeite an einem Handbuch zu allen Themen, damit Du alles nachschlagen kannst. Alles weitere kommt also demnächst schriftlich."

Sie dankte mir fröhlich und ich setzte mich schwach auf die Stufen der Treppe. Ich dachte an die Theorie zu Macht und wie sie gegenläufig zu Empathie verläuft.

„Sie merkt es nicht", tröstete ich mich also nochmal damit. Sie diente dem Bildungssystem mit allem, was sie hatte und wurde dabei immer bekannter. Den Rest merkte sie nicht mehr.

„Alles ist gut, es ist nicht persönlich. Alles wird gut. Sie war ein engagierter, großzügiger Mensch, das bewiesen all ihre Entscheidungen auch im Telefonat. Von den versehentlichen

Verletzungen merkt sie nichts."

„Und warum hast Du nicht um eine Abfindung für Dich gebeten?", fragte Leah später.

Ich drehte mich weg, damit sie nicht merkte, wie sich eine Träne in meinem Auge sammelte.

„Weil sich niemand für mich einsetzt", dachte ich.

Ich sagte allerdings: „Alles gut, darum geht es jetzt nicht."

Wir hatten drei Tage hochkonzentriert gearbeitet – natürlich auch unterbrochen von Schimpf- und Trauermomenten, doch wir fanden immer wieder zum Thema zurück. Wir hatten eine Liste gemacht von allen Vorhaben, die wir bis zum zwölften Mai noch abschließen wollten und eine Liste von allen Informationen, die für Christa relevant waren beziehungsweise werden konnten. Wir räumten unsere Online-Tools so auf, dass sie intuitiver durchsuchbar waren. Es gab Momente, in denen die eine oder andere fand, dass es durchaus eine Option war, ihr alles vor die Füße zu werfen, doch wir waren zu tief in unserer Verbundenheit mit der Organisation verwoben, um das mehr als zehn Sekunden ernsthaft in Erwägung zu ziehen. Die Frage: „Was braucht Bildung 4.0?" hatte uns Jahre begleitet und tat es immer noch – und Bildung 4.0 brauchte einen soliden, reibungslosen Übergang. Zuletzt überlegten wir noch Inhalte für ein Abschiedspäckchen für die Schulen. Wir wollten alle Vorhaben, an denen wir nebenbei gearbeitet hatten, tatsächlich fertig umsetzen und den Schulen schicken. Es war viel Arbeit, aber wir wollten auf keinen Fall, dass alles in einer Schublade landete. Wir hatten uns für die letzten Monate extrem viel vorgenommen, doch dieser Abschluss-Sprint fühlte sich richtig und würdig an.

Zwischendurch verbrachte ich viel Zeit mit Chloë am Telefon. Ausgerechnet an diesen Tagen hatte sie sich von ihrem Freund getrennt und war totunglücklich. Zeitgleich hatte sie eine Zusage vom Theaterstudiengang ihrer Wahl erhalten, worauf sie seit Jahren hinarbeitete. Ich hatte meine Mutter zu ihr geschickt, damit sie nicht allein war, aber wir standen trotzdem die ganze Zeit im Kontakt. All diese Aufregung geschah zudem nur wenige Wochen vor dem Abitur. Sie hatte sich eine Ukulele gekauft, da sie ja ihr Klavier nicht mit nach Schottland nehmen konnte und sang sich durch diese anstrengende Zeit. Ich war stolz auf sie und darauf, wie aktiv sie mit ihren Gefühlen umgehen konnte. Wahrscheinlich waren unsere Kinder immer etwas besser als wir bei den Themen, die uns am Herzen lagen. Ein schöner Gedanke, wie wir von Generation zu Generation bewusster wurden.

Nun saßen wir an Karlas Küchentisch in ihrem Häuschen, weil es dort einen Drucker gab. Es war Zeit für die Kündigungen. Ich schrieb also zwei Kündigungen und eine Niederlegung und mit ihrer Unterstützung schaffte ich es, sie sowohl zu speichern als auch zu drucken. Ich unterschrieb ihre Kündigungen, dann unterschrieben wir alle drei gleichzeitig unsere Abschlussdokumente und stießen darauf an.

„Das hier war die beste Arbeitserfahrung, die ich je hatte", eröffnete Leah das gemeinsame Nachdenken. „Ich bin Euch dafür sehr dankbar. Wir haben hier etwas entwickelt, das wirklich funktioniert. Wir haben Freiheit und Verantwortung gepaart, Respekt und Effizienz. Ich durfte dank unserer Arbeitsform sehr viel lernen. Es war nicht immer leicht, niemanden im Außen zu haben, der für mich entscheidet und verantwortet – niemand der Schuld hat, wenn etwas nicht gut läuft. Ich habe viel gehadert mit meiner Freiheit, habe mir oft klare Strukturen gewünscht und bin so froh, dass wir sie nicht eingezogen haben. Das war ein Crash-Kurs in Organisationsentwicklung und Eigenverantwortung, den ich nie missen möchte. Ich glaube außerdem wirklich, dass wir in der Zeit, die wir da waren, den Schulen etwas geben konnten, das sie ein paar Schritte weitergebracht hat. Darauf bin ich stolz."

Karla lachte: „Ich hatte nie Sehnsucht nach mehr Struktur."

Wir kicherten dazu auch.

„Aber ich fand es nicht immer leicht, zu entscheiden, wenn nicht alle einverstanden waren. Doch so arbeiten zu dürfen, dass ich das Gefühl habe, dass jede Minute meiner Zeit einen Sinn hat: Das war unglaublich. Ich bin so froh, dass Ihr meinen Wunsch nach ‚einfach machen' so ernst genommen habt und Euch davon habt anstecken lassen. Ich wurde mein Leben lang ausgebremst, das zu leisten, was ich kann. Hier durfte ich einfach machen. Und es sogar auf ein Armband schreiben."

Nun lachten wir richtig laut. Die Armbänder hatte ich an Karla für einen Obolus von fünfzig Euro verkauft, damit sie sie selbst verbreiten konnte. Hierbei hatte ich keinerlei Impuls gehabt, jemanden fragen zu wollen. Das blieb unser kleiner rebellischer Akt. Wenn diese kleinen Armbänder schon Symbol geworden waren, dann durften sie das weiter sein. Jetzt kamen mir die Tränen. Die beiden wurden still und guckten mich mit Liebe und Aufmerksamkeit an. „Ich habe so viele Jahre nach einer Möglichkeit gesucht, trotz Krankheit zu arbeiten. Mit Euch habe ich sie gefunden. Ich kann Euch gar nicht sagen, wie wertvoll das ist. Wir haben hier etwas entwickelt, das nicht nur uns Großes tun lässt, sondern für die vielen Menschen mit Einschränkungen aller Art wieder einen Zugang zu Arbeit schafft. Das, was wir hier ausprobiert haben, ist echte Inklusion – jede von uns mit allen Potenzialen und in großem Respekt vor den Einschränkungen der anderen und von sich selbst. Das hier ist kein System, dass die Kranken freundlicherweise ein wenig mitspielen lässt, sondern ein System, in dem es solche Kategorien gar nicht mehr braucht. Gleichzeitig sind wir schneller und besser in unserer Arbeit geworden. Wir haben das Win-win entwickelt und getestet. Vielleicht verlassen wir jetzt diese Organisation, aber wir haben die Lösung gefunden, die ich gesucht habe. Diese werde ich in die Welt tragen, auch wenn ich noch nicht genau sagen kann, wie."

Wir umarmten uns und tranken noch ein Gläschen, gerührt mit einer Prise Enttäuschung, Trauer und Trotz.

Bevor wir losfuhren, gab Karla uns einen Stapel mit Postkarten, auf denen jeweils ein Wort stand. Leah zog als erste und lachte direkt auf. „Und? Jetzt!" stand auf der Karte. Unsere Stimmung besserte sich. Leah hatte „Loslassen" in der Hand und seufzte mit einem Lächeln.

„Thema des letzten Jahres. Das geht wohl noch eine Weile

weiter" versuchte sie, sich damit abzufinden.

Dann zog ich eine Karte. „Pillepalle" stand da und ich explodierte vor Lachen. Ok, dann eben Pillepalle. Stimmte ja auch. Natürlich ging das Leben weiter. So wichtig war das hier auch nicht.

Kapitel 78:

„Was machen Sie denn mit dem systemischen Selbsterhalt?"

Ich war eingebettet in einen Anfang und ein Ende. Während ich meine Projekte bei Bildung 4.0 abschloss und mit dem Gefühl des Scheiterns haderte, übertrug ich alles, was ich gelernt hatte, auf die Initiative „Dorflabor". Ich freute mich, dass auch mein geliebtes Arbeitsmodell ein neues Zuhause kriegen würde. Zunächst stellte ich es in einer Genossenschaftskneipe in einem Dorf im Norden Deutschlands vor. Nachdem ich zu Ende gesprochen hatte und gespannt war, ob die Dorfbevölkerung davon überhaupt etwas verstand, kam auch schon die erste Frage.

„Und was machen Sie mit dem systemischen Selbsterhalt?", fragte ein bärtiger Seemann links von mir. Während ich ihm antwortete, verdaute ich meine Überraschung über die Tiefe der Frage nur langsam. Wie bekloppt war ich eigentlich, dass ich dachte, dass Leute auf dem Dorf dümmer oder weniger gebildet waren? Ich selbst war schon immer Dorfbewohnerin und jetzt lief ausgerechnet ich mit ungebildeten Klischees in mir rum? Unfassbar, wie sehr ich immer wieder so einem Unsinn auf den Leim ging. In der Fragerunde verliebte ich mich in das Dorf: ein kleiner Mikrokosmos der gesamten Gesellschaft. Vielleicht hatte das mit der Dorfentwicklung sogar mehr gesellschaftliche Wirksamkeit als Schulentwicklung, vor allem da sich um das Thema kaum jemand kümmerte, während Schulen tendenziell überversorgt waren. Außerdem war nun Chloë mit der Schule fertig und ich fand es einen guten Moment, selbst auch weiterzuziehen.

Ein paar Wochen später traf ich mich mit Laura und Rainer außerhalb der Stadt auf halber Strecke zwischen Berlin und mir. Ich war nicht mehr bereit, in die Stadt zu fahren. Wenn ich mich jetzt schon ein wenig neu erfinden konnte, wollte ich Berlin aus meinem Leben entfernen. Sie hatten Falk mitgebracht, einen alten Bekannten, der bereits für Dorflabor auf 450-Euro-Basis arbeitete. Wir saßen zu viert auf der Terrasse einer Kneipe und schoben Post-its durch mein Büchlein. Ein Ministerium hatte uns angesprochen, sie wollten uns fördern – und zwar unbedingt noch dieses Jahr (mit Neuwahlen kam immer alles durcheinander). Wir sollten sofort ein Konzept einreichen und sie würden es auf dem Schnellmarsch durchschieben. Sie fanden den ersten Juni als Projektstart realistisch, uns blieben also nur wenige Wochen. Das alles im Endspurt von Bildung 4.0? Würde ich schon irgendwie schaffen. Es war ja eigentlich ein Wunder, dass gleich etwas Neues aufgetaucht war. Eigentlich hätte ich darauf langsam vertrauen können. Es zeigte sich ja offenbar immer das Nächste, wenn das Alte zu einem Ende kam.

Nachdem klar war, was wir tun würden, sprach ich unsere Zusammenarbeit an.

„Ich habe ein paar Dinge gelernt und würde gerne sicherstellen, dass uns das hier nicht auch passiert", eröffnete ich das Gespräch. „Ich möchte nicht, dass die Welten nochmal so auseinander gehen und dass jemand ein Star ist, der scheinbar mehr Stimme hat als andere."

Sie seufzten. Genau das hatten auch sie gerade mit dem Blue-Economy-Guru erlebt.

„Ich könnte Dir nicht mehr recht geben", sagte Rainer. „Wir sollten uns jetzt sofort die Berechtigung geben, einander darauf anzusprechen, wenn unsere Egos mit uns durchgehen. Wir behalten das im Blick und sagen es sofort, oder?"

Das fühlte sich richtig gut an. Ich war so froh, eine zweite Chance zu kriegen – dieses Mal ohne implizite Hierarchie.

„Mila, eine Mitarbeiterin hat sofort gekündigt nach Deinem Vortrag bei uns", berichtete Laura dann.

Ich sah sie an. Es schien kein Vorwurf oder Drama zu sein, nur ein Bericht. Sie hatten mich eingeladen, in ihrem Team Einfach Arbeiten vorzustellen und sich spontan für die Einführung entschlossen. Daraufhin war die Frau, zuständig für die Finanzen, sofort gegangen, weil sie es nicht aushalten wollte, dass alle machten, was sie wollten.

„Wir mussten auch eine Projektplanstruktur für alle einziehen, bis sie mit Eigenverantwortung umgehen können. Ein neuer Mitarbeiter hat zum Beispiel nie die Deadlines eingehalten. Da musste ich ihn ermahnen", ergänzte Rainer.

Projektplan? Ermahnen? Ich wurde hellhörig.

„Was genau hast Du ihm denn gesagt?", fragte ich.

„Dass das so nicht geht, dass man so nicht arbeiten kann", antwortete er.

„Warum ist Dir das denn so wichtig?", fragte ich weiter.

„Mila, das bedroht unsere Existenz. Wir sind ein Unternehmen. Wenn wir unzuverlässig werden, verlieren wir unsere Kunden und Laura und ich müssen das persönlich finanziell ausbaden."

Er war sichtlich genervt von meiner Naivität.

„Hast Du ihm das gesagt, dass es Dir so wichtig ist, weil es Dir Angst macht?"

„Nein", sagte er und beendete das Gespräch. Ich war allerdings noch nicht fertig.

„Menschen tun in der Regel nichts, was anderen Angst macht. Sie müssen es aber verstehen, um ihr Verhalten anzupassen. Ehrlichkeit ist die Kommunikation der Selbstorganisation", sagte ich.

Doch ich spürte, dass das Gespräch zu Ende war und sie auch den Glauben an Einfach Arbeiten schon ein wenig verloren hatten. Für Dorflabor würden wir trotzdem damit arbeiten. Da waren wir uns einig. Zudem würden wir das Projekt auf den Dörfern in meiner Nähe aufsetzen und nicht in der Stadt. Das wäre ja auch inhaltlich zu absurd.

Auf dem Heimweg dachte ich darüber nach, dass es offenbar gar nicht so einfach war, als Leitung eine solche Arbeitsweise umzusetzen. Rainer war gar nicht auf den Gedanken gekommen, dass er sich selbst offenbaren konnte, statt zu erziehen. Laura und Rainer waren durchaus fortgeschritten auf dem Weg von „New Work", doch es gab eben nochmal einen Unterschied zwischen neuen Arbeitsmodellen und dem, was Frederic Laloux „teal organizations" nannte – oder im Farbspiel der Spiral Dynamics „gelbe Organisationen". Hier ging es nicht um innovative Arbeitsstrukturen, die alles schneller und – so das Schlagwort des Moments – agiler machten. Es ging auch nicht darum, in und digital zu sein, keine 4.0 Fassung, wenn wir alle gar nicht klar wussten, was 1.0, 2.0 oder 3.0 war, Hauptsache besser. Das waren New-Work-Orientierungen für Organisationen im orangefarbenen Mem, wenn man Spiral Dynamics zugrunde legte. Das war eben die Denkform, um die es nicht mehr ging. Es war aber auch nicht grün, es ging nicht vorrangig um Harmonie und Miteinander. Es ging darum, als Mensch einer Organisation bei der Entwicklung zu helfen. Und zwar genau als der Mensch, der man eben war, mit allem was zu einem gehörte. Die Herausforderungen waren dann wahrscheinlich neben Vertrauen auch ehrliche und wertschätzende Kommunikation. Doch wie viel musste ich über mich selbst wissen, um wirklich ehrlich zu anderen sein zu können? Konnte man einfach beschließen, jetzt eine gelbe Organisation zu sein, ohne die absolute Bereitschaft der Leitung, sich selbst immer mehr auch innerlich zu entwickeln? Georgs Frau hatte schon recht, wenn sie immer wieder predigte, dass New Work viel innere Arbeit benötigte. Hatte ich vielleicht Laura und Rainer mit meinem Enthusiasmus geschadet? Hatten sie sich in etwas geworfen, das sie gar nicht wirklich wollten? Wie gut, dass ich im Dorflabor die Teamleitung übernehmen würde – immerhin hatte ich einen deutlichen gedanklichen Vorsprung.

Da klingelte mein Telefon. Wie immer schrak ich einen kurzen Moment zusammen und ließ es klingeln. Ich hatte für heute genug gesprochen. Doch dann folgte eine SMS derselben Nummer. Es war Falk, der vorhin noch mit mir am Tisch gesessen hatte.

„Mila, darf ich Dich nochmal sprechen? Ich habe mich vorhin nicht getraut, etwas zu sagen“, schrieb er und machte mich damit natürlich zu neugierig, um es zu verschieben.

„Du kannst so offen mit Deiner Krankheit umgehen. Ich fand es so toll, wie Du uns das alles erzählt hast“, fing er sofort an, schnell und aufgeregt zu sprechen, als ich ihn zurückrief. „Ich konnte es vor den anderen noch nicht sagen, aber Dir will ich es auf jeden Fall mitteilen.“

Ich wartete und hörte ihn tief atmen. Es schien ihm schwer zu fallen.

„Ich habe eine akute posttraumatische Störung und bin gar nicht wirklich arbeitsfähig. Ich brauche aber dringend das Geld und die Beschäftigung mit etwas Sinnvollem.“

Er schwieg wieder. Offenbar war es das schon.

„Hast Du denn das Gefühl, einen Beitrag leisten zu können und vor allem, möchtest Du das?“

„Oh ja, Mila, unbedingt! Und mit dieser Arbeitsweise geht das auch. Da kann ich ja viel auf meinem Dorf arbeiten und mir meine Zeit einteilen. Mein Therapeut betreut mich.“

„Dann ist doch alles gut“, sagte ich mit großer Sicherheit. „Du guckst, was geht und was nicht und wir passen das Projekt daran an.“

Er sagte nichts.

„Alles gut, Falk, wirklich“, wiederholte ich daher noch mal.

„Ich bin so dankbar, Mila, so dankbar. Danke Dir. Ich bin so froh, dass mir der Himmel Dich geschickt hat.“

Als wir auflegten, war auch ich dankbar. Hier war jemand, der Einfach Arbeiten sogar noch dringender brauchte als ich. Ich konnte also endlich dieses Geschenk weitergeben.

Kapitel 79: „Das ist zu gut, um es nicht trotzdem zu machen."

„Dann machen wir es also zu zweit?", kam Alis Nachricht an.

„Ja", sagte ich ohne ein Zögern zu.

Ali war in der heißen Finanzierungsphase von Wolfgang, dem Sponsor von Bildung 4.0, zu mir geschickt worden. Ich hatte in Wolfgangs Firma schon ein paar Vorträge über innovatives Lernen gehalten. Wolfgang hatte mir damals versprochen, Bildung 4.0 bei Bedarf immer finanziell zu überbrücken, was mir ein wunderschönes Gefühl von doppeltem Boden gab. Ich hatte ihn später gefragt, ob wir nicht ein Projekt aufsetzen könnten, dessen Gewinn dann an Bildung 4.0 fließen würde, also ob wir in seiner Organisation die Möglichkeit kriegen könnten, unser Geld selbst zu verdienen. Er fand die Idee so überzeugend, dass er mir den Leiter seiner Projektentwicklung schickte: Ali. Nach zwei Stunden konzentrierter Arbeit hatten wir ein kleines Institut für Forschung und Lehre rund um Lernen und Lehren aufgesetzt, dem Wolfgang sofort die inhaltliche und finanzielle Freigabe gab. Ich hatte selten mit jemandem gearbeitet, mit dem die Entwicklung von Komplexem so einfach war.

Nur wenige Tage später jedoch musste ich ihnen dann die Nachricht überbringen, dass ich Bildung 4.0 verlassen würde. So sehr ich mir auch Mühe gab, das neutral zu formulieren, kam mein Groll leider doch zum Vorschein. Ich war so verletzt, dass sich weder Christa noch Helmut ein einziges Mal bei Leah oder Karla gemeldet hatten – dass sie Menschen abwickelten, als wären sie nur Verträge. Ein paar Tage nachdem meine Enttäuschung aus mir rausgebrochen war, rief ich Wolfgang an und entschuldigte mich. Ich verteidigte Christa und Bildung 4.0 und nahm die Emotionalität zu mir. Das gefiel ihm. Erst wollte er sich bei Christa melden und das Institut mit ihr aufsetzen, doch dann überlegte Ali, ob wir drei das nicht zusammen tun sollten und zwar unabhängig von Bildung 4.0. Irgendwie hatten wir drei uns lieb gewonnen. Nach einem gemeinsamen Supervisionstag wurde allerdings klar, dass Wolfgang eigentlich keine inneren Kapazitäten für etwas anderes als sein Großunternehmen hatte. Ali und ich konnten uns aber nicht ganz so leicht verabschieden.

„Yippie, wir gründen eine Firma", freute sich Ali weiter schriftlich. „Ich habe noch nie eine Firma gegründet."

„Ich auch nicht", schrieb ich zu meiner Überraschung.

Ich selbst war tatsächlich immer eher als Projekt in einer Organisation angesiedelt gewesen und andere hatten tatsächlich gegründet. Auch bei Bildung 4.0 war ich erst später Gesellschafterin und dann Geschäftsführerin geworden. Eine eigene Firma gründen. Das fühlte sich richtig an. Etwas Eigenes aufbauen – ohne Menschen über mir, nur tolle Menschen wie Ali neben mir. Und nun das: Organisationsentwicklung per WhatsApp. Wer sagte denn, dass man dauernd sprechen musste? Ich lag schon im Bett und genoss die Situation.

„Aber Lernen allein ist mir zu klein. Das reicht mir thematisch nicht."

„Ok. Was noch? Neue Formen der Arbeit?"

„Wir sollten uns wahrscheinlich nicht total festlegen. Was ist Dir denn wichtig?"

„Wie? So im Leben?"

„Jap."

„Für mich ist Lernen und Bildung schon klar mein Thema."

„Warum?"

„Weil Lernen die Grundlage des Lebens ist. Wenn man Lernen kann, kann man alles andere erreichen."

„Also ist Lernen Mittel zum Zweck?"

„Naja, es gibt mir die Freiheit, das zu tun, was ich will. Immer weiterzugehen."

„Freiheit. Jubel. Yippie. Genau. Das ist es."

„Du willst eine Organisation aufsetzen, die Freiheit macht?"

„Nein, eine Organisation, die sich wichtige Themen des Lebens – wie Lernen oder Arbeiten – anguckt und Formate entwickelt oder aufzeigt, die freier sind. Wir begrenzen uns dauernd selbst aus systemischer Blindheit heraus."

„Cool."

Arbeiten mit Ali war wirklich unfassbar einfach. Es gab nie ein Entweder-oder, immer nur ein Und.

„Wie heißt sie?", kam von Ali nach einiger Zeit wieder eine Nachricht.

„Welche Symbole für Freiheit gibt es denn?"

„Schmetterling aus Kokon."

„Bäh, nein, das wird immer für Potenzialentfaltung genutzt. Davon brauche ich eine Pause."

„Vogel."

„Jap. Allerdings wollen wir ja gar nicht, dass sie wegfliegen, sondern die Freiheit in ihr Leben integrieren, also Freiheit im Alltag leben und nicht woanders."

„Freiheit im Alltag ist toll. Nehmen wir als Untertitel?"

„Oh ja."

„Gesprengte Ketten oder offene Käfigtüren passen dann auch nicht."

„Ich glaube, das, was wir mit Freiheit verbinden, ist eher das, was im keltischen mit Spiralen symbolisiert wird.

Eine Entwicklung, die immer mehr in die Weite führt."

„Oh, das gefällt mir. Das ist ja dann genau das, was ich eigentlich mit Lernen meine."

„Also Spiral Company? Spiral Learning? Spiral Development?"

„Spiralenevolution? Spirale Entwicklung?"

„SpiralSociety."

„Ja, das ist es. SpiralSociety. Das ist perfekt."

„Aber da werden alle denken, dass wir das wegen der Spiral Dynamics machen."

„Ist doch ok. Dann nehmen wir gelb und türkis als Farben, dann stellen wir damit indirekt klar, dass wir nur am second tier interessiert sind. Wer es nicht kennt, kriegt es aber auch nicht zu hören. Wir orientieren uns nur selbst daran."

„Oh ja. Super. Ich lass uns morgen mal ein paar Logo-Vorschläge anfertigen."

„Gute Nacht. Schön war's. Habe noch nie etwas per WhatsApp entwickelt."

„Ich auch nicht. Schlaf gut."

„Mila, ich werden auf 4 Tage runtergehen und einen Tag für die SpiralSociety arbeiten. Das ist richtig für mich und meine Zukunft, nicht nur die Zukunft unserer Gesellschaft."

So hatte auch ich eine Zukunft. Ich würde Bildung 4.0 so sauber übergeben, wie ich nur konnte, beim Aufbau von Dorflabor helfen und mich nach und nach, ohne Hektik, um den Aufbau meiner eigenen Organisation kümmern. Mit einem Thema, das mir zutiefst am Herzen lag und das mir viel Raum für Entwicklung ließ. Ich freute mich darauf, ganz viel über Freiheit zu lernen. Das würde sowohl mir persönlich als auch der Welt richtig guttun.

Kapitel 80:

„Wir vermitteln keine Menschen, nur Stellen."

Ich dachte lieber nicht darüber nach, dass das alles nicht gleichzeitig machbar war – wahrscheinlich nicht mal für Gesunde. Ich rannte einfach los und arbeitete. Ich verließ ein EU-Projekt, damit Christa nicht Jahre harter Abrechnungen vor sich hatte. Ich erarbeitete ein Logo für die SpiralSociety. Ich überarbeitete regelmäßig den Antrag von Dorflabor entsprechend den Anforderungen des Ministeriums. Ich schloss ein Projekt ab, in dem es um die Entwicklung von Selbstlernmaterial zum Thema Kompetenzen ging. Ich durchforstete Stiftungen nach dem Thema Freiheit. Ich machte mich auf die Suche nach Mitarbeiter:innen für Dorflabor.

Das führte mich wieder einmal in den Dschungel der Behörden. Ich rief bei der Agentur für Arbeit an und erhielt als Arbeitgeberin auch bald einen Rückruf.

„Ich suche Mitarbeitende, die schnell lernen, sich auf verschiedene Aufgaben einlassen können und ein wenig technische Ahnung haben", erklärte ich dem überforderten Mann am Telefon.

„Diese Sachen haben wir nicht in unserer Datenbank, wir brauchen Stellenbeschreibungen."

„Ja", erwiderte ich, „aber sie kennen doch die Leute, beziehungsweise die Berater kennen sie. Könnten Sie die nicht einfach fragen? Ich brauche Menschen, die schnell losrennen können."

„Das dürfen wir leider nicht."

Ich merkte, dass er sich wirklich zusammenreißen musste. Er fand mich unglaublich unprofessionell.

„Sie vermitteln doch Menschen in Arbeit, oder? Das ist Ihr übergeordnetes Ziel?"

„Ja, aber wir dürfen keine Menschen empfehlen."

„Aber wie vermitteln Sie denn dann?", fragte ich ehrlich verwundert.

„Über Stellenanzeigen. Die müssen Sie mir schicken."

„Na gut, wir suchen zwei Personen und haben eine ganze Reihe an Aufgaben. Wie sich die auf die zwei Personen verteilen, ist mir eigentlich ganz egal. Kann ich Ihnen eine Stellenanzeige schicken, in der das alles aufgelistet ist mit dem Hinweis, dass, wenn sie nur die Hälfte können, Sie sich melden sollen?"

„Das kann unser System leider nicht. Die Menschen müssen sich auf ganze Stellen bewerben. Sie müssen mir zwei getrennte Stellenanzeigen schicken."

Ich verstand gar nichts. Ich bot ihnen die Flexibilität an, Stellen fast auf Maß zuzuschneiden und er sprang nicht auf das Angebot an? Ich gab auf und dachte mir eben zwei Stellenprofile aus. Nun würden wir wohl eine:n Programmierer:in und eine:n Event-Manager:in kriegen, den Rest machten wir dann eben spontan. Als ich brav meine Formulare zurückschickte, wurde der Herr von der Agentur auch sehr freundlich und hilfsbereit und tatsächlich besetzten wir mit seiner Hilfe eine der beiden Stellen. Kurz beschäftigte mich das: Schloss das System die Arbeitssuchenden für New-Work-Organisationen aus? Es war gar nicht mehr so unüblich, dass Menschen und nicht Stellen gesucht wurden. Kranke konnten so auf keinen Fall vermittelt werden. Doch dafür hatte ich gerade keine Zeit. Ich musste weiterrennen.

Ich erstellte für Christa ein komplettes Büchlein mit allen Informationen – formale sowie projektbezogene. Ich suchte ein Büro auf dem Dorf, nur um festzustellen, dass es so etwas nicht gab. Wie sollten sich denn Unternehmen im ländlichen Raum ansiedeln, wenn es keine Büroräume gab? Ich verbrachte zwei Tage mit einer Illustratorin, um die letzten Veröffentlichungen von Bildung 4.0 zu finalisieren. Ich nutzte all meine Kanäle, um nach weiteren Mitarbeiter:innen in der Region zu suchen. Ich traf mich mit Ali, um die *Theory of Change* der SpiralSociety zu schärfen. Ab und an gab ich einen kleinen Workshop in Wolfgangs Unternehmen zu neuen Lernformaten. Zudem verbrachte ich viel Zeit damit, Karla hinterherzurennen.

Es ging ihr offenbar richtig schlecht – so schlecht, dass sie oft auf keinem Kanal mehr antwortete. Für mich war der zwölfte Mai eine feste Deadline. Ich wollte keinen Tag länger dort bleiben, doch all meine Vorhaben waren in den letzten Schritten der Veröffentlichung mit ihren Rollen verknüpft. Ich war bereit, ihre Arbeit auch noch mitzumachen, brauchte dafür aber Informationen, die ich nicht kriegte. Ich verzweifelte. Wie ging man mit jemandem um, der so unzuverlässig war? Hätte ich über eine Kündigung nachdenken müssen, wenn das Ende nicht eh vor der Tür gestanden hätte? War das die Grenze der Selbstorganisation, wenn jemand sich einfach nicht mehr an die Regeln hielt? Wir hatten ausgemacht, dass ein Verstoß gegen unsere sieben Grundprinzipien tatsächlich ein Kündigungsgrund war und sie hielt sich an gar nichts mehr. Ich wusste allerdings, dass sie einfach nicht konnte. Sie war tief abgetaucht in eine Dunkelheit und ihre Kraft reichte gerade für ihre Kinder. Das war auch richtig. Doch sie gefährdete gerade unser Abschiedsgeschenk an die Schulen, denn nach dem zwölften Mai durften wir das gar nicht mehr selbst entscheiden, dann war Christa die Chefin. Egal, keine Zeit, weiterrennen.

Ich korrigierte die Übersetzungen des Bildungsreports und vervollständigte das Büchlein für die Veröffentlichung. Ich führte Bewerbungsgespräche in Cafés und auf Wiesen und

THEORY OF CHANGE

Die Theorie der Veränderung wird oftmals in Kontexten des sozialen Wandels von Organisationen genutzt, die gesellschaftlich etwas verändern wollen. Es ist in diesem Kontext schwierig, herauszufinden, ob Lösungen tatsächlich Wirksamkeit entfalten. Die Theory of Change ermöglicht hier einen präziseren Blick, da sie das Bindeglied zwischen gesellschaftlicher Vision und Organisationsstrategie darstellt.

Hierzu werden zunächst die Ziele und angestrebten Ergebnisse identifiziert sowie die Annahmen, die dahinter liegen. Diese können dann nochmal überprüft werden.

Im nächsten Schritt wird eine Landkarte der Zusammenhänge erstellt (*backwards map*). Hierbei wird unter jedes angestrebte Ergebnis die Voraussetzung geschrieben, damit es erreicht werden kann. So wird die Landkarte immer konkreter.

Im dritten Schritt werden die angestrebten Ergebnisse mit Indikatoren unterfüttert. Dann wird die gesamte Landkarte daraufhin untersucht, wo aktiv Interventionen durchgeführt werden müssen und was ohne unser Zutun stattfindet.

Zuletzt wird die Geschichte formuliert, also die Essenz des Erarbeiteten vermittelbar gemacht.

stellte schließlich ein Team für Dorflabor zusammen. Ich schrieb die Texte für die Webseite der SpiralSociety. Ich führte seltsame Gespräche mit Kooperationspartner:innen von Bildung 4.0, weil ich einerseits den Wechsel ankündigen wollte, andererseits von Christa kein Go für irgendeine Sprachregelung kriegte. Die Gesellschafter:innen debattierten noch immer, wie sie den Teamwechsel öffentlich kommunizieren wollten. Ich verhandelte mit Rainer und Laura über die Höhe von Gehältern, da mir ihre Vorstellungen viel zu niedrig vorkamen, verstand aber schließlich, dass sie nicht in einem Projekt höhere Gehälter zahlen konnten als in ihren vielen anderen Vorhaben – aus ihrer Sicht gehörte das ja alles zusammen.

Zwischendurch lernte ich mit Chloë für ihr Abitur, tröstete sie in ihrem Liebeskummer, suchte mit ihr Sommerjobs und begann, ihre Zukunft in Schottland vorzubereiten.

Es ging mir schlecht. Teilweise sehr schlecht. Keine Zeit. Weiterrennen.

Kapitel 81:

„Ich habe meine Mitarbeiter ja schon an der langen Leine.“

Schließlich kam er, der zwölfte Mai. Wir hatten einmal überlegt, ihn als Team zu dritt zu verbringen, doch irgendwie war die Klausur unser Abschluss gewesen. Christa hatte uns zu einem Wertschätzungstreffen eingeladen, was wir alle drei spontan absagten. Was sollte das? Am Schluss so tun, als wäre sie mit uns zufrieden gewesen? Ich verweigerte zudem nach wie vor jede Reise in die Großstadt.

Ich gab an meinem letzten Tag als Geschäftsführerin einen Workshop zu Einfach Arbeiten auf einer Konferenz zu Organisationsentwicklung. Ich hatte den Workshop sofort abgesagt, als klar wurde, dass es mit meinem Job bei Bildung 4.0 dann vorbei sein würde, doch die Veranstalterin – Chiara aus der Organisationsberatung Amico – überredete mich, es trotzdem zu tun.

„Es ist doch wichtig, dass wir auch über die Aspekte des Scheiterns sprechen“, beriet sie mich. „Und vielleicht ist das ja sogar gut, am letzten Tag nochmal laut alles Revue passieren zu lassen.“

Ich schätzte Chiaras Meinung sehr – auch zu inneren

Prozessen – und zog daher meine Absage zurück.

Nun stand ich im großen Raum an einer Pinnwand und stand den Teilnehmenden für Fragen zur Verfügung, damit sie sich für einen Workshop entscheiden konnten. Leider sprach mich jede:r zweite auf Bildung 4.0 statt auf Einfach Arbeiten an und ich wurde zunehmend nervös. Ich wollte nicht über Schulen sprechen, sondern über selbstorganisiertes Arbeiten. Ich hatte genau deshalb konsequent alle weiteren Konferenzbeiträge abgesagt, da sie alle eher bildungszentriert waren. Ich konnte noch immer nicht über meinen Weggang von Bildung 4.0 so reden, dass meine Verletzung nicht in meinen Augen zu sehen war. Bis das geheilt war, wollte ich mich zu dem Thema verstecken – vor allem, da so viele Leute aus der Bildungsszene die Situation nutzten, um sich über Christa oder Helmut auszukotzen. Was die Menschen aus der Bewegung sicher unterstützend meinten, fand ich aber nur störend. Sie brachten mich in die Situation, sie zu verteidigen. Ich wollte nicht schlecht über andere reden, aber auch nicht gezwungen sein, so zu tun, als wäre alles in Ordnung.

Dann würden eben nur wenige Leute in meinen Workshop kommen, beschloss ich. Ich würde nicht über Schulveränderung sprechen.

„Ich halte ja meine Leute schon an einer langen Leine", sagte ein Mann, nachdem ich ihnen alle sieben Prinzipien von Einfach Arbeiten erklärt hatte und auch ein paar Beispiele aus unserem Arbeitsleben erzählt hatte, „aber das …"

Er verstummte. Die anderen stimmten zu. Ich ließ sie eine Weile diskutieren. Die ewig selbe Frage: Wie kontrollierte man dann die Idioten? Ich verstand diese Frage deshalb oft nicht, weil wir sie ja in keinem System wirklich kontrollierten. Warum musste etwas Neues immer alle Probleme des Alten lösen? Ein paar Verbesserungen reichten doch. Zudem war Freiheitsgewinn aus meiner Sicht sogar ein Selbstzweck, auch wenn es auch noch schöne Nebenwirkungen wie mehr Wirksamkeit und Effizienz gab.

„Nun ja, es ist auf jeden Fall anstrengender, in diesem System ein Idiot zu sein", lachte ich.

Sie sahen mich neugierig an.

„Da jede Person die Verpflichtung hat, zeitnah und direkt zu kommunizieren, wenn sie in ihrer Arbeitsfähigkeit gestört wird, hat der- oder diejenige dann richtig viele Gespräche am Hacken – und das täglich. Das ist viel anstrengender, als ab und an ein strenges Gespräch mit dem Vorgesetzten. Und wenn sich jemand nicht an die Grundprinzipien hält, ist das tatsächlich ein vereinbarter Kündigungsgrund. Das macht Idiot sein nicht nur anstrengender, sondern auch gefährlicher."

Sie nickten. Ich dachte an Karla, die sich nicht mehr daran halten konnte. Wie hätten wir das Dilemma wohl gelöst? Wie fand man Lösungen mit jemandem, der nicht mehr kommunizieren konnte? Ich war sehr belastet davon, dass wir unser Ziel nicht eingehalten hatten. Wir hatten kein Abschiedsgeschenk an die Schulen verschickt. Alles lag in Karlas Haus und ich hatte keinen Einfluss mehr darauf. Mein sauberer Schnitt hatte leider nicht geklappt. Leah und Karla arbeiteten beide noch bis Ende des Monats weiter. Sie waren einfach nicht fertig geworden. Für mich war das aber wirklich der letzte Tag. Ich würde heute noch loslassen, vielleicht mit einem Glas Wein.

„Mila, Du hast gesagt, Ihr seid gescheitert? Erzähl mal davon", holte mich eine Teilnehmerin aus meinen Gedanken um Karla und unseren Abschluss.

„Nun ja, Einfach Arbeiten hat tatsächlich wohl Schuld daran, dass ein paar Leute ihren Job verloren haben und ich den Titel einer schlechten Geschäftsführerin tragen darf."

Nur kurz spürte ich die Trauer, dann fand ich meinen Humor wieder.

„Wir haben Einiges nicht bedacht. Vor allem, dass diese Arbeitsweise bedeutet, dass Gesellschafter nichts mehr zu sagen haben – und das gar nicht immer lustig finden."

Ich merkte, wie ich ins Sprechdenken geriet. Genau das hatte Chiara gemeint. Ich sprach mich frei. Mal gucken, was ich sagen würde.

„Die echte Welt existiert ja weiterhin – mit GmbHs,

Gesellschaftern, Haftung und ähnlichem. Wir hatten das Problem mit der Geschäftsführung gut gelöst. Wir hatten es einfach in verschiedene Rollen aufgesplittet und unter uns verteilt. Ich haftete, unterschrieb Verträge und stellte Budgetorientierung her, doch die Abrechnung der Finanzen und Fragen rund um Rechte des Lernmaterials machten die anderen. Wir hatten verstanden, dass wir uns von den alten Definitionen lösen durften. Doch die Gesellschafter hatten wir nicht richtig mit an Bord. Jedes Jahr holte ich mir ihr Okay für Einfach Arbeiten ein, doch sie hatten immer nur an uns gedacht, nie an die Bedeutung für sich selbst."

Ich überlegte kurz, wie ich die Situation besser erklären könnte.

„In klassischen Organisationen geben Gesellschafter Order an die Geschäftsführung und diese gibt dann Order an die Mitarbeiter. Hier versuchten mir die Gesellschafter Order zu geben und ich sagte ihnen, mit wem sie sprechen mussten. Dann sprachen sie mit der Person und die sagte aufgrund der beratenen Entscheidung ‚Vielen Dank für die Beratung', setzten es aber nicht zwingend um, wenn sie es nicht sinnvoll fanden oder anderes gerade wichtiger war. Die Geschäftsführer hatten keine Macht mehr, weil wir die Trennung zwischen Entscheiden und Machen aufgelöst hatten. Das wurde für die Gesellschafter immer frustrierender. Dann hat natürlich das formale System gewonnen und das war dann das Ende für das gesamte Team."

Sie schwiegen betreten.

Leise sagte ich: „Heute ist mein letzter Arbeitstag."

Da klatschten sie spontan und dankten mir für meine Offenheit.

„Danke, dass ich diesen Tag mit Euch verbringen durfte", erwiderte ich.

Diese wildfremden Menschen hatten mir einen schönen Abschluss geschenkt. Chiara hatte recht gehabt. Wir gingen gerührt auseinander und ich trank meinen Wein.

Natürlich holte Kai mich ab. Wir wussten beide, dass der zwölfte Mai nicht nur mein letzter Tag bei Bildung 4.0 sein würde, sondern auch der Tag des Zusammenbruchs. Zunächst hatte ich im Auto aber noch viel zu sagen. Natürlich war das die Logorrhoe vor dem Anfall, aber das konnte ich jetzt nicht mehr stoppen.

„Er hat von einer langen Leine gesprochen und fand das positiv", überlegte ich laut vor mich hin. „Ich glaube, wenn ich schon an einer Leine wäre, hätte ich lieber eine Kürzere – lange verheddern sich ja überall und dann hängt man sich versehentlich auf."

Ich versuchte zu schweigen und mich auf meinen Körper zu konzentrieren und schaffte es auch für etwa zehn Sekunden.

„Krass oder, dass wir uns im Beruflichen eine Sprache angewöhnt haben, die mehr mit Tierhaltung zu tun hat und es gar nicht merken?"

Mein Bein fing an zu zucken.

„Und wenn es nicht Tiere sind, sind es Maschinen, Ressourcen. Was spricht denn dagegen, dass Menschen einfach Menschen sind?"

Die Tränen rannen mir schon übers Gesicht.

„Heißt dann Work-Life-Balance dass ich einen Teil der Zeit Maschine und einen Teil der Zeit Mensch bin?"

Kai nahm meine Hand: „Wir sind gleich da, Schatz. Gleich ist es geschafft."

Ich konzentrierte mich darauf, seine Hand zu streicheln.

„Aber ich habe es geschafft. Ich habe wirklich alles abgeschlossen. Alles!"

„Ja, Schatz, Du hast es wirklich geschafft. Du hast einen guten Abschluss hingelegt und Du warst zu niemandem gemein. Du hast alles genau so gemacht, wie es Dir wichtig war."

Mein Kopf fiel nach hinten, weil mein oberer Rücken nachgegeben hatte. Kai würde mir zuhause wohl die Treppe hochhelfen müssen. Doch neben ihm im Auto war ich sicher. Obwohl die Verzweiflung und die Scham schon in mir hochkrochen, war ich doch auch stolz und vor allem unendlich erleichtert, diesen Teil meines Lebens endlich hinter mich gebracht zu haben.

Kapitel 82:

„Du musst ihn zwingen. Er braucht das."

Das Projekt von Dorflabor begann nicht. Ich hatte Menschen und ein Büro gefunden, aber der erste Juni war lange vorbei. Den Antrag hatte ich nach Anweisung des Ministeriums mehrfach überarbeitet, bis er das Okay der Programmleitung erhalten hatte. Dann stellte sich heraus, dass das Format falsch gewesen war und ich hatte alles nochmal umgeschrieben. Dann fiel ihnen ein, dass aus politischen Gründen das Projekt noch in dem Jahr selbst abgeschlossen werden musste. Niemand wusste, wie es nach der Wahl um Demokratieförderung stehen würde. Wir hatten aus einem Projekt über achtzehn Monate ein Projekt über sechs Monate gemacht, mit derselben Fördersumme. Ich ging davon aus, dass wir das schaffen konnten. Dann begann die Urlaubszeit und nichts ging weiter. Irgendwann Anfang August erhielten wir endlich die Erlaubnis für einen vorzeitigen Maßnahmenbeginn, was bedeutete, dass wir anfangen konnten, aber kein Geld kriegen würden. Rainer und Laura waren bereit, das Risiko einzugehen. Uns blieben also noch viereinhalb Monate Zeit, um ein eineinhalbjähriges Projekt umzusetzen, mit einem Team, das sich noch nicht kannte. Und dazu hatten wir erst einmal kein Geld. Das Evaluationsteam sprang unter diesen

Umständen ab. Sie wollten mehr Verlässlichkeit und Priorität, als ich bereit war, ihnen zu versprechen. Der Rest des Teams empfand aber tatsächlich einen gewissen sportlichen Ehrgeiz, das hinzukriegen und zeigte sich mit der Bezahlung sehr flexibel.

Falk war hier die Ausnahme.

„Mila, ich traue mich kaum, das zu sagen, aber ich brauche wirklich Geld. Ich kann nicht kommen, mein Geld reicht nicht einmal mehr für das Benzin für die Anreise."

Er weinte am Telefon fast vor Scham, das sagen zu müssen. Wie immer sprach er so schnell, dass mein Nervensystem sofort reagierte. Das konnte ja lustig werden, wenn unsere Erkrankungen so miteinander kommunizierten. Ich versuchte, mich nicht an die Geschwindigkeit anzupassen und schwieg sicherheitshalber.

„Rainer sagt, über Geld muss ich mit Laura sprechen, aber die ruft nicht zurück oder schreibt mir nicht. Ich habe auch immer noch keinen Arbeitsvertrag und bin nicht krankenversichert. Mila, ich weiß echt nicht weiter."

„Kannst Du Dir von jemandem Geld leihen? Ich gebe Dir dann das Benzingeld, wenn Du da bist und rechne es später irgendwie ab, wenn das Projekt Geld hat."

„Nein, Mila, diese Gefallen habe ich wirklich schon alle ausgeschöpft."

„Dann kannst Du eben nicht kommen. Das ist schade, aber auch nicht so schlimm."

Es tat mir so leid, dass ich ihn gerade nicht retten konnte. Wir hatten jemanden im Team in einer wahrhaft prekären Situation, da mussten wir doch helfen. Aber auch ich arbeitete ja schon eine Weile für Dorflabor, ohne Geld zu sehen und konnte ihn privat nicht auffangen. Tatsächlich dachte ich lieber nicht darüber nach, wie lange ich das noch aushalten würde.

Ich rief Rainer an.

„Wir haben ihm gesagt, er muss Zug fahren. Das zahlen wir dann auch", sagte er.

„Aber ...", begann ich.

„Nein, Mila, Du musst streng zu ihm sein, das braucht er."

„Aber …", versuchte ich es wieder.

„Nein, etwas anderes können wir auch beim Ministerium nicht abrechnen. Er soll sich eine Bahncard kaufen und Zug fahren."

„Aber …"

Doch ich wusste auch nicht richtig, was ich sagen sollte. Das war auf so vielen Ebenen falsch, dass mich meine alte Sprachlosigkeit wieder einholte. Man konnte doch kranke Menschen nicht aus ihrer Krankheit raus erziehen. Das Letzte, was Falk brauchte, war noch mehr Druck. Außerdem verstand ich gut, dass er in seinem Zustand nicht Zug fahren konnte. Er konnte nicht aussteigen und sich verstecken, falls die Symptome ihn überfielen. Genau wie bei mir schien es zu einem posttraumatischen Zustand zu gehören, dass alle Empfindungen der vielen Menschen direkt ins Innere gelangten. Wovon sollte er sich außerdem eine Bahncard kaufen, wenn er nicht mal mehr eine Strecke Benzin verkraften konnte? Und warum beeilten wir uns nicht, dass er wieder krankenversichert war?

„Rainer, er braucht eine Versicherung und einen Arbeitsvertrag", schaffte ich es wenigstens zu sagen.

„Laura sagt, dass wir ihm den schon zweimal geschickt haben. Er muss in der Post verloren gegangen sein."

„Macht Ihr es bitte schnell nochmal. Das sind wirklich existentielle Dinge in Falks Fall. Alle anderen sind ja ganz geduldig."

„Ich kümmere mich", versprach Rainer und verabschiedete sich schnell.

In den anderen zehn Projekten gab es wieder einige „Feuerwehreinsätze", echte Krisen, denen er sich widmen musste. Ich wusste, dass Dorflabor keines der wirklich wichtigen Vorhaben war.

„Wie kann ich nur Falk den Halt geben, den er braucht?", fragte ich Kai beim Frühstück.

„Ich habe hier die Chance, auf der anderen Seite zu stehen. Das ist ein großes Geschenk für mich. Aber wie soll ich das nur tun?"

„Und vor allem, wie kannst Du es tun, ohne dass seine Krankheit Deine verstärkt", ergänzte Kai vorsichtig.

Natürlich hatte er recht, aber ich hatte hier zehn Jahre Vorsprung. In dieser Zeit hatte ich so viel Unterstützung erhalten, jetzt war ich an der Reihe. Ich konnte mich gut an die Anfangszeit erinnern, an die finanzielle Unsicherheit, vor allem aber an die lähmende Scham, die mich Jahre meines Lebens gekostet hatte und mich noch immer regelmäßig besuchte.

„Weißt Du, ich habe ganz schön viel Glück, dass ich einen Hirntumor habe", dachte ich weiter laut nach. „Mich will keiner erziehen. Ich kann mit dem Begriff jeden Raum zum Schweigen bringen und niemand würde von jemandem mit Hirntumor fordern, zu einer Teamsitzung zu kommen. Bei psychischen Erkrankungen ist das anders. Sie kriegen die ganze Zeit ein ‚Reiß Dich zusammen, dann geht es Dir auch besser' ab. Als würden sie sich nicht selbst schon genug Versagensängste und Selbstvorwürfe antun."

Kai lachte: „Nur Du kannst einen Hirntumor Glück nennen."

Doch ich hörte ihm nicht richtig zu. In mir bewegte sich nur die Frage, wie ich Falk dabei helfen konnte, gut und sicher zu arbeiten, in genau dem Maß, das ihm guttat.

Ich nahm also beim nächsten Treffen meinen Mut zusammen und sprach Laura darauf an.

„Wir müssen die Gehälter zahlen, auch wenn das Ministerium noch nicht zahlt, das können wir nicht einfach übergehen", erklärte ich ihr.

Sie sah mich offen und ehrlich an. Wir hatten am selben Tag Geburtstag und irgendwie verband uns das. Obwohl ich viele Entscheidungen nicht verstand, gab es eine große Herzlichkeit zwischen uns.

„Mila, ich kann das nicht mehr", versuchte sie mir zu erklären. „Ich stehe so auf der Grenze zum Burnout, dass ich letztens nicht einmal mehr aufstehen konnte. Rainer und ich haben lange überlegt, wie wir hier Entlastung schaffen können und klar beschlossen, die Projekte nicht mehr persönlich durchzubringen. Sie müssen sich selbst erhalten oder eben sterben."

Ich spürte ihren Entschluss. Ich konnte sehen, wie schwer ihr diese Entscheidung gefallen war und dass sie für sich keinerlei Alternative sah, die sie nicht persönlich auffraß. Ich fand ihre Strategie absurd und für niemanden besonders gut. Mitarbeiter:innen mussten sich auf Bezahlung verlassen können und sie würde mehr Konflikte haben als vorher, was ja Teil der Burnoutspirale war. Ich merkte aber auch, dass sie im Moment keine anderen Lösungen sah. Wenn ich diese Entscheidung in Frage stellte, konnte ich ihre sehr wacklige Stabilität gefährden. Also tat ich das, was ich immer tat. Ich hielt meine Meinung zurück und konzentrierte mich stattdessen darauf, wie es der anderen Person ging – und dass eine so herzliche und engagierte Person wie Laura so litt, berührte mich tatsächlich sehr.

Was taten wir einander nur in der Arbeitswelt an? Burnout erschien mir mehr und mehr wie eine ansteckende Krankheit. Sobald eine:r betroffen war und begann, sich zu schützen, wurde der Staffelstab weitergegeben. Ich würde alles tun, was ich konnte, um Falk zu schützen. Ich litt aber zunehmend unter der Situation, unter meiner gefühlten Verantwortung. Ich hatte alle Mitarbeiter:innen ins Boot geholt, und leitete das Projekt und sie wurden nicht bezahlt. Ich fand es furchtbar und ich war verantwortlich. Dennoch hatte ich keinerlei Einfluss darauf. Ich traf eine Entscheidung.

„Leah, ich brauche Dich“, schrieb ich ihr eine Nachricht. „Hast Du Lust, mit ein paar Stunden im Monat bei Dorflabor mitzuarbeiten und Dir ein wenig Geld dazu zu verdienen? Und vor allem: bei mir zu sein?“

„Klar. Morgen telefonieren?“, kam ihre schnelle Antwort und ich war sofort beruhigt.

Mit meiner organisierten Leah würde ich das Projekt schon hinkriegen und irgendwie auch Falk unterstützen. Leah war die Person, die inklusives Arbeiten am besten verstand und den offensten Umgang damit hatte. Dann war ich nicht allein. Zudem war es keine Frage, dass jemand die Projektfinanzen sauberer abwickeln sollte, als ich das jemals konnte. Mit Leah würde ich das schaffen.

BURNOUT BEI SOZIALUNTERNEHMER:INNEN

Sozialunternehmer:innen sind Personen, die Unternehmen gründen, deren Hauptziel die Lösung eines gesellschaftlichen Problems ist. Statt finanzielles Wachstum als Ausrichtung der Unternehmung zu verstehen, messen sie Erfolg in gesellschaftlichem Impact. Als Unternehmen erwirtschaften sie hierbei das notwendige Kapital selbst, oftmals in Kombination mit öffentlichen Förderungen oder Unterstützung durch Stiftungen.

Nicht wenige Sozialunternehmer:innen haben ihre wirtschaftlich orientierten Unternehmen aufgrund von (drohendem) Burnout verlassen und sich für Sinnstiftung entschieden. Doch „Gutes tun" ist nicht weniger Burnout-gefährdet:

- bis zu 55% aller Gründer:innen und Mitarbeiter:innen zivilgesellschaftlicher Organisationen (Sozial-unternehmen, Aktivist:innen, NGOs) berichten von Burnout und Depressionen.
- Bis zu 75% konsumieren regelmäßig Alkohol oder Drogen, um von ihrem Stress runterzukommen.
- Bis zu 70% wünschen sich professionelle Unterstützung für ihr eigenes Leben.

So entstehen zunehmend internationale Programme für Sozialunternehmer:innen, wie beispielsweise das Wellbeing Project.

Kapitel 83:

„Sie wissen nicht, wie stark sie auf das Projekt wirken."

„Es ist voll anders als in dem Frauenverein Bildung 4.0 oder?", fragte ich Leah amüsiert. Sie lachte auch. „Ja, lustig plötzlich in so einem Männerteam."

Die Männer genossen die Organisationsform auch sehr, aber aus völlig anderen Gründen. Ihre klaren Rollen bedeuteten für sie, dass sie eigentlich nicht kommunizieren mussten. Sie hatten sich getroffen, die Rollen verteilt und sich zurückgezogen. Jetzt arbeiteten sie relativ unverbunden, dafür aber in gutem Tempo.

„Bei den Frauen musste man drauf achten, nicht in Gesprächen zu versacken", dachte ich weiter laut nach.

Leah guckte mich streng an. „Ach Mila, so stimmt das aber auch nicht."

„Ja, klar, Du hast ja recht. Aber schon ein wenig, so tendenziell." Ich hasste es, wenn ich mich sexistisch fühlte. Ich fand den Unterschied nur so auffällig. „Die drei haben, glaube ich, noch kein Gespräch außerhalb unserer beiden Meetings geführt."

Inzwischen hatte das Ministerium uns endlich einen

Bewilligungsbescheid gegeben – drei Monate vor Ende der Maßnahme. Leah hatte ganz schnell alle offenen Rechnungen gezahlt und das Projekt hatte sofort an Stabilität gewonnen.

„Meinst Du, es ist doof, dass sie nicht miteinander sprechen?", fragte ich Leah. „Irgendwie gefährlich für das Projekt?"

„Ach, sie sprechen ja mit uns", meinte sie. „Dann ist das eben unsere Rolle".

Jetzt musste ich richtig lachen. „Wie absurd ist das denn, dass ich, die eigentlich nicht kommunizieren sollte, das in diesem Projekt am meisten tue und die anderen dazu fast zwinge?"

Leah lachte nicht mit und sah mich nur nachdenklich an.

Falk hatte sich hauptsächlich für Rechercheaufgaben entschieden, die er in Ruhe von zuhause aus erledigen konnte. Sein Therapeut hatte ihm an der Uni einen Raum zum Arbeiten zur Verfügung gestellt. Er schickte uns immer wieder Fotos von diesem luxuriösen Raum, der sich nach und nach mit Post-its füllte, die alle für spannende Dörfer standen. Ich war ein wenig beunruhigt, weil zur Recherche natürlich auch das Telefonieren mit den Dörfern gehörte und er immer noch so wahnsinnig schnell und viel sprach. Ich war mir nicht sicher, ob er in diesem Zustand die beste Person für einen Erstkontakt war, aber er hatte sich diese Rolle ausgesucht, da er Kommunikation als eine seiner größten Stärken empfand. Ich glaubte fest daran, dass sich nach und nach für alle die richtigen und besten Rollen finden würden. Wir hatten für die Teamprozesse keine Zeit (und die Männer auch keinerlei Bedarf), es würde sich also in der laufenden Arbeit finden müssen. Neben Falk kümmerte sich Andreas um die Webseite, das Design und alles Digitale. Er war ruhig und schnell, konnte super konzeptionell denken und half immer, wenn irgendwas gebraucht wurde, egal, was es war. Sascha, der dritte Mann im Bunde, war von uns allen der größte Experte. Er war durch und durch Brandenburger Dorfbewohner, war selbst lange Bürgermeister gewesen und begleitete Dorfentwicklungsprozesse, solange er denken konnte. Er war total enthusiastisch und überhäufte sich mit Rollen. Allerdings war er ebenso unzuverlässig, da er offenbar seine Arbeitszeit vor Begeisterung überhaupt nicht einschätzen konnte.

„Warum nur kann man vor keinem Thema wegrennen?", fragte ich Leah. „Ich dachte, die Herausforderung mit der Unzuverlässigkeit hätte ich bei Karla schön umgangen. Nun kommt sie einfach von einer anderen Seite wieder."

Die erste Begegnung zwischen Rainer und Sascha war ein Anruf von Rainer gewesen, um ihm, wie Rainer es selbst formulierte, einen „Rüffel" zu erteilen. Sascha hatte irgendjemanden geduzt und musste nun zu Manieren erzogen werden. Sascha war so geschockt, dass er kurz überlegte, zu gehen. Er interessierte sich von allen am meisten für die Arbeitsweise und hatte gleichzeitig die größten Zweifel.

„Das geht nicht mit jemandem wie Rainer", sagte Sascha. „Wir können in unserem Team arbeiten, wie wir wollen, aber am Schluss sind es Rainer und Laura, denen der Trägerverein gehört und die unsere Verträge unterschreiben. Sie spielen nicht auf Augenhöhe mit und haben kein Gefühl dafür, wie stark sie doch auf das System wirken. Außerdem sind sie total unzuverlässig."

Ich lächelte still in mich hinein. Da sprach ja der Richtige. Allerdings hatte er recht. Ich konnte Projektleitung sein so viel ich wollte, eigentlich hatte ich nichts zu sagen. Es gab, wieder einmal, eine Ebene über mir, in der sich die formale Macht sammelte, die systemisch sehr stark wirkte. Warum sollten die Mitarbeiter:innen im Projekt verlässlich sein, wenn es die Leitung so gar nicht vorlebte? So langsam begriff ich, wie wichtig das Vorleben war. Es war weit mehr als nur eine Möglichkeit zur Nachahmung, es prägte tatsächlich den *Spirit* des Projektes, die gesamte Kultur, definierte das, was als normal angesehen wurde. Vorleben war viel kulturprägender, als es mir bewusst gewesen war. Die Orientierung ging deutlich nach ganz oben, dorthin, wo die Macht über den Arbeitsvertrag lag. Laura hatte mir mal erzählt, dass sie absichtlich E-Mails nicht sofort beantwortete, weil sie nicht wollte, dass sich diese Erwartung bei den Mitarbeiter:innen etablierte. Was passierte, wenn diese Haltung der strategischen Abgrenzung sich als Kultur in einer Organisation durchsetzte? Konnte Selbstorganisation mit dieser

Form von unverbundener Interaktion überhaupt funktionieren?

Kai rettete mal wieder die Situation.

„Ihr habt Euch doch mal die Erlaubnis gegeben, bei Egonummern Bescheid zu sagen", erinnerte er mich an unser Auftaktreffen im Frühling.

„Das ist keine Egonummer, das ist eine Selbstdefinition darüber, was Leitung sein bedeutet", stellte ich erst einmal fest. Ich merkte aber schon beim Sprechen, dass das eine Ausrede war. Natürlich mussten wir einen Weg finden, die Augenhöhe herzustellen, wenn wir wollten, dass das Arbeitsmodell aufging. Für das Projekt war es elementar wichtig, dass die Selbstorganisation funktionierte, denn in einer Arbeitsweise mit viel vorbereitender Planung und Dauer-Absprachen würden wir auf keinen Fall drei Produkte in drei Monaten liefern können. Selbstorganisation war unsere einzige Chance, das Projekt umzusetzen. Selbst eine neue Projektleitung, die kontrollierender war als ich, würde sich so schnell inhaltlich nicht mehr einarbeiten können.

KAPITEL 84:
„WIR GLAUBEN AN OWNERSHIP.“

„Laura, wie ist das aus Eurer Sicht? Bin ich eine Honorarkraft, die für Euch ein Projekt umsetzt oder ist Dorflabor unsere gemeinsame Initiative?“

Sie sah mich überrascht an. „Wir glauben total an *Ownership*, Du sollst Dich auf jeden Fall wie im eigenen Projekt fühlen.“

„Hallo Sprachlosigkeit“, konnte ich innerlich gerade noch feststellen, bevor sich meine Gedanken überschlugen. Diese Arbeitsbegriffe wie *Empowerment, Diversity* oder *Ownership* hatten sich total verselbstständigt und sehr seltsame Irrwege genommen.

Empowerment bedeutete: Ich gebe Dir ein wenig von meiner Macht ab, aber ich kann sie mir genauso schnell wiederholen. *Diversity* stand natürlich dafür, dass es toll ist, wenn sehr unterschiedliche Menschen zusammen arbeiten – aber nur, wenn sie sich alle so verhalten, wie ich es gut finde. Und nun *Ownership*. Ich sollte also das Gefühl haben, dass es mein Projekt war. Das hieß aber nicht, dass es das war, oder? Eine schöne Illusion, die mich motivieren oder mich zu besseren Entscheidungen verleiten sollte? Doch war auch etwas

EMPOWERMENT, DIVERSITY & OWNERSHIP

EMPOWERMENT steht für eine Art von Führung, die die Autonomie der Mitarbeiter:innen stärkt. Verantwortung und Entscheidungsbefugnisse werden an die Angestellten abgegeben und diese gestalten ihre Arbeitsabläufe weitestgehend selbst. Die Führungskräfte konzentrieren sich darauf, ihnen die hierfür notwendigen Ressourcen bereitzustellen. Der damit einhergehende Kontroll- und Machtverlust der Führungskräfte gelingt in der Regel nur, wenn er in einen Haltungs- und Kulturwandel eingebettet ist, der auf Vertrauen und Kommunikation basiert.

DIVERSITY steht für die Wertschätzung und das Willkommenheißen einer großen Bandbreite an Menschen in einer Organisation. Die Vorteile werden vorrangig in der Innovationskraft gesehen, die durch die Vielfalt der Perspektiven und die Repräsentanz unterschiedlichster potentieller Kund:innengruppen entsteht. Die Arbeit mit echter Vielfalt setzt eine tiefe Beschäftigung mit (zumeist unbewusster) Diskriminierung und der individuellen und kollektiven Definition von Normalität voraus.

Unter OWNERSHIP versteht man in der Regel das Gefühl der Mitarbeiter:innen, dass es ihr Unternehmen, ihr Produkt oder ihr Projekt ist, an dem sie arbeiten. Es geht hier weniger um realen Besitz wie beispielsweise in Aktien oder Gewinnanteilen, sondern um die psychologische Identifikation. Dieses Gefühl ist Grundlage für aktives Engagement. Ownership setzt daher voraus, dass eine Person sich mit dem Produkt, dem Team und der Organisation identifiziert, sie als eigen definiert und den Raum erhält, sich hierfür dann auch aktiv einzubringen.

Rührendes in der Aussage. „Wir glauben an *Ownership*". Irgendwie lag darin ganz viel Hoffnung, dass Menschen gut waren und Gutes taten. Ein Satz, der eine klare Position setzte. Sie hatten sich bewusst und aktiv für diesen Glaubenssatz entschieden und ich wusste, dass sie ihn ernst meinten. Sie wollten diese Kultur wirklich und waren immer wieder verzweifelt, dass es nicht funktionierte. Eine große Welle von Wärme überkam mich für diese Frau, die sich mit allem, was sie hatte, für eine bessere Welt einsetzte. Ich hatte sie noch nie damit angeben gehört, welch tolle Projekte sie umsetzte, noch nie prahlen, wieviel sie erreichte. Sie machte ihre Arbeit stetig und gut, gab alles, was sie hatte und setzte Grenzen, wo und wie sie konnte.

„Ich bin nicht so gut mit Menschen, das Zwischenmenschliche muss Rainer machen. Das weiß ich.", betonte sie immer wieder, damit ich keine falschen Erwartungen hatte.

Für mich war das überraschend, denn ich empfand sie als viel herzlicher und verbindlicher als Rainer, der in seinem Enthusiasmus für das, was er bewegte, regelmäßig vergaß, zuzuhören.

Mir fiel erst einmal nur eine Möglichkeit ein, mit meiner strukturellen Orientierungslosigkeit umzugehen: Sie hatte das Wort *Ownership* genutzt und ich würde das Wort nehmen und daraus etwas Eigenes bauen, auch wenn mir klar war, dass es nicht dem entsprechen würde, was sie gemeint hatte.

Bei der nächsten Teamsitzung stellte ich meine Vision der Zukunft vor.

„Ich denke, Dorflabor sollte niemandem gehören, also nur sich selbst. Wenn ich etwas aus Bildung 4.0 gelernt habe, ist es, dass irgendwann fast mehr Energie in den Erhalt der Organisation fließt als in ihre Ziele. Aus meiner Sicht sollten wir also eher eine vernetzte Projektplattform aufbauen. Immer wenn zwei von uns Lust auf ein Projekt haben, legen wir unter dem Logo von Dorflabor los. Wir alle haben Vereine und andere Träger im Hintergrund. Wir nutzen dann immer einfach die, die gerade am besten passen. Wir bauen aber nichts auf, das nach dem Projekt weiter durch Personal betreut werden muss. Wenn das Projekt abgelaufen ist, muss es ein Produkt hinterlassen, das den Dörfern zur Verfügung steht. Dorflabor darf also so lange im Dornröschenschlaf liegen, bis mindestens zwei von uns das nächste Projekt angehen. Was denkt Ihr?"

Sascha war begeistert. Er hatte mit ein paar Freunden einen Jugendhilfe-Verein und viele Ideen für die Dorfjugend, die er mit uns gerne umgesetzt hätte. Er fing sofort an, von *Co-Working Spaces* für Jugendliche zu schwärmen und breitete uns eine Idee nach der anderen aus, die er schon lange in der Schublade hatte. Auch Leah und Andreas sprangen sofort an und hatten viele Ideen, wie sie ihre Schwerpunkte hier mit einbringen konnten. Rainer und Laura waren still, doch das waren sie bei den Teamsitzungen, so gut sie konnten, immer.

Im Laufe der Zeit war mir immer klarer geworden, dass aus ihrer Sicht dies ein Experiment war, um zu gucken, wie Einfach Arbeiten in der Praxis denn tatsächlich funktionierte. Ich war auf dem Prüfstand, ob ich wohl eher genial oder naiv war. Das führte zu einer total absurden Situation. Sie waren die Chef:innen, die so taten, als wären sie es nicht, obwohl es allen bewusst war. Spätestens wenn Rainer doch etwas sagte, wurde das glasklar. So hatten wir eine Leitung, die sich nicht an die Prinzipien hielt, sondern uns eher dazu nutzte, sie zu überprüfen. Wie das mit der teilnehmenden Beobachtung eben so ist, veränderten sie damit alles, ohne es jedoch zu wissen.

Abends rief ich begeistert Georg an: „Ich glaube, so ein Projekt-Netzwerk ohne festes Zuhause könnte echt eine Lösung sein, dass gesellschaftliche Veränderung nicht immer so anstrengend für alle sein muss. Es baut eine Menge Druck ab und gibt Freiraum für das, was wirklich entstehen möchte. Es ist ein wenig wie Selbstorganisation im Team, nur eben noch eine Ebene höher, eher ein selbstorganisiertes Netz als ein festes Team. Innerhalb der Projekte gibt es punktuell hohe Verbindlichkeit, und dann wieder ganz viel Freiraum und Freiheit. Ich muss mich nie auf ewig festlegen, immer nur für ein Produkt."

TEILNEHMENDE BEOBACHTUNG

Die teilnehmende Beobachtung ist eine Forschungsmethode, die ursprünglich aus der Ethnologie stammt.

Hierbei macht sich die Forscher:in zum Teil der Situation (nimmt beispielsweise selber am Seminar oder der Teamsitzung teil bzw. lebt eine Weile in einem afrikanischen Stamm o.ä.). Die Herausforderung ist es, die ganze Zeit zwischen der Rolle der Teilnehmenden und der Beobachtenden hin her zu wechseln und aus beiden Perspektiven Beobachtungen zu notieren.

Da ein:e teilnehmende:r Beobachter:in die Situation beeinflusst, muss bei der Auswertung diese Einflussnahme kontinuierlich mitbedacht werden. Die Forschungsergebnisse beschreiben Beobachtungen, die nur darüber Aufschluss geben, wie die Situation in Anwesenheit der Forschenden selbst abgelaufen ist und nicht, wie Situationen im Allgemeinen ablaufen.

Die teilnehmende Beobachtung ist ein wirkungsvolles Forschungs-instrument, das allerdings den Forschenden große persönliche Reflexion abverlangt.

Georg hörte mir brav zu und freute sich ein wenig für mich, aber wirkliches Interesse konnte er nicht aufbringen.

„So machen wir das", sagte er nur.

Ich fand es süß, dass er über Dorflabor im Wir-Modus sprach. Er wusste weder wirklich, was wir machten, noch kannte er ein Teammitglied außer Leah. Trotzdem war es aus seiner Sicht sein Projekt und für mich daher auch. Nur auf der Ebene, dass es uns als Team noch gab, konnte ich das alles aushalten. Ich nahm einfach unsere Beziehungsstabilität aus Bildung 4.0 mit als Fundament für schwere Zeiten. Auch wenn er mit dem Inhalt nichts zu tun hatte, musste er doch immer ein wenig mein Leid hören und Trost spenden.

Dass Menschen, die ich so schätzte wie Rainer und Laura, mit Dingen wie beispielsweise dem Nicht-Zahlen von Gehältern gegen meine Werte verstießen, war für mich schwer auszuhalten. Ich fand fünfundneunzig Prozent dessen, was sie taten, ok bis genial, doch die restlichen fünf Prozent waren thematisch für mich so wichtig, dass sie an mir nagten. Auch sonst ging in diesem Projekt alles schief, was schiefgehen konnte. Wir fanden lange keinen Veranstaltungsort für die Konferenz und am Schluss gab es keine Anmeldungen. Daran war Sascha, dessen Rolle die Konferenz war, nicht ganz unschuldig. Er hatte etwas zu spät angefangen. Aber was sollte zu spät schon bei dieser Zeitspanne bedeuten? Da ging es um Tage, die alles gefährdeten, ein normales Tempo war hier einfach zu langsam. Ich musste aufgrund der Absage viel mit dem Ministerium nachverhandeln. Dann ging die Festplatte, auf der sich alle Rohaufnahmen für den Online-Kurs – eines der drei zu liefernden Produkte – befanden, kaputt. Zehn Drehtage drohten neu erstellt werden zu müssen und Laura dachte kurz darüber nach, Isabelle zu verklagen, wofür wir wirklich keine Zeit hatten. Jedes Mal, wenn etwas schieflief, rief ich Georg an und dann ging es mir ein wenig besser. Ich kam mit der Situation halbwegs klar, da das, was wir entwickelten, wirklich gut war und die Grundhaltung, qualitative Unterstützung für Dörfer in die Welt zu bringen, von allen geteilt wurde.

Kapitel 85:

„Du dachtest, Du kannst vor Themen wegrennen?"

„Es ist unfassbar, was ich mir da gebaut habe", überlegte ich per Skype mit Chloë. „Alle unerledigten Themen von Bildung 4.0 habe ich jetzt bei Dorflabor wieder auf dem Tisch."

Chloë war inzwischen zum Studium nach Schottland gezogen und etwa alle zwei Wochen kriegten wir Sehnsucht nacheinander und nahmen uns viel Zeit, um zu sprechen. Sie hatte eine Stunde von ihrem Leben erzählt. Jetzt war sie fertig und wollte von mir hören.

„Und bei Dir Mama?" Chloë war die wohl beste Zuhörerin, die ich kannte.

„Kein Wunder, ich bin eine Mediatorinnentochter", erklärte sie selbst das Phänomen. Aber es war mehr. Sie war in der Lage, sich komplett auf andere Menschen und Realitäten zu konzentrieren, gab sich selbst und ihre Meinungen dabei aber nicht auf. Ihr Blick war ebenso klar wie ihre Empathie. Ich überlegte kurz, wovon ich ihr erzählen wollte, doch es konnte nur Dorflabor sein. Für mehr gab es in diesem Turbo–Projekt in meinem Leben keinen Raum.

„Ich dachte, ich kann vor dem Thema Unzuverlässigkeit mit Karla wegrennen. Jetzt habe ich einen Sascha. Schon wieder gibt es eine übergeordnete Ebene, die nicht in dem Modell mitarbeitet, aber von außen beobachtet und bewertet. Schon wieder gibt es eine total enge Deadline, die nur ich so richtig ernst nehme, während die meisten anderen anfangen darüber zu sprechen, dass man gewisse Dinge ja nachliefern konnte, ohne dass es jemand merkt."

Sie schwieg und wartete. Sie kannte mich gut genug, um zu wissen, dass auch ohne weitere Fragen gleich mehr aus mir raussprudeln würde.

„Weißt Du, was krass ist? Ich weiß nicht einmal, ob ich Geschäftsführerin des Trägervereins bin oder nicht."

Sie guckte mich sehr überrascht an. „Wie kann sowas denn sein?"

„Rainer hatte vor Projektstart Angst vor der selbstorganisierten Arbeitsweise und hatte für sich die Lösung gefunden, dass ich ja die Geschäftsführung und die Haftung übernehmen könnte. Ich hatte mehrmals nachgefragt und sie haben mir versichert, dass außerhalb des Projektes in dem Verein gerade gar nichts läuft. Also habe ich Ja gesagt, mir ist das egal. Ich weiß, dass ich in der Lage bin, ein Projekt sehr ordentlich abzuarbeiten. Ich bin ja eher überehrlich und damit in Haftungsfragen nicht bedroht. Sie haben mir ein Schreiben geschickt, das ich unterschrieben habe."

„Also bist Du Geschäftsführerin?", fragte Chloë.

„Ich glaube nicht", überlegte ich. „Ich habe später erfahren, dass der Verein in einen Gerichtsprozess verstrickt ist und ökologische Freiwillige dort arbeiten und mehrmals um Zugang zu allen Dokumenten gebeten. Darauf hat nie jemand reagiert. Ich habe gesagt, dass ich als Geschäftsführerin Zugang brauche und gefragt, ob ich überhaupt Geschäftsführerin bin. Ich habe nie Papiere vom Notar oder dem Handelsregister gekriegt. Sie reagieren auf diese Fragen einfach nicht. Also ich glaube nicht. Aber wirklich wissen tu ich es nicht."

Beim Reden fiel mir auf, wie absurd die Situation war. Rainer hatte selbst so viel Angst gehabt, dass er die Verantwortung von sich geschoben hatte und ich kriegte nicht mal eine Antwort.

„Ich habe dann eine letzte E-Mail geschrieben, dass ich hoffe, es reicht für seine Sicherheit, dass er meine Unterschrift hat und wir das ja nicht wirklich geltend machen müssen. Das ist mein letzter Stand. Also wahrscheinlich nicht."

„Macht Dir das Angst?", fragte Chloë.

Jede:r andere hätte sich aufgeregt, sie wollte erst einmal wissen, ob das in meiner Welt überhaupt eine Aufregung wert war.

„Nein, eher fassungslos, wie wenig Resonanz meine total berechtigten Nachfragen haben. Angst habe ich keine. Es ist ja ein Universum, in dem Georg stark beteiligt ist. Er würde nie irgendwas geschehen lassen, das mir schadet."

Sie lachte. „Du bist lustig, Mama. Du hast echt an anderen Stellen Gefühle von Angst und Sicherheit als andere."

„Ach, ich denke, das ist für alle Menschen total anders. Rainer hat ja keinerlei Angst vor großem unternehmerischem Risiko, aber vor Selbstorganisation. Bei mir ist es eben genau andersrum. Jeder hat so seins."

Ich kam zurück zu dem, was mich eigentlich beschäftigte: „Aber ehrlich, wie krass ist das, dass genau die gleichen Themen wieder auftauchen, obwohl es eine andere Organisation ist?"

Sie lachte verschmitzt: „Du dachtest, Du kannst vor Themen davonrennen?"

Ich musste auch lachen. So war das, wenn die Kinder einem die eigenen Sprüche um die Ohren hauten.

„Ja", lachte ich, „natürlich. Ein Vorteil muss es doch haben, wenn einen eine Organisation so ausspuckt."

„Da wurde wohl alles andere mit Dir auch ausgespuckt, was mit Dir zu tun hat", lachte sie über das Bild, das wir gerade bauten. Dann wurden wir still.

„Glaubst Du, ich muss das jetzt hier alles klären oder muss ich auch hier gehen? Es ist inhaltlich zu ähnlich und hat zu viele menschliche Überschneidungen. Zudem ist es wieder nicht zu 100 % mein Thema."

„Jetzt musst Du es erst einmal fertig machen, dann sehen wir weiter."

Wieder hörte ich meine eigene Stimme in ihr. Große Kinder haben war genial. Es war wie Selbstgespräche mit dem weiseren Teil von sich selbst führen, mit eingebautem Bullshit-Sensor, der einem keinerlei Unsinn durchgehen ließ. Wir verließen das Thema und sprachen noch ein wenig über Neuigkeiten von Kai, meiner Mama, den Tieren und allem, was sonst noch dazu gehörte, damit Chloë nicht den Anschluss an die alltäglichen Entwicklungen verlor.

Ich saß später noch eine Weile da, still und noch immer das Headset auf den Ohren. Ich hatte wirklich versucht, zu schummeln. Ich war nicht abgesprungen. Ich hatte mir nur eine weitere sichere Georg-Welt gesucht, in der ich alles gleich weitermachen konnte. Sicher nicht mit Absicht, aber es war sehr offensichtlich. Jetzt noch zwei Monate bis zum Projektende und dann würde ich mich tatsächlich einmal allein beweisen müssen. Ich kriegte Angst. Ich hatte seit meiner Erkrankung keinen beruflichen Schritt ohne Georg gemacht. Nur in seinen Projekten war es kein Problem, dass ich krank war. Er hatte beschlossen, dass es kein Problem war und so galt das für alle anderen auch als gesetzt. Aber seine Welt bestand auch aus verwirrten Organisationen, die fast beliebig irgendwo zwischen Vertrauenswunsch und Kontrollbedarf hin und her sprangen und dadurch keinerlei Verbindlichkeit herstellen konnten. Das war für jemanden wie mich zu anstrengend, der so an die immense Wirksamkeit von konsequent gelebtem Vertrauen glaubte. Es war an der Zeit, erwachsen zu werden, diese Abhängigkeit zu lösen und allein in die Welt zu ziehen.

Ich schüttelte mich kurz vor Zukunftsangst. Ich hatte keinerlei Vorstellung davon, wie Arbeiten ohne Georg gehen sollte. Angestelltsein kam auf keinen Fall in Frage. Das nahm mir alle Flexibilität, die ich brauchte, um meine Krankheit zu managen. Aber warum sollten Kund:innen jemanden buchen, der krank war, wenn nicht Georg dafür einstand, dass ich gut war? Ich hatte momentan in diesem schnellen Projekt keinen inneren

Raum, mich damit wirklich zu befassen, beschloss aber, einfach alle Aufträge fürs nächste Jahr anzunehmen. Kontakt statt Konzept hatte bei Bildung 4.0 in der Übergangszeit sehr überzeugend funktioniert. Ich würde das Prinzip jetzt auch auf mich persönlich anwenden und schauen, was passierte, wenn ich allem nachging, was das Leben mir präsentierte. Danach würde ich weitersehen. Erstmal musste ich den Rest dieses Jahres überleben.

Kapitel 86:

„Manchmal sind Menschen eben wirklich nicht arbeitsfähig."

Ich war besorgt. Wir hatten nur noch wenige Wochen für die Aufbereitung der Dorfprofile und ich hatte nicht das Gefühl, dass Falk wirklich weiterkam. Er wollte Fragebogen erstellen und es war mir nicht gelungen, ihm das auszureden. Noch nie hatte ich ein Projekt gehabt, in dem man echte Informationen durch die Verteilung von Fragebogen kriegte. Aber er war sich seines Weges so sicher, dass ich sie mit ihm erarbeitet hatte. Nun standen wir vor der Situation, dass nur ein einziger Fragebogen zurückgekommen war. Auch alles andere schien zu stagnieren.

Falk schrieb nicht gerne, er wollte immer telefonieren. Ich hatte vor jedem Telefonat mit ihm Angst. Die Mischung aus seiner Geschwindigkeit und, wie er es nannte, seinem dissoziierten Zustand klangen jedes Mal noch Stunden in mir nach. Die letzten Telefonate hatten wir immer wieder gute Lösungen gefunden, wie er weiter agieren konnte, aber je näher die Deadline kam, desto weniger schien er arbeiten zu können. Ich überwand mich also und wählte seine Nummer.

„Oh, Mila", fielen gleich die Worte aus ihm heraus, „ich habe ein so schlechtes Gewissen. Ich lasse Euch alle im Stich.

Meinetwegen wird das Projekt scheitern. Ich habe eigentlich gar nichts."

„Falk, das kann nicht sein. Ich habe die ganzen Bilder von Dir und den Post-its gesehen. Ich weiß, wie viele Fernsehberichte und Radiosendungen Du Dir angehört hast und mit wie vielen Menschen Du gesprochen hast. Du hast ganz sicher nicht nichts."

„Aber ich habe nichts aufbereitet. Und alles wird immer schlimmer. Die Erinnerungen überrennen mich. Es kommen immer mehr traumatisierende Geschichten zum Vorschein und dann kann ich gar nichts mehr, nur noch weinen – tagelang weinen."

Er tat mir so leid. Ich hatte nur eine vage Vorstellung von seinem Leben, doch ich konnte mich an diese Spirale aus Versagen, Scham und Symptomen nur allzu gut erinnern.

„Darf ich Dir erzählen, welche Erinnerungen, Mila?"

Natürlich sagte ich Ja und hatte die ganze Zeit Gänsehaut. Es war so unglaublich, dass sein Unterbewusstsein das alles verdrängt hatte und er jetzt mit fast fünfzig vollkommen unkontrolliert von den Erinnerungen überrannt wurde. Er verlor sich in verworrenen Geschichten.

„Und dann habe ich einen Regenbogen gesehen und ich wusste, dass Gott mir Zeichen schickt, dass ich das alles überstehen würde."

Der Begriff der spirituellen Psychose sprang durch mein Hirn, als er mir weiter eine hoch elaborierte Kommunikation mit dem Göttlichen nahebrachte. Ich verwarf den Gedanken. Ich wusste nicht einmal wirklich, was das war. Er sprach über Spiritualität genauso wirr und schnell wie über alles andere. Nach einer halben Stunde merkte ich, wie mein kompletter Körper begann, zu vibrieren. Ich spürte die Anfallsaura in mir hochsteigen. Ich musste mich bald aus dieser Situation ziehen. Aber was sollten wir jetzt tun? Konnten wir überhaupt etwas tun?

„Falk, das klingt alles überhaupt nicht so, als wärst Du arbeitsfähig. Das Ziel war, dass es Dir guttut. Das scheint es aber mit dem Zeitdruck nicht zu tun, oder?"

„Ich kann nicht aufhören, Mila, ich habe überhaupt kein Geld.

Die gearbeitete Zeit reicht auch nicht für Arbeitslosengeld."

„Dafür suchen wir eine Lösung, Falk, aber erst einmal die Frage: Kannst Du arbeiten? Dass Du willst und musst, habe ich verstanden, aber kannst Du?"

Er schwieg. Das hatte ich in all den Monaten noch nicht erlebt.

„Nein", sagte er schließlich, „und es tut so gut, das auszusprechen. Danke, Mila, dass Du mir hilfst."

„Falk, schlaf jetzt mal drüber und wir denken nach. Aber wenn Du nicht arbeiten kannst, ist das eben so. Daran hat keiner Schuld. Nicht jeder Kranke muss arbeiten, nur die, die wollen und denen es guttut. Es gibt auch sowas wie ‚wirklich nicht arbeitsfähig'. Mach Dir keine Sorgen, wir kriegen das irgendwie hin."

Nach einer weiteren Runde überschwänglichen Dank, der Sicherheit, dass ich ein Engel war und unglaublicher Scham legten wir schließlich auf.

„Ich brauche Deine Hilfe", schrieb ich Leah.

„Erzähl."

„Falk kann nicht mehr. Er wird aufhören müssen. Aber er hat unglaubliche existentielle Ängste."

„Ich kümmere mich gleich morgen."

„Danke. <3 <3 <3"

Ich wusste, dass Falk nun in guten Händen war. Ich machte noch schnell mit dem Team für den nächsten Tag eine Telefonkonferenz aus, damit wir Falks Rollen umverteilen könnten. Keine Ahnung, wie wir das auch noch unterkriegen sollten, aber am Schluss ging ja eigentlich immer alles.

„Ich brauche wirklich, wirklich Eure Hilfe. Ich kann das nicht allein", schrieb ich noch, bevor ich ins Bett stürzte und dem Zittern unter meiner Haut erlaubte, sich zu entladen. Doch am nächsten Tag war nur Andreas bei der Telefonkonferenz und so groß seine Bereitschaft zu helfen auch war, war er der Mann fürs Digitale und nicht für den Inhalt. Falks Rollen würden also, zusätzlich zur Projektleitung und der Entwicklung des Online-Kurses, bei mir hängen bleiben. Vielleicht hatten sie ja alle recht und das mit der Selbstorganisation war bekloppt.

Kapitel 87:

„Ach, wie flauschig das hier ist."

„Adventsmeditation in Küstrin-Kietz" stand in der Wurfzeitung, die ich erstaunlicherweise las. Das passierte wirklich nur sehr selten. In der Regel beschränkten Kai und ich uns darauf, um das Kreuzworträtsel zu streiten. Warum waren die Rätsel in diesen kostenfreien Wurfzeitungen nur so viel begehrenswerter als die Rätselhefte, die im Haus herumlagen?

„Guck Dir das an, ein Zentrum für Bewusstheit hier bei uns in der Region, in einem Minidorf. Wie cool ist das denn?", fragte ich Kai, der das jetzt nicht so unglaublich fand wie ich. Ich meldete mich sofort an, amüsiert von einer Webseite, die mir sofort Adminrechte gab. Ein Zentrum für digitales Bewusstsein war das dann wohl nicht.

Es war ein kleiner Raum mit einem wunderschönen Lehmofen. Alles andere bestand hauptsächlich aus weißem Tüll und Engeln. In einem Kreis aus Klappstühlen saßen schon ein paar Frauen und warteten. Ich setzte mich dazu, lächelte schüchtern und war dann auch still. Immer wieder sah ich mich im Raum um. Warum wollte ich nicht flüchten? Ich war umgeben von Polyestertüll und Engelchenfiguren und fühlte mich ganz wohl. Wie passte das zusammen?

„Weil sich das alles so unglaublich flauschig anfühlt", kam eine Stimme in mir auf.

Ich lehnte mich entspannt zurück. Ja, flauschig. Genau das war das Wort. Nach all diesem Gerenne im Projekt war flauschig das Beste, was mir passieren konnte.

Katharina kam rein- Eine kleine zarte Frau, die ganz in weiß gekleidet war. Sie lächelte, was ebenso zerbrechlich wie stark wirkte, und sagte dann: „Ach, die Energie hier ist aber heute flauschig", und ich war sofort verliebt.

Wer auch immer sie war, ich würde sehr oft hierher kommen und mich aufflauschen. Es war, als hätte ich die andere Seite meiner Medaille kennengelernt. Sie war weiß, wo ich bunt war, leise wo ich laut war, zurückhaltend wo ich super präsent war und klein wo ich riesig war. Und doch gab es etwas ganz Ähnliches, etwas, das ich kaum benennen konnte. Sowas wie ein ähnliches energetisches Fundament vielleicht?

Wir meditierten eine ganze Weile im Sitzen und stimmten uns auf die Adventszeit ein. Dann bot sie uns an, im Liegen weiterzumachen. Sie fragte uns, ob wir Durchgaben haben wollten. Wer wollte, sollte ihren vollständigen Namen auf einen Zettel schreiben. Ich hatte keine Ahnung, was das bedeutete, aber schrieb meinen Namen natürlich auch auf. Sie führte uns innerlich durch Felder und Wiesen und mir war langweilig. Doch dann veränderten sich ihre Stimme und Sprechweise und ich merkte, wie ich tiefer rutschte. Sie begann, die Anwesenden persönlich anzusprechen. „Annette, ich habe hier etwas von ..."

Mehr konnte ich nicht hören. In meinen Ohren war wie ein Rauschen, die Klarheit, dass das nicht für meine Ohren bestimmt war. Ich fiel noch tiefer in Trance.

„Muna Farah, ich habe eine Nachricht für Dich von Lady Nada", hörte ich.

Ich hörte das. Der zweite Vorname war auch meiner, aber ich hieß nicht Muna. Sie meinte mich. Fein, da war ich ja neugierig. Ich hörte erst nicht zu, weil meine Gedanken sich amüsiert fragten, ob es irgendwo auf der Welt eine Muna Farah gab, für die diese Botschaft eigentlich bestimmt war. Als ich wieder richtig zuhörte, ging es um eine Rose, die mein Herz öffnen würde, damit ich nicht immer so das Gefühl haben musste, dass es gefangen war. Sie redete noch eine Weile, aber die Tiefe meiner Trance und das alte Bild des gefangenen Herzens ließen die weiteren Worte nicht mehr in mein Bewusstsein dringen. So lange trug ich schon dieses Gefühl mit mir rum, dass mein Herz, ebenso wie das des Dieners des Froschkönigs, in eiserne Fesseln gelegt war.

„Wolfgang, der Wagen bricht.
Nein, Herr, der Wagen nicht,
es ist ein Band von meinem Herzen,
das da lag in großen Schmerzen", ging mir durch den Kopf.

Auf irgendeine Art schien es Sinn zu ergeben, dass eine Rose die Bande zum Brechen bringen konnte. Dann konnte ich wieder ihre Worte nicht verstehen. Sie schien wieder mit jemand anderem zu sprechen.

Als ich ins Auto stieg, hatte ich eine Nachricht von Leah auf dem Handy.

„Mach Dir keine Sorgen. Alles geklärt mit Falk. Habe mit allen zuständigen Bearbeitern gesprochen und er kriegt ab morgen Krankengeld. Er ist total glücklich. Du kriegst Geld für Ersatz, damit Du nicht alles selbst machen musst."

Hey, ich war gar nicht alleingelassen. Leah hatte mich gehört und an der Lösung gearbeitet. Alles würde gut werden.

Von Falk las ich: „Leah ist ein Engel" und freute mich für ihn.

Nun würde er loslassen und sich Vollzeit seiner Heilung widmen können.

Zuhause versuchte ich Kai zu erzählen, was ich erlebt hatte. Zwischen flauschig, Engel, weiß, Rose, Ringe ums Herz, über Felder fliegen und anderen Begriffen, die ich ihm glücklich präsentierte, verstand er gar nichts. Ich fand selbst, dass es gar keinen Sinn ergab und alles nur kitschig und absurd klang, aber in mir war eine Ruhe und Liebe wie schon sehr lange nicht mehr. Ich hörte also auf, das Unerklärliche zu beschreiben und googelte Lady Nada. Sie war die Meisterin der bedingungslosen

Liebe, Fürsorge und Akzeptanz, las ich da. Sie zeigte einem, wie man sich selbst, seinen Körper und andere liebevoll und bedingungslos annahm. Ich verstand nicht wirklich, welche Welt hier beschrieben wurde, fühlte mich aber weiterhin ganz wohlig und schlief dank der flauschigen Energie ohne einen weiteren Gedanken an Dorflabor ein.

Kapitel 88:

„Nicht Du hast Deine Krankheit, Deine Krankheit hat Dich."

Ich konnte nicht mehr. Ich wusste, dass ich auf keinen Fall bis Ende Dezember durchhalten würde und verkürzte die Deadline auf Mitte Dezember. Ich musste den Endspurt irgendwie durchhalten.

Falk war sofort zusammengebrochen, nachdem Leah seine Auszeit organisiert hatte. Es musste ihm schon lange so ergangen sein wie mir. Es ging ihm so schlecht, dass er nicht einmal mehr eine Übergabe von dem machen konnte, was er bis dahin geleistet hatte. Er schickte mir ein sehr bruchstückhaftes PDF und tauchte komplett in die dunklen Tiefen seiner Seele ab. Ein Zusammenbruch ohne Übergabe passierte oft. Nun durfte ich es eben auch einmal live erleben. Weil niemand darüber sprach, dass es nicht mehr lange gehen würde, blieben die Menschen so lange, bis gar nichts mehr ging. Dann stand unwillkürlich immer das Team ohne richtige Übergabe da und begann zu rotieren. Ich hoffte, dass es mir nicht auch bald so ergehen würde. Ich glaubte nicht, dass dieses Team – das noch gar nicht richtig die Zeit gehabt hatte, miteinander in guten

Kontakt zu kommen, verbindliche Arbeitsweisen zu entwickeln und zu inhaltlicher Expertise zu gelangen – mein Gehen auffangen konnte. Ich schrieb Nadine eine E-Mail. Sie hatte bei Bildung 4.0 als Interviewgegenüber und Lektorin einen so tollen Job gemacht und sie war eine so gute Texterin, dass sie mich vielleicht retten konnte.

„Leider muss das alles in drei Wochen fertig sein und wir haben nur den Krankengeldausfall von Falk als Honorar", schrieb ich.

„Schick mal rüber und lass uns sprechen", antwortete sie.

Ich zeigte ihr, wie wenig wir hatten. Allerdings hatte Falk viele Links eingefügt, so dass sie selbst nachlesen konnte.

„Gib mir noch fünf Tage, um mein anderes Projekt abzuschließen, dann tauche ich ein. Wir kriegen das hin, Mila."

Ich war so erleichtert gewesen, dass mir die Tränen kamen. Es war so gut, dass dieses Netzwerk aus Frauen sich gegenseitig half. Anders war es mit unserer Evaluatorin, die sich auch im Abtauchen übte und kaum ein Versprechen einhielt, das sie uns gegeben hatte. Mit diesem Verlässlichkeitsthema musste ich mich echt befassen, aber im Moment ignorierte ich es. Evaluation konnte ja nun wirklich nachgearbeitet werden und so ganz leicht hatten wir es der Evaluatorin auch nicht gemacht – vor allem da Rainer und Laura weder Fragebögen beantworteten noch zu Telefonaten bereit waren. Mit allen anderen hatte sie gesprochen. Das würden wir schon später hinkriegen. Jetzt erst mal: Projekt abschließen. Ich stand also morgens auf, arbeitete, aß, arbeitete und ging wieder ins Bett. Ich merkte, dass ich oft zickig auf Kai reagierte, hatte aber auch hier keinen inneren Raum, mich wirklich damit zu befassen. Die Liste von Dingen, die ich in mir später aufräumen musste, wurde immer länger. Das Kribbeln unter meiner Haut ging kaum noch weg und mir war die ganze Zeit ein wenig übel. Ich erbrach mich fast jeden Abend und machte am nächsten Tag weiter. Dank Nadine und Andreas ging die Webseite tatsächlich mit allen Inhalten und einem vollständigen Online-Kurs am fünfzehnten Dezember online. Danach fuhr ich mit Kai an die Ostsee.

„Es tut mir so leid", heulte ich. „Ich kann wirklich nicht mehr laufen."

Wir hingen in einer dunklen Ferienwohnung fest, weil ich kaum mehr als zwanzig Schritte laufen konnte und auch das nur mit größter Anstrengung. Ich erstickte in Selbstvorwürfen. Kai und ich fuhren jeden Winter für drei Tage an die Ostsee. Dort verbrachten wir viel Zeit im Bett, gingen am Strand spazieren und betranken uns ein wenig, was wir sonst nie taten. Nun waren wir hier und gaben Geld dafür aus, dass ich eigentlich nur im Bett lag. Wie doof ich war und wie faul, dass ich mich nicht einfach zusammenriss. Wenigstens zu Sex konnte ich mich ja wohl aufraffen, das ging ja wirklich gar nicht.

Wieder weinte ich: „Ich habe so Angst vor den Dünen. Ich weiß nicht, ob ich im Sand überhaupt laufen kann, ob meine Kraft dafür reicht. Ich bin so fett – viel zu fett, als dass Du mich dann tragen könntest."

Kai reagierte nicht so liebevoll, wie er es sonst tat. Ich sah Verständnis, aber auch Kälte. Sofort fing ich wieder an, mich zu entschuldigen.

„Es tut mir so leid. Ich habe wieder einmal meine ganze Kraft woanders ausgegeben. Ich gehe spazieren, versprochen."

Ich quälte mich wenigstens runter zum Strand, ein paar Schritte. Ich würde heute wenigstens für ein paar Minuten sexy sein für ihn und es uns irgendwie schön machen – vielleicht kochen? Zurück in der Wohnung fiel ich wieder heulend ins Bett. Ich konnte nicht einmal auf dem Sofa bleiben, weil die Kraft in meinem Rücken nicht genügte, um zu sitzen.

„Es tut mir so leid. Bitte verzeih mir", weinte ich wieder.

Dann begann ich, ihm Vorwürfe dafür zu machen, dass wir keinen Sex hatten.

„Wenn Du mich so gar nicht schön findest", griff ich ihn an, „ist es ja kein Wunder, wenn ich nicht will."

Er war freundlich, machte mir Tee und baute mir ein bequemes Bett, war ansonsten aber sehr in sich zurückgezogen. Ich verlor mich in meiner Unsicherheit. Wenn ich nicht schlief, bewegten sich schlechtes Gewissen und Vorwürfe unablässig in meinem Kopf. Ich hatte wieder meine gesamte Kraft in einem Projekt gelassen und nun musste Kai darunter leiden. Ich wusste, dass er das dachte. Ich entschuldigte mich nochmal und warf ihm sicherheitshalber aber auch noch vor, dass er damit liebevoller umgehen sollte und sein Schweigen mich an den Rand eines Nervenzusammenbruchs brachte. Irgendwann konnte ich kaum noch meinen Kopf heben.

Endlich sprach er. „Mila, guck Dich doch mal an. Du hast Deine Krankheit nicht mehr. Deine Krankheit hat Dich."

Mir wurde schlecht vor Schreck. Er hatte recht. Ich hatte aufgehört, zu reflektieren und täglich damit umzugehen, hatte alles auf später verschoben und komplett die Kontrolle verloren. Ich war ein Spielball von Symptomen.

„Was soll ich denn noch alles tun?", fauchte ich.

Er zog sich sofort zurück.

„Entschuldige, Schatz, wirklich. Du hast recht. Ich habe das Lenkrad aus der Hand gegeben. Danke, dass Du das sagst. Bitte entschuldige, dass ich Dich so angefahren habe. Ich habe mich in den letzten Wochen zu sehr vernachlässigt."

„Ach Mila, das geht schon länger. Spätestens in Schottland war doch schon klar, dass Du nicht mehr in Deiner Mitte, Deiner inneren Kraft bist."

Ich erschrak. Er hatte schon wieder recht. Das war Monate her. Wir hatten Chloë mit dem Auto nach Schottland gebracht – vollgeladen bis unters Dach – und waren noch ein paar Tage geblieben. Ich fiel im Linksverkehr von einem Schreckensmoment in den anderen und stritt mich ausgiebig mit Chloë zum Abschied. Auf der Fähre auf dem Rückweg war ich so überwältigt von meiner Angst, dass Kai über Bord gehen könnte, dass ich ihn anbrüllte, die Reling zu verlassen und heulend weit wegrannte, bemüht, wieder Luft zu kriegen. Ich wurde verfolgt von Bildern, dass Kai und Chloë etwas passieren könnte.

„Ja, das war krass auf der Fähre, oder?"

„Das war nicht nur krass, Mila. Das war nicht normal. Vieles ist nicht mehr normal. Ich habe in all den Jahren so bewundert, wie Du Deine mangelnde körperliche Kraft und Ruhe mit innerer Kraft und Ruhe ausgeglichen hast. Wie Du dafür gesorgt hast, dass nichts ungeklärt ist – nicht zwischen uns und nicht in Dir. Du hast Dir viel Zeit genommen, um zu schlafen, zu fühlen und zu denken und hast dadurch vieles geschafft, was Gesunde nicht einmal können. Diese Superkraft hast Du verloren."

Die Tränen liefen mir übers Gesicht.

„Guck Dich doch mal an", sagte er liebevoll und hielt meinen Nacken. „Guck doch mal, wie schwer es Dir fällt, bei diesem Gespräch Deinen eigenen Kopf zu halten. Niemand hat mehr Willenskraft als Du, aber irgendwann ist auch diese Kraft zu Ende. Du bist am Ende."

„Wieso hast Du mir das alles nicht früher gesagt?", schniefte ich.

„Wann denn? Du warst entschlossen, Bildung 4.0 gut abzuwickeln und dann, das Projekt von Dorflabor durchzukriegen. Glaubst Du wirklich, ich habe die Macht, Dich von Deinen Entschlüssen abzuhalten?"

Wir lachten kurz, aber irgendwie blieb uns das Lachen auch im Hals stecken.

„Ich kann wirklich nicht mehr sitzen", wimmerte ich. „Es tut mir so leid, ich will wirklich nicht vor Dir wegrennen, aber …"

„Alles gut, Schatz, geh ins Bett, ich komme auch bald."

Ich wusste, dass das nicht stimmte. Er würde fernsehen und Rätsel lösen. Er brauchte nach diesem Gespräch dringend Zeit allein. Ich war toxisch und er hielt das nur mit ganz viel liebevoller Distanz aus.

„Oh Gott, wir werden nach Hause fahren, ohne einen langen Strandspaziergang, Betrunkensein oder Sex", dachte ich, bevor ich in einen unruhigen Schlaf überglitt. „Ich hatte total versagt und auch noch unser Beziehungsauftankritual zerstört."

Kapitel 89:

„Boah, was für ein Arschlochverhalten aber auch!“

Auf dem Rückweg saßen wir schweigend im Auto. Ich hatte meinen müden Kopf an die Nackenstütze gelehnt und betrachtete das letzte Jahr nochmal durch die Brille von Kais Kommentaren. Ich war tatsächlich nur gerannt, weil ich Dinge gut machen, gut zum Abschluss bringen wollte. Wie hatte das passieren können, dass ich meine Scheuklappen nicht bemerkt hatte?

„Aber wie unfassbar, dass das alles eigentlich niemanden interessiert hat, oder?“, fragte ich Kai.

Er antwortete nicht, es war ja auch nicht wirklich eine Frage gewesen.

Plötzlich brach etwas in mir auf. „Christa und Helmut haben echt bis heute nichts gesagt, kein ‚Danke‘, ‚Es tut uns leid‘, irgendwas. Es geht denen so dermaßen am Arsch vorbei, wie ihr Verhalten andere beeinflusst. Immer wieder diese oh so wichtigen Leute, die auf den Bühnen der Welt von Beziehung und Wertschätzung reden und dann mit ihren eigenen Leuten so umgehen. Wenn ich Helmut noch in einem Interview sagen höre, dass Führungskräfte für eine liebevolle Atmosphäre zuständig sind, in der Menschen in Sicherheit ihre Potentiale entfalten können, kotze ich. Der hat sich nicht eine Sekunde dafür interessiert, wer ich bin. Christa auch nicht. Für die war ich nur eine notwendige Verlängerung von Georg – das Weibchen hinter dem Mann, das die ganze Arbeit macht, aber ganz schwach ist. Sie alle reden davon, gut zueinander zu sein, und wenn ich das dann mache, bin ich schwach."

Ich versuchte mich kurz zu beruhigen, aber jetzt war ich in Fahrt.

„Und dann Rainer und Laura mit ihrer angeblichen Offenheit für neue Arbeitsformen. Er hat Schiss vor der Haftung gekriegt und glaubt, er kann eine evolutionäre Organisation leiten? Er vertraut den Leuten keinen Schritt über den Weg und sieht nie Probleme bei sich – immer nur bei anderen. Er musste ‚Rüffel erteilen', was soll das denn heißen? Man muss nie schlecht mit anderen umgehen. Das ist immer eine Entscheidung. Denken die außerdem wirklich, ich merke nicht, dass ich die ganze Zeit getestet und bewertet werde? Sie versuchen gar nicht, das Projekt zu begleiten und zu unterstützen. Sie sehen es sogar gerne scheitern. Klar, alles meine Schuld. Ich bin wieder zu nett zu den Mitarbeitenden. Das ist ja der Beweis, dass Selbstorganisation gar nicht funktioniert. Das hat nichts mit ihrer Haltung zu tun, nein nein. Alles meine Schuld. Mila, das Naivchen – schon klar. Ist denen allen denn wirklich nicht klar, dass ihr Handeln auf andere wirkt? Glauben die wirklich, dass Freundlichkeit, Vertrauen und Wertschätzung für Schwächlinge sind? Ich habe so die Nase voll davon, dass ich immer für schwach befunden werde, nur weil ich mich weigere, mich auch wie ein Arschloch zu verhalten."

Ein Teil von mir beobachtete mich überrascht.

„‚Das ist nunmal so in der Arbeitswelt, Mila, da muss man schon mitspielen!' So ein Scheiß! Wir sind die Arbeitswelt. Die gibt es nicht als objektive Größe. Es gibt auch kein Gesetz auf der Welt das sagt, dass sobald wir zusammenarbeiten, wir die Verpflichtung haben, gemein und unempathisch zu sein – dieser beknackte Glaubensspruch, dass Profit nur entstehen kann, wenn wir zum Thema Menschlichkeit Kompromisse eingehen.

So ein Scheißdreck, echt. Die glauben echt, wenn sie nett sind, sind sie pleite, oder was? Es ist immer genug Geld da, wenn man Gutes gut macht. Das predigen sie ja teilweise sogar selbst, und dann …"

Mir fehlten die Worte.

„Scheiß beknacktes Arschlochverhalten, echt."

Kurz beruhigte ich mich und sah zu Kai rüber. Er war ganz ruhig und schien sich fast ein wenig zu freuen. Er hörte mir aufmerksam zu.

„Ich kann das mit dem Fluchen nicht so gut, oder?", fragte ich ihn lächelnd. „Mir fallen immer nur die drei gleichen Schimpfwörter ein."

Er lachte leise, sagte aber nichts. Ich lehnte mich wieder zurück und sah meiner Wut beim Verebben zu.

„Und Georg, der immer sagt, wir kriegen das hin", kam die nächste Welle. „Was heißt denn wir? Er hat ja nicht mal versucht, irgendwas hinzukriegen. Er hat einmal versucht, zwischen Laura und mir zu vermitteln, indem er auf mich eingeredet hat, dass ich mich verändern soll. Super! ‚Wir kriegen das hin'. Er hat nichts gemacht in dem ganzen Projekt. Nichts. Er spricht über uns als Team, aber machen in einem Team nicht eigentlich alle was? Ich bin sicher, dass er mich nicht einmal in deren Meetings verteidigt hat. Er will sich da nicht einmischen, wenn die Frauen untereinander ein paar Problemchen haben. Jaja, schon klar, aber ‚wir kriegen das hin'. Und wenn ich mal selbst ein Projekt habe, das mir am Herzen liegt, macht er gar nichts, um mich zu unterstützen. Ich bin nur Mittel zum Zweck für seine Ziele. Dann gibt er mit mir an. ‚Die Materialisierungsexpertin' nennt er mich. Klar. Ich arbeite halt, dann passieren auch Dinge. Was ist das nur für ein verlogenes ‚Wir'. All diese wichtigen Menschen auf der Webseite, die keinen Finger gerührt haben."

Ich atmete tief ein und aus. Mein Herz raste, meine Haut vibrierte. Kai sah kurz besorgt zu mir rüber und fuhr langsamer. Wir hatten ja auch noch ein paar Stunden, bis wir zuhause waren. „Die kapieren das wirklich alle nicht, oder? Georgs Frau sagt überall, dass New Work Inner Work bedarf. Alle nicken und denken dann wohl, dass das nur für andere gilt. Wenn ich dann auftauche und mit Inner Work agiere, dann bin ich der Depp, der beweist, dass das alles gar nicht funktioniert. Sie selbst sind ja schon so entwickelt. Georg scheint auch immer zu denken, dass, wenn ich nicht den genauen Wortlaut von Thomas Hübl denke, ich eine spirituelle Anfängerin bin. Die sind alle so arrogant. Krass. Und dann so Sprüche wie ‚Wir wissen heute noch nicht, was wir morgen noch nicht wissen' und tun aber so, als wäre ihr Wissen des Tages schon endgültig. Kriegen die echt nicht mit, dass sie nie das anwenden, was sie sagen? Dann wundern sie sich, dass das Zeug nicht funktioniert. So ein Schrott, echt. Ich kann es nicht mehr hören."

Ich wurde plötzlich ruhig. Ja, Menschen verstehen nicht, wie New Work funktioniert. Das ist ok, das weiß ich ja. Ich kann in ein paar Monaten in einem chaotischen Projekt das auch nicht zeigen, grundsätzlich vor allem in keiner Organisation, in der die Besitzer:innen nicht mitmachen. Aber das war ja eigentlich auch nicht so wichtig. Was war denn mit mir?

„Die lassen mich alle voll auflaufen.", sagte ich traurig und schwieg. Ich spürte die Tränen hinter meinen Augen.

„Es geht denen wirklich und total am Arsch vorbei, wie es mir geht. Sie fühlen sich noch großzügig dafür, dass sie kranke Leute überhaupt mitarbeiten lassen. Ihren humanitären Soll des Tages haben sie damit ja wohl abgearbeitet, dann müssen sie im Alltag nicht mehr achtsam sein."

War das so? Egal.

„Sie sind außerdem so unglaublich unzuverlässig. Das ist einfach respektlos. Glauben die Leute wirklich, dass ihre Lebenszeit aus irgendwelchen Gründen kostbarer ist als die der anderen? Oder dass es ok ist, sich selbst auf Kosten anderer zu retten? Karla hat es mir so schwer gemacht. Ich musste so viel mehr arbeiten, konnte mein Abschlussgeschenk nicht loswerden und sie hatte nicht mal den Anstand, mich in Kontakt mit der Designerin und so zu bringen, damit ich ihren verdammten Job machen konnte. Und Sascha hält sich an keinen Zeitplan und entschuldigt sich nicht einmal dafür, dass die Konferenz nicht stattfindet und ich damit richtig viel Arbeit mit Berichten, Kalkulationen und Verhandlungen habe. Ich habe ihn auch noch getröstet, ich Depp."

Ich hielt inne.

„Nein, bin kein Depp. Das schließt sich doch nicht aus. Ich kann ihn trösten, weil er unter den Konsequenzen seines Fehlers leidet und mir das leid tut. Trotzdem kann es ihm doch nicht egal sein, was er damit auslöst. Wieso wollen die keine Verantwortung für ihre Taten übernehmen? Und Rainer und Laura antworten kaum auf E-Mails. Ich weiß verdammt nochmal immer noch nicht, ob ich Geschäftsführerin von diesem Fuckingladen bin, so geht man doch nicht mit Menschen um."

Ich versuchte nun wirklich, mich zu beruhigen. So richtig wollte das aber nicht klappen.

„Weißt Du, wer Schuld hat an der Unzuverlässigkeit der Leute? Ich natürlich, weil ich ja angeblich die Chefin bin und dafür sorgen muss, dass die Tierchen adrett im Kreis laufen. Aber dazu bin ich ja nicht in der Lage. Das beweist auch, dass Selbstorganisation nicht funktioniert, weil ja in allen anderen Organisationen sie das Thema der Unzuverlässigkeit so vollständig im Griff haben. Es gibt kein anderes Modell, mit dem wir in einem Team von Unbekannten in vier Monaten diese Produkte fertiggekriegt hätten. Aber klar: Ich habe versagt. Es ist alles schiefgegangen, was schiefgehen kann. Wir haben es trotzdem hinbekommen und was beweist das? Dass Mila eine echt schlechte Projektmanagerin ist. Ach, die können mich echt alle mal."

Ich sah, dass ich gerade das Armaturenbrett angespuckt hatte und musste nun doch ein wenig darüber schmunzeln.

„Ich habe nicht ein einziges Danke gekriegt und null Kommentar zu allen Produkten, die ich erstellt habe – in beiden Organisationen. Von Kollegen, aber nie von oben. Warum mache ich das eigentlich?"

Ich lehnte mich zurück, plötzlich ganz ruhig und wusste, dass dieses Kapitel meines Lebens jetzt wirklich abgeschlossen war.

Kapitel 90:

„Ein Leben im Dreieck aus Freiheit, Macht und Güte."

Die nächsten zwei Monate verbrachte ich zwischen Bett und Sofa. Ich brauchte oftmals eine Stunde, um die Kraft in mir zu sammeln, aufs Klo zu gehen oder mir einen Tee zu kochen. Nicht selten begleitete Kai mich die Treppe hoch oder runter. Jedes Mal, wenn ich ihn rief, um mir etwas zu holen, fühlte ich mich dick und faul. Offenbar hatte ich es mir ja auf dem Sofa richtig eingerichtet. Dann versuchte ich, Dinge selbst zu tun und sofort wackelten mir die Knie und Tränen rannen mir übers Gesicht. Irgendwann wurden meine Brustschmerzen so stark, dass Kai mich in die Notaufnahme fuhr. Irgendein Blutwert erklärte die totale Erschöpfung und sie schickten mich zum Hausarzt. Ich war so verzweifelt, dass ich da sogar hinging – als hätten Ärzt:innen mir bisher helfen können. Erschöpft von der Fahrt in die Stadt und vom langen Aufenthalt im Wartezimmer, lag ich dann wieder auf dem Sofa. Erholen war das einzige, das ich tun konnte, da waren sich alle einig.

„Was ist, wenn ich jetzt vor lauter Rumliegen so schwach werde, dass ich das dann weiterhin für Krankheit halte und weiter rumliege? Woher soll ich wissen, was krank und was faul ist?", jammerte ich Kai mit meinen Zweifeln voll.

Sicher half es auch nicht, dass ich mich in den Zeiten, in denen Kai weg war, nicht sonderlich gut ernährte. Mehr als zehn Minuten am Herd waren einfach nicht drin. Das mit dem Essen war etwas Seltsames. Seit über zehn Jahren fragten mich so viele Menschen, ob sie mir etwas Gutes tun konnten. Wenn ich dann ganz ehrlich sagte, dass warme Mahlzeiten halfen, passierte gar nichts. Norbi und Robert hatten mir in all den Jahren vielleicht drei bis viermal etwas gebracht, sonst fragten viele Leute nur weiter immer einmal wieder, ob sie mir etwas Gutes tun konnten – und dann passierte nichts. Dabei half warmes Essen mir wirklich.

Nach und nach kam die Kraft wieder. In kleinen Wellen hielt sie wieder Einzug in mein Leben – aus beruflicher Sicht absolut rechtzeitig. Da ich nun kein Projekt mehr hatte, hatte ich alle Aufträge angenommen, die an mich herangetragen wurden. Zu meiner Überraschung gab es mehrere Organisationen, die meine Unterstützung suchten und bereit waren, mich dafür auch großzügig zu bezahlen. Es war nicht einmal so, dass das nur zu Überforderung führen würde. Es gab ein paar Lehr- und Moderationsaufträge, aber auch viel Konzeptionelles und Didaktisches, das ich in Ruhe von zuhause aus bearbeiten konnte. Ich hatte meinem Kalender verschiedene Farben zugeordnet, damit ich auf einen Blick sehen konnte, welche Termine von mir Vor- und Nacherholzeit brauchten und alles sah sehr rosig aus. Die Kinder waren alle ausgezogen, Kai war viel weg und zum ersten Mal seit über zehn Jahren empfand ich sowas wie Langeweile. Ich hatte tatsächlich das Gefühl, Zeit und Kraft für Dinge zu haben, die nicht nur Job und Familie am Laufen hielten. Wenn mein Kalender recht hatte, würde ich zudem auch mehr Geld verdienen als in den anstrengenden Sozialunternehmen.

Nun saß ich bei der flauschigen Katharina und meditierte. Wir hatten für mich einen Sessel an den Tisch gerückt, da ich noch zu schwach war für einen kompletten Tag auf einem Stuhl. Ihr

Ausbildungskonzept war eigentlich simpel: Sie stellte uns kurz ein wenig Theorie vor – hauptsächlich über Farbstrahlen und aufgestiegene Meister:innen. Dann meditierten wir und besuchten diese Meister:innen in Trance. Vorher überlegten wir uns, zu welchen Themen wir ihre Unterstützung wollten. Dann sprachen wir ein wenig und tauchten direkt in die nächste Meditation ein. Am Schluss machten wir selbst ein paar Intuitionsübungen, um unser Bewusstsein für den ersten Impuls zu stärken. Auch in mir war der Ablauf jedes Mal derselbe. Ich verbrachte die ersten ein bis zwei Stunden im Widerstand, fand alles total kitschig und albern. Nach und nach kam ich dann an in dieser Welt, deren Ebenen sich mir nur teilweise erschlossen, und ich begann, mich wohlzufühlen. Spätestens bei den Meditationen war ich dann voller Genuss und die Übungen machten mir Spaß.

„Mila", lachte Katharina auf ihre sanfte, strahlende Art, „Du machst auch wirklich brav alles, was die Lehrerin sagt, oder?"

Wir sollten in eine Schüssel voller Wasser starren und aufschreiben, was wir sahen. Also tat ich das. Ich wusste, dass das nicht mein Medium war, deshalb amüsierten wir uns so über mich. Während die anderen nach und nach ihre Werkzeuge für sich entdeckten, merkte ich immer mehr, dass ich keines brauchte. „Ist das schlimm, wenn ich bei den Meditationen nicht die ganzen Wiesen durchlaufe und durch den Himmel fliege und so? Kann ich einfach direkt ins Gespräch mit den Meistern gehen?"

Die anderen lachten. Mein Zugang zur geistigen Welt war ganz direkt. Die Ausbildung hatte in mir etwas ganz Kindliches geweckt, das nach dem anfänglichen Widerstand zum Spiel einlud.

Katharina schmunzelte wieder und sah mich warm an: „Alles ist ok, Mila. Das sind nur Hilfsmittel. Wenn Du sie nicht brauchst, wunderbar."

Da ich jetzt gerade beim Fragen war: „Und glaubst Du, es stört die Meister, wenn ich so lapidar über sie spreche? Den einen finde ich wahnsinnig sexy und die andere nenne ich in mir immer nur ‚toughe Barbie'."

„Aber warum sollte sie das denn stören, Mila?"

Sie kicherte vorsichtig.

„Dass Du Rowena eine toughe Barbie nennst, finde ich gut. Da wird so klar, dass das Prinzip von Liebe nichts mit kleiner Scheinharmonie zu tun hat, sondern ganz kraftvoll und kompromisslos ist."

Genau. So empfand ich diese Energie in den Meditationen.

Wir begannen mit einer kleinen Meditation, um in uns zu checken, welche ungeklärten Beziehungen wir in unserem Leben hatten. Katharina schickte uns innerlich durch verschiedene Bereiche und ließ uns Zeit, damit Menschen vor unserem inneren Auge auftauchen durften. Ich suchte und fand niemanden. Ich hatte schon immer sehr darauf geachtet, in meinem direkten Umfeld wirklich geklärt zu sein. Die Verbindungen zu Kai, Chloë und meiner Mutter waren glasklar. Auch zu meinen Freund:innen, von denen viele auch Kolleg:innen waren. Ich erinnerte mich an die wütende Autofahrt mit Kai und ging die Menschen durch, auf die sich meine Wut gerichtet hatte: nur Frieden. Ich hatte offenbar alles Ungeklärte rausgeschrien und dann weggeschlafen. Ich konnte sie jetzt als das sehen, was sie waren: Menschen, die ihr Äußerstes gaben, um die Welt ein wenig besser zu machen. Sie waren ebenso wenig perfekt wie ich. Menschen eben. Aber allesamt engagierte Menschen und ich genoss das Privileg, dass ich nur mit Menschen arbeitete, die sich aus vollem Herzen für bessere Bedingungen für andere einsetzen – wenn auch nicht für mich. Alles war gut. Eine so große Welle von Dankbarkeit überkam mich, dass mir die Tränen in Strömen übers Gesicht liefen.

Als die Meditation zu Ende war, strahlte ich alle an: „Hat jemand ein Taschentuch bitte?"

In der nächsten Meditation baten wir um Rat für die Klärung. Da ich keine konkrete Beziehung hatte, die ich bearbeiten konnte, ging ich in die Meditation mit einer Haltung von „bereit zum Diktat" – bereit, alles als Geschenk anzunehmen, was da kommen könne. Während Katharina noch die anderen an schönen Seen vorbeiführte, war ich schon voll im Gespräch mit einer großen Vielfalt an geistigen Wesen. „Deines ist ein Leben im Dreieck aus Freiheit, Macht und Güte", erfuhr ich in einem inneren Kreis von Menschen, die mich liebten.

In der Ferne hörte ich Katharinas Stimme, doch ihre Reise ging mich nichts mehr an. In der Tiefe meiner Trance fügten sich die Teile langsam in mir zusammen.

„Freiheit", natürlich, das war total meins. Es war mir so wichtig, dass ich dafür sogar mit Ali eine Organisation gegründet hatte – in der allerdings nichts passierte.

Ali war in seinem Job bei Wolfgang zwar tatsächlich offiziell auf zweiunddreißig Stunden runtergegangen, hatte aber keinen Deut weniger dort gearbeitet, so dass er einfach nur weniger verdiente, nicht aber etwas für die SpiralSociety tun konnte. Ich hatte ihn von seinem schlechten Gewissen erlöst. Wir konnten Freiheit nicht von einer Position von Druck aus befördern. Die Zeit würde irgendwann reif sein. So lange hatten wir eben eine leere Organisation. Wer wusste schon, wozu wir die mal brauchen würden? Er ging also zurück auf vierzig Stunden.

Güte war ein Wort, das mich seit einem Jahr ganz intensiv begleitete.

Georg und ich hatten einen Online-Kurs über innere Methoden in der Mediation gemacht. Dafür hatte ich mich monatelang im Innen beobachtet und zu meiner Überraschung sehr viel Theorie gefunden, an der ich mich ausrichtete. Diese Theorien hatten wir in Videos verpackt und mit ein paar Aufgaben versehen. Hier gab es ein Video von mir, in dem ich beschrieb, dass es für uns als Mediator:innenen wichtig ist, zu wissen, warum wir das eigentlich machen. Ich war lange mit Begriffen schwanger gegangen, warum mir Mediation so am Herzen lag. Gerechtigkeit hatte ich anprobiert, Frieden und Beziehung. All das stimmte natürlich, erreichte aber nicht mein Herz. Bis irgendwann das Wort Güte durch meinen Kopf ging und ich sofort merkte, dass mein Herz und mein Körper hellwach wurden. Ich hatte dieses Wort noch nie genutzt oder gedacht und doch erkannte ich es sofort als zu mir gehörig. Kurz überraschte mich ein kleiner Moment der Scham. Gutmensch ist in der deutschen Arbeitswelt eher eine Beleidigung, auf jeden Fall aber eine Verkleinerung. In diesem Video hatte ich mich geoutet, mich öffentlich zu meiner Güte gestellt und dafür, wie noch für kein anderes Video, ganz tolle Zuschriften erhalten. Es waren E-Mails bei mir hereingeflattert von Menschen, von denen ich schon seit Jahrzehnten nichts gehört hatte. Sie alle dankten mir für die Ermächtigung, gut sein zu dürfen.

Jetzt hatte mir die Meditation noch den Begriff Macht hinzugefügt und ich spürte jede Zelle in mir lächeln.

„Natürlich", erzählte ich mir selbst, immer noch ganz tief in der inneren Welt. „Ich hatte die Macht nicht, die Freiheit und die Güte zu beschützen. Deshalb habe ich so gelitten."

Güte ohne Macht und Freiheit hatte tatsächlich kaum Wirksamkeit. Freiheit ohne Macht und Güte konnte nicht genutzt werden. Macht ohne Güte und Freiheit konnte sogar gefährlich sein. Aber zu einem Leben in diesem Dreieck stand ich sehr gerne.

Während Katharina uns langsam wieder zurückholte, wurde ich in mir tatsächlich zum Diktat eingeladen: „Schreib auf, Mila: Niemand kann mir die Freiheit nehmen, liebevoll mit anderen umzugehen."

Ich erzählte den anderen, dass ich ab jetzt aufhören würde, mich dafür zu schämen, dass ich zu nett war.

„Die Welt wird wohl damit klarkommen müssen", lachte ich.

„Das macht die Welt sehr, sehr gerne", sagte Katharina.

Kapitel 91:

„Das ist eben das Robin-Hood-Prinzip."

Ich fühlte in mich hinein und fand … keine Überforderung, sondern nur Weite und Raum. Das konnte doch nicht stimmen. Wahrscheinlich musste ich in die tieferen Schichten hineinfühlen. Ich hatte mir sicher wieder an der Oberfläche eine schöne Welt imaginiert. Doch, nein, da war wirklich keinerlei Überforderung. Ich erschrak. Es waren über zehn Jahre, das ich so etwas nicht gefühlt hatte. Wenn ich jetzt zurückblickte, gab es momentan keine Liste von Dingen, die ich nicht erledigt hatte oder für die ich mich schämte. Ja, ich kam manchmal nach einer Moderation müde nach Hause, aber mein Kalender plante verlässlich Ruhezeiten ein und dann war es nach drei Tagen wirklich wieder gut – vor allem auch, weil ich die Großstadt nur in sehr seltenen Ausnahmefällen betrat. Auch mit dem Blick nach vorne eröffnete sich keine Liste von Dingen, die mich überforderte. Ich lebte ein Leben, das nicht zu groß für mich war. Ich konnte es kaum glauben. Ich setzte mich auf, schloss die Augen, tauchte konzentriert in alle Bereiche meines Körpers ein: Nichts, keine Überforderung.

Zu meiner Überraschung fühlte ich mich hilflos und verloren. Die konstante Überforderung war Teil meiner Identität geworden. Ich war Mila, die es so schwer hatte, aber eben auch so heldenhaft alles schaffte. Ich musste lachen. Klar, ich war eindeutig weniger toll, wenn ich das alles ohne Leid schaffte. Man, wie doof konnte ich sein, als wäre irgendwas wertvoller, wenn ich es erlitt, als wenn ich es mit mehr Leichtigkeit vollbrachte. Wieder fühlte ich in mich hinein, verwirrt von meiner Verwirrung. Mir kamen Tränen. Wie viel hatte ich in den letzten Jahren gelitten. Wie viel hatte ich gearbeitet, wenig Geld verdient und mich dafür vollständig übernommen. Wieso nur hatte ich mir das angetan? Trotzdem wusste ich sofort, dass ich es wieder tun würde. Ja, ich hatte genug Aufträge und ich konnte genug Geld verdienen – weit höhere Stundensätze nehmen und trotzdem im Verhältnis zu anderen Berater:innen in der Wirtschaft noch sehr günstig sein. Ich konnte mit mehr Leichtigkeit in weniger Stunden mehr Geld verdienen und ich würde mir diese Pause auch gönnen. Doch dann würde ich wieder etwas finden, das mehr Sinnvolles hervorbrachte, denn arbeiten war für mich einfach viel mehr als nur Geld verdienen.

Was mich im Moment allerdings mehr bewegte, war, wie viel Geld zu viel Geld war. Die Erleichterung, die ich fühlte, lag eindeutig an der Erhöhung meiner Honorare. So konnte ich in fünfzehn Stunden in der Woche nicht nur knapp meinen Lebensunterhalt verdienen, sondern mir auch ein paar Dinge leisten, die mich gesundheitlich erleichterten: bessere Plätze im Zug; regelmäßige Restaurantbesuche, um mir auch an schwächeren Tagen, wenn ich nicht kochen konnte, warmes Essen zu ermöglichen; Osteopathie, um die Nebenwirkungen der Anfälle schneller aufzulösen. Es gab nicht nur ein wenig energetischen Puffer, sondern auch erstmalig finanziellen Puffer. Mein Kontostand war schon seit längerem nicht mehr in den Minusbereich geglitten. Ich war jedoch nicht ganz sicher, ab welcher Höhe meine Erleichterung auf Kosten anderer ging, wo die Grenze zur gesellschaftlichen Ungerechtigkeit lag.

Wie immer, wenn ich über mein Honorar nachdachte, war

meine erste Assoziation das Bild eines Pfarrers mit nur einem Hoden. Den hatte ich in der kurzen Online-Dating-Phase nach der Trennung von Chloës Vater kennengelernt und er hatte mir, während wir miteinander im Bett lagen, die Definition von Sünde erklärt, die mich seitdem nicht mehr losließ. Meine Faszination war auch jetzt, Jahrzehnte später, noch hellwach und war zum Orientierungspunkt für meine Honorarverhandlungen geworden. Sünde war jedenfalls nicht „Böses tun", sondern ein innerer Zustand, der sich einstellte, wenn drei Dinge zusammenkamen: Unglaube, Hybris und Konkupiszenz. Wie ich die beiden mir unbekannten Begriffe verstanden hatte, bedeutete Hybris, dass man sich größer als die anderen fühlte und Konkupiszenz für sowas wie Unersättlichkeit stand, alles haben zu wollen, was andere hatten. Damals im Bett hatte ich mich selbst in diesen Zustand imaginiert: Ich glaubte an gar nichts außerhalb von mir, hatte also dieses Gefühl von Geborgenheit in der Welt nicht, auf das ich mich so verlassen konnte. Dann fand ich mich auch noch besser als alle anderen, hatte also eigentlich keine Freunde und musste dauernd toll sein. Und dann, weil das noch nicht schlimm genug war, wollte ich auch noch alles, was andere hatten und am besten sogar noch mehr. Noch immer dachte ich, dass das aus meiner Sicht nicht die Definition von Sünde war, sondern meiner Vorstellung von Hölle sehr nah kam.

Ich wollte also Geld verdienen mit Dingen, an die ich glaubte. Ich wollte so viel Geld verdienen, dass eine echte Augenhöhe möglich war und dass klar war, dass meine Leistung eine Beratung unter Gleichstehenden war und ich also weder über noch unter jemandem stand. Ich verstand nicht, wie Berater:innen manchmal einen Tagessatz ansetzten, der in etwa dem Monatseinkommen der Menschen aus der Organisation entsprach. Auf welcher Argumentationsbasis rechtfertigten sie das? Fanden sie sich wirklich so viel besser und so viel wichtiger? Oder arbeiteten sie einfach nur mit den Menschen im Unternehmen, die auch so viel verdienten? Ich arbeitete gerne mit den Menschen, die das Ergebnis erschaffen. Das waren in der

Regel nicht die Führungskräfte. Hier hatte ich das Gefühl, den gradlinigsten Beitrag zu leisten, wenn ich direkt die Produkterstellung oder -erbringung unterstützte. Das mit der mangelnden Konkupiszenz fiel mir allerdings nicht so leicht. Natürlich wusste ich, wie viel Geld meine Kolleg:innen am Tag ansetzten – oftmals beim selben Auftraggeber – und es wurmte mich schon manchmal, dass sie (meistens auch noch Männer und ich hasste das Gender-Klischee so sehr) das Dreifache verdienten. Aber ich wollte nicht mehr oder weniger als jemand anderes verdienen, sondern so viel, wie meine Arbeit aus meiner Sicht im konkreten Kontext wert war. Aber wie kalkulierte man sowas?

Der Ansatz der Gemeinwohlökonomie rettete mich in meiner ewigen inneren Honorardebatte. Ich fand schon immer Unternehmen spannend, die darauf achteten, dass niemand in der Organisation mehr verdiente als das Zwölffache des niedrigsten Gehaltes. Die Gemeinwohlökonomie breitete den Ansatz auf die gesamte Gesellschaft aus: Niemand sollte mehr verdienen als das zehnfache des Mindestlohns. Ich fand das unendlich überzeugend. Wenn ich mehr Geld wollte, konnte ich mich ja dafür einsetzen, dass alle mehr verdienten. Wir konnten nur gemeinsam wachsen. Viele Nächte hatte ich schon wach gelegen und versucht, auszurechnen, was das Zehnfache des Mindestlohns wohl in Honorarsätzen bedeutete. Also wenn der Mindestlohn bei etwa neun Euro lag, dann waren die realen Kosten inklusive Nebenkosten etwa bei elf Euro, also maximal einhundertzehn Euro pro Stunde? Oder stimmte diese Rechnung schon nicht? Nun war ich ja auch aus meiner Sicht nicht berechtigt, das volle Zehnfache zu nehmen – Menschen mit echter Verantwortung wie Hirnchirurg:innen oder Kanzler:innen sollten schon auf jeden Fall mehr verdienen als ich. Aber ich fand mich schon ziemlich gut. Also waren vielleicht achtzig Prozent über dem Mindestlohn gut? Das wären dann achtundachtzig Euro pro Stunde. Oder doch mehr, weil ja meine Krankenkasse und mein Steuersatz viel höher waren als bei jemandem mit Mindestlohn? Oder betrog ich mich damit selbst?

GEMEINWOHLÖKONOMIE

Die Gemeinwohlökonomie geht auf das Buch „Neue Werte für die Wirtschaft" von Christian Felber zurück.

Die Grundidee hierbei ist, dass Geld alleine nicht der Maßstab zur Erfolgsdefinition einer Ökonomie sein kann. Eine „gute" Wirtschaft verdient nicht nur Geld, sondern kreiert auch Gemeinwohl. Ein Wirtschaftssystem muss demnach nicht nur auf Kennzahlen in € ausgerichtet sein, sondern auch auf das Erschaffen einer nachhaltigen und friedlichen Zivilisation. Geldvermehrung ist kein Selbstzweck.

Zentrales Arbeitsmittel der Gemeinwohlökonomie ist die Gemeinwohlbilanz. Unternehmen erarbeiten zu den vier Schwerpunktthemen Menschenwürde, soziale Gerechtigkeit, ökologische Nachhaltigkeit und Demokratie, jeweils bezogen auf verschiedene Akteursgruppen, einen Bericht, der im Rahmen eines Audits geprüft wird.

So wurde ein Ansatz zur nicht-finanziellen Bilanzierung erarbeitet, der von den Unternehmen gut angenommen wird.

Wieder musste ich lächeln, während sich die Zahlen in meinem Hirn drehten. Ich hatte das alles sicher schon fünfzig Mal gerechnet, diskutiert und vertreten. Dabei hatte ich versehentlich mehreren Kolleg:innen ein schlechtes Gewissen gemacht. Georg beispielsweise war ganz still geworden, weil seine Tagessätze so viel höher waren.

„Aber Georg", versuchte ich ihn zu trösten, „Du machst den größten Teil Deiner Arbeit ehrenamtlich. Wenn man den Durchschnitt ansieht, liegst Du da auf jeden Fall drunter. Das ist eben das Robin Hood Prinzip: Du nimmst hohe Honorare von denen, die viel zahlen können, damit Du dann an anderen Stellen Deine Zeit verschenken kannst."

Noch einmal fühlte ich in mich hinein. Überforderung? Nicht zu finden. Überbezahlung? Nein, alles im grünen Bereich. Raum für Robin Hood? Sofort sah ich ein Bild von Georg in grünen Strumpfhosen vor meinem inneren Auge und gluckste. Dann zog ich die Strumpfhosen in Gedanken mir selbst an. Ja, ich verdiente tatsächlich jetzt so viel Geld, dass ich wieder Raum für Ehrenamt hatte. Zum ersten Mal gab es realistische Rahmenbedingungen, das Thema Arbeiten mit chronischer Erkrankung voranzutreiben. Ich würde jetzt nicht mehr jeden bezahlten Auftrag annehmen, der sich mir in den Weg stellte, dafür aber jeder unbezahlten Gelegenheit nachgehen, die Einfach Arbeiten und Arbeiten mit Krankheit in die Welt bringen könnte.

Kapitel 92:

„Am Schlimmsten sind die Erwartungen."

Wie schon zum Abschluss von Bildung 4.0 war es wieder Chiara, die mir ein Publikum bot, an dem ich mich ausprobieren konnte. Sie war Teil von Amico, einer Genossenschaft von sieben Berater:innen, die im Non-Profit-Bereich Organisationsentwicklung begleiteten. Sie alle gaben zwanzig Prozent ihrer Einnahmen in die Zentrale und konnten so viele schöne Dinge finanzieren, wie beispielsweise ihr Format der Labore. In einem Amico-Labor konnten Menschen neue Ansätze ausprobieren. Die Menschen, die kamen, zahlten, falls und was sie wollten – der perfekte Ort eben, um nicht perfekt sein zu müssen. Als Chiara mir anbot, ein Labor zum Thema Arbeiten mit Krankheit durchzuführen, war in meinem Kopf sofort alles ganz klar: Ich würde ein wenig von mir erzählen und die Teilnehmer:innen dann in kleineren Gruppen zu den Dingen arbeiten lassen, die uns erschöpften – gesund oder krank. Ich freute mich riesig darauf, endlich eine Sammlung von Arbeitsabsurditäten zu erhalten, so dass ich weiterhin neue Arbeitsmodelle erfinden konnte, die ohne diese auskamen. Doch nun saß ich in einem Kreis aus Menschen und spürte Unsicherheit in mir Hochsteigen. Ich hatte die Präsentation an die Wand geworfen, die ich für den Psychiatriekongress erstellt hatte und wurde immer unruhiger. Das Surren und die Wärme des Beamers irritierten mich und die Anwesenden starrten mich leicht verwirrt an, während ich die Anfänge meiner Geschichte erzählte. Einige nickten, doch die meisten wirkten mindestens genauso irritiert wie ich. Machte ich das hier gerade zur Egonummer? Hatte ich mich so in meine eigene Geschichte verliebt, dass ich sie für relevant für andere hielt?

„Leute, sorry, ich bin gerade ganz unsicher: Geht das so für Euch?“

Allseitiges Nicken. Ich zog die Geschichte schnell durch und wusste, dass man so keine gute Geschichte erzählte. Ich wollte es einfach nur hinter mich bringen und mit ihnen in den Dialog treten. Endlich konnte ich den Beamer ausmachen und merkte, wie ich mich entspannte. Gut, dass es ein Labor war. Hier durfte mir ein Ego-Fauxpas am ehesten passieren. Als ich mich dafür gerade entschuldigen wollte, begann die erste Person zu sprechen:

„Ich habe MS“, sagte eine wunderschöne, extrem gesund wirkende Frau, „aber wenn ich darüber spreche, dann werden alle Menschen so seltsam. In meiner momentanen Organisation weiß gar keiner, dass ich krank bin.“

„Das verstehe ich richtig gut“, antwortete sofort eine Frau, die sich von einer Krebserkrankung nie richtig erholt hatte. „Seit meine Kollegen wissen, dass ich krank bin, behandeln sie mich wie ein Kleinkind. Das ist total gut gemeint. Sie wollen mich irgendwie vor etwas Diffusem schützen, ich weiß nicht genau, wovor. Aber ich darf kaum noch richtig mitspielen. Ich wünschte, sie wüssten es nicht. Doch wie erklärst Du denn dann im Team Deine Ausfallphasen, wenn Du einen Schub hast?“

„Oh, sie denken, dass ich gerne krank mache und sind da auch oft sauer. Aber Konflikte kann ich besser aushalten als Entwürdigung“, antwortete die erste.

Viele in der Runde nickten. Ich war hellwach geworden. Die Leute hier waren selbst chronisch krank? Das hatte niemand in der Vorstellungsrunde erwähnt. Da fanden sie alle das Thema nur aus Sicht der Organisationsentwicklung interessant.

Ein Mann begann zu sprechen. Er konnte uns kaum ansehen.

„Ich habe psychotische Schübe und muss dauernd den Job wechseln. Die Leute haben Angst vor mir, dabei bin ich wirklich nicht gefährlich. Ich habe das schon so lange, dass ich gut damit umgehen kann. Ich sage es aber in den neuen Teams immer, weil ich möchte, dass sie wissen, warum ich manchmal phasenweise nicht da bin."

Jetzt blickte er traurig auf.

„Aber ich glaube, sie haben wirklich Angst. Vielleicht gar nicht so sehr vor mir als vor dem Thema?"

Eine ältere Frau nahm den Ball auf: „Ja, die Angst, unsere Krankheit mit uns zu besprechen, ist enorm. Wir chronisch Kranken kommen und gehen eben. Es gibt gute Zeiten und schlechte Zeiten. Ich habe mit meiner Chefin eine Mischlösung gefunden. Sie weiß es, die anderen nicht. Ich arbeite nicht mehr nach Stunden, sondern nach Zielen. Wir setzen uns alle zwei Monate hin und legen fest, was ich realistisch in der Zeit schaffen könnte. Das kann ich mir dann selbst so einteilen, dass es gut zu meinem Zustand passt. Ich bin dafür so dankbar, denn eigentlich geht das rechtlich gar nicht. Ich arbeite für eine Behörde und meine Chefin bestätigt, was ich tue, dann in Zeit. Aber so geht das wunderbar."

Wir schwiegen alle, gerührt von Menschen, die so einfache Lösungen fanden, auch wenn sie offiziell nicht ins System passten.

Dann meldete sich eine andere Frau: „Entschuldigt bitte, wenn ich zwischendurch etwas wegnicke. Ich langweile mich nicht, ich experimentiere nur gerade mit meinem Neurologen mit neuen Medikamenten und habe mir dafür diese Woche frei genommen. Das Thema wollte ich aber nicht verpassen."

Wir blickten uns gegenseitig lächelnd an. Derselbe Gesichtsausdruck stand in allen Gesichtern: Ein klares Bewusstsein dafür, dass wir alle darum kämpften, trotz Krankheit arbeiten zu können, dass es offenbar sehr viele Möglichkeiten gab und vor allem, dass wir nicht allein waren.

Ein wenig Trauer lag jedoch auch im Raum.

Ein Mann sprach es aus: „Ja, es geht, aber muss es wirklich so anstrengend sein?“

Alle nickten und ich nahm den Ball auf. „Trefft Euch doch mal bitte in Dreier-Gruppen und versucht, so präzise wie möglich herauszufinden, was eigentlich diese Anstrengung ausmacht. Wir sehen uns in zwanzig Minuten wieder und tragen unsere Überlegungen zusammen.“

Ich nutzte diese Zeit, um die letzten Reste der Unsicherheit in mir aufzulösen und begann mich auf das zu freuen, was gleich kommen würde: eine Liste von Faktoren, die arbeiten anstrengend machten. Ich war der festen Überzeugung, dass das meiste davon absolut entbehrlich war. Nein, es gab keinen Grund für tägliche oder wöchentliche Teamsitzungen. Nein, es gab keinen Grund für anstrengende Wege ins Büro, wenn man die Tätigkeiten auch von einem anderen Ort aus machen konnte. Nein, es gab keinen Grund dafür, beliebige Deadlines zu erfinden. Ich erhoffte mir so viel von dieser Liste. Ich hatte angefangen, Artikel zum Thema Arbeiten mit Krankheit zu schreiben und hatte mehrmals angekündigt, dass Kranke aus meiner Sicht die besten Diagnostiker:innen für ungesundes Arbeiten waren. Nun hatte ich ein Geschenk erhalten: eine ganze Gruppe von Expert:innen.

Als sie wiederkamen und ihre Ergebnisse vorstellten, war ich total enttäuscht und hoffte, dass niemand es merkte. In allen Gruppen waren sie zu ähnlichen Schlüssen gekommen. Es ging nur um Erwartungen: Die Erwartungen an sich selbst, sich so zu verhalten wie die anderen; die Erwartungen der Vorgesetzten, auf eine vorgegebene Art zu leisten; die Erwartungen der Kolleg:innen, immer da zu sein. Immer länger wurde die Liste der Erwartungen, die sie nicht erfüllten. Nicht eine einzige Erkenntnis über notwendige strukturelle Veränderungen ergab sich aus den Ergebnissen. Ich fasste schließlich zusammen, immer noch in der Hoffnung, dass meine Enttäuschung unsichtbar blieb.

„Ihr habt also das zentrale Thema herausgearbeitet: Es geht

hier offenbar in erster Linie um Erwartungen."

Ich sah mich um. Im Gegensatz zu mir waren sie von dem Ergebnis überhaupt nicht enttäuscht, sondern total wach und inspiriert. Sie nickten und sahen einander mit großer Klarheit an.

Schließlich sagte die erste Frau, die ihre Krankheit verheimlichte: „Ich werde morgen meinen Kollegen von meiner Krankheit erzählen und ihnen so genau wie möglich erklären, was sie von mir erwarten können und was nicht – und auch, was ich von ihnen erwarte und was nicht."

Verblüfft sahen wir sie an. Sie war noch schöner geworden. Kerzengerade und ganz klar saß sie da. Aus einem gemeinsamen Impuls heraus begannen alle, zu klatschen.

Erst im Anschluss bei einem Glas Wein meldeten sich die „Gesunden" zu Wort.

„Mila, Deine Geschichte hat große Macht. Deine Offenheit und Dein Humor haben ein Domino-Outing verursacht, wie ich es noch nie gehört habe. Das bringt für uns Organisationsentwickler eine wirklich vollständig neue Dimension ins Spiel", freute sich Achim, Chiaras Kollege.

Ich freute mich auch. Also doch kein reiner Egotrip. Vor allem so ein schöner Begriff: Domino-Outing.

„Das musst Du ganz oft machen. Das müssen viele Organisationen erleben."

Sofort wurde ich traurig.

„Aber Achim, genau das kann ich nicht leisten. Ich kann nicht so viel in Kontakt gehen. Ich denke, ich werde einen Online-Kurs dazu machen."

Das konnte ich nämlich inzwischen richtig gut. Momentan waren sogar die meisten meiner Aufträge in diesem Bereich.

„Ach ne, das Digitale, das funktioniert nicht", sagte Achim harsch und ich sah, wie Chiara leicht die Augen verdrehte, dabei aber lächelte. Während wir uns in der Gruppe weiter unterhielten, bis Kai mich abholen würde, konnte man das Rattern in Achims Gedanken richtig hören.

Schließlich hatte er für sich eine große Erkenntnis: „Wenn Du es nicht erzählen kannst, musst Du eben ein Buch schreiben."

Kapitel 93:

„Das hatte ich mir allerdings ganz anders vorgestellt."

Ich saß im Coconat, auf dessen Eröffnung ich ewig gewartet hatte: Endlich ein Co-Working auf dem Land. Ein Ort, an dem ich auf der Arbeitsenergie der anderen mitreiten konnte und doch allein war. Ein Ort zum Schreiben eben. Ich saß draußen unter einem Baum, neben mir eine Schaukel aus einer alten Badewanne und ein Radler auf dem Tisch. Ich starrte meine Tastatur an. Ich hatte so viel geschrieben in den letzten Jahren – Artikel, Kurse, Konzepte. Das Schreiben war für mich ein Zuhause geworden. Da ich genauso schrieb, wie ich sprach, ging es mir leicht von der Hand. Ich wusste, wo das Buch anfangen sollte. Genau dort, wo auch Artikel und Präsentation begannen: Der Moment, in dem ich die Rente ablehnte. Aber ich konnte nicht schreiben. Ich hatte einfach keine Ahnung, wie. Wie schreibt man denn um Himmels willen einen Roman? An der Willkommenswand des Coconat stand unter meinem Foto, dass ich einen Roman schreiben würde. Ich kam mir vor wie eine Hochstaplerin, als mich beim Mittagessen jemand gefragt hatte, ob ich die Autorin sei. Ganz sicher nicht, ich hätte mich am liebsten verkrochen.

„Wenn Du schreibst, bist Du Autorin. Hast Du denn schon eine Agentur und einen Verlag?"

Ich nahm meinen Teller und suchte mir einen Platz draußen, weit weg von den Erwartungen, die hier von außen auf mich einprasselten. Später holte ich mir dann noch ein Radler. Geschrieben hatte ich noch kein Wort.

Je länger ich dasaß, desto klarer wurde mir, dass ein Artikel wirklich etwas ganz anderes war als ein Roman. Ich wusste gar nicht so genau, wie ein Roman aussah. Ich las die Geschichten, hätte aber nicht sagen können, ob sie in der Gegenwart oder Vergangenheit geschrieben waren, ob es Zeitsprünge gab und wie sich die verschiedenen Erzählstränge verwoben. Ich hatte tatsächlich immer nur auf die Geschichten geschaut, nie auf die Erzählweise. Ich ging also in die Bibliothek und sah mir ein paar Bücher an. Sie schienen nichts gemeinsam zu haben.

Doch wie immer in Co-Working Spaces sind die richtigen Leute einfach da. Beim Abendessen saß eine Frau neben mir, die an ihrem dritten Roman arbeitete.

„Darf ich Dir einen Wein holen und Du erzählst mir eine halbe Stunde, wie Du schreibst? Ich glaube, es gibt da einen magischen Prozess, von dem ich noch gar nichts weiß. Ich weiß nicht einmal, in welcher Zeitform ich schreiben soll."

„Natürlich, was schreibst Du denn?"

„Ich möchte meine Erfahrungen zum Thema Arbeiten mit Krankheit aufschreiben. Ich bin offiziell nicht arbeitsfähig, arbeite aber trotzdem. Das möchte ich teilen und so den Diskurs eröffnen."

„Ah, ein narratives Sachbuch. Das ist schwer zu vermarkten, aber natürlich sehr effektiv."

Oh Gott, schon wieder die Vermarktung. Wer wusste schon, ob hier jemals ein fertiges Produkt rauskommen würde? Ich musste erst einmal schreiben.

„Ach Mila, mach Dir nicht so viele Gedanken. Wähl eine Zeitform und schreib los. Du kannst und wirst das alles noch sehr oft ändern. Finde Deinen Rhythmus und Deinen Stil. Ich denke, das Einzige, worauf Du achten solltest, ist, dass Du Deinen Lesern keine Lektion erteilst. Bleib bei Deinen Momenten. Nimm uns mit in konkrete Situationen. Eine Geschichte ist außerdem kein Bericht. Du musst nicht immer bei der absoluten Wahrheit bleiben. Lass die Figuren ihren eigenen Weg gehen."

Oh, endlich eine Anleitung, die ich verstand. Genau das empfahl man den Menschen ja auch, wenn sie einen *Ted-Talk* verfassten: Wähle einen Moment, der repräsentativ ist für das, was Du vermitteln möchtest und eröffne mit Deiner Geschichte. Ok, Momente suchen. Trotz meiner Angst, unhöflich zu sein und sie sitzen zu lassen, ging ich wieder raus zu meinem Laptop. Ich würde also eine konkrete Situation beschreiben. Wie genau war eigentlich dieses Thema Rente bei der Reha aufgekommen? Ich konnte mich an das Gespräch im winzigen Büro der Therapeutin erinnern, aber das war nicht sehr spannend. Was war vorher passiert? Da liefen mir auch schon die Tränen über die Wangen. Bilder der Demütigung des Gutachtungsverfahrens tauchten wieder in mir auf. Ich konnte den Flur fast riechen, in dem wir auf unser Verhör gewartet hatten und konnte die seltsame Stuhlanordnung vor mir sehen. Ich ließ die Tränen laufen und versuchte, so genau wie möglich zu beschreiben, wie es mir ergangen war – was ich sah, roch, fühlte. Meine Finger rasten über die Tastatur.

Ich las mehr mit, als dass ich aktiv schrieb. Irgendetwas in mir hatte sich verselbstständigt. Nach etwa einer halben Stunde war die erste Situation beschrieben. Ich war emotional total erschöpft.

Ich rief Chiara an: „Das ist total emotional und anstrengend. Damit habe ich jetzt nicht gerechnet."

Sie lachte laut: „Du bist so lustig, Mila. Dachtest Du wirklich, dass Du ein Buch über Deine Krankheit schreiben kannst, ohne dass es emotional wird?"

„Ja!", brach es mit voller Überzeugung aus mir heraus. „Wenn ich Artikel schreibe, passiert das doch auch nicht. Jetzt sind plötzlich alle Sinne an. Ich kann sogar die Farbe des Sofas meines

Therapeuten sehen. Das ist ganz furchtbar. Will ich das?“

Sie lachte noch immer über meine Überraschung.

„Ich glaube, es gibt jetzt schon kein Zurück mehr“, flüsterte ich fast.

Ein Prozess hatte in mir begonnen, von dem ich keine Ahnung hatte, wohin er mich führen würde und ob er jemals jemandem helfen würde, aber die Schleuse war offen und die Absurditäten, die ich erlebt hatte, blätterten sich ebenso vor mir auf wie die große Liebe und Dankbarkeit für die Menschen, die mich begleitet hatten. Ich streichelte den Bildschirm.

„Ach, kleine Mila“, sagte ich voller Mitgefühl für mein altes Ich. „Jetzt kriegst Du die Aufmerksamkeit, die Du verdienst.“

Kapitel 94:

„Es gibt ‚die Wirtschaft' nicht."

Ich saß hinten im Seminarraum an der Uni. Es ging um Mediation in Organisationen und ich war eingeladen worden, alternative Organisationsmodelle vorzustellen. Hierzu hatte ich inzwischen ein sehr gutes Konzept: Ich begann mit *Spiral Dynamics,* leitete über zu *Reinventing Organizations* und endete mit Einfach Arbeiten. Das war der Kern meiner Präsentationen und Kurse, die immer häufiger gebucht wurden. Das Thema Arbeiten mit Krankheit interessierte die Welt eher weniger.

Wieder einmal musste ich anhand der Diskussionen in diesem Kurs feststellen, wie viele Vorurteile Menschen in Bezug auf die Wirtschaft hatten.

„In der Wirtschaft kann man keine Reflexionsmethoden anwenden – meditieren ja schon gar nicht", ging oftmals widerspruchlos durch den Raum.

„Es gibt ‚die Wirtschaft' nicht", wiederholte ich immer wieder. „Es gibt solche und solche Organisationen. Gerade Meditationen werden immer salonfähiger. Es ist nicht mehr unüblich, Teamsitzungen mit ein paar Minuten des Schweigens zu eröffnen."

So richtig glaubten sie mir nicht, also erzählte ich ein wenig von Wolfgangs Unternehmen, inzwischen einer meiner größeren Auftraggeber, in dem alle tausend Mitarbeiter:innen mit den Spiral Dynamics vertraut waren und hieran orientiert Potenzialanalysen geschenkt kriegten. Hier begann jedes noch so kleine Treffen immer mit ein paar Minuten des Schweigens.

„Und nein – weil ich sehen kann, wie Sie jetzt denken – es ist kein Non-Profit."

Noch immer war ich unsicher, wie viel von meiner Geschichte und des Umgangs mit Krankheit ich hier reinbringen wollte und sollte. Ich würde es dem Fluss der Diskussion überlassen.

Dank Einfach Arbeiten hatte ich mir einen klitzekleinen Namen in der *New-Work*-Szene gemacht und mittlerweile eigentlich nur noch Aufträge in Organisationen, die mit neuen Lern- oder Arbeitskulturen experimentierten. Mir mussten sie nichts erklären und ich konnte ohne viel Vorgeplänkel einsteigen. Für *New-Work*-Organisationen war es anstrengend, wenn sie mit Berater:innen agieren mussten, die ein veraltetes Verständnis von Arbeiten hatten und ihre Interventionen anhand von Wirtschaftsvorurteilen ausrichteten. Nun versuchte ich, die Mediator:innen – mein Heimatvolk sozusagen – darauf vorzubereiten, dass verschiedenste Unternehmenskulturen auf sie zukommen würden. Ich erzählte von unserer Arbeit bei Bildung 4.0. Ich konnte dabei zusehen, wie es in den einen anfing, zu leuchten, während andere in den massiven Widerstand gingen. Es waren immer dieselben Diskussionen, allen voran die Frage nach Kontrollmöglichkeiten über Menschen. Ich war so froh, dass es diese nicht gab, in keinem Organisationsmodell. Wie gefährlich wäre es für uns als Menschheit, wenn wir so leicht kontrollierbar wären, wie es sich alle scheinbar wünschten.

Ich beschloss, mir eine kleine Pause zu gönnen und ihnen einen Film zu zeigen.

Morningstar war ein amerikanischer Tomatensaucenproduzent und der Mann, der von seiner Organisation sprach, war wunderbar schlicht in seinen Überzeugungen, obwohl diese radikal waren. Ich hatte seinen Talk schon oft gesehen und musste doch immer wieder über ihn lachen. Ab und an drehten sich die Teilnehmenden zu mir um, verstanden nicht ganz, warum ich lachte – aber das war ich ja gewöhnt.

Schon bei seinem ersten Satz kicherte ich.

„Wer mag Glück, Harmonie und Wohlstand?“, fragte er und hatte damit schon alle in der Falle.

Dann zeigte er ein paar Ergebnisse aus der Gallup-Studie, um klarzustellen, wie unglücklich und unproduktiv die Menschen am Arbeitsplatz tatsächlich sind. Dann klatschte er noch das Grundgesetz auf den Tisch.

„Menschen sollten keine Gewalt gegenüber anderen nutzen“, predigte er, „und Versprechen sollten eingehalten werden“.

Lustigerweise waren damit ja immer alle einverstanden, aber eine Organisation darum herumzubauen, bedeutete eben, dass es keine Chefs gab und das Organigramm aus einer großen Reihe von bilateralen Verträgen bestand. Er zeigte das Organigramm von Morning Star – tausende von bilateralen Beziehungen, die durch ein riesiges Netz aus Verträgen zwischen zwei Menschen zusammengehalten wurden. Ich liebte es auch deshalb so, weil auch ich erlebt hatte, dass die meisten Vorhaben an mangelnder Zuverlässigkeit gescheitert waren. Hier war eine Organisation, die dieses Prinzip zur obersten Prämisse erklärt hatte. Das war das Grundgesetz: Versprechen, die gegeben wurden, mussten gehalten werden.

Die Teilnehmer:innen waren beeindruckt – irgendwie auch mehr, weil sie Ketchup-Produzent:innen nicht unbedingt unter naiven Gutmenschen einordneten.

„Danke, Kirk“, sagte ich zu dem unbekannten Mann im Geiste und ging wieder nach vorne.

„Wenn Ihr auch in solchen Organisationen mediieren wollt, müsst Ihr Euch von vielen Vorurteilen über Wirtschaft und Leitung trennen. Wenn Euch das gelingt, ist die Belohnung groß: Ihr habt viel mehr Freiheit bei der Gestaltung der Prozesse, könnt Euch auf größere Experimentierfreude verlassen und auf

GALLUP-STUDIE

Gallup ist ein Meinungsforschungsinstitut, das sich auf Daten besonders zur (fehlenden) Arbeitsplatzbindung spezialisiert hat.

Die Studien werden seit 2001 jedes Jahr aktualisiert, zeigen aber bisher keine große Fluktuation auf.

In Deutschland beispielsweise

- fühlen sich etwa 15% der Menschen überhaupt nicht an ihre Organisation gebunden (innerlich gekündigt),
- 70% nur wenig (Dienst nach Vorschrift)
- und nur 15% geben an, eine hohe emotionale Bindung zu haben.
- Etwa Dreiviertel der Mitarbeiter:innen geben die direkte Führungskraft als Grund für die mangelnde Bindung an und
- jede:r zweite Mitarbeiter:in sucht nebenbei nach einer neuen Stelle.

Gallup schätzt den volkswirtschaftlichen Schaden der mangelnde Mitarbeiter:innenbindung in Deutschland auf etwa 103 Milliarden, in den USA auf etwa 450 Milliarden.

Die Studie wird aufgrund der beständigen verheerenden Ergebnisse in allen Ländern, in denen sie durchgeführt wird, oft als Grundargumentation für den Bedarf nach neuen Arbeitsansätzen herangezogen.

Menschen, die als ganze Menschen und nicht nur als professionelle Teilpersonen anwesend sind", erklärte ich ihnen. „Alle Menschen, die länger in New-Work-Unternehmen arbeiten, wissen, dass es auch um sie als Menschen geht. Emotion und Intuition sind keine Tabu-Worte."

Ich leitete über zum nächsten Thema: „Am MIT hat Otto Scharmer die Theorie U erarbeitet, in dem die Phasen von Transformationsprozessen deutlich werden. Mediation folgt einer ganz ähnlichen Logik. Es gibt einen Moment des Loslassens und einen Moment von totaler Präsenz, bevor das Neue sich zeigen darf. Findet Euch in Dreiergruppen zusammen und seid einfach präsent miteinander – ganz still und ganz da."

Workshops waren schon amüsant. Aus irgendwelchen Gründen hatte ich die Macht, Menschen Dinge tun zu lassen, gegen die sie sich eigentlich versperrten. Wie immer, wenn ich das Wort Macht dachte, sprang ich kurz gedanklich in das Güte-Freiheit-Macht-Dreieck, das mir in der Meditation geschenkt wurde. Ich hatte hier eine Machtposition. Entsprang meine Handlung aus einer Haltung von Güte? Absolut. Ich sah die schweigenden Teilnehmenden voller Liebe an. Geschah dies in Freiheit? Ok, zugegeben: halbfreiwillig, aber wenn ich so sah, wie sie von Sekunde zu Sekunde ihre Unsicherheit ablegten, sich vereinzelt Augen schlossen und Gesichter entspannten, dann war darin auf jeden Fall mehr Freiheit als in den meisten Situationen. Alles war gut.

„Kommt langsam zurück und erzählt mir, was Ihr erlebt habt", eröffnete ich die Diskussion und freute mich darauf, mit ihnen das Thema Wirtschaft mit dem Thema Präsenz zusammenzuführen.

THEORIE U

Die Theorie U wurde von Otto Scharmer entwickelt und beschreibt den Prozess, den Menschen, Organisationen oder Gesellschaften nehmen können, um in die Zukunft zu springen.

Er geht davon aus, dass wir ohne bewussten Prozess in der Zukunft nur die Muster der Vergangenheit reproduzieren.

Seine Prozessbeschreibung hat die Form eines U und beschreibt den Weg des Hinabtauchens in die Tiefe und des wieder Auftauchens in zukunftsgerechtes Handeln.

Der Ablauf umfasst verschiedene Phasen und

- beginnt mit dem Entschluss, vergangene Muster zu verlassen.
- Zunächst wird durch das Einnehmen einer anderen Blickweise der Verstand geöffnet,
- dann das Herz, indem das Fühlen dazu genommen werden darf.
- Um ins Zentrum des U, dem „Presencing“ zu gelangen, gibt es noch eine Phase des Loslassens.
- Nach der Stille erfolgt dann das „Kommenlassen von Neuem“,
- das dann in einer Vision kristallisiert
- und in Prototypen umgesetzt wird.

Der Prozess wird als Geburtshilfe für die Zukunft betrachtet, die kreiert werden möchte.

Kapitel 95:

„Oh wow, da ist ja schon richtig viel passiert."

Ich stand an der Kaffeemaschine und hörte die anderen auf meiner Terrasse lachen. Sie waren alle gekommen und freuten sich übereinander und ich hatte Zeit, alles ein wenig Revue passieren zu lassen. Als ich den Verein gegründet hatte, hatten sie mir einfach ihre Unterschriften geschickt. Wir hatten uns nie getroffen.

„Natürlich machen wir mit, wenn es um die Förderung von kranken Menschen im Arbeitskontext geht", hatten sie damals alle gesagt.

„Natürlich wollen wir uns mal treffen", hatten sie auch jetzt alle gesagt.

Sie alle waren Menschen, die meinen Weg begleitet hatten, unter anderem Emilia und Iveta, mit denen ich die erste Arbeitserfahrung an der Uni durchlebt hatte. Ich hörte meine liebe quirlige Iveta laut lachen und mein Herz wurde ganz warm. Sie waren alle in meinem Leben geblieben. Heute waren sie gekommen, um zu hören, wie sich mein Thema so entwickelt hatte. Ich brachte den Kaffee raus. Das Essen war abgeschlossen und sie sahen mich erwartungsvoll an.

„Naja", begann ich nun doch unsicher, „so wahnsinnig viel ist nicht passiert. Ich komme einfach nicht so richtig dazu."

Ich besann mich. Sie hatten doch gar keine Erwartungen an mich. Warum hatte ich das Gefühl, mich rechtfertigen zu müssen?

„Also, ich habe ein paar Vorträge gehalten." Ich erzählte ihnen etwas detaillierter von den Lachern der Psychiater:innen und musste in der Erinnerung selber lachen.

„Ich habe Artikel für mehrere Fachzeitschriften geschrieben, sowohl über meine eigene Geschichte als auch über Einfach Arbeiten und die Frage, was Arbeitsfähigkeit eigentlich bedeutet."

Letzteres faszinierte mich immer mehr. Wieso sollte ich nicht arbeitsfähig sein? Ich war sogar ziemlich fähig, das wurde immer deutlicher, je älter und ruhiger ich wurde. An „fähig" konnte es ja nicht liegen, also wohl an „Arbeit". Klar, wenn man Arbeit so definierte, wie sie in vielen Organisationen gelebt wird, dann sind es nur sehr wenige, die wirklich arbeitsfähig sind.

Aber jetzt hatte ich meinen Faden verloren. Zurück zum Rückblick.

„Ich habe ein paar Workshops auf Konferenzen gegeben und bin auf eine große Gemeinschaft von chronisch Kranken gestoßen, die trotzdem arbeiten, aber oftmals sehr einsam. Es gibt einfach keine Lobby, keine Selbsthilfegruppe für chronisch Kranke, die arbeiten wollen und werden, egal was ist."

Was noch? Ach ja.

„Ich habe alle Stiftungen durchforstet, die das Thema Gesundheit in ihrer Satzung haben und kann berichten: Leben mit Krankheit existiert nicht. Krankheiten müssen geheilt werden. Es geht immer nur um das Ausmerzen von Krankheiten und nie um die Gestaltung eines guten Lebens im Einklang mit ihnen. Förderung werden wir wohl nie erhalten."

Hier sprang Iveta an. Sie arbeitete inzwischen bei einer Krankenkasse.

„So lange wird das gar nicht mehr dauern, Mila. Das Thema

wird immer brennender. Die Leute werden kränker und dass das etwas mit Arbeit zu tun hat, wird immer deutlicher."

„Schauen wir mal", sagte ich.

„Ach ja, und ich schreibe an einem Buch und leide mich durch die Erinnerungen hindurch."

Das wussten alle schon, aber ich hatte vorher noch gar nicht so klar verstanden, dass das ja auch Vereinsarbeit war. Ich tat ja doch inzwischen regelmäßig etwas.

„Außerdem nehme ich das Thema in jeden Workshop zum Thema New Work mit rein, auch wenn es nur eine kleine Klammer ist. Ich vertraue da auf den Domino-Outing-Faktor. Es kommen wirklich immer mehr Leute auf mich zu und erzählen von ihren Erfahrungen. Sie hätten so gerne ein Angebot von mir, aber sowas wie ein Netzwerkknoten werde ich ganz sicher nie mehr sein können."

Sie guckten mich sehr genau an. Sie wollten wissen, wie traurig mich das machte. Ich merkte aber, dass ich damit meinen Frieden gemacht hatte. Es war ok, dass ich eben nur punktuell und eingeschränkt kommunizieren konnte, dafür dann aber schön und verbunden.

„Es gibt mit zwei Hochschulen Gespräche – einmal über die Entwicklung eines Studiengangs zu organisationalem Gesundheitsmanagement und einmal zu einem Forschungsschwerpunkt Krankheit und Konflikt. Ich kann aber noch überhaupt nicht einschätzen, ob daraus etwas wird."

Wenn ich irgendwas in den letzten Jahren gelernt hatte, war es, dass in der Arbeitswelt „Machen wir" eine maximal zehnprozentige Chance auf Verwirklichung bedeutete. Ich hatte so viele Hoffnungen und so viele Enttäuschungen hinter mir. Sonst noch was?

„Und naja, wir haben eine neue Webseite. Das Thema ist insgesamt viel klarer geworden."

Iveta konnte nicht mehr aufhören, zu lachen.

„Ist gar nicht viel, schon klar", prustete sie.

Die anderen fielen mit ins Gelächter ein und freuten sich, Teil eines Vereins zu sein, in dem es in kleinen Schritten doch immer weiterging.

Als alle weg waren, dachte ich laut darüber nach, weshalb ich die ganze Zeit so ein schlechtes Gewissen dem Thema gegenüber hatte.

„Vielleicht weil es so langsam geht?“, fragte Kai. „Du bist ja meistens sehr schnelle Projekte gewöhnt. Mit dem Buch hast Du Dich jetzt auch noch auf etwas eingelassen, das erst nach Jahren ein Ergebnis liefern wird.“

Ich dachte nach.

„Ich denke, Du hast recht. Und ich merke auch, dass ich einen großen Widerstand habe, die Komplexität des Themas herunterzubrechen. Aus Sicht von Marketing und Fundraising ist das Thema viel zu groß. Aber ich möchte mich diesen Logiken nicht unterwerfen und künstlich so tun, als wäre es nicht groß und verwoben und komplex. Ich möchte alle Aspekte im Blick behalten dürfen. Es betrifft so vieles in der Gesellschaft und ich will nicht so tun, als gäbe es eine simple Lösung.“

Ich war so froh, in Kai ein Gegenüber zu haben, der einen so anderen Umgang mit Zeit hatte als meine Kolleg:innen, die alle grenzwertige Workaholics waren. Er hatte alle Zeit der Welt, sein Leben zu leben. Das würde ich dem Verein auch so gönnen.

„Nicht nur die Karotte wächst nicht schneller, wenn man an ihr zieht“, lachte ich Kai an, „es gibt doch auch so eine Bambusart, die zehn Jahre ganz langsam wächst und dann in einem Jahr so riesig wird, dass man Häuser draus bauen kann. Das ist dann wohl das organische Wachstumstempo meines gesellschaftlichen Themas. Wer weiß schon, ob ich was erreiche, aber ich werde dran bleiben an unserem Bambusverein.“

Kapitel 96:

„Krank genug, um gut zu leiten."

Der Workshopraum war winzig und vollständig mit Waldtapete ausgekleidet. Die Absurdität des Settings spiegelte sich auch in den Teilnehmer:innen wider. Wir waren insgesamt nur zu viert. Aber sowas passierte eben bei Kongressen. Ich versuchte, es nicht persönlich zu nehmen, dass der Nachbarraum aus allen Nähten platzte und konzentrierte mich auf die Anwesenden. Ich war weiterhin dankbar, dass Amico mir wieder einen Experimentierraum geschenkt hatte.

„Ich habe mir Folgendes überlegt", sagte ich. „Ich erzähle Euch von meinen Erfahrungen als chronisch Kranke in drei Organisationen und Ihr sagt mir, was das aus Eurer Sicht über die Organisation aussagt. Danach gucken wir, ob Krankheit wirklich ein Diagnostikinstrument ist. Wollen wir das Experiment so wagen?"

Sie nickten, aber ich konnte ihre Mienen noch nicht deuten. Die vierte Person war in der Vorstellungsrunde gegangen, als sie merkte, dass sie im falschen Workshop saß. Irgendwie waren wir alle etwas geplättet von der unerwarteten Intimität mit Waldtapete. Eigentlich fehlte nur noch so eine Vogelgezwitscher-CD.

Ich erzählte ihnen als erstes von meinem Versuch, an der Uni angestellt zu sein. Ich erzählte aber nichts zum Inhalt der Arbeit oder zur Struktur der Arbeitgeber:in, nur, wie sie mit meiner Erkrankung umgegangen waren. Nach fünf Minuten rieten sie.

„Ich denke, es ist eine Hochschule", sagte ein Mann.

„Ja, mit so ganz netten Menschen, die aber in den Strukturen total gefangen sind", ergänzte eine Frau.

Die dritte Person war überfordert von der Aufgabe, hörte aber total interessiert zu.

Auch bei der nächsten Geschichte lagen sie absolut richtig.

„Es ist ein Startup, ich würde denken im Bildungsbereich", kam es wieder ganz präzise von dem Mann. Ich sah ihn neugierig an. Er wirkte so unscheinbar, schien aber wirklich ein exzellenter Organisationsentwickler zu sein. Er deutete alle Nuancen und verband sie zu Klarheit. Wow. Die Frau ergänzte immer mit Beschreibungen der Menschen um mich herum und wie es ihnen mit mir ging – und auch das passte. Sie errieten tatsächlich alles und wir waren alle ganz beglückt von unserem Experiment. Es stimmte. Man konnte Organisationskultur und -struktur, ja sogar den Inhalt dessen, was eine Organisation macht, an ihrem Umgang mit kranken Kolleg:innen erkennen. Wir waren stolz aufeinander. Es war noch ganz viel Zeit übrig und sie begannen zu diskutieren. Sie waren traurig für mich, dass ich keine Organisation gefunden hatte, in der ich ankommen durfte.

„Macht Euch keine Sorgen, ich werde sie mir schon bauen, aber das hat ja keine Eile."

Schließlich nahmen wir uns richtig Zeit dafür, das zu benennen, was wir gelernt hatten. Unter der Überschrift „Wann ist eine Organisation gesund?", trugen wir unsere Erkenntnisse zusammen.

Die emotionale Frau lachte. „Mila, ich habe ganz viele O-Töne von Dir mitgeschrieben. Möchtest Du hören, was Du gesagt hast?"

„Natürlich, super gerne. War denn was Kluges dabei?"

Sie lachte. „Sonst hätte ich es ja nicht aufgeschrieben."

Sie blätterte durch ihre Notizen.

„Die Frage, die Du angeschrieben hast, hast Du tatsächlich beim Sprechen beantwortet. Du hast gesagt ‚Wenn auch Menschen mit Einschränkungen ihrem Potenzial entsprechend ihren vollen Beitrag leisten können, dann ist die Organisation gesund.'"

Die anderen nickten. Sie fanden das überzeugend – ich irgendwie auch. Mir kam ein gruseliger Gedanke: Vielleicht hatte ich alle Fragen, die ich hatte, längst beantwortet und wusste nur die Antworten leider nicht mehr.

„Aber den Oberknaller fand ich was anderes", sprach die Frau weiter.

Wir guckten sie alle neugierig an.

„Du hast gesagt, dass Du krank genug warst, um gut zu leiten. Du hast das wirklich ernst gemeint und ich habe Dir jedes Wort geglaubt. Reflexionszeit ist wirklich elementar, wenn man den wahren Überblick behalten möchte. Eigentlich kann man gar nicht leiten, wenn man einen vollen Kalender hat."

Wir saßen einen Moment zusammen, bevor wir uns zum Abschied umarmten und uns beieinander bedankten. Wir wussten, dass wir noch lange darüber nachdenken würden, ob nicht Krankheit vielleicht eine geheime Superkraft für Organisationen war.

Kapitel 97:
„Der Südpol gehört niemandem."

„Mila, wir müssen uns echt mal wieder sehen", hatte Georg am Telefon gesagt, „und am besten laden wir auch Oscar mit dazu und gucken mal, ob wir nicht was zusammen machen wollen."

„Sehr gerne, aber jetzt kommst Du endlich mal raus zu mir aufs Land, ja?"

„Sehr gerne."

Da saßen wir nun, draußen in der Sonne vor dem riesigen ausgebauten Reisebus (den wir mal gekauft hatten, um damit im Winter unterwegs zu sein und dann aber leider zu spät verstanden haben, wie viel Diesel so ein Bus fraß. Gut, dass unser Hof so groß war). Oscar war genauso überrascht und erfreut gewesen wie ich, dass Georg uns zusammenbringen wollte, denn tatsächlich hatten wir noch nie etwas zusammen gemacht. Oscar und ich hatten seit Jahrzehnten eine große Zuneigung und kollegiale Bewunderung füreinander. Unsere wenigen Begegnungen waren herzlich und ehrlich. Aber wir kannten uns kaum. Zu dritt hatten wir uns noch nie gesehen. Oscar hatte mich gleich auch überrascht angerufen, da die Beziehung der beiden in der Vergangenheit nicht nur von Zuneigung geprägt gewesen war.

„Mila, wenn er von seinem kollektiven Trauma anfängt, halte ich das, glaube ich, nicht aus“, hatte er lachend am Telefon gesagt.

Jetzt eröffnete Georg: „Wollen wir uns einfach erzählen, was uns gerade so beschäftigt und dann gucken, ob da was zusammenpasst?“

„Super, machen wir. Fang doch gleich an“, lud ich ihn ein.

„Also meine Beschäftigung mit dem kollektiven Trauma kriegt immer mehr Tiefe“, fing er an. Oscar und ich sahen uns nicht an, sonst wären wir vor Lachen explodiert.

Während Georg erzählte, schielte ich doch immer wieder zu Oscar rüber. Er hatte nichts Ablehnendes, hörte total aufmerksam zu. Ich mochte diesen Mann in seiner Kombination aus hartem Humor und totaler Menschlichkeit wirklich sehr. Warum hatten wir es nur jahrzehntelang nicht geschafft, uns mal zu sehen, trotz tausend Versprechen? Georg hatte aufgehört, zu erzählen und sah uns hoffnungsvoll an. Er merkte sofort, dass wir ihn zwar für sein Engagement bewunderten, ihm aber nicht in sein Projekt folgen würden.

„Und Du?“, fragte ich Oscar, denn von ihm wusste ich am wenigsten.

„Mikromethoden“, sagte er.

Wir sahen ihn fragend an. Oscar war Mediator in Friedensprozessen und wir hatten die größte Bewunderung für ihn.

„Alles, was wir so lernen und lehren über Mediation und Moderation, so mit den Phasen und so, das ist ja ganz nett, aber da findet die Bewegung in den Prozessen nicht statt. Es sind ganz, ganz kleine Interventionen, die plötzlich etwas Großes verändern. Die gucke ich mir gerade an. Außerdem eröffne ich eine Dialogkapelle auf dem Friedhof. Ich denke, es ist ein idealer Ort, um sich den ganzen Bullshit zu ersparen und direkt zu dem zu kommen, was wirklich wichtig ist.“

Wir sahen ihn fasziniert an.

„Sind sehr lustige Verhandlungen mit der Friedhofsverwaltung“, lachte er, „aber ich habe mein Büro jetzt schon dort. Es ist ein wunderbarer Ort.“

Ich freute mich für die Welt, dass es Oscar gab, aber auch zu seinen Themen zog es mich nicht. Georg offenbar auch nicht.

„Mila, und Du?“, fragte Georg.

Ja und ich?

„Hm, tja, da hat sich nichts verändert. Ich möchte immer noch Möglichkeiten des Arbeitens mit Krankheit finden.“

Plötzlich wurde ich sehr traurig.

„Aber ich bin allein und kann das nicht als einzelne Person. Ein neues Thema in die Welt bringen, erfordert einfach sehr viel Kommunikation. Das kann ich nicht leisten. Immer wieder finden sich Leute ein, die total begeistert sind, aber sie bleiben nicht – und sie erwarten von mir ganz viel Reden und Miteinander, das ich einfach nicht geben kann.“

Sie sahen mich mitfühlend an.

„Meine Geschichte hat Wirkung. Ich habe meine Krankheit inzwischen gut genug integriert, um damit wirklich arbeiten zu können. Es braucht Menschen wie mich, mit denen das ehrliche Gespräch möglich ist. Alle reden immer nur über die Kranken und selten mit ihnen. Es ist ein komisches System. Aber ich kann das eben nicht allein.“

„Natürlich“, reagierte Georg sofort. „Wir müssen Dir eine Organisation bauen mit Dir an der Spitze. Du bist das Aushängeschild und hinter Dir eine ganze Armee an Menschen, die die Dinge umsetzen.“

Ach, mein lieber Georg, diesen Gedanken gab es doch schon mal. Das war Christas Grundidee für Bildung 4.0, die sie ja nun auch umsetzte.

„Danke Georg, das ist lieb, aber das entspricht wirklich gar nicht meiner Vorstellung. Es wird sich schon was finden. Ich bleibe offen. So lange schreibe ich an meinem Buch.“

Wir sahen uns an.

„Nichts dabei, oder?“ fragte ich schließlich.

„Nein, nichts dabei“, sagte auch Oscar und Georg nickte.

„Es war einen Versuch wert. Aber wenigstens war ich jetzt mal hier. Es ist sehr schön bei Dir."

Georg lehnte sich zurück und hielt zufrieden seine Nase in die schwache Frühlingssonne. Auch Oscar und ich waren ganz ruhig und zufrieden.

Georg sprach leise, ohne wirklichen Adressaten: „Wisst Ihr, ich habe letztens gelesen, dass der Südpol niemandem gehört. Deshalb haben sich verschiedene Menschen und Institute aus der ganzen Welt eingefunden, die ein wenig auf ihn aufpassen, mal nach dem Wasser gucken und so. Sie nennen sich Stewards. Cool oder, dass es Menschen gibt, die in so Lücken springen?"

Er lehnte sich wieder zurück.

Ich aber saß plötzlich hellwach und kerzengerade da. Ich sah zu Oscar rüber. Auch seine Energie hatte sich vollständig verändert.

„Das ist es, das uns eint", sprach ich es schließlich aus. "Wir haben verschiedene Themen, aber wir sind alle Stewards. Wir suchen die unversorgten Stellen in der Gesellschaft und füllen sie."

Jetzt richtete sich auch Georg auf und hörte mir aufmerksam zu, während ich vor mich hinträumte.

„In einer Gemeinschaft von Stewards müsste ich gar nicht allein sein. Ihr würdet an anderen Themen arbeiten als ich, aber Ihr wärt da. Garantiert gibt es auch noch viel mehr Stewards da draußen, die ebenso einsam sind. Lasst uns ihnen ein Zuhause geben."

„Ja, und dann machen wir es ganz groß und haben endlich etwas Skalierbares", setzte Georg noch eins drauf.

Ich musste wieder schmunzeln. Das würde nicht riesig und skalierbar werden – nicht solange ich etwas zu sagen hatte – aber er wollte wirklich so gerne die ganze Welt erreichen, also ließ ich ihm erst einmal seine Freude.

Kapitel 98:

„Und kein Wirtschaftsjargon bitte, ja?"

„Kann ich mich überhaupt in meiner ganzen Größe jemandem zumuten?", fragte ich mich noch kurz, bevor ich meine Hose auszog.

Ich hatte seit meiner Erkrankung vierzig Kilo zugenommen und so sehr ich am Anfang darüber in Scham fast erstickte, hatte ich inzwischen damit weit weniger Probleme als andere. Aber würde Oscar es komisch finden, einer dicken Frau im Badeanzug gegenüber zu sitzen und Arbeitsthemen zu besprechen?

„Da muss er dann wohl durch", dachte ich und sprang ins Wasser.

Wir waren mit unserem alten, quietschgelben Boot nur ein paar Kilometer die Oder runtergefahren und hatten auf einer Sandbank angelegt. Hier war niemand außer uns und vielen unterschiedlichen Vögeln – ein idealer Ort, um frei zu denken. Ich verweigerte inzwischen nicht nur die Stadt als Arbeitsort, sondern so weit wie möglich geschlossene Räume insgesamt.

„Mila, das ist wunderschön."

Oscar sah unser altes Boot an.

„Und es macht mindestens genauso glücklich wie eine teure Yacht."

Oscar tat mir leid. Er selbst war in seiner Seele eigentlich ein Minimalist, aber lange gefangen in einer Welt, in der alles ganz schrecklich teuer sein musste, um Wert zu haben. Seine Nachttischlampe kostete wahrscheinlich etwa so viel wie unser Boot, in dem sogar zwei Personen schlafen konnten. Ich freute mich für ihn, dass er sich von diesem Lebensstil, der ganz offensichtlich nicht seiner war, gerade befreite. Manchmal erlöste eine Scheidung eben wirklich die Seele.

„Also, was mir am allerwichtigsten ist, ist ‚keine Kompromisse'", eröffnete ich das Gespräch zum Zuhause der Stewards. „Wir gehen nur den nächsten Schritt, wenn er für uns absolut stimmig ist. Kein ‚Das tut man eben so, wenn man ein Projekt aufsetzt'. Wenn wir langsam sind, ist das eben so, wir haben ja keine Eile."

Er strahlte. Das passte perfekt in seine Vorstellung von Erfolg.

„Außerdem kann es keine Ausbildung sein", blubberte es weiter aus mir raus, „sonst sind wir wieder die Gurus und darauf habe ich echt keinen Bock mehr. Zudem sollte es nie den Anschein haben, dass es eine spezielle Art gibt, ein *Steward* zu sein. Jede Vorgehensweise muss willkommen sein." Ich erinnerte mich an die vielen Ausbildungen, in denen Menschen andere imitierten, statt ihre eigene Art zu finden und zu perfektionieren. Daran wollte ich keinen Anteil mehr haben.

„Oh ja, und Ende mit dem Business-Jargon. Ich will keine *Pitches*, *One-Pager* und *Design-Thinking*-Prozesse mehr hören", pflichtete mir Oscar bei. Er hatte sich davon immer ferngehalten. Ich war da wesentlich verführbarer als er, vor allem, da ich mehr Zeit in Start-Ups und unter Sozialunternehmer:innen verbracht hatte, als er.

Ich stimmte ihm sofort zu: „Genau, wir achten darauf, dass diese ganze Wirtschaftssprache uns nicht einholt. Sonst werden wir keine Stewards anziehen, sondern Sozialunternehmer, und die haben mit Ashoka schon ein super Zuhause."

„Und wir sollten sowas wie aktives Ego-Management

ASHOKA

Ashoka ist eine Organisation, die bereits seit Anfang der 80er Jahre Sozialunternehmer:innen identifiziert und unterstützt. Unter Sozialunternehmer:innen verstehen sie „Menschen, die ein Problem erkennen und es verstehen und mit innovativen Ideen sowie Unternehmer:innengeist für die Gesellschaft aktiv werden. Ihre Ansätze nehmen ganze gesellschaftliche Systeme in den Blick; sie zielen auf die Veränderung bestehender Paradigmen zum Wohle aller".

Das zentrale Werkzeug von Ashoka ist das Netzwerk der mehreren tausend Sozialunternehmer:innen weltweit – den Ashoka-*Fellows*. Diese erhalten je nach Programm finanzielle Ressourcen, um sich ihrem Thema eine Weile vollzeit widmen zu können, vor allem aber Zugang zu Kooperation und Know-How.

Gleichzeitig macht Ashoka viel Jugendarbeit mit jungen Change Maker:innen und sucht konstant nach Wegen, Menschen in ihrem gesellschaftlichen Engagement zu unterstützen.

unbedingt einbauen“, schrieb Oscar in sein kleines Heft, „daran scheitert so viel gesellschaftliches Engagement, wenn es erfolgreich wird.“

Dann fiel ihm noch etwas ein: „Und es gibt so viele tolle Leute da draußen, deren Expertise nie irgendwo ankommt, weil sie nicht ‚businesslike‘ genug sind. Ich habe beispielsweise noch nie so viel Expertise zum Thema Loslassen erlebt, wie bei dem Bestatter, der uns durch die schwerste Phase unseres Lebens begleitet hat. Lass uns beim nächsten Treffen mal sammeln, welche Leute wir in unserem Leben wirklich bewundern. So ein Zeug wie Projektmanagement gibt es ja an jeder Ecke. Dem muss man bei uns nicht auch noch begegnen.“

Ich brauchte einen kurzen Moment, um zu verstehen, warum er von Menschen mit Expertise sprach, dann begriff ich.

„Yippie, ja, genau. Also bei Treffen stehen eben Leute zur Verfügung, die man ansprechen kann, denen man sonst nicht begegnet?“, fragte ich sicherheitshalber nochmal nach.

„Zum Beispiel. Werden wir sehen.“ Er hatte offenbar noch keinen Impuls, Dinge festzulegen. Ich mochte diesen Modus des lauten Nachdenkens auch für den Anfang sehr gerne.

Dann fragte er: „Wo siehst Du Dich denn?“

Das war eine schwere Frage. Auf jeden Fall nicht in einer zentralen inhaltlichen Rolle. Wenn wir uns über mehrere Tage trafen, damit die Leute nicht nur reden, sondern auch an ihren Stewardships arbeiten konnten, dann müsste ich rein- und rausgehen können, je nachdem, wie es mir ging. Mehr als zwei Tage machte ich eigentlich noch nicht, da alle Drei-Tages-Versuche kläglich gescheitert waren. Ein kurzer Moment der Verzweiflung ging durch mich. Würde ich gar nicht dabei sein können?

Da tauchte ein glasklares Bild vor meinen Augen auf: „Hinter der Bar. Ich will Barfrau sein. Da stehe ich den Leuten zum Denken zur Verfügung, aber wenn ich keine Lust mehr habe, komme ich aus jedem Gespräch ganz schnell raus, weil ich was tun muss. Irgendwie sind ja so Barleute auch diejenigen, die den Raum halten, aber auf diskretere Art.“

Oscar schrieb sofort „Mila = Barfrau“ in sein kleines Büchlein.

„Und Du?“, fragte ich ihn.

Jetzt schwieg er eine ganze Weile. Ich blickte aufs Wasser. Ich hatte ja auch eine ganze Weile gebraucht. Er würde schon darauf kommen.

„Ich habe erst gedacht, ich würde mehr so Außenkontakte ermöglichen und so. Das werde ich auch außerhalb der Treffen, aber während der Treffen möchte ich auch Barmann sein.“

Er sah mich etwas unsicher an, ob ich das gut finden würde. Ich strahlte ihn an.

„Gebongt. Wir sind die Barleute im Zuhause der Stewards. Und jetzt ab ins Wasser.“

Kapitel 99:

„Nein, ich muss mich wirklich nicht verraten."

In meinem Kalender stand „Ruhetag" für heute und morgen, also hatte ich es mir auf dem Sofa bequem gemacht, eine Kanne Tee neben mir und ein Tablet mit langatmigen Spielen auf dem Schoß. Beide Hunde und die drei Katzen waren nach und nach eingetrudelt und auf dem Bildschirm liefen Ted-Talks und Interviews mit Oprah, denen ich zwar aufmerksam lauschte, die mich aber nur angenehm oberflächlich berührten.

„How do you know when you've on the right path?", fragte gerade Oprah eine Frau, die ich noch nie gesehen hatte. Jetzt würde eine warme Decke von Wohlfühlworten kommen. Ich mochte das ganz gerne, auch wenn es eigentlich immer dasselbe war.

Stattdessen elektrisierte mich die für mich unerwartete Antwort der Frau: „Wenn man nicht in die Lage versetzt wird, sich selbst zu verraten."

Genau das! Mein Hirn überschlug sich vor Gedanken. Genau das war es, weshalb sich mein Leben plötzlich so viel ruhiger anfühlte. Es gab überhaupt keinen Bereich mehr, in dem ich mich und das, woran ich glaubte, auch nur im mindesten verraten musste. Mein Leben passte zu mir. Das brachte dieses Gefühl von Luxus und Dankbarkeit, das mich so oft durchströmte, auf den Punkt. Ich musste gar nicht darum kämpfen, mich nicht zu verraten. Es erwartete auch niemand mehr von mir. Ich dachte zurück an die Domino-Outing-Runde und an meine Enttäuschung, als sie alle nur von Erwartungen gesprochen hatten. Aber sie hatten ja so recht gehabt. Es erwartete niemand mehr von mir seltsame Dinge wie „mein Team im Griff haben" oder zu jedem Meeting aufzutauchen, egal wie unwichtig meine Anwesenheit auch war. Auch ich erwartete nicht mehr das Unmögliche, alles genauso zu machen, wie ich es früher mal konnte. „Leben im Rückspiegel" nannte Georg diese diffuse Sehnsucht, die viele von uns hatten, irgendeinen vermeintlichen Glückszustand aus alten Zeiten wiederherzustellen. Die Arbeitswelt, die wir uns gesamtgesellschaftlich über die Jahrhunderte gebastelt hatten, brachte uns ständig in Situationen, in denen wir Teile von uns verraten mussten.

Als Führungskraft musste man sich eben mal unbeliebt machen und hart durchgreifen. Wozu?

Man musste halt Kompromisse machen. Sagt wer, wenn es so viele Lösungen auf der Welt gibt?

Man kann nicht alles sagen. Warum? Man kann es doch achtsam und liebevoll tun.

Es gibt Teile von mir, die gehören nicht in den Arbeitskontext. Und was mache ich in der Zeit mit ihnen?

Ich blickte auf meine eigene Geschichte zurück. „Ach kleines Milachen", sagte ich zu meiner Überraschung laut. „Du hast es geschafft. Du hast Dir ein Leben gebaut, das Dir wirklich passt."

Kleiner Epilog:

„Unfassbar, ich habe ein Buch geschrieben."

Ich bin immer noch ganz verwirrt darüber, dass hier nun vor mir meine Geschichte liegt. Es war eine echte Odyssee. Drei Jahre lang habe ich mir alle zwei bis drei Monate eine Auszeit genommen und fünf Tage geschrieben (also genau genommen zwei Tage meinen Widerstand überwunden, zwei Tage geschrieben und mich einen Tag gewundert, was ich hier eigentlich mache). Ich habe an vielen Orten geschrieben, in Co-Working-Spaces oder AirBnB-Häusern, immer auf dem Land. Viele Menschen haben verwundert dabei zugesehen, wie ich auf die Tastatur einhämmerte und dabei weinte oder lachte, ohne es wirklich zu merken. Die Autorin, die mich an meinem ersten Schreibtag beraten hat, hat recht behalten. Ich habe nicht geschrieben, sondern mitgelesen, was da entsteht. Die Geschichte und ihre Personen haben sich wirklich selbst entwickelt. Vieles ist geheilt und vieles habe ich anders geschrieben, als ich es erwartet hätte. Dinge, die ich für wichtig gehalten hatte, wollten keinen Platz; Kleinigkeiten wurden groß. Mein Blick auf viele der Menschen hat sich verändert. Ich bin dankbar, dass alle Menschen, mit denen ich es beruflich zu tun hatte und habe, nur das Beste für die Welt wünschen. Noch immer habe ich Angst, mit diesem Buch jemanden zu verletzen, denn es gibt wirklich niemanden in diesem Buch, der seinen Platz in meinem Herzen nicht verdient hat. Doch ich stehe hinter der Entscheidung, die Perspektiven der anderen auszulassen – also muss ich mit dieser Angst wohl leben.

Wenn ich nun auf diese zwölf Jahre (2007 bis 2019) blicke, die ich hier beschrieben habe, bin ich überraschenderweise ziemlich stolz auf mich und meine Entwicklung. Auch wenn ich mich an vielen Stellen mit Abstand als naiv und vor allem immer mal wieder arrogant sehe, finde ich, ich habe das gut gemacht - auch wenn ich mich immer wieder so überfordert habe. Das mit meiner Tendenz, mich zu überarbeiten und daran zu wachsen, hat natürlich nicht plötzlich aufgehört und ich habe auch immer noch Anfälle, Verzweiflung und die absurdesten körperlichen Symptome. Doch mein Lernweg ist ja auch noch nicht vollendet.

Die Geschichte endet vier Jahre vor der Veröffentlichung dieses Buches und seitdem ist viel passiert. Ich habe wieder eine Organisation zu New Work aufgebaut und verlassen. Ich habe mich in weitere Menschen und Ideen verliebt und viel Arbeit in schöne Vorhaben investiert, die nichts wurden. Ich habe mir Träume erfüllt, zum Beispiel die Plattform Gesunde Kranke, auf der auch andere Betroffene ihre Geschichten erzählen können.

Mein Mann, der mir immer so viel Halt gegeben hat, hatte einen schweren Unfall und war viele Monate im Bett. Wir mussten unsere Rollen tauschen und ich als Alleinverdienerin bestehen. Da durfte auch ich einmal einen Burnout erleben und wie sehr das eine Beziehung belastet. Aber auch das haben wir geschafft.

Dann hat sich durch einen neuen Tumor meine Gesundheit so verschlechtert, dass ich über ein Jahr gar nicht mehr mit Kund:innen kommunizieren konnte und das Haus kaum noch verlassen habe. Auch das ging zu meiner Überraschung. Zudem habe ich habe mich durch eine weitere Runde intensive Therapie gearbeitet. Und weil Menschen Einfach Arbeiten so schwerfällt, habe ich noch ein Buch geschrieben, Minimalistisch Arbeiten, in dem endlich all die Absurditäten der Arbeitswelt aufliste, von denen wir uns aus meiner Sicht verabschieden dürfen.

Das Schöne ist, nicht nur mein Leben geht immer weiter, sondern auch die Welt entwickelt sich Stück für Stück in Richtung Inklusion. Dinge wie *Access Rider*, in denen Menschen mit Einschränkungen Anleitungen veröffentlichen, was sie benötigen, um mitspielen zu können, greifen ganz langsam um sich. Das Konzept der *Hidden Disabilities* bringt Aufmerksamkeit und Achtsamkeit für Menschen wie mich. Die Menschen fühlen sich nicht mehr ganz so grandios, dass sie mir erlauben, mitzuarbeiten. Sie beginnen, zu begreifen, dass sie hier auch etwas beitragen können und müssen, damit es für mich einfacher ist, dass nicht die ganze Last auf Seiten der eingeschränkten Menschen liegen kann. Ich merke, wie diese kollektive Dimension auch auf mich wirkt, mich stärkt, ich mich nicht mehr so defekt fühle und selbstbewusster werde.

Was gleichgeblieben ist, ist das Gefühl, im richtigen Leben zu stecken und mit großer Neugier auf das zu blicken, was da kommt. So langsam begreife ich, dass ich das nur in sehr geringem Maß planen kann, aber ich werde weiterhin die Gelegenheiten ergreifen, die zu mir passen.

Meine große Hoffnung ist natürlich, dass in diesem Buch etwas dabei ist, das Dich ermutigt, Arbeit für alle (vor allem für Dich!) menschlicher und individueller zu gestalten. Sehr gerne würde ich von Deinen Erfahrungen und Sehnsüchten erfahren! Ich freue mich über jede E-Mail unter monia@llaugh.eu.

Monia, Frühling 2023

ACCESS RIDER & HIDDEN DISABILITIES

ACCESS RIDER beschreiben das, was eine Person mit Einschränkung(en) benötigt, um teilhaben zu können - beispielsweise eine Rampe zur Bühne für eine Schauspielerin mit Gehbehinderung oder ein Rückzugsort für einen *Speaker* mit Angststörung. So können sich Veranstalter:innen, Arbeit- oder Auftraggeber:innen aktiv für inklusive Zusammenarbeit entscheiden und verstehen, was genau das im konkreten Fall bedeutet. *Access Rider* sind keine Anleitungen von "so arbeite ich am liebsten", sondern beschreiben, was für die Betroffenen den Unterschied zwischen Teilhabe und Exklusion macht.

HIDDEN DISABILITIES ist ein weiteres Werkzeug für Menschen mit Behinderung zu kommunizieren, was sie brauchen. Das Programm reagiert darauf, dass die meisten Einschränkungen nicht sichtbar sind und somit Mitmenschen keine Möglichkeit haben, Unterstützung anzubieten oder Rücksicht zu nehmen. Unter dem Logo der Sonnenblume auf grünem Hintergrund (in Deutschland etwas verwirrend) können Menschen mit Schlüssel- oder Armbändern sichtbar machen, dass sie eine Einschränkung haben und darauf ansprechbar sind. Die Karten an den Schlüsselbändern sind individuell gestaltbar und beschreiben, welche Einschränkungen die tragende Person hat und welche Unterstützung hilfreich ist.

Bücher, Videos und Seminare in Reihenfolge ihrer Erwähnung

Elaine N. Aron (2005): Sind Sie hochsensibel? Wie Sie Ihre Empfindsamkeit erkennen, verstehen und nutzen.

Brené Brown (2010): Die Macht der Verletzlichkeit. TED

USA Foundation for Inner Peace (2004): Ein Kurs in Wundern. Textbuch /Übungsbuch /Handbuch für Lehrer.

Frederic Laloux (2014): Reinventing Organizations: A Guide to Creating Organizations Inspired by the Next Stage in Human Consciousness.

Gaya & Mario Wisniewski: Tod und Wiedergeburt. Tantra Radosnych Chwil w Szamańskim Teatrze Życia. tantra.pl

Brian J. Robertson (2015): Holacracy: The Revolutionary Management System that Abolishes Hierarchy.

Internationale Austauschplattform zu Reinventing Organizations. discourse.reinventingorganizations.com

Alexandra M. Freund (2016): Some psychological considerations of the power motive. Mind & Life Dialogue with the Dalai Lama Session 2 on Power and Care.

Thomas Hübl. Celebrate Life Festival & Pocket Project. thomashuebl.com

Joana Breidenbach (2016): New Work needs Inner Work. TEDxBerlinSalon

Doug Kirkpatrick (2013): Beyond Empowerment – are we ready for the self-managed organization? TEDxChico

Cornelia Janssen: Transmediale Ausbildung. ja-bewusstheit.de

Masterclass Mediation: Innenwelten. Online-Kurs zur Haltung von Mediator:innen. masterclass-mediation.eu

Verein zu Arbeiten mit chronischer Erkrankung LLauGH e.V. llaugh.eu

Oprah Winfrey & Caroline Myss: How to Know When You've Found Your Purpose in Life. SuperSoul Sunday Network

Gesunde Kranke: Geschichten von Menschen, die mit chronischer Erkrankung arbeiten. gesunde-kranke.de